우아한 환생 還生

우아한 환생 2

초판 1쇄 찍은 날 | 2017년 2월 23일
초판 1쇄 펴낸 날 | 2017년 3월 09일

지은이 | 이세
펴낸이 | 서경석

편 집 책 임 | 조윤희
편   집 | 이은주
          김현미
디 자 인 | 신현아

펴 낸 곳 | 도서출판 청어람
등록번호 | 제387-1999-000006호
등록일자 | 1999. 5. 31
어람번호 | 제11-0051호

주소 | 경기도 부천시 부일로 483번길 40 서경B/D 3F (우) 14640
전화 | 032-656-4452 팩스 | 032-656-4453
http://www.chungeoram.com
E-mail | chungeorambook@daum.net

ⓒ 이세, 2017

ISBN 979-11-04-91148-4 04810
ISBN 979-11-04-91146-0 (SET)

우아한
환생 還生

2

이세 장편소설

도서출판
청어람

목차

참고 문헌

작가 후기

곁에 있어도 그리운 너

후텁지근한 여름밤, 채운각 별채는 곳곳에 매달아둔 등롱으로 찬란한 불빛에 휩싸여 있었다.

"규수는 더욱 고와지신 것 같소."

"선비님은 더 훤해지신 것이 옥골선풍이 따로 없습니다."

한껏 멋을 낸 가회의 선비들과 화려하게 치장한 다회의 규수들은 삼삼오오 짝을 지어 연신 웃음을 터뜨렸다.

"오셨습니까?"

멀리서도 한눈에 알아보고 달려온 철민을 향해 한세는 싱그러운 미소를 지어 보였다. 찬란하게 쏟아져 내리는 등롱 불빛들이 그녀의 고아한 모습을 더욱 돋보이게 했다. 연희와 한세가 들어서자 별채에 모여 있던 사람들의 시선이 일제히 그녀에게로 쏠렸다.

"아, 예?"

"저, 강과 같이 있던 윤철민입니다. 기억나지 않으십니까?"

철민은 자신을 기억조차 하지 못하는 한세에게 조금 서운함을 느꼈지만 그런 무심함조차도 오히려 좋았다.

"저것이 어찌 또 왔어?"

한세는 윤소이가 자신이 입고 있는 고운 치마저고리를 바라보고 있다는 것을 눈치채고는 허리를 쭉 폈다. 어머니 허씨의 솜씨가 자랑스러웠고 윤소이 앞에서 모든 남자들의 시선을 한 몸에 받는다는 것은 결코 나쁜 기분은 아니었다.

'오늘은 나도 안 참아.'

윤소이와 시선이 마주치자 한세의 눈에도 힘이 들어가며 둘 사이에 팽팽한 긴장감이 형성되었다.

"자네 어디서 오는 것인가?"

"잠시 당주를 만나고 오는 길일세."

바로 그때 등 뒤에서 익숙한 목소리가 들려왔다. 그 소리가 진동이 되어 갑자기 머릿속이 요동치는 것처럼 웅성웅성거리며 등에 식은땀이 솟아나기 시작했다.

"도련님!"

치미는 울화로 심장이 요동을 쳤지만 한세는 천천히 돌아섰다.

"지난번 큰 봉변을 당하시고 오시지 않을 줄 알았는데, 이런 모임에 이렇게 큰 관심이 있는 줄은 몰랐소."

바로 뒤에 강이 특유의 차갑고 무표정한 얼굴로 어딘가를 바라보고 있었다. 그런 표정은 강이 다른 생각을 하고 있을 때, 흔히 나타나는 것이었다. 말은 한세에게 건네고 있지만 정신은 다른 곳에 팔고 있는 것이었다.

이상하다고 생각한 한세가 강의 시선을 따라가니 하필이면 그곳에 윤소이가 서 있었다. 영문도 모르는 윤소이는 그와 시선이 마주치자 눈인사를 건네며 환하게 웃었다.

"웬걸요? 저 역시 이런 모임, 좋아합니다."

한세는 당장에라도 강을 잡아 따지고 싶었지만, 내색하지는 않았다.

"그러시오. 하면 재미나게 즐기시오. 나는 이만 다른 규수들을 만나보러 가야겠소."

강은 자신의 용건을 모두 마친 사람처럼 조금도 주저하지 않고 돌아서 가버렸다.

"하!"

너에게 관심도 없다는 얼굴로 서둘러 돌아서는 강의 뒷모습을 한세는 허탈하게 바라보았다. 대체 그 큰일을 벌여놓고 어찌 저리 태연자약할 수 있는 것인지, 속이 부글거렸지만 일단 먼저 물어볼 생각이었다.

"저 잠시 다녀올게요."

"혼자 가도 되겠어요?"

"그럼요."

선비들과 이야기를 나누고 있던 연희는 잠시 다녀오겠다는 한세의 말에 뒷간에 가는 것으로 알았는지 쑥스럽게 웃었다.

"잡히면 죽었어!"

잔뜩 화가 난 한세는 처음엔 남의 눈을 의식해 치마가 밟히지 않도록 앞을 살짝 들고 우아하게 걸었지만 저만치 앞서가는 강을 발견하자 종종걸음 치기 시작했다.

"분명 뭔가 있겠지."

한세가 따라오리라 짐작한 강은 조금 전 보았던 채운의 방을 향해 너른 보폭으로 향했다. 강은 분명히 채운당과 옆 건물의 중요한 곳을 연결하는 비밀 통로가 있을 것이라 생각했다. 그러나 그동안 모든 정보원들을 동원해도 채운당의 도면은 구할 수 없었다. 결국 방법은 직접 확인해 보는 것인데 특별히 짚이는 곳을 찾지 못했었다.

하지만 조금 전 채운의 방에 들어서는 순간, 뭔가 있을 것이라는 예감이 들었다. 그러니 오늘은 이렇게 무모하게 부딪쳐 볼 생각이었다.

"세야, 세야! 너를 어찌하면 좋겠느냐?"

강은 잔뜩 화가 나 바로 뒤를 쫓아오고 있는 한세를 돌아보며 회심의 미소를 지었다. 어려서부터 지금까지 너무나 단순한 한세는 제 감정을 감출 줄 모르고 저처럼 온몸으로 표현하고 만다.

"어찌 저리 한결같이 낚이는 것인지?"

이성적인 그가 지금 이처럼 무리한 모험을 감행하는 것도 다 뒤따라오는 한세 때문이었다. 한세가 그처럼 찾아 헤매는 것을 늦지 않게 찾아주려는 것이었다.

"어쩐 일이십니까?"

방을 나오다 복도에서 마주친 채운은 강을 발견하고 눈이 휘둥그레졌다.

"잠시 방 좀 빌려주게."

"아, 예."

강이 정중하게 부탁했다. 그러자 채운은 곤혹스러운 표정을 지었지만 곧 고개를 끄덕였다.

"뒤따르는 규수를 부탁하네."

강은 그 말만을 남기고 미처 채운이 대답할 사이도 없이 방 안으로 들어가 버렸다.

"나리?"

어리둥절해서 돌아서는데 이번엔 한세가 치맛자락을 휘날리며 허둥지둥 걸어오고 있었다.

"어쩐 일이십니까?"

채운은 한세를 향해 깍듯하게 인사했다.

"혹 가회당 도련님이 이쪽으로 오지 않으셨습니까?"

한세는 갑자기 사라져 버린 강을 찾느라 주위를 두리번거렸다.

"잘 모르겠습니다만."

채운은 시치미를 떼고 억지웃음을 지어 보이며 손가락으로 자신의 방을 가리켰다.

"예?"

"들어가세요."

한세가 어리둥절해서 바라보자 채운은 이해한다는 표정을 지어 보이며 웃었다.

"고맙습니다."

한세는 영문도 모르고 고맙다고 고개를 살짝 숙여 보였다.

"강이 너……."

틀림없이 그가 후환이 두려워 도망쳤다는 생각에 한세는 잠시 숨을 고르고는 문 앞으로 다가갔다.

"도련님!"

한세가 문을 벌컥 열고 안으로 들어갔다. 향로를 피운 것인지 특유의 사향 냄새와 뒤섞인 가라앉은 공기의 내음이 코끝을 스쳤다.

"음!"

강의 날카로운 눈매가 번쩍 광채를 발했다.

문득 강의 잘생긴 미간이 살짝 찌푸려졌다. 방금 전까지는 느낄 수 없었던 미묘한 공기의 변화를 감지한 것이다.

"도망치는 것은 문제 해결에 전혀 도움이 되지 않습니다."

방으로 들어가자 벽에 붙은 커다란 족자 앞에 서 있던 강이 돌아보았다.

한세는 속이 부글부글 끓어 당장에라도 고함을 지르며 달려들 것 같은 얼굴로 노려보았지만 강은 태연했다.

"왔느냐?"

"대체 어쩌려고 그러셨습니까?"

너무 화가 나 제 성질을 못 이긴 한세의 눈에서는 눈물이 그렁그렁거리고 꼭 쥔 주먹은 부르르 떨리고 있었다. 어쩌면 너무 많이 보고 싶고 지치도록 그리웠던 마음이 더 컸기 때문인지도 몰랐다.

"어찌 그러느냐?"

"이실직고 하셨다면서요, 대체 뭐라고 했기에 어른들이 저러시냐고요!"

"사실대로 동침했다고만 했는데."

강은 천천히 다가와 나직하게 속삭이며 한세의 어깨를 감싸 쥐었다.

"내가 미쳐! 못살아!"

"아! 아!"

한세는 두 손으로 강의 너른 가슴을 두드리며 난리를 피웠지만 그는 개의치 않았다.

"몰라요, 이제 어쩔 것입니까?"

"아! 아프다! 하지 마라!"

미간을 찌푸리는 강의 눈이 활활 타오르는 불길처럼 뜨겁게 빛나고 있었다. 금방이라도 그에게서 뿜어져 나오는 뜨거운 열기가 한세를 덮쳐 버릴 것만 같았다.

"아플 짓을 왜 하십니까?"

"너 참말 혼난다!"

계속해서 주먹으로 가슴을 쿵쿵 때리던 한세는 단숨에 끌어당겨져 강의 품에 갇혀 버리고 말았다.

"혼나기는, 뭘 잘했다고!"

단단한 가슴을 밀치려 뻗은 손조차 강의 손아귀에 잡혀 버렸다. 한세의 입술이 바르르 떨렸다. 두 사람은 이제 거의 밀착한 자세로 서 있었다. 머릿속이 하얗게 바랜 채로 올려다보는 한세와 뜨거운 눈길로 내려다보는 강의 시선이 팽팽하게 뒤얽혔다.

그의 눈은 이미 이성을 잃고 위험스럽게 불타고 있었다.

"미워 죽겠어, 정말……."

붉은 잇꽃 연지가 칠해진 도톰한 입술이 제 주인의 마음처럼 경련을 일으켰다. 떨리는 한세의 목소리는 너무 낮게 잦아들어서 알아들을 수도 없을 정도였다.

"혼난다고 했지."

짧고 강렬한 말과 함께 뜨거운 강의 입술이 떨고 있는 한세의 입술 위에 포개졌다.

보고 싶었다는 말 대신 주먹을 움켜쥐고 강의 단단한 가슴을 쾅쾅 때릴 때, 생각 같은 것은 이미 없었다. 앞으로 그들이 어떤 파도에 휩쓸려 어디로 흘러가게 될 것인지 가늠해 볼 틈이 있을 리 없었다. 사랑이란 그런 거니까.

"죽었어……."

마음이 경련을 일으키고 있어서 입술이 뭐라 떠드는지 알 수 없었다. 그러나 강은 언제나 그랬던 것처럼 '죽었어'를 '눈물겹도록 보고 싶었어'로 알아들었다.

강이 족자가 걸려 있는 벽에 한세를 거칠게 기대 세우고, 단단한 두 다리 사이에 가뒀다. 길고 뜨거운 손가락으로 한세의 두 손을 꽉 움켜쥐고 머리 위로 올렸을 때 몸속에 짜릿한 전율이 흐르는 것이 느껴졌다.

"혼난다고 했지."

그녀를 지탱하는 모든 것이 하얗게 바래며 오로지 삼촉반이 남았다.

입술에 닿는 부드러운 감촉, 뜨겁고 말랑한 것이 입술을 쓸어가는 촉촉한 느낌, 강은 더욱 세차게 한세를 끌어안았다.

그토록 그리워하던 싱그러운 가회당의 풀 향기가 코끝을 스쳐 갔다. 그 향기를 깊이 들이쉬자, 그대로 취해 버릴 것 같았다.

세상에 이처럼 부드러운 것이 존재할까 싶은 입술이 가볍게 닿았다 떨어지며 굳게 닫혀 있던 그녀의 입술을 열었다. 입술이 살짝 벌어지자 강은 그 누구도 받아들인 적이 없던 미지의 세계로 탐색을 시작했다.

"흐흠……."

입술 사이에서 새어 나오던 신음인지 한숨인지 모를 소리는 곧 강의 입속으로 사라져 버렸다. 입안으로 파고들어 촉촉한 어둠을 탐색하는 낯선 혀와 부딪치자 한세가 반사적으로 강의 품 안에서 벗어나기 위해 몸을 뒤틀었다.

강은 서두르지 않고 도망치려는 한세를 달래듯 부드럽게 입맞춤했다. 뻣뻣하게 굳은 채 안겨 있던 온몸이 녹아내리며 스르륵 눈이 감겼다.

지금까지와는 전혀 다른 감촉에 강의 품에 안긴 한세의 몸이 움찔하고 떨렸다. 몸을 동여매고 있던 강의 팔이 풀리자 한세는 천천히 눈을 떴다. 선이 뚜렷한 강의 입술이 촉촉이 젖어 반짝거리는 것이 보였다.

"저, 나는……."

그의 가슴에서 떨어져 나온 한세는 말간 눈으로 올려다보며 뭐라고 말을 하려고 입술을 달싹거렸지만, 그대로 삼켜 버렸다. 지금 이 상황이 당혹스럽고 부끄러웠지만, 말을 할 상황이 아니라는 것쯤은 알고 있었다.

강의 따뜻한 손바닥이 발개진 한세의 뺨을 부드럽게 쓸어내렸다.

"나는 언제나 네 편이다. 누가 뭐라 해도, 네가 어떤 차가운 말을 해도 흔들리지 않을 것이다. 그건 네 마음이 아니라는 것을 아니까. 기다리마, 재촉하지 않고. 네가 나를 원한다고 말해줄 때까지."

강의 엄지손가락이 한세의 아랫입술을 부드럽게 쓸었다.

누군가 그랬다. 여심을 움직이는 여러 가지 중 하나는 남자의 손이라고.

강의 몸 모든 것에 설렜지만 한세를 제일 설레게 하는 것은 손이었다. 붓을 잡을 때의 그의 손, 한세의 이마를 튕길 때의 그의 손, 한세의 정수리에 턱을 괴고 부드럽게 머리를 쓸어내릴 때의 그의 손에 가슴이 설레었는데, 이제 하나 더 추가되었다.

엄지손가락으로 한세의 아랫입술을 부드럽게 쓰는 강의 손에 마음이 설렌다.

한세의 동공이 흔들리며 평정을 유지하던 이성에 파문이 일기 시작했다. 그 많은 시간, 안간힘을 써가며 한 개 한 개 쌓아 올린 돌들이 순식간에 와르르 소리를 내며 무너져 내렸다. 그를 바라보며 수없이 돌려 친 바람벽들이 속절없이 흔들렸다.

"쉿!"

강은 갑자기 고개를 돌려 방문 쪽을 바라보다가 한세의 등 뒤에 있는 족자를 세게 밀었다. 그러자 한세가 등을 기대고 있던 벽이 거짓말처럼 움직이기 시작했다.

"어디 한 번 더 할까!"

"어어, 어찌 이러십니까?"

강은 일부러 한세를 잡아 당겨 보료 위에 획 끌어 눕히며 큰소리로 말했다. 어리둥절한 한세를 향해 손가락으로 비밀 통로를 찾았다는 신호를 해 보이고는 말릴 틈도 없이 그 안으로 사라져 버렸다.

"어!"

한세는 그제야 정신이 번쩍 들었다. 대체 무슨 일이 일어난 거지. 이 방 어딘가에 비밀 통로가 있는 것인지 생각하며 주위를 둘러보다가, 혹시 문 앞에 누군가 있을지도 모른다는 생각이 들었다.

"으읍, 어찌 이러십니까?"

한세는 몸을 낮추고 문 밖에 귀를 기울이며 혼자 중얼거렸지만 문 앞에 그림자가 어른거리지 않는 것을 보면 아무도 없는 모양이었다.

"하긴, 조금 전에 그 난리를 피웠는데 민망해서 다 가버렸겠다."

한세는 화끈거리는 뺨을 감싸 안고 강이 사라진 문을 바라보았다.

강은 두툼한 천이 깔린 길을 따라 안으로 걸어 들어갔다. 발끝을 들고 천천히 앞으로 나아가는데 짙은 사향의 향기가 코를 찔렀다.

"건너편 곳간과 연결된 길인가."

길 곳곳에 등불이 밝혀져 있고 값을 매기기 어려운 도자기와 사치품들이 줄을 지어 늘어서 있었다. 청에서 들여온 귀중품들이 이곳에서 주인을 기다리고 있는 것이었다.

중간에 제법 넓은 공간이 있고 반대편에 문이 하나 더 있는 곳에 가서야 강은 조심스럽게 물건들을 살펴볼 수 있었다.

"참말 노론의 자금이 이곳으로 모이는 것인가?"

붉은 불빛이 떨어져 내리는 자리에 돈궤들이 즐비했다. 그중 하나를 골라 조심스럽게 문을 여니 은덩이들이 빼곡히 채워져 있었다.

은자와 은덩이를 확인한 강이 뚜껑을 덮으려 할 때였다.

"별일 없느냐?"

"예. 조용합니다!"

반대편 건물이 틀림없는 곳에서 사내들의 소리가 들려왔다.

"여기까지만 해도 충분하다."

강은 혼자 노심초사하고 있을 한세를 생각하며 다시 길을 되짚어 돌아왔다.

"도련님!"

문 앞에서 기다리던 한세는 족자 뒤에서 나타나는 강이 무사히 나오는 것을 보며 가슴을 쓸어내렸다.

"이리 와."

강이 작은 목소리로 속삭이며 손짓하자, 한세는 호기심에 눈을 반짝이며 쪼르르 달려갔다. 죽여 버린다고 난리를 피우던 일은 기억 저편으로 날아가 버린 지 오래였다.

"찾으셨어요?"

"찾았다, 네가 원하는 것."

강이 고개를 끄덕이자 한세의 얼굴이 환하게 밝아지며 기쁨으로 눈이 반짝거렸다.

한세는 언제나 원하는 것을 주는 이 남자의 얼굴을 찬찬히 뜯어보았다. 그런 일을 해내고도 여전히 냉정하고 담담한 눈빛, 날카로운 코와 갸름한 턱. 설레게 하는 선이 지나치도록 뚜렷한 입술, 지금처럼 예의 바르고 냉정해 보이기까지 한 태도 뒤에 숨겨진 야수 같은 면까지, 가슴이 뜨거워진다.

"그렇게 좋으냐?"

"예, 고맙습니다."

강은 다감한 눈빛으로 한세를 내려다보았다. 좋아서 눈을 깜빡일 때마다 움직이는 숱이 많은 긴 속눈썹이 마음을 어지럽힌다.

"어찌 그러십니까, 제 얼굴에 뭐가 묻었습니까?"

강의 시선이 머무는 곳마다 간질거리며 알 수 없는 열기가 스멀거렸다. 강에게서 이런 묘한 시선을 받는 것이 처음이라 한세는 당황하고 말았다.

"좋았느냐?"

"고맙다고 하지 않았습니까?"

"그것이 아니라."

강은 눈을 가늘게 뜨고 기가 막혀 입을 다물지 못하는 한세의 전신을 불온한 눈빛으로 훑어 내렸다. 그의 머릿속에 머리를 풀어 헤치고 요망한 춤을 추며 유혹하던 모습이 어른거렸다.

"그것이 아니면 뭐, 무얼 말입니까?"

강이 묻는 말의 의미를 알아차린 한세는 속이 뜨끔해 혀가 꼬여 말을 더듬기 시작했다.

"입맞춤 말이다."

"저, 전 그렇게 급작스럽게 덮치듯 하는 건 키스, 아니 입맞춤! 네, 입맞춤으로 쳐 주지 않습니다."

"음, 그랬더란 말이지."

가늘게 내리뜬 강의 눈빛이 강렬하게 빛나기 시작했다.

"예"

"하면 다시 해야겠구나."

"어?"

강의 빛나는 눈에 떠오른 뜨거운 욕망이 마침내 한세의 눈에 분명히 들어왔다. 그가 원하는 것이 무엇인지를 알아차리자 가슴이 소란스럽게 수선을 피우고, 숨이 달뜨기 시작했다.

"어, 어……"

분명 안 된다고 고개를 저어야 할 것인데, 입술 사이로 달뜬 신음소리가 흘러나왔다.

"싫으냐."

지그시 내려다보던 강의 얼굴이 천천히 내려왔다. 문득 충격적이었던 조금 전의 기억이 선명하게 떠올랐다.

"그런 것이 아니라……."

한세는 피하지도 못하고 다가오는 강의 입술을 보았다. 선이 뚜렷한 그의 입술이 살짝 벌어져 유혹하듯 천천히 내려왔다. 홀린 듯 보고 있는 자신을 깨닫고 피하려고 할 때는 이미 늦어 있었다.

"나는 좋았는데, 지금도."

한세의 입술에 강의 입술이 닿았다.

"어, 어!"

강은 뒤로 물러나는 한세의 턱을 움켜쥐고 입술을 빼앗았다. 입술을 덮는 뜨거운 기운이 전신을 파고들어 전율케 했다. 이제는 강의 거친 숨결조차 달콤했다.

"가슴이 터질 것 같아, 숨이……."

미약에 취한 듯 심장이 터질 것 같아 숨을 쉴 수가 없었다.

"숨, 쉬어. 너는 이제 큰일 난 것이다."

강의 억센 손이 고개를 젓는 한세의 목덜미를 잡아 강하게 입맞춤을 했다.

한세는 자신의 입술을 거칠게 덮쳐 오는 남자의 단단한 입술을 느꼈다. 마음이 속절없이 무너져 내렸다. 그를 뿌리치려는 저항 같은 것은 상상할 수도 없었다.

거칠게 파고들어 오는 강의 무게에 눌려 입술이 벌어졌다. 그 틈을 비집고 들어온 혀가 톡톡 건드리자 한세의 혀가 어설프게 마중했다.

강은 만족할 때까지 한세의 도톰한 입술을 빨아당기며 그 따뜻하고 부드러운 입술을 자신의 것으로 만들어 버렸다.

"숨, 숨이……."

입맞춤이 섬섬 격렬해지자 입에서 거친 숨소리가 새어 나오며 나리가 후들거려 강의 가슴에 매달릴 수밖에 없었다. 손바닥에 명주 도포에 감싸인 강의 단단한 어깨 근육이 만져졌다.

"읍!"

그러자 잠시 숨 쉴 틈을 주며 부드러워졌던 강의 입맞춤이 다시 거칠어졌다.

송씨는 둘이 붙여놓으면 사고를 칠 것 같아서 떨어뜨려 두려고 했다는데. 한세는 고개를 흔들며 정신을 차리려고 노력했지만 소용없었다.

입술이 욱신거리고, 몸이 뜨겁게 달뜨더니 가슴을 뭔가가 찌르는 것처럼 아파온다. 미묘한 감정들이 한 번에 몰아쳐 오자, 더럭 겁이 나 눈물이 주르륵 흘러내렸다.

"너, 어찌 우느냐?"

자신의 볼에 닿는 물기에 놀란 강이 입술을 떼며 물었다.

"모르겠습니다."

귓불까지 발갛게 달아오른 한세가 고개를 가볍게 저으며 강을 물끄러미 바라보았다.

"싫은 게냐?"

"아, 아닙니다."

그러자 강이 몇 걸음 움직여 방 한가운데 원탁 앞에 놓인 의자에 걸터앉았다.

"이리 와."

강이 나직한 목소리로 속삭이며 손을 내밀었다.

채운당에서도 가장 은밀한 공간에 단둘이 있다는 것만으로도 숨이 막힐 지경이었다. 한데 그 손을 잡으라니, 너무 위험한 제안이었다.

"어찌 또, 그러십니까?"

발갛게 달아오른 얼굴로 한세가 그 손을 잡자 강은 살짝 끌어당겨 자신의 무릎 위에 앉혔다.

한세가 좋아하는 강의 긴 속눈썹이 스르륵 내리 깔리며 자신을 내려다보고 있었다. 은밀한 공간에서 너무 가까이 붙어 있어서인지 방 안의 공기가 점점 뜨거워지는 것 같았다. 위험하다, 위험해.

"하던 것 더 하려고 그런다."

한세의 머리카락을 부드럽게 쓸어내리며 둥근 이마와 볼과 입술로 내려가며 자잘하게 입을 맞췄다.

"에에!"

부끄러운 듯 살짝 몸을 비트는 한세의 입술 위로 강의 입술이 다시 포개졌을 때, 두 사람의 몸이 동시에 긴장했다.

"어?"

입술이 닿는 순간 강은 무언가에 감전된 듯 온몸에 전율이 일며 강한 욕망을 느꼈다. 심장이 제멋대로 뛰기 시작하자 그의 숨소리도 점점 거칠어졌다.

"쉿, 착하지."

꽃잎이 떨어지듯 기분 좋은 느낌이 입술에 닿았다 멀어져 가고 그리고 좀 더 탄력 있게 부딪쳐 왔다.

늘 보아왔던 강처럼 예의 바르고 점잖고 부드러웠지만, 격렬한 입맞춤이었다.

한세는 이제 스르륵 눈을 감고 강에게 자신을 맡겨 버렸다. 입맞춤은 뜨겁고 깊었으며, 거칠게 쏟아져 나오는 숨마저 달았다.

오랜 세월 겹겹이 꽃잎이 포개는 듯, 가슴속 깊은 곳에 쌓아둔 애틋한 사랑이 뜨겁게 얽혔다. 호흡에 곤란이 오고 숨을 쉬기 힘들어질

때쯤, 강의 입술이 천천히 떨어져 나갔다.

"하아!"

한세는 숨을 몰아쉬며 곤혹스러운 눈빛으로 강을 올려다보았다. 이 얼음처럼 차디찬 남자 어디에 이토록 뜨거운 가슴이 숨겨져 있는 것일까. 그의 입술이 떨어져 나가자 갑자기 견딜 수 없이 허전해졌다.

"너, 누구 것이야?"

강은 애틋한 눈길로 아직도 촉촉이 젖어 있는 한세의 붉은 입술을 내려다보았다.

"나, 누구 거예요?"

강의 목에 팔을 두르며 그의 귀에 대고 속삭이듯 물었다.

"내 거, 넌 내 것이다."

"매일매일 도련님이 보고 싶었어요."

스쳐 가는 한세의 입술에서 달짝지근한 냄새가 났다.

"무슨 생각하는지 알아맞혀 볼까?"

강의 손가락이 한세의 아랫입술을 쓸자, 또다시 숨결이 거칠어지고 가슴이 격하게 오르내렸다.

"어머니께서 사고 치면 안 된다고 하셨어요."

한세가 귓가에 나직이 속삭이자, 강이 피식 웃으며 고개를 가볍게 끄덕였다.

여름의 끝자락, 벌레가 시끄럽게 우는 밤이었다. 밀물처럼 밀려드는 푸른 달빛과 달빛도 취하게 만든 향기로운 향기, 손을 맞잡은 연인들이 달빛을 머금고 있었다.

나무가 줄지어 서 있는 그 길은 달빛이 스며 더욱 환하게 빛났다. 채운당의 긴 길을 벗어난 두 사람은 잔돌이 촘촘히 깔린 골목길을 손을 잡고 천천히 걸었다.

"이상합니다."

강의 손을 잡은 한세는 다른 손을 내밀어 무른 돌이 세월에 깎여 곰보처럼 파인 담벼락에 손가락을 스치며 걸었다.

"무엇이 말이냐?"

"이렇게 손을 잡고 걸으니까 가회당의 풀 향기가 나는 것 같습니다."

강의 손을 잡고 돌담을 따라 걷는 것은 마치 풀 향기를 맡는 것 같은 느낌이었다.

"진짜 향을 맡게 해주마."

여름밤은 깊어가고 있었고 아까보다 조금 더 쌀쌀해진 것 같았다.

강이 몸을 돌려 한세를 감싸 안았다. 그의 가슴에 얼굴을 묻자 진한 향기가 느껴졌다.

"세야."

한세의 얼굴을 가만히 들여다보던 강이 피식 웃었다.

"예?"

"너, 입술연지 다 지워졌다."

한세의 입술에 묻어 있는 것을 닦아주려고 손을 가져다 댔다.

달빛이 몰려들고 있는 엷은 어둠 속에서 그녀의 눈은 젖어서 맑은 수정처럼 빛나고 있었다.

"누가 다 먹었습니다."

달빛 아래서 한세가 발랄한 목소리로 말했다.

채운당 밖으로 나와 큰 길을 걸어 운종가로 돌아가며 제일 먼저 강의 눈에 들어온 것은 한세가 입고 있는 치마저고리였다. 너무 고와서 앞으로 저 옷은 절대 입지 못하게 해야겠다고 생각하는 중이었다.

"고백하고 싶은 것이 있습니다."

강을 바라보고 있자니 영문을 알 수 없는 울컥하는 감정이 밀물처럼 밀려와 한세의 가슴에 넘실거렸다. 한세는 고개를 돌려 버리고 싶었지만 마치 그의 눈에 사로잡힌 것처럼 움직일 수 없었다.

"나는 언제나 들을 준비가 되어 있다."

강은 고개를 끄덕이며 손을 잡아주었다.

사도세자가 죽고 얼마 지나지 않은 그 밤, 사랑채에 모여 있던 노론가 중신들에게 고복수가 하는 말을 듣고 강은 궁금했었다. 어째서 저런 대단한 어른들이 어린 한세를 죽이려 하는 것일까. 대체 한세의 정체가 무엇이기에……. 줄곧 그런 의문을 가지고 있었지만 캐묻지 않았던 것은 언젠가 때가 되면 한세 스스로 뭔가를 털어놓을 것이라 믿었기 때문이었다.

강의 따뜻한 손이 한세의 차가운 손을 꼭 쥐자, 온몸에 온기가 흘러가듯 따뜻한 기운이 느껴졌다.

"저는 아주 먼 미래에서 왔습니다."

한세가 떨리는 목소리로 말했다.

"저는 아주 먼 미래에서 왔습니다. 도련님께 이 말씀을 드려야 할지 수없이 생각했었습니다."

수천 번 생각했었다, 이 말을 해야 할 것인지.

이 말을 듣고 나서 강이 겪어야 할 혼란, 그리고 이미 사도세자의 경우에서도 보았듯이 혹시라도 미래에 대해 발설한 뒤에 오게 될 후환. 그 때문에 강을 위해서라도 뒷걸음질 쳤고 이별을 할 결심도 했었다.

하지만 이제 더 이상 도망칠 수 없는 상황이니, 자신에 대해 알려줘야 한다고 결심한 것이었다.

"미래를 볼 수 있는 것이 아니라, 미래에서 왔다?"

빙글빙글 웃고 있던 강의 얼굴에 웃음기가 사라졌다. 강은 어린 시절 사랑채에서 고복수가 하는 말을 듣고 한세가 특별한 사연을 가지고 있을 것이라고는 짐작하고 있었다. 하지만 미래에서 왔다는 말에는 당황하고 말았다.

"예, 정확하게 말하면 저는 지금으로부터 이백 년 후의 세상에서 이곳으로 오게 되었습니다."

어차피 고백하기로 마음먹은 한세는 더 이상 주저하지 않았다.

"나는 너를 아주 갓난아기일 때 보았는데, 그것이 말이 되느냐?"

"믿기 어려우실 거라는 것을 알지만, 사실입니다. 어떤 연유로 제가 이 몸을 빌리게 된 것인지는 알 수 없지만, 저의 이름은 오세아였고 현대에서는 이곳의 유생과 같은 학생이었습니다."

"어찌 그런 일이……."

웬만한 일로는 놀라는 법이 없는 그도 당황하여 말을 잃었다.

그러나 분명한 것은 지금 자신의 눈앞에 있는 여인은 한세가 틀림없었고 그 어느 때보다 진지하다는 것이었다.

"하면 너는 앞으로 일어날 일들에 대해 알고 있겠구나?"

"많은 것을 알지는 못합니다. 다만 역사에 기록된 것들은 알고 있습니다. 그러나 제가 그 역사에 대해 말을 하는 순간 엉망이 되어버렸습니다. 하여 저는 앞날에 대해 이야기하지 않기로 하였습니다."

잠시 생각에 잠겨 있던 강이 다시 묻자 한세는 간결하게 대답했다. 목소리는 작았지만 침착하기만 한 한세를 보니 굳은 의지가 엿보여 강은 더 이상 묻지 않았다.

"그렇다면 굳이 네가 미래에서 왔다는 말을 한 연유가 무엇이냐?"

"제 욕심에 더 이상 머뭇거릴 수 없어서, 이제는 말씀을 드려야 할 때가 되었다고 생각했습니다."

"너의 욕심?"

"예, 언젠가 제가 도련님께 그런 말을 했었지요. 두렵다고요. 정말로 소중한 사람을 만났는데, 언제나 그 사람을 보며 언센가 이별이 찾아오겠구나 하는 생각에 두려워하면서 사랑을 할 수는 없다고요. 또 그 사랑이 절정에 달했을 때 갑자기 사라지기라도 한다면 남아 있는 그 사람은 어떻게 해야 하는 거냐고······."

달빛 아래 한세의 얼굴은 여전히 평온했지만, 어쩐지 울고 있는 것처럼 느껴졌다.

"너의 걱정이 그것이었느냐?"

"예. 부름을 받고 갑자기 이곳에 왔으니, 아마도 제가 해야 할 일이 끝나면 살던 곳으로 돌아가게 될 것이라고 생각하고 있습니다. 한데 이런 저를 좋아하실 수 있겠습니까?"

"네가 해야 할 일이라는 것은 저하를 지키는 일이겠구나, 그렇지?"

강은 갑자기 한세가 예동이 되고 싶어 한 점, 그동안 지나치다 싶을 만큼 필사적으로 이산을 지키려는 것을 보면 필시 그와 연관된 일이 틀림없다는 생각이 들었다.

"예, 분명히 알지는 못하지만 그럴 것이라 짐작하고 있습니다."

"하면 저하께서 보위에 오르시면 되지 않느냐, 그래도 끝나지 않는 일이더냐?"

"예, 짧은 시일 안에 끝날 일이 아닙니다. 해서 이렇게 용기를 내는 것입니다. 저에겐 언제나 저하가 먼저입니다. 하니 도련님께 드릴 것이 없습니다."

꽁꽁 여며둔 비밀의 매듭을 풀자 오히려 홀가분해진 것인지 지나치게 솔직해져 버렸다.

"냉정하리만큼 정확하게도 말해주는 구나, 하면 마음은? 네 마음은 어떠냐?"

강은 그제야 한세가 어째서 이런 고백을 하는 것인지 짐작이 갔다.

한 여인에게 전부가 될 수 없는 사내, 그 의미를 깨닫고 나니 더욱 허탈해졌다.

"마음 하나밖에 드릴 것이 없는 제가 가회당의 안주인이 될 수는 없지 않겠습니까? 막연한 추측일 뿐이지만, 저는 어느 날 갑자기 사라질지도 모릅니다. 한데 이런 저를 감당하실 수 있습니까?"

한세는 다시 천천히 걸으며 담담하게 말했다.

"음, 나는 집안의 장손이다. 네가 혼인을 하고도 이 위험한 일을 계속한다면 분명 문제가 될 것이다."

세손이 보위에 오르면 약조했던 것처럼 한세와 혼인을 할 생각이었다. 그래서 유학자의 체면도 버리고 집안 어른들의 반대를 빨리 무마시키려고 내키지 않는 방법까지 선택한 것이었다. 하지만 한세가 계속해서 세손의 호위무사를 고집하고 위험한 일들을 해야 한다면 분명 문제가 될 것이다.

어차피 싸움은 이번 한 번으로 끝날 것이 아니고 세손이 보위에 오른다고 한들 그칠 싸움이 아니라는 것을 그도 잘 알고 있기 때문이었다. 뿐만 아니라 그 역시 부인이 된 한세가 계속해서 위험해지는 것을 지켜볼 수 있을 것인가 생각하니 잠시 머리가 복잡해졌다.

"하니 도련님께서 벌여놓은 일을 좀 수습해 주세요."

천천히 걷던 것도 이내 멈추고, 가진 힘을 다 짜내 겨우 하고 싶은 말을 끝냈지만 명치끝이 뻐근하게 아파왔다.

"너는 언제나 곁에 있어도 무엇을 하고 있나 궁금해서 돌아보게 했었다."

강이 한세의 손을 잡으며 허탈하게 웃어 보였다.

"예?"

한세는 그 웃음의 의미를 몰라 강을 물끄러미 바라보았다.

"하나 그 무엇보다 나를 힘들게 하는 것은 너를 보지 못하는 것이다. 지난 며칠 네가 보고 싶어 나는 죽을 것 같았다. 너 또한 내가 보고 싶었다고 하지 않았더냐?"

"예."

사랑은 정말 사람을 변하게 하는 것인지, 강은 이런 오글거리는 말들을 할 수 있는 사람이 아니었다.

"하니, 지금은 그것만 생각하자꾸나. 일단은 이렇게라도 너를 봐야 나는 숨을 쉴 것 같으니. 내가 방법을 찾아보마."

강은 그 말을 끝으로 입을 다물어 버렸고 한세 역시 더 이상 말하지 않았다. 그녀 역시 그 무엇보다 두려운 것은 강을 보지 못하게 되는 것이었기에.

"혹시 말이다."

강은 이번에는 어린 시절에나 보여주던 장난스러운 얼굴로 물었다.

"예?"

너무나 오랜만에 보여주는 강의 의뭉스러운 얼굴에 한세는 의아해졌다.

"네가 살던 미래에서도 꼭 혼인해야만 같이 사느냐? 그냥 서로 마음과 뜻만 맞으면 같이 사는 방법은 없는 것이더냐? 그러니까, 같이 잔다든가……."

"그것이 반듯한 유학자가 할 생각입니까?"

한세는 생각지도 못한 강의 말에 입이 딱 벌어졌다. 매사에 이성적이고 까칠한 강의 생각이라고 믿어지지가 않았다.

"유학자도 사내인데 연모하는 여인과 자는 상상도 못 하느냐?"

"아! 이 사람이 참말! 그렇지 않아도 제가 도련님 때문에 등짝을 얼마나 많이 맞았는지 아십니까?"

한세는 기어이 참지 못하고 강의 등짝이라도 때려주려고 손을 번쩍 쳐들었다. 그러자 강이 재빨리 날아오는 손목을 낚아채 획 잡아당겼고 한세의 몸은 자연스럽게 품 안에 들어왔다.

"나는 앞으로 네가 덤벼들 때마다 이리할 것이다."

강이 품으로 날아든 한세의 입술에 가볍게 쪽, 입 맞추며 웃었다.

"점점!"

한세는 어이없다는 듯 눈을 흘기며 웃었지만, 강을 너무나 잘 알고 있는 그녀가 그런 어설픈 장난에 그렇게 쉽게 말려들 때부터 이미 화낼 마음은 없는 것이었다.

강은 자신의 눈앞에 서 있는 한세의 손을 이렇게 잡고 있는 것만으로도 이미 세상을 다 얻은 것이나 진배없었다.

"하면 오늘 밤은 여기까지만 하도록 하자."

강은 그대로 손을 잡고 여름의 끝자락을 천천히 걸어갔고 한세도 뿌리치지 않고 따라 걸었다. 엄청난 비밀을 털어놓은 후라 그런지 발걸음이 날아갈 듯 가벼웠다.

"저……."

운종가 비단전 앞까지 갔을 때, 갑자기 생각난 듯 한세가 그를 향해 돌아섰다.

"말해보거라."

"대체 도련님께서는 어찌하실 생각으로 채운당의 비밀 통로를 찾으신 것이십니까?"

한세는 이곳으로 오면서 쭉 궁금했던 것을 물었다.

"너는 지금 이 마당에도 그것이 궁금하더냐?"

강은 갑자기 욱하고 부아가 치밀어 한세의 이마를 손가락으로 톡

쳤다.

"한시가 바쁜데 일은 해야시요."

"오늘 채운당에서 발견한 것은 필시 노론의 자금 중 일부와 노론가에서 소장하고 있었을 귀중품들이다. 돈궤와 서화나 도자기, 귀중품마다 숫자가 붙어 있었으나 인명은 없었다. 하니 분명 그것들을 관리하던 자들을 기록한 장부가 존재할 것이다."

"예, 아주 귀한 것들만 채운당에 보관되어 있고 운종가의 점포에서 거래되는 것들은 점포에 딸려 있는 창고와 송파의 객주 창고에 보관되어 있을 것입니다."

"하나 그것은 심증일 뿐 물증이 없다. 내가 할 수 있는 일이라는 것이 저하를 위해 명분을 만들어 드리는 것인데, 심증만으로는 그 무엇도 할 수 없는 것이니 답답할 수밖에……."

"알겠습니다, 그리 전하겠습니다. 하면 살펴 가십시오."

한세는 화를 내면서도 차근차근 오늘 채운당에서 찾은 정보에 대해 알려주는 강이 고마워 다소곳이 인사하고 돌아섰다.

"참!"

강은 무언가 생각난 듯 비단전 안으로 들어가려는 한세를 다시 불렀다.

"예?"

"오늘 채운이 내게 흥미로운 제안을 하나 했는데 말이다."

"도련님께요?"

"음, 내게 각 집단의 사보를 만들자고 하더구나."

"사보를요?"

"상인과 유학자들을 비롯한 여러 이익집단들이 제각기 목소리를 낼 수 있는 그런 사보를 만드는 것이 어떠냐고 묻더구나, 혹 네가 온 미래에 그런 것이 있더냐?"

강의 눈빛을 보니 채운의 제안이 상당히 흥미 있었던 모양이었다.

"예, 물론 있었습니다. 그것도 아주 발달된 관보와 사보, 학술지, 그리고 그 외에도 여러 가지 정보를 손쉽게 전달할 수 있는 많은 매체들이 있습니다. 바로 그것들이 매일매일 모든 이들에게 새로운 소식을 알려줍니다."

"신분의 차이 없이 모든 백성들에게 말이냐?"

"약간의 차이는 있지만 대부분 그렇습니다."

한세의 말에 강은 충격을 받은 듯 미간을 살짝 찌푸렸다.

그러나 강이 받은 충격은 한세가 받은 충격에 비할 바가 못되었다. 강이 물으니 설명은 했지만 한세의 머릿속은 대체 채운이 어찌해서 그런 제안을 했는가로 꽉 차 있었다.

"예."

"음, 그만 들어가 쉬어라."

한세를 들여보낸 강은 다시 깊은 생각에 빠져 천천히 걸어갔다. 그 역시 오늘 밤은 채운이 한 제안을 곱씹어 생각하느라 잠을 설칠 것 같았다.

"연희야, 너와 같이 온 영란은 어찌 보이지 않는 것이야?"

모임이 끝나갈 무렵, 다회의 회원들을 하나하나 챙기던 윤소이는 영란이 보이지 않자 연희를 찾았다.

"예, 몸이 좋지 않다고 먼저 갔습니다. 어찌 그러십니까?"

"그랬는가. 언제쯤 나갔는가?"

"조금 전에 갔습니다. 한데 어찌 그러십니까?"

"별일 아닐세, 그저 물어보고 싶은 말이 있어서 말일세."

영란만 없어졌다면 그러려니 했겠지만, 가회의 장인 강도 보이지 않았다. 게다가 곰곰이 생각해 보니 강과 영란이 보이지 않는 때가 묘하게 일치했다.

"어찌 되었습니까?"

도겸은 조금 떨어진 곳에서 모임이 파하고 돌아가는 다회의 규수들과 가회의 선비들을 배웅하고 있는 채운에게로 다가갔다.

"호락호락하지는 않을 줄 알았지만, 서강을 설득하기에는 시일이 너무 촉박하다."

"옹주께서 내일 아침에 보자는 기별을 보내왔습니다."

도겸의 안색이 어두운 것을 보자 채운도 입을 다물었다. 이제 노론가의 잔금을 거둬들일 시기이니 눈앞에 보이는 성과를 내놓으라는 뜻이었다.

"내일 아침 옹주를 만나야겠네."

채운 역시 이제는 뭔가 보여줘야 할 때라는 것을 알고 있었지만, 어지간한 젊은 사내들이라면 걸려들 수가 그들에게는 통하지 않는다는 것이 놀랍기도 하고 한편으로는 앞날이 기대가 되기도 했다.

"예, 그리 일러두겠습니다."

"하고!"

"예!"

돌아서 채운의 명을 전하러 가려던 도겸이 다시 돌아보았다.

"만약의 경우를 대비해 채운당에서 일하는 이들을 챙겨주게, 하고 고복수는 가고 싶다는 곳으로 보내게."

"예."

"또한 제2, 제3의 방책을 세워둬야 할 것일세."

"예, 그리하겠습니다."

도겸은 채운의 얼굴이 다시 차갑게 얼어붙는 것을 바라보다 서둘러 나갔다.

"어차피 손을 잡을 수 없다면 적이 될 수밖에……."

이제 채운당과 자신의 전부를 걸고 한바탕 도박을 해볼 시기가 온 것이다.

옹주는 이산의 예동들을 노론의 사람으로 만들어주거나 그럴 수 없다면 그들을 분열시키거나 죽여달라고 청했었다. 채운이 그 대가로 노론의 막대한 자금을 채운당에서 관리하며 운영할 수 있도록 해달라는 제안을 했을 때, 이미 전부를 걸었었다. 어차피 돌아설 수 없는 길이었다.

그날 밤, 한세는 따뜻한 물에 목욕을 하고 나와 이불을 덮고 눈을 감고 쉬고 있었다.

"만일 강의 말이 사실이라면 채운은 천잰데?"

강의 말을 생각하니 쉬이 잠이 오지 않아 한세는 다시 자신의 꿈 노트를 들여다보았다.

"꿈의 내용을 보면 아무래도 내가 채운의 죽음과 연관이 되어 있는 것 같아, 혹시 내가 채운을 죽이게 되는 것일까?"

한세는 꿈 노트를 머리맡에 둔 채 채운이 등장하는 꿈의 내용을 생각하며 뒤척이고 있었다.

"으음!"

깜빡 잠이 늘었었는지 다시 눈을 떴을 때 밤은 칠흑처럼 깊어 있었다. 은은한 달빛만이 마치 꿈결처럼 방 안을 비추고 있었다.

"어, 양금?"

꿈인지 현실인지, 고요한 정적을 깨뜨리며 어디선가 양금을 연주하는 소리가 부드럽게 흘러나왔다.

"양금이네, 누가 양금을 연주하는 거지."

양금 소리 때문인지 몇 번 뒤척이기도 했지만 긴장하고 피곤했던 탓인지 쉽게 잠이 들었다. 그리고 한세는 이상한 꿈을 꾸었다.

하늘을 뒤덮은 초록빛 잎 사이로 푸른 하늘과 떠가는 하얀 구름이 보였다. 구불구불한 산길을 말을 달려가는 한 무리의 무사들 속에 검은 무복을 입은 한세가 섞여 있었다.

'저기다, 잡아라!'

한세와 무사의 무리들은 바로 앞서 달려가는 한 무리의 무사들을 쫓았다. 앞서가던 무리를 따라 잡은 한세는 검을 빼 들었고 두 무리 사이에 싸움이 일어났다. 그리고 한세가 누군가를 향해 검을 휘두르고 곧이어 한 사람이 비틀거리며 돌아본다.

'당주님!'

한 사내가 잡으러 달려가지만, 한세가 휘두른 검에 찔린 여인은 그대로 늘어진 수양버들의 긴 가지를 잡고 쓰러진다. 수양버들의 잎들이 두 사람의 머리 위로 흩날리며 떨어져 내린다.

'가, 도겸! 가, 위험해!'

쓰러진 여인은 손을 휘저으며 중얼거렸고 그녀의 눈에서는 한줄기 눈물이 흘러내렸다.

"채운!"

한세는 눈을 번쩍 떴다.

꿈속의 여인은 분명 채운이었다. 아른아른 기억이 분명하지 않던 꿈이 보다 선명해졌다. 꿈속에서 채운을 죽인 것은 바로 한세였다.

"내가 왜? 하지만 어째서 현실의 상황들은 꿈과 자꾸만 달라지는 것이지, 분명 내가 꾼 아홉 개의 꿈들이 예지몽이라면 꿈과 모든 것이

똑같아야 하는데…… 대체 그동안 내가 꾼 꿈들은 뭐야?"

이상한 생각이 든 한세는 꿈을 내용을 떠올리며 머리맡에 둔 꿈 노트를 다시 한 번 들여다보았다.

하늘은 새벽부터 맑았다.

잠시 서서 올려다본 하늘은 끝없이 높고, 엷은 쪽물을 뿌려놓은 것처럼 푸르렀다. 새의 깃털 같은 구름은 마치 그리다 만 화선지의 여백 같은 그 하늘 위를 떠다니며 바람결에 살랑거렸다.

"역시 말하기를 잘했어!"

한세는 강에게 고백하기를 잘했다고 생각하며 서둘러 세수를 하고 분이가 차려주는 밥을 먹기 위해 안으로 들어갔다.

"안색이 좋으시네요."

기다리고 있었다는 듯 한민이 밥상으로 다가와 앉았다.

"근데 유모는요?"

"새벽 일찍 마님께서 찾으셔서 본가에 들어가셨습니다."

"아, 그러셨구나."

한세는 분이가 차려놓은 아침을 맛있게 먹었다. 때때로 송씨의 따끈한 밥상이 생각나지 않는 것은 아니었지만, 그래도 한세는 당분간 가회당은 잊기로 했다.

"저, 저도 점포를 보는 때를 제외하고는 나가서 무사들과 함께 수련을 하는 것이 좋지 않겠습니까?"

밥을 먹던 한민이 쑥스럽게 물었다.

"지금도 할 일이 많은데 그럴 것까지 있겠소, 오라버니도 같이 하고 있으니."

한세가 연유를 모르겠다는 얼굴로 물었다.

"요즘 아가씨를 뵈니 일이 다급하게 돌아가고 있는 것 같아서 말입니다."

"그 일은 나와 오라버니에게 맡겨두고 자네는 비단전과 아버님이 하시는 일을 잘 도와주게. 하고 채운이 요즘 운종가에서 하고 있는 일들에 대해 알아봐 주게."

"알겠습니다."

밥을 먹고 상을 치우고 들어온 한세는 단장을 하기 위해 면경 앞에 앉았다.

"만약 꿈과 같은 그런 순간이 온다면, 나는 어떤 선택을 해야 하는 것일까?"

궁궐로 들어갈 채비를 하며 한세는 몇 번이고 생각했지만 채운이 어떤 생각을 가지고 있든, 만약 건우와 예동들이 위험해지는 상황이 온다면 꿈과 같은 선택을 할 수밖에 없을 것이다.

十一
운명을 흔들다

"저하!"

그날 아침, 서연에 참석했던 홍국영은 스승들이 모두 나가고 난 뒤에 이산과 독대하려고 남아 있었다.

"무슨 일이 있는 것인가?"

강은 그를 멀리하라 조언했지만, 이산에게 홍국영은 각별한 신하였다. 어린 시절을 함께해 온 예동들이 벗이며 신하라면 그는 정치적인 의미의 신하였다. 어찌 생각해 보면 오히려 더 편할 수 있는 신하였다.

이산이 홍국영을 각별히 여기는 데는 또 다른 연유도 있었다. 홍국영의 6대조 홍주원은 선조의 딸 정명공주의 부마 영안위(永安尉)였고 홍봉한은 10촌 할아버지가 되니, 어찌 되었거나 이산과는 12촌이 된다.

또한 홍국영과 영조의 계비 정순왕후는 8촌, 김면주와 연희의 어머니는 홍국영의 당고모(5촌)였다. 집이 도성 바깥에 있었던 홍국영은 과거를 보기 위해 도성에 들어오며 김면주의 집에서 기숙했다. 그가 삼

년 전부터 왕 가까이서 일하는 예문관원이 되고 동궁을 보좌하는 춘방사서가 된 것에는 이러한 가문 배경의 영향도 있었다.

그는 이산이 싫어하는 것은 하지 않겠다는 생각에 어떤 정파에도 속하지 않았고, 주변에 사람을 모아 세력을 키우는 일도 하지 않았다. 이산이 그를 신임하게 된 까닭은 빠르고 정확한 정세 판단과 정치적 감각 외에, 당쟁에 물들지 않고 파벌을 만들지 않는다는 점도 있었다.

"다름이 아니오라 지난번 존현각 후원에서 저하와 함께 있던 규수 말입니다."

"자네가 보았던가?"

이산은 문득 그날을 떠올리며 쓴웃음을 지었고, 눈치 빠른 홍국영은 그것을 놓치지 않았다.

"예, 마침 그 규수가 신의 누이와 각별한 사이라 혹시 신이 도울 일이 있을까 해서 말입니다."

가문이 좋아서인지 매사에 자신감 넘치고 야심만만한 그는 이산에게 전부를 걸었다. 언제나 그렇듯이 때로는 이렇게 충성심이 과한 자도 있기 마련이었다.

"음."

이산은 누구도 바라볼 수 없는 세손의 자리에 있으면서도 이제껏 진심으로 원하는 것을 단 한 번도 가져본 적이 없었다.

어찌하여 처음으로 가지고 싶은 그것이, 하필이면 한세인지 원망스러웠다. 진심으로 아끼고 좋아하는 강인데 그가 한세를 마음에 두고 있는 것이 틀림없다는 것을 알면서도, 접을 수 없는 마음이 야속하다.

마음이 이처럼 아픈데도 아프다고 내색조차 할 수 없는, 참으로 측은하기 짝이 없는 그의 첫사랑.

"저는 언제나 목숨을 걸고 저하를 지킬 것입니다. 또 저하께서 허락하시지 않으면 저는 그 누구도 좋아하지 않고, 그 어디도 가지 않고, 저하의 곁에 있을 것입니다. 하나, 제 마음이……."

아직도 그의 눈앞에는 어쩔 수 없는 제 마음을 고백하며 눈물을 흘리던 한세의 모습이 어른거렸다. 그 순간, 이산은 미처 시작도 해보기 전에 강과의 내기에서 자신이 진 것을 직감했다. 그럼에도 불구하고 깨끗하게 잊지 못하고 마음을 저울질하는 자신이 우스웠다.

"어제 퇴궐해서 보니 누이와 함께 모임에 간다고 왔더군요."

한세에 관한 말이 나오자 이산의 얼굴에 작은 균열이 이는 것이 홍국영의 눈에 보였다.

"그랬던가?"

이산은 별말 없이 접선을 펴 부채질을 했다. 지난 며칠 이산은 손에 든 부채로 바람을 일으켜 마음을 식히려 했다. 하지만 허사였다. 그리움에 시달리는 그의 가슴은 좀처럼 안정이 되질 않았다.

"어떤 사내가 봐도 탐낼 만한 고아한 규수였습니다."

눈치 빠른 홍국영이 그런 이산의 기분을 모를 리 없었다.

"그렇지."

제법 서늘해진 날씨임에도 그의 부채질은 멈출 줄을 몰랐다.

언제나 이성적으로 몇 번이고 생각하고 그대로 밀고 나가, 후회를 모르던 이산이었지만 어인 일인지 이번만은 마음대로 되지가 않았다. 급기야는 차라리 여인인 것을 모른 척하고 궁궐에 둘 것을, 하는 후회까지 했다.

"그 규수가 지난번 하동재의 연회에서 뵌 규수가 맞습니까?"

홍국영은 차를 찻잔에 따르며 넌지시 물었다. 그는 그날 기섭과 함게 하동재에 동행했으니 이산의 차림새를 알고 있었다. 가면을 쓰고 있다고는 하지만 한 여인을 두고 모두가 다 보도록 다투는 것은 이산과 어울리지 않는 일이었다.

"맞네."

깜빡했었다. 그녀는 곁에 있어도 무얼 하고 있는지 궁금해서 다시 한 번 돌아보게 만들던 엉뚱한 한세였다는 것을.

그는 보고픈 마음에 지쳐 있었다. 꼭 무엇엔가 홀린 듯했다. 이산의 머릿속에는 오늘 오기로 한 한세 이외에는 아무런 생각도 남아 있지 않았다.

"역시 신의 짐작이 맞았습니다."

이산의 대답에 홍국영은 자신도 모르게 안도의 숨을 내쉬었다. 그에게는 기회가 분명했다.

"하나 그 규수는 내가 별로라고 하네, 자네가 보기에도 내가 그리 별로인가?"

이산은 난처한 표정을 지으며 멋쩍은 듯 홍국영을 보았다. 그리움으로 지친 그에게 이 사악한 신하는 자꾸 달콤한 유혹을 한다.

"저런!"

늘 자기 관리가 철저한 이산을 보며 짐짓 혀를 내두르던 홍국영이었다. 그런데 오늘 이산의 얼굴에 떠오르는 난처함을 보자니 한편으로는 재미가 있고, 또 한편으로는 그를 저토록 절절매며 흠뻑 빠져들게 한 규수가 여간 탐나는 것이 아니었다.

"저하!"

그때였다. 기섭이 들어오며 할 말이 있는 눈치였다.

"오, 왔더냐?"

그러자 이산이 부채를 내려놓으며 벌떡 일어섰고 홍국영도 무슨 일인가 하여 덩달아 일어섰다.

"내 바쁜 일이 있으니 자네는 그만 나가보게."

이산은 그제야 생각났다는 듯 돌아보며 홍국영에게 나가보라 눈치를 주었다. 조금 전의 낙심한 얼굴은 오간 데 없고 환하게 밝아졌다.

"하면 신은 그만 나가보겠습니다."

"그리하게."

"저하께서 무언가를 저토록 원하는 것을 본 적이 없거늘?"

홍국영이 밖으로 나오며 보니 기섭의 뒤를 따라 화사하게 차려입은 규수가 들어오고 있었다.

"여기서 또 뵙습니다?"

"예."

홍국영이 알은척을 하자 한세는 태연하게 고개를 숙여 인사하고 안으로 들어가 버렸다.

"존현각을 드나들 정도면 보통 사이가 아닌 것인데?"

홍국영은 돌아서 총총히 사라지는 규수에게서 눈을 떼지 못했다.

"어째 예감이 좋지 않아."

한세 역시 그런 홍국영의 눈길을 느꼈다.

"내가 저하께서 원하는 것을 갖게 해드리면 어찌 되는 것인가?"

그날, 존현각에서 그 규수가 남긴 인상은 아주 강렬했다. 홍국영은 그 순간 그동안 생각지도 못했던 욕심을 내기 시작했다.

이산은 심호흡을 하면서 존현각 안을 둘러보았다. 이렇게 초조하게 여인을 기다리게 되다니…….

"보고 싶어 죽겠구나, 참말!"

그는 다시 몇 번이고 방 안을 오락가락하였다. 그런 주군의 마음을 읽은 기섭은 한세만 먼저 들여보내고 문 앞에서 시위하며 건우를 기다렸다.

"저하, 평안하셨습니까?"

돌아보니 한세가 생긋 웃고 있다.

오늘 한세는 철쭉빛 치마에 맞추어 실안개빛이 도는 긴 배자를 입었고 머리는 한 올 흐트러짐 없이 곱게 빗어 한 갈래로 땋아 내렸다. 깔끔한 차림새이지만 그 빈틈없이 말끔한 것이 또 다른 고혹적인 분위기를 자아냈다.

"왔느냐?"

반가운 마음에 와락 안고 손이라도 잡아보고 싶은 마음이 간절했지만 그는 주먹을 꽉 쥐며 참았다.

"조금 늦었습니다."

"그래, 어찌 이리 늦었누?"

이산은 존현각 뜰에 핀 꽃이 무색하리만큼 눈이 부신 그녀의 모습을 물끄러미 바라보았다. 그 모습을 보며 그는 노리개가 아니라 떨잠을 준비할 것을 그랬다는 후회를 잠시 하였지만, 여전히 안주머니에 있는 노리개조차 건네지 못했다.

"여인의 모습으로 입궐할 때는 아무래도 차려야 할 것이 많아서 조금 늦었습니다."

"그러냐?"

늦었다고 하는 그의 말에 입가에 번지는 한세의 그 웃음조차도 영롱해 보였다.

"앉아라, 곧 건우가 올 것이니 기다리며 차나 한잔하자꾸나."

"예, 제가……."

"아니다, 내가 내려주마."

이산은 한세의 어깨를 잡아 자리에 앉게 하고 다기를 가지고 오며 씽긋 웃었다.

"하지만 어찌?"

"차 맛은 내가 낫다."

화기에 올려둔 주전자의 물을 부으며 이산은 들뜬 마음을 가라앉혔다.

"어떠냐?"

"차 맛이 여전히 좋습니다."

한세는 이를 하얗게 드러내고 웃었다. 정순하게 뻗은 가지런한 눈썹과 맑은 눈. 청초한 한세의 눈동자가 웃고 있었다.

"그것 보아라."

더 이상 욕심내고 싶지 않았다. 그저 웃고 있는 이 여인의 얼굴을 이렇게라도 보는 것만으로도 되었다고. 다만 이런 시간이 조금 더 이어지기를 바랄 뿐이었다. 처음 보았을 때의 딱딱하고 경직된 얼굴은 사라지고 이제 그의 웃음은 정감 있고 편안한 느낌이었다.

"저하!"

"왔는가?"

잔을 비웠을 즈음 건우와 기섭이 들어왔다. 이산은 미리 준비해 두었던 차를 따라 두 사람에게 주었다.

"어찌 되었느냐?"

건우는 자리에 앉기 무섭게 한세가 찾은 정보에 대해 물었다.

"어제 도련님께서 채운당 당주의 방에서 비밀 통로를 찾았습니다. 들어가서 확인하고 오셨는데 진귀한 도자기와 서화, 그리고 돈궤로 가득 차 있었다고 합니다."

한세는 어젯밤 채운당에서 찾은 것들을 보고하며 잠시 생각에 잠겼다. 채운이 강에게 했다는 제안에 대해 보고를 할 것인가 잠시 생각하던 한세는 일단 그것은 잠시 덮어두기로 했다.

"그래, 하면 호사가들 사이에 도는 소문이 사실인가 보구나."

"무슨 소문이요?"

"곧 정후겸의 가택에서 노론 인사들의 큰 모임이 있을 것이고, 많은 헌납금이 오갈 것이라는 말을 들었다."

"하면 곧 채운이 여는 연회가 열리겠군요."

"음."

건우와 한세의 보고를 듣고 있던 이산은 초조해졌다. 홍국영도 나름대로 노력 중이었지만 아직까지 별다른 방법을 찾지 못했다. 반면 노론 쪽은 홍국영과 예동들을 동시에 공격해 이산의 손발을 묶어두려고 하고 있었다.

사실 현재 조정은 이산의 대리청정을 두고 영조와 홍인환을 비롯한 화완옹주와 정후겸, 김귀주 일파의 대립이 더욱 극심해지고 있었다. 여름이 끝나고 가을까지도 답을 찾지 못한다면 이제 가능성은 희박해 보였다.

"저하, 어의가 전하의 처방에 대해 급히 상의할 것이 있다고 합니다. 잠시 가보셔야 할 것 같습니다."

아직 회의 중인데 내관이 들어와 고하는 바람에 이산은 먼저 일어섰다.

"내가 곧 비단전으로 가마. 자세한 이야기는 그때 다시 듣자꾸나."

"예, 저하!"

이산은 못내 아쉬운 눈빛으로 한세를 바라보다 서둘러 나갔다.

"사형!"

한세는 시위하려고 나가는 기섭을 따라가 잠시 잡았다.

"어찌 그러느냐?"

"앞으로 저하의 호위는 전적으로 사형께서 맡아주십시오. 저는 당분간 건우 사형의 호위를 맡겠습니다."

"그리하마, 이곳은 나와 사부께 맡기고 너도 조심해라. 사부께서도 걱정하고 계신다."

기섭은 더 많은 이야기를 나누고 싶었지만 한세에게 조심하라는 말밖에 달리 해줄 말이 없었다.

"사형, 드릴 말씀이 있습니다."

기섭과 이야기를 나누고 돌아온 한세는 다시 자리에 앉아 이번에는 건우와 앞으로의 일에 대해 상의를 했다.

"어제 도련님이 채운에게 한 가지 제안을 받았다고 합니다."

"제안을?"

"예, 도련님의 기별서리들을 운용해 사보를 만들어보는 것이 어떠하냐고 했답니다."

"사보를?"

건우 역시 채운이 했다는 제안에 상당한 충격을 받은 것 같았다.

"가능하겠느냐? 지금의 전하께서는 서책의 자유로운 유통도 막고 계시는데……."

"하나, 그동안 모은 정보를 종합해 볼 때 채운이 상당히 급진적인 사고를 하는 것은 틀림없습니다."

"청나라에서 많은 것을 익히며 공부를 했다고 하고, 실학파와 교류를 하는 것도 그러하고, 내 생각도 그렇다."

"해서 말입니다. 도련님께서 상소문으로 이 모든 일을 고하고 저하께 명분을 만들어 드리려면 뭔가 물증이 필요합니다."

한세는 차마 하기 어려운 부탁을 하려고 신중하게 운을 떼었다.

"그렇겠지."

"사형께서 채운을 설득하실 수 있겠습니까?"

"직간접적으로 손을 내밀었으나 아직 답이 없다."

"역시 어렵겠지요."

채운이 사내에게 흔들릴 여인이 아님은 알고 있었지만, 꼭 필요한 것은 그녀에게 있고 달리 설득할 방법이 없어 답답했다.

"다시 한 번 해보마."

낙심하는 한세의 얼굴을 물끄러미 바라보던 건우가 언제나처럼 활짝 웃어 보였다.

"늘 사형께 어려운 부탁만 드려 송구합니다. 이번 일도 그렇고, 집안의 귀한 작품들을 번번이 털어오는 것도 그렇고……."

처음 보았을 때부터 남의 마음을 특히 잘 헤아리는 건우였다. 자라면서부터는 그의 개혁적인 사고까지 한세와 잘 맞았다.

"실없는 소리! 그것이 너를 위해 하는 일이더냐? 한데 어찌 미안한 일이 되느냐?"

"그래도 늘 미안합니다, 저는."

한세는 언제나 믿고 모든 것을 논의하는 건우가 위험해질까 봐 두려운 것이었다.

"그러지 마라, 한데 앞으로는 어찌할 생각이냐?"

"사실 이것은 사형께만 말씀드리는 것입니다."

한세는 잠시 망설이다 건우에게만은 이야기를 해야 할 것 같아 어렵게 입을 열었다.

"그래, 너의 생각이 듣고 싶구나."

"그간은 제가 관직에 있으니 차마 할 수 없었던 생각이었지만 저는 이미 궐에서 쫓겨났고 비밀리에 사병을 이끌고 있으니 노론의 자금을 찾으면……."

"그만! 위험한 생각이다."

건우는 뒷이야기는 듣지도 않고 바로 말을 잘랐다. 한세가 하려는 일이 얼마나 황당한 일인지 그의 얼굴이 창백하게 굳었다.

"아직은 생각 중입니다."

"생각도 하지 마라, 생각을 하면 너는 꼭 사고를 치고 말 것이니!"

"하나, 제게는 그것이 꼭 필요합니다."

"간이 부은 것이냐, 그리했다가는 너는 필시 살아남지 못한다. 노론이 너를 그냥 두겠느냐?"

"사형, 비밀로 해주십시오. 제가 책임지겠습니다."

"나는 분명 반대했다, 그만 가자!"

기어이 화가 난 건우는 혀를 끌끌 차며 자리에서 일어섰다.

"사형, 걱정하지 마십시오."

"강을 생각해서라도 그리 말거라."

그가 자신을 걱정하고 있다는 것을 알기에 한세는 더 이상 아무 말도 하지 못하고 시무룩해져 따라갔다.

❀

"어떤가, 나와 투호를 하며 한번 놀아볼 텐가?"

그 시각 정후겸의 집으로 채운을 불러놓고 차를 나눠 마신 옹주는 뜬금없이 투호 놀이를 하자고 제안했다. 투호는 항아리에 화살을 던져 많이 넣는 편이 승리하는 놀이로 궁궐이나 양반가에서는 즐겨 하는 놀이 중 하나였다. 그래서인지 대가 집 마당이라면 어디고 넓은 마당 복판이나 대청에 귀가 달린 항아리가 놓여 있었다.

"저는 여염집의 여인이 아니니 투호에는 익숙지 않습니다. 쌍륙으로 하시지요."

"역시 자네는 장사치가 확실해. 손해 볼 짓은 하지 않지."

채운이 응하자 옹주는 자리에서 일어나 쌍륙판을 가지고 나오며 의미심장하게 웃었다.

"아!"

단풍나무를 깎아 만든 쌍륙판을 받아 들던 채운은 생각보다 무거운 무게 탓에 휘청거렸다.

"무거운 것을 받았을 때에는 조심을 해야 하는 법일세, 자칫 손모가지가 부러질 수도 있으니 말일세."

쌍륙판을 무겁게 내려놓는 채운을 바라보며 옹주는 웃었다. 지금부터 무거운 이야기를 꺼낼 것이라는 경고조차도 잔뜩 부담을 주겠다는 것이니 일단 성공적인 것이었다.

"한 수 가르쳐 주시지요."

쌍륙은 주사위 두 개를 던진 뒤에 나온 수만큼 말판에 말을 움직이는 것이다. 가장 좋은 것은 주사위 두 개를 던져서 육과 육이 나오는 것이다. 그래서 쌍륙이라고 한다.

"먼저 던지시지요."

채운이 주사위를 건네자 옹주는 숨을 조심스레 내뱉으며 주사위를 던졌다.

"오륙(五六)! 이번엔 자네 차례일세."

"예, 하면!"

채운은 소매를 살짝 걷어 올리며 주사위를 잡았다. 말려 올라간 저고리 소매 끝에 매끈한 팔목이 드러나며 주사위가 던져졌다.

"백삼(百三)! 이번엔 마마 차례입니다."

"그렇구만! 어떤가, 내가 이길 것 같지 않나?"

옹주는 소리 높여 까르르 웃으며 채운을 바라보았다.

"판이 끝나봐야 알지 않겠습니까?"

채운은 역시 밀리지 않았다.

"좋네, 하면 이번엔 먼저 장악원 부제조부터 처리하세."

옹주는 말판에 서 있는 말 하나를 획 쳐 내며 웃었다. 밀쳐 낸 말은 또르르 굴러가 저만치 떨어져 나갔다.

"멈추게!"

정후겸의 가택에서 나와 한참을 가던 채운이 휘장을 들추고 옥교를 세웠다.

"어찌 그러십니까?"

호위를 하던 도겸이 다가가 물었다.

"잠시 걷겠네."

채운은 옥교에서 내려 그다지 먼 거리가 아닌 채운당까지 천천히 생각하며 걸어갔다. 도겸은 입을 굳게 다물고 오늘따라 유난히 여위어 보이는 채운의 뒤를 따랐다.

"어느새 바람이 서늘하구나."

한참을 묵묵히 걷던 채운이 문득 걸음을 멈추고 하늘을 올려다보았다. 바람이 길게 늘어진 검은 너울을 살랑살랑 흔들었다.

"어디가 불편하십니까?"

늘 차갑기만 하던 채운의 눈이 건우를 바라볼 때는 번민에 들끓었다. 어려서부터 늘 함께해 온 도겸이 지금 채운의 얼굴에 떠도는 번민을 모를 리 없었다.

"아닐세."

"하면 어찌?"

이제껏 수많은 일을 겪으면서도 단 한 번도 고통이니 외로움을 내색하지 않던 채운이기에 도겸은 더더욱 걱정이 되었다.

"이제 수확을 해야 하는 가을이 오는 모양일세."

채운은 숨을 깊숙이 들이쉬며 도겸을 돌아보았다. 바람이 불며 너울을 들추자 그녀의 얼굴이 오롯이 드러났다.

채운의 얼굴은 요즘 부쩍 여위었다. 막상 그런 그녀의 얼굴을 보는 순간 도겸은 가슴이 아려왔다. 하지만 지금은 그 어떤 말로도 위로가 되지 않을 것을 알기에 그는 조용히 옆을 지킬 뿐이었다.

❀

오랜만에 비를 품은 서늘한 바람이 부는 날이었다.

"이만 갑시다."

"벌써요?"

유춘오에 모여 연주를 하는 내내 넋을 잃은 얼굴로 앉아 있던 채운은 그만 가자는 건우의 말에 화들짝 놀라 따라 일어섰다.

"하면 예서 살 것입니까?"

연주가 끝났는데도 갈 생각을 않는 채운을 바라보며 건우는 심상치 않은 기분에 잠시 갈등했었다. 어쩌면 채운이 오늘 자신을 죽이려 하는지도 모르겠다는 생각이 뇌리를 스쳤으나 내색하지 않았다.

"가야지요. 참, 담헌 선생님 다음 연주회는 언제쯤 여실 것입니까?"

"이레 뒤에 있을 것인데 어찌 그러시오?"

"주전부리라도 장만을 해올까 해서 여쭤 보았습니다."

채운은 공연히 이것저것 물으며 시간을 끌었다. 건우 역시 두렵지 않은 것은 아니었지만, 그래도 채운의 진심을 시험해 보고 싶었다.

"하면 살펴들 가시지요!"

"예."

담헌의 유춘오에서 서양금을 켜며 작은 연주회를 끝낸 건우와 채운은 말을 타고 천천히 산길을 내려갔다.

"비가 올 것 같습니다."

"비가 좀 와야 되지 않겠소."

오랜 가뭄 끝에 단비가 내릴 것 같아 건우는 반가워했지만, 채운의 얼굴은 여전히 착잡해 보였다.

"물기가 많아 돌도 많이 젖어 있으니 자칫 말을 타고 가다가는 미끄러지겠습니다."

마음을 정하지 못하고 갈등하던 채운은 결국 이 모든 것을 운명에 맡기기로 결심했다.

"어차피 물안개가 짙어 말을 달리기는 힘들 것 같소."

땅과 하늘 사이는 온통 뿌연 물안개로 가득 차 바로 코앞에 다가온 나뭇가지조차 제때에 피하기 힘들 정도였다. 자욱한 물안개가 바다처럼 펼쳐져 뾰족한 산봉우리가 마치 안개의 바다에 떠 있는 섬 같았다.

"해 떨어지기 전에 산을 벗어나야 하오."

"예."

두 사람은 말에서 내려 고삐를 잡고 서둘러 걸었다.

산을 이루는 것은 도토리나무, 사철나무의 짙은 숲이었다. 인적은 끊기고 물안개가 자욱한 숲에서는 바람이 불어 나뭇잎이 서걱대는 소리만이 스산하게 들려왔다.

"무슨 소리가 들리는 것 같지 않소?"

산중턱을 넘을 무렵이었다. 어디선가 풀잎 스치는 소리가 들려왔다.

"글쎄요, 저는 잘 모르겠습니다."

귀 기울여 듣던 채운은 걱정스러운 눈빛으로 고개를 저었다.

"쉿!"

건우는 말을 세우고 귀를 기울였다. 바람이 지나며 들려오는 소리는 그 박자가 길고 짧아 불규칙하지만 사람의 몸이 풀을 헤치며 뛰어오는 소리였다. 하지만 소리는 곧 잦아들었고 건우는 잘못 들은 것인가 하여 고개를 갸웃거렸다.

"내가 잘못 들은 것인가? 어찌 되었거나 서두르는 것이 좋겠소."

건우가 말을 출발시키자 멎었던 소리가 다시 들렸다. 어디선가 발을 헛디뎌 돌이 구르는 소리도 들려왔다.

"누군가 쫓아오는 것 같습니다."

건우의 뒤를 따라 걷던 채운이 혼잣말처럼 중얼거렸다.

"내가 신호를 보낼 때까지는 나서지 말게!"

보이지 않는 곳에서 몸을 숨기고 건우를 따르던 한세와 무리들은 땅을 울리며 빠르게 다가오는 소리로 추격자가 있음을 느꼈다. 예상한 것보다 많은 수의 무리가 빠른 속도로 다가오고 있었다.

"멈춰라!"

검은 두건을 두르고 몽둥이와 환도를 든 자들이 좌우 풀 속에서 뛰어나와 건우와 채운의 앞을 가로막으며 소리쳤다.

"웬 놈들이냐!"

순간 건우는 눈앞이 캄캄하였다. 서른은 족히 될 것 같은 복면 사내들이 무기를 들고 서 있었다. 차고 있던 검을 빼 들기는 했지만 혼자 상대하기에는 숫자가 너무 많은 데다 옆에 여인이 있었다.

"어찌합니까?"

"내 곁에 있으시오!"

건우는 두려운 눈빛을 한 채운을 당겨 자신의 몸 뒤로 숨겼다. 채운의 손에 닿은 몸이 긴장하고 있는 것이 역력히 느껴졌다.

"검을 내려놓아라! 움직이면 죽는다!"

복면을 한 사내 하나가 건우를 향해 큰소리로 외쳤다. 산적으로 보이려고 애를 쓴 흔적이 역력했지만, 말투로 봐서는 산적보다는 저잣거리 무뢰배가 틀림없었다.

"여자는 보내고 나와 이야기하자!"

"곱상하게 생긴 놈이 배짱 한번 좋구나! 좋다! 죽여주지! 쳐라!"

건우가 단호하게 말하며 검을 고쳐 잡자 거구의 사내가 쩌렁쩌렁한 목소리로 소리쳤다.

"피하세요!"

우두머리로 보이는 사내의 검이 건우의 목을 노리며 날아들려는 찰나, 채운이 본능적으로 앞을 막아섰다.

"비겁하게 여인의 뒤에 숨는 것이더냐!"

그러자 검을 휘두르던 거구의 사내가 듣고 온 것과 달라진 상황에 잠시 멈칫했다. 분명 여인은 한패거리라고 했는데 어찌된 것인가 생각하던 그는 그대로 일을 진행하기로 결단을 내렸다.

"쳐라!"

복면의 사내들은 우두머리의 명에 따라 다시 검을 들고 건우와 채운을 향해 달려들었다.

"도망치시오!"

"싫습니다. 같이 있겠습니다!"

건우는 채운을 밀쳐냈지만 그녀는 도망치지 않고 다시 곁으로 붙어섰다.

일촉즉발, 우두머리로 보이는 자가 휘두르는 칼끝이 곧장 채운의 목을 향해 날아들었다.

"멈춰라!"

바로 그때였다. 어디선가 날아온 검이 채운을 향해 날아드는 칼날을 쳐 냈다.

건우는 귀에 익은 소리에 설마 하며 고개를 돌렸다. 검은 무복을 입은 한세가 몸을 날려 채운을 향해 날아드는 검을 쳐 내자 뒤에서 스무 명 남짓한 무사들이 나타났다.

"쳐라!"

한세는 건우를 바라보며 빙그레 웃었다. 그 곁에는 한세가 훈련시킨 무사들이 늠름하게 서 있었다.

"웬 놈들이 내 구역에 끼어드는 것이냐?"

"아무리 봐도 너의 구역은 아닌 것 같다만!"

한세의 대꾸에 우두머리로 보이는 자는 잠시 멈칫거렸지만, 다시 핏대를 세우며 달려들었다.

"네 이놈! 죽으려고 환장을 했구나! 오냐! 내 네놈부터 죽여주마!"

"오냐, 오너라! 내 오늘 몸 좀 풀게 생겼구나!"

"이놈이!"

우두머리는 더 이상 참을 수 없다는 듯 고함을 내지르며 달려들었다. 하지만 한세는 몸을 숙여 그 칼날을 슬쩍 피하며, 별로 힘도 주지 않고 사내의 소맷자락을 슬쩍 잡아채 일말의 망설임도 없이 그의 가슴에 검을 찔러 넣었다.

한세는 항상 급소를 공격하도록 훈련받은 무사였다. 오합지졸의 사병들과는 달랐다.

"아니!"

거구의 두목이 단 한 번에 공격에 쓰러져 버리자 복면의 사내들은 당황하기 시작했다.

"쳐라!"

변변히 싸워보지도 못하고 우두머리를 잃은 복면의 사내들은 한세와 무사들이 일제히 공격하자 곧 검을 거두고 돌아서 그대로 도망치기 시작했다.

"앗!"

그중 도망치던 한 놈이 갑자기 돌아서더니 무언가를 빼어 들었다. 뭔가 번쩍하며 날아오는 것을 본 채운의 비명 소리에 한세는 반사적으로 그것을 검으로 되받아쳐 날렸다.

"헉!"

한세의 검에 맞은 비수는 그대로 도망치던 주인의 등으로 날아가 박혔다.

"아!"

한세의 검이 비수를 막아내자 채운은 가슴을 쓸어내렸다.

"괜찮습니까?"

한세는 검집에 검을 넣고 채운의 몸을 살피며 물었다.

"제 목숨을 구해주셨으니 이 은혜를 어찌 갚아야 할지……."

채운은 한세를 향해 고개를 숙였다.

"내가 가는 길목에서 일어난 일을 모른 척할 수는 없지 않겠소?"

한세는 큰 봉변을 당할 뻔한 건우를 지켜냈다는 것으로 마음이 뻐근했다.

"한데 어디를 가시는 길이십니까?"

"이 산 넘어 일이 있어 왔다가 비가 오려고 하기에 돌아가려고 서두는 길이오."

의아해서 묻는 말에 한세는 시치미를 떼며 대답했다.

"저희도 돌아가는 길입니다."

"그렇습니까, 그럼 해 떨어지기 전에 어서 갑시다."

"고맙습니다. 이 은혜는 잊지 않겠습니다."

채운은 다시 한 번 두 손을 모으고 진심으로 고맙다는 인사를 했다. 어쩔 수 없다고 생각하며 건우를 없애려고 했지만 막상 마지막 순간 그를 잃을 수 없다는 생각에 고통스러웠던 것이었다.

"제가 당주를 구할 수 있어서 다행입니다."

사실 한세는 몸을 숨기고 건우를 따르면서도 채운을 살릴 것인지 죽일 것인지 수없이 고민했었다. 많은 사람의 운명을 흔들어놓는 것이 괜찮을 것인가, 고민이 되기도 했고 한편으로는 두렵기도 했었다. 굳이 건우를 죽이려는 채운을 구해줄 필요가 있을 것인지 망설이다가 제 손으로 죽이는 것만 피하려고 했었다.

그러나 막상 채운이 위험한 것을 알면서도 건우를 위해 몸으로 막아서는 것을 보니 본능적으로 비수를 막아낸 것이었다.

"이렇게 정확하게 이곳을 지나게 되었으니 참으로 대단한 인연이 아니냐?"

한세가 자신을 지켜주고 있다는 사실을 미처 알지 못했던 건우도 고마운 마음에 빙그레 웃으며 물었다.

"그러게 말입니다, 이렇게 딱 맞춰서 이곳을 지나게 되었지 뭡니까?"

무거운 공기를 뚫고 차가운 바람이 불기 시작했다. 한세가 웃으며 돌아보는데 물방울이 툭 떨어지며 긴 속눈썹에 걸렸다.

"비가 옵니다. 어서 산을 내려가는 것이 좋겠습니다."

한세는 두 사람을 향해 인사하고 말에 올랐다.

"고맙네!"

한세가 무리들을 이끌고 떠나자 채운의 손을 꼭 잡은 건우가 등 뒤에서 소리쳤다.

비를 뿌리며 세찬 바람이 불어와 앞을 가리던 짙은 물안개를 흩어 놓았다. 멀리 운종가로 난 큰길이 보이기 시작했다.

"제가 잘한 것이겠지요. 사형!"

한세는 천천히 말을 달려가며 하늘을 올려다보았다.

❀

"자광입니다!"

"들어오게."

자광이 돌아왔다는 소리에 정후겸과 차를 마시던 옹주의 얼굴에는 화색이 돌았다.

"오 그래! 어찌 되었다던가?"

기다렸다는 듯 반갑게 맞이하는 옹주를 바라보는 자광의 등에서는 식은땀이 흘렀다. 그는 묻는 말에 고할 생각도 않고 오줌 마려운 강아지처럼 안절부절못했다.

"마마께서 묻고 계시지 않느냐?"

자광이 하는 양을 지켜보던 정후겸은 뭔가 심상치 않다 싶었다.

"그것이 갑자기 나타난 무사들 때문에 함께 갔던 우두머리는 그 자리에서 죽고 졸개들은 겨우 살아서 도망쳐 왔다고 합니다!"

"하면 장악원 부제조는 어찌 되었고?"

옹주는 언짢은 듯 역정이 묻어나는 목소리로 다시 물었다.

"실패했다고 합니다."

언짢은 기색이 역력한 옹주의 안색을 살피며 자광은 겨우 보고를 끝냈다.

"저놈이 뭐라는 것이냐, 지금!"

옹주는 노여움에 부들부들 떨며 성후겸을 노려보았다.

"실패를 해?"

그러자 벼락 같은 노음과 함께 벌떡 일어선 정후겸이 자광의 뺨을 철썩 때렸다.

그래도 소론 중에서 내로라 하는 명문가의 자식인 장악원 부제조를 급습하는 것이라 채운당의 무사들을 쓸 수도 없고, 정후겸의 무사들도 쓸 수 없었다. 결국 자광이 소개한 이들에게 일을 맡겼던 것이었다.

"송구합니다, 마마! 다 저의 불찰입니다."

가뜩이나 옹주는 자광을 탐탁히 여기지 않는데 실패를 했으니 정후겸도 면이 서지 않았다.

"갑자기 채운이 막아서며 시간을 끌더니 곧이어 무사들이 나타났다고 합니다. 저들도 전혀 예상치 못했던 일이라고!"

자광은 피가 흐르는 입술을 닦으며 다시 고했다.

"뭐라, 채운이 막아섰더란 말이냐?"

"예, 그리고 그들의 말로는 갑자기 나타난 자의 검이 너무 빨라 무사들의 우두머리였던 자도 당할 수가 없었다고 합니다."

잠시 망설이던 자광은 그들에게 들은 바를 소상하게 고해바쳤다.

"채운이 설마……."

옹주는 설마 하다 문득 냉골인 채운의 눈빛을 떠올렸다. 바늘로 찔러도 피 한 방울 나오지 않을 것처럼 냉정한 채운이 굳이 사내 하나를 구하자고 모든 것을 버릴 것 같지는 않았다.

"살아 돌아온 자들이 전한 말이니 분명 사실이옵니다."

"결국 실패라는 말이더냐?"

"예."

"하면 그쪽에서 이미 대비를 했더란 말이지."

옹주는 다시 한 번 실패를 확인하자 울화가 치밀어 손바닥으로 서안을 내려쳤다.

"고정하십시오, 마마!"

"채운을 불러들이게!"

일이 이렇게 된 이상 사실을 확인해야겠다고 생각한 옹주는 이를 사리물었다.

"예, 마마!"

미리 뺨을 쳐 선수를 쳐 준 정후겸 덕분에 간신히 목숨을 부지한 자광은 허겁지겁 방을 나갔다.

"나리, 채운당에서 뵙기를 청합니다!"

그러나 자광이 나가기 무섭게 청지기가 달려와 채운당에서 사람이 왔다고 고했다.

"이 시각에 누가 왔다는 말인가?"

정후겸이 일어나 문을 열어보니 지우산을 받쳐 든 채운이 청지기와 함께 서 있었다. 언뜻 보아서는 일이 실패하자 사색이 되어 달려온 것처럼 보였다.

"마마께서는 안에 계십니까?"

"들어오게!"

정후겸은 비가 오는데도 달려온 채운의 이야기나 들어보자고 생각하며 방으로 데리고 들어갔다.

"일이 꼬인 듯합니다."

채운은 수심이 가득한 얼굴로 한숨을 내쉬며 자리에 앉았다.

"어찌 된 것인가?"

그런 채운을 지켜보던 옹주가 천천히 입을 열었다.

"저는 오늘 호위무사도 데리고 가지 않았고 장악원 부제조 역시 혼자 왔습니다. 비가 오리고 운무가 자욱에서 시야마저 가렸으니 일기마저 돕는 듯했지요."

"한데 어찌 실패를 해!"

아쉬운 듯 미간을 찌푸린 채운의 말을 듣던 옹주가 울화가 치밀어 소리쳤다.

"다 되어가는 일이었는데 갑자기 우세마가 무사들을 이끌고 나타난 것입니다."

"하면 저들이 눈치를 챈 것이 아닌가?"

이번에는 정후겸이 당혹스러운 얼굴로 급히 물었다. 세손의 수족을 잘라내고 새로운 왕을 세우기 위한 자금을 마련하느라 노론 전체가 움직였는데 만약 실패한다면 옹주는 물론이고 그 역시도 얼굴을 들고 다닐 수가 없을 것이었다. 한데, 저들이 알아챘다면 낭패도 이런 낭패가 없었다.

"그런 것 같지는 않았습니다. 대감도 아시다시피 세손과 서강은 여인 하나를 두고 다투느라 제정신이 아닙니다."

"그것은 마마께도 이미 말씀 드렸네."

채운의 얼굴을 빤히 들여다보던 정후겸은 마음에 들지 않는다는 듯 미간을 찌푸렸다.

"하고 우세마는 이미 관직에서 물러났다고 들었습니다. 오늘은 다른 일을 하느라 무사들과 함께 지나다가 우연히 장악원 부제조가 위험에 처한 것을 보게 된 것이라고 합니다."

"그런 우연의 일치도 있는가?"

옹주는 지끈거리는 머리를 누르며 잠시 생각에 잠겼다. 침묵한 채로 채운의 진심을 살피듯 쳐다보는 옹주의 얼굴은 냉정하다 못해 무서워 보였다.

"목멱산이야 무사들이 수련을 많이 하는 곳이니 그럴 수도 있을 것입니다."

잠시 생각하던 정후겸이 그리 말하자 옹주의 눈빛이 다시 빛나기 시작했다.

"이 일은 오래 끌어서 좋을 것이 없을 것 같습니다."

옹주와 정후겸의 마음이 조금 누그러지는 듯하자 채운이 먼저 입을 열었다.

"오늘 실패했으니 저들도 더 조심하고 경계하지 않겠나?"

손가락으로 서안을 톡톡 두드리는 옹주의 얼굴에는 낭패의 빛이 역력했다.

"하면 뭔가 좋은 생각이라도 있는 것인가?"

정후겸은 마음이 조급해져 채운의 곁으로 바짝 다가앉으며 물었다.

"이번에 나리 댁의 연회가 끝나면 저들을 한 번에 해결할 방도를 찾아보는 것입니다."

"한 번에? 하면 저들을 모두 불러내 한 번에 제거하자는 것인가?"

채운의 입에서 나온 뜻밖에 제안에 정후겸은 잠시 머뭇거렸다.

"어차피 이제 기회는 한 번밖에 없을 것입니다. 하니 한 번에 모두를 제거하는 수밖에 없습니다."

"그렇긴 하네만."

실패를 염려한 탓인지 정후겸의 눈빛도 바짝 긴장한 마음을 따라서 흔들렸다.

"좋은 생각일세, 하면 어찌해야 저들을 모두 불러낼 수 있을 것인지 궁리해 보게."

잠시 생각에 잠겨 손가락으로 서안을 톡톡 치던 옹주는 결심이 섰다는 듯 고개를 끄덕였다.

"하면 저는 이만 물러가 연회를 준비하겠습니다."

"그리하게!"

채운의 눈빛이 강한 의지로 빛나자 정후겸도 고개를 끄덕였다. 어차피 실패하면, 이 일을 주도한 그와 옹주는 노론 내에서 설 자리가 없을 것이다. 이제 전부를 걸고 싸울 수밖에 없었다.

채운과 건우를 구하기 위해 한세가 목멱산에서 싸우고 있을 때, 강은 퇴궐하여 부친이 첩실과 살고 있는 와옥의 솟을대문 앞에 서서 고민에 빠져 있었다.

강은 굳은 얼굴로 잿빛 장어구름이 낀 하늘을 올려다보았다. 어머니와의 의리를 생각하면 상상도 할 수 없는 일이었지만, 이 방법이 부친을 설득할 수 있는 제일 빠른 길이라고 생각했다.

강은 자신의 마음을 쉽게 표현하는 사내가 아니었다. 어려서는 가회당의 별채에서 서책만 보며 자랐으니, 외로움 자체가 무엇인지 알지 못했다. 그저, 남들도 다 그리 사는 줄 알았다. 누군가에게 응석을 부릴 줄도 몰랐고, 자신의 마음을 이야기하는 것조차도 배우지 못했다.

그러니 한세를 괴롭히는 것이 그가 말을 거는 방법이었고, 네가 좋다는 또 다른 표현이었다.

채운에게 부친과 어머니의 혼인에 관해 전해 듣고서야 어째서 자신이 그 누구에게도 사랑받을 수 없었는지를 알게 되었다. 어찌 보면 오로지 서씨 집안의 대를 잇기 위해 태어난 자식, 그것이 자신이었다.

그날 밤 한세가 미래에서 왔다는 고백을 하며 언제 떠나게 될지 알수 없다고 했을 때, 하마터면 일각도 아까우니 당장 너를 갖고 싶다고 말할 뻔했었다. 그가 연모하는 여인이 먼 미래에서 왔다는 말보다, 갑자기 사라져 버릴지 모른다는 말이 더 두렵고 충격적이었다. 하지만 강은 그 절절한 마음을 입 밖에 꺼내놓지 못했다. 그는 그런 남자였다.

"이리 오너라!"

차마 말로는 표현하지 못하니, 이렇게 행동으로 하는 것이다. 말을 거는 법도 잘 모르는 이 남자의 사랑은 그저 어느 날 시작되어 그 사랑을 지키기 위해 계속되고 있을 뿐, 돌아가는 방법도 멈추는 법도 모르는 채 우직하게 직진하고 있을 뿐이었다.

"어찌 오셨습니까, 나리?"

끼이익! 소리가 나며 대문이 열리고는 우락부락한 머슴이 뛰어나와 관복 차림의 강을 맞았다.

"대감마님께서는 퇴청하셨는가?"

서재호는 언제나 퇴청하고 노론 인사들과 일이 있으면 가회당 작은 사랑채로 들고 일이 없는 날은 곧바로 이곳으로 왔다.

"그렇습니다만, 대감마님은 어찌 찾으시는지요?"

"가회당에서 왔다고 전해주게."

강은 경직된 목소리로 용건을 말했다.

"아, 예! 안으로 드시지요."

가회당이라는 말에 놀란 머슴은 서둘러 문을 열고 강을 인도했다.

사랑채로 들어서니 안채에 주로 심는 큰 자귀나무가 보였다.

"예서 잠시만 기다려 주십시오, 들어가 아뢰고 오겠습니다."

머슴이 서둘러 안채로 달려가자 강은 잠시 고즈넉한 사랑채의 뜨락을 서성였다. 부부의 금실을 상징하는 합환수(合歡樹)인 자귀나무는 서재호가 사랑채에 앉아 글을 읽다가 잠시 문이라도 열면 바로 보이는 자리에 심어져 있었다.

한 사내의 첩실로 들어와 혹시라도 버림받을까 노심초사 두려워하는 여인의 마음이 눈앞에 보이는 것 같아 강은 쓸쓸해졌다.

"네가 어인 일이냐?"

얼마 지나지 않아 서재호가 사랑채 중문을 들어서는 것이 보였다.

"오셨습니까?"

서재호의 뒤로는 단아하고 품위 있어 보이는 여인과 강의 이복 아우가 분명해 보이는 유생 하나가 서 있었다.

"처음 뵙겠습니다, 강이라고 합니다."

강이 처음 보는 여인을 향해 무뚝뚝한 얼굴로 고개를 숙였다.

"차를 내오겠습니다, 안으로 드시지요."

잠시 무언가 말을 하려던 여인은 그대로 고개를 숙여 보이고는 안채로 돌아갔다.

"윤석이라 하옵니다."

곤란한 표정으로 서 있던 유생이 고개를 숙여 자신을 소개했다.

"윤석, 기억하고 있겠네."

처음 보는 이복 아우에게는 어떤 말을 건네야 하는 것인지 미리 생각해 두지 못했던 터라 강은 그저 앞으로는 내게 아우가 있다는 것을 기억해 두겠다고 답했다.

"들어오너라."

강은 조심스럽게 부친이 기거하는 사랑채로 들어갔다.

"퇴청하고 곧바로 오는 길이구나."

자신에게만은 차갑기 짝이 없는 아들이 무슨 급한 일이 있어 이곳까지 온 것인지 서재호는 의아한 눈으로 아들의 낯빛을 살펴보았다.

"예, 그렇습니다."

강은 비록 어쩔 수 없이 이곳까지 오기는 했지만 그 차가운 인상이 더욱 굳어 있었다.

"자존심이 대쪽 같은 네가 이곳까지 왔을 때는 많은 고민이 있을 터이지, 하니 돌려 묻지 않으마. 무슨 일이냐?"

"저하께서 보위에 오르시는 날, 혼례를 올리고 싶습니다. 미리 사주단자를 보내 정혼이라도 해두고자 하니 아버님께서 할아버님을 설득해 주십시오."

"사주단자를 보내라? 허!"

서재호는 어이가 없어 웃고 말았다.

"예."

"그 아이가 권세 있는 집안의 여식도 아니고, 나이가 어려 정혼을 거쳐야 할 것도 아니고, 사주단자야 혼인 전에 보내면 될 것을 그것 때문에 이리 다급하게 구는 연유가 무엇이냐?"

"제가 이러는 데에는 그럴 만한 연유가 있을 것이라 생각하시고 도와주시지요."

급한 사정을 말하고 도움을 청할 수 있으면 좋으련만, 그는 아무 말도 할 수 없었다. 세손이 그 아이를 마음에 두고 계시니 보위에 오르시면, 주위에서 후궁으로 올리려고 들 것이니 급하다 할 수도 없었고 그 아이가 언제 떠날지 알 수 없어 다급하다고 할 수도 없었다.

"지금 내 앞에 관복도 벗지 못하고 다급하게 찾아와 앉아 있는 인사가 내 아들이 맞느냐?"

강은 잠자코 앉아 '그처럼 잘난 너 역시도 고작 여인이었더냐'고 묻는 듯한 부친의 얼굴을 담담하게 마주 보았다.

"저는 아버님과 다른 선택을 하려는 것입니다. 아버님의 그 선택으로 두 여인이 평생 외로이 살아야 했고 밖에 있는 앞날이 창창한 저 젊은이는 그의 명자(名字)에 가문에서 정한 돌림자조차도 쓰지 못하고 모든 굴욕을 감내하고 살아야 합니다. 지켜보는 아버님 또한 힘들지 않으셨습니까, 제가 그리되길 바라십니까?"

"음!"

상세히 설명은 않았지만 아들이 처음으로 자신에게 속을 내보였다. 그 또한 여인 하나 때문에 평생 속앓이를 해온 탓에 강의 절절한 심정을 이해 못 하는 것이 아니었지만 자식이 그러니 마음이 아팠다.

"저는 세의 손을 잡고 행복해지고 싶습니다."

"그만 돌아가 보아라, 내가 아버님을 설득해 보마. 하고 네가 이곳에 온 것은 네 어머니께는 비밀로 하자꾸나."

서재호는 이제 되었느냐는 듯 강을 바라보았다.

"예."

강은 씁쓸하게 웃으며 고개를 끄덕이는 서재호를 향해 고개를 숙여 보였다.

가회당으로 돌아가 환복한 강은 그 길로 운종가로 나와 기별서리들을 만나 그날 있었던 일들을 보고받았다. 밤이 깊어갈 무렵에야 일을 끝낸 강은 하루 종일 눈앞에 아른거리는 한세를 보려고 비단전으로 향했다.

"아버님?"

마침 비단전에서 나와 집으로 돌아가던 한상수와 피맛골로 갈라지는 길모퉁이에서 마주쳤다.

"자네 어쩐 일인가?"

"비단전에 가는 길이었습니다."

"세를 보려고?"

"예."

"한데, 어찌하누. 세가 없던데?"

"밤이 깊었는데 아직 들어오지 않았습니까?"

"왔다가 잠시 바람이나 쐰다고 나갔다니 곧 돌아오겠지."

"예, 근처에 있을 것입니다."

밤이 깊어가는데 아직도 오지 않았다니, 대충 어디 있을 것인지 짐작이 가는 강은 슬며시 부아가 났다.

"어디 있는지 알고 있는가?"

"예, 대충은 짐작이 갑니다. 저, 그렇지 않아도 아버님을 찾아뵙고 드릴 말씀이 있었습니다."

강은 비단전으로 가려던 발길을 돌리며 말했다.

"그러면 격식을 차릴 것이 무엔가. 자네 나와 술 한잔하겠는가?"

처음 예동으로 궁궐에 들어온 강을 보았을 때부터 노론만 아니라면 탐나는 인재라고 여기던 한상수였다. 한세를 만나러 갔을 때도 어려도 믿음이 가는 강이 곁에 있으니 그나마 마음을 놓고 돌아섰었다.

"근처에 소머리 고기가 맛있는 집이 있는데 괜찮으시다면 그곳으로 모시겠습니다."

"그러세. 비도 그쳐 바람도 좋은데 이렇게 천천히 걸으며 이야기하면 되지 않겠나?"

"허락하시면 곧 사주단자를 보낼 생각입니다."

한상수와 함께 좁고 따닥따닥 붙은 시전들이 좌우로 담처럼 빽빽하니 붙어 있는 피마동 길로 들어선 강이 조심스럽게 말했다.

"저하께서 보위에 오르시면 혼인하겠다고 하지 않았던가?"

"저하께서 세를 마음에 두고 계십니다."

"지리!"

한상수는 미간이 일그러지며 대번에 난색을 표했다.

"사실입니다."

"한데 어찌 내게 그 말을 전하는 것인가?"

"그것이 제가 생각하는 정의지심(正意之心: 천하를 얻더라도 불의로 얻어서는 안 된다)입니다. 아버님께서 여식을 후궁으로 만들고 싶은 마음이 있으신가 하여, 혹 그러시다면 알고 계셔야겠기에 말입니다."

"허허!"

뒷골목으로 들어서서도 얼마를 더 걷던 한상수가 갑자기 걸음을 멈추고 멋쩍은 듯 허허 웃었다.

"어찌 그러십니까?"

갑자기 웃는 한상수를 보며 강은 자신이 무엇을 잘못했나 의아한 얼굴로 바라보았다.

"아니, 나는 그런 것이 문제가 아니라 자네가 과연 저런 내 여식을 감당할 수 있겠나 싶어서……."

한상수는 말을 끝맺지 못하고 우물쭈물하다가 급기야는 씩 웃고 말았다.

강이 이상하다는 생각에 뒤를 돌아보니 목로집(선 채로 술을 마시는 곳) 귀퉁이에 기대서서 술잔을 기울이는 한세가 눈에 들어왔다.

"어?"

깨끗한 중치막을 걸쳐 입은 영락없는 총각 놈이 그곳에 서서 막걸리를 맛나게 들이켜고 있었다.

"허허!"

그런 한세를 발견한 강 역시 기가 막히고 어이가 없어 허허 웃고 말았다.

"저런 아이를 어찌 후궁으로 들여보내겠나, 자네에게 보내기도 미안하이!"

한상수는 여식의 앞날을 두고 권세를 탐할 만큼 욕심이 있는 사람은 아니었다. 그가 세손을 보위에 올리기 위해 전부를 거는 것은 오로지 그의 벗이었으며 주군이었던 사도세자와의 의리 때문이었다.

"어찌 그런 말씀을 하십니까?"

"자네 집안이 아니었으면 내 여식은 지금처럼 살아 있지도 못했을 것일세. 아무래도 오늘 저 아이에게 무슨 일이 있는 것 같으니 술은 다음에 해야겠네."

"예, 그리하시지요."

"나는 이만 가볼 것이니 세를 부탁하네."

얼핏 보기에도 여식에게 고민거리가 있어 술을 마시고 있는 것이라 짐작한 한상수는 우울한 얼굴로 발걸음을 돌렸다.

"이런 우라질! 진종일 비가 오락가락하네!"

술을 벌컥벌컥 털어 부은 사내 하나가 빈 술잔을 탁탁 치며 투덜거렸다. 어두운 밤인데도 그 작고 초라한 목로집 마당은 싼 맛에 한잔하는 사내들을 위해 대낮처럼 환하게 불이 밝혀져 있었다.

"어찌 술을 서서 마시고 있는 것이냐, 기왕 마실 것 편히 앉아서 마시지 않고?"

탁자에 간신히 턱을 괴고 서서 술잔을 기울이는 한세의 옆으로 다가선 강이 나직한 목소리로 물었다.

"어? 강이다!"

귀에 익은 목소리에 고개를 돌린 한세가 강을 발견하자 볼우물이 패도록 환하게 웃었다.

"강이다? 네가 온 그곳에서는 남녀가 탁 터놓고 사는 모양이지? 그래, 아주 맑벼고 살갸."

환하게 웃는 그 얼굴이 어째서 슬퍼 보이는지 모를 일이었다.

"강아! 내가 오늘 밤은 취하지 않고는 잘 수가 없을 것 같아서 한잔 마셨다."

"그러게 어찌 서서 마시냐고 묻지 않더냐?"

"서 있지 못할 성노련 취한 것이니 집에 기시 지려고!"

탁자에 턱을 괸 한세의 다리는 이미 후들후들 떨리고 있었다. 저의 고약한 주사를 알고 제 딴에는 서 있기 힘들다 싶으면 취한 것이니 집으로 돌아가려 한 것이겠지만, 역시 이리 잔뜩 취한 것을 보면 좋은 방법은 아니었다.

"어찌 잠이 오지 않는 것이냐?"

"내가 하는 일이 옳은 것인지 걱정되고, 두렵고……."

한세는 탁자에 이마를 대고 훌쩍훌쩍 울었다. 돌아와 몸을 씻고 또 씻어도 몸에서는 비릿한 피 냄새가 나는 것 같았다.

과연 내가 하는 일이 옳은 일인지 판단이 서지 않았고, 사람을 죽였다는 죄책감과 함께 두려움이 밀려들었다. 운명을 뒤흔들고 어쩌면 역사를 흔들어놓을 수도 있는 일을 하고도 내가 온전할 수 있을 것인지, 천만 가지의 상념들이 그녀를 괴롭혔다.

"너라고 지치지 않겠느냐?"

그 오랜 세월 먼 세계에 떨어져 한세가 겪었을 혼란과 두려움을 생각하니 강은 측은하고 마음이 아팠다.

"집에 가서 자고 싶어, 강아. 잠든 네 숨소리가 들려오는 내 방에서, 풀 향기를 맡으며 푹 자고 싶어. 아침에 눈을 뜨면 마님께 떡볶이를 해달라고 졸라야지……."

"그래, 그러자. 집에 가자."

집에 가고 싶다는 그 한마디에 강은 앞뒤 생각하지 않고 고개를 끄덕였다. 당장에라도 가회당 한세의 방으로 데려가 푹 자게 해주고 싶다는 생각뿐 그 어떤 것도 따져볼 겨를이 없었다.

"이제, 집에 가자."

강은 주모에게 술값을 치르고 한세를 등에 업고 목로집을 나왔다.

"강아, 내가 너무 미안해. 늘 힘들게만 해서……."

강의 넓은 등에 머리를 기댄 한세가 중얼거렸다. 그녀의 눈에서 흘러내린 눈물이 강의 등을 적셨다.

"대체 무슨 일이 있었기에?"

"오빠 강남 스타일~"

술기운이 잔뜩 오른 한세는 언제나처럼 강의 귀를 잡아당기며 강남 스타일을 외쳐 댔다.

"그리고 너, 웃겨!"

갑자기 한세가 강의 귀를 아프게 획 잡아 당겼다.

"아야! 어찌 그러는 것이냐?"

"다짜고짜 자자니? 그런 게 어딨어?"

"하면 네가 살던 곳에는, 자는 데도 순서가 있느냐?"

"사람이 손잡고 놀러도 가고, 청혼도 하고, 순서가 있어야지!"

"그놈, 참 술 취해서 걷지도 못하는 놈이 제 하고 싶은 말은 따박따박 다 하는구나."

한세는 또 주사가 발동하여 그의 두 귀를 잡고 '강남스타일'을 외치며 다그닥거렸지만 강은 그 무게가 조금도 느껴지지 않았다. 그저 얼른 가회당 별채로 데려가 제 방에서 편히 재우고 싶은 마음뿐이었다.

"헉!"

금동은 한세를 업고 들어오는 제 주인을 발견하고 눈이 튀어나올 듯 커져서는 입이 딱 벌어졌다.

"쉿!"

강은 경악하는 금동을 향해 조용히 하라고 경고하고 한세가 기거하던 방으로 들어갔다.

"마님께서 아시면!"

금동이가 이불을 깔아주며 툴툴거렸다. 지난번 안방마님이 불러 한세가 여자임을 알려주며 앞으로 두 사람을 잘 지켜보라고 당부를 했던 터였다.

"아침에 내가 말씀드릴 것이니 그때까지는 조용히."

"하지만 남녀가 유별한데 어찌! 나리는 사내가 아니랍니까?"

금동은 입을 쑥 내밀며 통 못 믿겠다는 얼굴로 강을 빤히 보았다.

"네가 나를 어찌 보고!"

"어찌 보기는요! 건장한 사내로 보지요."

"어허! 그래도 이놈이!"

"예, 알겠습니다요."

금동은 그리 대답하고 물러갈 수밖에 없었다. 혹여 안채에서 알게 되어 자신에게 날벼락이 떨어질까 걱정이 되었지만, 저토록 다감한 두 사람을 보니 말릴 수도 없었다.

"세야."

한세를 눕히고 가만히 들여다보니 오늘따라 부드럽게 떨어져 내리는 얼굴 옆선이 여리고 섬세해 보였다.

"내가 언제나 네 곁에서 지켜줄 것이다. 하니 편히 자거라."

한세의 눈가에 맺힌 눈물을 보니 강의 가슴이 아릿해져 온다.

"아이씨! 지켜주지 말라고! 지켜주지 마! 으으음!"

"그놈 참! 나라고 너를 지켜주고 싶겠냐?"

그는 한세의 이마 위에 늘어진 머리카락을 쓸어 넘기며 속삭였다.

"곁에서 자고 싶지만, 내 인내심이 이제는 바닥을 드러내는구나."

한세의 곁에 더 머물고 싶었지만 혹시 자신이 참지 못할까 봐 두려운 마음이 앞섰다. 그러나 한세를 그대로 두고 건너가기에는 밤마다 그 요망한 모습이 눈에 아른거리고 오늘도 하루 온종일 보고 싶었다.

"비가 뿌리다 만 것인가 후덥지근하구나."

잠든 모습을 들여다보고 있자니 늦여름 밤이라 그런 것인지 몸이 점점 더워졌다. 강이 쓰고 있던 흑립과 도포를 벗어놓고 보니 한세의 이마에도 땀방울이 송골송골 맺혀 있었다.

"답답하겠는데, 옷만 벗겨주고 건너가자."

강은 심호흡을 하고 한세가 입고 있는 중치막을 벗기려고 덜덜 떨리는 손으로 허리끈을 풀었다. 또다시 무람한 생각이 머릿속을 침범하며 차갑게 가라앉았던 공기가 점점 뜨거워지는 것이 느껴졌다.

"지금 깨면 답도 없다."

세가 깨어나 요란스러운 주사를 벌일까 조심조심 중치막을 벗겨내다가 보니 저고리 섶이 벌어지며 가슴골이 살짝 비쳐 보였다.

"어! 강이다!"

강이 놀라서 눈이 휘둥그레지는데 이번엔 한세가 눈을 게슴츠레 뜨고 빙그레 웃었다.

"이런 낭패가!"

"이젠 하다하다 꿈속에도 오는구나, 아고, 강이 왔쪄요?"

큰일 났다고 손을 떼려는 찰나, 한세가 두 손으로 강의 볼을 아프도록 꼭 잡았다.

"아고 귀여워! 뽀뽀!"

한세가 촉촉하고 붉은 입술을 쭉 내밀며 아프도록 두 볼을 쏙 들어쥔 강의 얼굴을 잡아당겼다.

"어, 어! 하지 마! 그러면 아니 될 것인데……"

한세는 촉촉한 입술을 쭉 내밀어 강의 입술에 쪽 하고 입 맞추고는, 야속하게도 그대로 스르륵 눈을 감았다.

"하! 참말 너란 놈은 사람을 시험에 들게 만드는구나."

강은 그놈의 입맞춤 한 번에 훅 치고 올라오는 열기를 눌러놓느라 치를 떨며 몸서리를 쳤지만, 설상가상으로 한세는 몸을 뒤척이며 돌아누웠다.

"너는 내가 부처님 가운데 토막쯤 되는 줄 아는 것이로구나."

이성은 분명 지금은 위험한 상황이니 요망한 한세를 두고 나가야 한다고 충고하지만 도무지 뿌리칠 수가 없다.

"으음……."

그렇지 않아도 심란한 강의 가슴에 불을 싸질러 놓고는 정작 본인은 태평하게 자고 있었다.

"요망한 것! 어떻게 취하기만 하면 나를 괴롭혀!"

한참이 지났건만 강은 제 방으로 돌아가지 못하고 한세를 멍하니 들여다보았다. 몸은 고단했지만 제 방으로 건너가도 잠이 들 것 같지 않아 그 자리에 그대로 앉아 있었다.

"그냥 누워 있기만 하자."

결국 강은 우두커니 앉아 있자니 불편하기도 하고 피곤하기도 해서 잠시만이라고 하며 한세 옆에 누워버렸다.

"으음!"

깊게 잠들었던 한세가 몸을 뒤척이며 강의 품으로 파고들었다. 가슴이 따뜻해지며 한세의 체온이 느껴졌다. 새근새근, 그녀의 입술에서 새어 나오는 숨결이 그의 목을 간지럽힌다.

"생각나느냐?"

비가 쏟아지고 벼락이 치는 밤, 어린 한세는 유난히 비바람 치는 밤을 두려워했었다. 그런 밤이면 무섭다고 새파랗게 질려 이불을 뒤

집어쓰고 와들와들 떨고 있던 한세를 오늘처럼 이렇게 안아주었었다.

"검을 쓰는 놈이 어째서 벼락은 무서워하는 것인지."

강의 손가락은 한세의 규칙적인 숨소리에 맞춰 둥근 이마에 흩어진 잔 머리카락을 쓸어 넘기고 귀와 선이 고운 목으로 천천히 내려갔다.

"예쁘다……."

강은 저도 모르게 한세의 고운 이마에 입술을 갖다 대었다. 한세의 향기가 코끝을 스쳐 가고 강의 입술이 조심스럽게 그녀의 눈썹을 따라 내려가 눈꺼풀을 쓸어내렸다.

그의 손이 볼로, 턱으로, 목으로 내려가 쇄골에 이르렀다.

"생각해 보니 너와 좋은 기억이 너무 많구나."

붙어 있으며 늘 토닥거리고 싸웠던 두 사람이었지만 좋은 날이 더 많았다.

햇살 좋은 봄날, 하루 종일 아무것도 하지 않고 누마루에 나란히 앉아 해바라기를 하며 졸기도 했고, 비가 오는 날은 어머니가 내온 다식을 먹으며 하루 종일 따뜻한 아랫목에 누워 시를 외우며 뒹굴기도 했다. 어떤 날은 서안을 나란히 놓고 각자 열심히 공부를 했고, 또 후덥지근한 여름날엔 연못가에서 서로에게 물을 뿌리며 물장난을 치기도 했었다. 바둑을 두다가 한 수 물려주지 않는다고 토라져 판을 뒤집기도 했고, 한세가 수련을 하다가 팔이 부러졌던 날은 다 그만두라고 펄펄 뛰며 싸우기도 했지만, 그래도 곧 머리를 감겨주며 화해했었다.

지난 세월이 한세를 빼놓고는 그려지지가 않았다.

"나는 그저 늘 너와 함께 그런 일들을 하고 싶다. 그것뿐인데……."

술에 취한 여인을 갖는 것은 그가 좌우명으로 삼은 정의지심(正意之心)에 위배되는 행위였다. 그는 마지막 인내심을 발휘해 자신의 방으로 돌아가기 위해 한세의 방을 나왔다.

제법 차가워진 바람이 볼을 스쳐 가는 것을 보니 이제 가을이 시작되고 있었다.

"휴!"

자신의 방으로 돌아간 강은 옷을 벗어두고 이불 속으로 들어가 누웠다. 아직도 한세의 온기가 느껴지는 것 같았다.

무거워진 눈꺼풀이 스르륵 내려가며 그도 다디단 꿈속으로 빠져들었다. 꿈에 그는 어린아이처럼 까르르 웃고 있는 한세의 손을 잡고 빗속을 뛰어 다녔다.

"꿈이구나, 아주 좋은 꿈……."

오랜만에 한세의 온기에 마음이 포근해진 강의 입가에는 행복한 웃음이 피었다. 강은 아주 사소하고 평범했지만, 참으로 따뜻하고 행복한 꿈을 꾸었다.

그날 밤, 강은 벽 하나를 두고 잠들어 있는 한세의 숨소리를 들으며 소소한 행복을 꿈꿨다.

"으음……."

따뜻한 느낌에서 깨어나기 싫어 이불을 머리까지 끌어 올렸다.

"일어나거라, 아침이다."

천천히 눈을 뜨다 강을 발견하고 벌떡 일어나 앉았다.

"어!"

"잘 잤느냐?"

강은 당황한 얼굴로 바라보는 한세를 향해 그저 피식 웃어 보였다.

"어찌 된 것입니까, 제가 어찌 이곳에?"

"너 참말 잘 자더구나."

"어찌 된 것입니까?"

"어찌 되기는. 집에 가고 싶다고 난리를 피워서 데려온 것이지. 너를 업고 오느라 허리가 아파 죽을 지경이다. 아이고, 허리야!"

강은 갑자기 죽는 시늉을 하며 허리를 두드렸다.

"아, 송구합니다."

"네 주사야, 어디 한두 번이냐?"

한세는 얼굴이 새빨개져서 중얼중얼 사과를 했지만 강은 그저 피식 웃고 말았다. 부스스한 머리에, 부은 얼굴인데도 예뻐 보이니 미쳐도 단단히 미쳤다고 생각하는 중이었다.

"하나만 묻자."

"두 개 물으셔도 됩니다."

강이 갑자기 정색을 하자 바짝 긴장한 한세는 눈이 동그래져 바라보았다.

"네가 왔다는 곳에도 너 같은 여자 호위무사가 있느냐?"

"예, 경호원이라고 합니다."

강이 어째서 이런 것을 묻는지 짐작한 한세는 차근차근 대답했다.

"그 여인들은 혼인을 하고도 그 일을 하느냐?"

"예, 혼인을 해도 계속 일을 합니다."

"허흠! 하면 그 부군들은 다 이해를 하고?"

"그러믄요, 일인데요. 제가 온 그곳은 일을 하는 데 남녀가 다르지 않습니다."

강이 걱정하는 것이 무엇인지 짐작한 한세는 피식 웃음이 나왔다.

"어머님께서 씻고 아침 먹으라고 하시는구나."

"아, 창피해서 어찌……."

"너!"

붉어진 제 얼굴을 감싸고 괴로워하는 한세를 보니 갑자기 잡아끌어 안아버리고 싶은 충동에 손이 떨렸다. 어젯밤 그의 품 안에서 고른 숨소리를 내며 잠들었던 한세의 모습을 지울 수가 없다. 뽀뽀하며 스쳐 가던 입술과 그의 목덜미를 간질이던 그녀의 숨결이 생각나 아침부터 몸이 더워졌다.

"예?"

"앞으로 한 번만 더 술 먹고 요망하게 도발하면 나도 참지 않는다."

"예에?"

"앞으로는 그냥 덮칠 것이다."

강은 무뚝뚝한 얼굴로 퉁명스레 말하고는 그대로 방을 나가 버렸다.

"마님!"

오랜만에 송씨를 보자 한세는 목이 메었다. 말도 못 하고 그저 절만 하고 그 자리에 멍하게 서 있자 송씨는 두 손을 내밀어 한세의 손을 감싸 쥐었다. 그 손이 너무 따뜻해 한세는 송씨의 품에 안겨 꾹 눌러 참았던 울음을 서럽게 토해내고 말았다.

"얼굴이 어찌 그 모양이냐, 속상하게!"

송씨는 안타까운 얼굴로 한세의 등을 토닥여 주었다.

"아닙니다."

해야 할 일들과 마지막 어명을 완수해야 한다는 강박감에 짓눌려 마음 한 번 편히 내려놓을 수 없었던 한세는 그제야 울음을 그치고 웃었다.

"밥 먹자."

어느새 낮아진 송씨의 목소리가 오늘따라 더욱 다정하게 느껴졌다. 송씨는 새벽부터 한세가 좋아하는 반찬을 준비하느라 부산을 떨었다.

"할아버님 상은?"

"먼저 죽상을 내갔다. 너도 얼른 먹고 등청해야지."

"예."

"밥도 못 먹고 다니는 것이냐, 얼굴이 말이 아니구나."

한세가 밥을 먹을 동안 송씨는 약재상에서 지어 온 보약이며 젓갈이며 밑반찬을 바리바리 싸주었다.

"어머니가 너 주신다고 새벽부터 장만하신 것들이다. 많이 먹고 얼른 토실토실 살 좀 쪄라."

강은 밥을 먹다 말고 한세의 볼을 쥐고 흔들었다.

"너는 어찌 밥 먹는 아이 볼은 꼬집고 그러느냐?"

송씨가 잔소리를 하자 강은 머쓱해져 웃고 말았다.

"네가 오니 웃을 일이 생기는구나."

한세가 밥을 다 먹고 물러나자 송씨는 옆에 준비해 두었던 식혜를 내밀었다.

"마님!"

삭힌 밥알이 동동 뜬 식혜를 보는 순간 한세는 살가운 송씨의 마음에 가슴이 따뜻해졌다.

"배불러도 먹고 가라, 식혜 좋아하지 않니?"

"예, 마님! 맛있습니다."

송씨가 건네는 식혜를 마시며 한세는 환하게 웃어 보였다.

옆에 앉아 두 사람을 바라보던 강도 오랜만에 마음이 놓이는 것 같아 빙그레 웃었다.

❀

여름이 지나고 초가을에 들어서며 이산은 인내심의 끝에 서 있는 듯했다.

넝소는 어떻게 해시리도 세손에게 대리청정을 시키려고 했지만 여전히 홍인한과 김귀주를 앞세운 노론의 완강한 저항에 부딪쳐 뜻대로 하지 못했다.

"기력이 쇠하여 기억을 잃는 때가 점점 잦아지고 있습니다."

그날 아침 영조를 살피고 나온 어의가 침통한 표정으로 조언했다.

"알고 있네."

이산은 무표정한 얼굴로 덤덤히 고개를 끄덕였지만 속은 새까맣게 타고 있었다. 영조의 정신이 예전 같지 않고 기력도 나날이 쇠해지는 것을 지켜보는 이산은 내색은 하지 않았지만 극도로 긴장하고 있었다.

"탕약을 드시고 잠이 드셨으니 무슨 일이 있으면 알리도록 하게."

어의들에게 다음에 쓸 처방에 대해 들은 이산은 잠시 쉬기 위해 존현각으로 향했다.

왕위를 둘러싼 싸움이자 목숨을 건 싸움, 즉위에 실패하면 곧 죽음이었다. 그러나 대신들은 모두 이산의 반대편에 서 있고 그를 지지하는 세력은 겨우 홍국영, 정민시를 비롯한 예동들이 전부였다. 그는 강과 건우가 답을 찾아올 것을 믿고 있었지만 여전히 외롭고 초조했다.

이산은 절대적으로 불리한 이 난국을 돌파해야만 했다.

"세야, 생각나느냐?"

존현각으로 돌아오던 세손은 가을빛으로 물든 버드나무를 보고 여느 때와 다름없이 한세를 부르며 돌아보았다. 그러나 그가 돌아본 곳에 있는 것은 당황해 눈이 휘둥그레진 기섭과 동궁의 내관이었다.

"아……."

언제나 한결같이 그의 그림자를 밟지 않을 만한 거리에 서 있던 한세는 이제 거기 없었다. 그 사실을 깨닫는 순간 가슴을 바늘로 찌르는 듯, 격렬한 고통이 느껴졌다.

이산은 천천히 고개를 돌려 모두를 떠나보내고도 그 자리에 서 있는 우람한 버드나무를 올려다보았다. 바람이 불어 버드나무 가지를 흔들자 노랗게 물든 잎들이 비처럼 흩어졌다.

어느 봄날, 한세와 같이 이곳에 서서 느티나무 가지에 물이 올라 파릇파릇 새순이 돋는 것을 보았었다. 그날 슬며시 훔쳐본 그 아이가 너무 좋아서 그 순간을 기억해 두고 싶었다.

"세야, 내가 너를 위해 시를 지었다."
"참말이십니까?"

화려한 삼월인데 햇빛은 더디고
궁궐 둑의 버들은 실보다 푸르구나
꾀꼬리는 버들을 피해 잎 속에 숨었는데
산책하는 여인들은 봄 구경하면서 작은 가지를 잡아 매네

"참으로 청량한 시입니다."
"마음에 든다면 네게 주마."

바람에 비처럼 흩날리던 버드나무 잎새 하나가 팔랑팔랑 떨어져 내리다 이산의 속눈썹을 스치자 눈물 한 방울이 툭 떨어졌다.

"저하, 괜찮으십니까?"

기섭은 이 순간만큼은 그 어떤 말로도 위로가 되지 않는다는 것을 알면서도, 이산의 어깨가 너무 쓸쓸해 보여 말을 걸었다.

"아니, 괜찮지가 않다."

이산은 견딜 수 없는 외로움에 쓸쓸한 속내를 드러내며 발걸음을 옮겼다.

존현각으로 들어서다 보니 가을바람에 파초의 푸른 잎이 시들어가는 것이 시선 끝에 잡혔다. 그곳에도 해사하게 웃는 한세가 있었다.

어느 여름날, 싱그럽게 늘어진 파초를 보며 이산은 파초도를 그리고 있었다. 그는 그림을 보는 안목도 뛰어났지만 그림도 잘 그렸다. 그의 그림에는 담백한 문기에 고아한 멋이 넘쳐 제왕의 품위가 흘렀다.

그 그림을 보던 한세는 볼우물이 패도록 환하게 웃는 웃음으로 그의 솜씨를 칭찬했었다.

정원에 고운 봄빛이 짙어가니
초록 파초 새잎을 펼치려 하네
펼쳐 내면 빗자루인 양 커질 것이니
탁물이란 대인들이 힘쓴 바였네

"그 미소의 대가로 너에게 주마."
"웃음 한 번의 대가로 이런 시를 받다니, 저는 오늘 횡재하였습니다."

파초 잎을 들여다보며 웃는 한세를 발견하자 순식간에 경희궁 안 모든 것들이 빛을 잃고 그녀의 모습만이 오롯이 빛을 띠었었다.

"그 여름, 나는 이미 사랑에 빠졌구나."

문득 깨달았다.

그는 이 궁궐 안 그 무엇에도 애틋한 마음은 없었다는 것을. 삭막하게 빛바랜 시절 홀로 오롯이 제 빛을 내고 있었던 것은 그녀뿐이었다는 것을.

"저하, 화원 김홍도가 뵙기를 청하옵니다."

이산이 존현각 앞에서 걸음을 멈추고 파초의 마른 잎을 떼고 있을 때 내관이 다가와 고했다. 지켜보는 눈이 많은 궁궐에서의 이산은 선비의 풍류도 모르고, 오로지 학문을 닦고 중신들과 사사건건 대립하며 나라 일만 돌보는 냉정하고 무미건조한 세손이었다.

물론 조금이라도 나약해져서 저들 사대부에게 허점을 보여서는 아니 되는 자신을 경계하고자 하는 마음이 컸기에 그랬던 것이지만, 사실 이산은 누구보다 그림을 좋아하는 화원이기도 했고 글을 짓고 쓰는 것을 즐기는 시인이었으며 학문을 숭상하는 유학자였다.

"단원이?"

"예, 그러하옵니다."

"안으로 들라 하라."

내관에게 떼어낸 파초 잎을 건네주며 이산은 빠른 걸음으로 존현각 안으로 들어갔다.

"저하!"

"그래, 내가 부탁한 것은 가져왔는가?"

화원 김홍도는 왕의 용안을 그리는 영예로운 어용화사도 아니었고 도화서 화원 중 열 명을 선발, 화원으로서 최고 대우를 받은 자비대령화원도 아니었지만 이산이 인정하는 조선 최고의 화원이었다.

"예, 저하!"

김홍도는 지난 한 달 동안 이산에게 보여주기 위해 한양 이곳저곳을 돌며 백성들의 사는 모습을 그려 온 화첩을 내놓았다.

"요즈음 백성들은 이리 지내는 것인가?"

운종가와 장터의 풍경, 학당, 초라한 초로의 부부가 살고 있는 초가, 기방의 풍경, 백성들의 생활을 순간순간 정확하게 잡아채어 그들의 표정까지 고스란히 그려 온 솜씨는 과연 조선 최고의 화원이라 칭송할 만했다.

"겉으로는 평온한 듯보입니다만 백성들 역시 조정의 대신들이 하는 일을 불안한 눈으로 지켜보고 있습니다."

"음, 그대의 그림을 보고 있으면 이들이 내게 말을 거는 것 같군."

이산은 자신의 눈앞에 펼쳐 놓은 화첩에 들어 있는 인물들을 들여다보며 빙그레 웃었다. 사실 그는 홍국영이나 예동들에게 백성의 민심에 대해 듣고 있었지만, 보다 생생하게 보기를 원했다. 직접 잠행에 나서는 날도 있었지만, 아무래도 한정적이라 김홍도의 재능을 빌어 이렇게 백성들의 삶을 생생하게 보는 것이었다.

"하고 이것은 지난번 저하께서 말씀하신 것입니다."

"오, 그런가."

김홍도가 조금 전 내어놓았던 화첩보다 조금 얇아 보이는 화첩을 한 권 내놓았다. 겉표지에 홍매화가 그려진 것을 보니 세심하게 신경을 쓴 것이 틀림없었다.

"표지가 곱네."

내심 화첩을 기다린 것인지, 이산의 입가에 행복한 미소가 어렸다.

"참으로 고운 분이셨습니다. 멀리서 지켜보는 제가 가슴이 설레더이다."

"곱기만 하던가, 엉뚱하지는 않고?"

곱더라는 김홍도의 말이 싫지 않는 듯 다시 한 번 싱긋 웃어 보인 이산은 떨리는 손으로 첫 장을 넘겼다.

비단전 앞 살평상에 앉아 햇살을 바라보는 한세가 거기 있었다. 사무치게 그리워도 곁에서 볼 수 없는 왕세손을 위해 김홍도의 손끝에서 살아난 그녀는 고운 모습으로 화첩 속에서 웃고 있었다.

다음 장을 넘기자 큰 나무를 올려다보고 있는 한세가 있었다. 어느결엔가 그 그림을 들여다보는 이산의 눈에는 그녀의 곁에 서서 그 나무를 함께 올려다보는 자신이 있었다. 그 다음 장엔 사자탈 놀이를 구경하는 한세가 군중들 속에 서 있었다.

"휴!"

그 다음 장을 넘기던 이산의 입에서 긴 한숨이 흘러나왔다. 남장을 한 한세가 목로주점에 홀로 서서 쓸쓸한 얼굴로 술을 마시는 모습이 그려져 있었다. 이 여인을 이처럼 그리워하면서도 그리 적적한 때에 곁에 서서 같이 술을 마셔주지 못하는 자신의 처지가 한탄스러워 한숨이 나왔다.

"응?"

그러나 행복한 얼굴로 다음 장을 넘긴 이산의 입매가 갑자기 굳어졌다. 어두운 밤, 강의 등에 업힌 한세의 모습이 그려져 있었다.

충격으로 눈앞이 아득해지며 그의 손끝이 가늘게 떨렸다.

❁

탁탁탁!

한세는 새벽부터 비단전의 문을 두드리는 소리에 눈을 떴다.

"내가 나가볼게요!"

한세는 옆방에 자고 있는 분이에게 더 자라고 하고 문을 열었다.

"사형?"

뜻밖에도 기섭이 서 있었다. 당황해 주위를 살피는데 새벽빛 푸른 여명 속에 이산이 보였다.

"무복으로 갈아입고 나오너라."

"잠시만 기다리십시오."

무슨 일이 있는 것이라 짐작한 한세는 서둘러 안으로 들어가 무복으로 갈아입고 밖으로 나갔다. 한세가 비단전을 나오자 갑작스럽게 이산이 앞을 막아섰다.

김홍도가 그려준 화첩을 들여다보며 밤새 끙끙 앓던 이산은 새벽이 되기 무섭게 달려온 것이었다. 치밀어 오르는 화를 어떻게 달래야 하는지 알 수 없어 그는 답답했다.

"저하?"

어찌 이러는 것이냐 묻기도 전에 그녀를 향해 다가선 이산은 다짜고짜 손목을 잡았다. 무슨 일이냐고 묻고 싶었지만, 묻는 것조차 겁이 났다. 그의 검은 눈동자가 한세의 말간 눈동자와 마주쳤다.

"가자!"

이산은 우악스러운 손길로 한세의 손목을 움켜쥔 채 비단전 앞 큰길을 지나 말 두 필이 매어져 있는 곳으로 데려갔다.

"저하?"

"따르라!"

먼저 말에 오른 이산이 저 멀리 보이는 배봉산 쪽으로 방향을 잡으며 말했다.

"저하, 어찌하여 자신을 부숴 버리려고 하시는 것입니까? 배봉산은 아니 됩니다."

이산이 말머리를 돌리는 방향을 확인한 한세는 고개를 저었다. 배봉산 자락에는 사도세자가 잠들어 있는 수은묘가 있었다. 이런 시기에는 세손이 사도세자가 잠들어 있는 수은묘를 쳐다보는 것만으로도 문제가 될 것이었다.

평소의 이산이라면 이런 새벽 궁궐 밖으로 나왔을 리도 없거니와 부친의 묘로 가고자 할 이유도 없었다. 이산이 자신을 망가뜨리고 싶을 만큼 상처를 받았다는 것을 한세는 직감했다.

"가자!"

"아니 됩니다, 저하! 차라리 배봉산이 보이는 곳으로 가시지요."

한세는 한 치의 망설임도 없이 품 안에서 단검을 빼 자신의 목으로 가져갔다. 이산이 믿음의 정표로 주었던 단검의 날카로운 칼끝이 한세의 고운 목으로 향했다.

"무슨 짓이냐?"

"배봉산으로 가시겠다면 차라리 저는 죽겠습니다."

그의 안위를 위해 한 치의 흔들림도 없이 제 목에 칼끝을 가져가는 그녀를 어찌 미워할 수 있단 말인가. 그럼에도 지금은 한세가 너무 밉고 원망스러웠다.

"하면 저 산으로 가자."

잠시 생각하던 이산이 방향을 돌리자 묵묵히 바라보기만 하던 한세도 단검을 칼집에 넣고 천천히 말에 올랐다.

"가자!"

이산이 명령을 내리며 말의 옆구리를 건드리자 말도 흥분한 듯 말발굽으로 땅을 박차며 힘차게 달리기 시작했다. 그 뒤를 한세와 기섭이 따라 달렸다.

푸른 새벽, 여명을 가르며 세 필의 말이 경쾌하게 달렸다. 그들은 새벽빛에 물든 산을 향해 뽀얀 먼지를 일으키며 달려갔다.

아직 해가 뜨기 전이라 산등성이에 물안개가 자욱했다.

"워워!"

이산이 말을 세우고 먼저 내리더니 한세를 향해 손을 내밀었다. 한세는 그의 손을 잡고 말에서 훌쩍 뛰어내렸다. 찰랑, 한 가닥으로 높다랗게 묶은 그녀의 긴 머리카락이 찰랑거리며 흔들렸다.

"여기서부터는 걸어가자!"

이산은 말에서 내려 두 필의 말고삐를 기섭에게 건네고 먼저 산을 오르기 시작했다.

"저하를 모시거라, 뒤따라가마."

말 세 필을 맡은 기섭은 조금 뒤처져 걸으며 한세를 먼저 보냈다.

"예, 사형!"

한세는 무슨 일인지 묻지 않고 고개를 끄덕였다.

이산은 묵묵히 산을 올랐다. 가을빛에 물든 빨간 단풍잎이 이슬에 젖어 요요히 타고 있었다.

탁탁!

튀어 나온 돌을 밟으며 이산은 거침없이 돌 틈을 뛰어 올랐다.

채운이 놓은 덫은 생각보다 치명적이었다. 금전으로도 유혹할 수 없고, 권력을 주겠다는 제안으로도 흔들 수 없었지만 채운이 마지막으로 펼쳐 둔 한세라는 덫은 분명 성공적이었다.

그것이 채운이 놓은 덫이라는 것을 알기에 당당하게 맞서려고 했지만 그로 인해 강과 이산은 남모르는 속앓이를 할 수밖에 없었다. 그것은 시간이 흘러갈수록 사랑에 빠진 그들을 점점 더 옥죄어왔다.

"허헉!"

그의 뒤를 바짝 쫓아가느라 등이 땀에 흠뻑 젖었다. 무언가가 짓누르는 듯 가슴이 답답하고 눈앞이 캄캄했지만 한세는 아무것도 묻지 못했다. 이산을 괴롭히는 이유가 자신이라고는 미처 생각하지 못했다.

답답하기는 이산 역시 마찬가지였다. 이곳까지 달려오는 내내 숨을 쉴 수가 없었다. 머리가 깨어질 듯한 두통에 시달렸고 한세를 눈앞에 두고도 초조하고 불안해서 몸서리가 쳐졌다. 다급하고 쫓기는 마음이 이대로는 단 한순간도 견딜 수 없는 기분이었다.

"무엇하느냐, 빨리 따르지 않고!"

이산은 답답한지 한세의 손목을 움켜쥐고 더욱 빨리 산을 올랐다.

"예!"

한세는 숨이 찼지만 신음 소리 한 번 흘리지 않고 그와 함께 뛰었다. 안개가 뛰어가듯 빠르게 걷는 두 사람의 몸을 축축이 적셔주었다.

키 높이만큼 자란 대밭을 지나 산길로 들어설 때쯤엔 어느새 하늘은 붉게 물들고 해가 떠오르고 있었다.

쏴아아, 쏴아아.

바람이 산을 한 바퀴 돌아가자 나뭇잎이 쓸리는 소리가 몰려왔다. 속이 뻥 뚫리는 듯 시원한 바람이었다. 두 사람은 다시 바람에 몸을 맡기고 땀에 젖은 몸을 부대끼며 앞서거니 뒤서거니 가파른 오르막을 쉬지 않고 달렸다.

"허헉!"

호흡이 곤란해져 몸이 뜨거워질 무렵, 문득 오르막이 끝나고 커다란 이팝나무가 빙 둘러 서 있는 평지가 나타났다.

이산이 먼저 팔다리를 벌리고 편히 드러누웠다.

"하아!"

겨우 산꼭대기에 올랐다는 안도감으로 한세는 긴 한숨을 내쉬며 그의 곁에 앉았다.

쏴아아.

나뭇가지들 사이에서 긴장될 정도로 차가운 가을바람이 불어왔다. 코끝으로 이팝나무의 향기가 스쳐 갔다. 구름에 가렸던 해가 모습을 드러내자 주홍빛이 두 사람의 주변을 훤히 밝혔다.

사라락, 한세의 긴 머리카락이 아무렇게나 흩날렸다.

'너 때문에 미칠 것 같다. 사랑해, 사랑한다. 사랑한다. 세야…….'

입안에서는 수천 번 되뇌는 그 말을 차마 하지 못했다. 이산은 떠오르는 태양빛에 물든 한세를 지치도록 바라보았다.

그는 멀리 보이는 배봉산 자락을 물끄러미 바라보며 부친과 무언의 대화를 나누었다. 한세는 아무것도 묻지 않고 잠자코 앉아 이산과 사도세자의 대화가 끝나기를 기다렸다.

"그만 가자!"

이산은 천천히 일어나 손을 내밀었다.

"예."

이산은 산을 오를 때처럼 한세의 손목을 아프도록 꽉 움켜쥐고 쉬지 않고 뛰어 내려갔다. 마치 그녀를 벌주기라도 하려는 것처럼. 아무래도 자신이 무언가 잘못했다고 생각한 한세는 입을 꼭 다물고 그가 주는 벌을 묵묵히 다 받았다.

그날 밤, 장사가 끝나고 비단전의 문을 닫고 들어온 한세가 잠시 쉬려던 참이었다. 문을 두드리는 소리에 내다보니 머쓱한 표정의 기섭이 서 있었다.

"사형?"

"나오너라, 저하께서 기다리고 계신다."

기섭은 굳은 얼굴의 바라보는 한세를 보며 웃으려고 애썼다.

"이대로 가도 될까요?"

여인의 차림으로 가도 되는 것인지 물으니 기섭은 고개를 끄덕이며 앞서 걸었다.

"대체 무슨 일입니까?"

한세는 아무리 생각해도 이산이 이러는 연유를 알 수 없었다.

"저하께 듣거라."

답답해진 한세가 물었지만 기섭은 별다른 말이 없었다. 밤공기가 선선해져서 그런 것인지 지나가는 행인도 별로 없고 거리는 조용했다.

"어?"

체념하고 따라 걷다 보니 기섭이 멈춰 선 곳은 바로 목로주점 앞이었다. 안으로 들어가니 지난번 한세가 술을 마시던 자리에 이산이 서서 술을 마시고 있었다.

"음!"

놀란 한세는 서둘러 이산에게로 갔다.

"왔느냐?"

이산은 냉랭한 얼굴로 한세를 힐끗 쳐다보고는 다시 술잔을 기울였다. 그제야 이산이 화가 난 연유가 자신에게 있는 것이 분명하다는 생각이 들었다.

"한잔하겠느냐?"

술을 한 잔 들이켠 이산은 고개를 돌려 주눅이 들어 있는 한세를 날카로운 눈빛으로 바라보았다. 무표정하던 그의 얼굴에 착잡한 감정들이 스쳐 갔다.

"예? 아닙니다."

"그러지 말고 사준다고 할 때 마셔라."

한없이 다감한 목소리와는 달리 이산의 아름다운 미간 사이가 살짝 일그러지는 것을 발견한 한세는 속이 뜨끔했다.

"예."

이산이 다시 권하자 한세는 굳은 얼굴로 겨우 고개를 끄덕였다. 주모가 주는 술을 잠자코 받아 앞에 내려놓자 잔을 비우던 이산이 시선만을 옮겨 그녀를 보았다.

"제가 무엇을 잘못했습니까?"

잠깐의 침묵이 흐르고, 한세가 눈치를 살피며 물었지만 이산의 입가에는 모호한 미소가 떠올랐다.

"무엇을 잘못했는지 모르겠느냐?"

이산은 다른 때와 다름없이 평온한 어조로 물었지만 그 순간 그의 눈동자에 어두운 감정이 스쳐 가는 것이 느껴졌다.

"역시 제 잘못 때문이군요."

새벽에 보았던 그의 처절한 고통. 그런데 이산을 그처럼 고통스럽게 하는 것이 자신의 잘못이었다는 것이 확실해지자 알 수 없는 불안감이 한세를 엄습해 왔다.

이산은 술을 몇 잔 더 마셨고 두 사람 사이에는 차가운 바람이 스산하게 스쳐 갔다. 긴 침묵이 이어졌다. 이산은 아무 말없이 무표정한 얼굴로 한세를 응시했다.

"말씀하십시오, 잘못이 있으면 벌을 받든가, 고치겠습니다."

차가운 이산의 시선을 마주하고 있던 한세가 용기를 내어 떨리는 목소리로 물었다.

그러자 그는 한세의 손목을 움켜쥐고 밖으로 나와 한참을 걸었다.

"너는 분명 나와 약조를 했다. 보위에 오르기 전까지 연인이 되겠다고, 그것이 가짜라 할지라도 너는 지금 분명 나의 연인이지."

한참을 걷던 이산이 돌아보며 묻자 한세는 화들짝 놀라 그를 마주 보았다.

"명령이다, 가까이 다가오라 하지 않으마. 거기 그대로 서 있어라. 더 이상 멀어지지 말고."

할 말을 마친 이산은 한세의 손목을 풀어주며 돌아섰다.

"저하……."

한세는 넋 나간 얼굴로 멀어지는 이산의 뒷모습을 바라보았다.

※

며칠 뒤 정후겸의 집에서 열리는 연회에 초대하는 서찰이 노론의 인사들에게 속속 도착했다.

"혹 채운의 초대장을 받았느냐?"

"초대장이라니요?"

강은 그곳에서 무슨 일이 일어나는지 알아보기 위해 참석하기로 결심했지만, 혹시라도 그곳에 한세가 나타날까 걱정이었다.

"내가 가서 확인해 볼 것이니 너는 오지 마라. 위험할지 모르니."

"예, 그리하겠습니다."

강이 걱정하는 것을 잘 알기에 한세는 그리하겠다고 대답은 했지만 확인하고 싶은 것이 있었다. 분명 채운이 수입한 그 환약들과 정후겸의 별채에서 열릴 연회가 관련이 있을 것 같았다. 그곳에서 무슨 일이 벌어지고 있는지 확인해야만 했다.

그날 영조의 병환을 살피고 존현각으로 돌아온 이산의 서안 위에도 채운이 보낸 초대장이 놓여 있었다.

"있는가?"

"예, 저하!"

"궐 밖으로 나갈 것이네."

잠시 고민하던 이산은 마음을 정하고 잠행할 채비를 서둘렀다.

"서둘러라."

이산은 용포를 벗고 옥색 도포와 쪽빛 쾌자로 가볍게 차려입었다. 그 위에 고운 비단실을 여러 갈래 꼬아 만든 세조대를 맬 동안 기섭은 근심 어린 눈빛으로 지켜보고 있었다.

"저하!"

"어찌 그러느냐?"

"참말 가실 것입니까?"

"가겠다, 가서 내가 다스려야 할 세상에서 무슨 일이 일어나고 있는지 지켜보겠다."

"너무 위험하지 않겠습니까? 자칫 여인 때문에 전부를 잃을 수도 있습니다."

기섭은 걱정스러운 마음에 처음으로 이산의 걸음을 잡았다.

"그래도 가보겠다. 오늘이 아니면 내가 여인 때문에 전부를 걸어볼 일은 없을 것이니 말이다."

그를 염려하는 기섭의 마음을 알기에 이산은 자신의 마음을 그대로 털어놓았다.

한세의 가마가 정후겸의 별채 문 앞에 도착한 것은 해가 지고 밤이 시작될 무렵이었다.

"어서 오시지요."

지난번 하동재의 연회처럼 가마의 곁문이 열리자 채운이 가면과 접선을 주었다.

"채비가 되었으면 내리시지요."

가마의 문을 열자 새하얀 버선을 신은 발이 먼저 내려와 빨간 당혜를 신었다. 가면 속의 한세의 눈이 흑요석처럼 신비롭게 빛났다.

한세는 화려하게 치장하고 오라는 채운의 말에 따라 활짝 핀 모란꽃처럼 잔뜩 부풀린 붉은 치마를 살짝 들고 가마에서 내렸다.

"휴!"

가마에서 내린 한세는 달빛 아래 드러난 아름다운 꽃담과 저택의 대문을 올려다보았다. 장인의 솜씨로 다듬어진 아름다운 별채의 문이 저택의 웅장한 분위기를 말해주었다.

한세는 아름다운 별채의 대문 앞에서 잠시 마음을 다잡았다. 이제 이 문 너머에서는 어떤 일들이 펼쳐질지 알 수 없었다.

"잠시만."

채운이 문을 가볍게 두드리자 기다렸다는 듯 거대한 문이 천천히 열렸다.

"들어가시지요."

채운이 안내하는 대로 한세는 푸른 달빛 아래 펼쳐진 신비한 공간으로 조심스럽게 발을 들여놓았다. 대문을 들어서니 하인들이 줄을 지어 서 있고 그 뒤로 별채로 들어가는 작은 문이 나타났다. 하인들은 미리 주인의 지시를 받은 것인지 모두가 고개를 숙이고 있었다.

"오른쪽에 보이는 것이 별채로 가는 문입니다."

잔뜩 긴장한 얼굴로 진지하게 설명하는 채운의 주먹 쥔 손이 가볍게 떨리는 것이 한세의 눈에 들어왔다.

외부인이 들어왔다고 해서 저토록 긴장해야 할 만큼 이곳이 그렇게 은밀한 것일까?

스스로를 장사꾼이라 소개하는 채운이 대체 어떤 연유로 이렇게 대단한 규모의 은밀한 연회를 기획한 것일까?

순식간에 수없이 많은 의문이 몰려왔지만 아무리 생각해도 적당한 답을 찾을 수가 없었다.

"알겠습니다."

한세는 순순히 고개를 끄덕였다. 이 연회에서는 아무것도 묻지 않기로 하였으니 한세는 모든 것을 저들이 하라는 대로 순순히 따를 생각이었다. 안내에 따라 오른쪽의 작은 문을 열고 들어가니 작은 꽃담이 보였다.

한세는 마치 거대한 비밀의 문을 열고 첫 발을 늘여놓는 것처럼 누렵고 설레는 마음이 되었다. 문이 열리자 향긋한 야생의 풀 냄새가 코끝을 스쳐 갔다.

"아!"

한 발, 한 발 발을 내디딜 때마다 두려움과 호기심으로 가슴이 떨렸다.

정원 곳곳에 걸린 오색의 등이 마치 중추절 연등제에 온 것 같았다. 별채 안으로 들어가며 보니 넓게 펼쳐진 연못 위로는 백련, 홍련, 가시연, 개연, 어리연, 수련, 물 양귀비가 가득 피어 있고 그 사이로 흑고니가 유유히 헤엄쳐 다녔다.

그녀는 무심한 시선으로 은은하게 등을 밝힌 연못을 내려다보았다.

오늘은 남에게 드러나지 않도록 은밀하게 열리는 연회라서 더욱 신비롭고 아름답게 느껴지는 것인지도 몰랐다. 고요한 정적을 깨뜨리며 어디선가 청명한 거문고 소리가 흘러나왔다.

"이 소리는?"

한세는 거문고 소리에 이끌려 연못을 가로지르는 화강암 다리를 건너갔다. 다리를 건너자 크고 아름다운 전각이 보였다.

전각에는 비를 피할 수 있도록 차일을 높이 치고, 바람을 막을 수 있도록 하늘거리는 색색의 비단 휘장들이 드리워져 있었다. 바람에 흔들리는 비단 휘장들이 그 안에 품고 있는 비밀들을 더욱 은밀하게 포장했다. 전각의 지붕에는 등을 총총히 매달아 오늘 밤을 밝힐 수 있게 해두었다.

그러나 한 가지 이상한 것은 그곳까지 당도할 동안 연회에 참가한 사람들의 모습이 보이지 않는 것이었다.

대부분의 가마가 도착하고 마지막으로 채운당에서 보낸 가마가 당도했다. 가마의 곁문이 열리자 푸른색 도포에 쪽빛 쾌자를 입고 은로로 장식한 흑립을 쓴 이산이 모습을 드러냈다.

"이곳까지 오실 줄은 몰랐습니다."

채운이 예를 올리며 목소리를 낮추고 물었다.

이산의 얼굴은 언제나 얼음장 밑을 흐르는 물처럼 고요 그 자체였다. 그러나 그 고요가 오히려 오싹하도록 두려워지는 것이었다.

"내가 다스려야 할 세상에서 무슨 일이 일어나는지 지켜보겠다."

"혹, 그것은 핑계일 뿐. 마음에 두신 정인이 위험해질 것이 두려워 달려오신 것은 아니십니까?"

붉은 입꼬리가 살며시 휘어지게 웃는 채운은 얄밉도록 여유가 있어 보였다.

"만약 그 여인에게 무슨 일이 생긴다면 너를 용서하지 않을 것이다."

좀체 표정이 드러나지 않는 이산의 입매가 굳어지며 얼음장처럼 차가운 눈빛으로 채운을 노려보았다.

"지금이라도 제 손을 잡아주신다면 성심을 다해 돕고 싶습니다."

"나는 결코 그 누구의 손도 잡지 않을 것이다."

채운은 부드러운 미소를 띠었지만 이산은 단호하게 답하며 접선과 가면을 받아 들었다.

"안전하고 쉽게 얻을 수 있는 것을 어찌 마다하십니까?"

노련한 정치가인 채운 역시 이산의 거절에 당황한 기색이 역력했다.

정인을 위해 앞뒤 가리지 않고 달려온 것을 보면 이산 역시 피가 뜨거운 사내가 틀림없었다. 그럼에도 그 여인을 쉽게 얻는 길을 마다하다니, 도무지 알 수 없는 일이었다.

"그리 얻는 것이 온전한 내 것이 될 수 있겠느냐?"

"지금 이곳에 드신다면 저하의 안전은 보장할 수 없습니다."

이산의 매서운 눈빛에 기가 눌린 채운은 저도 모르게 눈을 내리깔았다.

"그것이 두려웠다면 이곳까지 오지도 않았을 것이다."

"드시지요."

가면을 쓰고 가마에서 내리는 이산에게 별채의 문을 열어주며 채운은 여전히 미련을 버리지 못한 채 씁쓸한 어조로 말했다.

"고맙네."

이산이 별채의 문을 들어가자 기섭이 탄 가마의 곁문이 열렸다. 채운은 굳은 얼굴로 못마땅한 듯 노려보는 그에게 아무것도 묻지 않고 그에게도 접선과 가면을 주었다.

한세가 이곳에 온 것을 알 리 없는 강은 미리 들어와 연회가 열리는 별채 외각을 살펴보고 있었다. 그동안 채운이 작품의 판매를 위해 여는 연회들은 보통 대낮에 그 집의 별채 마당에서 열려 초저녁이면 끝이 났었다. 그러나 정후겸의 집에서 열리는 연회는 다른 연회와는 달리 밤에 시작하는 것도 이상한데 별채 마당이 텅 비어 있었다.

"노론의 유명 인사는 모두 모였을 터, 어찌 사람의 그림자조차 없단 말인가?"

가택을 지키는 무사들이야 모습이 드러나지 않도록 조심을 한다고 하여도 마당에 바람을 쐬는 사람들조차 없다는 것이 아무래도 수상했다. 강은 전각의 뒤쪽 후미진 곳에 있는 작은 문을 발견하고 주위를 살핀 뒤에 안으로 들어갔다.

"분명 앞쪽으로 통하는 문일 것인데?"

그는 육중한 문을 조용히 열고 안으로 들어갔다. 방 안은 캄캄했다. 노송 특유의 짙은 나무 냄새와 가라앉은 공기의 내음이 코끝을 스쳤다.

어둠에 익숙해지자 강은 희미한 불빛이 새어 나오는 또 다른 문을 발견했다. 문을 열자 야릇한 향기와 함께 희뿌연 연기가 덮쳐 왔다.

"아!"

사향 냄새에 맑은 정신이었던 강의 머리도 핑 돌며 아찔해졌다. 성분을 알 수 없는 약초와 사향의 향기가 뒤섞인 복도 양쪽으로는 갖가지 빛깔의 휘장들이 드리워져 있었다. 조심스럽게 앞으로 나가며 휘장을 들춰보니 그것은 작은 방들이었다.

"별채에 어찌 방들이 이리 많을까?"

분명 도성 안에서 가장 아름다운 별채를 가지고 있다고 소문이 자자한 정후겸의 가택이었다. 그 아름다운 별채에 이런 곳이 있다는 것은 의외였다. 그러나 앞으로 가며 찬찬히 살펴보니 그 방들은 문을 이용해 구역을 나눠놓았을 뿐, 결국은 하나의 커다란 방이었다.

"평상시엔 큰 방으로 사용하다 문으로 칸을 막아 작은 방을 만드는 건가? 대체 오늘은 어디에 쓰려고 이 많은 방을 만들었다는 말인가?"

별채의 가장 은밀한 곳에 위치해 있는 것도 그렇고 아무리 살펴봐도 분위기가 심상치 않았다.

"감이 좋지 않아."

실내가 온통 연기와 짙은 냄새로 가득 차 서 있기만 해도 취할 것 같았다. ㅗ 싶은 향기는 연기와 뒤섞여 공기의 흐름을 타고 앞쪽으로 흘러가고 있었다. 별채 앞쪽에 사람들이 모여 있다면 그들은 옅게 흘러가는 냄새에 아무런 의식도 하지 못하고 서서히 중독되고 있을 것이 틀림없었다.

강은 심호흡을 한 뒤에 소맷자락에서 꺼낸 목면으로 코를 막고야 비로소 걸음을 옮겼다.

"읍!"

목면으로 코를 막았다고 숨을 쉬지 않을 수는 없는 법, 비위가 약한 강은 고개를 흔들며 돌아섰지만 속이 뒤집혔다.

"빨리 나가야겠다."

강은 독한 약초와 사향 냄새에 취해 저도 모르게 한 발 뒤로 물러섰다. 이대로 있다가는 향기에 취해 쓰러질 것이 틀림없었다. 더 이상 지체할 여유가 없었다.

"작품들이 모두 보관 상태가 양호합니다, 고생하셨습니다."

채운은 오늘 경매에 나갈 작품들을 둘러보며 그동안 노론가에서 거둬들인 작품들과 은궤의 절반을 관리하고 있던 박인겸 대감를 돌아보았다.

"그것이 내가 하는 일인 것을……."

그동안 은궤를 굴리며 막대한 이문을 남기고 있던 박인겸은 못내 아쉬운 듯 씁쓸한 얼굴로 채운을 바라보았다. 그 역시 그 돈을 송파의 상단에 맡겨 장사를 하고 있었던 것인데 채운은 그 몇 배나 되는 노론의 자금 전부를 굴리게 되었으니 그 이문은 가히 상상을 초월할 것이었다.

"제가 대감께 누를 끼친 것 같아 안타깝습니다."

안타깝다는 말과는 달리 채운은 싱그러운 미소를 지어 보였다.

"그거야 자네의 수완이 뛰어나니 어쩌겠나, 다만 그리 안타까운 마음이 있다면 자네가 나를 좀 도와주면 어떻겠나?"

"돕다니요, 제가 대감을 도울 것이 있겠습니까?"

"기왕지사 작품들도 다 받았으니 지난 세월 그것들을 관리해 온 내 역서도 받는 것이 어떻겠나?"

"장부를 따로 가지고 계십니까?"

채운은 예상하고 있었다는 얼굴로 빙긋이 웃었다.

"그동안 꼼꼼히 기록을 해둔 내 공을 조금만 생각해 준다면 자네에게 넘기도록 하겠네. 이 내역서를 가지고 있으면 은궤와 작품을 관리하는 데도 도움이 될 것이니 말일세."

박인겸은 여러 가지 말로 포장했지만 결국 그동안 관리해 온 장부를 높은 값에 넘기겠다는 뜻이었다.

"물론입니다. 대감의 노고야 충분히 보상해 드려야지요."

채운은 물론 그리하겠다고 고개를 끄덕이며 그 자리에서 어음 한 장을 써주었다.

"역시 듣던 대로 화통하구만, 비밀은 철저히 유지해 주리라 믿네."

"그러믄요."

"여기 있네."

"대감께서도 받으셨다는 증서를 주셔야 되지 않겠습니까?"

"그리하세."

장부를 건네고 어음을 챙긴 박인겸은 채운이 요구하는 척문(尺文: 영수증)을 흔쾌히 적어주고 흡족한 얼굴로 방을 나갔다.

"자, 하면 이제 슬슬 시작해 볼까?"

채운 역시 원하던 것을 얻은지라 만족스러운 얼굴로 웃었다.

十二

어떤 명을 내리더라도
그것은 언제나 하나의 의미

휘장이 드리워진 전각 안은 찬란한 불빛에 휩싸여 있었다.

양반이 된 지 오래되지 않았으니 그다지 유서 깊은 집안이 아닌데도 불구하고 정후겸의 가택은 강건우의 집안 못지않은 엄청난 부와 재력을 한껏 과시하듯 집 안 곳곳이 값비싼 청나라 도자기와 서화들로 장식되어 있었다. 사방에 걸린 등불의 빛을 받아 여인들이 몸을 움직일 때마다 온몸을 치장한 보석들의 광채가 사방으로 번졌다.

"대단하구나."

한눈에 보기에도 한껏 멋을 낸 남자들과 화려하게 치장한 여인들은 값비싼 도자기들과 꽃으로 장식된 전각 안 넓은 마루를 가득 메운 채 참을 수 없다는 듯 간지러운 웃음을 터뜨리고 있었다.

"어찌 사람들의 눈빛이 이상한데?"

여인들의 간지러운 웃음소리에 놀란 한세는 곳곳에 놓여 있는 술과 안줏거리를 살펴보다 지난번 채운당에서 사향에 당했던 것을 생각하고 안색이 창백해졌다.

"맙소사!"

만약 송파 객주의 창고에서 보았던 그 환약들이 이 술과 안주에 섞여 있다면 이곳에 있는 모든 사람들은 자신도 모르는 사이에 환각 상태에 빠져들고 말 것이었다.

"자, 이리들 주목해 주십시오. 시작하겠습니다!"

귀에 익은 소리에 돌아보니 전기수 김열기가 단상 위에 서 있었다.

"이 도자기로 말씀 드릴 것 같으면 경덕진의 그 유명한 난백유자기의 명문 추부에서 제작된 것으로 청나라 부호들도 쉽게 가질 수 없던 것입니다. 자, 오백 냥부터 시작하겠습니다."

단상에 서 있던 김열기가 도자기 한 점을 들고 소리쳤다. 노론가에서 소장하고 있던 작품들을 거둬들여 다시 경매를 하는 것이었다.

"오백 냥!"

오백 냥에 한쪽에 있던 한 선비의 접선이 올라갔다.

"네, 오백 냥, 오백 냥 나왔습니다! 육백 냥, 육백 냥 없습니까?"

새롭게 그 작품에 눈독을 들인 이들은 작품가를 높게 부르며 경매에 참여할 것이고 그 작품에 애착을 가지고 있던 원 주인들은 작품을 되찾기 위해 울며 겨자 먹기로 경매에 참여할 것이다. 그러니 옹주의 입장에서는 밑천 하나 들이지 않고 엄청난 돈을 벌 수 있으니 장사도 이런 대단한 장사가 없었다.

"이거야, 칼만 안 들었지! 쯧쯧!"

사정을 대충 짐작한 한세는 혀를 내둘렀지만 지금 이곳에서 그런 것을 탓하는 이는 아무도 없었다.

"위험하니 정후겸의 연회는 오지 않겠다고 약조해라!"

문득 강의 목소리가 귓가에 쩌렁대는 것 같았다.

물론 위험하기는 했지만, 모두가 연회에 신경을 쓰는 동안 내부를 살펴보는 것은 그다지 어려운 일은 아니었다. 하지만 지금 이 전각 안에 퍼져 있는 사향의 향기와 술상에 차려진 먹거리들은 분명 위험천만한 것들이었다.

"서둘러야 할 것인데."

이번에 강은 한세가 연회에 오는 것을 완강하게 말렸고 그녀는 마지못해 고개를 끄덕였었다. 서로 마주치기라도 하는 날에는 강의 노여움을 피할 수 없을 것이다. 다행히 강은 보이지 않으니 서둘러 뭔가 도움이 될 만한 것을 찾아야 했다.

"간사한 자들 같으니. 평상시 같으면 돈을 내놓는 일이라 이리 빼고 저리 뺄 것인데, 때가 때이니만큼 빠짐없이 모였구나."

위험에 처했을 때 급속히 단결하는 그들의 결속력을 보여주듯 전각 안은 가면을 쓴 인사들로 북적거렸다.

"어디 보자, 잠시 마음을 달래줄 것이 없나?"

정후겸은 화려한 연회를 열기는 했지만 정작 그에게는 이런 서화나 예술 작품을 다루는 문화적인 연회는 따분하고 지겹기 짝이 없는 놀음에 불과할 뿐이었다.

"절세가인도 있을 법한 자리이건만⋯⋯."

정후겸은 연회에 온 이들과 인사를 나누고 단상 위로 올라가 잠시 아래를 내려다보았다.

"이것이 웬 떡이란 말인가?"

넓은 전각 안에서도 유독 정후겸의 시선을 잡아끄는 여인이 있었다. 찬란하게 쏟아져 내리는 등롱 불빛이 모란꽃처럼 부풀린 여인의 붉은빛 치마를 더욱 도드라져 보이게 했다. 그 여인이 걸어가자 전각 안에 모여 있던 사람들의 시선이 일제히 그이의 붉은 치마로 향했다. 얇은 사를 겹겹이 겹쳐 놓은 치마는 날아갈 듯 가벼워 보이는 데다 앞은 살짝 들리고 뒤는 길게 끌리는 독특한 형태였다.

"허어, 한양 땅에 저리 향기가 강한 꽃이 있었나?"

여인은 호기심과 선망의 눈빛으로 몰려드는 사람들의 시선을 그대로 감당하며 마치 공주처럼 도도하고 무심한 자태로 걸었다.

정후겸은 술잔과 술병을 들고 그 여인을 놓칠세라 서둘러 달려갔다.

"치마가 참으로 독특합니다."

등 뒤에서 많이 들어본 목소리가 들려오자 한세는 자칫 정체를 들킨 것인가 해서 가슴이 철렁했다. 불안함으로 심장이 널을 뛰는 것 같았지만 한세는 천천히 돌아섰다.

"이 별채는 꽤 넓으면서도 무척 아름답지요."

예상대로 이 가택의 주인 정후겸이었다. 그의 손에는 사향의 향기가 짙게 느껴지는 술병과 술잔이 들려 있었다.

"예, 그런 것 같네요."

한세는 가슴이 뜨끔한 것을 간신히 내리눌렀다.

"한잔하시겠습니까, 오늘 밤을 위해 특별히 준비한 술입니다."

그는 가면 속에서 차분하게 빛나는 한세의 눈을 들여다보며 술잔에 술을 따라 권했다.

"아니 저는 되었습니다."

정후겸이 가면 속의 눈을 가늘게 뜨고 바라보자 한세는 습관처럼 새하얗고 가느다란 손가락을 쥐락펴락했다.

"대체 어디 있는 것이냐?"

이산은 북적이는 사람들 속에서 한세를 찾았으나 그녀는 보이지 않았다. 연회장 여기저기를 둘러보던 이산은 설마 하고 고개를 갸웃거리며 웬 사내와 나란히 서 있는 화려한 여인을 바라보았다.

"혹시, 네가?"

문득 뇌리를 스치는 선명한 직감 하나가 찌를 듯 파고들었다. 잠시 두 사람을 바라보던 이산은 침착하게 주위를 살피며 그들을 향해 다가갔다.

"어떠십니까, 제가 안내하고 싶은데?"

한세는 거북한 내색을 하며 한 발 물러섰지만 정후겸은 포기할 기미가 없어 보였다.

"규수께서 술도 싫다, 안내도 싫다 하시면, 어렵게 내민 제 손이 부끄럽지 않겠습니까?"

정후겸은 한 손으로 한세의 어깨를 감싸 안고 그녀의 입가로 술잔을 가져갔다.

"어찌 이러십니까?"

마음 같아서는 당장 메치기로 내다 꽂고 싶었지만 이곳에서 그런 짓을 했다가는 뒷감당이 어려우니 한세는 속이 부글부글 끓었다.

"그 술은 내가 마실 것이니, 규수는 이리 보내게."

바로 그때였다.

"설마?"

갑자기 나타난 사내는 정후겸에게서 술잔을 빼앗아 천천히 들이켰다. 말릴 새도 없이 순식간에 벌어진 일이었다.

"자, 술은 내가 마셨으니 되었고 이제 여인은 놓아주시게. 나와 선약이 있어서!"

사내는 비운 술잔을 정후겸에게 돌려주며 여인의 손목을 잡고 자신의 품으로 끌어당겼다. 얼결에 그에게 끌려간 한세는 익숙한 향기에 더욱 놀라고 말았다. 의심할 것 없이 이산이 분명했다. 한데 어찌 그가 이곳에 있다는 말인가, 게다가 정후겸의 술까지 받아 마셨다.

"설마 내가 술 한 잔에 이 여인을 놓아줄 턱이 있겠소, 한 병이라면 모를까?"

정후겸은 앞에 선 사내가 누구인지를 짐작하고 한세의 손목을 꽉 움켜쥐며 술병을 내밀었다.

"하면."

술병을 내민 정후겸이 빈정거리며 눈을 들었을 때 가면 속의 이산은 특유의 무표정하고 냉소 어린 얼굴로 그를 바라보았다.

"이 술병만 비우면, 되는 것인가?"

이산은 품 안에서 벗어나려 애쓰는 한세를 더욱 꽉 껴안으며 술병을 받아 들었다.

"아니 됩니다."

한세는 두려움으로 숨이 꺼질 듯이 속삭였다.

"그러고 보니 연인이신 모양입니다."

정후겸은 일이 점점 재미있게 되어간다는 듯 목소리를 조금 더 높였고 한세는 빨리 주군을 모시고 이 자리를 벗어나야 한다는 생각에 초조해졌다. 그러나 이미 웅성거리는 소리에 사람들이 하나둘 모여들고 있었다.

"제대로 보았네, 이 규수는 나의 연인일세! 하니 그 손 놓게!"

이산은 베일 듯 날카로운 눈빛으로 정후겸이 잡고 있는 한세의 손을 노려보았다.

"아!"

정후겸은 머쓱해진 얼굴로 한세의 손을 놓아주었다.

"차라리 제가……."

화들짝 놀란 한세가 술병을 빼앗으려 했지만, 이산은 그대로 입으로 가져가 단숨에 마셔 버렸다. 술에서 사향의 향기가 난다는 것을 알아차렸지만, 그럼에도 불구하고 이산은 그 술을 남김없이 마셨다.

문득 채운이 보낸 초대장의 글귀가 생각났다.

─어쩌면 오늘이 저하께는 그 여인의 마음을 얻을 수 있는 마지막 기회가 될 것입니다.

제 목숨을 걸고 지켜야 할 주군이 그 위험한 술을 병째 마시는 것을 걱정스러운 눈빛으로 지켜보는 한세의 얼굴은 점점 창백하게 변해 갔다. 그런 그녀의 얼굴을 바라보는 이산의 눈은 활활 타오르는 불길처럼 뜨겁게 빛나고 있었다.

어쩌면 그는 그렇게 해서라도 그녀가 그 누구도 아닌 자신만 보도록 묶어두고 싶은 것인지도 몰랐다.

"괜찮으십니까?"

한세는 더 이상 머뭇거리지 않고 가슴에 안기는 척 부축하며 이산의 손을 꼭 잡았다.

'괜찮지가 않다, 세야. 지금 이곳에는 나를 위협하는 정적들이 모두 모여 있구나. 자칫, 마음만 먹으면 나를 죽일 수도 있을 것이고. 하나, 지금 이 연회장에서 가장 큰 적이 있다면 그것은 너를 향한 내 사랑이다. 이 위태로운 사랑이 제일 위험한 적이라는 것을 알아. 아는데도 이 사랑을 멈출 수가 없구나.'

그의 온몸에서 뿜어져 나오는 뜨거운 열기가 금방이라도 그녀를 덮쳐 버릴 것만 같았다.

"자, 된 것 같으니 그만 가보겠네."

"저 문 안쪽으로 쉴 곳이 마련되어 있으니, 부디 좋은 한때를 보내시길 바랍니다."

병을 거꾸로 들고 다 마셨음을 보여준 이산이 묻자 술병을 받아 든 정후겸이 전각 뒤쪽으로 난 문을 손으로 가리키며 빙그레 웃었다.

"가자."

금세 눈앞이 뿌옇게 흐려지기 시작한 이산은 고개를 끄덕이며 한세의 손을 잡고 그 문을 향해 걸었다. 마침 전각 안으로 들어오던 건우가 그 광경을 보고 놀라 달려가려 했지만 옆에 있던 채운이 만류했다.

"나리께서는 금일 초대 받은 일이 없습니다, 하니 그저 구경만 하셔야 할 것입니다."

"이것도 그대가 꾸민 짓이오?"

건우는 의아한 눈빛으로 자신의 팔을 잡는 채운을 노려보았다.

"어떠합니까, 오늘 제가 놓은 덫이 성공할 것 같습니까?"

"오늘 처음으로 그대에게 실망한 것 같소."

건우는 차갑게 식은 눈빛으로 담담하게 말했다.

"세상에서 가장 큰 적은 아마 가질 수 없는 누군가를 갈망하는 마음, 그것이겠지요."

"부디 그 덫에 그대가 빠지지 않기를 바라오."

그의 차가운 눈빛을 외면하는 채운을 향해 건우는 씁쓸하게 경고하고 그 자리를 떠났다.

"그만두게!"

건우는 전각 안으로 들어오던 강이 그들을 발견하고 달려가려는 것을 제지하였다.

"어찌 그러는 것인가?"

급하게 달려온 강은 숨이 턱에 닿아 있었다. 새파랗게 질린 얼굴로 가쁜 숨을 고르며 물었다. 한세가 이산을 부축하고 들어가는 곳은 조금 전 강이 확인한 그 환락의 장소가 틀림없었다.

"별일 없을 것이네."

"별일이 없다니?"

강의 인상이 구겨졌다.

"근처에 기섭이 있을 것이니 그냥 두세. 자네는 나와 다른 것이나 찾아보세나."

강이 흥분한 것이 틀림없다고 판단한 건우는 간신히 세 사람이 한자리에 있는 것을 막아내고 한숨을 쉬었다.

"하지만 저 안은 미약의 향이 강해 숨쉬기조차 힘들다네."

"세가 잘 판단할 것일세. 누구보다 강한 이들이니 기섭과 세를 믿어보세."

혹시라도 이런 자리에서 세 사람이 마주쳐 감정이 상하는 것을 막기 위해 건우는 결국 강을 다른 곳으로 데리고 갔다.

"저런!"

하나 그렇게 나서서 계획을 틀어버리는 건우를 지켜보는 채운은 표정이 일그러졌다. 그러나 채운은 뜻하지 않게 찾아온 불상사에도 섣불리 동요하지 않았다. 그녀는 고작 이십대 초반이었지만, 짧은 생애의 밑바닥에는 그런 부질없는 일 따위로는 가슴을 두근거리며 놀라지 않는 질곡 많은 삶의 이력을 간직하고 있었다.

❀

달짝지근한 술 냄새와 사향 냄새가 진동하는 복도 양쪽으로는 갖가지 빛깔의 휘장이 드리워진 작은 방들이 있었다.

"별채에 어찌 방들이 이리 많을까?"

흐흐흐흑!

복도를 따라 앞으로 나가는데 비명인지 신음인지 가늠하기 힘든 소리들이 얇은 문풍지를 울렸다. 휘장 뒤에 누가 누구인지도 구별하기 힘들 정도로 뒤엉킨 남녀들의 그림자가 어른거렸다.

오늘 밤 이 아름다운 별채는 사람의 이성을 미혹하는 술과 미약, 그리고 사향 향기에 취해 환락과 쾌락에 젖어 있었다.

"휴우!"

이산을 부축한 한세는 마음을 단단히 다잡고 심호흡을 한 뒤에야 걸음을 옮겼다. 어딘가 밖으로 나가는 뒷문이 있을 것이라 생각했지만 온통 연기로 희뿌연 복도에서 길을 찾기란 쉬운 것이 아니었다.

"이런!"

복도로 기어 나와 쓰러져 있는 남녀들은 한세와 이산이 지나가는 것도 모를 만큼 취해 있었다. 도성 안의 얼빠진 인사들은 다 여기 모인 모양이었다.

이곳에 모인 이들은 평범한 양반들과는 신분이 다른 자들이었다. 그들은 한성에서도 내로라하는 최고의 집안의 자제들이거나 조정의 중책을 맡고 있는 대신들이었다. 모두가 높은 문장과 음률에 능하고 그림을 좋아하는, 그야말로 문화를 즐기는 인사들이었다. 한데도 지금 그들은 이런 모습으로 환락에 몸을 맡기고 있었다.

"으으음!"

술에 취한 남자의 입에서 신음 소리가 흘러나왔다.

"으음……."

한세의 어깨에 머리를 기대고 있는 이산의 입에서도 억눌린 신음이 흘렀다. 숨을 쉴 수가 없었다. 심장은 전속력으로 질주하는 것처럼 미친 듯이 뛰었다.

"잠시만 쉬어 가겠습니다."

이미 채운이 만든 술에 취해본 적이 있는 한세는 고통스러워하는 이산을 부축해 빈방으로 들어가 잠시 기대섰다.

"너에게 입 맞추고 싶다……."

흐려지는 눈에 힘을 주며 이산은 한세를 바라보았다.

"허락하지 않겠습니다."

한세의 눈은 그 어느 때보다 총명하고 꼿꼿하게 빛나고 있었다. 윤기 있는 머리카락이 약간 흐트러져서 우아한 얼굴이 한층 돋보였다.

"어째서, 너는 내가 그리 싫으냐? 그 긴 세월을 까마득히 숨겨올 만큼, 그리 내가 싫었더냐?"

이산에게 있어 지금 한세는 바로 눈앞에 있으면서도 손에 잡히지 않는 먼 곳에 있는 듯, 억누를수록 숨겨둔 열정을 더욱 끓어오르게 하는 여인이었다. 그러나 이 순간에도 한세는 사향 향기에 숨이 막힐 것 같은 답답함을 느끼면서도 주위를 살피며 경계했다.

"싫었다면 어찌 당신을 위해 목숨을 걸 수 있겠습니까?"

"하면 왜, 어째서?"

"저를 흔들지 마십시오, 저는 흔들려서는 아니 됩니다."

어째서 이렇게 엉망이 되어버렸는지, 그리 대답하는 한세의 눈에는 어느새 이슬이 맺히고 목이 멨다.

"흔들려야 사랑이다. 내가 흔들린다, 지금……."

이산은 쓸쓸하게 미소를 지으며 손을 내밀어 한세의 볼을 쓸었다.

"지금은 미약에 취해 그런 것입니다."

한세는 절절한 그의 감정을 애써 외면하며 담담하게 말했다.

"하면, 명령이다. 네가 내 여인이 되었으면 좋겠다."

"그 또한 받들 수 없습니다."

그녀는 자신처럼 이산 역시 제정신으로는 이런 말을 할 수 없는 사람이라는 것을 잘 알고 있었다. 미약에 취해서야 본심을 말하는 것이었다. 그런 이산의 마음을 너무 잘 알기에 그녀는 슬펐다.

"내가 너에게 어떤 말로 명을 내리더라도 처음도 마지막도 그것은 언제나 하나의 의미일 것이다. 너는 내 곁에 있으라, 어디도 가지 말고. 그래서 나와 함께 저 길 끝에 무엇이 있는지, 가보자고……."

그의 머리가 마음의 무게를 이기지 못하고 스르륵 무너지듯 한세의 어깨 위로 기대왔다.

"어떤 말로 명을 내리더라도 처음도 마지막도 그것은 언제나 하나의 의미……?"

그의 말을 되뇌던 한세의 얼굴이 번개에 맞은 듯 충격으로 창백해졌다. 숨 막힐 듯한 침묵이 흘렀다. 스멀스멀 불안감이 온몸으로 퍼지고 눈앞이 아득해졌다. 체기라도 있는 듯 가슴이 답답했다.

마지막 어명이다. 세야, 돌아와 너의 일을 다하라.

이산.

"너는 나를 떠나면 아니 된다."

"지하. 제가 언제나 곁에서 지켜 드릴 것이니 저하께서는 하고자 하는 일을 하십시오."

"저하, 저는 이미 오래전에 말씀 드렸습니다. 저하 곁을 떠나지 않겠다고. 하나 이제 또 물으시니 다시 한 번 말씀 올리겠습니다. 저는 저하께서 가라고 명하지 않으신다면, 언제나 저하의 곁에 있겠습니다. 세자익위사가 되었든, 혹여 잘못되어 궁인이 될지라도…… 그 무엇이 되어서라도 저는 저하 곁에 남아 있을 것입니다."

"나를 위해 몸조심해야 한다. 약조해 줄 수 있겠느냐?"

충격으로 굳어지는 마음을 들키지 않기 위해 한세는 온 신경을 곤두세웠다. 방 안은 무거운 침묵이 깔려 이산의 달콤한 숨소리마저 크게 들렸다.

"이제 가셔야 합니다."

한세는 무섭게 몰아쳐 오는 졸음을 이기지 못하고 쓰러지는 이산을 부축해 뒷문을 통해 밖으로 빠져나왔다.

❀

"어찌 된 것이냐?"

사태를 눈치채고 뒷문으로 달려와 대기하고 있던 기섭이 잔뜩 화가 난 얼굴로 물었다.

"정신 차리십시오."

차가운 밤바람이 몰려들었지만 미약에 취해 잠든 이산을 깨우기에는 역부족이었다.

"서둘러야겠습니다."

그렇게 대답하는 한세의 목소리는 차분하게 가라앉아 있었다.

"이대로 대궐로 갈 수는 없다."

"비단전으로 모시겠습니다."

이산을 부축하고 별채의 뒷마당을 빠져나오는데 여기저기 숨어 있던 무사들이 뛰쳐나왔다. 문 앞을 막아서는 무사만 보아도 대충 봐도 육칠십 명쯤 되었다. 이제는 돌아갈 길도 없었다. 기섭과 한세는 도포와 치맛자락에 숨겨둔 검을 빼 들었다.

"막아라!"

치고, 받고, 기섭이 공중제비를 돌며 검을 휘두를 때마다 무사들이 쓰러졌다.

어깨로는 이산을 부축한 한세는 다른 한 손으로 검을 들고 달려드는 적을 베며 앞으로 나갔다. 그러나 몸놀림이 자유롭지 못하니 그때마다 주춤주춤 물러서던 무사들이 다시 덤벼들었다.

"쳐라!"

기섭은 검을 휘두르며 치고 나가다 옆에서 밀고 들어오는 검에 다리를 스쳤다. 피가 배어 나왔지만 그는 멈출 수 없었다.

"멈추어라!"

무사 하나가 벼락처럼 고함을 치며 달려들자 그제야 비몽사몽간에 눈을 뜬 이산이 쓰러진 무사의 환도를 집어 들었다.

"네 이놈, 감히!"

미약에 취해 있기는 하지만 이산 역시 무인, 그는 성난 맹수처럼 검을 휘둘렀다. 칼날이 그의 목 줄기를 스쳐 지나갔다. 이산은 검을 피해 몸을 숙이며 덤벼드는 무사들을 향해 발을 올려 힘껏 돌려 찼다.

"윽!"

무사 하나가 가슴을 쥐며 앞으로 고꾸라지자 이산은 다시 무릎을 올려 그의 얼굴을 호되게 올려 찼다. 무사는 고개를 번쩍 치켜들며 뒤로 넘어갔다.

"가시지요."

한세는 어깨를 내밀어 이산에게 단단히 몸을 붙여 부축하며 다시 앞으로 나갔다.

"서둘러라!"

기섭은 발길로 별채의 문을 박차고 나갔다. 문짝의 고리가 떨어지며 문이 활짝 열리자 이산을 부축한 한세가 별채 밖으로 나왔다. 그러나 대문으로 나가는 것은 불가했다. 하여, 한세는 이산을 부축해 담을 넘기로 했다.

막 담을 넘으려는 찰나 어디선가 단도 한 자루가 이산의 왼편에 있는 한세를 향해 날아들었다.

"안 돼!"

이산은 본능적으로 한세를 보호하기 위해 어깨를 오른쪽으로 돌렸다. 한세를 노렸던 단도는 그녀의 옷자락을 아슬아슬하게 빗겨나 이산의 오른쪽 어깨 깊숙이 박혔다. 뼈에 금이 가는 것 같은 충격이 느껴졌지만 이산은 한세를 놓지 않았다. 지금 이 팔을 푼다면 그것은 한세를 잃는 것을 의미했다.

"음!"

이산은 마지막 힘을 끌어내어 한세를 안고 발로 담을 박차고 날아올랐다. 어깨에 힘이 들어가자 상처에서 피가 쿨럭 튀었다.

"저하! 괜찮으십니까?"

"괜찮다!"

담장 위로 올라선 이산은 한세를 먼저 담 아래로 내려주고 자신도 뛰어내렸다.

"먼저 가거라!"

"예."

밖으로 빠져나온 한세는 이산과 함께 한 가마에 타고 비단전으로 향했다. 기섭은 매어 있는 말 중에 한 마리를 타고 가마의 뒤를 따랐다.

"저하! 괜찮으십니까?"

한세가 부축하려고 움켜쥔 이산의 오른쪽 어깨 아래로 끈적끈적하고 뜨뜻한 물이 흘러내렸다.

"저하! 다치셨습니까?"

가마 안이 어두워 처음에는 알아볼 수 없었지만 잠시 후 손등을 타고 흘러내리는 붉은 것이 이산의 피라는 것을 알아차리자 한세는 숨이 멎을 것만 같았다.

"저를 죽여주십시오!"

그의 어깨에 단도가 박혀 있는 것을 확인하자 한세는 울음을 터뜨리기 직전의 아이처럼 얼굴을 일그러뜨렸다.

호위무사가 주군을 다치게 하다니. 용서가 안 되는 일이었다.

"너는? 너는 괜찮은 것이더냐?"

한세가 무사하다는 것을 확인한 이산은 퉁명스러운 목소리로 물었다. 그는 지금 미약에 취한 데다 피를 흘리고 있어 어지럽고 정신이 점점 흐려지고 있었다.

"조금만 참으십시오. 조금만!"

그럼에도 자신의 안위보다는 그녀의 안위를 먼저 염려하는 이산 때문에 한세는 아이처럼 엉엉 울고 말았다.

"참 좋구나, 네 어깨…… 이제 되었다."

이산은 한세의 보드라운 가슴에 고개를 묻었다. 달콤한 그녀의 체취가 코끝을 간질였다. 아무렇지도 않은 듯 말했지만, 그는 자신의 호흡이 점점 가빠지고 있다는 것을 알고 있었다. 의식이 점점 흐릿해졌다.

몰랐었다. 너를 볼 때마다 어째서 내 가슴이 그리 뛰는 것인지. 알지 못했다. 너를 볼 때마다 어째서 내 눈이 그리 시린지. 어째서 내가 너를 그리 찾으려 애쓰는 것인지. 하지만 이제야 알 것 같다. 나는 내내 너를 사랑하고 있었던 것이었다.

이제 되었다, 무사한 너를 안고 있으니……

그는 긴 한숨을 쉬었다.

"저하, 저하!"

한세가 움켜쥔 손을 타고 흘러내리는 그의 뜨거운 피는 멈출 줄을 몰랐다.

그런 마음이셨습니까, 당신……. 마지막 어명으로 돌아와 곁에 있어 달라고 명하실 만큼 저를 그리워하셨나요.

한세는 습기 찬 눈을 깜빡여 보지만 기어이 눈물이 이산의 어깨를 적시고 말았다.

❀

"뭐라! 그것들이 내 집에서 빠져나가는 것을 손 놓고 보고만 있었더 란 말이더냐?"

진노한 정후겸의 목소리가 대문 앞에 쩌렁쩌렁하게 울려 퍼졌다.

"하오나 그중 하나가 부상을 입었으니 멀리 가지 못했을 것입니다."

"대문을 열고 쫓아라!"

정후겸은 손안에 들어온 세손을 그대로 놓아주었다는 생각에 이를 갈며 외쳤다.

"멈추세요!"

바로 그때였다. 전각 안을 경비하던 도겸과 채운당의 사병을 이끌 고 나타난 채운이 날카로운 목소리로 외쳤다.

"자네가 어찌?"

"지금 채운당에서 여는 연회의 초대된 분들을 공격하신 것입니까?"

채운이 눈에 새파랗게 불을 켜고 노려보자 도겸을 비롯한 채운당의 사병들이 당장에라도 빼 들 듯이 일제히 허리에 찬 검집을 두 손으로 움켜쥐었다.

"아, 아니 그것이……."

"이제껏 채운당에서 초대한 인사가 공격을 받은 적은 단 한 번도 없었습니다. 그런데 감히 대감께서 그 약조를 깨뜨려요!"

"하나 그들은 수상한 자들이라……."

"수상한 자가 어찌 이곳에 들어옵니까, 말이 되는 소리를 하셔야지요! 이제 앞으로 일을 어찌하라는 것입니까, 이 일을 어찌 책임질 것입니까?"

"당주, 그것이 아니라니까."

정후겸은 입을 달싹거리며 뭐라 변명할 말을 궁리했지만 다그치는 채운에게 달리 할 말이 없어 식은땀만 줄줄 흘렸다.

"이번 일은 반드시 책임을 묻겠습니다! 도겸, 지금부터 연회가 모두 끝날 때까지 대문은 채운당에서 감시한다. 만약 누구라도 연회에 초대된 이들을 공격하려는 자가 있으면 그 자리에서 죽여도 좋다!"

"예! 명을 받잡겠습니다."

채운이 치밀어 오르는 분노를 삼키지 못하고 파르르 떨며 돌아서자 정후겸은 낭패한 얼굴로 그 뒤를 쫓았다.

"분명 세손이었네! 혹 세손을 초대했는가?"

"어찌 그리 어리석은 생각을 하십니까, 노론의 인사들만 모이는 연회였습니다. 설령 초대를 했다 한들 그분께서 오셨겠습니까?"

"음!"

채운이 싸늘한 얼굴로 돌아보며 면박을 주자 정후겸은 끓어오르는 분노를 삼키며 물러섰다.

"일이 어렵게 되었다."

채운은 겨우 정후겸을 막고 다시 자신이 일을 보던 방으로 향했다. 도겸의 보고를 받고 워낙 다급하게 달려 나온 터라 오늘의 연회에 참석한 이들의 명단과 기부금에 대해 적고 있던 장부와 척문(尺文: 영수증)을 그냥 두고 나온 것이 마음에 걸렸다.

"아니!"

방문 앞까지 온 채운은 문 앞을 지키는 무사들이 보이지 않자 당황했다.

"지금 예서 무엇들을 하고 계십니까?"

문을 열고 안으로 들어가니 건우와 강이 탁자 앞에서 머리를 맞대고 서 있었다.

"아, 자네가 어쩐 일인가?"

이곳이 채운당의 임시 집무실인지 전혀 몰랐다는 듯한 강의 반응에 채운은 그의 곁에 선 건우를 돌아보았다.

"참말 모르셨습니까?"

"물론 몰랐네."

건우 또한 무덤덤한 표정으로 고개를 끄덕였다.

탁자 위에는 벼루와 마르지 않은 붓만 놓여 있을 뿐 같이 놓아둔 척문과 장부는 이미 보이지 않았다.

"간이 크신 분들이시군요, 제 것에 손을 대시고?"

"이 방에 자네 물건이 있었나? 우리는 지나다가 잠시 쉬려고 들어온 것인데 방이 이 모양이었네."

"맞네. 우리는 그저 지나는 길이었네."

강은 여전히 시치미를 뚝 떼며 모르쇠로 일관하였고 건우는 꿋꿋하게 맞장구를 쳤다.

"한데 저의 무사들은 어찌 된 것입니까?"

채운은 문 앞을 지키던 무사들이 방구석에 혼절해 쓰러져 있는 것을 힐끗 쳐다보고는 다시 물었다.

"저들이 채운당의 무사였던가, 방에 들어와 보니 저 모양이었네."

강은 다시 한 번 능청스럽게 대답하며 건우를 돌아보았다.

"사실일세."

건우 역시 고개를 끄덕이며 강의 말에 동조했다.

"그만들 돌아가시는 것이 좋겠습니다. 안타깝게도 밖을 지키던 정후겸의 사병들의 공격으로 일행 중 한 분이 다치신 것 같습니다."

두 사람의 능청에 채운은 더 이상 묻기를 포기하고 탁자 위를 정리하기 시작했다.

"뭐라?"

누군가 다쳤다는 말에 강과 건우는 동시에 안색이 창백해졌다. 움켜쥔 강의 주먹에 힘이 실리며 성난 목울대가 꿈틀거렸다.

"다치다니, 누가 다쳤더란 말인가?"

조금 전까지의 여유 있던 모습과는 달리 급하게 되묻는 건우의 목소리에는 당혹감이 묻어 있었다.

"채운당에서 여는 연회라 믿었건만!"

건우의 만류도 있었지만 그동안 채운당에서 열리는 연회에서 사람이 다쳤다는 말을 들어본 적이 없었다. 그러기에 세손을 부축하고 가는 한세에게 달려가고 싶은 것도 누르고 돌아선 강이었다.

"송구하게 되었습니다."

혹 세손이 다치기라도 했다면 그녀 역시 앞으로 목숨을 부지하기 어려울 것이었다. 강의 손에 오늘 참석자들의 명단과 기부 액수를 적은 장부와 척문이 들어갔다는 것을 알았지만 여기서 더 이상 일을 키울 수는 없었다.

"내 오늘 일은 잊지 않겠네."

잠시 채운을 차가운 눈빛으로 노려보던 강은 단호하게 경고하며 건우의 팔을 잡아끌었다.

"거듭 송구합니다."

채운은 다시 한 번 허리를 깊게 숙여 용서를 청했다. 돌처럼 우뚝 서서 채운을 바라보던 건우는 뭐라고 말을 하고 싶은 얼굴이었지만 곧 체념하고 돌아섰다.

"하면 살펴 가시지요."

충격으로 굳어진 건우의 눈과 마주치자 채운의 눈빛도 잠시 흔들렸지만, 애써 외면하며 천천히 문을 열어주었다. 그녀는 이렇게 건우와의 인연도 끝이 났다고 생각했다.

"하아!"

건우와 강이 방을 빠져나가자 채운은 그대로 우두커니 서 있었다. 어차피 예감하고 있었던 일이었지만, 쓸쓸하게 돌아서는 건우의 뒷모습을 보니 가슴에서 따뜻한 무언가가 후루룩 빠져나가 버리는 것 같아 입술을 깨물었다.

"방 안에 들어가 무사들을 깨워라! 이제, 연회는 끝났다."

잠시 뒤 방을 나서는 채운의 얼굴은 평상시와 다름없는 모습으로 돌아와 있었다.

"휘익!"

도겸과 채운당 무사들이 지켜보는 가운데 무사히 정후겸의 집 대문을 나선 강은 밖으로 나오자마자 휘파람을 불었다.

"괜찮으십니까, 나리!"

그러자 계속해서 정후겸의 집을 지켜보고 있던 기별서리들이 말 두

필을 가지고 달려왔다.

"나는 괜찮네. 자네들은 별고 없었는가?"

강은 지체 없이 말에 뛰어올라 대기하고 있던 기별서리들의 안위부터 챙겼다.

"예, 저희들은 괜찮은데, 나리의 일행들께 변고가 있었습니다."

"다친 이가 뉘인가?"

"그것이……"

특별히 이산에게 붙여놓았던 칠석이 말끝을 흐리는 것을 보니 더 물을 것도 없었다. 일은 이미 벌어졌고, 이제는 얼마나 빠르게 이 일을 수습하느냐가 중요했다. 위기에 처한 때일수록 더욱 침착해지는 강은 그 다음, 다음을 생각했다.

"어디로 향했는가?"

"가마를 쫓아갔던 바우가 지금 막 돌아왔는데 비단전으로 들어가는 것을 확인했다고 합니다."

이미 강과 오랫동안 일을 해온 터라 그들은 따로 지시하지 않아도 해야 할 일들을 미리미리 알아서 해두고 있었다.

"자네는 비단전으로 가게. 나는 의원을 데려가겠네."

"알겠네."

건우는 곧바로 말을 출발시켜 비단전으로 달려갔다.

"일이 꼬였군."

이산이 다쳤다면 시태는 심각했다.

강은 이런 때일수록 정신을 차리지 않으면 그 누구도 지켜낼 수 없다는 것을 누구보다 잘 알고 있었다. 자칫 호위를 잘못한 기섭에게 죄를 묻는다면 그가 목숨을 잃을 수도 있는 일이었다. 그것은 한세 또한 마찬가지였다.

"지체할 틈이 없다, 서둘러야 한다."

당장 세 사람의 목숨이 경각에 달려 있으니, 강은 다른 생각은 할 겨를이 없었다. 한시라도 빨리 치료를 해서 이산이 무사히 궁궐로 돌아가야만 일을 수습할 수 있을 것이다. 만약 일이 잘못된다면 사태는 걷잡을 수 없게 되리라.

"혹, 강 의원을 보았는가?"

강은 그 잠깐의 순간에도 이산에게 우호적인 의원들을 찾다가 강명길을 떠올렸다.

"제가 이곳으로 오기 전 운종가 근처 주막에 있는 것을 보았습니다만 아직 있는지는 알 수 없습니다."

"지금 바로 궁궐 안의 동태를 빠짐없이 살피도록 하게."

칠석의 말을 들은 강은 다른 기별서리들을 돌아보며 말했다.

"예, 알겠습니다."

"동궁전 내관에게 시간을 끌도록 기별을 넣게."

"예, 알겠습니다."

"나머지는 남아서 이곳에서 나오는 수레들이 어디로 향하는지 알아두도록 하게."

"예."

"절대로 경거망동하지 말고 침착하게 움직이게!"

강이 기별서리들 하나하나에게 임무를 주자 명을 받은 이들은 일사불란하게 움직였다.

"강 의원이 술을 많이 먹지 않았어야 할 것인데."

만약의 경우를 대비해 대략의 방책을 세운 강은 그길로 말을 달려 강 의원이 있다는 주막으로 향했다.

한세는 비단전으로 오는 내내 이산이 칼에 찔린 부분을 필사적으로 압박하고 있었다.

머릿속에서는 혹시 채운의 목숨을 구한 대가로 자신의 목숨이 위험했던 것은 아닌지 의심스러웠다. 처음 사도세자를 구하려고 한 탓에 한세의 집안이 풍비박산 났다. 또 이산의 목숨을 구하려고 하였을 때는 강이 혹독한 대가를 치르며 죽을 고비를 넘겼다.

"제발……."

결국 그 때문에 이산의 목숨이 위태로워졌으니 제정신이 아니었다.

"대체 무슨 일이냐?"

마침 비단전 문을 닫고 정리 중이던 한결이 피투성이가 되어 들이닥친 사람들을 보고 화들짝 놀랐다.

이산을 안고 안으로 들어오는 기섭에 이어 한세의 얼굴은 하얗다 못해 창백했고 치마저고리는 아예 피로 흥건했다. 손에도 이미 제 빛깔을 찾기 힘들 정도로 굳어버린 검은 피가 묻어 있었다. 하지만 그녀는 손에 피가 묻었다는 것조차 의식하지 못하는 모양이었다.

"저하! 이것이 어찌 된 일이더냐?"

한결은 기겁하면서도 한세의 방으로 세손을 안내했다.

"의원을 모셔 오겠다."

한결은 심상치 않은 상황을 눈치채고 얼굴이 창백하게 변했지만 즉시 그들과 가까운 의원을 부르러 갔다.

"으음!"

정신을 차리자 눈에 들어온 것은 걱정스러운 눈으로 자신을 들여다보고 있는 말간 눈동자였다.

"세……."

창백한 한세의 얼굴을 향해 이산은 멍하니 손을 뻗었다.

"저하, 정신이 드십니까?"

"그렇게 쫄 것 없다. 칼에 찔린 것이 뭐 그리 대수라고."

손바닥 안에 들어오는 자그마한 한세의 얼굴을 쓰다듬으며 이산은 웃었다.

"제발 말씀하지 마십시오!"

한세는 급한 대로 끈을 가져와 거추장스러운 치마를 동여 묶고 응급처치를 시작했다.

"내가 사랑에 서툴러서, 너를 놀라게 하였구나."

미약의 기운에서 깨어나기 시작한 이산의 얼굴은 가슴속 무거운 돌을 내려놓은 사람처럼 밝아 보였다.

"저하, 저도 어찌할 수 없는 제 마음을 용서해 주십시오, 저 역시도 사랑이 처음이라서……."

어깨에 칼이 박혀 있는데도 웃는 그를 보니 무슨 말을 해야 할지 알 수 없어서 한세는 떠오르는 대로 두서없이 중얼거렸다.

"괜찮다."

두 개의 목면 천을 둘둘 말아 칼이 움직이지 않도록 고정시키고 상처 부위를 천으로 동여매었다. 자칫 칼을 잘못 빼내면 혈관과 신경이 손상을 당할 수 있었다. 적어도 칼이 빠지지 않는다면 출혈은 막을 수 있을 것이었다.

겨우 응급처치를 하고 보니 이산은 눈을 감고 잠들어 있었다.

"네, 괜찮으실 것입니다, 강한 분이시니. 그럼요, 분명 괜찮을 것입니다."

한세는 스스로에게 최면을 걸 듯 중얼거리며 잠든 그를 물끄러미 들여다보았다. 문득 미약에 취해 이산이 두서없이 중얼거리던 말들이 떠올랐다.

"내가 너에게 어떤 말로 명을 내리더라도 처음도 마지막도 그것은 언제나 하나의 의미일 것이다. 너는 내 곁에 있으라, 어디도 가지 말고. 그래서 나와 함께 저 길 끝에 무엇이 있는지, 가보자고……."

정말 나는 전생에 한세였던 나의 몸을 빌려 태어난 것일까. 그럼 내가 꾸었던 꿈들은 다 무엇일까. 그 꿈들은 예지몽이 아니라 전생의 내 삶의 기억이었던 것일까.

만약 이산이 마지막 어명으로 돌아와 곁에 있어 달라고 명할 만큼 나를 그리워하였다면 분명 서로 사랑하는 사이였을 것이다. 하지만 그토록 사랑했던 사이라면 내 어딘가에 사랑했던 기억 한 자락쯤은 남아 있어야 하는 것이 아닌가. 그러나 꿈들을 아무리 살펴보아도 정조의 여인이거나 후궁이었던 적은 단 한 번도 없었다.

대체 나는 누구를 사랑했던 것일까.

의문이 꼬리를 이었지만 그 어떤 것도 분명한 것은 없었다. 머릿속이 뒤죽박죽 엉망이었다.

"음."

한세가 응급처치를 하는 동안 기섭은 자신 역시 다리에 상처를 입어 피가 난다는 것도 느끼지 못하고 필요한 것들을 가져오느라 허둥대고 있었다.

"사형, 다리에서 피가 흐르지 않습니까, 지혈을 해야 하니 거기 앉아서 피가 멈출 때까지 세게 누르고 계십시오."

"내 걱정은 마라!"

"제발 그렇게 하십시오! 제발!"

한세는 지금의 상황이 너무 화가 나 기섭을 향해 언성을 높였지만,

곧 후회하고 말았다.

"송구합니다."

이산의 응급처치를 끝낸 한세는 이번엔 기섭의 다리를 지혈하기 시작했다.

기섭은 벽에 기대앉아 한세가 자신의 다리를 동여 묶는 것을 지켜보았다. 한세는 이 상황에서도 이를 악물고 침착하려고 애를 썼지만 손이 부들부들 떨려왔다.

"저하께서는 어떠신가?"

먼저 건우가 의원을 찾으러 가던 한결을 만나 같이 들어왔다.

"피를 많이 흘리셨네."

어두운 얼굴의 기섭이 침통하게 말했다. 이 모든 것이 제대로 호위하지 못한 자신의 탓인 것만 같았다.

"강한 분이시니 괜찮을 것이다."

건우는 새파랗게 질려 덜덜 떠는 한세의 손을 잡아주고는 방 안으로 들어갔다.

"들어가시지요."

바로 그때였다. 문이 열리며 강이 강 의원을 앞세우고 들어왔다.

"이런!"

불시에 들이닥친 강에게 영문도 모르고 끌려온 강 의원은 다친 이가 세손이라는 것을 확인하고는 얼굴이 하얗게 질렸다.

"도련님! 저 때문에, 저 때문에 저하께서!"

한세는 강의 얼굴을 보는 순간 막혔던 숨통이 트이는 것 같았다.

"쉿!"

"저를 구하시려다가, 저하께서……."

자책하는 한세를 말려보려 했지만 새파랗게 질린 얼굴을 보니 그럴 상황이 아니었다.

"그래, 저하께서는 좀 어떠시냐?"

강은 먼저 안으로 들어와 이산의 곁에 앉았다. 어깨에 단검이 박힌 것을 보니 강은 측은한 마음에 가슴이 아파왔다.

"왔는가?"

"예, 저하! 어찌 그곳에 오신 것입니까?"

어리석은 질문이었다. 그였더라도 갔을 것이었다. 지음(知音), 그와 이산은 누구보다 서로를 잘 알고 있는 벗이었다.

"무모하다 탓하려는 것인가? 바닥을 친다고 해도 어쩔 수 없었네."

"저하답지 않으셨습니다."

쓸쓸하게 중얼거리는 이산을 강은 여전히 이해하기 어려웠다.

"오늘 그리하지 않으면 후회할 것 같아서 말일세. 살아가며 어떤 여인을 만나도 이리 좋아할 수 있을 것 같지가 않아. 그러니 이렇게라도 해보지 않으면 두고두고 미련이 남을 것 같아서……."

이산은 차라리 툭 털어놓고 나니 그동안 미친 듯 끓어오르던 열정이 조금은 가라앉는 것 같았다.

"그런 것이었습니까?"

이산이 웃으며 손을 내밀자 강은 그 손을 힘주어 꽉 잡았다.

그제야 알 것 같았다. 사랑의 격정에 휩쓸려 보지 못했다면 무모하다, 어리석다 탓할 수도 있었을 것이다. 하나 그 역시 한 여인을 사랑하는 마음에 끊임없이 화가 나고 히루에도 몇 번씩 질투하며 비루하다 못해 지질해지고 나약해진다.

나를 길러준 어머니를 잊을 수 없듯이, 그는 영혼을 교감하는 벗이었으며, 벗 이전에 주군이었다.

어깨에 단검이 박혀서도 마지막까지 가보지 않으면 두고두고 미련이 남을 것 같았다는 이산의 고백에 강은 처음으로 한세를 두고 고뇌에 빠졌다.

"강 의원, 서둘러 주게! 부탁하네."

"예."

이산의 손을 꽉 잡은 강은 진료 상자를 열고 약재를 꺼내는 강 의원을 돌아보며 부탁했다.

"일단 지혈은 하였습니다."

한세는 이런 다급한 순간에도 강이 무엇이 필요한지를 직감하고 강 의원을 데리고 달려왔다는 것만으로도 안심이 되었다. 강이 없었다면 또 이 어려운 상황에서 얼마나 허둥거렸을 것인가.

"잘하였다."

상황이 이리되었을 동안 수없이 지옥을 오고 갔을 한세의 마음이 안타까워 강은 말없이 어깨를 다독여 주었다.

"다행히 처치는 잘 하셨습니다."

강 의원이 치료를 시작하자 한세는 밖으로 나와 문 앞에 앉은 기섭의 곁으로 가 앉았다.

"세야."

지그시 눈을 감고 있던 기섭이 입을 열었다.

"예, 사형."

무릎을 꼭 껴안은 한세가 눈을 들자 기섭이 원망스러운 눈빛으로 마주 보았다.

"나는 말이다. 저하의 호위무사다. 저하의 안위를 위태롭게 하는 자가 있다면 그것이 누구라도 베고 말 것이다."

"예."

그 말이 이 중요한 시기에 이산을 흔들고 있는 자신에 대한 원망임을 알기에 한세는 아무 말도 하지 못했다.

"너에게 중요한 것이 무엇이더냐? 네 사랑이 무엇이기에 저하를 위태롭게 하는 것이냐?"

누구보다 친했고 누구보다 서로를 이해했던 기섭이었기에 그 말을 듣는 순간 숨이 막히도록 아팠다.

이산을 중심으로 강과 세, 그리고 건우와 기섭. 언제나 함께해 온 다섯 명의 벗들…… 대체 어디서 길을 잃어버린 것일까. 이러다 모두가 지옥에 빠져 허우적대는 것은 아닐까.

한세는 이런 상황에 빠져 버린 자신이 싫어서 아무 말도 하지 못하고 그저 입술만 깨물었다.

"음."

문을 사이에 두고 방 안에 앉아 있던 강도 두 사람의 대화를 들었다. 그 역시 원망스럽게 내뱉고 마는 기섭의 말이 비수처럼 날카롭게 가슴을 파고들었다.

이산의 목숨을 위태롭게 했으니 호위무사인 기섭이 당장에라도 스스로를 베어버리고 싶은 마음에 충동적으로 하는 말이라는 것을 알면서도, 그 원망을 오롯이 감당해야 하는 한세의 마음을 생각하니 가슴이 아렸다.

"지체할 시간이 없으니 이제 궁으로 모셔야겠네."

조금 뒤 궁 안의 사정을 알아보고 온 기별서리로부터 보고를 받은 강은 더는 지체할 수 없다고 판단하였다.

"준비하겠네."

건우는 곧바로 나가 한결과 함께 가마를 준비시키고 가마꾼들이나 입는 수수한 의복으로 갈아입었다. 남들의 눈에 띄지 않게 궁궐까지

가려면 최소한 인원으로 움직여야만 했다.

"만약을 대비해 사병들은 멀찍이서 따르도록 하겠습니다."

가마꾼으로 변장한 한결이 와서 한민이 무사들을 대기하게 하였다고 알렸다.

"저하!"

기섭의 부축을 받고 문을 나서는 이산의 얼굴은 한결 편해졌다.

"너를 놀라게 하였구나. 이제 그만 쉬어라."

"제가 뫼실 것입니다."

"좋은 생각이 아닌 듯하구나."

이산은 고요한 시선으로 잠깐 사이에 얼굴이 반쪽이 되어버린 한세를 바라보았다.

"너는 예서 기다리거라."

따라오지 말라는 이산과 강의 말에 한세의 얼굴은 더욱 창백해졌다. 이 밤 존현각에 누워 위험한 고비를 홀로 넘겨야 할 이산을 생각하니 마음이 편치 않았다.

"저도 같이 가겠습니다. 제가 곁에 있어야 합니다."

하지만 최대한 담담한 어조로 또박또박 말했다.

"강 의원이 있을 것이니 너는 예 있거라. 씻고 옷도 갈아입고……."

누구보다 착잡한 심정일 것인데도 감정이 섞이지 않은 착 가라앉은 강의 목소리에 한세는 가슴이 먹먹해졌다. 언제나 일을 벌여놓고 강에게 모든 뒷일을 감당하게 하는 것이 너무나 미안했다.

"나는 언제나 네 편이다. 누가 뭐라 해도, 네가 어떤 차가운 말을 해도 흔들리지 않을 것이다. 그건 네 마음이 아니라는 것을 아니까. 기다리마, 재촉하지 않고. 네가 나를 원한다고 말해줄 때까지."

문득 한세는 강의 마음이 생각나 눈물이 났다. 전생에 한세는 어떠했는지 모르지만 지금의 그녀는 강을 사랑하고 있다.

강을 왜 사랑하느냐고 묻는다면, 그는 지금처럼 말없이 묵묵히 그녀에게 꼭 필요한 일들을 찾아서 해주기 때문이라고 하겠다. 이곳에 와서 어린 강을 만난 그날부터 줄곧 받기만 하고 상처만 주는 그녀를 위해 투덜거리면서도 언제나 모든 것을 다 해주었다. 이제는 강이 없으면 불편해서 살지 못할 만큼.

"네가 생각하는 것보다 우리 사내들이 강하다. 하니, 그런 얼굴 하지 마라."

"이 밤 저하께서 홀로 계셔야 하니……."

"누구보다 강한 분이시니 이겨내실 것이다. 하니, 아무 걱정 말고 쉬어라."

태어나 제일 화려하게 차려입은 고운 옷은 여기저기 피로 얼룩지고, 창백해진 얼굴에 눈만 휑한 한세를 안심시켜 주고 싶었지만 달리 좋은 말이 생각나지 않았다.

"예, 그리하겠습니다. 조심하세요."

강에게 또 이 엄청난 일을 감당하게 하려니 면목이 없고 미안해 애써 신음을 참으며 고개를 끄덕였다.

"다 괜찮을 것이다. 나를 믿어보아라."

너를 잃을 것이라고는 생각해 보시 않았는데, 이토록 사랑하는 너인데……. 강은 목숨처럼 사랑해 온 여인의 뺨을 쓰다듬고 또 쓰다듬으며 눈물을 훔쳤다.

"긴 밤이 될 것이다, 그만 쉬어라."

강은 이제 그가 사랑하는 이들을 위하는 최선의 길만 생각하기로 했다. 할 수 있는 일은 모두 하겠다고 마음먹었다. 그렇게 단단히 마음먹었지만 슬펐다.

❀

벌레 우는 가을밤, 마지막 향(香)을 토하는 국화가 바람에 몸을 떨었다. 바람이 대숲을 지나오는 소리에, 문득 그리운 이가 생각나 달이 저무는 하늘을 올려다보았다.

"이제 가을도 깊어 가는구나."

건우는 뺨을 스치는 바람 끝에 그리운 향기가 묻어 있다고 느껴져 문 쪽을 돌아보았다.

"아니!"

혹시나 하는 기대감으로 가볍게 두근대던 심장이 그대로 멎는 것 같았다. 거짓말처럼 채운이 그곳에 서 있었다.

처음 입맞춤을 나눈 그날처럼, 은사로 품월인접문(品月鱗蝶文)을 수놓은 설백 저고리에 오미자빛 갑사 치마를 입은 채운이 창백한 달빛을 머리에 이고 총총히 걸어오고 있었다.

이별을 예감한 탓인지, 그 모습이 눈에 박히기 시작하더니 가슴을 날카로운 뭔가로 찌르는 듯 통증이 느껴졌다.

"밤이 늦었는데, 결례인 줄 알면서 송구합니다."

온종일 그리워했던 건우가 달빛 아래 쓸쓸하게 서 있었다. 그 아련한 모습이 너무 좋아 오래도록 바라보고 있었다. 이제는 이별이 가까이 있음을 알기에 마음에 오롯이 새겨두고 싶었다.

"아니오, 부서지는 달빛을 벗 삼아 노니는 중이었소."

"차 한잔, 주시겠습니까?"

미움이 클 것인데도 어찌 온 것이냐고 묻지 않고 반겨주는 이 사내의 마음이 고마워 코끝이 시큰거리며 가슴이 뭉클해졌다.

"마침 좋은 차가 들어와 있소."

건우가 빙긋이 웃으며 손을 내밀었다. 채운은 두근거리는 가슴을 누르며 그 손을 잡았다.

"곧 마지막 초대장이 올 것입니다."

잡은 손에서 건우의 온기를 느끼며 채운이 말했다.

"그러리라 생각하고 있었소."

"그곳에 오시면 아니 됩니다."

건우를 애틋한 눈빛으로 마주 본 채운이 나직이 속삭였다.

"생각해 보겠소, 하니 일단 차나 마시도록 합시다."

채운의 손을 잡고 별당 전각의 마루 위로 올라간 건우는 작은 화로에 불을 붙이고 물을 끓였다.

"이제 바람이 제법 찹니다."

건우가 물을 끓이는 동안 채운은 별빛이 송송한 하늘을 보았다.

"입에 맞을지 모르겠소."

건우는 차를 권하며 다소곳이 앉아 있는 채운을 다시 한 번 찬찬히 보았다. 말간 살빛에 꼭 다문 입술 선이 정갈하다 못해 함부로 할 수 없는 고졸함이 느껴진다.

"맛있습니다."

"다행이오."

말하거나 웃지 않으면 자칫 시리도록 차가워 보이는 이 여인을, 결코 아군이 될 수 없을 것 같은 여인을 어찌 가슴에 품게 되었을까, 흔들리지 않겠다고 그리 다짐하였건만.

건우는 뒤늦은 후회를 해보지만 소용없는 일이었다.

"내가 다 버리고 나와 살자고 하면 어떻겠소?"

건우는 웃으며 물었지만, 그 말을 들은 채운은 한참 동안 그의 말 뜻을 생각했다.

"그렇게 물어주신 것만으로도 평생 고마워할 것입니다."

채운은 뜨거운 물을 삼킨 때처럼 명치가 후끈거렸다. 그 말이 쉽지 않았을 것을 알기에 마음은 더 버거워졌다.

"이것은 맛있는 차를 주신 보답입니다."

대답 대신 채운은 보자기에 싸인 물건을 하나 내어놓았다. 한눈에 보기에도 서책이 틀림없었다.

"이제 다시 뵐 일은 없을 것 같습니다. 저는 이만 가보겠습니다."

볼일을 마친 채운은 올 때처럼 조용히 하동재를 떠났다. 건우는 차마 잡지 못하고 채운의 뒷모습이 사라질 때까지 지켜보았지만 그녀는 돌아보지 않고 총총히 걸어갔다.

채운이 떠난 뒤 보자기를 풀어보니 그 속에서 서책이 한 권 나왔다.

"아니, 어찌 이런 것을?"

서책의 안을 들여다보니 그것은 그동안 노론의 자금을 관리해 온 박인겸이 기록한 장부였다.

"채운!"

밀물처럼 가슴속으로 밀려드는 슬픔을 어찌할 수 없어 건우는 눈을 들어 먼 하늘을 보았다.

며칠 뒤, 정후겸이 보낸 초대장이 날아들었다. 추석을 맞이하여 영조의 쾌차를 비는 연등제와 마상격구 대회를 열고자 하니 이산을 비롯한 홍국영과 예동들에게 참석해 달라는 내용이었다. 말이 초대장이었지 그것은 이제 너희들을 다 죽일 작정이니 나와서 붙어보자는 일종의 결투 신청서나 마찬가지였다.

"어찌하면 좋겠나?"

이산은 남몰래 상처를 치료하며 존현각에서 자중하고 있는 중이라 건우는 미리 기별하여 강을 따로 만났다.

"싸움을 걸어오니 싸울 수밖에. 게다가 반백년 만에 제대로 된 격구놀이를 하겠다지 않는가?"

사실 조선 초기에 거세게 불었던 격구 열풍은 점점 사그라져 인조대 이후로는 경기장에서 경기가 열린 적이 없을 정도였다. 이산과 예동들이 격구를 좋아하여 다시 살리려 하나 몇 명이 한다고 될 문제가 아니었다.

"위험하지 않겠나?"

돌아가는 상황을 모를 리 없을 것인데 강이 뜻밖에도 선선히 응하자 건우는 의아했다.

"이 초대에 응해야 채운당의 무사들이 빠져나갈 것이고, 그래야 세가 그토록 기회를 엿보는 그 일을 할 수 있을 것이네."

"하면 자네도 알고 있었던 것인가?"

한세가 무엇을 하려는지 뻔히 알고 있으면서도 그 일을 돕기 위해 이 초대를 받아들이려는 강에게 건우는 다시 한 번 놀라고 말았다.

"한세와 한결이 머리를 맞대고 궁리하던 일일세, 게다가 그 아버님까지 오랫동안 준비해 온 일인데 어찌하겠는가?"

"이성적이고 냉철한 서강이 이토록 무모한 일에 동조할 줄을 어찌 알았을꼬?"

"동조를 하다니, 관직에 있는 자가 어찌 도적질에 동조를 한다는 말인가. 자네와 나는 그저 격구 대회에 참가만 하는 것일세."

"하면 방조 정도가 되는 것인가?"

"어허, 방조라니. 자네와 나는 모르는 일일세. 그러니 저하께서는 이 일을 모르셔야 하네, 절대로."

"아, 그것이 또 그리되는 것인가? 아무튼 세는 엉뚱해. 어찌 그런 생각을 하는지."

"그러게 말일세."

허탈하게 중얼거리는 건우를 보며 강은 그저 웃었다. 무엇이 이 깐 깐한 사내를 이토록 변하게 하는지를 잘 알기에 건우 역시 쓸쓸하게 웃을 수밖에 없었다.

"한데 그리되면 우리에게는 사병이 없는데 격구장에서 살아나올 방책이 있는가?"

"설마 죽기야 하겠는가?"

"하면, 이것을 좀 보관해 주게."

정후겸의 초대를 받아들이는 것으로 결론이 나자 건우는 보자기에 싼 장부를 내놓았다.

"이것이 무엇인가?"

"그동안 노론의 자금을 관리해 온 박인겸의 장부일세."

"이것을 어찌?"

노론의 자금을 관리한 장부라는 말에 좀체 놀라지 않는 강의 눈도 커졌다.

"며칠 전 채운이 가져왔네."

"놀라운 일이 아닌가?"

채운이 이 장부를 내놓았다는 것은 어떤 의미가 되었건 그들을 돕 겠다는 뜻이었다. 강이 노론의 행태를 파헤쳐 고발하려는 일에 이 장 부는 결정적인 증거가 될 터였다. 이미 지난번 연회의 참석자 명단과 척문을 확보하였는데 이 장부까지 있으니 완벽해졌다.

"혹시 모르니 이 장부는 자네가 지니고 있는 것이 좋겠네."

건우는 무슨 생각을 한 것인지 굳이 그 장부를 강에게 맡기려 했다.

"자네가 가지고 있으면 될 것을, 어찌?"

채운이 이런 결정을 해준 것에 대해 고마워하는 것도 잠깐, 굳이 그 장부를 자신에게 맡기려는 건우의 태도가 미심쩍어졌다.

"어차피 물증으로 쓰려면 자네가 맡아두는 것이 좋을 듯하여 가져 왔네."

"알겠네, 하면 그리하겠네."

결국 장부는 강이 가지고 있기로 하고 건우와 헤어졌다.

❀

그리고 그날이 되었다. 풍악이 울려 퍼지는 격구장에서는 기생들이 춤추고 노래하며 흥을 돋웠다.

화려하게 치장한 말들이 서 있고 정후겸과 노론가의 자제들이 한편이 된 홍(紅)과 강을 비롯한 홍국영과 건우, 기섭, 그 외에 초대받은 이들이 한편이 된 백(白)이 줄지어 섰다. 다리를 다친 기섭은 참가하지 말도록 만류하였으나 이산이 영조의 병구환을 핑계로 참가하지 못하는 마당에 자신까지 빠질 수 없다며 선수로 등록하였다.

구경꾼들 속에는 평복을 입은 정후겸의 무사들과 채운당의 무사들이 섞였고 채운과 옹주가 직접 나왔다.

"저이가 격구만 했다하면 이긴다는 정후겸인가?"

"아닐세, 격구야 자타공인 사간원의 서강이 최고라네."

"어디, 아! 저이 말인가?"

"맞네."

"얌전한 서생으로 보이는데?"

"서강은 태조대왕처럼 공을 말 앞뒤 두 발 틈으로 치는 명인이라네."

"아, 그런가."

"서동환 대감의 손자라고 하더니 참으로 옥골선풍일세."

깨끗한 중치막을 차려 입고 구경 나온 사내들 둘이 주거니 받거니 하는데, 그 이야기에 솔깃한 아낙네들이 슬며시 다가와 경청하였다.

"아이고 저런 사내와 하룻밤 자봤으면 내사 원이 없겠네."

"내 말이!"

듣고 있던 아낙네들이 하얀 무복을 입고 말 위에 앉은 강을 보며 침을 흘렸다.

"거보게, 여인들 꽤나 후리게 생겼다니까그려!"

그러자 이야기를 나누던 사내 둘이 미간을 찌푸리며 고약한 아낙들을 째려보았다.

격구장은 추석을 맞아 구경 나온 백성들과 무사들이 뒤섞여 들썩이고 있었고, 노름꾼들은 이참에 한몫 챙겨보겠다고 각각의 편에 돈을 거느라 어수선했다.

"인물이야 정후겸도 뒤지지 않지."

"나는 서강이 있는 쪽에 걸겠소!"

"댁네는 어디에 걸겠소?"

노름꾼 하나가 채운에게 말을 걸었지만 채운은 그런 데 신경을 쓸 정신이 없었다. 채운은 격구장에 오지 말라고 경고를 했음에도 이곳에 나타난 건우를 보고 경악했다.

"풍악을 울려라!"

반대편의 장인 정후겸과 강이 말 위에 앉아 서로 인사를 나눈 후 관중들을 향해 인사하자 풍악 소리와 함께 기생들의 흥겨운 춤사위가 시작되었다.

큰 잔치이니 만큼 웬만한 양반가는 모두 참석하였고, 상석에는 화완옹주를 비롯한 노론의 인사들이 자리했다. 상다리가 휘어지게 음식이 차려지고 잔치가 시작되었다. 드디어 정적을 잡기 위한 옹주의 놀이판이 시작된 것이다.

"겁 없는 애송이들 같으니, 어디 오늘 한 번 당해보라지."

옹주는 단상 위로 올라와 옆에 앉는 채운을 향해 들으란 듯 목소리를 높였다. 지난번 연회에서 정후겸이 초대한 손님을 공격한 일로 둘은 한바탕 언쟁을 한 뒤였다.

"그러게요, 겁이 없는 것은 확실한 듯하군요."

채운은 건우를 걱정스러운 눈빛으로 바라보았다.

보통 단오에 많이 열렸던 마상격구 대회는 말을 타고 달리며 채로 공을 쳐서, H 모양의 상대의 문에 채구(彩毬: 둥글게 깎은 나무에 주칠(朱漆)을 하고, 수놓은 비단으로 싼 공)를 넣는 경기였다. 두 개의 기둥 위쪽에 가로 걸어놓은 구멍 뚫린 널빤지가 문인데 공이 구멍을 빠져나가지 못하면, 밑에 쳐 놓은 그물에 걸려 되돌아 나온 것을 다시 친다. 공이 구멍을 지나면 한 점 얻는다. 이와 달리 문이 경기장 한 끝에 있으면, 공을 치면서 문을 돌아오는 것으로 점수를 매긴다.

큰 명절이니 만큼 채구(공)를 쳐 내는 채인 숟가락처럼 우묵한 두어 발짜리 장(杖) 끝에도 단청을 입히고 상모를 달아 꾸몄다.

"시구하고 오겠습니다."

"녓시세 하세."

기생들의 놀이가 한바탕 끝나자 채운이 시구(始球)를 하기 위해 양편의 선수가 나란히 늘어서 있는 경기장 한가운데로 나갔다.

날이 날이니 만큼 채운은 한껏 부풀린 붉은 치마를 허리춤쯤에 잡아 비단 끈으로 발끈 묶어 하얀 속바지가 살짝 보이도록 발랄하게 차려입고, 육각전모를 쓰고 있었다.

"저 여인이 누군고?"

"왜 누구면 멋할라고?"

채운이 지나가자 구경하던 사내들의 시선이 일제히 돌아갔고, 곳곳에서 그 꼴을 지켜보던 부인들과 시비가 붙었다.

두 손으로 공을 받쳐 든 채운은 정후겸과 강이 편을 갈라 마주 서 있는 곳으로 걸어갔다. 팽팽하게 긴장하고 말고삐를 단단히 쥐는 강과 정후겸의 눈빛은 일촉즉발이었다.

"꼭 살아서 돌아가십시오!"

채운이 간절한 소망을 실어 던진 붉은 공이 햇살이 눈부신 하늘을 향해 쏘아지자 양쪽에서 일제히 말을 타고 공을 향해 달려들었다. 땅을 박차고 달려오는 말들이 일으키는 먼지가 구름처럼 피어올랐다.

"이랴!"

"와아아아~"

구경하는 사람들의 함성 소리와 미친 듯 질주하는 말발굽 소리가 뒤엉켜 경기장은 요란하게 들썩거렸다.

"이럇!"

공은 저만치 떨어져 돌에 부딪쳐 강의 말 뒤로 날아갔다.

"건우!"

강이 몸을 돌려 말 꼬리 쪽으로 날아간 공을 쳐 내니 다시 말 앞발 사이로 나왔다.

"여기 있네."

이때를 놓치지 않고 건우가 이를 다시 쳐서 공을 몰고 가 상대편의 문에 넣었다.

"와아아~"

구경꾼들의 환호성이 울려 퍼지자 사람들 사이에 서 있던 채운은 자기도 모르게 손뼉을 치다가 건우와 눈이 마주쳤다. 혹시 다른 이들이 보았을까 봐 채운은 급히 부채로 얼굴을 가리고 단상 위로 올라갔다.

바로 그 시각, 한상수와 한세가 거느리는 무사들은 검은 무복에 검은 복면을 쓰고 완전 무장을 한 채 채운당 앞에 집결해 있었다. 오랫동안 계획해 왔던 그 일을 드디어 실행에 옮길 때가 된 것이다.

"뭔가 이상합니다!"

공격 전 마지막으로 나무 위에 올라가 채운당과 옆의 건물의 동태를 살핀 한세가 내려와 한상수에게 보고했다.

"이상하다니, 무엇이 말이더냐?"

한상수가 공격의 신호를 내리려고 막 들어 올리려던 손을 내리며 물었다.

"양쪽 건물이 다 텅 빈 것처럼 사람의 그림자가 전혀 없습니다. 그뿐이 아닙니다. 문루 위에도 지키는 무사가 없습니다."

"그거야 오늘 격구 대회에 무사들이 배치되어서 그런 것 아니더냐?"

"그래도 일하는 사람들이야 남아 있어야 하는 것 아닙니까?"

본래 한상수와 한세의 계획은 격구 대회 때문에 채운당의 무사들이 자리를 비운 사이에 노론의 자금만 털어서 나오는 것이었다. 그런데 계획을 시작하기도 전 한세는 뭔가 이상하다는 것을 알아차렸다.

끼이익!

바로 그때였다. 육중한 문이 열리는 소리와 함께 채운당 옆 건물의 대문이 활짝 열리며 소가 끄는 수레들이 나오기 시작했다. 수레에는 쌀가마가 가득가득 실려 있었다.

"쉿!"

갑작스러운 상황에 당황한 무사들이 한상수의 지휘 아래 모두가 몸을 낮추고 수레들을 지켜보았다.

"조심! 조심들 하거라!"

말 위에 올라 수레를 모는 이들을 지휘하고 있는 자는 채운의 호위무사인 도겸이었다. 모두가 쌀 수레를 운반하는 평범한 양민들로 변복하고 있었지만 절도 있는 움직임과 날카로운 기운이 느껴지는 것으로 보아 채운당의 최정예 무사들이 틀림없었다.

"쌀가마를 운반하는 데 채운의 호위무사가?"

분명 격구장에서는 화완옹주와 예동들 사이에 치열한 싸움이 있을 것이 틀림없었다. 그런데 이런 중요한 날 채운의 호위무사인 도겸이 쌀 수레를 호위하고 있다는 것은 뭔가 이상했다.

"수레가 끝도 없이 나오는데?"

소가 끄는 수레는 무려 열 대, 무사들이 변복했음이 분명한 이들이 서른 남짓했다.

"아무래도 이상합니다, 아버지. 저 앞에 보이는 자는 채운당 당주의 호위무사입니다."

"채운당의 무사들을 관리하는 자입니다. 들리는 말로는 당주의 오른팔이라 하더군요."

곁에 있던 한결 역시 그동안 운종가를 오가던 도겸을 알아보았다.

"쌀을 운반하는 것은 아닐 것이다. 일단 세와 결은 들어가 채운당을 수색하고 나머지는 환복하고 저들을 따른다."

한상수와 무사들이 채운당의 물건들을 가지고 나와서 이동할 때 갈아입으려고 준비한 보부상의 옷으로 갈아입고 수레를 따라갈 준비를 할 동안 한세와 한결은 채운당의 내부로 숨어들었다.

"역시 비었어."

한세는 텅 빈 채운당의 마당을 가로질러 채운의 방으로 들어갔지만, 사람의 그림자도 보지 못했다.

"여기가 비밀 통로야."

강이 발견한 비밀 통로를 이용해 창고로 들었지만 그곳 역시 값싼 물건들만 남아 있을 뿐 귀한 작품들과 돈궤는 없었다.

"오라버니도 나와 같은 생각이시오?"

비어 있는 것은 채운의 장부들이 있었을 법한 서고도 마찬가지였다. 방을 샅샅이 뒤져도 아무것도 나오지 않자 한세는 혹시나 해서 채운의 나머지 장부를 찾고 있는 한결을 돌아보았다.

"당주 역시 우리와 같은 생각을 한 것이 틀림없는 것 같구나."

"처음에는 노론의 자금을 운용만 하여 이익을 남기려고 했겠지만 일이 틀어지니 노론의 자금을 가지고 도망치기로 한 것이겠지요."

"일단 우리도 환복하고 저들을 따라가자. 이미 시작한 일, 이대로 물러설 수는 없지 않느냐?"

"그럼요, 격구장에서는 사형들이 목숨을 걸고 있습니다."

지난 며칠 지옥 속을 헤매는 한세의 괴로운 마음을 지탱하게 해준 것은 오늘의 이 일을 기필코 성공해야 한다는 생각이었다. 이 자금이 있어야만 한상수와 한결이 좀 더 빠르게 새로운 문물을 수입해 올 것이고 더 많은 실학파들과 운종가의 재능 있는 과학자와 기술자들을 도울 수 있을 것이다. 더 나아가 조선의 발전을 좀 더 앞당길 수 있을 것이라는 신념이 없었다면 그 복잡한 마음을 이겨내지 못했을 것이다.

그 필사적인 마음은 제 사람들이 목숨을 걸고 싸우고 있는 것을 알면서도 일을 그르치지 않으려고 대궐에 남아 평상시와 다름없이 태연하게 영조의 곁을 지키고 있는 이산도 마찬가지일 것이고, 격구장에서 선봉에 서서 싸우고 있는 강과 건우, 부상 중에도 달려 나올 수밖에 없었던 기섭 또한 마찬가지일 것이다.

한세 역시 격구장에 있을 거라고 알고 있는 이산은 부디 사형들과 함께 있을 것이며 다치지 말라는 서신을 보내왔다. 밤늦게 찾아온 강 역시 지금은 그저 일에만 집중하자며 몸조심하라는 당부를 했었다.

"어르신께서 보내셨습니다."

한결과 한세가 보부상 차림으로 채운당을 나서자 한상수가 보낸 무사 하나가 달려왔다.

"수레는 어디로 가고 있는가?"

"도성 밖으로 나가고 있습니다."

세 사람은 그길로 말을 달려 수레의 뒤를 쫓는 한상수의 무리에 합류하였다.

"아버지, 저들이 옮기는 것은 쌀이 아닙니다. 상황이 여의치 않으니 채운당의 물건들을 옮기는 것일 겁니다."

"그럴 것이라 생각했다."

"이제 어찌해야 합니까?"

예상하지 못했던 일이라 한상수는 당황했지만, 그렇다고 이제와 멈출 수는 없었다.

"일단 일이 끝나고 협상을 통해 채운당의 재산은 따로 돌려주어도 될 것이다."

더 이상 시간을 지체할 수 없는 한상수는 그렇게 결정했고, 그보다 나은 방법이 없기에 모두가 그 의견에 따르기로 했다.

"이 길은 삼개나루 쪽입니다."

운종가에서 장사로 뼈가 굵은 한결이 길을 살펴보며 뭔가 집히는 것이 있다는 듯 고개를 끄덕였다.

도성에서 서남쪽으로 십리 정도 떨어진 삼개나루는 선상(船商)들이 한강을 거슬러와 장사를 하는 곳이었다. 특히 소금과 젓갈을 실은 배들이 많이 와 도성의 소금과 젓갈은 거의 모두 이곳에서 공급되었다. 그러다 보니 나루터에는 창고를 지어놓고 소금, 젓갈, 생선 등을 위탁 판매하거나 중개하는 객주, 여각 등이 생겨났고, 경강상인들이 많이 드나들었다.

"삼개나루로 방향을 잡았다면 작은 배를 이용해 마포의 하류인 서강으로 내려가려는 속셈일 것이다."

마포의 하류인 강은 조선의 조운선이 집결하는 곳이었다.

"만약 저들이 배를 이용하려고 한다면 작전을 바꿔야 합니다."

"어떻게 말이냐?"

소가 끄는 수레가 빠르지 않은 탓에 멀찍이 떨어져 따르는 한세 일행은 그들의 동태를 살피며 작전을 수정했다.

한편, 격구장의 분위기는 후끈 달아올라 양편의 형세는 가늠하기 어려웠고 말에 오른 선비들은 동서로 뛰고 달림에 바람이 일고 번개가 치는 듯, 경기는 점점 더 거칠어졌다.

"내 공일세!"

어차피 양쪽의 선수로 나선 이들은 모두가 말을 잘 타는 자들이었고, 말 또한 천리를 달린다는 준마였다. 그렇게 빠르게 달리는 말 위에 앉아 재빨리 채를 휘두르며 번개처럼 오고 가는 것이니 자칫 그 채에 맞기라도 하는 날에는 큰 부상을 당하거나 죽을 수도 있었다.

"강!"

그러나 평상시 격구를 즐겨 하지 않던 정후겸의 선수들과 격구를 즐기며 모여서 호흡을 맞춰보던 예동들의 실력은 당연히 차이가 날 수밖에 없었다.

강의 말은 이미 격구에 단련된 까닭에, 공이 날아오는 방향을 살필 줄 알았다. 건우가 강의 이름을 부르자 말은 방향을 틀어 공을 향해 달렸다.

"이랴!"

공이 다시 말 앞 발 사이로 오자, 강은 채를 휘둘러 구문 안으로 넘겼다.

"와아!"

구경하는 이들의 환호성이 터져 나오고 거듭 공을 빼앗기자 이성을 잃고 흥분하려던 정후겸이 이내 진정하고 다시 고개를 돌려 공을 따라 달리는 기섭을 쫓아갔다.

"저런!"

공을 빼앗는 척하던 정후겸은 곧장 기섭을 향해 채를 휘둘렀다. 특별히 제작된 정후겸 쪽의 채는 그 자체로도 엄청난 무기라 잘못 맞으면 즉사할 수 있었다.

"아!"

유연하게 몸을 숙이며 채를 피한 기섭은 신기에 가까운 마상무예를 선보이던 무사답게 기가 막히도록 자연스럽게 말에서 굴러떨어졌다.

"멈추시게!"

그러자 기다렸다는 듯 강이 손을 들며 휴식을 요청하고 그대로 말을 달려 정후겸에게로 갔다.

"대감의 채에 맞아 부상이 심합니다. 전하의 쾌유를 빌고 친선을 도모하자는 자리에 너무 과격하셨습니다."

"어찌하다 보니 그리되었소."

정후겸은 별일 아니라는 듯 말했지만 잔뜩 쏘아보는 강의 시선을 무시할 수는 없었다.

"부상이 심한 김기섭을 빼고 새로운 이를 넣겠소."

처음 편을 나눌 때 공을 던져 먼저 낚아챈 강과 정후겸이 백과 홍, 양편의 장이 되고 선수들은 정후겸과 강이 선택한 것이었다.

"김기섭이 없이도 격구에 이길 수 있다면, 좋을 대로 하시오."

강은 뜻밖에도 기섭을 빼고 다른 선비를 넣겠다고 제안했고, 정후겸은 그 정도 선에서 마무리가 되어 다행이라 생각하고 흔쾌히 고개를 끄덕였다. 하나 다음 순간 그는 미간을 찌푸리고 말았다.

"철민!"

"여기 있네!"

철민은 본래 생각이 깊지 않고 소년처럼 성품 또한 해맑은 터라 가회에서도 강의 말이라면 죽는 시늉까지 하는 선비였다. 이조참판의 막내아들인 그는 놀기 좋아하는 탓에 아직 벼슬길에는 오르지 못한 상태였다.

"참말 내게도 차례가 왔네그려, 잘 부탁합니다. 대감!"

"음!"

해맑은 철민의 인사에 정후겸은 당혹스러울 표정으로 강을 노려볼 수밖에 없었다. 그도 그럴 것이 당연히 예동이나 홍국영의 측근 중 하나일 것이라 생각했던 것인데 노론가의 자식들로 구성된 가회의 회원 중 하나를 선수로 들였으니 자칫 철민을 다치게 하는 날에는 큰일이었다. 게다가 강이 처음 선택했던 선수들 중에도 가회의 회원들이 두 명이나 더 있었으니 모두가 하얀 옷을 입은 백의 선수들 중에서 그들을 일일이 구별하기란 힘든 일이었다.

"어찌합니까, 대감?"

"어찌하기는. 강이 얕은 수를 쓰는 것이지. 자자! 모두 저이가 다치지 않도록 조심하라 이르게. 강건우만 집중적으로 공격하고."

강이 만만치는 않을 것이라고 생각했지만, 이런 잔꾀에 허를 찔리고 보니 정후겸은 일그러진 얼굴로 어금니를 악물었다.

"시작!"

다시 한 번 공이 던져지고 말들은 공을 향해 질주하기 시작했다.

본디 공이 던져지고 말이 출발하면 채(杖)를 말목에 가로놓고 공이 있는 곳까지 가서 공을 채 안쪽으로 비스듬히 끌어당겨 높이 쳐 올리는 것이 배지, 채 바깥쪽으로 밀어 당겨 치는 것이 지피였다. 배지나 지피는 할흉(割胸)이라 하여, 반드시 채를 말 가슴에 대어야 한다.

"쳐라!"

하지만 단단히 독이 오른 정후겸과 그의 수하들은 공을 맞출 생각은 없는 듯 채를 일제히 높이 쳐들고 건우를 향해 덤벼들었다.

"저, 저런!"

"이야!"

그러자 건우도 채를 들어 정후겸의 채를 막아내고 격구장은 어느새 두 편의 난타전이 되어버렸다.

"이번에야말로 각오하는 것이 좋을 것이다."

정후겸과 그 수하들이 일제히 모여들어 건우를 에워싸자, 말은 말끼리 부딪치며 몸싸움을 하고 사람의 머리 위로 채가 휙휙 지나쳤다.

"저런! 저러다 사람 잡겠네."

그러나 일촉즉발의 그 순간에도 강은 도와줄 생각은 하지 않고 남의 일처럼 여유롭게 격구장의 문을 살피고 있었다.

딱딱– 딱!

"멈추시오!"

바로 그때였다. 육모 방망이가 부딪치는 소리와 동시에 격구장의 문으로 좌포청의 포도군사들이 우르르 쏟아져 들어왔다.

"대체 무슨 일인가?"

잔치를 하는 곳에 몰려온 좌포청의 포도군사들로 인해 단상 위에 앉아 있던 옹주가 자리에서 일어서며 군사들을 이끌고 온 종사관 두 명에게 다그치듯 물었다. 포도대장도 아니고 일개 종사관들이 임금의 총애를 한 몸에 받고 있는 옹주가 주최하는 큰 잔치에 포도군사들을 동원하고 나타난다는 것은 미치지 않고서야 있을 수 없는 일이었다.

"금일 이곳에 격구 대회를 핑계로 양민들에게 사행성 도박을 유도하여 과도한 금품을 탈취하는 자들이 있다고 하여 조사 차 나왔습니다. 잠시 수색하고 수상한 자를 포획하면 될 것이니 협조하여 주시지요."

그러나 앞줄에 서 있던 좌포청 종사관 정대엽은 조금도 주눅 들지 않고 앞으로 나서며 말했다.

"대체 무엇을 잡아내겠다는 것인가?"

옹주는 가소롭다는 얼굴로 피식 웃으며 대체 어떻게 된 것이냐는 듯 채운을 돌아보았다.

"확실한 물증이 나오지 않는다면 종사관께서 책임을 지셔야 할 것입니다."

건우를 비롯한 예동들이 격구장에 나타났을 때부터 뭔가 준비는 했을 것이라고 짐작은 했었지만, 채운 역시 이런 사태를 예상치 못했기에 조금은 당혹스러웠다.

"일단 소신은 격구에 사용된 채구와 채가 기준에 맞는 것인지 조사할 것입니다. 하니 모두 그 자리에 그대로 계십시오. 포도군사들은 구경하는 이들 사이에 섞여 있는 박도(노름꾼)들을 잡아낼 것입니다."

옹주에게 이곳에 온 연유를 고한 정 종사관이 격구에 사용된 채구와 채를 살펴보기 위해 정후겸과 강이 있는 곳으로 움직이자 다른 종사관 하나는 포도군사들을 데리고 지체 없이 구경꾼들 사이를 헤치며 박도를 찾기 위해 움직이기 시작했다.

격구장 한가운데 선 선수들을 향해 몰려오는 포도군사와 종사관을 지켜보던 정후겸과 강건우의 얼굴에는 희비가 교차되었다. 조금 전까지 의기양양하게 정적을 채로 패 죽이려던 정후겸의 얼굴은 처참하게 일그러졌고, 하마터면 몰매 맞아 죽을 뻔했던 건우의 얼굴은 웃음을 참아내느라 목울대까지 붉어졌다.

"군자란 본시 여유가 있어야 하는 법! 힘이 남아도는 것도 아니고, 굳이 내 손에 피를 묻힐 것이 무에 있는가."

건우는 그제야 며칠 전 사병이 없는데 격구장에서 살아나올 수 있겠느냐고 걱정하는 그에게 그저 웃기만 하다가 돌아서던 강이 남긴 그 한마디의 의미가 무엇이었는지를 깨달았다.

"강! 기어이 네놈의 잔꾀에!"

그제야 정후겸은 모든 것이 강이 준비한 방책임을 깨달았지만, 이미 늦었다. 물론 힘으로 하면 사십여 명 남짓한 좌포청 포도군사쯤이야 가뿐하게 처리할 수 있겠지만 저들은 공무를 수행하는 이들이었다.

"대감, 채(杖) 좀 보여주시지요?"

이미 홍편의 선수들이 사용한 채가 특수 제작된 무기임을 눈치챈 정대엽 종사관이 정후겸의 채를 보여달라고 요구했다.

"세상에 새파란 종사관이 호조참판에게?"

"저 종사관 멋지구면!"

갑자기 웅성거리던 격구장 안이 조용해지며 수많은 이들의 시선이 일제히 정후겸이 들고 있는 채를 향했다.

"여기 있네."

정후겸은 채를 내주면서도 이 애송이 종사관이 형식적으로 조사하고 말겠거니 했다. 좌포청 종사관 따위가 감히 실세인 옹주의 아들이자 호조참판인 자신과 척을 지기야 하겠냐는 안일한 생각에 순순히 채를 내준 것이었지만 그것은 정후겸의 크나큰 실수였다.

"아니!"

종사관은 채를 받자마자 마치 제 것처럼 손잡이를 오른쪽으로 휙 돌려 채구 안의 장 속에 들어 있던 뾰족한 창포검을 쑥 뽑아냈다.

그도 그럴 것이 오늘 아침 포도청으로 찾아온 기별서리 하나가 이 애송이 종사관에게 큰 공을 세울 수 있는 기회를 주겠다며 격구에 사용하는 채를 들고 왔기 때문이었다. 이것이 뭐냐고 물었더니 호조참판이 격구에 이기기 위해 특수 제작한 채라는 것이었다.

"아니, 어찌 격구 채 속에서 창포검이 나온단 말이오, 호조참판!"

강이 소리치자 구경꾼들이 술렁이기 시작하며 가회의 회원들이 들고 일어났다.

"격구에 참가한 선비들을 다 죽일 작정이었소?"

"그, 그런 것이 아니라!"

만약 격구가 끝나고도 살아남는 자들이 있다면 구경꾼들이 돌아간 후 뒤풀이 때 끝낼 생각으로 채 속에 창포검을 숨기도록 제작한 것이었다.

"여기 이리 증좌가 있지 않소?"

가회의 선비들이 나서서 채를 조사하사 정후겸의 수하들이 사용한 채에서는 모두 창포검이 숨겨져 있게 특수 제작된 것이었다.

"좌포청까지 가주셔야겠습니다."

"억울하네! 나도 이것이 어찌 된 일인지 알 수가 없네. 좌포청에서 조사해 주게!"

정후겸은 가회의 회원들과 단상 위의 양반들, 게다가 구경하던 백성들까지도 술렁이기 시작하자 조사를 위해 좌포청으로 가야 한다는 종사관의 말이 오히려 고맙기까지 했다.

"가시지요."

"아니 그렇다고 무슨 오랏줄을?"

포도군사들이 구경꾼들 사이에서 찾아낸 박도들과 예외 없이 양반들까지 오랏줄로 묶으려들자 정후겸의 눈이 휘둥그레졌다.

"살인 무기를 소지하고 경기에 참가한 현행범들입니다. 어찌 박도보다도 그 죄가 가벼울 것입니까?"

호조참판의 호령에도 애송이 종사관의 패기는 꺾이지 않았다.

"그렇지, 그렇지! 죄를 지었으면 양반 아니라 양반 할애비라도 벌을 받아야제!"

"하모, 하모!"

격구장 여기저기서 야유가 쏟아져 나오자 결국 정후겸을 비롯한 양반들도 오랏줄에 손목이 묶일 수밖에 없었고 그 꼴을 지켜보던 이들은 폭소를 터뜨렸다.

"대감, 설마 이런 웃음보따리를 선사하려고 일부러 그런 것이오?"

"허허!"

"이런 놀라운 재주가 있을 줄이야, 아주 깜짝 놀랐소이다."

강은 오랏줄에 엮여 어금니를 갈고 있는 정후겸에게 다가가 짐짓 크게 놀랐다는 듯 눈을 휘둥그레 뜨며 빈정거렸다.

"네 이놈, 두고 보자."

정후겸은 당장에라도 달려가 강을 죽여 버리고 싶을 만큼 분했지만 지금은 그저 참을 수밖에 없었다.

"죄인들을 끌고 가자!"

기별서리의 제보로 큰 공을 세우게 된 종사관들은 압수한 채와 정후겸을 비롯한 그의 수하들을 줄줄이 엮어 격구장을 떠났다.

"불상사로 인해 격구 대회는 중단되었습니다."

좌포청의 포도군사들이 격구장을 빠져나가고 지켜보던 구경꾼들의 술렁임이 진정되자 채운은 단에서 내려가 고개를 숙이고 사죄하였다.

"대체 어찌 이런 일이 있을 수 있답니까?"

"송구합니다."

"풍악을 울려라!"

여기저기서 비난이 쏟아졌지만 채운은 진심으로 사죄하며, 다시 풍악을 울리고 기생들에게 노래하고 가무를 선보이게 하였다.

"대체 어찌 된 일입니까?"

단상 위에서도 옹주의 곁에서 한자리씩 차지하고 앉아 있던 양반들이 몰려들어 자신들의 눈앞에서 벌어진 황망한 사태에 대해 거세게 항의하였다.

"별일 아닌 것입니다. 뭔가 착오가 있었던 것이겠지요."

"여기 계신 분들이 직접 눈으로 목격을 하였는데 착오라니요, 변명이 궁색하지 않으십니까?"

여느 때처럼 대충 얼버무리려 해보았지만, 그들은 오늘따라 호락호락 물러서지 않았다.

"그만들 하시라니까요!"

결국 옹주는 불쾌한 기색을 감추지 않고 언성을 높이고 말았고 그제야 그들은 하나둘 자리에 주저앉았다.

"대감들은 그냥 술이나 드세요."

음식이 나오고 단상 위에 옹주가 양반들의 쏟아지는 질문에 시달리고 있는 틈을 타 채운은 격구장에 흩어져 있는 채운당의 무사들에게 눈치껏 빠져나가라는 신호를 보냈다.

연등제가 가까워지자 군중들이 몰려들기 시작했고 은밀하게 움직이는 그들을 쉽게 눈치채지 못했지만 강과 이야기를 나누던 건우는 홀로 말을 타고 격구장을 빠져나가는 채운을 발견했다.

"강!"

건우는 뒷수습을 하느라 가회의 회원들과 이야기를 나누고 있는 강에게로 다가갔다. 가회의 몇몇 회원들은 노론가의 자제이면서도 언제나 노론과 비타협적인 강이 가회의 장으로 있는 것을 못마땅하게 생각했지만, 대부분의 회원들은 그의 남다른 지도력에 압도되고 말았다.

"어찌 그러나?"

강은 사람들을 헤치고 다가오는 건우를 발견하고 무리에서 떨어져 조용한 곳으로 갔다.

"뒤를 부탁하네."

긴 대화를 나눌 여유가 없는 것인지 건우는 그저 뒤를 부탁한다는 말을 남기고 채운을 따라 말을 타고 격구장을 나섰다.

"이, 이보게!"

채운이 사라진 것을 알아차린 강이 상황을 깨닫고 건우를 만류하려 하였지만, 그는 이미 격구장을 빠져나간 뒤였다.

"채운?"

그때 단상 위에 양반들에게서 벗어나 겨우 한숨 돌린 화완옹주 역시 채운이 사라졌음을 눈치채고 급히 정후겸의 청지기를 찾았다.

"찾으셨습니까?"

정후겸과 그의 수하들이 모두 좌포청으로 끌려간 터라 청지기가 무사들을 이끌고 있었다.

"채운이 사라졌다. 채운을 쫓아라."

"예."

"하고, 채운당으로 자광을 보내 동태를 살피도록 하게."

옹주는 도무지 실수하는 일이 없던 정후겸이 계획한 일이 어이없이 꼬여 버린 일도 그렇고 채운이 보이지 않는 것도 느낌이 좋지 않았다.

"예, 그리하겠습니다."

"불길해, 불길해!"

옹주는 그제야 채운을 너무 믿은 것이 아닐까 후회가 되었지만 모든 일이 그렇듯이 이미 일이 틀어지기 시작한 뒤였다.

도겸은 삼개나루에 당도하자 미리 대기하고 있던 작은 배에 쌀가마를 옮겼다.

"서두르게!"

도겸은 주위를 돌아보며 경계를 늦추지 않았지만 격구장에 홀로 남아 있는 채운의 걱정으로 초조한 기색이 역력해 보였다.

채운은 송파나루는 이미 채운당의 거래처인 조가 객주가 있는 곳이라, 옹주와 정후겸이 노론의 자금이 사라진 것을 알게 되면 제일 먼저 그곳부터 수색을 시작할 것이라 판단하였다. 그래서 채운당과는 전혀 무관한 삼개나루 쪽으로 온 것이었다.

"일단 무사들을 두 패로 나눠 아버지는 배를 장악하세요. 저희는 저들을 잡아두겠습니다."

도겸이 쌀가마를 배로 옮기는 것을 지켜보던 한세는 얼굴에 복면을 쓰며 말했다.

"조심조심!"

대부분의 쌀가마에는 볏짚으로 단단히 포장한 도자기와 귀중품들이 들어 있었지만 그중에는 돈궤를 쌀가마로 덮어둔 것도 있었다. 일손이 부족한 터라 도겸은 삼개나루에서 품을 파는 짐꾼늘에게는 가벼운 쌀가마를 옮기게 하고 무거워 보이는 것들만 변복한 무사들이 옮기도록 했다.

"그리하자."

한세의 의견대로 한상수와 무사들도 복면으로 얼굴을 가린 뒤에 기습적으로 배에 오르기로 하였다.

"고생들 했소."

마지막 쌀가마가 다 실리자 도겸은 품을 파는 짐꾼들에게 셈을 치르느라 미처 배에 타지 못했다. 바로 그 틈을 타 배 안에 잠입한 한상수와 무사들이 배를 빼앗았다.

"공격!"

한상수가 무사들을 이끌고 기습적으로 배에 오르는 것과 동시에 부두에 남은 한결과 한세는 도겸과 남아 있는 채운당의 무사들을 공격하였고 그 틈을 타 배 안을 점령한 한상수는 배를 출발시켰다.

"저런!"

이제 배에 물건을 다 싣고 떠나기만 하면 된다고 마음을 놓았던 터에 불시에 당한 기습이라 도겸은 달리 손 한 번 써보지 못하고 배를 빼앗긴 데다 무사들까지 잃고 홀로 도망칠 수밖에 없었다.

❀

"나리, 부디 무탈하십시오."

격구장을 빠져나온 채운은 아직 가슴에 남아 있는 미련을 그렇게 잘라내며 돌아섰다.

언제나 온화한 눈빛으로 보듬어주던 건우의 안위를 빌며 말을 달려가는데 그 역시 사랑에 흔들리는 여인인지라 눈앞이 뿌옇게 흐려졌다.

"이제 너희는 살길을 찾아가거라!"

도성 문을 나서자 채운은 뒤를 따르던 무사들과 작별의 인사를 나눴다. 당분간 채운당의 문을 다시 열기는 어려울 것이라고 판단한 채운은 미리 일하던 식솔들을 불러 그동안 고생한 몫을 챙겨 내보냈다.

"부디 몸조심 하십시오."

도겸이 기다리고 있을 것이라 생각한 무사들은 도성 밖까지 채운을 호위하고 각자의 고향으로 돌아갔다.

"모두들 잘 지내시게!"

채운은 삼개나루에서 출발한 배를 하류인 서강에서 만나기로 하였다. 그러나 격구장에서부터 쫓기 시작한 정후겸의 청지기와 무사들은 이미 그녀의 뒤를 바짝 따라 붙고 있었다.

"채운!"

무사들과 헤어져 얼마쯤 달려가는데 등 뒤에서 그리운 목소리가 들려왔다.

"나리!"

놀라서 돌아보니 언제 따라온 것인지 건우가 말을 타고 달려오고 있었다.

"같이 갑시다. 가는 곳까지 내가 바래다주겠소."

격구 대회가 파하기도 전에 가버린 채운을 따라오느라 건우의 이마에는 땀방울이 맺혀 있었다.

"제가 어디로 갈 줄 알고요?"

쓸쓸하게 웃는 채운의 눈동자에는 아직도 건우를 향한 미련과 이별에 대한 아픔의 흔적들이 고스란히 남아 있었다.

"어디든 데려다주겠소."

"혼자 갈 수 있습니다. 이미 끝난 사인데 나리께서 이러시는 깃, 부담스럽습니다."

채운은 무슨 염치로 바래다 달라고 할 수 있겠냐며 혼자 가겠다고 우겼지만, 건우는 묵묵히 채운의 뒤를 따라갔다.

"이랴!"

탁 트인 가을 하늘을 올려다보던 채운은 누렇게 물결치는 들판 속으로 난 길로 향했고 건우도 나란히 말을 달렸다.

"이랴!"

살아가다 보면 이 가슴 아픈 사랑도 종내 그 빛을 잃겠지만, 그래도 그 순간 그들은 잠시 이대로 세상 끝까지 달려갈 것만 같은 단꿈을 꾸었었다.

"멈춰라!"

그러나 평화로운 한때도 잠시, 그들은 곧 정후겸의 청지기가 이끌고 온 무사들에게 에워싸이고 말았다. 그들이 몰고 온 흙먼지가 삽시간에 주위를 흐려놓았다.

"채운, 피하시오!"

건우는 검을 빼 들고 대적하려 하였으나 여인을 데리고 싸우기에는 몰려온 무사들의 숫자가 너무 많았다.

"이미 앞뒤 길이 다 막혔으니 도망칠 곳은 없다. 칼을 버려라!"

넓게 원을 그리며 채운과 건우를 둘러싼 무사들의 말은 마치 그들의 운명처럼 한 발 한 발, 간격을 좁혀오고 있었다.

"이분은 상관없는 일이 아닌가, 나만 데려가면 될 것이니!"

잠시 망설이던 채운이 결단을 내리고 말에서 뛰어내리자, 기다렸다는 듯 무사들이 덤벼들었다.

"내 발로 갈 것이니 내 몸에 손대지 마라!"

채운이 서슬 퍼런 목소리로 소리치자 건우가 다시 싸울 자세를 취하며 검을 고쳐 잡았다.

"여자가 죽는 것을 원치 않는다면 칼을 버리고 내려라!"

청지기는 채운의 목에 칼을 겨누며 금방이라도 베어버릴 듯 건우를 겁박했다.

"여자는 건드리지 마라."

검을 쥔 건우의 손이 부르르 떨렸다. 결국 건우는 칼을 버리고 채운의 곁에 나란히 섰다.

"나리!"

"이 손 놓지 않겠다고 하지 않았소."

채운은 이러한 상황에도 저와 함께하기 위해 따라와 주고 자신의 손을 잡는 건우 때문에 마음이 아팠다. 일이 이 지경이 되었으니 앞으로 어떤 흉한 꼴을 보이게 될지 알 수 없는 일이었다.

✖

격구장에서 돌아온 옹주는 정후겸의 집 사랑채에 앉아 청지기와 자광이 돌아오기를 기다리고 있었다.

"잘못되었어."

지끈거리는 머리를 양손으로 누르며 생각을 모아보았지만 좀체 실마리가 풀리지 않았다.

"자광이옵니다!"

"들어오게!"

문이 열리며 자광이 거친 걸음으로 들어와 넙죽 절을 하자 옹주도 고개를 끄덕였다.

"채운당에 갔던 일은 어찌 되었더냐?"

옹주는 평상시와 별반 다를 것이 없는 태연한 얼굴로 비단 보료 위에 앉아 장침에 팔을 기대고 있었다.

"마마, 일이 잘못된 것 같습니다. 제가 갔을 때는 이미 채운당은 텅 비어 있었습니다."

"뭐라? 하면 그동안 마련해 놓은 비자금은? 비자금은 다 어찌 되었단 말이더냐?"

채운이 처음부터 노론의 자금을 빼돌리기 위해 접근한 것이었다고 생각하니 옹주는 자신도 모르게 주먹을 꼭 틀어쥐었다. 하지만 지금은 분기를 터뜨릴 때가 아니었다.

"곳간에는 쌀과 허드렛 물건들만 굴러다니고 있었습니다."

"뭐라! 그것이 감히 나를 배신해?"

끓어오르는 심기를 억누르고 주먹을 움켜쥐는데 기회를 놓치지 않고 자광이 고개를 쳐들었다.

"해서 소인이 예전에 일하던 곳의 아이들을 풀어 채운당에서 일하던 자들을 잡아 이것저것 알아보았습니다."

"뭐가 좀 나왔더냐?"

"아주 흥미로운 이야기를 들었습니다. 얼마 전까지 채운당 뒤채에 고복수라는 점바치가 있었다는데 그자가 채운과 아주 가까운 사이였다고 합니다."

"고복수? 지금 고복수라고 하였더냐?"

"예, 아십니까?"

"알다마다. 지금 그자는 어디 있느냐! 당장 데려오너라!"

고복수라는 말에 옹주는 바짝 마른 입술을 핥으며 두 손을 부들부들 떨었다.

다들 죽은 줄로만 알고 있었던 고복수가 살아 있었고, 채운과 가까운 사이였다면 분명 뭔가를 알고 있을 것이 틀림없었다.

"그렇지 않아도 채운당의 가마꾼이 그자를 여식의 집에 데려다주었다기에 알아보았습니다."

"여식? 고복수에게 여식이 있었던가?"

"어린 시절 헤어졌다고 하는데 얼마 전 채운이 찾아주었다고 합니다. 한데 그 여식이 누군지 아십니까?"

자광은 아주 특별한 것을 찾은 것처럼 눈을 희번덕이며 말했다.

"답답하구나, 빨리 말해보아라!"

"바로 그 유명한 무녀 점방이었습니다."

"점방?"

점방이 용한 무녀라는 말은 옹주도 이미 들어서 알고 있었다. 최근 들어 답답한 노론가의 안방마님들이 점방을 불러들여 점을 보고 굿을 한다는 소문이 심심찮게 들려오고 있었다.

"고복수는 물론 점방의 식솔들까지 모조리 잡아오라 일렀습니다."

"그거 아주 잘하였다."

이 다급한 상황에 정후겸도 없고 답답해 죽을 지경인데 자광이 알아서 척척 일을 처리하자 옹주는 잠시 안도의 한숨을 내쉬었다.

"마마, 청지기 영감이 돌아왔습니다."

밖에서 고하는 소리가 들리자 옹주는 보료 위에서 일어나 방문을 활짝 열어젖혔다. 마당에는 무사들에게 끌려온 채운과 건우가 초췌한 얼굴로 서 있었다.

"반갑구만! 반가워! 조금 전까지 격구장에서 보던 얼굴이었건만 마치 몇 년 만에 다시 만난 것 같네!"

옹주는 부들부들 떨리는 몸을 이끌고 대청마루를 내려섰다.

"일이 있어 먼저 갔는데 기별을 하시면 될 것을 어찌 무사들까지 보내셨습니까?"

채운은 천천히 고개를 들었다. 그녀의 큰 머리 위에 총총히 꽂힌 떨잠들이 저물어가는 햇살에 반짝거렸다. 채운은 평소와 다름없는 당당한 얼굴이었다.

옹주와 채운은 상대의 속내를 살피듯 서로를 노려보았고 두 사람을 둘러싼 공기는 바짝 말라 어디선가 불티가 튀면 순식간에 맹렬한 기세로 타오를 것처럼 긴장으로 팽팽했다.

"말도 없이 가니 놀라지 않았는가?"

옹주는 역시 사람을 다루는 데 있어서는 고수였다. 그녀는 잠시 울컥했던 마음을 누르며 채운을 향해 한 발 한 발 다가갔다. 사라진 노론의 비자금을 되찾기 위해서는 채운을 겁박해서 좋을 것은 없다는 판단에서였다.

"내 돈 어디 있느냐?"

천천히 숨을 고르던 옹주가 마른침을 삼키며 물었다.

"돈이라니요, 마마께서 언제 제게 돈을 주셨습니까?"

치밀어 오르는 울화를 다스리느라 어쩔 줄 모르는 옹주와는 달리 채운의 표정은 냉담하기 그지없었고 칼자루를 쥔 자답게 미소를 짓는 여유까지 보이고 있었다.

"모른다?"

"예, 금시초문이올시다."

"정녕 모른다는 말이더냐?"

감히 이런 상황에서도 나에게 대적하자 덤비다니. 옹주의 입술이 부들부들 떨렸다.

"글쎄, 저가 마마의 돈에 대해 어찌 알겠습니까?"

채운은 여유 있게 피식 웃었다.

"음……."

옹주는 옅은 신음을 삼키며 입술을 지그시 깨물었다. 채운은 고개를 꼿꼿이 들고 미동도 없이 서 있었다.

"하면 장악원 부제조께서 생각나게 해주시면 되겠구료."

잠시 두 사람 사이에 만만치 않은 기가 흐르는가 싶더니 옹주가 채운의 옆에 선 강건우를 향해 입을 열었다.

그 시각 운종가에 있는 주막의 봉놋방에 앉아 기별서리들로부터 채운과 건우가 정후겸의 집으로 끌려갔다는 소식을 전해 들은 강은 고민에 빠져 있었다.

"어찌한다?"

격구 대회를 무사히 끝내고 한숨 돌린 것도 잠시 이번엔 건우가 위험에 빠졌다. 한데 다른 때와 달리 곤란한 점이 한두 가지가 아니었다.

"옹주는 상식이 통하지 않는 인물이니……."

건우가 이미 오늘과 같은 상황을 예상한 듯 장부를 맡기고 가버린 것도 마음에 걸렸다.

"어찌한다?"

어찌 되었거나 이 밤 안으로 구해내지 못하면 사람이 많이 상할 것이 틀림없었다. 노론의 지금을 강탈당한 옹주는 길길이 날뛸 것이고 그것을 찾으려고 고신을 할 게 분명했다.

"지금 당장 좌포청의 종사관에게 달려가 이 서찰을 전해주게."

결국 강은 결단을 내리고 격구장에 출동해 제대로 큰일을 해준 종사관의 힘을 빌리기로 했다. 지금 같은 형편에서는 권력 앞에 알아서 고개 숙이는 포도대장보다는 차라리 멋모르는 애송이 종사관의 열정과 패기가 필요했다.

"예!"

기별서리가 서찰을 들고 좌포청으로 달려가자 강은 다시 그 자리에서 서성였다. 그 큰일을 성공적으로 끝냈으니 한세는 비단전 앞에 나와 그를 기다리고 있을 것이었다.

"세야! 어찌하면 좋겠느냐?"

그러나 그는 엎어지면 코 닿을 곳에 있는 비단전에 가지 못했다. 막상 채운이 장부를 주었다는 소식을 들으면 한세가 어떤 생각을 하게 될지 뻔했다. 게다가 건우와 채운이 옹주에게 잡혀 있다는 것을 알면 한세가 무슨 짓을 벌일지 알 수 없었다.

"이리 오너라! 이리 오너라!"

그로부터 한 시진 뒤 좌포청의 포도군사 이십여 명을 이끈 정대엽 종사관이 으리으리한 정후겸 가택의 솟을대문 앞에 섰다.

"어찌 오셨습니까?"

문틈 사이로 내다보던 청지기는 좌포청의 포도군사들이 들이닥치자 눈이 휘둥그레졌다.

"낮에 격구 대회에 사용했던 채가 이곳에 더 있다는 제보가 들어와 조사를 해야 하니 문을 열게!"

종사관이 문을 열라고 재촉하자 청지기는 별수 없이 문을 열었다.

"예서 잠시만 기다려 주시지요."

청지기는 종사관과 포도군사들을 사랑채 마당에 세워놓고 옹주에게 고하러 안채로 들어갔다.

"마마!"

"무슨 일인가!"

안채에서 자광과 함께 고복수에게 채운의 비밀을 아는 대로 말하라고 다그치던 옹주는 심기가 상한 얼굴로 청지기를 돌아보았다.

"대체 무엇을 말하라는 것입니까?"

고복수는 이제 막 태어난 갓난아기를 안고 두려움에 부들부들 떠는 점방을 바라보았다.

오랜만에 찾아간 아비 때문에 여식은 물론 사위인 김흥조와 두 외손자까지 잡혀와 있었다.

"알지 않느냐, 네 여식과 그 품에 안겨 있는 손자 놈의 목숨을 구할 수 있는 이야기……."

자광은 주인이 좌포청 옥사에 있는 틈을 타 옹주의 눈에 들어 한 자리 차지하고 말겠다는 광기로 눈을 희번덕거리며 점방을 향해 칼을 겨누었다. 그들은 고복수가 쉽게 입을 열지 않자 여식과 손자를 죽이겠다고 겁박을 하는 중이었다.

"좀 나와보셔야겠습니다요."

청지기의 얼굴이 난처하게 일그러졌다. 젊은 시절 옹주의 집안일을 봐주다가 정후겸의 집안으로 옮겨간 뒤에 집안의 대소사를 맡아보고 있는 청지기이고 보니 눈빛만 봐도 이심전심 마음이 통하는 터였다.

"내 잠시 다녀오겠네."

눈치 없이 행동할 자가 아니라는 것을 아는 옹주는 보통 일이 아니라는 것을 깨닫고 자리를 털고 일어났다.

"무슨 일인가?"

옹주는 안방 문을 나서며 낮은 목소리로 물었다.

"좌포청 종사관이 포도군사들을 이끌고 왔는데, 어째 심상치가 않습니다."

"뭐라? 무엇 때문에 왔다고는 하지 않던가?"

"예, 집 안을 수색해 대감마님께서 제작하신 채를 찾을 거라고……."

옹주는 직감적으로 뭔가 이상하다는 것을 깨닫고 잠시 걸음을 멈춘 채 앞뒤의 합을 맞춰보았다.

"서강…… 네놈의 짓이로구나."

이미 정후겸이 좌포청에서 조사를 받고 있는데, 이 야심한 시각 종사관이 포졸을 이끌고 집 안으로 들이닥칠 연유가 없었다. 뜬금없이 격구장에 포도군사들이 나타난 것도 그렇고 오늘 밤 그들이 이곳으로 온 것도 그렇고 이것은 우연히 생긴 일은 아니었다.

"어찌하오리까?"

"어찌하기는…… 무얼, 가보면 알게 될 일!"

옹주는 별것 아니라는 듯 다시 발걸음을 옮겼지만 역시 곳간에 가둬둔 채운과 강건우가 마음에 걸렸다. 자칫하다가는 안채에 가둬둔 고복수와 그 식솔들까지 들통이 날 형편이었다.

"또 뵙습니다."

종사관은 청지기를 앞세우고 나오는 옹주를 보자 정중하게 허리를 숙여 예를 갖추었다.

"그러게. 정들겠구먼."

옹주는 종사관의 뒤로 선 포도군사들을 바라보며 언짢은 표정을 지었다.

"그렇지 않아도 내가 내일 아침 죄인들을 넘기려던 참이네."

결국 옹주는 미리 고백을 하는 것이 좋겠다고 생각했다. 수색 과정에서 들키느니 미리 자수하고 넘겨주는 것이 낫다는 판단을 하였다.

"예, 죄인들이라니요?"

"데려오게."

결국 옹주는 청지기에게 눈짓을 하며 채운과 건우를 종사관에게 넘기라는 신호를 보냈다.

"나를 속여 격구 대회를 열게 하고는 일은 하지 않고 삯만 떼먹고 도망치던 여자와 그에 동조한 사내일세."

채운과 건우를 좌포청에 내주고 포도군사들이 안채로 들어오는 것만은 막겠다는 심사였다. 어차피 좌포청 포도대장이 옹주의 사람이니 내일 아침 정후겸을 빼내 올 때까지 두 사람을 맡겨두면 될 일이었다.

지금은 채운과의 싸움에서 한 수만 밀려도 돌이킬 수 없는 패를 잡게 되니 신중할 필요가 있었다. 칼자루를 잡고 있는 채운에게서 그 칼자루를 빼앗아오는 것이 시급했다. 옹주의 직감으로 볼 때 그 칼자루를 빼앗아줄 수 있는 패를 고복수가 쥐고 있는 것이 틀림없었다.

✿

분명 달은 휘영청 떠 있는데도 밤안개 때문에 한 치 앞을 볼 수 없는 어두운 밤이었다.

"어찌 되었는가?"

"지금 막 좌포청으로 들어가는 것을 확인했습니다."

"상한 곳은 없어 보이던가?"

"아직까지는 괜찮아 보였습니다."

기별서리들로부터 건우와 채운이 좌포청으로 옮겨졌다는 말을 들은 강은 그제야 자리에서 일어나 봉놋방을 나왔다.

"수고들 하였네, 일단은 그리해 두고 오늘은 돌아가 쉬도록 하세."

밤이 깊어가자 벌레들의 울음소리도 잦아들고 달빛마저 차가웠다. 강은 차가운 달빛을 머리에 이고 긴 그림자를 드리우며 무거운 발걸음을 옮겼다.

"길고 긴 하루였다. 하나, 앞으로 더 힘든 일들이 기다리고 있겠지."

강은 그와 함께 오늘 하루 죽을힘을 다해 싸워주었던 말의 갈기를 쓸며 그렇게 중얼거렸다.

"강건우! 이쯤 되면 넌 도망을 치겠다는 것이지."

강건우의 집안이 아직은 임금의 신뢰가 깊은 데다가 그가 관직에 있고 지은 죄가 없으니 별일 없을 것이라 생각하고 결정한 것이었다. 정후겸의 무사들에게 모진 고신을 받느니 관가가 낫지 않을까 해서 어쩔 수 없이 좌포청으로 옮기게 했지만, 지금 이 싸움에는 변수라는 것이 존재하고 작은 변수에도 후일 일에 크게 작용을 하니, 두려웠다.

"대체, 어찌 그리한 것이야!"

그 역시 사랑하는 여인을 저버릴 수 없을 것이라는 것을 알면서도 이런 시기에 이런 상황으로 내몰린 건우가 원망스러웠다.

"이랴!"

안개 내린 새벽 공기를 가르며 강의 말은 바람처럼 빠르게 내달렸다. 한 손으로 가볍게 쥔 고삐로 말을 재촉하며 그는 가회당을 향해 쉼 없이 달려갔다.

"건우야!"

강은 하늘을 향해 오랜 벗의 이름을 외쳐 불렀다.

이산을 보위에 올리려고 마음먹은 그 순간부터 이 길고 긴 싸움이 시작되었을지 모른다는 생각이 들었다. 그들에게는 이루어야 할 거창한 목표가 있었던 것도 아니었고, 큰 야망이 있었던 것도 아니었다. 다만 건우에게는 한 소년을 지키고자 시작한 일이 이제는 대업을 이루어야 하는 일이 되어버린 것이다. 하지만 지금과 같이 중요한 고비에 건우의 발목이 잡히니 강은 마음이 답답해졌다.

"세야!"

그리고 그에게는 한 소녀를 지키고자 시작한 일이, 그 소녀가 볼우물이 패도록 웃는 모습을 보고 싶어서 그 소녀가 좋아하는 이들을 지켜줘야 했고, 그러다 보니 일이 점점 더 커져 버렸다.

"세야, 이러다 건우가 죽게 생겼다. 이제 어찌하면 좋겠느냐?"

강은 눈물과 함께 찬 공기를 가슴 깊이 들이켜며 발뒤꿈치로 가볍게 말의 옆구리를 자극해 빠르게 달려갔다.

"응?"

가회당으로 들어가는 골목길을 돌아서며 보니 문 앞에 쓰개치마를 눌러 쓴 한세가 솟을대문을 바라보며 서성이고 있었다. 비단전 앞에서 목을 빼고 기다리고 또 기다리다 더는 참지 못하고 달려온 것이 틀림없었다.

"내가 과연 너를 외면할 수 있을 것인가?"

고삐를 쥔 강의 손이 떨려왔다.

"이랴!"

그러나 강은 달려온 속력을 늦추지 않고 그대로 달려가 높다란 솟을대문 앞에 말을 멈추고 날렵하게 뛰어내렸다.

"도……."

말의 속력을 늦추지 않고 그대로 달려오는 것을 본 한세가 놀라서 잠시 물러섰다가 부르려고 하였지만 강은 말고삐를 마노석에 걸쳐 둔 뒤에 대문을 밀고 그대로 들어가 버렸다.

"강아?"

한세는 강을 불렀다, 가여울 정도로 미약하고 작은 목소리로.

"설마, 나를 보지 못했나?"

섬뜩하도록 차가운 바람이 공기를 가로질렀다. 와락 두려움이 몰려들며 한세의 심장이 미친 것처럼 거세게 날뛰기 시작했다.

"이제 오십니까요, 나리!"

마침 금동이 대문 쪽으로 오다가 강이 들어오는 것을 보고 말을 데리고 들어오기 위해 밖으로 나왔다.

"뉘십니까?"

금동이 문 앞에 멍하니 서 있는 한세를 발견했다.

"접니다."

한세는 빙긋이 웃으며 강이 마노석에 던져 놓고 가버린 말고삐를 금동이에게 넘겨주었다.

"아이고 나는 누구라고, 몰라 볼 뻔했네요."

여인의 모습으로 단장한 한세를 처음 본 금동이는 놀라서 입이 딱 벌어졌다.

"잘 지내셨습니까?"

"저야 뭐, 늘 그렇지요."

이제는 웃을 때마다 얼굴 가득 잔주름이 잡히는 금동이는 오랜만에 들르는 한세를 반갑게 맞이했다.

"나리, 아가씨께서 오셨습니다."

막 옷을 벗고 벽에 기대앉았을 때, 금동이 달려와 고하는 소리가 들렸다.

기다리다 지쳐 참지 못하고 달려왔을 한세를 생각하니 가슴이 아파 방 안에 불을 켤 엄두가 나지 않았다. 그리하여 그는 금동이 고하는 소리에 대답하지 않았다.

강은 그대로 눈을 감고 벽에 기대 잠시 생각에 잠겼다.

지금 나가서 한세의 얼굴을 본다고 한들 무슨 말을 할 수 있을까, 결국 많은 거짓말들을 해야만 하겠지. 강은 그대로 눈을 뜨지 않았다. 눈을 뜨고 그녀의 그림자라도 확인한다면 오늘 밤은 그냥 보낼 수 없을 것 같았기에.

"나리, 아가씨께서……."

"되었습니다. 그냥 두십시오."

강이 다시 나오지 않을 것을 알고 있지만, 그대로 돌아설 수 없었던 한세는 마루로 올라가 방문 앞에 등을 기대고 앉았다.

"도련님, 우리가 보았던 그 많은 별들은 다 어디로 간 것일까요."

한세는 무릎을 감싸 안고 오도카니 앉아 먼 하늘을 보았다. 저를 그처럼 차갑게 외면하고 들어가 버린 강의 마음이 걱정되고, 또 한편으로는 끝까지 모른 척하는 그의 냉랭한 모습 때문에 서러웠다.

"도련님 덕분에 저는 다친 곳도 없고, 무사히 임무를 마쳤습니다. 오늘 하루 많이 힘드셨겠지요. 부디 편히 쉬십시오, 아프지 말고, 힘들지 말고……."

고된 일과의 연속에 어느새 많이 야윈 한세의 뺨으로 눈물이 흘렀다. 그녀는 문을 병풍처럼 사이에 두고 외롭고 힘든 강에게 슬픈 마음을 전했다.

"가시려고요?"

기운 없는 얼굴로 마루를 내려오는 한세를 측은한 눈빛으로 지켜보던 금동이 물었다.

"그만 되었습니다, 많이 피곤하신 모양입니다."

"예, 나리께서 주무시는 모양입니다."

한세는 울컥 울음이 새어 나올까 봐 급히 이를 악물었다.

"도련님을 잘 부탁합니다."

떨리며 흘러나온 목소리에 눈물까지 들켰을까 봐 한세는 마음을 다잡고 발걸음을 옮겼다.

"음."

한세가 멀어져 가는 것을 느끼며 강은 쓸쓸하게 돌아누웠다. 가슴이 아프기는 하였지만, 지금은 흔들릴 때가 아니었다. 사랑 때문에 흔들리기엔 지켜야 할 이들이 너무 많았고, 그의 어깨는 너무 무거웠다.

서동환은 조금 전부터 별채의 중문 앞에 서서 손자의 방 앞에 앉아 있는 여자를 바라보며 고개를 갸웃거리고 있었다.

"저, 저런 미친 것이 어찌 별채에 들어왔누?"

정신 상태가 의심스러운 듯 보이는 여인이 불 꺼진 강의 방문 앞에 앉아 뭐라고 중얼거리고 있는 것을 바라보던 서동환은 고개를 갸웃거렸다. 가뜩이나 노안이라 눈이 침침한데 금동이가 나무 그늘에 가려져 있어서 마루 위에서 뭐라고 떠들어대는 낯선 여인만 본 것이다.

"내가 늙어서 이제는 헛것이 보이나?"

심기가 불편해진 서동환은 미간을 찌푸렸다.

"이보게!"

보다 못한 서동환이 소리를 버럭 지르며 여인을 제지하려는데 그녀가 일어나 마루를 내려왔다.

"어머?"

마루를 내려와 신을 신던 한세는 중문 쪽으로 고개를 돌리다 사람의 그림자를 발견했다.

"어?"

중문을 들어서는 서동환은 얼마 전까지 자리에 누워 있던 노인답지 않게 상대를 압도하는 당당한 풍채에 은빛 수염을 휘날리고 있었다.

"대감마님?"

한세는 얼른 달려가 다소곳이 허리를 숙였다. 그러나 한참이 지나도 아무 기척이 없자 한세는 천천히 고개를 들었다.

"뉘신가, 나를 아시오?"

서동환은 그 자리에 붙박인 듯 서 있었다. 처음 본 한세의 모습이 엄청난 충격이었는지, 꽉 다문 입술과 은빛 수염마저 부르르 떨렸다.

"접니다, 대감마님?"

"네가 참말 한세이더냐?"

"예."

"허어! 네가 이리 어여뻤더냐?"

서동환은 그대로 멈춘 채, 한세를 바라보며 눈만 껌벅였다.

"늦은 밤 송구합니다."

한세는 허리를 숙여 인사하며 공손히 대답했다.

"그런데 어찌 방에도 못 들어가고 울고 있어?"

"아닙니다."

"저놈이 이제 너가 싫다더냐?"

서동환은 그렇게 말해놓고 곧 공연한 말을 했다고 후회하였다.

"예에?"

"어흠! 흠!"

그는 불편한 표정을 지으며 헛기침을 했다.

"아니다, 과년한 처녀가 밤늦게 다니지 말고 속히 돌아가거라."

불쑥 튀어 나온 말에 자신도 당황했는지 서동환은 급하게 몸을 돌려 사랑채로 향했다.

"아니, 내가 대체 무슨 말을 한 것이더냐?"

서동환은 멍청하여 시두른 나서시 발이 엉켜 넘어실 듯 휘정거렸다.

十三

강건한 왕이 되소서

다음 날 새벽, 운종가에는 어디서 날아온 것인지 알 수 없는 벽서들이 길거리를 뒤덮고 바람을 타고 날아다녔다.

"이것이 뭔가, 벽서가 아닌가?"

막 점포의 문을 열던 점원 하나가 바닥에 떨어진 종이를 들고 읽어보다가 화들짝 놀라고 말았다.

"세상에, 이거, 이거 대체 뭐라는겨?"

벽서를 든 행수 하나가 연초전 앞에 모여 있는 사람들에게로 달려갔다. 그곳에 모여든 사람들의 손에도 너 나 할 것 없이 벽서가 하나씩 들려 있었다.

"여보게 갑동이 이거 봤는가?"

"봤네, 한데 이것이 뭔 말이여?"

"장악원 부제조와 청상과부 채운이 통정을 하였다는구만!"

"게다가 이 나쁜 년은 청상과부 주제에 도망을 쳤다는구먼."

시커먼 사내들이 얼굴을 붉히며 거친 소리를 쏟아냈다. 몰려드는 사람들 속에는 삿갓으로 얼굴을 가리고 변복한 도겸이 있었다.

"그게 아녀유, 시집가는 도중에 산적에게 잡혀 죽은 것으로 꾸미고 도망을 쳤다는구먼유."

벽서를 든 여인네 하나가 나서며 아는 체를 했다.

"참 세상 말세여, 우리네 같은 상것들은 다 수절하라믄서 양반이라는 것들은 이래도 되는 것이여? 에잇 더러워!"

막 동이를 이고 지나던 여인이 바닥에 침을 탁탁 뱉었다. 그동안 채운에게 도움을 받아왔던 이들은 다른 연유가 있겠거니 생각했지만 모르는 이들은 벽서의 내용만 믿고 떠들어댔다.

소문은 운종가를 떠돌아 다니며 부풀어올라, 그사이 채운과 건우 사이에는 아기가 생겼고, 그렇게 태어난 아이는 몹쓸 짓을 하는 놈이 되어 있었다.

"그러게 더러븐 세상! 나 같은 못난 년은 그저 떡이나 팔아야제, 떡 사시오! 떡!"

막 떡판을 벌려놓던 떡장수 아주머니가 공연히 울화통을 터뜨리며 큰 소리로 떡 사라고 외쳐댔다.

"무슨 일로 이리 시끄러워?"

아침부터 웅성거리는 소리에 비단전 앞에 나온 한세와 한결도 그 벽서를 주워 들었다.

"어찌 이런 일이 있습니까, 오라버니?"

건우와 채운에 대해 듣는 것이 처음이라 한세는 두려운 눈으로 한결을 보았다. 분명 자신이 모르는 사이에 무서운 일이 일어나고 있음이 틀림없었다.

"이를 어찌하면 좋으냐?"

노론의 자금이 실려 있는 배를 빼돌리고 어젯밤 그들은 모처럼 편안하게 발을 뻗고 잤었다. 한데 이런 엄청난 일이 생길 줄이야. 이 심상치 않은 사태에 어찌 대처해야 할 것인지 두려웠다.

"이제 어찌합니까?"

두 사람은 걷잡을 수 없이 술렁이는 운종가를 착잡한 눈빛으로 바라보았다.

저 먼 하늘 끝에서부터 먹장구름이 몰려오고 있었다.

강은 등청하였어도 옥사에 갇힌 건우의 생각에 마음이 편치 않았다. 기별서리로부터 벽서를 전해 받은 그는 일어섰다가 망설이며 다시 주저앉기를 몇 번, 결국 결심하고 사간원을 나섰다.

그의 예감처럼 일이 묘한 방향으로 흘러가고 있었다. 이제는 천하의 강이라도 이 전쟁의 승패를 가늠하기 어려워졌다.

"응?"

강은 좌포청 옥사 앞에서 홍국영을 발견하였다.

"저자가 이곳에는 어찌?"

홍국영이 건우를 만나러 왔다고 짐작한 강은 본능적으로 몸을 감췄다.

"나오십니까, 나리!"

"수고들 하네, 장악원 부제조 좀 만나러 왔네!"

홍국영은 준비해 온 엽전 꾸러미를 찔러주고 옥사 안으로 들어갔다.

"어찌한다?"

강은 돌아갔다 다시 올까 생각하다가 홍국영이 뭐라고 하는지 궁금해 그냥 들어가 보기로 했다.

"속히 끝내고 나오십시오, 내 김 서리를 봐서 들여보내는 것이니."

마침 옥사를 지키는 포졸들이 기별서리의 동무라 강이 옥사에 들어가는 것은 홍국영보다 조금 더 수월했다.

"그 안에서도 지낼 만한가 보오?"

옥사 안에서도 단정한 입성을 하고 편히 앉아 있는 건우를 보며 홍국영은 꼴사납게 빈정거렸다.

"어찌 이 누추한 곳까지 오셨소, 저하께서는 평안하시오?"

"편안하시기는! 이 판에 평안하겠소?"

건우는 그저 씩 웃었다.

"웃음이 나오시오?"

홍국영은 밖에 일이 어찌 돌아가는지도 모르고 여유롭게 웃는 건우를 보자 부아가 치밀었다.

"하면 울까?"

"뭘 알고 웃는 것이냐 말이오!"

잔뜩 화가 난 홍국영은 관복 자락에 숨겨온 벽서를 건우의 손에 쥐어주었다.

"이것이 뭔가?"

벽서를 본 건우의 얼굴이 점점 창백해졌다. 채운에게 뭔가 말 못할 사연이 있을 것이라 짐작은 하였지만 도망친 청상과부일 것이라고는 생각도 하지 못했다.

"저하께서도 걱정이 많으시오. 한데 채운이 청상이라는 것을 알고 있었소? 처녀도 아니고 과부와 정을 통하는 것이 얼마나 큰 죄인지 모른단 말이오?"

일이 난처하게 돌아가고 있으니 소식을 들은 이산도 속을 끓였고 그것을 지켜보는 홍국영도 답답했다.

"부제조 때문에 저하의 입장이 말이 아니오. 저들이 사사건건 돌아

가신 사도세자의 도덕성을 문제 삼는데 이번 일로 인해 저하의 도덕
성까지 타격을 받았으니!"

"입이 있어도 할 말이 없소."

다그치는 홍국영의 말이 틀리지 않았기에 건우 역시 달리 할 말이
없었다.

"취조를 받게 되면 무슨 일이 있어도 몰랐다고 해야 하오. 뭘 묻더
라도 그저 몰랐다고 해야 한단 말이오, 저하를 위해서! 보는 눈이 많
으니 나는 이만 가보겠소."

"저하를 부탁하오."

"저하는 내가 지켜 드릴 것이니 내 말 명심하시오."

홍국영은 끝까지 건우의 심장에 쐐기를 박고 그 자리를 떠났다.

"으음!"

멀어져 가는 홍국영의 뒷모습을 보며 건우는 고통스럽게 가슴을 쥐
어뜯었다.

지키려 했던 세손인데 자신이 오히려 누를 끼치게 생겼으니, 그의
가슴은 찢어졌다.

"음."

건우의 고통을 알기에 강은 그대로 몸을 숨기고 지켜만 볼 수밖에
없었다.

강은 옥사를 나서는 홍국영의 뒷모습을 보았다. 거들먹거리기 좋아
하고 경박한 면이 있기는 했지만 홍국영은 철저한 자였다. 건우에게
하는 그의 말이 그르다고는 할 수 없었다. 사랑했던 여인을 외면하는
것은 사내가 할 짓은 아니었지만, 세손을 우선으로 생각한다면 홍국
영의 생각이 지금으로서는 최선일 것이다.

홍국영이 밖의 상황을 이미 전했으니 앞으로 어찌할 것인지는 이제

건우의 선택만 남아 있을 뿐이었다. 그 결정은 건우가 해야 할 것이다.

건우에게 생각할 시간을 주기 위해 강은 잠시 그대로 서 있었다.

"이 일을 어찌해야 하나."

건우뿐 아니라 그 누구도 채운의 과거를 몰랐건만. 현실은 그를 청상과부와 놀아난 파렴치한으로 몰아가고 있으니 답답한 일이었다.

그러나 언제나 그렇듯이 세상은 진실에 귀 기울이기보다는 자극적인 소문에 더 예민하다. 결국 그 부풀려진 소문들이 무고한 두 사람을 죽음으로 몰고가게 될 것이다.

"건우야, 내 어찌 너에게 사랑하는 여인을 버리라 할 수 있단 말이더냐?"

자신이 한세를 내려놓을 수 없는 것처럼 이미 채운에 빠져 버린 건우에게 그녀를 외면하라고 하는 것은 잔인한 일일 것이다.

건우에게 홀로 있을 시간을 주고 싶었으나 그 역시 홍국영만큼이나 사안이 시급하다는 것을 알고 있었다.

"하다, 하다 이제는 옥사로 오라 하나?"

강은 어린 시절, 그때처럼 데퉁맞게 툭 던졌다.

"내가 아니면 자네가 언제 이런 곳엘 와보겠는가?"

몰골이 말이 아니었지만, 그래도 건우는 어린 시절 개구진 소년처럼 웃었다.

"이러려고 그 장부를 내게 준 것인가."

"그럴 리가 있겠나? 다른 이들은 정이 많아서 이런 경우를 당하면 당연히 나부터 살리려 할 것이니 자네에게 준 것이지."

"나는 피도 눈물도 없는 인간이다, 그 말인가?"

그의 속도 속이 아닌 터였지만 강은 여전히 멀쩡한 얼굴로 퉁명스럽게 굴었다.

"자네가 해주게. 저하는 내가 설득하겠네. 이미 지금도 많이 늦었네. 이번에 이 패를 쓰지 않으면 대리청정은 꿈도 꿀 수 없을 것일세. 자네가 아니면 누가 하겠나?"

건우의 간절한 그 말에 갑자기 서러워져, 목이 메어 무표정하려 애써왔던 강의 얼굴에 금이 가기 시작했다.

"참으로 좋지 않은 벗을 두었네, 내가."

붉어지는 눈시울과 시큰거리는 코끝을 감추느라 강은 고개를 숙이고 그대로 한참을 앉아 있었다.

"아무것도 장담할 수 없네. 하나, 자네 뜻이 그러하다면 피도 눈물도 없다는 내 식대로 하겠네."

이 상황이 화가 나 주체할 수 없이 끓어오르던 감정을 조용히 갈무리한 강은 고개를 들고 건우를 바라보았다.

"저하를 부탁하네."

옥사의 나무살을 사이에 두고 두 사내의 눈빛이 뜨겁게 얽혔다.

"몸조심하겠다고 약조해 주게."

나무살 사이로 손을 내밀어 건우의 손을 굳게 잡으며 당부했다.

"일단은 돌아가 사실부터 확인해야겠네."

아침에 사간원으로 온 기별서리에게 채운의 고향에서 온 기별서리를 통해 벽서의 내용이 사실인지를 확인하라고 하였으니 지금쯤은 자세한 내막을 알 수도 있을 것이었다. 강은 기별서리들을 만나 정보를 얻기 위해 운종가 주막으로 돌아갔다.

"당주님!"

채운이 갇힌 옥에도 옥졸을 매수한 도겸이 면회를 왔다.

"도겸! 자네가 어찌 이곳엘 왔는가?"

"갈아입으실 옷가지와 드실 것을 가져왔습니다. 내일부터는 찬모가 올 것입니다."

채운의 상태를 살핀 도겸은 요깃거리와 갈아입을 옷이 들어 있는 바구니를 넣어주었다. 초췌한 도겸의 얼굴을 보고 무슨 일이 생겼음을 알아차린 채운은 더 이상 묻지 않고 바구니에서 물병을 찾아 마셨다.

"어찌 된 것인가?"

갈증이 풀릴 때까지 물을 마신 채운은 다시 평정을 되찾은 얼굴로 옥문 앞에 앉은 도겸에게 바짝 다가앉았다.

"물건을 배에 옮겨 싣고 떠나려는데 습격을 당해 배를 빼앗기고 무사들까지 모두 잃고 저만 간신히 도망쳤습니다."

"허, 운명은 내 편이 아니었던 게지."

채운은 낙심한 얼굴이 되었지만 곧 마음을 고쳐먹었다. 낙심하고 자책한다고 달라질 것은 아무것도 없었다. 오히려 빨리 수습하지 못하면 상황을 더욱 악화시킬 뿐이었다.

"물건은 누가 가져갔느냐?"

"복면을 하고 있었지만 검을 쓰는 세법으로 봐서 세자익위사 쪽에서 가져간 것이 아닐까 생각하고 있습니다."

도겸은 면목이 없는 듯 잦아드는 목소리로 속삭였다.

"관직에 있는 자들이 노론의 자금을 탈취할 수는 없었을 것이고, 한세라면 가능하겠지. 설마 나와 같은 생각을 하는 이가 있을 줄이야."

채운은 설마 한세가 노론의 자금을 노리고 있을 것이라고는 생각하지 못했었다. 감히 이 조선 땅 안에서 어느 누가 노론의 자금을 빼돌리고 살아남기를 바랄 수 있을 것인가.

"다시 무사들을 불러 모아 물건을 되찾아오겠습니다."

"어리석은 소리, 지금은 죽은 듯이 엎드려 있어야 하는 시기다. 일단 물건은 채운당에서 가지고 있는 것으로 해둬야 한다. 물건조차 우리 수중에 없다는 것을 알면 일은 점점 더 어려워질 것이니."

협상에 있어서 내 손에 아무 패도 들려 있지 않다는 것만큼 불리한 조건은 없다. 앞으로 많이 이들과의 협상이 필요한 이때에 굳이 약점을 스스로 밝힐 필요는 없었다.

"예, 저도 그리 생각합니다만, 가능하겠습니까?"

"한세 쪽에서는 모르는 척할 것이 틀림없으니 우선은 안전한 곳에 맡겨둔 것으로 생각하자."

채운은 이 급박한 순간에도 다음 수를 생각했다. 자신이 죽을 수도 있다는 생각 같은 것은 하지 않는 것이었다.

"이제 어찌하실 것입니까?"

"모두에게 전해라, 채운당은 이제 당주를 버린다."

"아니 어, 어찌 그런 말씀을?"

도겸은 갑작스러운 채운의 명에 충격을 받아 얼굴이 새파랗게 변하여 말을 더듬었다.

"분명히 전하게. 나를 위해 아무것도 하지 말라고."

"하면 혼자 어찌하시려고요?"

"일을 이 지경으로 만든 것은 내 잘못이니 이 일을 수습해야 하는 것 또한 내가 감당해야 할 일이다."

채운의 음성이 나직이 가라앉았다.

"고초를 겪으실 것입니다."

"그 또한 어쩔 수 없는 일이겠지. 하니 자네도 이제 이곳엔 오지 말고 찬모를 보내게."

채운은 그 어느 때보다 확고한 표정으로 단호하게 말했다.

운종가의 주막으로 돌아온 강은 정보를 모으기 위해 바쁘게 움직였다. 어차피 하루 이틀 안에 이 일을 매듭짓지 못하면 기회는 영영 날아가 버릴 것이고, 그동안 목숨을 걸고 싸워온 그들의 노고는 모두 물거품이 될 것이다.

영조의 병환이 깊어지고 있고 얼마나 더 버텨줄 수 있을지도 알 수 없었다. 이번이 세손에게는 마지막 기회였다.

"나리, 잠시 뵙기를 청하는 자들이 있습니다."

기별서리들이 기거하는 방 안에 앉아 그날 올라온 문서들을 보고 있는데 밖에서 주막의 중노미가 고하는 소리가 들려왔다.

"기별도 없이 찾아와 송구합니다."

강이 문을 열어보니 운종가 대장간에서 일하는 사내와 채운의 호위무사 도겸이 서 있었다.

"들어오게."

초조한 기색이 역력한 그들의 얼굴을 물끄러미 바라보던 강은 방 안에 늘어놓은 문서들을 치우고 그들을 맞았다.

"소인은 대장간에서 일을 돕고 있는 장천수라 합니다. 바늘을 만들고 있는데 그동안 당주님께서 지원해 주신 덕분에 이제 완성 단계에 이르렀습니다."

"장천수는 솜씨 좋은 수철장입니다."

어떻게 해서라도 채운의 좋은 점을 부각시켜 강의 마음을 얻어보려는 상천수와 도겸의 노력은 절실해 보였다.

조선은 기술자를 몹시 천대한 사회구조 탓에 바늘 하나도 수입해야 하는 실정이었다. 장천수는 본래 솜씨가 좋은 대장장이라 자명종을 잘 다루는 조선 최고의 기술자인 최천약도 필요한 것이 있으면 그의 대장간을 찾을 정도였다.

채운의 후원을 받으며 재주를 키워 운종가에서 일을 하며 살아가던 자들은 무엇이라도 하지 않고는 견딜 수가 없었다. 도겸을 중심으로 논의를 하던 그들은 강이라면 답을 줄 수 있을 것 같아 운종가 뒷골목 허름한 주막에 있는 그를 찾아온 것이었다.

"내게 무슨 볼일인가?"

어차피 돌아가는 사정이야 뻔히 알고 있으니, 한시가 급한 강은 그들이 자리에 앉자마자 찾아온 용건부터 물었다.

"당주께서는 저희에게 그분을 위해 아무것도 하지 마라 명하셨습니다. 하나, 이대로 손을 놓고 있을 수는 없어 나리를 찾아뵈었습니다. 저희가 무엇을 해야 하겠습니까?"

강이 곧바로 용건을 물어오자 도겸은 답답한 속을 털어놓았다.

"아무것도 하지 말라?"

"예."

"그 말만 하던가?"

"예, 그리 말씀하시니 저희는 어찌해야 할지, 이대로 있을 수는 없지 않습니까?"

강은 여인이지만 사내보다 더 큰 배포를 지닌 채운이라는 여인에게 감탄하지 않을 수 없었다. 그의 벗이 어째서 목숨을 걸고 그 여인과 함께하기를 원했는지 알 것 같았다.

"당주는 자신을 구할 패는 지니고 있네. 그렇지 않다면 그리 당당할 수는 없겠지."

"저도 당주께 방책이 있으실 것이라고 믿고 있지만 어쩐지 불안합니다."

잠시 강을 바라보던 도겸의 부리부리한 눈이 크게 흔들렸다. 그 역시 용의주도하고 치밀하게 계획을 세우는 채운에게 아무런 방책이 없을 것이라 생각하지는 않았다. 그래도 어쩐지 이번에는 알 수 없는 두려움이 앞섰다.

"그 방책을 다른 곳에 쓸까 봐 두려운 것이겠지."

그동안의 채운으로 봐서는 절대 그럴 리 없어야 하겠지만 그녀의 최측근인 도겸마저 두려움에 떨고 있다. 채운이 지닌 그 마지막 패를 자신이 아닌 사내를 위해 쓰게 될까 봐 두려워하고 있는 것이었다.

"그럴 리 없겠지만, 물론 그래서도 아니 되겠지만……."

나직이 잦아드는 도겸의 말끝에는 두려움이 묻어 있었다.

"그 패를 쓰고 안 쓰고는 당주가 결정하겠지만, 내가 말해줄 수 있는 것은 국법은 당주를 살릴 수 없다는 걸세. 민심이라면 모를까……."

"그러니 어찌해야 합니까?"

"나라면 자네들의 당주가 주장하던 방법을 써보겠네."

"당주께서 주장하시는 것이라면, 혹 사보를 만들려고 하시던?"

"어차피 이 일이 벌어진 것은 사실 확인이 되지 않은 벽서 때문일세. 알아보니 채운이 이천에 사는 송 대감의 여식이고 혼례도 올리기 전에 정혼자가 죽어 청상이 된 것일 뿐 도망을 친 것은 아니었네."

강은 오늘 이천에서 올라온 기별서리의 문서를 토대로 상황을 정리해 보았다.

"맞습니다. 그날 저는 혼백과 혼례를 올리기 위해 시집으로 가는 아씨의 하얀 가마를 먼발치에서라도 보기 위해 따라갔습니다."

"자네, 송 대감댁 하인이었던 것인가?"

"산을 넘기 시작했을 때 혼수 물품을 노린 산적의 공격을 받았습니다. 어른들이 싸우는 틈을 타 가마를 빠져나온 아씨를 모시고 도망친 것이 바로 저입니다. 저희는 산속에서 길을 잃고 탈진하여 쓰러졌고 그런 저희를 살려준 것이 채운당의 전 당주님이셨습니다."

강이 먼저 말을 꺼내자 도겸은 오랜 세월 가슴에 묻어두었던 이야기를 들려주었다.

"자네들이라면 오늘 밤 안에 벽서를 만들 수 있겠지? 진실을 밝히게. 국법이 당주를 도울 수는 없겠지만, 두 개의 벽서를 다 읽어본 백성들은 적어도 어느 것이 사실인지 생각은 해볼 수 있지 않겠나?"

"그것만으로 되겠습니까?"

잠자코 듣고 있던 장천수가 불안한 얼굴로 물었다. 그 또한 채운의 덕을 많이 입은 인물이었으니 이대로 앉아 있을 수만은 없었다.

"자네들의 당주는 아무것도 하지 말라고 했다질 않았는가. 지금은 그것이 최선이라는 것을 그 여인은 알고 있는 것이겠지. 하니, 지금 내가 말해줄 수 있는 것도 그 정도가 최선일세."

강은 그렇게만 말하고 다시 정리해 둔 문서들을 읽기 시작했다.

"알겠습니다, 하면 저희는 이만 가보겠습니다."

강의 말뜻을 알아들은 두 사람은 서둘러 자리에서 일어났다. 지금 돌아가 벽서를 만들기 시작한다고 해도 빠듯한 시간이었다.

"수고들 하시게."

"고맙습니다."

그들이 돌아가자 잠시 문서를 들여다보며 생각을 가다듬던 강은 결국 결심을 굳힌 듯 붓을 들고 홍국영에게 보내는 서찰을 써서 자리에서 일어섰다.

"이 서찰을 홍국영에게 전해주게."

"예, 나리!"

"하고 지금 저하께서는 어디에 계시는가?"

"오는 길에 보니 익위사 하나를 대동하고 궐을 나서고 계셨습니다."

"알겠네. 서찰을 잘 간수하게."

"예, 나리!"

홍국영과 그 주변의 밀착 감시를 맡고 있는 인수에게 서찰을 건네주고 강은 주막을 나와 비단전으로 향했다.

가을 들녘처럼 찬란하게 물결치던 노을빛이 서서히 사위어가자 짙은 땅거미가 내려앉았다. 피맛골 골목길에 다닥다닥 붙어 있는 작은 집에서는 솥을 걸고 불을 피워 저녁을 짓는 모양이었다. 하얀 연기가 저녁 안개와 휩싸여서 마치 구름 속에 떠 있는 것 같았다.

강은 말고삐를 잡고 천천히 걸어 희뿌연 연기가 실타래처럼 펼쳐진 골목길을 걸어 비단전으로 향했다.

"알겠습니다, 상황을 좀 더 알아봐 주십시오."

마침 한세는 운종가를 돌며 떠도는 이야기들을 전해 듣고 비단전으로 들어가려던 길이었다. 비단전에서도 한결이 밖으로 나가 운종가에 떠도는 이야기를 모아 듣고 대충의 상황을 파악하고 있었다.

"어?"

한세는 저만치 말을 끌고 걸어오는 강을 발견했다. 그가 입은 푸른 구슬빛 도포 자락이 걸을 때마다 느리게 흔들렸다.

"도련님!"

어제 그처럼 냉정하게 굴던 강이었지만 한세는 그저 반가운 마음에 머리에 쓰고 있던 검은 삿갓이 벗겨지는 것도 깨닫지 못하고 달려갔다.

"잠시 할 말이 있는데……."

그러나 밤새 잠 못 자고 내내 걱정하던 한세와는 달리 허둥대며 달려오는 그녀를 바라보는 강의 얼굴에는 웃음이 걸려 있었다.

"어찌 저리 단순할까, 화도 나련만은."

강은 코끝이 찡해왔다. 비록 검은 무복에 삿갓을 쓰고 있었지만 그동안 보아왔던 한세의 그 어떤 모습보다 더 고와 보였다.

반가운 얼굴로 달려간 한세는 강의 바로 앞에 가서야 어젯밤 가회당에 찾아갔을 때 그가 어떻게 했는지를 떠올리고 무안해져서 괜스레 입을 삐죽이며 돌아섰다.

"다시는 안 볼 것처럼 하시더니, 어쩐 일이십니까?"

자신이 얼마나 속이 없어 보이면 저리 웃고 있을까 생각하니 장난스럽게 빤히 들여다보는 강이 얄미워졌다.

"할 말이 있어 왔다."

한세가 돌아서 있는데 강이 고개를 쑥 내밀며 말했다.

"피죽 한 그릇도 못 얻어먹은 얼굴이십니다."

지금 이 상황에 밥알을 삼키는 이가 누가 있을까마는 바짝 야윈 강의 얼굴을 보니 한세는 가슴이 뻐근하게 아파왔다.

"배고프면 밥 사주마."

강은 자신을 바라보는 한세의 따사로운 눈빛을 바라보며 다시 한번 빙그레 웃었다. 그 오동통한 입술에 쪽 소리가 나도록 입 맞추고 싶은 마음이 간절했지만, 이제는 그럴 수 없을 것 같았다.

"자, 가자!"

강은 다짜고짜 한세의 허리를 덥석 잡고 가볍게 안아 말에 태웠다.

"어디로 가십니까?"

"할 말이 있다 하지 않더냐?"

한세를 앞에 태운 강은 그녀의 어깨에 머리를 올려놓고 천천히 바람을 들이마셨다. 그제야 답답했던 가슴이 좀 뚫리는 것 같았다.

"어쩌다 보니 이곳까지 왔구나."

분명 의도가 있어 그곳까지 갔을 것인데 강은 그렇게 중얼거렸다.

한세가 주위를 둘러보니 그곳은 운종가에서 좀 떨어진 좌포청 앞

너른 공터였다. 주로 사람들을 모아놓고 죄인들을 붙박여 매다는 곳이었다.

"기왕 여기까지 왔으니 내려보겠느냐?"

강은 어쩐지 으스스한 그 공터에 그대로 말을 세웠다. 두 사람은 말에서 내린 채 잠시 서서 차가운 바람을 맞았다.

"무슨 말이 하고 싶어서 저를 이곳으로 데려왔습니까, 비장하게?"

어쩐지 좋지 않은 예감이 들어 한세는 못마땅한 눈빛으로 강을 노려보았다.

"버리려고 왔다."

묻는 말이 채 끝나기도 전에 강이 성큼성큼 다가섰다.

"예?"

그렇지 않아도 이 참담한 장소가 버거운데, 심장이 그대로 내려앉는 것 같았다.

"이제 이 싸움은 더 격렬해질 것 같다. 버리지 않고는 그 누구도 지킬 수가 없을 것이다."

"그래서요!"

"뭐어?"

강은 그대로 멍하니 서서 한세를 바라보았다. 그래서요, 라니. 한세라서 가능한 그 말에 가슴이 아팠다.

"지금 저하와 제 사이를 질투하는 겁니까, 지난번 정후겸의 별채에서 있었던 그 일! 질투하니까 이러는 거잖요!"

한세는 길길이 뛰었지만, 미동도 없이 선 강과 눈이 마주치자 다 소용없다는 것을 깨달았다. 어째서 나쁜 예감은 틀리지를 않는 것인지. 심장에 금이 가는 소리가 들리는 것 같았다.

"지키기 위해서 버려야 하는 것이 왜, 어째서 하필이면 나야, 왜 나냐고!"

한세는 지친 듯 멍하니 섰다. 차가운 바람이 불어와 한세의 목덜미에 늘어진 머리카락을 흩어놓았다. 세상이 온통 뿌옇게 보이는 저녁이었다.

"네가 내게는 제일 소중하니까."

"그게 말이 돼? 사랑한다며? 사랑하는데, 사랑이 어떻게 이래?"

한세는 자포자기 허탈한 표정으로 웃고 말았다. 지금 이 순간 강이 너무 미운데, 그런데도 이러는 그의 마음을 알기에 걱정이 앞서 미워지지가 않는다.

"내가 제일 소중한 것을 내려놓지 못하면서 어찌 건우에게서 채운을 빼앗을 것이며, 저하께 건우를 버리자고 할 것이냐……."

추운 겨울이 코앞에 다가오고 있어서인지 공기가 차고 맑았다. 강의 커다란 손이 작고 차가운 한세의 손을 꼭 잡아왔다.

"채운과 건우 사형, 둘 다 구할 방법은 없는 것인가요? 도련님은 할 수 있을 것입니다. 차라리 다른 방법을 찾아봐요, 제발!"

떼를 쓰고 있다는 것을 알면서도, 강이 홀로 짊어지기에 이 일이 너무 큰 고통이라는 것을 알면서도 한세는 받아들이지 못했다.

"더 이상 지체할 여유가 없다. 이번이 마지막 기회다."

강은 어제부터 아무리 생각하고 또 머리를 쥐어 짜 궁리를 해봐도 이 난국을 돌파할 길이 보이지 않았다.

"……생각해 보니 나를 버리는 것이 제일 빠르겠네. 나 때문에 할아버지를 저버리고, 나 때문에 그 많은 정적을 만들고, 나 때문에 건우 사형도 저리되었고, 저하께서도 위태롭고…… 내가 나쁜 년이네."

강의 손을 세차게 뿌리치며 한세는 고개를 숙였다. 강이 왜 이러는지 너무나 잘 알고 있으면서도 받아들이기 쉽지 않았다.

"그렇다고 그리 욕을 하면 쓰겠느냐?"

"욕이 나와요, 욕이! 하긴 내 꿈 어디에도 도련님과 알콩달콩 사랑을 하는 것은 없었어. 어쩐지 처음 본 그 순간 마음만 찢어지게 아프더라니, 이런 젠장!"

처음 어린 강을 보았을 때 살짝 내리깔던 아이의 그 긴 속눈썹에도 가슴이 철렁했던 느낌, 그것은 과연 무엇이었을까.

강아, 결국 너도 내게 사랑은 아니었던 것일까. 뜨거운 눈물이 뚝뚝 떨어졌지만 한세는 닦으려 하지 않았다.

강은 쉬지 않고 투덜거리며 쏘아대는 한세를 바라보다 긴 한숨을 내쉬었다.

"분명히 말해두는데 지금 헤어지면 이걸로 끝입니다. 다시는 절대, 이렇게 마음만 아픈 사랑 따위는 하지 않을 거니까."

한세는 이 상황이 도저히 믿어지지 않아 다시 한 번 확인하듯 물었지만, 강은 대답 대신 눈을 지그시 내리깔고 고개를 끄덕였다.

"길에서 마주쳐도 모르는 척할 거고, 보고 싶어 하지도 않을 거니까. 나중에 무르자, 뭐 이런 거 절대 없깁니다."

"너를 보내고 나는 질투가 나서 견딜 수 없을 것 같다. 그러니 내 마음 편하자고 너를 버리는 것이다. 하니, 너도 마음 편히 나를 버려."

한세는 제 발등을 내려다보며 바닥의 흙을 탁탁 차냈다. 먼지가 뿌옇게 일어 주위를 더욱 탁하게 만들었지만 한세는 심술 피우는 아이 같은 그 짓을 멈추지 않았다.

강은 두 손을 내밀어 고개 숙인 한세의 뺨을 감싸 쥐고 눈을 맞추었다.

"청할 것이 있다."

"헤어지는 마당에 부탁을 합니까? 하지 마십시오. 안 들을 겁니다."

지그시 바라보는 강의 눈에 비친 한세의 눈동자가 황당하다는 듯 커졌다.

"건우가 그러더구나, 진심은 가슴의 소관이라고. 이제부터 저하를 필사적으로 지켜다오. 저하께서는 너를 구하려다 다친 상처가 깊다. 거기에 건우까지 잃는다면…… 사람을 잃는 것을 참지 못하는 그분은 견디기 힘들 것이다. 하니 저하의 몸도 마음도 진심을 다해 지켜다오."

언제나 고고하고 까칠해서 남에게 아쉬운 소리 한마디 할 줄 모르던 강은 뿌리치는 한세의 손을 좀 더 꼭 쥐며 간절하게 부탁했다.

"참으로 잔인하십니다."

한세의 눈빛은 몹시도 지쳐 있었고 모든 것을 체념한 듯 보였다.

"저하께서는 건우에게 가실 것이다."

한세는 이제 더 화낼 기운도 없어 그대로 고개를 숙이고 돌아섰지만 강은 그녀를 잡지 않았다.

홍국영의 만류에도 불구하고 이산은 좌포청 옥사에 갇힌 건우를 찾았다. 다행히 죄인들의 처결을 마치고 내보내거나 다른 곳으로 보낸 후라 옥사는 거의 텅 비어 있었다.

기섭과 이산은 몇 개의 옥사를 지나 맨 끝에서 건우를 발견했다. 칼을 차지 않은 건우는 두 눈을 감고 벽에 기대앉아 있었다.

"문을 열게."

"예."

기섭의 말에 옥사장은 문을 열어주며 건우와 세손을 힐끗 쳐다보았다.

"에이그, 부제조께서야 법 없이도 사실 분이었는데 어쩌시다가……."

옥사장은 체념한 듯한 건우를 보며 한숨을 내쉬었다.

"고맙네."

기섭은 옥사 안으로 들어가 싸 들고 온 것을 내려놓고 생각에 잠겨 있는 건우의 어깨를 흔들었다.

"여보게, 건우!"

"어, 자네가 어찌?"

기섭의 목소리에 눈을 뜬 건우가 물었다. 그의 눈빛은 몹시도 지쳐 있었다.

"요깃거리를 좀 가져왔네."

"저하, 아직 몸도 편치 않을 것인데 어찌 이리 누추한 곳까지 오셨습니까?"

기섭을 보고 놀란 것도 잠시, 건우는 옥문 앞에 서 있는 이산을 보고 자리에서 일어서 예를 올렸다.

"어디 상한 곳은 없는가?"

이산은 초췌한 건우의 얼굴을 들여다보며 옥사 바닥에 앉았다.

누가 시킨 것도 아니었건만 그들은 하나같이 스스로 불구덩이로 뛰어들었다. 이대로 가면 분명 누명을 쓰고 고초를 당할 것이 틀림없다는 생각에 이산의 얼굴이 참담하게 일그러졌다.

"반드시 벗어날 방법이 있을 것이니 그때까지 버텨야 하네."

자신을 위해 일하다 이렇게 되었으니 어떤 대가를 치르더라도 그렇게는 만들지 않을 것이다. 건우를 각별히 아끼는 이산은 입술을 깨물며 다짐했다.

"저하!"

그러자 무슨 생각을 한 것인지 건우가 일어서 이산을 향해 절을 올렸다.

"이 무슨 해괴한 짓인가?"

"저하, 신 오랫동안 저하를 모셔왔으니 이런 경우 어떤 선택을 하실지 누구보다 잘 알고 있습니다. 하나, 그리하시면 아니 됩니다. 신은 이미 죽어 마땅한 죄를 지었습니다. 저하, 신을 버리셔야 합니다. 신을 버리시고 이번 일을 저하의 패로 쓰셔야 합니다. 그리해야 뜻을 이룰 수 있을 것입니다."

"하면 자네는? 자네는 어찌하는가, 정녕 이대로 죽겠다는 것인가?"

곁에 있던 기섭도 답답한 듯 허탈하게 물었지만 건우는 그저 웃을 뿐이었다.

"저하, 신이 마지막으로 청이 하나 있사옵니다."

이 상황이 기가 막히고 답답한 이산은 대답 대신 건우를 그저 물끄러미 바라보았다.

"저하, 부디 강건한 왕이 되소서. 하고 이제 신이 저 여인과 함께 죽을 수 있도록 허락하여 주십시오, 저 여인을 보내고 홀로 살아남아 남은 세월 비루하게 살아가게 하지 마시고, 저 여인과 함께 죽을 수 있도록 허락하여 주십시오."

"이 사람, 그것이 지금 저하께 할 소린가!"

"우선은 자네 몸을 생각하게."

건우의 청에 차마 답하지 못하고 외면하며 일어서는 이산의 낯빛은 흑색이었다. 저 같은 힘없는 주군을 만나 그를 따르는 저들의 행로가 참으로 고단하다는 자책에 참담했다.

"저하, 부디 마음을 강건히 하시고 신의 청을 들어주시옵소서."

건우는 옥사 바닥에 엎드려 그저 알았다는 듯 고개를 끄덕이는 이산의 뒷모습을 바라보았다.

"건우를 어찌하면 좋으냐."

혼잣말처럼 중얼거리는 이산은 억장이 무너지는 것 같았다.

"제 사람조차 구할 수 없다면 왕이 된들 무엇하리!"

머릿속이 온통 검고 어두운 늪 속으로 빠져드는 것처럼 아무것도 생각할 수가 없었다. 온통 뒤죽박죽 엉켜서 도저히 빠져나올 수 없는 깊고 어두운 미로 속으로 한없이 끌려들어 가는 것만 같았다.

참담한 마음으로 옥사를 나서는데 저만치 서 있는 검은 무복의 한세가 보였다.

"이제는 헛것이 보이는 것인가?"

눈앞에 오도카니 서 있는 것이 한세라고 생각되자 그는 그럴 리가 없다고 고개를 세차게 흔들었다.

"저하, 괜찮으십니까?"

"세야, 참말 너로구나."

이산은 자신이 헛것을 본 것이 아니라는 것을 확인하자 가슴이 먹먹해졌다.

"네가 왔구나."

기껏해야 이렇게 바라보고만 있을 뿐이었건만, 그에게 느껴지는 세상은 온도도 빛깔도 달랐다.

"저하!"

"세야…… 나는 너희가 행복한 세상의 왕이고 싶다."

차가운 공기를 가르는 참담한 목소리가 아프게 가슴을 두드렸다.

그에게 잘못이 있다면 왕이 되지 못한 세자의 아들로 태어난 죄. 탐욕스러운 세상이 지워준 그 죄의 무게가 감당할 수 없을 만큼 무거워 묵묵히 걷고자 하는 이산의 발걸음은 무거웠다.

"제가 돌아왔습니다, 저하. 지금부터 제 모든 것을 걸고 저하를 지키겠습니다."

적요한 공기를 가르며 날아간 한세의 결의가 이산의 공허한 가슴을 채웠다.

✿

포도대장 박석중은 취조실에서는 드물게 차를 준비했다. 앞에 앉아 있는 강건우도, 다음에 취조할 채운도 보통의 죄인들과는 달랐기 때문이었다. 가급적 빨리 처리하라는 화완옹주의 명도 있었지만 그는 강건우를 효율적으로 회유해 자신들에게 유리한 답을 받아낼 생각이었다.

"하동재 대감께서 얼마나 심려가 크시겠소?"

포도대장은 탁자를 사이에 두고 맞은편에 앉은 건우 앞에 빈 잔을 놓아주었다.

"형식적이기는 하지만 그래도 묻고 답은 해야 하니."

그는 건우 앞에 놓은 잔에 차를 따른 후 다시 자신의 잔에 차를 채워 바짝 마른 입안을 적셨다.

"채운이 청상인 것은 알고 있었소?"

"알았을 리가 있소?"

잠시 입술을 깨물며 망설이던 건우는 찻잔을 들고 가볍게 입을 적신 후, 아무렇지 않게 되물었다.

"채운이 시집으로 가는 도중에 산적을 만나 죽은 것으로 위장하고 도망친 것은 알고 있었소?"

포도대장은 들고 있던 찻잔을 탁 소리 나게 내려놓으며 건우를 노려보았다.

"몰랐소. 나는 그저 양금의 연주법을 배우기 위해 채운당의 당주를 만났을 뿐이오."

"그 말이 사실이라면 채운은 사대부를 속인 죄까지 쓰게 되오, 그것은 참형에 처해질 중벌이란 말이오!"

채운과 강건우를 한 번에 엮어 세손을 곤란하게 하려던 포도대장은 건우의 입에서 원하는 답이 나오지 않자 다시 한 번 다그쳤다.

"모르는 것을 몰랐다 할 수밖에……."

건우는 더 이상은 대답을 하지 않겠다는 듯 입을 다물어 버렸다. 포도대장의 얼굴이 점점 붉어졌지만 건우는 팔짱을 끼고 그대로 눈을 감아버렸다.

채운은 더 여유로운 자세로 포도대장의 취조에 임했다.

"강건우는 네가 청상이라는 것을 몰랐다고 자백했다. 어떠냐, 할 말이 없느냐?"

"몰랐으니 몰랐다 할 수밖에……."

건우가 배신했다고 펄펄 뛸 줄 알았는데 대수롭지 않게 대답하는 채운의 태도에 포도대장이 오히려 당황했다.

"하면 너는 시집으로 가는 도중에 산적을 만나 죽은 것으로 위장하고 도망친 것으로도 모자라 사대부를 속였다는 죄목까지 붙게 되는 것이다. 이는 참형에 처할 죄목이라는 것을 알고 있느냐?"

"어찌 모르겠나?"

"뭐라?"

당돌한 채운의 태도에 기겁한 포도대장은 당혹감에 이마에 주름이 폐었다. 그러나 채운은 재미있다는 듯 빙글빙글 웃으며 고개를 앞으로 내밀고 포도대장을 빤히 들여다보았다.

"하고 나는 이런 것도 알고 있네. 지난달 보름에 그대의 집으로 보낸 쌀 열 가마, 비단 스무 필, 연초 닷근, 인삼 닷근…… 채운당의 이름으로 근 오 년 동안 매달 보름마다 배달되었지, 아마."

채운은 날카로운 눈빛으로 포도대장을 응시하며 나직이 속삭였다.

"대체 너의 정체는 무엇이냐?"

채운이 읊어대는 뇌물 명세서를 듣는 동안 포도대장 이마의 주름은 점점 더 깊게 패이고 낯빛은 흑색으로 변해갔다.

그러니까 이렇게 되면 두 사람은 이미 오래전부터 알고 지낸 사이가 되는 것이었다. 상인과 연관된 중요한 관직에 있는 벼슬아치치고 그들의 뇌물을 받지 않은 자는 없었다. 집으로 오는 물목과 상호 명을 확인하는 것은 청지기나 안채의 소관이었으니 그는 따로 신경 쓰지 않았던 터였다.

"나야 장사치인 것을! 닥치고 나가서 옹주나 오라 하시게!"

채운의 서슬 퍼런 목소리에 포도대장은 뭔가를 말하려다가 입을 꾹 다물고 허둥지둥 밖으로 나갔다. 채운을 잡으려다 다 죽게 생겼다.

채운은 포도대장이 나간 뒤에도 취조실에 남아 다시 더운 차를 청하여 마셨다.

"오셨습니까?"

채운은 포도대장을 앞세우고 들어오는 옹주를 보자 자리에서 일어나 정중하게 허리를 숙여 예를 갖추었다.

"어인 일이더냐, 네가 나를 다 보자 하고? 이제야 물건이 있는 곳이 생각난 것이더냐?"

사실 옹주는 정후겸을 빼 가려고 직접 좌포청으로 온 차에 포도대장에게 전갈을 받고 들어온 것이었다.

"이미 짐작하고 계시지 않습니까, 해서 이 야심한 시각에 누추한 곳까지 오신 것이 아니겠습니까?"

"뭐라, 나는 그저 네가 잘못을 뉘우치고……."

옹주는 어이가 없어 입이 벌어졌다.

"잘못한 것이 있어야지요. 짐작하시겠지만 제가 아무런 대비도 없이 그간의 일들을 해오지는 않았겠지요."

"뭐라? 내 너를 그리 믿었건만!"

옹주의 얼굴이 처참하게 일그러졌다.

"아니요. 제가 항시 말씀 드리지 않았습니까? 이런 저라서…… 믿으신 것입니다. 제가 아는 어떤 분은 단 하루도 거르지 않고 일기를 쓰신다고 하시기에 저 역시 매일매일 단 하루도 거르지 않고 일지를 써봤지요. 아시다시피 본인들의 자필 서명도 꼭꼭 챙겨 받고 말입니다."

노발대발하는 옹주를 앞에 두고도 채운은 가슴을 딱 펴고 고개를 꼿꼿하게 들었다.

"네, 네 이년!"

옹주는 눈에 흰자위가 보이고 목젖에 핏줄이 보일 때까지 고함을 질렀지만, 채운은 눈썹 하나 깜짝하지 않았다.

"원하는 것이 무엇이냐?"

"그분을 구해주시지요."

채운은 목소리를 가라앉히고 정중하게 부탁했다.

문득 건우의 말이 생각났다. 네가 던진 그 덫에 걸리는 것이 네가 아니기를 바라던 그의 말이. 이미 처음 건우를 본 순간부터 이런 날이 오리라 예감하고 있었던 것인지도 몰랐다.

"고작 사랑이더냐? 나를 배신하는 연유가? 고작 그놈을 연모한다는 것이더냐! 내가 싫다 하면 어찌할 것이냐?"

"정히 그러시다면 제가 직접 쓴 상소문과 그간의 모든 것이 기록된 장부가 주상 전하께 전해지겠지요."

"음, 하나 누군가는 이 일에 책임을 져야 한다."

"꼭 그래야만 한다면, 제가 질 것입니다."

채운은 그리할 수만 있다면 그의 목숨을 살리고 기꺼이 죽어도 미련은 없겠다고 생각했다. 미련 없이 사랑했고, 그 사랑에 전부를 걸어보는 것도 여인의 삶으로 나쁘지 않을 것이다. 사랑조차도 해보지 못하고 청상과부로 살다가 어느 날 알지도 못하는 가문을 위해 쥐도 새도 모르게 죽은 것보다야 의미가 있는 일이 아니겠는가.

"미친 게냐? 나라면 그 장부를 나를 살리는 데 쓸 것이다."

채운은 담담하게 웃었다. 그녀는 차 한 모금으로 입안을 헹구고 나서 분위기를 바꾸었다.

"마마나 저나, 저 바닥을 기는 개미나 언젠가는 모두가 죽습니다."

채운의 그 말에 둥근 면경을 반으로 딱 잘라놓은 듯한 달은 모든 것을 다 안다는 듯 한양 땅을 환하게 비추었다.

❀

뉘엿뉘엿 넘어가는 해가 존현각 앞마당에 그림자를 길게 드리웠다.

"오늘부터 밤낮 없이 저하를 지켜야 하는데, 참말 제가 입을 옷이 이것밖에 없습니까?"

한세는 익위사의 짐을 가지고 왔다는 핑계로 궁궐로 들어왔지만 당장 무엇으로 이산의 곁에 남아 있을 것인지 난감했다.

"하니, 당분간은 모두에게 비밀로 하고 동궁전 소내시로 좀 숨겨주게. 그리 오래 걸리지는 않을 것이네."

사부 기기마는 생각다 못해 동궁의 내관 자숙을 불러 소내시들이 입는 옷을 가져오게 했다.

"저하와 기섭은 부상 중이고 건우는 살지 죽을지도 알 수 없다. 강이 너를 여기로 보냈을 때에는 상황이 얼마나 다급한지 알 것이다. 하니 정신을 바짝 차리고 현실을 직시해야 한다."

"예."

예전의 패기 넘치던 우세마 한세는 사라지고 없었다. 면경 속을 들여다보니 이제 특별할 것도 새로울 것도 없는, 이 궁궐 안에 넘치고 넘치는 내시 중 하나일 뿐이었다.

"아이고, 내가 미쳤지, 이제 내관 노릇은 또 어찌하누?"

게다가 세손에게 지켜주겠다고 철석같이 약조했으니 앞으로 얼마간은 꼼짝없이 궁궐에 갇힌 신세였다.

"저, 저하께 차를 들여가 주시겠소?"

한세가 막 내관들의 옷으로 갈아입었을 때였다. 동궁전 내관이 차를 내오며 조용하게 말했다.

"예."

"저, 잠시만!"

동궁전 내관은 서둘러 가보려는 한세의 머리를 매만져 주고 환관들이 쓰는 관을 씌워주었다.

"이상하지 않습니까?"

초록빛 단령을 입고 검은 관을 쓴 자신의 모습이 생소해 한세는 면경을 뚫어지게 노려보았다.

"의외로 내관의 옷도 잘 어울리시오."

"참말입니까?"

"예."

한세가 놀라 눈을 동그랗게 뜨고 쳐다보자 자숙은 부드러운 미소를 띠며 고개를 끄덕였다.

"뭔들 안 어울리겠습니까?"

한세는 그런 자숙이 고마워 쌩긋 웃어주고 마치 전쟁터에 나가는 병졸인 양 턱을 치켜들고 꼿꼿하게 걸어갔다.

"어허! 내관은 그리 걸으면 아니 되오."

"예?"

"조신하게, 보폭도 작게 걸어야 하오."

"아하!"

그제야 한세는 내관이 어떻게 걸어야 하는지를 깨닫고 깊은 한숨을 내쉬었다. 그렇지만 어찌하겠는가, 궁인이건, 무수리건, 무엇이라도 가리지 않고 지켜 드리기로 하였으니 별수 없었다.

"아무리 봐도 그 옷이 썩 잘 어울리는 것 같습니다."

찻상을 들고 존현각으로 가며 자숙은 말했다.

"그렇습니까?"

"이제 저하께서 다시 편히 주무시겠군요."

"예?"

"저하께서 푹 주무셨다는 날은 언제나 우세마가 당직이시더군요."

"예, 저하께서 푹 주무셨다고요?"

"언제나 편히 잠들지 못하시는 저하셨는데 어쩐지 저는 그것이 우세마의 힘인 것 같아서 말입니다."

거기까지 말한 자숙은 고개를 돌려 다른 곳을 보았고 한세는 그대로 할 말을 잃었다.

"사형!"

한세는 찻상을 들고 존현각을 향해 소내시처럼 촐랑촐랑 걸어갔다.

"안에 춘방의 사서가 들어 있다."

"홍국영이?"

들어가려는데 기섭이 잡으며 고개를 저었다.

"강이 보낸 서찰을 들고 온 것 같구나."

"사형이 홍국영에게 서찰을 보냈어요?"

한세는 의아한 표정으로 기섭을 바라보았으나 그의 얼굴 역시 무겁게 굳어 있었다. 홍국영이라면 질색을 하는 강이 무슨 일로 서찰까지 보낸 것인지 알 수 없었다.

"저하, 지금은 강의 말을 들으셔야 합니다. 그가 그동안 모아온 자료로 지금의 상황을 역전시킬 수 있다면 얼마나 다행한 일입니까?"

"그렇다고 어찌 건우를 버리나!"

"지금은 사사로이 생각할 때가 아닙니다. 강이 오늘 밤 안으로 상소문을 작성하겠다고 하였으니 신도 강의 상소문을 지원할 수 있는 인물을 찾아보겠습니다."

강의 전갈을 받은 홍국영은 이번이 하늘이 주신 절호의 기회라 여기고 이산에게 달려온 것이었다.

"내 사람을 버리고 보위에 오른다면 무슨 소용이 있겠는가?"

"저하!"

"허락하지 않겠네."

이산은 단호한 얼굴로 고개를 저었다.

그의 성정을 잘 알고 있는 홍국영은 더 이상 고집하지 않았다. 굳이 그가 이산을 설득하지 않아도 어차피 강이 강행한다면 그 다음은 거칠 것이 없을 것이다.

"강이 상소문을 올리지 않는다면, 이 일은 다 없던 일이 될 것이고 신은 아무것도 하지 못할 것입니다. 하나 그가 상소문만 올려준다면 신 역시 마땅히 해야 할 일을 하겠습니다."

그 역시 지금은 발 빠르게 움직여야 하는 때라 홍국영은 일어나 예를 갖추고 나가 버렸다.

"저하! 차 드시지요. 어, 어!"

홍국영이 나가는 것을 보고 찻상을 들고 안으로 들어가던 한세는 기겁하고 돌아섰다. 이산이 익선관과 용포를 훌훌 벗어버리고 옷을 갈아입고 있었던 것이다.

"어디 가십니까?"

"고모님을 뵈야겠다."

"옹주마마는 어찌?"

"이대로 손 놓고 있다가 건우를 잃을 수는 없지 않더냐?"

"아! 금방 옷을 갈아입었는데, 잠시만 기다리십시오!"

강이나 이산이나 고집으로 말하면 둘째가라면 서러워할 사람들이었다. 만류한다고 들을 리 없으니 한세는 그냥 따르기로 했다. 사실, 한세가 보기에는 두 사람이 다 옳았다. 냉정하기는 했지만 강은 신하이니 세손을 위해 건우를 버려야 한다고 할 수도 있었다. 하지만 제 사람을 아끼는 이산이 건우를 버릴 수는 없을 것이다.

한세는 다시 검은 무복으로 갈아입고 이산을 따라 정후겸의 집으로 향했다.

밤이 깊어가고 있었다. 정후겸의 별채는 밝은 등롱불이 밝혀져 있었고 잠들지 못한 벌레들만이 구애를 하고 서로를 부르며 차곡차곡 시간을 삼켜 버리고 있는 듯했다.

이산이 찾아갔을 때 옹주는 마침 정후겸의 별채에 앉아 차를 마시던 중이었다.

"늦은 밤, 기별도 없이 찾아뵈어 송구합니다."

"괜찮습니다, 외려 내가 뵙고 싶었지요."

이산은 결례를 사과했지만 옹주는 별것 아니라는 듯 껄껄 웃었다. 세손이라면 응당 찾아올 것이라 예상은 했었지만 막상 이렇게 마주 앉으니 여러 가지 상념들이 뇌리를 스쳐 갔다.

"마마!"

시녀가 다과와 함께 차를 준비하여 나왔다.

"이리 다오, 차 한잔하시겠습니까?"

시녀에게 뜨거운 물이 든 주전자를 받아 다기에 따르던 옹주가 차분하게 물었다.

"주십시오."

"채운입니다, 그 아이의 이름이."

차를 한 모금 마신 뒤 잔을 내려놓은 옹주는 그렇게 말했다.

"알고 있습니다."

"그 아이에겐 특별한 향기가 있지요, 사람을 미치게 하는⋯⋯."

잠시 침묵이 흐르고 등불이 밝혀진 후원의 꽃들을 바라보던 이산이 먼저 운을 떼었다.

"이번 일을 덮겠습니다. 하니 강건우를 풀어주시지요."

"어차피 제 목줄을 틀어쥐었으니 당장 죽이지는 않겠다?"

이곳까지 찾아온 것을 보면 이산이 이미 자신과 노론의 모든 비리를 알게 되었으리라 짐작되었다.

"그리 알고 돌아가겠습니다."

잔을 비운 이산이 자리에서 일어서 나가려 하는데 나직이 가라앉은 옹주의 목소리가 들려왔다.

"어찌하여 제 손을 잡지 않으셨습니까? 이제 곧 대리청정을 하시겠지만 제 손을 잡았더라면 한결 수월하지 않았겠습니까?"

등을 보였던 이산이 천천히 돌아섰다. 옹주의 단도직입적인 물음에도 이산의 표정엔 흔들림이 없었다.

"누군가의 도움으로 그 자리에 오른다면, 그것이 온전히 제자리가되겠습니까?"

전혀 예상하지 못하였던 말이기에 옹주는 말문을 잃었다. 하지만 그것도 잠시일 뿐이었다. 그렇게 대답한 이산은 그대로 돌아서 나갔고 쓸쓸하게 차를 비운 옹주는 씁쓸하게 웃었다.

"오라버니를 꼭 닮았다니까."

죽은 오라버니 이선이 유난히 생각나는 밤이었다.

"가자, 이제 강을 막아야 한다."

정후겸의 집에서 나온 이산은 그대로 말을 달려 가회당으로 갔다. 이산은 그 어떤 감정도 드러내지 않았다. 혈색 하나, 눈빛 하나 변함이 없었다. 마치 그런 일 따위야 별것이 아니라는 듯이.

"제가 들어가 보고 오겠습니다."

말에서 내려 안으로 들어간 한세는 마침 밖으로 달려오는 금동이를 통해 강이 아직 들어오지 않았다는 것을 알았다.

"어찌 되었느냐?"

이산이 미간을 좁히며 되물었다. 그의 얼굴에 난처한 빛이 스치고 지나갔다. 한시라도 빨리 강을 만나야 하는 그는 밤이 깊어갈수록 초조해졌다.

"아직 들어오지 않았다고 합니다."

"하면 어찌하느냐, 어디 갈 만한 곳을 모르느냐?"

"몇 군데 알기는 하지만 사형의 성정으로 볼 때 그런 곳에 있지는 않을 것 같습니다."

강은 오늘 밤만은 어찌해서라도 이산과 마주치고 싶지 않을 것이다. 이산과 마주치면 그가 내리는 명을 받들 수밖에 없을 것이니 일단 피하려고 집에 돌아오지 않았을 것이다. 그렇다면 그는 그 어디에도 방해받지 않을 곳에서 상소문을 완성하려고 할 것이었다.

"너도 강에 대해 모르는 것이 있느냐?"

이산은 찌푸린 표정으로 무언가를 생각하더니, 한세를 향해 믿기지 않는다는 눈으로 쳐다보았다.

"사형이 워낙 밤늦게 다니는지라 저도 잘 모릅니다. 그래도 명하신다면 더 찾아보도록 하겠습니다."

"가보자."

"저하, 아직 몸이 좋지 않으신데 너무 무리하시는 것 아닙니까?"

이산과 한세는 운종가의 주막에 들러 알아보았지만 강을 찾지 못하고 결국 존현각으로 돌아왔다. 그 밤은 모두가 소중한 누군가를 지키기 위해 잠 못 드는 길고 힘든 밤이었다.

"누군가로부터 버림받는 것처럼 가여운 것은 없는 것인데……."

건우와 채운을 생각하던 이산은 말고삐를 잡고 걸으며 긴 한숨을 내쉬었다.

"저하께서 이리 애쓰고 계신데 버림받았다고는 생각지 않을 것입니다."

"나는 모두가 행복한 세상을 만들어주고 싶었다."

"저는 저하께서 행복하셨으면 좋겠습니다. 저하께서 행복한 모습을 볼 수 있다면 저도 행복해질 수 있을 것 같아서요."

꿈에서 본 당신의 모습은 어쩐지 쓸쓸해 보였습니다. 웃고 있지 않았고 온몸에서 슬픔의 기운이 뚝뚝 떨어졌지요. 대체 무엇을 그리 슬퍼하셨나요?

"서아, 꼭 행복한 나라의 왕이 되십시오."

한세는 저만치 앞서 걷는 이산의 쓸쓸한 등을 바라보며 혼잣말처럼 중얼거렸다.

"하여간 속 썩이는 원수, 대체 어디서 혼자 아파하고 있는 것이야?"

이산을 지키며 궁궐로 돌아오는 길, 한세는 말을 달리면서도 낯선 방 어딘가에서 홀로 고뇌하며 자책하고 있을 강을 생각하니 안타까워 마음이 아팠다.

"왜 하필이면 그 일을 네가 해야 하는 거야, 강아!"

미워하려 해도 도무지 미워할 수 없는 강을 생각하니 코끝이 시큰 거렸다.

"어찌 되었느냐?"

궁궐에 남아서 돌아가는 상황을 살피고 있던 기섭이 초조한 얼굴 로 달려왔다.

"찾지 못했습니다."

"저런, 어찌하느냐?"

사부 역시 건우와 강을 걱정하기는 마찬가지였다. 그들 역시 한세처 럼 그 누구의 편도 들 수 없었다.

"저하, 제가 강이라도 그리할 수밖에 없을 것입니다. 하니, 이제 그 만 들어가 좀 쉬십시오."

"예, 그만 돌아가 주무세요. 모두 너무 무리하고 있습니다."

이산은 낙담한 얼굴로 존현각 안으로 들어갔다.

"차를 들여가겠습니다."

"그나마 저하 곁에 네가 있어 안심이 된다."

축 처진 이산의 어깨를 바라보던 사부가 한세의 어깨를 다독이며 돌아섰다.

궁궐 안의 전각이라고 하기에는 너무나 고졸한 그곳이 이산에게는 유일한 안식처였다. 그 흔한 장식 하나 없이 단순하게 나무로만 다듬 어 만든 검소한 공간, 사치품이 있을 리 없었다. 사방에는 그저 책장 이 놓여 있고 그곳에 그가 인내해 온 세월만큼의 서책이 차곡차곡 쌓였다.

"저하, 차를 내왔습니다."

존현각으로 들어간 이산은 다시 옷을 갈아입고 서안 앞에 앉아 서책을 펼쳐 놓았다. 한세는 아무것도 먹지 못했을 이산을 위해 간단한 다과와 피로를 풀어줄 따뜻한 국화차를 준비했다.

"너, 언제 그런 옷을 입고 있었느냐?"

이산은 그제야 초록빛 단령을 입고 검은 관을 쓴 한세를 발견했다. 건우의 일로 정신이 없어 내관 차림으로 숨어 있는 한세를 알아차리지 못한 모양이었다.

"궁에 들어와서 곧바로 입었습니다. 잠시일 뿐이니 괘념치 마시옵소서."

"그 옷이 잘 어울리는 것을 보니 너를 평생 나의 내관으로 두고 싶구나."

"예?"

무심히 중얼거리는 그 말에 한세는 잠시 멍하니 이산을 바라보았다. 이산이 앉은 곳이 빤히 보이는 곳에서 차를 내리고 있었지만 그는 그저 서책을 읽을 뿐이었다.

"저, 저하……."

한세는 그의 앞으로 다가가 찻잔을 내려놓았다.

"어찌 그러는 것이냐?"

한세의 눈썹이 파르르 떨리는 것을 보고 이산은 미소를 띠면서 차를 마셨다. 내관의 옷을 입은 한세는 영락없는 사내 녀석이었다.

"노여운 마음을 푸십시오, 좋지 않습니다."

"너도 같이 다과를 들고 차를 마신다면 그리하마."

"예?"

"마셔라."

이산은 당황하는 한세의 손을 잡아 찻잔을 쥐여 주었나. 오늘 밤 홀로 다과상을 앞에 둔 그가 어쩐지 더 외롭고 고독해 보여 한세도 더 이상 거절할 수가 없었다.

생각지도 않게 그와 마주 앉아 다과를 나누게 된 한세는 눈앞의 음식을 보며 아무것도 먹지 못하고 있을 건우와 강의 생각에 난감해졌지만 겨우 평정을 되찾는 이산을 위해 차를 마셨다.

"기섭은?"

"잠시 돌아가 쉬시라고 했습니다."

"잘하였다, 고맙구나. 너도 고단할 것인데?"

"저는 아직 괜찮습니다."

썰렁한 빈자리에 두 사람만이 남았다.

"너를 보내고 이렇게 누군가와 마주 앉아 차를 마시는 것은 참으로 오랜만이다."

이산은 젓가락을 들다가 문득 쓸쓸하게 중얼거렸다.

"좋은 날이 오면 호강시켜 주마."

이산은 차를 마시는 한세를 향해 불쑥 말했다.

"푸흡!"

얼마나 놀랐는지 당황한 심정을 대변이라도 하듯 그녀가 뿜어낸 찻물이 이산의 얼굴에 튀고 말았다.

"소, 송구합니다, 저하!"

한세는 기가 막혀 하는 이산의 얼굴을 소맷자락으로 닦아주었다.

"그 말이 그리 놀라운 것이냐?"

"아니, 그것이 아니라……."

"아니면?"

"거짓말이라 그럽니다."

"거짓말이라니, 어찌해서?"

"저하의 의관을 보십시오."

한세는 존현각 책장 사이에 나란히 걸려 있는 그의 검소한 의복들을 가리켰다.

"저리 검소하신 분이 저를 호강시켜 주실 수 있겠습니까?"

"그런 것이냐?"

한세가 그리 말하자 이산도 자신의 의관을 돌아보며 피식 웃었다.

"네 덕분에 나는 또 웃고 있구나. 아무튼 잘해주겠다."

"저하께서 강건하시고 무탈하신 것이 제게는 잘해주는 것입니다."

"그렇구나."

이산은 다시 차를 마시며 고개를 끄덕였다.

떠오르는 해로 인해 붉은빛으로 엷게 물든 구름이 새털처럼 동쪽 하늘에 퍼지기 시작했다.

드디어 운명의 아침이 밝았다.

강은 새벽같이 등청하였고 왕은 그의 평생의 명작이라 할 수 있는 명문의 긴 상소문을 읽었다. 강이 쓴 상소문에는 그동안 화완옹주를 앞세워 노론이 새로운 왕을 옹립하기 위한 자금을 모으기 위해 저지른 각종 불법과 각계각층으로부터 지원금과 후원금의 명목으로 거둬들인 자금의 내역, 예술품을 교류한다는 명분하에 벌인 풍기 문란한 행위의 내용이 들어 있었다. 물론 그 마지막에는 옹주의 사주를 받고 채운당이 저지른 비리와 당주인 채운과 건우가 벌인 부적절한 관계에 대한 정확한 내용도 기록되어 있었다.

그리고 강의 상소문은 모든 흐름을 단번에 바꿔놓았다.

물론 노론을 단번에 쳐낼 수 있는 것은 아니었지만, 상소문에 첨부된 장부와 척문이 그들의 죄를 뒷받침하고 있으니 세손의 즉위를 반대하는 노론의 명분은 퇴색하였고, 이제 훈풍은 이산을 향해 불기 시작했다.

한세가 내관들 속에 묻혀 이산의 뒤를 따라가고 있을 때 상소문을 작성하며 밤을 지새운 강은 영조의 부름을 받아 질문에 답을 하고 나오는 길이었다.

"강!"

강의 눈이 붉게 충혈된 것을 본 이산은 건조한 목소리로 불렀다.

"저하."

"결국 그리하였던가?"

이산은 다른 날과는 한결 다른 모습으로 서 있었다. 어딘지 모르게 몸이 가벼워 보이고 안색도 밝아 보였다. 초췌한 강과는 대조적인 모습이었다.

"예, 저하. 용서하십시오."

"되었네, 자네는 해야 할 일을 한 것이니."

덤덤하게 말했지만 이산의 가슴속에 자신의 명을 어긴 자에 대한 언짢은 기운이 피어올랐다.

"나를 위해 그대가 선택한 패가 확실히 괜찮은 패였으면 좋겠네. 너무 많은 이의 피를 흘릴 것 같으니 말이지."

이산은 의미심장한 눈빛으로 강을 노려보았다.

"음!"

강의 얼굴에서 핏기가 싹 가셨다. 마치 불시에 급소를 맞은 것처럼. 예상은 했지만, 이산은 그의 명을 듣지 않은 것을 노여워하고 있는 것이었다.

내관들 틈에서 그 팽팽한 기운을 느끼고 있는 한세도 초조한 기분이 들었다.

"세?"

강은 얼핏 고개를 돌리다가 동궁의 내관들 사이에 섞여 있는 한세를 발견했다. 녹색 단령을 입고 머리에 검은 관까지 쓴 한세의 얼굴은 오늘따라 더욱 환하게 빛났다.

"대체 그 꼴이⋯⋯."

한세를 보자 강은 반가운 마음과 후회가 교차해 저도 모르게 눈을 내리깔았다. 어젯밤 그 미친 듯한 그의 고통이 어디서부터 시작되었던 것인지 이제야 알 것 같았다.

"모르는 척하기로 했지 않습니까?"

한세는 주위를 둘러보며 목소리를 낮추고 말했다.

"그만 가자."

굳은 얼굴로 돌아본 이산은 경직된 걸음걸이로 성큼성큼 걸어갔다.

"예."

한세는 서둘러 이산을 따라 달려가 버렸고 강은 그런 그들을 멍하니 바라보았다.

지금도 이러한데 막상 건우와 채운의 처벌이 진행되면 앞으로는 어찌할 것인가. 한세의 초조한 마음은 시간이 지날수록 더 심해졌다. 그러나 이산을 따라가던 한세는 몇 발자국 가지 못하고 뒤를 돌아다보다 깜짝 놀라고 말았다.

"어!"

저쪽에서 건우의 부친인 예조판서 강하종이 성난 걸음으로 성큼성큼 다가오고 있었다. 예동으로 함께 자라 건우가 누구보다 신뢰한다고 하던 강이 아들을 탄핵하자 강하종은 이성적으로 생각할 여유가 없었다. 이런 꼴을 보려고 건우가 자금을 마련해 달라고 부탁할 때마다 집안의 재산을 털어준 것이 아니었다.

"어, 어쩌지?"

저대로 두었다가는 큰 사달이 날 것이 틀림없다고 한세는 발을 동동 구르며 어쩔 줄 몰라 했다.

"응?"

한세가 내관들 사이에 섞여 있어도 이산은 분명히 알 수 있었다. 오랜 세월 곁을 지켜온 한세의 온기가 그의 주위를 감싸고 있는 것을 본능적으로 느끼기 때문이었다. 그것은 짐승들이 본능적으로 자식을 지킬 때 나오는 온기와도 흡사한 것이었지만, 이산에게는 그 안온한 기운이 한세가 쳐 놓는 일종의 안전한 결계같이 느껴지기도 했다.

한데 갑자기 그 느낌이 사라진 것 같아 이산 역시 본능적으로 뒤를 돌아보았다. 아니나 다를까 한세가 저만치 뒤쳐져 울 것 같은 얼굴로 강을 바라보며 발을 동동거리고 있었다.

"네 이놈!"

"아버님, 용서하여 주십시오."

강이 달려오는 강하종을 발견하고 무릎을 꿇었고 바로 그 앞을 이산이 막아섰다.

"저하!"

강의 앞을 막아서는 이산 때문에 강하종은 쳐들었던 주먹을 내릴 수밖에 없었다.

"대감, 이 모든 것이 내 탓입니다."

강이 자신의 명을 듣지 않고 상소문을 올린 것은 마음이 상했지만, 그렇다고 그가 다른 사람에게 손가락질 당하거나 이 일로 곤란을 겪는다면 그것은 더 마음이 아플 것 같았다. 게다가 강이 때문에 우는 한세의 얼굴을 지켜보는 것은 그에게는 고통이었다.

"저하."

"얼마나 상심이 크십니까, 대감."

서강의 멱살을 잡고 한 대 때려주기라도 해야 마음이 풀릴 것 같았던 강하종은 잘못을 비는 이산 때문에 한 발 물러설 수밖에 없었다.

"이 무슨 해괴한 짓이오, 대감! 서강은 당연히 해야 할 일을 한 것을! 제 자식이 잘못한 것을 어찌 목숨을 걸고 고한 사간의 탓을 한단 말이시오! 이러하고도 대감이 선비라 하시겠소?"

하필이면 그때 소식을 듣고 등청하던 대제학이 나서며 호통을 쳤다.

그동안 노론 중에도 세손을 반대하는 벽파와 세손에게 호의적인 시파 사이에서 어중간한 입장을 취하고 있던 중신들은 이로서 완전히 시파로 돌아서며 입장을 정리하였다.

"그만 가시지요, 대감!"

이산은 서둘러 예조판서를 다독여 존현각 쪽으로 향했고 지켜보고 있던 한세도 뒤를 따랐다.

"대제학이면 윤소이의 할아버지신데, 그분이 도련님의 편이 되어주시니 다행이기는 하다마는…… 윤소이 그것이 좋아라 날뛸 생각을 하니 첩첩산중이구나."

한세는 이 와중에도 새로운 희망이 보인다고 좋아할 윤소이를 생각하니 기가 막혔다.

"일어나시게! 자네가 무슨 잘못이 있는가, 곧 자네의 상소를 지지하는 유생들의 상소가 올라올 것일세."

"대감, 고맙습니다."

강은 주저 없이 대제학이 내민 손을 잡고 일어섰다. 지금은 세손의 대리청정을 성사시키는 데 힘을 실어주겠다면 그 누구의 손이라도 잡아야 했다.

이산이 겨우 예조판서를 다독이고 존현각으로 돌아오니 홍국영이 들어 있었다.

"저하!"

"왔는가?"

"감축 드리옵니다, 저하!"

홍국영의 얼굴에는 천하를 다 얻은 듯 화색이 돌았다. 전세는 이제 완전히 바뀌었고 영조는 앞으로는 화완옹주나 홍인한을 앞세운 노론 벽파가 뭐라고 한다 해도 듣지 않을 것이 틀림없었다. 얼마나 좋았던지 이산의 뒤에 따라오던 한세와 얼결에 눈이 마주쳤는데도 전혀 알아차리지 못할 정도였다.

"무엇을 말인가?"

"서강이 상소문을 올렸다는 기별을 받고 부제조에게 다녀오는 길입니다."

"건우에게 말인가?"

"예, 이미 일을 예상하고 있었던 것인지, 서강의 뒤를 이어 상소문을 올릴 이를 추천하여 주었습니다."

"그것이 뉘인가?"

"소론 출신의 서명선이옵니다."

홍국영은 모처럼 얼굴 가득 환한 미소를 지었다. 그도 그럴 것이 지금 전세가 역전되었다고는 하지만 정치란 언제나 변수가 있어 또 어떤 일이 튀어나와 뒤집힐지 알 수 없는 일이었다. 혹 직접 상소를 올린 자가 임금 앞에 나가 상소문에 대한 근거를 대고 제대로 된 주장을 펴지 못한다면 아니 올리느니만 못한 결과를 얻게 되는 것이다. 그러니 노론이 수세에 몰려 죽기를 각오하고 불을 켜고 덤벼드는 이 마당에 세손을 위해 상소문을 올린다는 것은 목숨을 내놓아야 하는 일이었다. 여간해서는 하려는 이가 없었는데 건우의 추천으로 일이 성사되었으니 이런 다행이 없었다.

"건우가, 끝까지……."

"하고 돌아오며 보니 거리에 이런 벽서들이 돌아다니고 있었습니다."

"이것이 뭔가?"

홍국영의 이야기를 잠자코 듣고 있던 이산은 그가 소맷자락에서 꺼내놓은 벽서를 들여다보았다. 그 벽서에는 채운의 억울함을 밝히고자 하는 내용으로 채워져 있었다.

"이것을 본 백성들의 반응은 어떠한가?"

"아직은 잘 모르겠으나, 이번 일에 너 나 할 것 없이 관심을 갖고 있었습니다."

홍국영은 이제 대업을 이루는 날이 코앞에 다가왔음을 느끼며 흥분해서 궁궐 밖에서 보고 들은 사정을 소상히 고했다.

"홍국영은 매우 이성적이고 냉정하지. 적재적소에 쓴다면 빛이 날 것이다."

그날 밤, 서안 앞에 앉아 서책을 읽던 이산은 전에 없이 홍국영과 앞으로의 정사에 대해 자신의 생각을 들려주었다.

"그리 생각하십니까?"

"자만하지만 않는다면."

이산은 서책에서 눈을 들고 자신의 옆에 서안을 가져다 놓고 편안한 자세로 앉아 턱을 괴고는 오늘의 일기를 쓰고 있는 한세를 바라보았다.

"역사를 통해 볼 때 뛰어난 사람일수록 자신이 자만하고 있다는 것을 깨닫기가 쉽지 않습니다. 훌륭한 왕들조차 마지막엔 언제나 그 자만심이 일을 그르치지요."

영악한 한세는 오늘도 여전히 이산과 자신 사이의 선을 넘지 않기 위해 검은 관을 쓴 내관의 차림으로 반듯하게 앉아 있었다.

"참으로 신기하지 않느냐?"

"무엇이 말입니까?"

"너는 어려서부터 내 옆에 있었고 달리 서책을 읽을 여유도 없었는데 그리 많은 것을 알고 있으니 말이다."

이산은 그동안 초조한 마음도 달래고, 사심도 채우기 위해 돌아온 한세를 곁에 두고 많은 이야기를 나눴다.

이산은 그 긴 세월 동안 꼭 필요한 경우를 제외하고는 존현각에 나인조차 들인 적이 없었다. 심지어는 청소도 내관들이 하였고 간단한 정리 정돈은 그가 직접 하였다. 물론 그의 몸을 만지는 것조차 여인의 손에 맡겨본 적이 없었다.

이렇게 나란히 앉아 일기를 쓰는 한세를 물끄러미 보고 있으니 그동안 자신이 어찌 그럴 수 있었는지 알 것 같았다. 피가 끓는 청춘의 사내인 자신이 어디가 모자란 것도 아니고 도무지 여인을 돌아보지 않았다는 것이 이상하지 않은가 말이다.

"제 얼굴에 뭐가 묻었습니까?"

한세는 자신이 붓글씨를 쓰는 것을 물끄러미 지켜보고 있는 이산을 올려다보았다.

커다란 한세의 눈 속에 검은 눈동자가 팽창하고 촉촉한 분홍빛 입술이 벌어지는 걸 지켜보자니 지금껏 한 번도 느껴본 적이 없는 정념이 스물거렸다. 저도 모르게 팔이 움직이더니 한세의 가늘고 흰 목덜미를 따라 떨리는 그의 손길이 닿았다.

"아니다, 나는 운동이나 좀 해야겠다."

이산은 그 잠깐의 접촉에도 정신이 아찔해서 흠칫 뒤로 물러서며 무람한 잡념을 털어버렸다.

"어, 어!"

이산은 무슨 생각을 한 것인지 갑자기 용포와 저고리를 훌훌 벗어버리더니 그나마 바지마저 벗어버렸다.

서책을 읽기 위해 은은하게 밝혀둔 불빛 아래, 무명봉디(바지) 한 장만을 걸친 이산의 상반신은 물고기의 비늘을 두른 것처럼 반짝였다. 아름다운 몸이었다.

"내게는 말이다, 때가 되면 내 창가 나뭇가지에 앉아 노래를 불러주는 꾀꼬리가 한 마리 있다."

이산은 그대로 바닥에 엎드려 팔굽혀펴기를 하며 말했다. 지나치게 크지도 그렇다고 작지도 않은 근육으로 뭉쳐진 역삼각형의 등과 균형 잡힌 넓은 어깨와 힘줄이 느껴지는 팔이 불빛에 반짝거렸다.

"꾀꼬리…… 입니까."

"그 귀여운 꾀꼬리는 언제나 내가 쓸쓸할 때면 나타나 행복한 목소리로 노래하고, 나의 이야기를 들어주지."

바늘도 들어가지 않을 만큼 탄력 있게 꿈틀거리는 이산의 성난 등 근육이 그녀의 시선을 끌었다. 그는 이제 더 이상 부인하지 못할 거친 남자가 되어 있었다.

이산은 점점 더 강해질 것이고 더 뜨거워질 것이다. 그는 모든 이들의 어둠을 두루 비추는 온화한 달이 되고 싶었지만, 뜨겁고 강한 태양이 될 것이었다. 그리하여 감히 그의 총애를 믿고 지나치게 가까이 다가가려 하는 자가 있다면 그 뜨거운 열기를 이기지 못하고 저 스스로 타 죽고 말 것이다.

"그 작은 꾀꼬리는 아주 귀여운 날개를 가지고 있어, 이 나무 저 나뭇가지를 날아다니며 즐겁게 노래하지. 그 여리고 작은 새는 겁도 없는지 높고 푸른 하늘을 자유롭게 비행한다."

"행복한 새로군요."

한세는 직감적으로 그 꾀꼬리가 누구를 말하는지 깨달았다.

"나는 그 꾀꼬리를 너무나 사랑하지만, 가질 수 없다."

"어찌해서요?"

"내가 잡으려 하면 작은 새는 영영 도망쳐 버릴 것이고, 혹 운 좋게 잡았더라도 내 새장 속에서 살아갈 수 있을지 장담할 수 없으니……."

이산은 팔굽혀펴기를 멈추고, 쓸쓸한 얼굴로 한세를 돌아보았다. 그의 얼굴은 속을 전혀 드러내지 않았지만, 눈앞의 저를 두고 갈등을 하고 있다는 것을 한세는 분명하게 느꼈다.

"그렇군요."

"그래서 나는 기다릴 것이다, 그 새가 날 더 자주 찾아오기를……."

그녀를 물끄러미 바라보던 이산은 다감한 목소리로 부드럽게 속삭였다.

"저하께서는 그 새가 오리라 어찌 확신하십니까?"

아랫입술의 보드라운 속살을 잘근거리며 한세는 알 수 없는 두려움 속으로 빠져들었다.

"그 또한 내가 찾아야 할 해답이지."

그렇게 툭 던지고 입을 다물어 버리는 이산의 턱에 힘이 들어가 우물이 패였다.

✿

며칠 뒤 그동안 세손의 대리청정을 반대해 온 좌의정 홍인한을 탄핵하는 상소문이 올라갔다. 상소문을 올린 이는 소론 출신의 행부사직 서명선이었다.

─신이 듣건대 좌의정 홍인한이 감히 동궁은 알 필요가 없다는 말을 함부로 진달하였다고 합니다. 저구이 알지 못한다면 어떤 사람이 알아야 하겠습니까? 그 무엄하고 방자함이 심한 것이었습니다. 또 전 영상 한익모가 좌우 신하들은 걱정할 것이 없다고 한 것은 또 무슨 망발입니까…….

상소문에서 서명선은 좌의정과 대신들이 동궁은 정사에 대해 알 필요가 없다고 한 일을 문제 삼았고 영조 역시 그 말이 맞다 하였다.

보름 뒤, 영조는 왕세손의 대리청정 절목을 마련해 정식으로 세손의 대리청정을 명하는 교지를 내렸다. 영조는 이미 신뢰와 명분을 잃은 상태에서도 마지막까지 필사적으로 반대하는 좌의정과 노론들을 압박하기 위해 군사들까지 동원하고 도승지에게 교지를 쓰게 했다.

이산의 대리청정을 바라는 모든 이들이 기뻐하였지만 그동안 역사의 소용돌이 속에서 노심초사해 온 한세는 가슴을 쓸어내렸다.

이제 영조의 수명은 겨우 석 달 정도를 남겨놓고 있었다. 자칫 이 기회를 놓쳤으면 정조는 보위에 오르지 못했을 것이다.

노을빛으로 엷게 물든 구름이 새털처럼 서쪽 하늘에 퍼지기 시작했다.

"참말 잘 되었습니다."

한세는 기섭으로부터 그 소식을 전해 듣고 기뻐하던 길이었다. 그런데 갑자기 존현각의 문이 벌컥 열리며 이산이 먼저 들어오더니 그 뒤를 따라 동궁전 내관이 달려 들어왔다. 이산의 얼굴이 벌겋게 달아오른 것을 보니 존현각 근처에서부터 빠른 걸음으로 달려온 것이 틀림없었다.

"잠시 나가들 있거라!"

상황이 어찌 되었건 이산은 이 기쁜 소식을 한세와 함께하고 싶어 한달음에 달려왔다. 하지만 주위를 물리자 한세도 별생각 없이 밖으로 나가려고 했다.

"아니, 너는."

이산은 밖으로 나가려고 돌아서는 한세의 팔을 잡아 당겼다.

"저하!"

얼결에 그의 가슴으로 딸려 들어간 한세가 놀라 동그래진 눈으로 올려다보았다.

"너는 어찌 그리 둔한 것이냐?"

놀라서 쳐다보는 한세를 외면한 채 이산은 천천히 주위를 둘러보았다. 짙은 눈썹이 위로 꿈틀하였지만 그는 온 힘을 다해 울화를 가라앉혔다.

"제가 뭘 잘못하였습니까?"

이산은 가뜩이나 큰 눈을 커다랗게 뜬 채 당황한 얼굴로 쳐다보는 한세에게 한껏 못마땅한 눈길을 보냈다.

"아니다, 오랜만에 기섭과 너와 함께 둘러앉아 차나 한잔 마시고 싶구나."

한세가 미처 대답도 하기 전에 이산은 찬바람을 일으키며 서안 앞으로 가서 앉았다.

"사형, 저하께서 차나 한잔하자고 하십니다."

한세는 나가서 기섭을 부르고 차를 준비했다.

"저하, 감축 드립니다."

차를 내리며 잠시 생각한 한세는 그제야 이산이 어찌 그러는지 깨닫고 서안 앞으로 다가가 찻잔을 내려놓았다.

"감축 드립니다."

기섭도 모처럼 밝은 얼굴로 웃었다. 강과 건우가 없는 것이 허전했지만 세 사람은 더 이상 그런 내색은 하지 않았다.

"다 너희들 덕분이다."

한세의 눈썹이 파르르 떨리는 것을 보고 이산은 미소를 띠면서 차를 마셨다.

"앞으로는 바쁘시겠습니다."

"대신들은 이성적이고 냉정하게 왕을 시험하려 들지. 그들을 상대하기 위해선 그만한 학식을 갖추고 있어야 하니."

"예."

"하나, 심려치 마라. 이제부터 시작이다."

이산은 전에 없이 활기찬 눈빛으로 자신의 앞에 마주 앉아 있는 한세와 기섭을 바라보았다. 이산은 지나간 일에 연연해하며 발목 잡혀 있을 시간이 없었다. 이제 그는 쉬지 않고 그 외로운 왕의 길을 걸어가야만 했다.

"여기 모여 차를 드시고 계셨습니까?"

그때였다. 홍국영이 미처 동궁전 내관이 전하기도 전에 안으로 들어왔다.

"하면 저는 이만 물러가겠습니다."

한세가 놀라 허겁지겁 일어섰지만 홍국영의 예리한 눈썰미에 걸리고 말았다.

"감히 내관이 어찌 저하와 차를?"

홍국영은 의아한 눈빛으로 허둥지둥 나가 버리는 내관의 뒷모습을 노려보았다.

❀

─조선은 예로써 다스리는 나라다. 강건우는 관직에 있는 자로서 행동 거지가 적절치 못하였으니 삭탈관직하고 유배에 처한다. 채운은 청상이 되기를 거부하고 도망친 죄인의 신분으로 음탕한 짓을 하여 풍기를 문란 하게 하였으니 장형 오십 대에 처하고 형을 집행하기 전에 황토 마루에 세워두고 경계로 삼는다.

그 일은 왕이 환우 중이라는 연유로 전례 없이 빠르게 처결되었다.
강건우는 소론에서 정상을 참작해 달라는 상소문을 올리고, 그동 안 장악원을 위해 애쓴 공로를 인정하여 관직을 삭탈하고 유배형에 처해져 강화도로 귀양을 떠나게 되는 선에서 마무리되었다. 채운을 기어이 죽이고자 하는 노론은 노론가의 일원이었던 채운의 시집을 사 주하여 채운이 청상의 몸으로 도망을 쳤으니 죽은 남편과 시집을 배 신한 것이라 교형에 처해야 한다고 주장하였으나, 한편의 대신들은 채 운이 혼인하기도 전에 정혼자가 죽었고, 시집으로 향하던 중 변고를 당해 그리되었으니 정상이 참작되어야 한다고 주장하였다. 그러나 많 은 이들의 노력에도 불구하고 결국 노론의 주장이 받아들여져 채운 에게는 풍속을 어지럽힌 죄가 적용되어 장형 오십 대에 처해졌다. 그 러나 그보다 더 가혹한 것은 형을 집행하기 전에 황토 마루에 세워두 고 경계로 삼으라는 명이 떨어진 것이었다. 이것은 전옥서에 갇힌 대 역 죄인들이 사형장으로 끌려가기 전 백성들에게 본보기로 세워서 경계하기 위한 제도였다.

채운의 형이 집행되기 이틀 전, 이산은 존현각에 앉아 서찰을 썼다. 한 통은 유배를 떠나는 건우에게, 그리고 또 한 통은 홀로 외로운 시간을 보내고 있을 서강에게 보내는 것이었다.

"이 서신을 강에게 전해주고 오너라."

편지를 다 쓰자 이산은 기섭과 한세에게 각각의 서신을 전해주라고 하였다.

"예."

한세는 아침에 유배지로 떠난 강건우 때문에 하루 종일 마음을 잡지 못하고 우울해하는 이산이 걱정되었으나 그대로 앉아 있을 수만은 없었다.

"때가 때이니만큼, 몸조심하고 늦지 않게 돌아오너라."

이산은 궁을 나서는 한세에게 일찍 오라고 신신당부하였다. 마치 아주 예전에 강이 그랬던 것처럼.

한세는 그 서찰을 받아 들고 먼저 비단전으로 갔다.

"어찌 되었소, 오라버니?"

한세는 비단전으로 들어서기 무섭게 한결을 찾아 물었다.

"왔느냐? 어제 강이 미리 그쪽에서 일하는 기별서리에게 상황을 알아봐 두었고 아침 일찍 아버님께서 무사들을 이끌고 강건우의 유배 행렬을 호위하고 계신다. 하니 별일 없을 것이다."

"다행입니다. 참말 다행입니다."

"너는 어찌 보자마자, 에그!"

한결은 오랜만에 보는 누이가 다짜고짜 제 용건부터 챙기자 혀를 끌끌 찼다.

"잘 지내셨소, 어머니, 아버님은 다 평안하시오?"

"여기야 뭐. 저하께서 잘 되셨으니 모두가 살맛이 나지 않겠느냐? 이제 너만 몸조심하면 될 것이지."

한결은 이제 이산이 보위에 오르면, 그동안의 노고에 답하듯 세상이 달라지리라 믿었다.

"다행입니다. 한데, 도련님 소식은 들으셨소?"

"어찌 그것을 내게 묻느냐?"

"요즘 통 보지 못했소."

한세는 그날 이후 만나지 못한 강의 안부를 물었다.

영조는 뇌물을 받은 대사간을 파직하고 서강의 공로를 인정하여 그 자리에 앉혔다. 서강을 대사간(大司諫: 정3품)에 제수한 것은 영조가 이제 곧 보위에 오를 이산에게 자연스럽게 힘을 실어주기 위한 마지막 배려였다. 그러나 강은 그 이후로도 통 모습을 보이지 않아 한세의 속을 태웠다.

"승차하였으니 집안에서는 잔치를 한다고 하는데 다 마다하고 주막에 틀어박혀 있단다. 벗을 저버렸다 비난하고 당을 버렸다 핍박하니 괴롭기는 하겠지만 그렇다고 그럴 것이 무에 있어."

서강과 가깝게 지내던 한결은 푸념처럼 그의 일탈에 대해 늘어놓았다.

"처음으로 마음을 준 이와의 생이별에 내가 이리 시들어가는데, 당신의 마음은 오죽하겠습니까?"

이산과 함께 있을 때는 그의 마음 다칠까 내색조차 하지 못하는 한세였다.

지금은 세손의 무탈함을 누구보다 간절히 원하는 강이기에 그것을 들어주려 한세는 온 마음을 다했다.

"지금은 견뎌내야 합니다. 제발……."

한세는 예상치 못했던 소식에 마음이 아팠지만, 우선은 채운을 만나기 위해 전옥서로 향했다.

"어찌 또 오셨습니까?"

옥사 안에 앉은 채운은 많이 여위었지만 여전히 품위를 잃지 않았다. 아침에 유배지로 떠나 버린 건우와는 달리 그녀는 홀로 남아 엄청난 고초를 겪어야 할 것이었다. 아무리 생각해도 살아남기 힘들 것 같았다.

"몸은 좀 어떠십니까?"

"제가 보기에는 아가씨께서 더 여위셨군요."

채운은 안타까운 눈으로 자신을 바라보는 한세를 담담하게 보았다.

"내일 밤, 옥사를 나갑시다. 탈옥시켜 드리겠습니다."

한세는 마지막으로 탈옥을 권했다. 위험한 일이기는 했지만 채운이 건우와 세손을 위해 해준 일을 생각하면 이대로 죽게 내버려 둘 수만은 없었다.

"고마운 말씀이나 거절하겠습니다."

그러나 채운은 단호하게 고개를 저었다.

"어째서요, 죽음보다 더한 고초를 겪게 될 것입니다. 두렵지 않으십니까?"

"아니요, 두렵습니다. 이런 몰골로 내가 알고 있는 사람들 앞에 나서는 것이 어찌 두렵지 않겠습니까?"

"한데 어찌 마다하십니까?"

"어차피 저는 여러 번 목숨을 빚졌습니다. 처음 채운당의 당주가 제 목숨을 구해주었을 때도 저는 그 빚을 갚는 마음으로 저 나름대로는 불합리한 세상을 바꿔보려고 애쓰며 살았습니다. 한데 또 아가씨께서 저를 살리셨지요. 이제 제가 탈옥을 한다면 그 불똥은 유배지로 떠난 그분에게 튈 것입니다. 어차피 덤으로 살게 된 목숨, 이제와 그분께 누가 될 수는 없지 않겠습니까?"

"당주님!"

한세는 자신이 살리고자 했던 건우와 채운이 또다시 이런 고초를 겪는 것이 마음 아팠다. 자신이 누군가를 살리려 하면 그 대가를 치러야 하고 살렸다고 해도 평탄하지 않은 삶을 살아내야 한다는 것이 마음이 아팠다.

"점바치 고복수에게 들어 아가씨의 비밀을 알고 있습니다."

채운이 나무살 사이로 손을 내밀었다.

"그러셨습니까?"

한세는 바짝 야윈 그 손을 잡았다.

"저는 어찌 그럴 수 있을까 내내 생각하다 어쩌면 아가씨도 저처럼 갚아야 하는 빚이 있는 것이 아닐까 생각했습니다."

파리한 채운의 얼굴에 커다란 눈만이 영민한 빛을 발했다.

"빚이 있다?"

채운의 말을 듣고 보니 그럴 수도 있을 것 같았다. 마지막 어명이니 돌아와 너의 일을 하라는 그 말 한마디에 현대에 살던 오세아가 이곳에 있다면 일리가 있는 말이었다.

"아가씨가 물길을 거슬러 올 수밖에 없었다면 이곳에서 뭔가가 잘못된 것이겠지요. 그 잘못을 바로잡으려고 온 것이 아니겠습니까? 해서 이처럼 애쓰고 있다면, 세상이 조금은 변해야 하는 것이 아닙니까? 그 무엇을 한다 해도 전혀 변하지 않는 미래라면 삶이 무슨 의미가 있겠습니까?"

채운은 꼭 잡은 손에 힘을 주었다. 홀로 길을 잃고 있는 지금, 채운의 말이 길을 알려주는 것 같았다. 그녀의 손에서 전해오는 진심이 한세에게 힘을 내라고 격려하는 것 같았다.

"저는 제가 할 수 있는 모든 것을 해보겠습니다. 그러니 당주님은 어떤 일이 있어도 살아주세요."

"고맙습니다, 아가씨. 마지막으로 이 서찰을 저하께 전해주세요."

채운은 마지막 작별의 인사를 하며 이산에게 보내는 한 통의 서찰을 건넸다.

쨍그랑!

잔이 날아가 벽에 부딪쳐 산산조각 나 바닥에 흩어졌다.

전옥서에서 나온 한세는 서강이 있는 주막에 들렀다가 그가 방 안에 있다는 주모의 말을 듣고 안으로 들어갔다.

"도련님!"

한세는 벌겋게 달아오른 얼굴로 방 한가운데 우두커니 서서 깨진 파편들을 바라보고 있는 서강을 보았다. 그가 이렇게 많이 취한 것은 처음 보았다.

"잔을 몇 개 더 가져다 드릴까요?"

벗을 그리 떠나보내고 보내고 얼마나 힘이 들었으면, 강의 마음을 훤히 꿰뚫은 한세는 차분하게 가라앉은 목소리로 물었다.

"되었다."

강은 허탈한 얼굴로 무너지듯 바닥에 주저앉았다. 한세는 더 이상 묻지 않고 바닥에 흩어진 조각들을 쓸어 모으고 밖으로 나가 주모에게 부탁해 잔을 가지고 들어왔다.

"어찌 온 것이냐?"

강은 한세에게 눈길도 주지 않은 채 물었다.

"채운당의 당주를 보러 나왔습니다."

한세가 억지웃음을 띠며 그렇게 밀하자 술을 마시려던 강은 굳은 표정으로 고개만 끄덕였다.

"술을 더 가져올까요?"

한세는 딱딱하게 굳은 강을 바라보며 물었다. 지금까지 이 주막을 떠나지 못하고 있는 강의 마음을 알 것 같았다. 건우가 목숨처럼 사랑한 채운을 위해 방법을 찾아보려는 것이리라.

"탈옥도 하지 않겠다고 합니다. 한데 무엇을 기다리시는 것입니까?"

한세가 다시 한 번 물었지만 강의 귀에는 전혀 들리지 않았다.

"그만 댁으로 돌아가시지요."

그런 강이 측은해 한세가 다시 한 번 물었다.

"뭐라고 했느냐?"

강은 텅 빈 눈빛으로 한세를 돌아보며 물었다.

"댁으로 돌아가시라 여쭀습니다."

"아니, 되었다. 조금 더 기다려 보겠다."

강은 파리하게 굳은 얼굴로 간결하게 대답했다.

"도련님께서는 꼭 해야 할 일을 하신 것입니다. 이번이 아니면 저하는 어려웠을 것입니다."

자신의 마음도 모르며 고통스러워하는 강을 곁에서 지켜보는 것이 안타까웠던 한세가 말했다.

"나는 너를 보면 미안하고 아프고."

강은 한세의 작은 손을 잡아 가만히 볼에 댔다. 그의 찌푸려진 미간에 복잡한 심정이 느껴졌다.

"그만 가보겠습니다."

강에게 잡힌 손을 빼며 한세는 자리에서 일어섰다. 이대로 마음이 약해지기 전에 돌아가야 할 것 같았다.

"가지 마."

강은 일어서려는 한세를 다급하게 잡았다.

"예?"

"가지 말란 말이다!"

강이 자리에서 일어서 한세의 손을 잡았다.

"도련님?"

한세의 얼굴은 순식간에 창백해졌다. 팽팽하게 긴장한 신경의 현이 그대로 툭 끊어져 버릴 것만 같았다.

"자고 싶다."

강은 천천히 한세의 창백한 뺨을 부여잡았다. 살포시 겹쳐져 있던 한세의 속눈썹이 파르르 떨리더니 굳게 닫혀 있던 눈꺼풀이 천천히 위로 올라갔다.

"잠을 자지 못하면 어찌합니까."

슬픔이 차올라 저절로 입이 열렸고 이내 눈물이 솟을 것처럼 맑고 커다란 눈에 이슬이 그렁거렸다.

"너를 보내고 집에 가지 않았다. 혼자 있는 가회당이 싫다. 잠을 자지 못했다."

강은 한 손으로 한세의 머리를 뒤로 젖힌 다음 손가락으로 도톰한 아랫입술을 쓰다듬었다.

"도련님!"

"잠을 잘 수가 없다."

강은 부러질 듯 가는 목덜미를 단번에 잡아채 한세의 붉은 입술을 삼켰다. 붉은 꽃잎처럼 살짝 벌어진 입술 사이로 그녀의 뜨거운 숨결을 훔쳤다.

"내 연꽃."

그녀에게서만 나는 특별한 체취가 킹의 오감을 지극했다. 그를 미치게 하는 미약과 같은 한세의 향기가 코와 입술과 살갗에 스며들어 뇌를 마비시키는 것만 같았다. 오랫동안 풀지 못한 욕망에 기름을 부은 듯 살아나 더욱 거칠게 한세의 입술을 탐했다.

"흡!"

한세는 정신을 차릴 수가 없었다. 뜨거운 불길이 닿은 듯해 겁이 났고, 몸에서 힘이 빠져 무서웠다. 호흡이 가빠져 어느샌가 그의 팔을 잡은 그녀의 손가락이 새하얗게 변해갔다.

"나는 너하고 시를 외우고 싶고, 물장난을 하며 놀고 싶고, 싸우고 싶다."

"예, 그렇게 해요. 우리…… 이제 다 끝나가니까."

"자고 싶다, 네 품에서……."

갑자기 그녀의 몸에서 떨어져 나간 강은 말릴 틈도 없이 옷을 벗기 시작했다.

"도, 도련님!"

당황한 한세가 말리려고 손을 뻗었지만 그는 그대로 바닥에 쓰러져 버렸다.

"도련님."

난감한 얼굴이 된 한세는 크게 심호흡을 하고 그를 내려다보았다.

"으음!"

돌처럼 차가운 그의 얼굴이 이제야 오롯이 제 모습을 드러내는 것 같았다. 검은 속눈썹에 매달려 있던 물방울이 기어이 뺨을 타고 내려 귓등으로 떨어졌다. 소리도 없이 흘러내리는 눈물, 처음 보는 강의 눈물이었다.

"가지 마……."

신음 소리를 뱉으며 돌아눕는 그의 등은 넓고 단단했지만 외롭고 쓸쓸해 보였다.

처음이었다. 항상 냉랭하고 무서운 얼굴로 바라만 보던 강이 이렇게 긴장을 풀고 그녀에게 전부를 내맡긴 것은.

고요한 적막뿐인데도, 한세는 어색하지 않았다. 벗은 그를 내려다보고 있었지만 불편하지도 거북하지도 않은 슬픈 느낌이었다.

"괜찮아요, 괜찮아."

한세는 바닥에 누운 그의 곁에 쪼그리고 앉아 그의 상처를 위로하듯이 어깨를 어루만졌다.

"으음!"

크게 숨을 들이쉰 강은 또 다시 가슴을 들썩이며 긴 숨을 내쉬었다. 한세는 그의 가슴에 머리를 기대고 누웠다. 그에게서 따뜻한 온기가 전해져 왔다. 문득 뒤척이던 그의 팔이 그녀를 감싸 안았다.

"자, 이제 자고 나면 다 괜찮아질 거예요. 다 좋아질 거예요."

그녀는 자신을 안고 있는 그의 팔이 더 단단해지는 것을 느꼈다. 세상의 모든 위험을 막아줄 것 같은 안온한 느낌. 나른하게 몸이 풀리고 조금씩 호흡이 느려졌다

"잠시만, 아주 잠시만 이렇게 있어요, 우리……."

스르륵 눈이 감기며 잠이 몰려왔다.

그러나 다음 순간 존현각을 가로질러 오고 가며 초조해하는 이산의 모습이 뇌리를 스쳤다. 한세는 강이 깊이 잠든 것을 확인하고 이산의 서찰을 그의 머리맡에 놓아두고 주막을 나왔다.

"어떤 대가를 치른다고 해도 나는 너를 지켜낼 거야, 강아……."

이제 미래에서 꾸었던 꿈들은 어느 순간부터 조금씩 맞지 않는다.

그녀의 짐작처럼 그 꿈이 이곳에서 일어났던 일이라면, 자신이 개입하
면서부터 조금씩 밀려져 가고 있는 깃이었다. 그러니 이제는 강에게
일어날 그 끔찍한 일이 언제쯤일지, 어떻게 오게 될지 정확하게 예측
하기 어려워졌다.

"그렇더라도 내 모든 것을 걸고 바꿀 거야. 너를 지켜내고 말 거야.
달님 도와주세요."

그 밤 한세는 어둠 속을 홀연히 배회하는 차가운 달을 향해 간절히
빌었다.

"아직도 돌아오지 않았느냐?"

이산은 기섭에게 무뚝뚝한 목소리로 물었다.

"예, 아무래도 오늘 밤은 돌아오지 않을 것 같습니다."

기섭이 고하자 이산은 금세 딱딱하게 굳은 표정으로 입을 꽉 다물
어 버렸다. 이산은 자리에서 일어나 야장의를 벗고 팔굽혀펴기를 시
작했다. 툭툭 불거진 근육들이 불빛을 받아 번쩍거리며 열기를 뿜어
냈다. 저 밑바닥으로부터 뜨거운 것이 훅 치고 올라오는 것 같았다.
알 수 없는 불안감과 초조감이 그의 가슴을 치고 지나갔다.

"그만 쉬시지요?"

"살펴보아야 할 상소문들이 있다."

한세가 돌아오면 들려줄 이야기를 생각하며 한껏 부풀어 올랐던 기
분이 한없이 곤두박질쳤다.

"세를 기다리시는 것입니까?"

긴 한숨을 내쉬며 기섭이 물어보았지만 이산은 대답하지 않았다.

밤이 깊어갈수록 이산의 눈빛은 공허해졌고 마음은 한없이 깊은
나락으로 떨어져 내렸다. 그는 자신의 감정을 추스르며 이성을 가다

듬으려고 안간힘을 썼지만 잘 되지 않았다.

"물러가게! 혼자 있고 싶네."

"그럼, 나가 있겠습니다."

기섭은 걱정스러운 마음에 돌아보았지만 그는 호흡을 가다듬으며 정좌하고 앉아 눈을 뜨지 않았다.

"밤을 지새우다니!"

이산은 돌아오지 않는 한세를 기다리다 보니 울화가 치밀었다.

그는 적어도 자신이 이런 일로 신경을 쓰게 되리라고 생각해 본 적이 없었다. 물론 한세를 후궁으로 들인다면 어떠할까 생각해 본 적은 있었다. 하지만 그것도 한세가 자신과 거리를 두려고 한다는 것을 안 뒤로는 그만두었다. 그는 그녀에게 손끝 하나 까딱하지 않았다.

그저 곁에만 두면 된다고 생각했는데, 막상 돌아오지 않는 그녀를 기다리는 일이 어찌 이토록 고통스러운 것인가.

"어찌 내가 이런 마음을 품을 수가 있더란 말이냐?"

누구보다 강한 의지를 가지고 있으니 자신의 마음 정도는 스스로 다스릴 수 있다고 믿었다. 한데 이 망할 기분은 뭐란 말인가, 미쳐 버릴 것 같은 질투와 분노.

"너를 사랑하지 않는 것이 나을 뻔했다. 내 것이 되지 않을 것을 알면서도, 너를 놓아줄 자신도 없으면서……."

그 밤 이산은 한세를 기다리며 두 손으로 머리를 감싸고 신음했다.

"너를 떠나보낼 자신도 없는데……."

이산은 얼굴을 감싸며 가슴으로 소리치고 있었다.

새벽녘, 존현각 앞을 서성이던 이산은 저만치서 고개를 푹 숙이고 타박타박 걸어오는 한세를 보았다. 돌아와서 다행이라는 안도감과 이제깟 무엇을 했을까 하는 의심이 그를 화나게 했다.

"저, 서하!"

"별일 없었느냐?"

고개도 제대로 들지 못하고 자신을 외면하는 한세를 지그시 바라보던 이산은 한참만에야 밤새 끓던 화기로 버석해진 입술을 뗐다.

"별일은 무슨."

이제는 이산이 말하는 별일이 무엇을 의미하는지 알 것 같은 한세는 고개를 저었다. 강이 잠든 것을 확인하고 서둘러 돌아왔지만, 존현각 앞에 나와 있는 이산을 발견하고는 마음이 편치 않았다. 어째서 그의 얼굴을 똑바로 쳐다볼 수 없는지 스스로에게 화가 났다.

"그랬군. 한데 어찌 일찍 돌아오지 않고?"

별일 없다는 한세의 말에 이산은 안도의 한숨을 내쉬었다.

"다음에 말씀드리겠습니다."

"지금 말해보아라, 어찌 돌아오지 못했느냐!"

도망치듯 그대로 돌아서는 한세의 모습에 울컥 화가 치밀어 오른 이산은 저도 모르게 손목을 힘주어 움켜잡았다.

"이러실 거면 그 새를 잡아 날개를 확 꺾어 새장 속에 가둬두시지 그러십니까?"

한세는 처음으로 제 마음을 이기지 못하고 손을 뿌리치며 쏘아댔다.

"맞아, 그래야 했다. 그깟 새가 뭐라고! 다칠까 봐 그러지도 못하고! 내 마음이 이따위로 바닥을 치고, 감히!"

한세가 쏘아대는 말은 참고 참아왔던 그의 질투와 분노에 불을 지폈고 불같은 성정은 본래의 모습으로 화르르 타고 말았다.

"그러니 새가 죽건 말건 무슨 상관입니까?"

"허!"

새파랗게 화를 내며 노려보는 한세의 눈을 들여다보는 이산의 얼굴은 뜻밖에도 평온했다.

"송구합니다, 제가 미쳤나 봅니다."

뭐라고 표현할 수 없이 묘한 얼굴로 자신을 내려다보는 이산을 보자 한세는 그제야 자신이 무슨 짓을 한 것인가 싶었다.

"처음으로 네가 나에게 화를 내었다. 감히!"

갑자기 터질 듯한 분노가 가라앉으며, 그 뒤에 끝없이 쓸쓸한 적막감이 이산을 괴롭혔다.

"송구합니다, 제가 죽을죄를 지었습니다."

"우리가 처음으로 싸웠다."

이산은 화내는 여자를 처음 보는 듯 생경한 눈빛으로 바라보다가 천천히 돌아서 존현각을 향해 걸어갔다.

"한데, 이상하게 기분이 나쁘지가 않아, 사랑이란 이런 것인가?"

그는 무엇엔가 홀린 듯한 눈빛으로 그렇게 중얼거렸다.

❀

겨울의 초입, 하늘이 먹빛으로 무겁게 내려앉은 날이었다.

채운의 형은 어스름한 저녁 무렵에 집행되었다. 전옥서에서 끌려나온 채운이 장대에 매달려져 황토 마루에 세워지자 을씨년스러운 바람이 불기 시작하였다.

"저것이 채운인가?"

"꼭 여우처럼 생긴 것이 사내깨나 홀리게 생겼네."

"그러게 말이야."

채운이 사지가 꽁꽁 묶여 결박당해 끌려 나오자 이미 벽서를 통해 유명해진 그녀의 모습을 보기 위해 여기저기서 사람들이 몰려들었다.

"나쁜 년!"

"돌로 쳐 죽일 년!"

그렇게 욕하는 사람들도 많았다.

"왜 여자만 저리되어야 하는겨? 사내놈은 어디를 가고."

"맞다! 어찌 여자만 수절을 해야 하는 거냐고, 남정네들은 열 첩을 마다 않는데!"

그러나 그중에는 이 이상한 형 집행에 분노를 느끼는 이들도 많았다. 그 사람들 사이에 섞여 있는 채운당 사람들과 비단전 식구들은 하나같이 착잡한 표정으로 채운을 지켜보았다.

'나를 위해 슬퍼할 것 없어요. 이제 모두들 나를 잊고 잘 지내세요.'

고개를 빳빳이 든 채운은 그들을 발견하고 눈인사를 보냈다.

"저런!"

돌이 날아들자 어디서 나타났는지 도겸이 온몸으로 그녀를 감싸며 그 돌을 대신 맞았다.

"저리 가지 못하느냐!"

포졸들이 육모 방망이를 휘둘러 도겸을 무자비하게 때렸지만 그는 반항하지도 않았고 채운에게서 떨어지지도 않았다.

"도겸, 가! 어서 가! 그러다 너까지 죽어!"

채운은 여기 저기 깨지는 도겸을 보며 제발 내게서 떨어지라고 울부짖었지만 그는 처연한 얼굴로 고개를 저었다.

"가, 가라고! 너 죽으려는 거야!"

"네 이놈! 비키거라!"

포졸들이 도겸을 떼어낸 틈을 타 그녀를 빽빽하게 에워싼 사람들이 여기저기서 돌을 던졌다.

"가, 제발 가라고!"

아무리 떼어놓아도 도겸은 다시 엉금엉금 기어가 채운을 감싸 안았고, 결국 그 많은 돌을 온몸으로 막아내는 것을 보며 포졸들도 사람들도 혀를 내둘렀다.

'다행입니다, 나리! 제가 이렇게라도 당신을 지킬 수 있어서……'

추운 초겨울, 그렇게 천천히 해가 졌다. 밤이 되자 포졸들이 축 늘어진 채운을 끌어내렸다.

"이를 어쩌누?"

그녀의 몸이 무겁고 유난히 차갑다고 느낀 포졸 하나가 채운의 코에 손가락을 대어보았지만 숨결이 느껴지지 않았다.

"형을 집행해야 할 것인데 어째야 쓸까?"

"죽은 이에게 어찌 장을 치는가?"

결국 종사관이 참관한 가운데 채운의 시신은 수레에 실렸고 가마니로 덮었다. 채운당의 식구들은 그 수레의 뒤를 따라가며 길게 통곡하였고, 마지막까지 그 자리에 남아 있던 사람들은 모두가 채운의 은혜를 입었던 자들이라 눈물을 훔치며 명복을 빌었다.

"그래, 어찌 되었느냐?"

"시신을 수습하고 오는 길입니다."

이산은 늦은 밤이 되어서야 기섭과 한세의 보고를 받았다.

그날 밤, 이산은 잠들지 못하고 서안 앞에 앉아 채운이 마지막으로 간절한 바람을 담아 올린 긴 서찰을 읽으며 새벽을 맞았다.

十四
어디서 무엇이 되어……

며칠 동안 숲을 휘저으며 우짖던 바람이 잦아들자, 그해 첫눈이 내렸다.

"눈이 오시네."

동궁에서 쓸 지함을 받아오라는 자숙의 심부름을 갔다가 존현각으로 돌아가던 한세는 코끝에 떨어지는 소담스러운 눈꽃송이를 보며 환하게 웃었다.

"강이 보고 싶은데, 나를 보러 와주었으면 좋겠다."

첫눈을 맞으면서 걷고 있으니 모든 소망이 이루어질 것 같은 생각이 들었다.

이제 곧 이산은 보위에 오를 것이고 사부는 왕을 위한 특별 호위대를 만들 준비를 하고 있었다. 그때까지만 고생하면 한세는 다시 비단전으로 돌아갈 수 있을 것이다.

"저하께 말씀드려 밖에 나갔다 올까?"

그렇게 중얼거리던 한세는 코끝에 떨어지는 눈꽃을 털다가 잎이 다 떨어진 단풍나무 가지 끝에 매달린 새빨간 단풍잎 하나를 발견했다. 유난히 고운 색의 단풍잎이었다.

"네가 떨어지면 저하께 선물을 하고 청을 드려봐야지."

영조의 병환이 깊어가자 이산은 정무를 살피느라 밤낮 없이 바빴고 강 역시 바빠서인지 얼굴 볼 틈이 없었다.

"어?"

바로 그때 거짓말처럼 빨간 단풍잎이 하얀 눈밭으로 톡 떨어져 내렸다. 새하얀 눈 위에 떨어진 새빨간 단풍잎은 눈이 시리도록 고왔다.

"신기하네."

한세는 그대로 쪼그리고 앉아 빨간 단풍 위로 소복소복 쌓이는 눈송이를 들여다보았다.

"어디 보자."

한세는 무슨 생각을 했는지 눈을 꼭꼭 뭉쳐 눈사람을 만든 다음, 나뭇잎과 나뭇가지를 주워 눈 코 입을 만들어주었다.

"멋진데?"

그리고 지함의 뚜껑을 열고 눈사람을 넣은 뒤에 빨간 단풍잎을 올려놓았다.

"세상이 온통 하얗구나, 가자!"

궁궐의 용마루와 회색빛 기와, 찌를 듯 서 있는 나무들까지 온통 하얀빛으로 칠한 것처럼 눈으로 덮여가고 있었다.

한세는 보랏빛 지함을 두 손으로 소중하게 받쳐 들고 새하얀 눈밭에 발자국을 콕콕 찍으며 존현각으로 달려갔다.

"저하!"

마침 정무를 보다가 낮것 상을 받으러 오던 이산은 어디선가 들려오는 한세의 목소리에 주위를 살피다 뒤를 돌아보았다.

"서하, 서하!"

눈꽃이 하얗게 날리는 세상 속에서 두 손에 지함을 받쳐 든 한세가 달려오고 있었다.

"그것이 무엇이더냐?"

"이것은 말입니다."

한세는 주위를 두리번거리다 가까이에 사람이 없음을 확인하고 생긋 웃었다.

"눈이로구나, 첫눈이 왔으니, 엉뚱세가 눈을 그냥 주었을 리는 없을 것이고 뭔가를 만들었겠지?"

"에? 그래서 안 받으실 것입니까?"

"나도 네게 줄 것이 있다."

"제게요?"

한세가 고개를 갸웃하는데 동궁전 내관들이 수레에 큰 나무 관을 싣고 왔다.

"이것이 무엇입니까?"

"네가 보고 싶어 하는 이."

그렇게 말하는 이산의 입가에는 보일 듯 말 듯 미소가 번지고 짙은 눈썹도 살짝 올라갔다.

"분명 눈인 것 같은데, 저하께서도 워낙 엉뚱하시니……."

조선에서는 첫눈이 내리면 그 눈을 종이에 싸거나 그릇에 담아서 상대에게 선물로 보낸다. 가령 공주가 아버지인 임금에게 보내기도 하고, 중전인 왕비가 사위인 부마에게 보내기도 했다. 그때의 구실은 무엇이라도 상관하지 않는다.

겨울인데도 진귀한 과일이 들어왔기에 올린다는 구실도 되고 중국에서 비단이 왔으니 옷을 지어 입으라는 식으로 거짓말을 하게 되는데, 보내는 보따리의 부피는 아무리 커도 상관이 없으나 들어 있는 것은 반드시 첫눈이어야 했다. 승패는 눈 선물을 받은 사람이 지는 것이고, 보낸 사람이 이기는 것으로 정해져 있었다.

"어찌할 것이냐, 안 받을 것이냐?"

한세는 눈인 것 같았지만 막상 거절했다가 저 관에 강이 들어 있으면 어쩌나 싶어 나무 관의 뚜껑을 열었다.

"에잇, 눈이네! 참 못되셨습니다."

나무 관 안에 가득 찬 눈을 보며 한세는 이산을 향해 눈을 흘겼다.

"점점 겁이 없어지는구나, 지금 나를 흘겨보는 것이냐?"

"해마다 저를 속이시니 그러지 않습니까?"

"어떠냐, 진 것을 인정해야지. 하면 이리 오너라."

그렇게 걸려들 줄 알았다는 얼굴로 웃은 이산은 이번엔 한세를 잡아 관 속에 넣었다.

"어, 어! 어찌 이러십니까?"

"졌으니 내 소원을 들어줘야지. 절대 입을 열면 안 된다."

이산은 관 속에 누운 한세를 들여다보며 그렇게 당부하고 관 뚜껑을 닫았다.

"사간원으로 가져다주어라."

"예, 저하!"

이산은 관을 실은 수레를 사간원으로 가져다주라고 명하였고 나무 관 속에서 그 말을 들은 한세는 그런 기발한 장난을 생각해 낸 이산의 저의가 궁금했다.

"눈이라면 안 받을 것 같아서?"

그리고 보니 나무 관 속에는 눈도 가득 들어 있었다.

"강도 나처럼 받을 것인가?"

한세는 강이 어떻게 나올 것인지 궁금했다.

"그렇지 않아도 보고 싶었는데 잘되었다."

한세는 그리운 강을 볼 수 있다는 생각에 두근거리는 마음으로 관 속에 누워 있었다.

"이것이 무엇이라 하더냐?"

강은 사간원 앞에 나와 이산이 보냈다는 나무 관을 살피며 물었다.

"예, 그리운 이가 누워 있다고 하셨습니다."

"그리운 이라?"

강은 그렇게 되뇌며 잠시 생각에 잠겼다. 그의 손가락이 나무 관의 뚜껑을 쓰다듬으며 틈을 들이자 관 속의 한세는 초조해졌다.

"도련님, 저 여기 있어요."

나무 틈 사이로 눈을 디밀고 밖을 내다보던 한세는 도저히 참지 못하고 작은 목소리로 강을 불렀다.

"저하께 받지 않겠다고 전하게."

강은 나무 관 안에서 들리는 한세의 목소리를 들었지만 받지 않겠다고 거절하고 사간원 안으로 들어가 버렸다.

임금이 내리는 벼슬이나 하사품도 첫눈이 내리는 날만은 퇴짜를 놓을 수가 있고, 반대로 임금에게 엉뚱한 구실로 첫눈을 보내면서 승부를 걸어볼 수도 있었다. 평상시 같으면 중벌을 면치 못할 일들이 첫눈이 내리는 날에 한하여 허용될 수 있었다.

"세상에, 저 남자 좀 봐. 내가 불렀는데도?"

나무 틈으로 내다보고 있던 한세는 그대로 사간원 안으로 사라져 버리는 강이 야속해 코끝이 찡해왔다.

"뭐야, 왜 저래? 관직이 높아졌다고 마음이 변한 건가?"

오늘 보니 강은 그동안 보아왔던 그 어떤 모습보다 늠름해 보였다. 이제 참말 어른이 다 된 것 같은데 어찌 저렇게 냉랭하단 말인가. 한세는 공연히 눈이 온다고 혼자 들떴다가 마음만 상해 버렸다.

"아니, 어찌 그럴 수가 있답니까!"

"이제 마음이 변한 것이지. 요즘은 편전에서도 대제학이 부쩍 강을 챙기더구나."

존현각으로 돌아온 한세는 재미있다고 웃는 이산에게 부끄러워 쥐구멍이 있으면 숨고 싶었다.

"역시 강은 만만한 인사가 아니다."

그러나 이산은 알 듯 모를 듯한 말만 남기고 존현각을 나가 버렸다.

"아니, 다들 어찌 저래?"

"그것이 그럴 만한 일이 있다."

한세가 계속해서 투덜거리니 보다 못한 기섭이 입을 열었다.

"그럴 만한 일이 무엇입니까?"

"너만 알고 있어라. 사실 저하께서는 보위에 오르기 전에 〈승정원일기〉에 기록된 사도세자의 죽음에 관련된 부분을 세초하시고자 한다. 그 때문에 강의 도움을 받아야 하는 것이고."

"세초를?"

세초는 조선 시대 사관들이 쓴 기록을 지우는 일이다.

본래 사관들은 기록을 두 벌 작성했다. 한 벌은 자신이, 다른 한 벌은 춘추관(春秋館)이 보관했다. 이 기록이 수초(手草)다. 왕이 승하하면 수초를 바탕으로 초초(初草), 중초(中草)를 거쳐 실록이 완성된다. 그 이후에는 수초·초초·중초 등을 모두 세초했다. 세초는 조지서(造紙署)가 있던 세검정 개천에서 행해졌다.

사초의 유출을 막고, 추후 시비를 예방하는 게 세초의 목적이었지만 이번에 이산이 청하는 세초는 사도세자의 죽음과 관련해 잘못이 기록된 부분을 씻어내려는 것이었다.

"강은 이번 세초를 반대하고 있다."

그제야 한세는 대충 이해가 갔다. 강이 너그럽게 이산이 보낸 첫눈을 받아주었다면 그를 빌미로 자연스럽게 세초를 할 수 있게 그에게 상소문을 올려달라고 부탁하려던 것이었다.

그러나 강은 이미 그런 이산의 뜻을 알아차리고 거절한 것이다. 그는 이산에게 서찰을 보내 감추려 하지 말고, 인정할 것은 인정하고 당당하게 싸워 나가는 것이 앞으로 신하들을 이끌어가는 데 더 좋은 본보기가 될 것이라고 간언했다. 그러나 그 일은 사도세자와 관련된 가슴 아픈 일이었고 곧 보위에 오를 이산에게는 중요한 일이라 강의 거절에 마음을 많이 상하였다.

❀

결국 이산의 소망대로 세초는 진행되었다. 영조는 세초를 허락하며 사도세자의 죽음을 한탄하고 많은 눈물을 흘렸다.

그날은 눈이 내렸다. 함박눈이었다. 때 이른 추위와 함께 눈이 내리자 세자익위사들은 물론이고 한세까지 검은 무복을 입고 조지서 쪽으로 향하는 이산을 호위했다.

영조의 병환이 깊어가니 정국은 이제 사도세자의 죽음 뒤에 그를 동정했던 시파와 사도세자의 죽음에 찬성했던 벽파로 확연히 갈라졌다. 지난번 사건으로 더 이상 물러설 곳이 없는 노론 벽파들은 목숨을 걸고 사생결단으로 덤빌 것이고 그것을 막아 세손의 안위를 지켜내야 하는 것이 당장 한세와 세자익위사들이 해야 할 일이었다.

"지금이 가장 힘든 시기이다. 지금부터 저하께서 보위에 오르실 때까지가 우리에게는 가장 어려운 때가 될 것이다."

이른 새벽, 길을 떠나기 위해 모인 이들을 앞에 세워놓고 사부는 그렇게 당부했다.

지나는 길가에 서 있는 나뭇가지마다 소록소록 새하얀 눈이 쌓였다. 한세는 무리의 끝에서 말을 타고 달렸다.

"쉿!"

한세는 말발굽 소리를 들은 것 같아 손을 들고 무리를 멈췄다. 그러나 매서운 바람 소리에 말발굽 소리는 묻혀 버렸다.

"전진!"

잘못 들은 것인가 하고 다시 앞으로 나가던 무리는 갑자기 검을 빼드는 한세로 인해 바짝 긴장했다.

"저하를 모셔라!"

한세는 예감이 좋지 않았다. 어쩐지 이곳에 강이 나타날 것만 같다. 눈빛을 받아 날카롭게 빛을 발하는 한세의 검은 주인의 마음을 알아차렸는지 바람 소리에 같이 울었다.

"모두 긴장해라!"

한세가 검을 빼 들자 살수의 기운을 알아차린 기섭도 검을 뽑아 들었다.

바로 그 시각, 강은 노론이 고용한 살수들이 세초하러 떠난 이산을 공격할 것이라는 정보를 얻었다. 그는 그 즉시 비단전으로 달려가 한결과 합세하여 하얀 무복으로 갈아입고 얼굴도 하얀 복면으로 가린 뒤에 이산과 한세를 구하기 위해 달려갔다. 강이 무사들과 함께 이산을 돕고 있다는 것이 알려져서 좋을 것은 없었기 때문이었다.

"멈춰라!"

숲에서 튀어 나오며 이산이 탄 말을 공격하려는 검은 그림자가 한세의 날카로운 시선에 잡혔다.

"흩어지지 마라!"

기섭과 한세는 검을 들고 그림자들을 향해 달려갔고 이산도 검을 들고 싸웠다. 그러나 작정하고 몰려온 살수들은 그 숫자도 많았고 실력도 만만치 않았다. 상대는 결코 호락호락하지 않았다. 모두가 훈련이 잘된 살수들이었고 검을 부딪쳐 올 때는 힘이 장사였다.

"세야! 내가 왔다!"

고전을 면치 못하고 있는데 강과 한결이 무사들을 끌고 나타났다.

"쳐라!"

그 틈에 기섭은 놀라서 흩어지는 그림자들을 익위사들과 함께 공격하였고, 한결과 다른 무사들도 합세하였다.

"끄윽!"

익숙한 가회당의 향기가 나더니 살수 하나가 몸을 늘어뜨리며 쓰러졌다. 하얀 복면으로 얼굴을 가리고 있었지만 그는 분명 강이었다. 예감처럼 강이 이 자리에 나타나자 한세는 긴장했다.

"제발!"

한세의 검에 찔린 살수 하나도 가슴 한쪽을 베이며 피를 뿌렸다. 그러나 다른 한쪽에는 서너 명의 익위사들이 무더기로 쓰러져 있었다.

"정신 차리시오!"

한세는 막 달려드는 살수를 검으로 쳐 내고 있었는데, 강이 쓰러진 무사들을 일으키려는 찰나 고개 숙인 그를 향해 위에서 내려치는 검이 보였다.

"내가 살아 있는 한 어림도 없다."

한세와 살수의 시선이 허공에서 얽히는 순간, 그녀의 몸이 강의 몸을 덮으며 날아갔다. 검은 그대로 내리꽂혔고 이미 강을 향해 몸을 날린 한세가 몸으로 그 검을 막아냈다.

"아!"

칼에 찔렸다고 느낀 순간 등과 가슴에 엄청난 통증이 느껴지더니 다리가 맥없이 꺾였다.

"세야!"

놀란 강이 검을 들어 살수의 심장을 찌르며 밀쳐 냈지만 한세를 구하지 못했다.

"세야! 세야!"

강은 붉은 피를 흘리며 쓰러지는 한세를 끌어안았다. 가물거리는 한세의 검은 눈동자에 믿어지지 않는다는 듯 멍하게 들여다보는 강의 모습이 들어왔다.

"세야!"

검을 휘두르며 적을 베던 이산은 강의 절규를 듣고서야 달려왔다.

"세야! 정신 차려라!"

강은 믿을 수 없어 미친 듯이 한세를 불렀다. 그녀의 가슴에서 솟구치는 피가 그의 손과 몸을 적셨다.

"아……."

한세는 숨을 헐떡였다.

"다행이야."

다행이야, 이렇게라도 당신을 지킬 수 있어서…….

흔들리는 눈동자는 마지막 순간까지 강을 보고 있었지만 그녀의 눈꺼풀은 스르륵 내려가며 곧 어둠에 덮였다.

믿어지지 않는다는 듯 나를 멍하게 들여다보는 강의 모습이 보여요.
어쩐지 가회당에서 어린 강을 처음 본 순간 가슴이 철렁했어요. 가끔은 기억할 수 없는 과거의 언젠가 스쳐 간 인연이었을 수도 있겠다 싶었어요. 그렇지 않고서야 어떻게 어린 강을 보고 가슴이 떨릴 수가 있었겠어요.

다행이야. 정말 다행이야. 이번엔 내가 너를 지킬 수 있어서.

이제야 알겠어요. 내가 이곳에 온 이유.

이제 다 기억이 나요.

우리 어디서 무엇이 되어 다시 만날까…….

"강아! 강!"

나를 구하려다 칼에 찔린 강을 안고 절규하던 내 목소리가 들려요.

"……사랑했다, 사랑한다, 세야."

내 품에 안겨 숨을 거두는 그 순간이 되어서야 강은 내게 말했어요.

윤소이와 혼례 날을 불과 열흘 남겨놓은 어느 가을날이었어요.

그때야 알았어요. 그를 잃고서야…… 우리가 그저 벗이 아니었음을.

어째서 나는 알지 못했는지, 사랑이 늘 내 곁에 있었는데.

그를 잃고 나서야, 나를 지탱하던 반쪽이 허물어지고 나서야, 사랑임을 알았어요.

강이 내 주위에 펼쳐 두었던 따뜻한 결계(結界)가 사라지며, 조용히 돌아가던 내 세상은 멈춰 버렸어요. 강이 없는 그 가을이 얼마나 쓸쓸했는지, 그를 잃고 지독한 무력감에 시달리던 내가 얼마나 쉽게 허물어져 버렸는지.

반짝거리던 세상이 순식간에 빛을 잃었고 모든 소리가 사라졌죠. 그 안에 살고 있는 내가 더 이상 그 무엇도 아닌 것처럼 느껴졌어요.

건우 사형, 기섭 사형, 그리고 강이…….

왜 강을 사형이라 부르지 않았는지 모르겠어요.

아마도 늘 구박하고 괴롭히는 그가 미워서 그랬을 거예요.

우린 꿈을 꿨어요.

누구도 버림받지 않고, 모두가 행복하게 사는 나라.

누구도 상처받지 않는 예쁜 사랑.

사랑? 우정? 아니, 아닐 거예요.

그것만으로 어떻게 이 마음을 표현할 수 있겠어요.

그 많은 날들 우리가 함께 말 달리며 뛰고 구르며 올려다보았던 하늘, 그 하늘에 떠 있던 여린 구름과 때때로 쏟아지던 야윈 빗줄기.

우린 처음이었고, 모르는 게 너무 많아서, 어긋나기도 하고, 때론 화내기도 했고, 다투기도 했어요.

거칠고 거대한 바람이 불어왔죠. 우린 당연히 흔들렸어요. 하지만 바람에 흔들리지 않는 것이 무엇이 있을까요.

바람이 불어오면 태산이라도 잔돌들이 바람에 흩어지고, 바다도 흔들려 거대한 파도가 일지 않나요.

미소(微小)한 우리는 흔들렸고 흩어져 날아가기도 했지만, 그대로 쓰러져 있지는 않았어요.

비록 미소(微小)하다고 존재까지 가벼운 것은 아니겠지요.

만약 그날, 서하의 예동이 되어 어린 당신들을 만나지 않았더라면, 이렇게 괴롭고, 슬프고 고통스러운 순간은 없었겠지요. 하지만 당신들을 만나지 않았더라면 이런 고통조차 행복이 될 수도 있다는 것을 영영 알지 못했을 거예요.

우리들의 그 많은 이야기가, 우정이, 사랑이, 어찌 한낱 전설이 될수 있겠어요.

보통의 사람들은 태어나 옹알이를 시작하기 전까지는 자신의 전생을 기억한다고 한다.

그러고 보니 세아는 이상한 꿈들을 꾸기 몇 달 전 교통사고가 났었다. 그 교통사고 이후에 세아는 그 꿈들을 꾸기 시작했다. 어쩌면 교통사고의 충격으로 전생의 기억들이 떠오르기 시작한 것은 아니었을까.

지금 이 순간 어찌 된 일인지 머릿속에 전생의 모든 기억이 또렷하게 떠올랐다.

그녀는 오라버니 한결과 함께 쌍둥이로 태어났다. 한결이 먼저 나가고 또 다시 아기의 머리가 보이기 시작했을 때, 어머니 허씨는 그 힘든 순간에도 제발 여아가 아니길 빌고 또 빌었다. 하지만 불행하게도 그녀는 그 누구에게도 축복받을 수 없는 운명을 지닌 여아였고 태어난 그 순간부터 어머니를 울리고 말았다.

그녀는 사내아이의 앞길을 막는 불길한 여아라는 점괘 때문에 천덕꾸러기 사내아이로 자랐다. 밉기도 하고 불쌍하기도 해서 그랬겠지만 어머니 허씨는 그녀와 눈도 마주치지 않았다. 그 때문에 한세는 늘 어른들의 눈치를 살펴야 했고 잔뜩 주눅이 들어 말수도 적고 무뚝뚝한 아이가 되어버렸다.

그러던 어느 날, 허씨의 벗인 송씨가 강을 데리고 한세의 집에 왔다.

"너 이름이 무엇이니?"

안채 마당에서 놀고 있는데 귀엽게 생긴 사내아이가 다가오더니 다짜고짜 그녀의 이름을 물었다. 겨우 여섯 살 남짓한 사내아이가 얼굴도 뽀얗고 귀한 티가 나는 것이 그녀와는 많이 달라 보였다.

"그러는 너는 이름이 뭔데, 남의 이름이 알고 싶으면 자기 이름부터 가르쳐 줘야 하는 거 아닌가?"

처음 본 강의 모습이 그녀와는 너무 달라 보여 가뜩이나 무뚝뚝한 한세는 더 퉁명스럽게 대했다.

"너는 계집아이라며 어찌 그리 퉁명스러운 것이냐?"

"내가 계집아이라고 누가 그래, 하고 계집아이는 살가워야 한다고 국법에 정해졌나?"

"어허, 네가 여아인 것을 내가 아는데?"

어머니들끼리 하는 이야기를 듣고 한세가 여아라는 것을 알고 있었던 강은 그렇게 부득부득 우겨댔다.

"아니라니까 그러네."

여아라는 사실이 알려지면 큰일 난다고 귀에 딱지가 앉도록 교육을 받은 한세는 깜짝 놀랐다.

"너, 어찌 거짓말을 하니?"

"아니라는데, 너 참말 혼나볼래?"

결국 한세는 다짜고짜 그녀가 여아라고 떠들어대는 강의 입을 막고 두들겨 패서 울리고 말았다. 그렇게 강과 그녀의 첫 만남은 악연으로 시작되었다.

그리고 얼마 뒤 한세는 태어나 처음으로 어머니의 손을 잡고 마실을 갔다. 허씨는 늘 이리저리 치이며 구박덩어리로 사는 한세에게 잠시 측은한 마음이 들었던 거였다. 혜경궁 홍씨가 세손을 데리고 친정에 다니러 왔고 허씨와 송씨가 아이들을 데리고 모인 자리였다.

그곳에서 한세는 어린 이산을 처음 만났다.

"너, 참 귀엽게 생겼구나."

이산은 처음 본 그녀에게 귀엽다고 칭찬해 주었다.

처음이었다. 한세가 누군가에게 칭찬을 받아보는 것은.

"어, 어."

한세는 이산이 무작정 좋아졌다.

"얘가 어찌 이래?"

처음으로 들어본 칭찬에 얼굴을 붉히며 당황하는 그녀를 지켜보던 강은 공연히 짜증을 부렸다.

"말을 더듬느냐?"

"아, 아니 말할 줄 아는데……."

이산이 그렇게 묻자 그녀는 당황해 고개를 저었지만 두 사람을 지켜보는 강은 영 못마땅한 얼굴이었다.

"이 아이는 제집에서는 말을 청산유수로 잘한답니다. 하지만 본시 못난 것들은 제집을 벗어나면 움츠러드는 법이지요."

공연히 심통이 난 강은 어린아이의 말이라고 생각하기에는 깜짝 놀랄 만큼 싸가지 없이 말했다. 한세가 자기를 만났을 때는 자기주장이 그리 강하더니 이산을 볼 때는 계집아이처럼 얼굴을 붉히며 수줍어하는 것에 화가 난 것이었다.

"뭐, 못난 것?"

이산의 앞에서 못난 것이라고 하는 말에 격분한 한세는 또 주먹을 치켜들었지만 이번엔 강도 호락호락하지 않았다.

"쯧쯧! 내가 한 번 당하지, 두 번 당하겠느냐? 게다가 여긴 네 집도 아니고 말이다. 하긴, 못난 것이 제가 모자란 것을 어찌 알 것이냐?"

그 일이 있은 뒤 강과 한세는 만나면 토닥거리고 싸우는 사이가 되고 말았다. 그리고 얼마 뒤, 대궐에서 한세의 오라버니 한결에게 세손의 예동으로 입궐하라는 전갈이 왔다. 하지만 점바치 고복수의 말처럼 한세가 사내아이의 앞길을 막는 아이였는지, 한결은 입궐하기 전날 말에서 떨어져 발목이 부러지고 말았다.

처음에는 한결의 다리가 나을 때까지만 한세가 예동을 대신하기로 했었다. 어찌 되었거나 세손의 예동이 되는 것은 집안의 광영이었으니. 하지만 한결의 발목 부상은 단순한 것이 아니었다. 그는 오랫동안 발목 부상으로 고생하며 자리에 누워 있어야 했고 덕분에 한세는 그대로 이산의 예동이 되고 말았다.

그 다음은 대부분 꿈에서 보았던 내용과 같았다.

한세는 예동이 되어 궁궐에 입궐하는 날부터 이산만 바라보았다. 곁에 있는 사형들과도 사이가 좋았지만 강과는 꾸준하게 지치지도 않고 싸웠다. 이산이 혼례를 올리던 날 그녀는 아무도 없는 곳에 쪼그리고 앉아 울었다.

"너 어찌 우느냐?"

"사형은 몰라도 됩니다."

"너 저하가 좋은데 말은 못하고 속을 끓이고 있는 것이지?"

강은 몇날 며칠 우는 그녀에게 다가와 다짜고짜 분통을 터뜨렸다.

"아닙니다."

"아니긴, 그리 좋으면 가서 좋다고 말이라도 해보지. 어디가 모자라 울고 앉았느냐!"

"사형이 무슨 상관입니까?"

"네가 말하지 못하겠다면 내가 해주마."

보다 못한 강은 그길로 이산에게 달려갔고 그녀는 그를 말리려고 따라갔다. 하지만 워낙 빠르게 달려가는 강을 잡지 못하고 한세는 숨어서 그들이 하는 이야기를 듣고 있을 수밖에 없었다.

"저하!"

"강이 어쩐 일인가?"

"저하께 여쭙고 싶은 것이 있습니다."

"묻고 싶은 것?"

"저하께서는 한세를 어찌 생각하십니까?"

"음, 한세는 귀엽고 총명한 아이지."

강은 잔뜩 긴장해서 진지하게 물었지만, 이산은 아주 덤덤하게 대답했다.

"그 아이는 저하를 흠모하고 있습니다."

"나에게 한세는 다른 예동들과 다름없는 귀한 벗이네."

이산의 그 말을 듣던 순간 그녀는 너무 부끄러워 세상에서 사라지고 싶었고, 일을 그렇게 만든 강이 미워서 죽여 버리고 싶었다. 그날 이후 한세와 강은 더욱 사이가 나빠졌고 얼굴만 보면 아웅다웅했다.

나중에 강의 일기를 보니 그는 한세를 위해 그녀의 마음을 전해준 것이 아니라 그저 이산의 마음이 어떤 것인지 너무 알고 싶었던 거였다. 그리고 얼마 후 사도세자가 죽었고, 그들은 적의 습격을 받았다. 그때 건우도 죽었다. 한세는 오라버니 한결을 대신해 무과에 급제했고 아버지의 바람대로 이산의 호위무사가 되었다.

"세야, 네가 곁에 있으니 나는 두려울 것이 없다."

"제 모든 것을 바쳐 저하를 지킬 것입니다."

"보아라, 이제부터 내가 걸어가야 할 길이다. 세야, 너는 아무리 어려운 일이 있더라도 이 길 끝까지 나와 함께 가주어야 한다. 약조할 수 있겠느냐?"

"예, 저하. 그리하겠습니다."

"그래서 그날이 오면 이 길 끝에 무엇이 있었는지, 같이 보자꾸나."

"예, 저하."

호위무사가 되던 날, 한세는 그렇게 이산과 굳게 맹세했다.

한세는 그녀가 지켜야 하는 이들을 위해서라면 잔인하리만치 차갑고 냉정한 무사였다. 임무를 수행하는 과정에 그녀는 많은 사람들을 죽였고, 채운도 그중 한 사람이었다.

그녀는 강을 만나고 늘 토닥거리다 싸우기도 하고 삐지기도 하였지만, 한 번도 떨어져 있지는 않았다. 누가 먼저라고 할 것도 없이 그들은 또 찾아가 만나고 그리고 다시 싸웠다.

그리고 일 년 뒤인 가을, 보위에 오른 왕을 시해하려는 기습이 있을 것이라는 정보를 얻은 강은 무사들을 이끌고 달려와 한세를 구하려다 죽었다.

누구보다 빨리 강의 재능을 알아보았고 보위에 오르자마자 추진하려던 개혁에 크게 쓰려던 인재를 잃은 이산은 오랫동안 애통해하였다. 훗날 강과 꼭 닮은 정약용을 발견하였을 때, 이산은 그가 살아 돌아온 것처럼 기뻐하였고 죽을 때까지 그를 아꼈다.

한세에게 강이 없는 세상은 심심하고 쓸쓸했다. 갑자기 세상 모든 것이 무의미해지고 상실감에 시달리다 점점 무기력해져 갔다. 이산은 국정을 돌보느라 바빴고, 그녀 역시 해야 할 일들이 많아 슬퍼할 겨를도 없었지만 점점 지쳐 가고 있었다.

어느 날 문득 돌아보니 세상은 아무 일도 없다는 듯 돌아가고 있는데, 그녀만 홀로 고립되어 있는 것 같았다. 그렇게 세월이 흘러 어느 날, 한세는 이산이 꼭 지켜 달라고 당부한 이를 지키지 못했다.

"너의 탓이 아니다."

이산은 그녀에게 아무런 책임노 묻지 않았지만, 그녀는 스스로를 용서할 수 없었다. 호위무사가 지켜야 할 주인을 지키지 못한 죄를 씻는 것은 단 하나였다.

죽음은 두렵지 않았다. 아니, 차라리 죽고 싶었다.

어차피 그 누구에게도 사랑받지 못했던 삶이었다. 그녀를 사랑해 주었던 유일한 한 사람, 강이 떠난 이 세상은 한세가 죽는다고 해서 슬퍼할 사람도, 기다리고 있는 사람도 없었다.

"강아, 약속해. 다음 생에서는 누구도 사랑하지 않고, 그 누구도 바라보지 않고, 너만 사랑할게. 너만 볼게."

그녀는 언젠가 이산과 나란히 말을 달렸던 절벽 끝 그 큰 나무 아래에 앉아 죽음으로 죄를 씻었다. 어쩌면 쓸쓸하고 외로운 그녀에게 단 한 번도 따뜻한 말을 건네지 않았던 이산에 서운한 마음도 있었다. 그래서 이산이 자진한 그녀를 발견했을 때, 아주 조금쯤은 슬퍼해 주기를 바라면서.

조선으로 오기 전 꾸었던 마지막 꿈.

물안개가 자욱한 새벽, 검은 무복을 입고 큰 나무 아래 앉아 자진을 하던 사내는 바로 한세였다.

"세야, 네가 어찌 나를 두고 혼자 가느냐! 약조하지 않았느냐, 나와 같이 가겠다고!"

그녀가 자진해 죽던 날, 이산은 눈물을 흘리며 통곡하였다.

"이럴 줄 알았다면 너에게 말해줄 것을…… 나는 언제나 너를 사랑했다, 세야. 언제나 지켜보는 네가 있어서 내가 의연하게 견딜 수 있었던 것을……."

이산은 싸늘하게 식은 그녀의 몸을 안고 오랫동안 눈물을 흘렸다. 몸을 벗어난 그녀의 영혼은 너무 많이 애통해하는 이산 때문에, 그곳을 떠나지 못하고 서성였다.

"내가 어리석었네, 이럴 줄 알았더라면 내가 언제나 너를 보고 있노라 고백이라도 해볼 것을……."

그러다 기섭 사형을 붙잡고 털어놓는 이산의 느닷없는 고백에 당황하여 한참 동안 멍하게 서 있었다.

그녀를 지켜보며 홀로 사랑을 키워오던 이산이 용기를 내어 고백하려던 날, 강이 찾아와서 한세를 어찌 생각하느냐고 물었다. 그 순간 그는 강의 마음을 알았다. 이산은 언젠가 왕이 될 자신이 차마 자신의 예동이며, 충성스러운 신하이고, 둘도 없는 벗이 좋아하는 여자를 사랑하고 있다고 말할 수는 없었다.

그날 그는 애써 마음을 잘라내고 한세를 지켜볼 수밖에 없었다.

"강을 떠나보내고 홀로 괴로워하는 세를 보며 몇 번이고 말해주고 싶었다. 너는 내게도 소중한 사람이니 부디 나를 생각해서라도 힘을 내고 이겨내라고. 하지만 강이 누구냐, 나를 위해 죽은 충성스러운 신하이며 소중한 벗이었다. 내가 어찌 강이 사랑한 여인에게 그리 말할 수 있느냐?"

그렇게 후회하는 이산의 고백을 들으며, 그녀는 아주 오랫동안 그를 오해하고 있었음을 알았다.

"세아야! 세아야! 아이고 이것아! 제발 정신 좀 차려봐!"

어디선가 아득하게 들려오는 엄마의 목소리에 정신을 차리고 보니 그녀는 낯선 병원 중환자실 안에 서 있었다.

"선생님!"

간호사의 다급한 호출에 의사가 급하게 뛰어가는 것을 보면 누군가 삶과 죽음의 문턱을 오가는 것이 틀림없었다.

"세아야! 세아야!"

어디선가 들려오는 목소리에 다시 돌아보니 중환자실 한쪽 침대에 누워 있는 제 몸이 보였다.

'어째서 하필이면 이 순간에 내가 이곳으로 놀아온 것일까, 지금이라도 내가 저 몸으로 들어간다면 나는 다시 살아나는 것일까.'

산소 호흡기를 달고 있는 자신은 한눈에 봐도 위험한 상태였다. 모니터가 S파형으로 바뀌더니 다시 기계음이 연신 띠~ 울어대며 날카로운 전자파로 바뀌었다.

"심실세동입니다!"

"200줄 차지! 샷!"

의사들이 바삐 움직이고 간호사가 긴장된 손길로 가슴에 젤을 바르고 패들에도 젤을 바르며 바쁘게 움직이는 것이 보였다.

"혈압이 떨어지고 있습니다!"

간호사의 목소리가 점점 더 다급해졌고 의사가 충격기를 들고 응급처치를 했지만 초록색 계기판의 혈압, 심박수, 산소포화도, 심전도의 숫자들은 점점 떨어지고 있었다.

"물러서! 다시 300줄 차지!"

물러서라고 외치는 소리에 의료진이 모두 뒤로 물러서자 의사는 다시 가슴에 충격을 주었다.

쇼크로 몸이 털썩 튀어 오르며 요동치자 지켜보고 있던 그녀의 영혼이 그대로 빨려 들어갔다. 그녀의 영혼이 육신 속으로 들어가자 모니터의 기계음이 다시 조용해졌다.

"이제 더 이상의 치료는 무의미한 상태입니다. 어머니께서 결정을 하셔야 합니다."

의사가 더 이상의 치료는 무의미하다고 하는 것을 보니 이곳에 누워 있은 지 꽤 오래된 것 같았다.

"잠시만, 시간을 주세요. 제 딸과 단둘이 이야기를 나누고 싶어요."

엄마는 울먹이는 목소리로 부탁했고 의사의 발자국 소리가 멀어지는 것이 느껴졌다.

"세아야, 제발 눈을 떠. 정신 좀 차려봐."

울고 있는 엄마의 절규를 들으니 가슴이 찢어지는 것처럼 아팠다.

"너, 정말 이렇게 엄마 곁을 떠나려는 거야?"

지금 엄마는 기계에 의지해 목숨을 이어가고 있는 세아의 몸에서 산소 호흡기를 떼어내고, 그녀가 생전에 약속했던 대로 장기 기증을 해야 할지를 결정해야 하는 것이었다.

'엄마!'

얼마나 보고 싶었던 엄마인지, 손을 내밀어 만져 보고 싶었지만 몸이 말을 듣지 않았다. 이제 정신을 차리고 일어나면 한바탕 꿈을 꾼 것처럼 아무렇지 않게 살아갈 수 있는 것일까. 하지만 이제야 겨우 강이 그 수많은 세월 내가 찾아 헤매던 사랑이라는 것을 알았는데, 아직 나는 저하와의 마지막 약조를 지키지 못했는데, 이렇게 돌아와 버려도 괜찮은 것일까?

나는 이제 어떻게 해야 하나. 이생의 오세아를 버려야 하는 것일까. 전생의 한세를 버려야 하는 것일까.

순간 수많은 질문들에 그녀는 혼란스러웠다.

"세아야, 세아야!"

우는 엄마의 목소리에 그녀 역시 괴로웠다.

『세아! 세아……』

그녀가 그런 생각을 하며 멍하니 누워 있을 때, 저 멀리 아득한 곳에서 누군가 부르는 소리가 들려왔다.

　강은 칼에 찔린 한세를 안고 가회당으로 돌아와 그날부터 한시도 떨어지지 않고 곁에 있었다. 먹지도 않았고 잠을 자지도 않았다. 여식을 집으로 데려가려고 찾아온 한상수와 허씨도 한세가 죽으면 따라 죽을 것 같은 강을 보고는 그대로 돌아갈 수밖에 없었다.

　벌써 며칠째, 밤을 지새웠지만 강은 잠이 오지 않았다. 이대로 한세를 잃을지도 모른다는 아픔에 가슴이 먹먹해졌다.

　"세야……."

　그는 죽은 듯 누워 있는 한세의 얼굴을 쓰다듬었다.

　"손 치우십시오, 손모가지 딱 부러지십니다."

　톡 쏘아대던 한세의 목소리가 듣고 싶었다.

　"세야, 내가 잘못했다."

　속도 없이 웃던 한세의 밝은 웃음이 그리웠다. 툴툴거리며 구박을 해도 그를 향해 환하게 웃으며 달려오던 그녀가 보고 싶었다. 이럴 줄 알았더라면 저하께서 아무리 괴로워하셔도 그리 밀어내지 말 것을 그랬다고 후회하고 또 후회했다.

　"차라리 그날 세상 모든 것을 내려놓고 너와 함께 눈싸움이나 했으면 이리 후회하지는 않았을 것을, 내가 잘못했다. 세야."

　첫눈 오던 날, 한세가 나무 관 속에 누워 있다는 것을 알면서도 이 산의 청을 들어줄 수 없다는 생각에 모르는 척, 그대로 돌려보낸 것을 곱씹어 후회했다.

"세야, 많이 잤다. 이제 그만 눈을 떠. 이대로 가버리면 나는 어찌하느냐, 너 없는 세상은 생각해 본 적이 없는데……."

뜨거운 눈물이 뺨을 타고 흘러내렸다. 한세가 없는 세상이 어떨 것인지 상상조차 할 수 없었다.

그녀의 영혼은 지금 어느 곳에 있는 것일까, 문득 한세가 하던 말이 떠올랐다.

"정말 사랑하는 사람을 만났는데, 그 사랑이 절정에 오른 순간 내가 갑자기 떠나 버리면 남겨진 사람은 어떻게 하나요?"

갑자기 떠나게 될까 봐 걱정하던 한세가 그 말처럼 이대로 떠나가 버리면 어떻게 해야 하는가.

"세야, 네가 없는 세상을 내가 어찌 살 수 있겠느냐, 하니 그곳에 가서 그리운 사람들 만나고 내게 돌아와 다오."

강은 그렇게 묻다가 아무런 대답 없는 한세의 손 위에 자신의 손을 포개었다.

"세야, 약조해 다오. 돌아오겠다고."

강은 희고 가는 한세의 손가락을 어루만지다 자신의 뺨에 대보았다. 그녀의 손은 죽은 사람의 것처럼 차갑게 느껴졌다. 갑자기 온몸에 소름이 돋았다.

"대체 어찌하여 정신을 차리지 못하는 것이더냐?"

이대로 한세를 잃을 수는 없었다.

이산은 무거운 얼굴로 가회당을 바라보며 서 있었다. 영조의 병환이 위중하고 국사가 밀려 있어 다 잊고 집무에 전념하려 해도 한세가 어떤지 걱정이 되어 견딜 수가 없었다. 가회당에 다녀온 어의를 불러 한세의 상태를 살폈지만 눈으로 확인하고 싶은 마음은 어쩔 수 없었다.

"사람을 부르겠습니다."

가만히 지켜보고만 있던 기섭이 보다 못해 다가와 물었다.

"공연히 온 것 같구나."

이산은 깊은 한숨을 내쉬며 탄식했다. 몇 번을 거듭 생각하고 고심하다 잠행을 나왔지만, 한세가 목숨을 던져 가며 지키려 했던 강을 생각하니 마음이 무거워지는 것은 어쩔 수 없었다.

"저하!"

주군의 깊고 슬픈 탄식을 지켜보는 기섭의 마음은 무거웠다. 이산이 국정을 살피면서도 혼란한 마음을 다스리지 못하는 것을 알고 있었기에 가회당으로 가겠다고 했을 때는 차라리 그렇게라도 한세를 보는 것이 나을 것이다 싶으면서도 강을 생각하니 가슴 한쪽이 무거웠다.

누구보다 한세를 향한 이산의 마음을 잘 알고 있고, 또한 한세의 마음을 분명하게 읽고 있는 자신은 누구의 편을 들어야 한다는 말인가? 세 사람을 생각하면 못내 속이 타면서도 이러지도 저러지도 못하는 것이었다.

"눈이 오려나 봅니다. 저하, 그만 돌아가시지요."

눈발이 날리기 시작하자 기섭은 황급히 팔을 들어 옷자락으로 이산의 얼굴을 가렸다.

"잠시만, 잠시만 이대로 있자꾸나. 그저 얼굴이나 한번 보았으면, 어떤지 내 눈으로 확인하고 싶어서 말이다."

이산은 그의 팔을 치우며 가회당을 바라보았다. 이렇게 서서 가회당의 솟을대문을 바라보자니 볼우물이 패도록 활짝 웃는 한세의 얼굴이 어른거렸다. 그녀의 얼굴이 떠오르자 갑작스레 울컥 치밀어 오르는 감정을 수습하지 못해 뚫려 버린 가슴으로 찬바람이 밀려들었다.

"알겠습니다."

기섭은 이렇게라도 한세가 누운 방의 불빛이라도 보고 싶어 하는 그의 마음을 알 것 같아 고개를 끄덕였다.

"저하! 들어오시지 않으시고요."

금동이 달려와 대문 밖에 기섭이 와 있다는 말을 전해 들은 강은 지우산을 챙겨 들고 나오다 발걸음을 멈추었다. 저만치 나무 아래 이산이 대문을 바라보며 서 있었다.

"이런, 돌아가려던 길이었는데……"

"들어오십시오."

강은 새하얗게 흩날리는 눈을 맞으며 선 이산에게 다가가 지우산을 받쳐 주었다.

"그리할까."

오랜 지기가 받쳐 주는 지우산을 쓰고 걸으며 이산은 모처럼 싱그럽게 웃어 보였다. 두 사람은 마당을 지나 가회당의 별채로 가는 동안거의 입을 열지 않았다.

"세야, 이제 그만 자고 일어나거라."

잠이 든 듯 평온한 한세의 얼굴을 확인한 이산은 안도의 한숨을 쉬었다. 그는 한세의 곁에 앉아 오랫동안 그녀의 창백한 얼굴을 들여다보았다. 이제는 붙잡아둘 수도 없는 여인, 이 순간 그녀의 얼굴을 기억에 담아두기 위해서였다.

"열도 많이 내렸고 이제 위험한 고비는 넘긴 것 같습니다."

"한데 어찌 정신을 못 차리는 것인가?"

안도의 한숨을 쉬는 것도 잠깐 이산은 뭔가 이상하다는 얼굴로 강을 바라보았다.

"어의의 말로 곧 깨어날 거라 하였는데 아직까지 의식이 없습니다."

"옥, 사내노 시금 나와 같은 생각인가?"

이산이 불쑥 물었다.

"예, 지난번에 말씀드렸던 고복수라는 점바치가 아직 살아 있다고 하더이다. 정후겸과 홍상범 쪽의 움직임도 심상치가 않고 말입니다. 하여 알아보고 있는 중입니다."

강은 그 사건 이후 여전히 노론에게서 의심의 눈초리를 거두지 않고 있었다. 한세가 계속해서 깨어나지 못하자 그는 이 일에 고복수가 관련이 있는 것이 아닐까 하는 생각이 들었다.

"나도 알아보겠다. 뭔가 알게 되면 바로 기별하여라. 내 이번에야말로 그것들을 그냥 두지 않을 것이다."

강의 말을 들으니 그동안 의심해 왔던 것에 확신이 들며 참아왔던 분노가 넘실거렸다. 창백한 한세를 내려다보던 이산의 꽉 움켜쥔 주먹이 부르르 떨렸다.

"저하, 요즘 잠을 통 주무시지 못하신다 들었습니다."

"잠을 못 자는 것이겠는가, 자지 않는 것이지. 처리해야 할 일이 많은데 어찌 태평하게 잠만 자고 있겠는가."

"그렇더라도 옥체를 돌보셔야 합니다. 세가 깨어나면 얼마나 잔소리를 하겠습니까?"

강은 누구보다 이산의 마음을 잘 알았다. 한세가 이리된 후로 그는 눈에 띄게 수척해졌고 말수도 적어졌다. 잠을 못 자는 것뿐만 아니라 먹지도 못하는 것이 틀림없었다.

"자네의 몰골을 보게, 지금 나를 걱정할 때인가! 몸을 챙기게."

이산이 타이르듯 강의 어깨를 툭 치며 자리에서 일어났다.

"이만 가보겠네."

"살펴 가십시오."

강은 문 앞에 나가 궁궐로 돌아가는 이산을 배웅하고 돌아서다 흠칫 놀라고 말았다.

"저하께서 그 아이를 마음에 두고 계시는 것이더냐?"

"그런 것이, 아닙니다."

"하다하다 이제는 왕이 되실 분과 여인을 두고 다투는 손자 놈을 지켜봐야 하느냐? 아무래도 내가 너무 오래 산 것이지."

서동환은 고개를 절레절레 흔들다 문득, 가회당 앞을 서성이던 이산의 쓸쓸해 보이던 모습을 떠올리고 다시 한 번 깊은 한숨을 쉬었다.

❀

눈 그친 벌판 끝에서 검은 어둠을 헤치고 달이 떠올랐다. 어둠이 내리자 대표적인 노론 벽파인 홍계희의 집 안으로 검은 그림자가 속속 모여들었다.

홍계희는 나경언으로 하여금 사도세자의 행적을 영조에게 고하도록 하여 죽음으로 몰아갔던 인물이다. 하지만 홍계희는 다행인지 불행인지 이미 죽었지만, 그 가문은 사도세자의 아들인 세손이 즉위할 것을 불안하게 여겼다.

홍계희의 손자인 홍상범은 만약 세손이 즉위하기 전에 암살하지 못하면 모두 죽을 것이라는 고복수의 점괘를 믿고 있었다.

"오셨습니까?"

"다들 오셨는가?"

"예, 따르는 자들은 없었습니까?"

"없었네."

홍상범이 나와서 따르는 이들이 없는지 주위를 살피며 인사를 하자 하나둘 모여든 그림자들도 안부를 묻고는 안으로 들어갔다.

그들은 보위에 오르기 전에 이산을 시해하지 못할 경우 궁중에 암살단을 난입시킬 생각이었다. 세손을 암살할 방안을 모색하던 그들은 이산을 지키고 있는 한세가 있는 한 성공하기 어렵다는 고복수의 점괘에 대해 들었다. 그들은 마지막으로 가능한 모든 수단을 동원해 이산의 즉위를 막을 생각이었다.

결국 그들은 한세를 먼저 죽이기 위해 세초하러 가는 이산의 행렬을 공격한 것이다. 그러나 한세는 아직 죽지 않고 살아 있었다.

"굿을 할 채비는 잘 되었는가?"

그들은 화완옹주가 추천하는 고복수를 이용해 부상을 당한 한세가 깨어나지 못하도록 일을 꾸몄다.

"제 여식이 다 알아서 챙기고 있습니다."

그들은 이 방면에 뛰어나다는 고복수의 여식 무녀 점방의 힘을 빌리기로 했다. 마침 홍상범은 고복수가 나타나기 전부터 무녀 점방을 포섭하기 위해 가난해서 김흥조와 혼례도 올리지 못한 그들에게 먼저 재물을 주면서 혼인까지 시켜주었었다.

그날 밤, 뿌연 밤안개가 가득 찬 가회당 별채 사이로 무언가가 어른거리는 것이 보였다.

"쉿!"

강은 화가 치밀어 그대로 공격하려는 한결에게 주의를 주며 몸을 낮추었다. 미리 기별서리들을 풀어 저들의 동태를 살피고 있던 강은 캄캄한 어둠 속에서 어른거리는 그림자를 지켜보고 있었다.

수상쩍은 그림자는 가회당 앞 길가에 땅을 파고 뭔가를 집어넣고 묻었다. 그리고 작은 주머니에 그 땅의 흙을 주워 담았다.

"대체 무엇을 묻는 것인가?"

사악한 주술이 틀림없다고 생각한 강은 당장에라도 달려가 요절을 내고 싶었지만 조금 더 지켜보기로 했다.

일을 마친 그림자는 조심스럽게 주위를 살피며 경계하더니 가회당 뒤로 돌아가 똑같은 일을 반복했다.

조심스럽게 땅을 파고 묻어놓은 물건을 꺼내보니 그것은 붉은 모래로 이산과 한세의 형상을 만든 다음, 여기에 쑥대화살을 꽂고 땅에 묻은 것이었다. 그리고 그 그림자는 한편으로는 가회당 기둥에다 저주하는 부적을 가져와 붙였다.

"쫓아라!"

담 밖에서 대기하고 있던 한상수와 그의 무사들이 조용히 그 뒤를 쫓았다.

감히 그의 여식을 저주하려는 자들을 놓칠 수는 없었다. 어떤 일이 있어도 사로잡아 누가 이런 일을 시킨 것인지 반드시 저들의 배후를 밝힐 생각이었다.

폭설이 쏟아지려는지 귓전을 때리는 바람 소리가 요란한 밤이었다.

"놓치면 모든 것이 끝이다!"

분명 확증을 잡아야 하는 일이기에 그들은 필사적으로 그림자를 따라갔다. 그림자는 인적이 드문 길로 골라 다니다 드디어 키 작은 초가집들이 드문드문 보이는 몇 개의 길을 지나 초롱불 밝힌 기와집들이 있는 북촌의 골목길로 다시 들어섰다.

강과 한결을 비롯한 한상수와 무사들은 그 뒤를 쫓았다.

"문을 열어라!"

그림자는 먼 길을 빙빙 돌아 홍계희의 집으로 들어갔다.

"이곳은 홍계희의 집이 아닌가?"

뒤를 쫓던 한상수와 강은 깜짝 놀라고 말았다. 노론의 반격이 있을 것이라 예상은 했지만 수술을 쓸 섯이라고는 생각하지 못했었나.

"내 저것들을!"

여식이 생사를 오고 가는 것이 저들의 흑주술 때문이라는 것을 알자 한상수는 참을 수가 없었다.

"아버님, 이럴수록 냉정하셔야 합니다."

강은 저들을 일망타진하기 위해 한상수를 진정시키고 홍계희의 집 담을 넘었다. 집 안에서는 뒷마당에 신방을 차려놓고 무녀 점방이 저주를 하기 위한 굿을 준비 중이었다. 그곳에는 붉은 안료인 진사로 그린 이산과 예동들, 그리고 한세의 화상이 가운데 걸려 있었다.

챙챙챙!

자지러지게 울려 퍼지는 바라 소리가 먹구름이 드리워진 밤하늘을 빙빙 돌았다.

"시작하지."

한구석에 앉은 고복수가 저주의 살을 날릴 부적을 쓰고 있었다.

"저것들이!"

강은 당황한 얼굴로 한상수와 한결을 돌아보았다.

"저들이 노리는 것이 이것이었군요."

한결은 강을 바라보며 행여 들킬세라 숨을 죽였다.

"이런 쳐 죽일 것들!"

한상수는 무녀 점방이 굿을 하는 것을 지켜보며 이를 으득 갈았다.

"너희들은 모두 죽었다."

점방이 활을 들고 한세의 화상 앞으로 나갔다. 한세를 겨냥한 화살이 막 시위를 떠나려는 찰나였다.

"멈춰라!"

쉬익!

"억!"

강의 손에서 날아간 비수가 활을 든 점방의 손을 관통했다.

"아악!"

점방의 손에 든 활이 바닥에 떨어지며 날아간 화살이 고복수의 어깨를 관통했다.

"모두 멈추어라! 움직이는 자는 누구든 죽는다!"

한상수와 한결을 비롯한 무사들은 일제히 검을 빼 들고 달려갔다.

"문을 열어라!"

이미 대문을 두드리는 익위사들과 기섭의 목소리가 들려왔다.

"누, 누구냐!"

막 검을 빼어 드는 무사들의 정수리로 강의 비수가 날아가 꽂혔다.

때마침 몰려든 군졸들과 무사들이 뒤엉켜 한바탕 피를 뿌린 뒤에 그 집 안에 있던 모든 자들을 끌고 갔다. 곧 국문이 있을 것이다. 그 밤은 미친 듯 날뛰는 고복수와 무녀 점방, 그리고 그 수하들이 펼치는 흑주술을 막아내느라 밤을 꼬박 새워야 했다.

붉은 해가 짙게 깔린 어둠을 밀어내며 날이 밝았지만 하늘은 잿빛이었다. 잿빛 구름이 내려앉은 하늘에 진눈깨비가 성글게 흩날리기 시작했다. 긴 밤이 지나고 새벽이 밝아올 무렵이 되어서야 고복수 일당을 다 잡아들일 수 있었다.

홍계희의 집에서 저수의 살을 날리던 고복수와 무녀를 잡아들인 강은 그길로 말을 달려 가회당으로 향했다.

"잡귀들은 물렀거라!"

이제나 저제나 아들이 무탈하게 돌아오기만을 기다리던 송씨는 소금과 팥을 뿌리며 행여나 붙어왔을 저주로부터 강의 몸을 씻어주었다. 점바치나 무녀의 말을 믿지 않는 송씨였지만 간밤에 든 자객이 가회당에 저주의 주술을 걸려고 하였다는 것을 알자 이대로 그냥 있을 수만은 없었다.

"어머니, 세는 어떻습니까?"

"조금 전 어의가 다녀갔는데, 숨결이 한결 고르다고 한다. 갔던 일은 잘 되었느냐?"

송씨는 무장을 한 채 건너와 비장한 얼굴로 한세를 부탁하던 강을 생각하니 목이 메었다. 한세가 저리되고 어찌하여 내 어여쁜 아이들이 이런 고초를 당하는 것일까 하늘을 원망하기도 했지만 송씨는 강인한 어머니였다. 그녀는 세상에서 가장 따뜻한 어머니의 온기로 아이들을 굳건하게 지키고 있었다.

"고맙습니다, 어머니."

강은 언제나 힘이 되어주는 송씨를 안으며 고맙다는 인사를 했다.

"몸을 정갈히 하고 세의 방에 들어가야 한다."

"예, 어머니."

그는 이미 송씨가 아들을 위해 물을 끓여둔 정방에 들어가 뜨거운 나무통에 몸을 담그고 짙게 밴 피 냄새를 씻어냈다.

한세의 방을 밝히는 불빛은 희미했다. 며칠 동안 잠도 자지 못하고 신경을 쓴 강은 축 늘어진 몸으로 한세를 들여다보았다. 땀에 젖어 애처로울 정도로 파리한 얼굴이 안타까웠다.

그는 연약하게 쓰러져 있는 그녀를 바라보는 것이 너무 힘이 들었다. 이대로 위험한 불꽃에 태워져 파삭파삭 소리를 내며 부서져 버릴 것만 같았다. 강은 조심스럽게 손을 내밀어 그녀의 뺨을 어루만졌다.

"세야, 이제 그만 자……."

강은 한세의 야윈 몸을 꼭 껴안고 누워 둥근 이마에 입을 맞추었다. 수없이 많은 밤 한세를 안는 상상을 했건만 이제는 이렇게 의식 없는 그녀를 안고 누워 있었다.

"세야, 너는 내 곁에 이리 누워서도 저들과 싸우고 있구나."

강은 문득 그날 검을 휘두르며 새하얀 눈밭에 적들의 피를 뿌리며 맹렬히 싸우던 한세의 모습을 떠올렸다. 그녀는 혈귀가 되어 미친 듯이 싸우는 제 모습을 그에게만은 보여주고 싶지 않았겠지만, 눈밭을 날아다니는 그 모습은 마치 장중한 검무를 추는 것 같았다.

한세는 제 몸에 검이 박혔는데도 강을 향해 몰려드는 검을 막아내느라 마지막 사력을 다해 싸웠다.

그 순간이 떠오르자 가슴을 검으로 찌르는 듯한 통증이 몰려들어 숨을 쉴 수조차 없었다.

"다행이야."

제 몸에서 피가 뿜어져 나오는 것을 물끄러미 바라보면서도, 빙그레 웃던 처연한 그 모습을 생각하니 억장이 무너지는 것 같다.

"이 많은 기억을 가지고 내가 어찌 너 없이 살 수 있겠느냐? 네가 이대로 떠난다면 나도 너를 따라가마, 해서 네가 가는 그곳이 어디라도 꼭 너를 다시 찾겠다."

강은 한세의 이마에 입술을 대고 중얼거렸다. 그녀는 여전히 깊이 잠들어 있었지만 강의 절절한 슬픔이 그녀의 피를 타고 떠놀았다.

"내가 얼마나 너를 사랑하는지 너는 다 알지 못한다, 하니 돌아와 다오. 너 없이 견딜 수가 없다, 세야!"

강은 한세를 더욱 꽉 끌어안으며 울부짖었다. 그의 입술이 그녀의 둥근 이마에 따뜻하게 내려앉더니 눈두덩이와 곧은 콧등을 지나 파삭하게 말라 버린 입술 위에 멈추었나.

"제발 돌아와!"

그의 뜨거운 숨결이 한세의 살갗 위를 떠다녔다. 강은 두 손으로 한세의 뺨을 감싸고 그녀의 숨결을 빼앗았다. 강의 절규가 한세의 코와 눈과 귀, 그리고 입술을 타고 그녀의 영혼 속으로 밀려들었다.

❀

『이 많은 기억들을 가지고 내가 어찌 너 없이 살 수 있겠느냐? 네가 이대로 떠난다면 나도 너를 따라가마, 해서 네가 가는 그곳이 어디라도 꼭 너를 다시 찾겠다.』

아주 작고 여리지만 저 너머 어딘가에서 그녀에게 말을 건네는 강의 목소리가 끊임없이 들려온다.

『내가 얼마나 너를 사랑하는지 너는 다 알지 못한다, 하니 돌아와 다오. 너 없이 견딜 수가 없다, 쎄야!』

강의 목소리는 끊어질 듯 가냘팠지만 절실한 마음이 전해져 와 눈물이 났다.

'강아! 나도 너를 사랑해. 이제야 알겠어.'

사랑은 짧을수록 영원을 꿈꾼다.

그래서 첫사랑은 누구에게나 영원히 아름답게 기억되는 것이겠지.

지난 생에 겨우 죽어가는 강에게 사랑한다는 고백을 들었고, 그때서야 그가 사랑임을 알았다.

'왜 몰랐을까, 그처럼 흠모하던 저하는 내가 모셔야 할 주군일 뿐, 내가 감당할 수 있는 사랑이 아니라는 것을. 어째서 늘 곁에서 지켜주고 언제나 내 편이 되어주었던 그를 보지 않고 화려한 불 같은 그분만을 흠모하였을까.'

마지막 자진을 하면서 그녀는 맹세하였었다.

다음 생에 다시 너를 만나면 곧바로 너를 알아보고 너만을 사랑하겠노라고.

하지만 다시 태어나 한 번 더 살아볼 기회가 주어졌던 생에서도 그녀는 그가 사랑이라 단번에 알아차리지 못했다. 여전히 흔들리고 망설이고 확신하지 못했다. 하지만 이젠 확실하게 알 것 같았다. 내 안타깝고 애처로운 사랑이 강이라는 것을.

'제발, 나 돌아가고 싶어! 강아!'

그녀는 소리쳤지만 산소 호흡기 속에 갇힌 영혼은 소리를 내지 못했다.

"이제, 눈을 뜨고 나를 보아라."

그때였다. 그녀의 귓가에 이질적인 소리가 들려온 것은. 사람의 것이라기엔 너무 낮은 소리였다.

거짓말처럼 눈이 떠졌다.

그녀는 천천히 주위를 둘러보았다. 중환자실의 소독 커튼 사이로 검은 그림자가 스며드는 것이 보였다. 눈앞에 나타난 희뿌연 그림자는 신기하게도 검은 양복을 말쑥하게 차려입은 은발의 노신사였다.

"그만, 그만!"

중환자실과는 전혀 어울리지 않는 노신사는 신기하게도 그 누구의 제지도 받지 않고 그녀의 곁으로 다가왔다.

"이제 그만해도 된다. 네 죗값은 이것으로 되었다."

"누, 누구세요?"

갑자기 나타나 말을 거는 노신사의 얼굴을 본 그녀는 너무 놀랐다. 그는 스승인 기기마의 모습을 그대로 닮아 있었다.

"너에게 속죄할 기회를 준 것이 바로 나다."

"속죄? 억울합니다. 저는 제가 믿는 것들을 지키기 위해 열심히 살았습니다."

"그래, 열심히 살았다는 것이냐, 네가?"

"예, 저처럼 존재 자체가 죄가 되는 인간이 그만큼 열심히 살았으면 되었지요."

"아직도 너의 잘못을 모르는구나. 너는 전생에 많은 죄를 지었다. 무고한 사람을 많이 죽였고, 그럼에도 참회하거나 자비를 베풀지도 않았다. 그리고 용서받을 수 없는 죄를 지었다."

"용서받을 수 없는 죄?"

대체 무슨 용서받을 수 없는 죄를 지었기에 이렇게 오나가나 천덕꾸러기 신세로 죗값을 치러야 한단 말이야. 그녀는 울컥 화가 났다.

"너의 가장 큰 잘못은 주군과의 맹세를 어기고 스스로 목숨을 끊은 것이다."

"그거야, 제가 다하지 못했던 책임에 대한 죄를 씻기 위해 그런 것입니다. 호위무사란 그런 것이니까요."

"아니, 너는 그저 외롭고 쓸쓸한 너 자신이 가엾다고 여겨 욱하는 마음에 그리한 것이다. 네가 죽으면 남은 주군이 조금이라도 마음에 가책을 느낄까 해서. 아니, 정확하게 말하면 나를 이리 박절하게 대했으니 너도 마음이 아프길 바란다. 그런 못된 심보로 너 자신을 죽여 버린 것이겠지. 그러나 너의 잘못된 선택으로 인해 역사가 뒤틀려 버렸단 말이다!"

어쩌면 그렇게 낮은 저음의 목소리로 그렇게 냉정하게 말하는지. 노신사의 말을 듣고 있자니 갑자기 강의 독설이 떠올랐다.

"그거야……."

내가 그랬나, 갑자기 말문이 턱 막혀 버렸다.

"너 때문에 네 주군이 받았을 충격을 생각해 보았느냐?"

"아니, 아니요……."

그제야 제가 자진했을 때 애통해하던 이산의 모습이 떠올랐다.

혹시 내가 마지막까지 함께하자던 그 약조를 지키지 않아 그분께서 크게 상심하셨던 것일까, 혹 그래서 병이라도 얻으신 것일까. 불현듯 그런 생각들이 뇌리를 스치자 그녀도 뭔가를 크게 잘못했다는 생각이 들었다.

"너는 그의 부름을 받고 다시 한 번 태어나 네가 잘못한 것들을 바로잡았다. 그만하면 되었으니 이제 너는 다시 현재의 오세아로 돌아가 살면 된다."

그는 잔뜩 화가 난 얼굴로 그녀의 잘못들을 알려주었지만, 마지막엔 부드럽게 타일렀다.

"제가 그분의 부름을 받고 다시 한 번 살게 된 것이라고요?"

그 말을 듣고 보니 어째서 제가 기억하는 전생과 다시 살게 된 생이 달라진 것인지를 알 것 같았다. 이산의 명을 받아 영혼이 불려가 전생을 다시 살게 되지만 이를 미리 알아차린 고복수가 한태혁에게 한세를 죽여야 한다고 하였기 때문에 태어나면서부터 강의 집으로 가게 되었고, 바로 그 순간부터 모든 것들이 달라지기 시작한 것이었다.

"이제야 알겠느냐? 그만하면 너는 최선을 다하였다."

"아니요, 전 아직 하지 못한 일이 남았어요. 제발 저를 다시 돌려

보내 주세요."

　이제야 알 것 같았다. 그녀가 그들 곁에 다시 태어난 이유…….

　누구나 가슴에 검을 하나씩 꽂고 산다. 그녀는 잘못을 속죄한다는 이유로 스스로 검을 꽂고 죽었지만, 그것은 오히려 이산의 가슴에 비수를 꽂아준 것이었다.

　그녀는 그 모든 아픔을 이기고 다시 태어나야 했다. 그래서 전생에서 다하지 못한 삶을 살아야 하고, 그녀의 소명을 끝내야만 했다. 그래야만 이생에서도 또 다른 생애서도 행복을 꿈꿔볼 수 있을 것이었다.

　"네가 다시 돌아가면 여기 누운 오세아는 영원히 죽는다. 그래도 갈 것이냐?"

　"예, 그래도 가고 싶어요."

　"게다가 네가 이제 다시 돌아간다고 해도 긴 수명이 보장되어 있는 것도 아니다. 그런데도 돌아갈 것이냐?"

　"예, 어떤 것도 바라지 않아요. 저는 단 며칠을 살더라도 그 사람 곁으로 가고 싶어요. 그래서 운이 좋으면 제가 하지 못했던 마지막 임무를 끝낼 수 있겠지요. 그러니까 저를 돌려보내 주세요."

　그녀는 간절한 목소리로 애타게 애원했다.

　노신사는 한참 동안을 생각하다 고개를 끄덕였다.

　"이 일이 잘못되어 너의 영혼이 갈 곳 없이 구천을 떠돈다고 해도 그리할 것이냐?"

　그는 진지한 눈빛으로 그녀를 들여다보며 다시 한 번 물었다.

　"예, 그렇게 된다고 해도 후회하지 않겠어요."

　그녀는 조금도 망설이지 않고 고개를 끄덕였다.

　'내가 사랑하는 사람이 나를 사랑해 주는 것은 기적이라고 했는데. 엄마, 미안해요. 그런 기적을 겨우 만났는데 나 이렇게 끝낼 수는 없

을 것 같아.'

"그럼, 그렇게 해주지. 하지만 이것은 순전히 너의 선택이라는 것을 분명히 해두자."

"예."

그녀의 대답이 떨어지자 노신사의 모습은 점점 희미해져 갔고 갑자기 모니터의 기계음들이 요란하게 울어댔다.

"무슨 일이야?"

"오세아 환자, 혈압과 맥박이 급격하게 떨어지고 있어요!"

"제장!"

간호사와 의사들의 움직임이 다시 바빠졌다.

잠시 엄마가 자리를 비운 때라 슬퍼하는 모습을 보지 않고 떠나게 되어 어쩌면 다행이라고 생각했다.

"200줄 차지! 샷!"

"혈압이 떨어지고 있습니다!"

간호사의 목소리가 점점 더 다급해졌다.

"물러서! 다시 300줄 차지!"

의사와 간호사들 그리고 중환자실에 있는 사람들의 말소리가 귓가에서 점점 더 멀어졌다. 몸속으로 약물이 투입되고 미세한 전기 충격이 몸에 전해져 왔지만, 그녀는 이제 이대로 죽을 것이 분명했다.

✿

한참을 울던 강은 거칠어진 숨을 고르며 한세를 바라보았다. 높은 콧대부터 턱에 이르는 선은 여전히 섬세하고, 파삭하기는 했지만 붉은 입술은 살짝 열려 있었다.

"으으음……."

한세의 입에서 엷은 신음이 흘러나왔다.

"어?"

강은 고개를 들고 한세의 얼굴을 지그시 내려다보았다. 그녀의 이마에 대고 있던 입술을 떼자 횅한 바람이 가슴에 스며들었다.

"아직도 자는 것이냐, 한데도 너는 어찌 이리 내 마음을 빼앗는 것이냐?"

강은 가늘고 긴 손가락으로 한세의 턱을 쓸었다. 손바닥에 착 감겨오는 그 느낌만으로도 심장이 간질거렸다.

"땀이 나는구나, 몸을 좀 닦아줘야겠다."

한세의 온몸이 땀에 젖어서 눅눅하다고 느껴졌다.

"어머니께서 아시면 야단하실 것인데, 살짝 해주어야겠다."

한세의 몸을 씻기고 닦는 것은 온전히 송씨의 몫이었다. 송씨는 의식이 없는 한세의 몸을 그 누구도 만지게 허락하지 않았다.

"얼른 하자."

강은 머리맡에 놓인 마른 수건을 들고 우선 급한 대로 거추장스럽게 감겨 있는 치마와 저고리를 벗겼다.

"이것은 환자를 돌보는 것이니."

겉옷을 벗기고 보니 땀에 젖은 속옷이 몸에 밀착되어 처녀의 몸을 한층 도드라지게 만들었다. 칼에 찔린 부위를 묶어둔 천까지 눅눅히 젖어 있어 풀고 다시 마른 천으로 갈아주어야 할 것 같았다.

"음, 음! 네가 일어나면 따뜻한 물로 씻겨주마, 하니 지금은 불편해도 조금만 참아라."

당황한 강은 떨리는 손으로 조심조심 속저고리의 옷고름을 풀었다.

"안 본다, 안 봐."

고개를 돌리고 마른 수건으로 가슴을 닦아낸 강이 다시 한세의 몸을 반듯이 돌려 눕히고 보니 이번에는 벌어진 속저고리 사이로 삐져나온 가슴이 살짝 보였다.

"어?"

동그랗게 부푼 가슴을 보고 화들짝 놀라는 순간, 굳게 닫혀 있던 한세의 눈꺼풀이 스르륵 뜨였다.

"설마……."

자신을 빤히 바라보는 한세의 눈과 마주친 강의 눈이 놀라 마치 번개를 맞은 것 같다.

"이게 뭐야?"

한세는 가뜩이나 파리한 얼굴이 창백하다 못해 백지장처럼 하얗게 변해갔다. 동그란 눈매에 오뚝하게 솟은 콧날, 바르르 떨리는 한세의 입술이 마치 붉은 꽃잎처럼 벌어지며 날카로운 소리가 튀어 나왔다.

"변태!"

보름 만에 의식을 회복한 한세가 뱉어낸 첫마디였다. 드디어 가회당의 요물덩어리가 긴 잠에서 깨어난 것이다.

"아니, 그것이 아니라?"

"아니긴 뭐가 아니에요, 대신 칼 맞아줬더니?"

다다다, 쏘아대는 목소리를 들으니 그녀는 이제 죽음에서 완전히 벗어난 듯했다.

어둠이 걷히며 서서히 여명이 밝아왔다. 세월의 흔적이 역력한 가회당 청회색 용마루 위로 내려앉았던 새벽이슬이 떠오르는 햇살에 반짝인다. 늘 창백하게 흰빛이기만 하던 한세의 방 창호지가 붉게 타오르던 사내의 마음에 취한 것인지 떠오르는 햇살을 받아 은은한 붉은 빛으로 물들었다.

"세야!"

"왜요?"

그렁그렁한 눈을 한 강이 보였다. 다시 이 세상으로 돌아와 제일 먼저 보는 것이 강이라는 사실에 목이 메어왔다.

"사랑한다, 세야!"

"피이!"

내가 사랑하는 사람이 나를 사랑해 주는 것은 기적이라고 했는데, 그 기적이 내게 찾아왔다. 한세는 좋으면서도 핏발이 선 눈동자를 한 까칠한 강의 모습에 마음이 아팠다.

"너를 잃을까 봐 너무 두려웠다."

눈도 깜빡 않고 바라보는 강의 목소리가 낮게 가라앉았다. 그동안의 절망과 고통이 고스란히 배인 그의 모습에 한세는 뭉클해졌다.

"그런데도 정신없는 내 옷을 벗겼군요."

한세는 사랑한다고 끊임없이 속삭이는 그의 눈을 보며 웃었다.

"그, 그거야. 닦아주려고."

한세는 자신을 내려다보는 잘생긴 남자를 올려다보았다.

"사심 같은 것은 전혀 없었고요."

이제야 그리운 이 남자를 만나게 되었는데 흐린 불빛 때문인지, 눈앞을 가리는 눈물 때문인지 자세히 볼 수 없었다.

"그래, 그런 것은 전혀 없었다."

"아하!"

한세는 떨리는 손을 내밀어 강의 단단한 가슴을 콩콩 때려보았다.

"무얼 하는 것이냐?"

"노크라는 것입니다. 나 당신 가슴을 똑똑 두드렸어요."

"노크?"

“나, 들어가도 되나요?”

사실 눈을 뜨며 제일 먼저 떠오른 생각은 전생의 기억 중에 강이 죽기 전 윤소이와 혼례를 치르려 했다는 것이었다. 기껏 돌아왔는데 강이 윤소이와 혼례를 치르면 어쩌지, 젠장! 이렇게 태평하게 있을 때가 아니었다. 한세는 이제 마음이 급했다.

“뭐?”

“나, 거기 들어가서 살고 싶어요.”

고개를 바짝 들이밀며 강의 입술을 빤히 쳐다보자 그의 뺨이 뜨겁게 달아올랐다. 그의 체취에 마음이 놓였다. 깊고 친근하고 편안한 가회당의 향기였다.

“정방에 물을 데워놓았다. 내가 씻겨주어도 되겠느냐?”

후끈 달아오른 강이 몸을 일으켰다.

“예?”

그러고는 말릴 새도 없이 한세를 번쩍 안았다.

“어머나, 미쳤나 봐. 나 칼 맞은 여자예요.”

“발만 씻겨주마.”

얼결에 그의 목에 팔을 감고보니 미끈하고 건장한 강의 몸이 눈에 들어왔다.

“거짓말!”

벌어진 저고리 사이로 단단한 목덜미와 어깨, 넓은 가슴 근육이 보였다. 잘 발달된 가슴 근육에 몸이 닿자 한세의 머릿속에 거북의 껍질처럼 단단한 근육의 문양이 새겨진 강의 탄탄한 배가 떠올랐다.

“그럼, 다리까지만?”

“어머나!”

강의 손이 속치마를 걷고 다리를 씻어주는 것을 상상하는 것만으로도 한세는 목덜미까지 빨갛게 달아오르며 숨결이 흐트러졌다.

"그런 야릇한 눈빛은 뭐지?"

강은 자신의 몸을 훔쳐보는 한세의 눈빛을 의식하며 물었다. 자신을 바라보는 한세의 시선에 강의 눈빛도 흐려졌다. 한바탕 폭염을 쏟아낼 것 같은 눈빛이었다. 갑자기 공기가 희박해지면서 팽팽한 긴장감이 돌았다.

"죽다 살아나니 제정신이 아닌 것이지요. 한데 제가 아픈 동안에도 운동만 하셨나 봐요?"

"뭐?"

"몸이 너~ 무 좋잖아요."

한세의 칭찬에 강은 자신만만한 눈빛으로 피식 웃었다.

"정신없을 때 확 덮쳐야겠다."

강은 더 이상 망설이지 않고 한세를 안고 마루를 내려가 정방으로 향했다.

성큼성큼 걸어가는 그의 발걸음이 날아가는 듯 가벼웠다.

한세는 강의 너른 가슴에 머리를 기대고 생각했다.

'강아, 내가 어떻게 이곳으로 돌아왔는지 너는 모르겠지? 나는 우리 엄마 가슴에 대못을 박고 현생의 나를 버렸어. 부디 오세아의 죽음이 너의 목숨값이 되기를……'

그랬다. 그동안 누군가의 목숨을 살리려고 하면 그에 따른 대가가 필요했다. 이제는 현생의 오세아를 버린 그녀의 선택이 강의 목숨을 구한 대가가 되기를 바랄 뿐이었다.

'다행이야. 이렇게라도 네 곁에 돌아올 수 있어서. 강아, 이 생에서 얼마를 더 살게 될지 알 수 없지만 네 곁에 머물며 전하의 마지막 어

명을 완수할 수 있다면 나는 더 바랄 것이 없어.'

전생에서는 그저 내 목숨을 끊어 호위무사로서 주인을 지키지 못한 죄를 씻겠다는 선택을 했다고 생각했는데, 그것이 잘못된 선택이었고 역사의 줄기를 꼬아버렸을 줄은 몰랐다. 지금은 어찌 되었건, 그녀의 선택으로 다시 돌아온 이곳에서 전생의 잘못을 모두 바로 잡아야만 제대로 된 미래를 기대할 수 있을 것이다.

강의 가슴에 기댄 한세의 눈에서 뜨거운 눈물이 흘러내렸다.

무엇이 그리 바쁜지 사경을 헤매다 가까스로 깨어난 한세를 안고 강은 마치 쫓기는 사람처럼 정방을 향해 성큼성큼 걸어갔다.

비록 현장에서 흑주술을 쓰려는 저들을 막고 모두 잡아들였다고는 하지만 그 과정에 고복수는 부적을 써서 살을 날리려고 했고, 무녀 점방은 반드시 죽는다는 저주의 부적을 써서 가회당의 기둥에 붙이고 인형을 만들어 화살로 꿰어 별채 전각 아래 묻기까지 했으니 만약을 대비해 이렇게 해서라도 가회당의 우물물에 몸을 씻겨 정기를 회복시키려는 것이었다.

새벽 여명이 밝아오는 시각이었다. 부지런한 식솔은 움직일 시각이니 정방의 물을 끓이는 순녀도 일어나 있을 시각이었다. 자칫, 금동이며 집 안의 가솔들 모두가 볼 수도 있을 것인데 강은 개의치 않았다.

"도련님 좀 조용히 가십시오, 이러다 온 집 안의 식솔들이 다 깨겠습니다."

마음이 급하기로 말하자면 지금 이 조선 천지에 한세만큼 급한 사람이 어디 있다고. 하지만 조급해 보이는 그의 모습에 강의 뜻을 오해한 한세는 이러다가 일을 그르치고 말겠다는 생각에 그의 귓가에 대고 신중하게 하라고 속삭였다.

"그래, 조용히."

한세가 속삭이는 말에 정신이 번쩍 든 강은 뒤꿈치를 치켜들어 까치빌을 하고는 살금살금 성방으로 향했다.

"잠시만!"

강은 정방에 들어가자 한세를 세워놓고 팥과 깨끗한 소금을 뿌렸다.

"아니, 어찌 이러십니까?"

"아주 많은 일들이 있었다. 하니 우선은 하는 대로 그냥 두어라."

"아니, 이런 것은 믿지 않으시더니…… 혹, 제가 살을 맞았습니까?"

"여기 앉아서 기다리고 있어라. 이제 가회당의 우물을 길어 끓인 물로 너를 씻겨야 한다."

한세가 고개를 갸웃거리자 강은 더 이상 말하지 않고 돌아서 뜨거운 물이 끓는 솥에서 물을 퍼 나무통에 채웠다.

강은 더운 김이 뽀얗게 올라오는 나무 목욕통 속에 송씨가 여름 내내 말려둔 향기 좋은 꽃잎들을 뿌렸다.

"쇠뿔도 단김에 빼라고, 저렇게 정신이 없을 때 거사를 치러야 하는 것인데, 자칫 제정신 돌아오면……."

강은 조그만 나무 의자 위에 오도카니 앉아 뭐라 중얼거리고 있는 한세를 힐끗 돌아보며 빙그레 웃었다. 나무 문틈으로 스며드는 푸른 새벽빛과 벽에 걸린 등롱 불빛이 그녀의 머리를 부드럽게 비추었다.

"큰일 났다, 큰일 났어."

한세의 기억으로는 이 시기에 이미 대제학이 노론 중에서도 벽파와 시파의 중도 노선을 걸으며 강에게 힘을 실어주기 시작했고 그것이 고마워 서동환은 혼사를 서둘렀었다. 강은 윤소이와의 혼사를 겨우 열흘 남겨두고 죽었던 것이다.

이제껏 강의 뒤치다꺼리를 누가 다 했으며 제 목숨까지 내놓고 살려놓았는데, 윤소이 고것에게 넘겨준다는 말인가.

"젠장! 이런 경우를 아주 잘 표현하는 속담이 있지. 죽 쒀서 개 준다. 혹시 윤소이 고것이 나 죽으라고 굿을 한 거 아니야? 아이씨!"

한세는 어찌해야 한 달 안에 자신과 강의 혼인을 해치울 수 있을까 고민하다가 짜증 섞인 비명을 지르며 머리를 쥐어뜯었다.

"정신이 없는 정도가 아니라 아직 착란 증세도 있는 것 같으니 오늘 밤이 딱인데……."

비명을 지르며 제 머리카락을 쥐어뜯는 한세를 바라보던 강은 고개를 절레절레 저으며 다시 물통에 뜨거운 물을 채웠다.

서로가 진정 원한다면 어떤 난관이 있더라도 한 걸음 더 앞으로 나갈 용기를 내야 한다. 강은 돌아온 한세를 보며 어쩌면 그들에게 주워진 날들이 그리 길지 않을지도 모른다는 생각에 마음이 급했다.

한세가 깨어난 것을 알면 분명 비단전 식구들이 달려와 데려가려고 할 것이 틀림없었다. 일단 한세가 가회당을 나가면 다시 제 곁으로 잡아오기까지는 시일이 걸릴 것이다. 게다가 임금의 병환이 위중한 시기, 자칫하면 혼례는 또 늦어질 것이고, 딱하게도 그의 집안에도 임금과 같은 연배의 할아버지가 계시니 그러다 보면 혼인은 한참 늦어지거나, 영영 못 할 수도 있었다.

설설 끓는 뜨거운 물을 퍼 부으며 이런저런 생각을 하니 강의 체온도 점점 올라갔다.

"아이구, 덥다!"

가슴이 답답해진 강은 윗저고리를 훌떡 벗어 벽에 걸린 횃대에 걸쳐 놓았다.

"어머나!"

물통에 물이 넘쳐흐르는 소리에 한세는 고개를 들다가 깜짝 놀라 작은 비명을 질렀다.

"도련님?"

"사, 이세 머리부터 감자."

자신에게 다가오는 미끈하고 건장한 강의 몸이 눈앞에 들어왔다.

"도련님께서 감겨주시려고요?"

거북의 껍질처럼 단단한 근육의 문양이 새겨진 탄탄한 배를 따라 점점 시선을 내려가던 한세는 시선을 어디에 둘지 몰라 고개를 돌리며 물었다.

"네가 해준 것처럼 나도 해주마."

강은 아무렇지 않은 얼굴로 한세의 머리를 풀며 웃었지만, 사실은 자꾸만 입이 마르고 숨소리가 거칠어졌다.

"하지만 어찌?"

"너 보름 만에 깨어난 것이니 그동안 쭉 머리를 감지 못했다."

"어, 어!"

강은 마다하는 한세를 아기처럼 받쳐 안고 창포를 띄운 작은 나무 물통에 찰박찰박 머리를 감겼다.

"자, 이번엔 다리까지만 씻자."

한세의 머리를 다 감긴 강은 마른 수건으로 젖은 머리카락을 닦아주며 말했다.

"저를 저 물통에 넣으시려고요?"

"그래야 씻지 않겠느냐?"

"한데 도련님은 어찌 저고리를 벗으시고, 혹시?"

"무슨 생각을 하는 것이냐?"

한세를 가볍게 안아 올린 강이 눈을 가늘게 뜨고 그녀의 얼굴을 들여다보았다.

"아니, 막 벗고 그러시니……."

지그시 바라보는 강과 눈길이 마주치자 한세의 볼은 붉게 물들었다.

"정방은 씻는 곳이니, 벗는 것이 당연하지."

강이 말릴 사이도 없이 한세를 번쩍 안아 나무통 가장자리에 앉히자 따뜻한 물이 흘러 넘쳤다.

"그래도 부끄럽습니다. 나가 계십시오."

한세는 아무리 다리라고 하지만 맨살을 보이기가 부끄러워 두 손으로 저고리 깃을 여미며 고개를 숙였다.

"세야."

강은 둥그렇게 부풀어 오른 한세의 속치마를 물끄러미 내려다보다 수건을 적셔 들었다.

"예."

"네 앞에 서 있는 나는 너의 무엇이냐?"

강은 한손으로 한세의 턱을 들어 올리고 다른 한손에 든 수건으로는 이마를 닦아주며 다정하게 물었다.

"예?"

깊이를 알 수 없는 심연과 같은 강의 검은 눈동자를 들여다보자니 조금 전까지 여러 가지 계산이 오고 가던 머릿속이 텅 비어버린 것처럼 아무 생각도 할 수 없었다.

"내가 그저 너의 벗이기만 했더냐?"

"아니, 그저 벗만은 아닌 것 같습니다."

"하면 나는 그저 너의 주인이기만 했더냐?"

"아니……."

"세야, 네 앞에 서 있는 나는 언제나 사내였다. 돌이켜 생각해 보니 아주 어린 그때에도 그랬고, 지금도 그렇고 단 한 번도 사내가 아닌 적은 없었다."

강은 그렁그렁한 눈으로 자신을 바라보는 한세의 뺨을 한없이 부드러운 손길로 쓰다듬었다.

"예."

솔직하고 거침없는 강의 고백에 한세는 수줍고 부끄러워 그저 고개만 끄덕였다. 어떤 말로 대답을 해야 할지, 말이 입안에서만 맴돌 뿐 밖으로 나오지 않았다.

아무리 생각해 봐도 강이 이리 달달한 사내가 아니었는데 제 부상이 충격이었던 모양이다. 역시 연애에는 적당한 충격요법이 필요한 것이다.

"너는 언제나 내게 여인이었단 말이다."

"한 달 안에 혼례를 치러야 합니다."

강이 다시 한 번 다그치자 한세는 조급한 마음에 앞뒤 생각 없이 불쑥 대답했다.

"내 가슴에 들어와 살겠다고 하였느냐?"

뜬금없는 한세의 대답에 잠시 생각하던 강이 다시 물었다. 미래에서 온 한세가 그런 말을 한다면 다 연유가 있을 것이라는 생각이 들었다.

"예."

"그리하마, 한 달 안에 혼례를 올리도록 하겠다. 너를 갖는 것도 혼례를 올리는 날 하겠다."

"청혼도, 혼례를 올리기 전에 청혼이라는 것도 하셔야 합니다."

"청혼? 그것은 또 어찌하는 것이냐?"

"꽃과 반지를 준비하고 무릎을 꿇은 다음 제게 혼인해 달라고 부탁하는 것입니다."

"무릎도 꿇어야 하느냐?"

"예."

무릎을 꿇어야 한다는 말에 강이 미간을 살짝 찌푸리자 한세는 슬며시 시선을 피하며 고개를 끄덕였다.

"혼인 한번 하기 힘들구나, 알았으니 이제 그만 나가자. 몸을 닦아주마."

강은 무릎을 꿇고 혼인해 달라고 부탁을 해야 한다는 말에 조금 퉁명스러워졌지만 다시 한세를 안아 목욕통 밖에 세워놓았다.

그저 따뜻한 물에 하반신을 담근 것뿐이었지만 몸이 날아갈 듯 가볍고 시원했다.

"젖은 옷을 벗겠습니다. 돌아서십시오."

한세가 젖은 저고리를 벗으며 말하자 강은 돌아서 정방 안에 있는 작은 장에서 온몸을 감쌀 수 있는 얇은 이불과 마른 수건을 가지고 왔다.

"수건 주십시오."

"다 닦으면 말하여라."

마른 수건과 이불을 건네준 강은 바닥에 떨어진 그녀의 젖은 옷을 한곳으로 모아두었다.

"되었습니다."

되었다는 말에 돌아보니 한세는 커다란 이불을 둘러 몸을 가리고 서 있었다.

"네가 또 나를 잡는구나."

촉촉이 젖은 머리카락과 발갛게 달아오른 뺨을 보니 혼례 날까지 참아내기가 쉽지 않겠다는 생각에 강은 또 긴 한숨을 내쉬었다.

"이제 가자."

강은 체념한 듯 한세를 가볍게 들어 안고 밖으로 나오다가 잠결에 눈을 비비고 정방 청소를 하러 오던 금동의 처와 딱 마주쳤다.

"허억!"

"여, 여보게!"

강이 말리려 했으나 순녀는 그대로 몸을 돌려 달려갔다.

"네 생각에는 어머니께 먼저 고할 것 같으냐, 금동이에게 고할 것 같으냐?"

"그야 당연히 지아비에게 먼저 알리고 의논을 하겠지요."

"그렇겠지, 하면 우리에겐 아직 짬이 좀 있구나."

강은 이불에 싸여 얼굴만 내놓은 한세의 볼에 가볍게 입 맞추며 속삭였다.

"어머나, 누가 보면 어쩌려고?"

"어차피 지금 내 몰골은 누가 봐도 여인에게 정신 나간 놈이다."

까칠한 강이라고는 믿어지지 않는 말들이 그의 입에서 술술 흘러나왔다. 이미 그녀가 없는 세상은 아무것도 아니라는 것을 경험한 강에게 남들의 이목 따위는 이제 중요하지 않았다.

"아프지 않느냐?"

"괜찮습니다."

강은 상처에 약을 바르고 깨끗한 천으로 감아주며 물었다.

"내 가슴에 들어와 살겠다고 불은 다 지펴놓고 그리 내외를 하는 것이냐, 내가 해주마."

이불로 가슴을 가리고 오도카니 앉은 한세를 보며 강은 투덜거렸다.

"사심이 없다고 하시더니! 혼인하기 전까지는 아니 됩니다. 옷은 제가 입을 것이니 돌아앉으십시오."

하지만 한세의 정신은 너무 빨리 말짱해져서 혼자서 옷을 챙겨 입었고 강은 옷자락을 펄럭일 때마다 솔솔 풍기는 향기로 만족해야 했다.

"이리 오너라."

강은 다소곳이 다가와 앉는 한세의 허리를 끌어당겼다.

"어머나!"

등을 보이며 맥없이 딸려간 한세는 강의 무릎 사이에 안겼다.

"머리를 말려주마."

"괜찮은데."

"머리카락이 젖은 채 그냥 잠이 들었다가 고뿔이라도 걸리면 어찌하느냐?"

마른 수건으로 그녀의 긴 머리카락을 털어주며 강은 환하게 웃었다. 한세가 깨어나 목욕을 하고 지금 이렇게 머리를 말려주고 있다는 사실이 믿기지 않았다.

"꿈만 같구나."

"아이, 간지러워! 어찌 그러십니까?"

머리카락을 털어주던 강이 혀끝으로 그녀의 목덜미에 흩어져 있던 잔 머리카락을 쓸어 올리자 간지러워진 한세가 돌아보았다.

"꿈이 아닌지 확인하고 싶어서."

강은 살짝 눈을 흘기는 한세의 앙탈을 모르는 척 천천히 목덜미로 내려갔다. 팔딱팔딱 맥이 뛰는 곳에 입술을 대어 한세가 숨을 쉬며 살아 있다는 확실한 증거를 확인했다.

"간지러운데?"

한세가 고개를 획 돌려 다시 한 번 흘겨보자 강은 손을 들어 그녀의 턱을 쥐고 도톰한 입술에 쪽 소리 나게 입 맞췄다.

"어머!"

순간, 가슴 가득 차랑차랑한 연정이 사르르 넘쳐흘렀다.

강은 두 팔로 한세를 꼭 감싸 안고 길고 가는 목덜미에 입술을 문었다. 순간, 그녀의 어깻죽지기 움찔하며 출렁였다.

"간지럽습니다."

"그래도 좋지 않으냐?"

온몸으로 예민하게 느끼고 곧바로 반응하는 것이 습관이 돼 하세의 몸이 강의 입맞춤으로 민감하게 달아올랐다. 목덜미, 어깨, 가슴 어디고 강의 손가락이 스치는 곳이면 파르르 경련이 일었다.

"이렇게 있으니 참으로 좋구나."

강은 이제는 체념한 듯 편안한 자세로 자신의 가슴에 기댄 하세의 목덜미에 얼굴을 묻었다. 꽃잎을 띄운 물에 목욕을 한 탓인지 달콤한 잔향이 코끝에 스며든다.

"이렇게 갖고 싶은 너를 지켜봐야만 한다는 거, 그것이 얼마나 힘든지 아느냐?"

강은 그대로 덮쳐 버리고 싶은 욕구를 더 이상 참기 힘들어 하세를 안아 이불 위에 눕혔다.

"몸이 개운해지니 졸립니다."

폭신한 이불 위에 누운 한세가 스르륵 눈을 감으며 기분 좋게 중얼거렸다.

"참, 너무 무리를 한 것은 아닌지 모르겠구나."

그제야 정신을 차린 강은 급하게 한세의 이마를 짚어보았다. 열은 없었지만 식은땀이 맺혀 있었다. 그녀는 조금 전까지 생과 사를 넘나들던 중환자였다. 흔례고 뭐고 일단은 그 어떤 일보다 건강을 회복하는 것이 먼저였다.

"내가 곁에 있을 것이니, 이제 푹 자거라."

강은 이불을 끌어 올려 한세의 몸을 꼭꼭 여며주고 밖으로 나갔다.

"아가씨께서 깨어나셨습니까?"

금동은 잠도 덜 깬 상태에서 정방 청소를 하러 갔다가 기겁을 하고 달려온 순녀의 횡설수설이 사실인지를 파악하기 위해 나온 것이었다.

"마침 잘 왔다. 가서 아가씨 방에 불 좀 더 넣어라."

"예, 나리!"

금동은 그제야 강이 정방 앞에서 아가씨를 안고 있더라는 순녀의 말이 사실이라는 것을 알고 신바람이 나서 달려가 아궁이에 나무를 더 던져 넣었다.

"이것 좀 마셔보아라."

다시 방으로 돌아온 강은 화로에 주전자를 올리고 물을 데워 따뜻한 꿀물을 만들어 한세에게 먹였다.

"도련님도 드세요."

"그러자, 이렇게 꿀물을 마시니 예전 생각이 나는구나."

"풉, 그때 도련님 참 귀여웠는데 말이죠."

어린 강이 대궐을 다녀와 잔뜩 허세를 떨던 것을 생각하니 웃음이 나왔다.

"자, 이제 그만하고 한잠 푹 자거라."

강은 그리 말하며 이마에 흘러내린 한세의 머리카락을 넘겨주었다.

"예."

한세는 말 잘 듣는 아이처럼 강이 하라는 대로 자리에 누워 눈을 감았다. 시원하게 머리를 감아서인지 몸이 날아갈 듯 가벼웠다.

"으음."

한세는 이불을 끌어 당겨 편안한 자세를 잡더니 금세 잠에 빠져들었다.

"아파서 그런 것이냐, 어찌 이리 고분고분한 것인지?"

전생의 일들이 모두 기억난 한세는 앞으로는 강을 하늘처럼 떠받들며 살아야겠다고 다짐했다. 그러나 한세의 그런 사정을 알 리 없는 강은 아직 완쾌가 되지 않아 그런 것이라 생각했다.

별생각 없이 일어나 습관처럼 자신의 방으로 향하던 강의 걸음이 그대로 멈추었다. 강은 고개를 돌려 방 안을 천천히 둘러보았다. 분명 무언가 달라져 있었다. 아주 미묘한 차이였지만 여느 때와는 다른 느낌이었다. 고요하게 정체되어 있던 공기가 흩어지며 온갖 기운이 떠다녔다.

"온기."

다듬어놓은 돌처럼 무표정했던 강의 얼굴에 부드러운 미소가 번졌다. 강은 이불을 돌돌 말아 안고 아이처럼 천진한 모습으로 쌔근쌔근 잠든 한세를 내려다보았다.

"너를 얼른 데려와야 할 것인데, 한 달이라?"

나직한 목소리로 중얼거리는 그의 입가에는 따뜻한 미소가 떠올라 있었다.

"이것이 무슨 소리지?"

강이 자기 방으로 돌아와 입궐할 준비를 하고 있을 때 어디선가 희미하게 흐느끼는 소리가 들려왔다. 강은 그 소리가 무엇인지 한참 동안 귀를 기울이다가, 그것이 한세의 울음소리라는 것을 깨달았다.

"잘못 들은 것인가?"

한세가 잠든 방 앞까지 간 강은 혹시나 그녀의 단잠을 깨울까 봐 조심스럽게 문을 열었다.

"엄마!"

강이 다시 나가려는데 한세가 비명을 지르며 벌떡 일어났다.

"어찌 그러는 것이냐, 나쁜 꿈을 꾼 것이냐?"

"헉헉!"

숨을 몰아쉬는 한세의 가슴이 거칠게 오르내렸다.

"어찌 그러느냐, 몸이 좋지 않으냐?"

한세의 이마에 송골송골 맺힌 식은땀을 닦아주며 강은 걱정스럽게 물었다.

"엄마가 울고 있어서, 엄마가 나 때문에…… 나, 우리 엄마 이렇게 아프게 해서 벌 받을 것 같아요."

한세는 우는 엄마의 생각에 그대로 고개를 숙이고 눈물을 흘렸다.

"세야."

강은 지금 한세가 이야기하는 엄마가 누구인지를 알아차렸다. 한세가 잠들어 있던 보름 동안 그녀에게 어떤 일들이 일어난 것인지 알 수 없으니 뭐라고 위로를 해야 할지 막막했다.

"어머니께서는 네 마음을 이해하시고 너의 선택을 옳다고 여기실 것이다."

앞뒤 연유도 제대로 알지 못하고 불쑥 한 말이었지만 강은 정확하게 한세에게 있던 일을 이해한다는 듯 미소 지었다.

"나 때문에, 내 욕심 때문에……."

가슴속 슬픔이 요동치느라 얼굴이 일그러졌다. 꿈에서 보았던 엄마의 눈물이 한세를 점점 더 깊은 심연 속으로 밀어 넣었다.

"괜찮아, 괜찮다. 세야, 내가 있지 않느냐?"

강은 갑자기 한세가 이곳의 모든 것을 버리고 돌아가 버릴 것 같은 두려운 마음에 다급하게 그녀를 끌어안았다.

그날 점심때가 지나자 기별을 받은 한상수와 허씨가 달려왔다.

"네가 이리 무사하게 일어난 것은 모두가 이 댁 마님과 대사간 덕분이다."

"예, 저도 그리 생각합니다."

그나마 한세가 부상을 입고 사경을 헤매는 동안 잘 된 일이 있다면 한상수가 가회당을 방문하며 그동안 정적으로 살 수밖에 없었던 서동환과 서재호를 만났다는 것이었다. 그들은 강의 목숨을 구해준 한세에게 고마워하며 한상수와 허씨를 깍듯하게 대했다.

"하고 저하께서 이번 사건에 우리 집안이 세운 공을 치하하시어 그동안의 모든 죄를 사하시고 다시 우리 집안을 복권시켜 주셨다. 하니, 너도 이제 집으로 돌아가자."

"예, 그리하겠습니다."

한세의 상태를 살핀 허씨와 한상수는 며칠 뒤에 가마를 가져와 집으로 데려가기로 하고 돌아갔다.

❀

둥근달이 높이 떠 경희궁을 내려다보았다.

푸른 달빛이 궁궐 지붕의 잡상(궁궐이나 누각의 지붕 위 네 귀들에 배열하는 여러 가지 작은 짐승들의 형상)들 사이를 노닐었지만 이산은 잠들지 못했다.

"어찌하실 것입니까?"

그는 존현각의 창틈 사이로 몰려드는 달빛을 바라보다 다시 쌓여 있는 상소문들을 펼쳐 들었다. 낮에는 숭정전에서 신료들을 만나 정무를 살피고 밤에는 존현각으로 돌아와 잠을 설쳐 가며 일을 해도 읽어야 할 상소문은 언제나 이렇게 서안에 가득이었다.

"아무래도 나는 가서는 아니 될 것 같구나. 세가 완전히 회복하면 날을 잡아 따로 만나겠다."

이산은 한세가 깨어났다는 전갈을 받고 한달음에 달려가고 싶었지만, 강을 생각해 그러지 못했다. 밤늦게까지 고민했지만 이번에는 역시 서찰로 대신할 수밖에 없었다.

그는 한참 동안 고운 편지지를 고르다 결국 평범한 종이 한 귀퉁이에 나뭇가지에 앉은 꾀꼬리 한 마리를 그려넣었다.

"저하, 밤이 깊었습니다. 세초 사건이 있던 날부터 제대로 침수 드시지 않으시니 이러다……."

"그만. 세가 없으니, 그놈의 잔소리를 듣지 않는가 했더니 자네가 잔소리가 느는구먼."

지켜보기만 하던 기섭이 보다 못해 말려보지만, 이산은 못 들은 척 계속 일 속에 묻혀 있었다.

"내일 아침 자네가 가회당엘 다녀오게."

"예, 그리하겠습니다. 하니 이제 주무시지요. 잠깐이라도 눈을 붙이셔야 내일 또 정사를 돌보지 않겠습니까?"

이산은 그리 힘들게 대리청정을 시작했고 이제 곧 보위에 오를 것이었다. 하지만 곁에서 지켜보는 기섭이 보기에는 그것이 과연 그를 위해 무슨 소용이 있을 것인가 하는 회의가 잠시 들었다.

요즘 이산은 도무지 인생의 낙이 없는 것처럼 보였다.

"나는 알아서 잘 것이니 그만 돌아가 쉬도록 하게!"

그는 한세 때문에 전전긍긍하며 잠 못 드는 자신을 지켜보느라 며칠 동안 잠도 제대로 자지 못한 기섭이 마음에 걸렸다.

"어서 오세요, 사형!"

직접 찾아갈 수 없는 이산은 다음 날 서찰과 함께 비단과 고기, 과일을 기섭에게 들려 보냈다.

"무녀 점방의 사건은 어찌 되어 갑니까?"

"문초는 하고 있는데 저것들이 도무지 입을 열지 않는구나."

"시일이 걸리더라도 문초하고 조사를 계속하여 배후를 철저히 알아내야 할 것입니다."

"그래야겠지."

"사형, 돌아가면 오늘부터 당장 이들의 동태를 감시하셔야 합니다."

한세는 앞으로 있을 역모 사건에 관련될 궁인과 호위 군관들의 이름이 적힌 쪽지를 기섭에게 건넸다.

"이것이 무엇이냐?"

"평소 이상하다고 눈여겨보아 오던 자들입니다. 일단 특별한 움직임이 있을 때까지 지켜보기만 해주십시오."

"알겠다."

한세는 이제부터는 정조의 목숨을 위협하는 일들에 적극적으로 개입해 미리 막을 생각이었다.

"내 돌아가 저하께 그리 아뢸 것이니 너무 심려 말고 몸조리나 잘하거라."

"예."

기섭은 문병을 마치고 한세가 써준 답신을 들고 다시 궁궐로 돌아갔다.

그날 저녁 한세는 퇴청한 강과 마주 앉아 낮에 다녀간 기섭의 이야기를 나누었다.

"도련님, 의논할 것이 있습니다."

"무엇을 말이냐. 아니, 이제 가문도 복권이 되었으니 내가 아가씨라 불러야 하는 것인가?"

"강아, 세야 뭐 이러면서 말 트고 지낼 것 아니라면 그만두십시오."

"혹 네가 살던 그곳에는 그렇게 남녀가 말을 놓고 지내느냐?"

"그러기도 하고 안 그러기도 하고, 마음 내키는 대로 합니다."

"그래 의논할 것은 무엇이오?"

한세의 눈치를 살피던 강은 슬며시 말을 높였다.

"무녀 점방의 사건 말입니다."

홍계희의 집에서 잡아들인 무녀 점방과 죄인들은 아직 국문 중이었다.

무녀 점방의 사건은 정조 재위 1년 7월에 일어났던 존현각 지붕을 타고 숨어든 자객 사건을 조사하며 드러난 3대 역모 사건 중 하나였다. 그런데 이번에는 그 사건이 먼저 드러났고 다행히 현장에서 홍술혜와 홍상범이 잡혔다. 한세는 강에게 그 사건의 전말을 전해 듣고 이제는 이 일을 함께 논의해야 한다는 생각이 들었다.

"이 사건의 배후가 얼마나 드러날지는 알 수 없으나 옹주와 그 일당을 잡아들이는 것으로 마무리된다면 어떨 것 같습니까?"

"저들이 이쯤에서 그만할 것 같으냐고 묻는 것이냐?"

"예, 그렇습니다. 이 전쟁을 빨리 끝낼수록 전하께서는 국정을 돌보고 개혁에만 전념하실 수 있지 않겠습니까?"

"그랬으면 얼마나 좋겠느냐만 내 생각에는 순서만 바뀌었을 뿐, 네가 알고 있는 그 일들은 모두 일어날 것 같구나."

"그렇다면 다급해진 저들은 좀 더 빨리 일을 진행할 것입니다."

"이 일은 내가 알아서 할 것이니 너는 그저 몸을 회복하는 데만 신경을 쓰거라."

강은 눈을 뜨자마자 또 세손의 안위를 염려하는 한세를 보며 한숨을 쉬었지만, 이제는 그녀가 이산을 지켜야만 하는 운명을 지닌 여인이라는 것을 인정하기로 했다.

"제가 아직 회복되지 않았으니 도련님만 믿고 있습니다. 하니 도련님께서도 모든 일을 숨기지 말고 저와 의논해 주십시오."

"그리하마, 하니 이제 좀 쉬어라."

한세는 든든하게 위로해 주는 강을 믿고 그가 지켜보는 가운데 사리에 누워 잠이 들었다.

❀

죽음의 문턱에서 살아 돌아온 한세의 몸은 믿을 수 없으리만치 빠르게 회복되었다. 칼에 찔렸던 상처도 거의 아물고 곧 말도 탈 수 있을 것 같았다.

부모님이 데리러 오기로 한 새벽, 한세는 지저귀는 새소리에 잠에서 깨어났다.

"바람이나 쐴까?"

겉옷을 챙겨 입은 한세는 별채의 뒤뜰로 나가 오랜만에 산책을 즐겼다. 청풍계(淸風溪)에서 불어오는 차가운 바람이 제일 먼저 다가와 한세를 반겼다.

"어, 대감마님?"

한세는 저만큼 앞서서 느긋하게 산책 중인 서동환의 뒤를 살금살금 까치발로 뒤따라갔다. 깜짝 놀라게 해줄 생각이었지만 앞서 걷던 서동환이 먼저 알고 갑자기 멈춰 서더니 획 돌아보았다.

영조와 비슷한 연배의 노인이었지만 아직도 여전히 사람의 속마음을 파헤치는 듯한 날카로운 눈빛은 두려웠다.

"대감마님, 안녕히 주무셨습니까?"

머쓱해진 한세는 덩달아 멈춰 섰다. 가회당을 떠나기 전에 조금이라도 가까워지려고 했건만 마음처럼 되지가 않았다.

"보름이 넘도록 정신을 차리지 못하고 누워 있었는데, 찬바람을 쐬어도 되는 것이냐?"

"아, 그것이……."

언제나 차갑고 무섭기만 했던 서동환이 살가운 목소리로 몸을 걱정을 해주자 한세는 당황해 바로 대답을 하지 못했다.

"오늘 돌아간다고?"

서동환이 한세가 서 있는 나무 아래로 한 발 더 가까이 다가서며 물었다.

강의 곁에서 떼어내려고 무진 애를 쓰면서도 기실 늘 마음 한구석에 옹이가 되어 박혀 있던 아이. 언젠가 이런 날이 올 것이라는 예감 때문이었던 것인가. 서동환은 오늘따라 유난히 야위어 보이는 한세의 어깨를 측은한 눈빛으로 내려다보았다.

"예."

"그렇지 않아도 네가 떠나기 전에 고맙다는 말을 하고 싶었다."

고맙다는 말을 하는 것에 익숙지 않은 서동환은 그 말을 하고 황망히 시선을 거두었다. 고맙다는 말에 어안이 벙벙해진 한세는 잠시 멍하니 서 있었다.

"아직도 윤 규수가 도련님을 지키는 최선책이라 믿고 계십니까?"

그러나 언제나 따르기 어려운 당부만 하던 서동환이 만나고 싶었다는 말에는 다시 긴장할 수밖에 없었다.

"네가 내 손자를 구해준 것은 고마운 일이다. 이제 나는 너희의 혼인을 반대할 마음도 없다. 다만 대제학의 손녀를 버리고 너를 선택하는 순간 깅은 많은 직을 두게 된다. 너희가 받게 될 그 않은 송격을 어찌 다 감당할 수 있을까 염려스러울 뿐이다."

혼잣말처럼 중얼거리는 그의 음성은 차분했지만, 진심으로 손자와 한세의 앞날을 걱정하고 있었다.

"그것은 알 수 없는 일입니다. 하지만 저는 도련님을 믿고 그 어려움들을 같이 이겨 나가겠습니다."

한세의 말에 서동환의 얼굴에는 담담한 미소가 피었다.

"약조할 수 있느냐?"

서동환은 멀리 백악산 너머를 바라보며 다시 한 번 물었다.

"예."

한세는 두 손을 모으고 차분한 어조로 대답했다.

"너는 강이 네 목숨보다 소중한 것이냐?"

"그것이야."

강과 똑같은 자세로 뒷짐을 지고 의미심장하게 묻는 서동환을 바라보다 한세는 그만 웃고 말았다. 피는 물보다 진하다더니 어찌 저리 닮았을까 싶어 저절로 웃음이 나왔다.

"앞으로는 무조건 몸을 던져 구하려 들지 마라, 그리하면 너를 잃고 살아남은 사내는 어찌 살아가겠느냐? 사내를 진심으로 마음에 두고 연모한다는 것은 먼저 너 자신을 소중히 여기는 것이다."

서동환은 그렇게 웃는 한세를 간곡하게 타일렀다.

그날 점심때쯤 허씨가 여덟 명의 장정들이 매는 큰 가마를 가지고 가회당으로 왔다.

"어서 와."

한세의 흑단 같은 머리를 얼레빗으로 빗기어 곱게 땋아 금박댕기 물리던 송씨는 그대로 허씨를 맞았다.

"내가 낳았는데도 어찌 볼 때마다 점점 더 너를 닮아가는 것인지. 다른 것은 몰라도 세가 어머니 복은 있는가 보다."

노랑저고리에 연두빛 스란치마를 곱게 차려입고 다소곳이 앉은 한세는 이제 기품 있는 여인의 모습이었다.

"그런 것인가?"

허씨의 말에 송씨는 웃었지만, 한세는 갑자기 그렇게 두고 온 현생의 엄마 생각에 눈물을 쏟았다.

"어찌 그러니, 어디가 아픈 것이냐?"

"아닙니다, 가회당을 떠날 생각에 그만."

놀란 두 어머니가 어디 아픈 곳이 없는지 살피며 걱정을 하자 한세는 서둘러 둘러댔다.

"대사간과 헤어지기 싫어 그러느냐?"

"하긴 이제 헤어지면 혼례 날이나 볼 것이니⋯⋯."

여식의 눈치를 살피던 허씨가 웃으며 속삭이자 송씨도 그런가 보다고 맞장구를 쳐 주었다.

"어제 아버님께서 강이 아버지를 부르시더니 이것을 주셨단다."

송씨는 반짝이는 자개함에서 빨간 주머니 하나를 꺼내 한세에게 주었다.

"이것이 무엇입니까?"

"서씨 가문 남정네들이 쌀쌀하기는 한없이 쌀쌀해도 일단 귀하게 여기겠다 마음먹으면 그 여인에게만은 한없이 다감하단다. 아버님께서 네게 주라고 하셨단다. 이제 귀하게 여기겠다는 정표인 게지, 풀어보렴."

"대감마님께서요?"

"내리사랑이라 하더니, 내게도 주지 않으시던 것을 너에게 주시는 구나. 어서 열어보거라."

한세는 얼결에 받은 붉은 주머니가 서동환이 준 것이라는 말에 잠시 만지작거리다 허씨의 재촉에 열어보았다. 주머니 속에는 정교하고 아름답게 세공된 금가락지 한 쌍이 들어 있었다.

"어머님 돌아가시고 아버님 새장가 드시라고 전하께서 내리신 것이라는데, 그냥 간식하고 세셨냐는구나."

"에그머니, 그런 반지를 어찌 손부가 될 아이에게 주시누?"

반지의 사연을 들은 허씨는 기겁을 했지만, 송씨와 한세는 마주 보며 쿡쿡 웃었다.

"아니, 반지의 사연이 얼핏 들으면 이상하지 않느냐? 너는 이상하지 않은 것이냐?"

허씨는 고개를 갸웃하며 뭔가 꺼림칙한 얼굴로 한세를 돌아보았다.

"대감마님께서는 조금 엉뚱한 구석이 있으십니다. 하지만 그저 소중한 정표일 뿐입니다. 대감마님께 제일 소중한 것을 주신 것이지요."

서동환이 가회당 뒤뜰에 심어놓은 회화나무를 얼마나 애지중지하는지 알고 있는 한세는 이 반지가 그에게 얼마나 소중한 것일지 알 것 같았다.

"소중하게 간직하겠습니다. 대감마님께는 제가 지금 건너가 인사드리고 가겠습니다."

"그리하거라, 내 정식으로 사주단자를 보낼 때 더 좋은 것들을 보낼 것이다."

송씨는 다소곳이 절하는 한세의 손을 잡고 애틋한 마음을 전했다.

한세는 사랑채로 건너가 서동환에게 떠난다는 인사를 하고 가마에 올랐다. 강은 입궐을 한 터라 퇴궐하고 한세의 본가로 오기로 하여 가회당을 떠날 때는 송씨와 금동이만 나와 가마를 배웅하였다.

十五.
신부에게

면경 앞에 앉아 머리를 매만지던 한세는 연지를 꺼내 볼에 톡톡 두드렸다. 볼이 복숭아처럼 발그레하니 창백한 얼굴에 생기가 돌았다.

"이제는 창백한 얼굴에 마음이 쓰이니, 나도 여자인 척하고 싶은 것인가?"

한세는 내친김에 도톰한 입술에도 연지를 발라보고는 마음에 드는지 피식 웃었다.

오늘 아침에는 가회당에서 보낸 사주단자가 들어왔고 한세의 옷을 지을 비단과 타고 다닐 꽃가마가 왔다. 서동환이 직접 가마방을 찾아가 맞춘 꽃가마는 보는 이들마다 어여쁘다고 탐을 냈다.

"어떤 옷을 입을까?"

퇴청 후에 꼭꼭 들르는 강을 기다리며 한세는 양보라 항라치마에 도라지꽃이 수놓인 설백 저고리로 갈아입었다.

"예뻐 보이나?"

한세는 면경을 들여다보며 설레는 자신의 모습이 몹시도 낯설게 느껴지지만 싫지 않았다.

"도련님이 오실 때가 되었는데……."

강이 올 시간이 가까워지자 한세는 문밖에서 들리는 작은 소리에도 민감하게 귀 기울였다.

"아가씨, 나와보세요. 대사간 나리 오셨습니다."

"예."

"세야, 문 좀 열어보거라."

허씨의 목소리까지 들리자 한세는 뭔가 이상하다는 생각이 들었다.

"혹시?"

한세는 기대 반 흥분 반으로 조심스럽게 문을 열었다.

"아니!"

한세는 눈앞에 펼쳐진 광경에 놀라 그 자리에 서버리고 말았다.

새하얀 심의를 차려입은 유생들 일곱 명이 온실에서 키워낸 진달래 꽃 화분을 들고 들어오고 있었고 그 뒤를 역시 하얀 심의에 검은 건을 쓴 강이 따르고 있었다.

"세상에!"

졸지에 난생처음 보는 구경을 하게 된 한상수의 식솔들은 모두가 나와 이 신기한 광경을 보고 있었다.

"어머나!"

한세가 문 앞에 서서 설마 하고 보고 있는데, 유생 하나가 앞으로 나와 바닥에 돗자리를 깔았다. 그러자 돗자리 위로 올라간 강이 정결한 모습으로 무릎을 꿇고 앉더니 시문을 펴 들었다.

"이 생과 저 생, 그 어느 날엔가 당신과 내가 만나 인연의 실을 나누어 묶고 부부로 살자 약조했던 것이오. 만일 잊었다면 내가 오늘 다시 한 번 더 청하리다. 이토록 애틋한 당신, 이제 내 손을 잡고 남아 있는 생에 여백을 함께 채워가지 않겠소?"

낭랑한 강의 목소리, 그 밀도 높은 떨림이 한세의 가슴에 긴 여운을 남겼다. 멍하니 바라보는 그녀의 풍성한 속눈썹이 촉촉이 젖었다.

'강아, 나는 아마 죽는 그 순간까지 이 아름다운 광경을 잊지 못할 거야. 고마워, 사랑해.'

한세는 강의 아름다운 모습을 한순간도 놓치지 않겠다는 듯 눈이 시리도록 바라보았다.

"내 청혼을 받아주시겠소?"

시문을 다 읽은 강은 자리에서 일어나 한세를 향해 손을 내밀었다. 한 폭의 산수화처럼 아름다운 그 풍경 속에 검은 깃이 들어간 심의를 입은 강의 모습은 결곡하고 아름다웠다.

"예, 기꺼이!"

한세는 버선발로 내려가 강의 손을 잡고 그 곁에 섰다. 그러자 강이 옷깃을 열고 품에 넣어두었던 옥가락지를 꺼내 한세의 손가락에 끼워 주었다.

"세상에, 애기씨는 좋겠다."

"살다 살다 별 구경을 다 하네요."

여기저기서 부러운 탄성이 터져 나오고 행복하게 웃는 여식을 지켜 보던 허씨와 한상수는 돌아서 눈시울을 붉혔다.

❀

잠행을 나오겠다는 이산의 전갈을 받은 한세는 비단전으로 나갔다.

"어머나, 곱기도 하지. 아가씨, 이것으로 하시어요. 봄 옷으로는 딱입니다요."

비단선에 노작하여 가마에서 내리나 보니 마침 연희가 세 몸종과 함께 숙고사를 고르고 있었다. 숙고사는 명주를 잿물에 삶아 물에 빨아서 희고 부드럽게 만든 뒤 짠 옷감으로 생고사에 비해 질감이 부드러웠지만 손이 많이 가는 옷감이라 값이 비쌌다.

그렇지 않아도 요즘 홍국영의 기세가 하늘을 찌를 듯하니 연희네 집안에도 슬슬 줄을 대는 이들이 생기고 있다는 말을 강이에게 전해 들었었다.

"연희 아가씨?"

"어머, 영란이 아니니?"

초라한 외가마만 타고 다니던 김영란이 어여쁜 꽃가마에서 내리자 연희의 눈이 휘둥그레졌다. 서동환이 특별히 주문해 만든 가마는 손부 될 규수가 어디고 다닐 때 빠지면 아니 된다고 보내준 것이었다.

"그렇잖아도 국영 오라버니가 찾고 있던데, 여기는 어쩐 일이니?"

"저는 좋은 옷감이 있나 해서 나왔습니다. 한데 그 댁 오라버니께서 어찌 저를?"

홍국영이 찾는다는 말에 한세는 가슴이 뜨끔했지만 시치미를 뚝 떼며 물었다.

"그러게 무슨 일이신지 너희 집을 꼬치꼬치 묻더니 며칠 전엔 찾아간다고 하던데?"

"저희 집엘 오셨단 말입니까?"

"아니 가셨니?"

"아니, 제가 집을 잠시 비웠던 터라."

홍국영이 안국방 영란의 집을 찾아갔다는 말을 듣자 한세는 뭔가 큰 사달이 난 것이라 짐작했다. 대체 홍국영이 어찌해서 김영란을 찾는 것이며 뒷조사까지 하고 다닌다는 말인가. 한세는 속이 탔다.

"그래 어찌 그동안 모임에 통 나오지 않았니?"

"모임이요? 바빠서 그리되었습니다. 한데 요즘은 그 모임을 어디서 합니까?"

"아직 새로운 곳을 찾지 못해 윤소이의 집 별채에서 하고 있어."

"예, 한데 요즘 윤 소저는 어찌 지냅니까?"

"말도 마라, 윤소이는 요즘 절에서 불공드리느라 허리가 나갈 지경이라고 하더구나."

연희는 윤소이의 근황에 대해 말하면서 뭐가 그리 즐거운지 입을 가리고 웃었다.

"아니, 무슨 불공을 얼마나 드리기에 허리가 나간대요?"

"말도 말아, 이건 비밀인데……."

연희는 혹여 누가 들을까 봐 한세의 손을 잡고 몸종과 조금 떨어진 곳으로 데려갔다.

"저번에 서강 도련님의 목숨을 구해준 규수가 큰 부상을 입고 가회당에 머물고 있다는 소식을 들었다는구나. 해서 가회당에서는 그 규수가 깨어나면 도련님의 목숨을 구해준 은인이니 어쩔 수 없이 혼인을 시켜야 한다고 했다지 뭐니."

"아니, 그 일과 윤소이가 불공을 드리는 것이 무슨 상관이랍니까?"

"무슨 상관이 있는지는 잘 생각해 보렴, 아무튼 얼마나 간절히 빌고 있는지 눈 뜨고는 볼 수가 없더구나."

땀을 뻘뻘 흘리며 삼천배를 올리고 있는 윤소이를 떠올린 연희는 몸서리가 친다는 듯 고개를 흔들었다.

"허, 그 규수 깨어나지 말라고?"

"하여간 윤소이의 집념을 누가 이기겠니?"

연희는 그리 말하며 골라둔 비단을 들고 비단전 안으로 들어갔다.

"새싱에, 나 죽으라고 비는 섯틀이 어씨 이리 낳아!"

한세는 모처럼 비단전에 나왔다 기가 막힌 소식을 전해 듣고 어이가 없었다.

"한데, 홍국영은 무슨 꿍꿍일까?"

홍국영에 윤소이까지. 잘못되어도 뭔가 크게 잘못되었다. 이대로 그냥 있을 일은 아니었다. 총체적 난국이었다.

"저하께서 가마를 보내셨다."

비단전에서 이산을 기다리고 있던 한세에게 뜻밖에도 가마가 왔다.

"저하께서 어찌 가마를?"

한세는 가마꾼이 자신을 데리러 온 것이 이상하다고 생각은 했지만, 이산이 쓴 서찰을 주는지라 어쩔 수 없이 가마에 올랐다.

'대체 어디로 가는 것이지?'

한세는 어디로 가는지도 모르고 가마가 가는 대로 맡겨둘 수밖에 없었다.

"다 왔습니다."

가마는 운종가의 주막이나 기생집이 아닌, 어느 고급스러운 저택 앞에 한세를 데려다 놓았다.

"대체 여기가 어디지?"

한눈에 보기에도 지체 높은 양반가의 고택이 틀림없었다. 한세는 바짝 긴장하여 신경을 곤두세우고 저택의 문을 열고 안으로 들어섰다.

"어서 오시지요."

나이가 지긋한 청지기가 다가와 허리를 숙여 인사하고 한세를 안채로 안내하였다. 사랑채를 지나 안채의 마당으로 들어서자 한겨울인데도 여기 저기 꽃 화분이 놓여 있고 국화꽃 향기가 그득했다.

'온실을 가지고 있는 집이라면 예사 집안이 아닌데, 대체?'

앞서 걷는 청지기의 등을 바라보며 한세는 늘어진 긴 치맛자락을 움켜잡았다. 안채로 가는 동안 돌아서는 모퉁이마다 향기를 뿜는 향로가 놓여 있었다.

"어찌 이리 늦으셨습니까, 영란 아가씨?"

한세가 대청마루로 올라가자 방 앞을 서성이던 홍국영이 달려왔다. 한세는 그제야 이곳이 어딘지 알아챘다. 그동안 도성 안 고모 집에서 기거하던 홍국영이 새로운 집을 장만한 것이 틀림없었다.

"감히 양반가의 규수를 상대로 이런 일을 꾸민 것을 보면 제가 영란이 아닌 것은 이미 아시는 것 같고, 한데 어찌 된 일이십니까?"

한세는 날카로운 눈으로 홍국영을 노려보았다.

"오늘은 제가 저하를 모시기로 하였습니다."

"대체 이곳에서 무엇을 준비하고 계신 것인지 여쭤도 되겠습니까?"

한세는 건물 전체를 감도는 묘한 분위기와 코끝을 마비시키는 미향에 관해 물었다.

"아가씨와 저하의 합방을 준비하고 있습니다."

"킥킥!"

천연덕스러운 얼굴로 태연하게 대답하는 홍국영의 말에 당황한 한세의 입에서는 마른기침이 튀어 나왔다.

"저하께서 이미 약조하셨다고 들었습니다만?"

"예에?"

다 알고 있다는 얼굴로 되묻는 홍국영을 보다가 한세는 이산의 서신에 적혀 있던 내용을 떠올리고 고개를 끄덕였다.

-연인으로서 마지막 만남이다. 오늘 밤 보자꾸나.

한세는 주군이 하시는 일이니 그저 믿기로 하였다.

"오늘 밤 저하와 합방만 하신다면 아가씨께서는 원하시는 많은 것들을 가지실 수 있을 것입니다. 상상하는 것 이상으로 말입니다."

입으로 많은 말을 하지 않아도 영민하게 빛나는 홍국영의 눈빛은 이미 많은 약속을 해주고 있었다.

"하면 한 가지 확실히 해둘 것이 있습니다."

한세는 어차피 이렇게 된 것 마지막으로 한 가지 조건을 더 걸었다.

"말씀하시지요."

"오늘 밤 이곳에서 어떤 일이 있든 저하의 뜻을 따르시길 바랍니다. 하고 두 번 다시 김영란의 이름을 입에 올리지 마십시오. 그것은 저에게 주어진 공무였습니다. 오늘 밤 이곳에서 저하를 뵙는 것 역시 저에게는 공무입니다."

한세는 오늘 밤 이 일을 계기로 홍국영의 문제를 해결하려고 마음먹었다. 어차피 홍국영이 모든 것을 알게 되었고 김영란의 뒤를 캐고 다니는 이상 한 번은 부딪쳐야 할 일이었다.

"그리하지요."

홍국영은 그런 한세의 뜻을 알 리 없었으니 별생각 없이 선선히 승낙했다.

"하면 저하께 안내하시지요."

이야기가 모두 끝나자 홍국영은 미리 준비해 둔 방으로 한세를 들여보내고 이산에게로 갔다.

"세는?"

이산은 한 치의 감정도 드러내 보이지 않고 있었다.

"지금 막 도착하였습니다."

"자네에게 뭐라 하던가?"

"예. 오늘 밤 이곳에서 어떤 일이 있든 저하의 뜻을 따르라고 하더이다."

홍국영은 안국방으로 가 김영란을 조사하는 동안 한세가 그동안 김영란이라는 이의 행세를 했다는 것과 그녀가 여인이라는 것을 눈치채게 되었다. 그리고 이미 오래전부터 이산이 그 사실을 알고 있었다는 것을 알았다.

세손이 그 정도로 한세에게 집착을 보이는 것이라면, 이번에야말로 그녀를 후궁으로 밀어 올리고 그 공은 오롯이 자신이 차지할 수 있을 것이라고 내심 기뻐했다.

"국영아!"

"예, 저하!"

"나는 너를 신뢰한다. 언제까지나 그러할 것이다."

"예, 저하."

"하나, 명심할 것이 있다."

이산은 나직한 목소리로 말했으나 홍국영은 어쩐지 온몸이 으스스해지며 솜털이 곤두섰다.

"어떤 일이 있어도 내 사람들을 건드리지 마라. 그 선만 지킨다면 나는 절대 너를 버리지 않을 것이다."

"예, 저하 명심하겠습니다."

담담한 그의 눈빛이 어넌 서슬보나 무서워 홍국영은 허리를 깊이 숙이고 머리를 조아렸다.

"저하!"

한세가 기다리고 있는데 문이 열리며 이산이 들어왔다.

"있느냐, 오늘은 너와 발을 날리고 싶었으나 아직은 네가 바람을 쐬는 것이 좋지 않을 것 같아서 혼자 달리다가 이곳으로 왔구나."

이산은 이곳으로 오기 전, 궁궐을 나와 호위무사 하나만을 거느리고 말을 달렸다. 계속 마음을 누르며 정무를 보고 있으려니 가슴이 답답하여 견딜 수가 없었다. 답답함을 풀고자 도성의 거리를 달리다가 왕실의 사람들이 빠르게 말을 몰면 백성의 근심이 깊어진다는 스승 홍대용의 말이 떠올라 다시 산길을 타고 내달렸다.

그렇게 한세를 만나기 전에 말을 달리며 마음을 추스른 후에 이곳으로 온 것이었다.

절대로 흐트러진 모습을 보이지 않겠다고 다짐했건만 오늘은 힘이 들었다.

"오늘 하루만, 딱 하루만이다."

오늘 하루만 흔들리고 내일 아침 몸을 추스르면 또 대리청정 중인 세손으로서의 정무를 빈틈없이 처리해 나갈 것이다. 이제 보위에 오르면 이런 낭만조차도 남지 않을 테니 말이다.

"앉자!"

이산의 눈길이 공손하게 고개를 숙인 한세의 입술에 머물렀다. 꽃잎처럼 둥글고 선이 고왔지만, 좀처럼 웃지 않을 것 같은 입술이었다.

"찾으셨사옵니까?"

이산의 눈동자는 그리 묻는 한세를 뚫어지게 응시하였다. 그의 눈에는 앞에 있는 이 여인이 막 곤륜산에서 내려온 여신처럼 아름다워 보였다.

"저하!"

고개를 들던 한세는 이산의 눈에 붙잡히자 문득 자신이 죽었을 때

통곡하던 그의 모습이 생각나 울컥 마음이 저려왔다.

"이리로 앉자."

"예, 저하."

이산은 방 한가운데 놓여 있는 찻상 앞으로 가서 앉았고 한세도 마주 앉았다.

찻상 옆에 다소곳이 앉은 한세를 보며 이산은 잠시 상상해 보았다. 저 윤기 나는 검은 머리카락을 금침 위에 펼친 채 붉은빛 입술로 그를 갈망하는 그녀의 모습을.

하지만 상상일 뿐이었다. 막상 홍국영의 부추김처럼 들끓는 정념으로 그녀를 안는다 해도 지옥 같은 고통이 그를 가로막을 것이다.

"이제 너의 임무를 끝낼 때가 된 것 같아서 말이다."

단아한 얼굴로 올려다보는 한세의 검은 눈동자 속에는 아무것도 담겨 있지 않았다. 저 눈이 나를 그처럼 애틋하게 바라보기는 했었는지, 저 무심한 얼굴을 보면 그 모든 기억이 혼자만의 착각이었던 것 같았다.

"몸은 좀 어떠하냐?"

"이젠 다 나았습니다."

"한참 동안은 못 일어날 것이라 생각했는데?"

"제가 좀 튼튼합니다, 저하."

한세는 그렇게 대답하며 다시 한 번 이산을 쳐다보았다. 저런 근엄하고 무서운 모습으로 앉아 있는 이 남자가 여인을 위해 목숨을 걸만큼 그처럼 뜨겁고 다정다감한 구석마저 있었던 그 사내였던가.

지금 그의 모습은 분명히 한세가 옹주의 연회장에서 보았던 그 사내의 모습은 아니었다.

"그렇기는 하지."

순식간에 한세의 눈빛에서 마음을 읽어버린 이산은 버릇처럼 양손을 머리 뒤로 깍지를 끼며 크게 기지개를 켰다.

"세야, 오늘 보니 너 참 못생겼다."

"그렇습니까?"

이산이 빈 잔을 내려놓자 한세는 다시 주전자를 들고 찻물을 부어 잔을 채웠지만 손끝이 떨렸다.

저하, 무슨 말씀을 드려야 제 진심을 전할 수 있겠습니까. 우리들의 그 많은 이야기들을 어찌 다 들려 드릴 수 있을까요. 하지만 지금 저의 이 선택이, 제가 가려 하는 이 길이, 저하와 강 그리고 사형들, 우리 모두의 꿈을 지키는 길이라는 것을 믿고 있습니다.

수없이 많은 말들이 입안을 맴돌았지만 아무것도 입 밖으로 내어놓지 않았다.

"오늘 가만히 보니 눈도 못생겼고 코도 못생겼고 다 못생겼구나."

"예."

"가만히 두고 보니 너 그다지 예쁜 것 같지도 않은데 말이다. 한데 나는 어찌 네가 그리 좋았던 것이지?"

잠자코 듣고만 있는 한세를 바라보던 이산이 힘없이 물었다.

"하고 많은 여인 중에 어찌하필이면 너였을까?"

이산은 정말 궁금하다는 얼굴로 한세의 얼굴을 들여다보았고 그녀 역시 묵묵히 그를 마주 보았다.

"특이한 취향이셨나 봅니다."

한세는 대수롭지 않게 대답하며 다시 차를 한 잔 더 마셨다.

"그러게 말이다."

채울 수 없는 공허함이 이산의 가슴을 메웠다.

문득 언제나 따뜻하고 평온하던 어린 한세의 얼굴이 떠올랐다. 그에게 가장 어렵고 고통스러웠던 순간을 함께해 준 작은 아이. 그 아이가 없었다면 지금 이 자리를 주저 없이 포기해 버렸을지도 모른다.

그토록 사랑했음에도, 이제는 다만 고마웠다는 말 한마디로 잊어버려야 할 만큼 소중한 여인. 그에게 이 여인은 그런 의미였다.

"그동안 나의 연인이 되어준 것 고맙다."

이산은 거칠어진 목소리로 나지막이 중얼거렸다.

"저하……."

"이제 내 첫사랑은 끝이 나겠지만 나와의 약조는 지켜다오."

"예, 저하. 제가 어떤 약조를 지키면 되겠습니까?"

"내가 너를 얼마나 소중히 여겼는지 기억해 다오. 그러니까, 내가 너에게 하고 싶은 말은…… 나는 너에게 주고 싶은 것이 너무 많지만 주는 것이 외려 너를 힘들게 할 것 같아서, 참아주는 것이다. 하니……."

그는 웃었지만 어쩐지 우는 것처럼 느껴졌다.

한세가 쓰러져 있는 동안 이산은 평소와 같이 정무를 살폈고 모든 것이 빈틈없이 철저했지만 마음은 그렇지 못했다.

"예, 저하."

이산의 슬픈 눈을 들여다보자니 그의 슬픈 마음이 절절히 느껴져 한세도 눈물이 났다.

"너는 끝까지 살아남아 내 곁에 있겠다는 약조를 지켜다오. 그래서 내가 가고자 하는 저 길 끝에 무엇이 있는지 함께 가보자꾸나."

"저하, 저를 좋아해 주셔서 고마웠습니다."

한세는 일어나 이산을 향해 큰절을 올렸다.

'저하, 모든 것이 제 탓이었습니다. 몰랐어요, 방관하는 것도 죄가되는 것임을……. 하나, 하나 소중한 이들을 잃어가며 고통스러워하는 당신을 지켜보며 나는 지쳐 갔고, 그때는 그만 포기하고 싶어졌던 것 같아요. 저는 호위무사로서 그 어떤 것도 지켜내지 못했습니다, 결국엔 나 자신조차도. 죽음으로 내 죄를 대신하려고 했지만 그마저도 당신을 버린 결과가 되고 말았습니다. 하지만, 저하! 이번엔 절대 포기하지 않고, 당신이 그 누구도 잃지 않도록 지켜 드리겠습니다.'

한세는 이산에게 절하며 그렇게 다짐했다.

"저는 약조하겠습니다. 하니 저하께서도 항상 건강을 돌보시겠다고 약조해 주십시오."

"약조하마."

"약조하셨습니다."

"약조했다."

이산이 다시 힘주어 대답하자 한세의 볼에는 소녀처럼 깊은 볼우물이 패었다.

다음 날 한세의 집에는 이산으로부터 한 통의 서신이 도착했다.

나뭇가지에 앉은 꾀꼬리가 그려진 편지에는 강과의 혼인을 서두르라는 말과 함께 시 한 구절이 적혀 있었다.

꾀꼬리 날려 보내는 뜻은 내 가지에 앉아 슬피 울지 말라고……

❊

강은 약속대로 정확하게 한 달이 지나기 전에 한세와 혼례를 올렸다. 아직은 겨울이었지만 초례청 위로는 구름 한 점 없이 파란 하늘이 펼쳐져 있고 포근한 볕이 들어 봄날같이 느껴지는 날이었다.

"어서들 오시오!"

"뭐 잔치가 이리도 떠들썩하누?"

한상수의 가문이 복권되고 처음 치러지는 혼례인 데다가 사돈이 한양의 명문 가회당이고 사위가 대사간이고 보니 잔치가 제법 컸다.

"함이 오던 날도 큰 잔치 했지, 아마."

혼례가 치러지기 전 함진아비가 오던 날도 대소가(大小家) 안팎사람들이 모두 모인 가운데 함을 받았던 터라 이 혼인에 대해 이미 소문이 자자했다. 게다가 그 함 속에 들어 있던 혼서지(婚書紙)는 명필로 유명한 시아버지 서재호가 귀한 여식을 키워 보내주어 고맙다고 쓴 것이었으니, 여러모로 세간의 이목을 끌었다.

티끌 하나 없이 깨끗하게 쓸어둔 마당에는 차일을 높이 치고 멍석 위에 돗자리를 깔았다. 십장생이 그려진 열두 폭 병풍을 둘러치고 독좌상을 남향에 정면으로 벌여두고, 그 앞에 놓인 전안상에는 와룡촛대 한 쌍이 놓였다.

"서두르게."

"아씨는 어찌 되셨는가?"

상에 대추와 밤을 가져다 놓으며 여인들은 바쁘게 움직였고 마당과 사랑채는 몰려드는 손님들로 북적거렸다.

"신랑도 당도하지 않았으니 천천히 해도 됩니다."

유모 분이는 더운 김이 뽀얗게 올라오는 나무 목욕통 속에 고급 향료를 넣고 한세를 뽀득뽀득 정성껏 씻겨주었다.

"무슨 일이 있어도 오늘은 세상에서 제일 예뻐야 하는구만요."

본시 신부의 치장이 거창하니, 유모도 한세의 어머니인 허씨도 작심하고 준비를 했다.

"이렇게 있으니 아가씨 어릴 적 생각이 나는구만요. 여아인 것이 들킬까 봐 몰래몰래 씻기느라 얼마나 속을 졸였던지."

분이는 지분으로 얼굴을 엷게 두드려 투명한 빛으로 만들고 연지로 볼을 물들었나.

"신부 머리를 아무나 만들 수 있는 것이 아니라니까요."

분이는 신바람이 나서 화장을 마치자마자 빗살이 촘촘한 참빗으로 머리를 빗기고 또야머리를 틀어 낭자에 용잠(龍簪)을 꽂고 뒷댕기를 드리웠다.

"자, 치마저고리를 입으셔야죠."

분이는 한세에게 다홍 대란치마에 노란색 삼회장저고리를 입히고 그 위에 녹원삼을 겹쳐 입히고 대대를 둘러주었다.

"이제 화관을 쓰셔야지요."

그리고 마지막으로 큰머리 위에 칠보화관을 씌워주었다.

신부의 옷은 허씨가 직접 바느질을 하고 모란과 연꽃, 물결, 불로초, 어미와 새끼 봉, 호랑나비동자 같은 문양은 송씨가 화려하게 수를 놓았다.

"신랑이 당도하셨대요. 준비하시라네요."

"알았다."

바쁘게 드나들던 하녀 하나가 달려와 분이에게 신랑이 당도하였다고 알리고 갔다.

"어디 보자. 빠진 것은 없나?"

"다 된 것 아니에요?"

한세는 무거운 머리 때문에 얼굴을 잔뜩 찡그렸지만 분이는 어쩌면 더 예쁘게 꾸밀까 해서 하나라도 더 챙기려고 야단이었다.

"신랑이 당도하였소!"

청지기가 대문 앞에 서서 절을 하며 큰 소리로 외쳤다.

"신랑이 당도하였다 하오!"

여기저기 사람들이 나서서 외치고 하인들까지 분주하게 오가며 초례청이 시끌벅적하였다.

"어디?"

한세는 궁금한 것을 참지 못하고 살짝 문을 열고 밖을 내다보았다.

"강이 잘생겼다."

단령포를 입고 사모관대에 흑화를 신어 예장을 갖춘 강은 늠름한 모습으로 흰 말에 앉아 있고, 말고삐를 쥔 금동이가 앞서고 붉은 보자기에 기러기를 싸서 안은 안부(雁夫)가 그 뒤를 따라 들어왔다.

"기섭 사형!"

가만히 보니 그 뒤를 따라 유생들이 줄지었고 마지막으로 기섭이 잔뜩 긴장한 얼굴로 들어오고 있었다. 그 모습을 보니 문득 오늘 같은 날 건우가 있었으면 얼마나 좋을까 싶은 생각이 들어 코끝이 아렸다.

강이 강화도에 유배 중인 건우에게 서찰을 보내 혼례를 올린다는 것을 알리고 그간의 사정도 소상히 적어 보냈지만, 이산과 예동들에게는 그가 없는 빈자리가 언제나 쓸쓸했다.

"어서들 오시게!"

한상수가 앞으로 나가 이제는 사위가 될 강을 반겼다.

"고생이 많으십니다. 장인어른!"

강이 말에서 내려 허리를 숙여 절을 하자 한상수는 그의 등을 토닥여 주었다.

"사람의 인연이란 이렇게 오묘한 것이로구먼."

어린 시절 한세를 따라온 어린 강을 처음 보던 그날부터 내심 사윗감으로 점찍어두었건만 이리 오랜 세월이 흘러서야 진짜 사위로 삼게 되었다.

"멋지네, 내 신랑!"

신방에서 바라보던 한세는 살며시 고개를 내밀고 강을 향해 손을 흔들었다.

　"저, 저런! 저러다 혼날려고?"

　한세와 눈이 마주친 강이 슬며시 예쁘다는 표시를 해 보였다. 동그란 이마에 연지를 찍고 환한 낯꽃을 분홍빛으로 물들이며 웃는 한세를 바라보는 강의 눈에는 이미 봄꽃이 활짝 피었다.

　"부선재배."

　드디어 기다리고 기다리던 강과 한세의 혼례가 시작되었다.

　신랑은 기러기 아비로부터 기러기를 받아 목을 왼쪽으로 해서 초례청에 놓고 북향하고 무릎 꿇고 앉아 차려놓은 전안상을 향해 두 번 절했다.

　홀기(笏記: 혼례나 제례 때 식순을 적은 것)에 따라 수모인 분이의 도움을 받은 신부가 신랑을 향해 두 번 절했다.

　생에 그 어느 날, 세상에 둘도 없는 앙숙으로 만나 그렇게 수없이 다투며 자라왔던 두 사람은 이제 그 많은 이야기들을 뒤로하고 부부의 연을 맺었다.

　윤소이는 하필이면 가회당에 누워 있는 규수가 깨어나지 않게 해달라고 삼천 배를 마치고 집으로 돌아온 날, 강의 혼인 소식을 들었다. 웬만한 규수라면 그저 한바탕 울고 그것으로 이제 끝이라고 생각하련마는 윤소이는 달랐다.

　"아니 무슨 혼례를 번갯불에 콩 구워 먹듯이 합니까?"

　"무슨 사정인지 급하게 서둘러 한다는 소문이 있더구나."

　"한세, 그 규수가 뉘기에? 누구 마음대로 혼인을 한다는 말입니까!"

　"하면 어찌하니, 그쪽은 목숨의 은인인데?"

"목숨의 은인이면 이 나이가 되도록 기다려 온 저는 어찌하고요?"

어머니 홍씨는 하나뿐인 외동딸이 측은하고 안타까워 다독거리며 달랬지만 윤소이는 막무가내였다.

"그것이야 네가 우긴 것이지. 그쪽에서 기다리라고 한 것은 아니지 않더냐?"

"저는 그런 것 모릅니다, 모른다고요!"

"얘가 어찌 이래? 우길 것을 우겨야지."

"어머니께서 저라면 쉽게 단념이 되시겠습니까?"

"단념하지 않으면 어찌하느냐, 세손께서 혼례를 서두르라 명하시고 전하께서도 허락하셨다는데. 그렇지 않아도 가회당에서 너를 생각해서 비단과 선물들을 섭섭지 않게 보내셨구나. 내가 더 좋은 혼처를 알아볼 것이니……."

"다른 혼처 따위는 필요 없습니다."

"어딜 가는 것이냐?"

"제 눈으로 확인하기 전에는 믿을 수 없습니다."

"소이야! 소이야!"

홍씨의 만류에도 불구하고 윤소이는 제 눈으로 직접 확인하기 위해 그 길로 혼례를 치른다는 한세의 본가로 갔다.

"서둘러라!"

가마꾼들에게 빨리 달리라고 채근하여 한세의 본가에 당도해 보니 산치가 얼마나 거창한지 동네 초입까지 사람들로 북적거렸다.

"가마를 내려놓아라!"

곁창을 열어두고 밖을 내다보던 윤소이는 눈에 불을 켜고 잔치가 열리는 집 안을 노려보다가 교꾼에게 명했다.

"아가씨, 마님께서 그냥 가마 안에서만 보고 오시라고 하셨습니다."

"가마를 내려놓아라."

가마를 따라온 몸종이 홍씨의 당부를 전했지만 이미 악에 받쳐 제 정신이 아닌 윤소이의 귀에는 들리지 않았다.

"내 눈으로 확인할 것이야."

윤소이는 가마에 달린 손잡이를 꽉 움켜잡고 어금니를 악 물었다.

"아가씨, 지켜보는 눈이 많습니다."

몸종은 이러다 큰 사달이 나는 것이 아닌가 하여 조심스럽게 가마 문을 열었다.

"내 이것들을 그냥 두지 않을 것이다."

"괜찮으십니까, 아가씨?"

윤소이는 계집종의 부축을 받아 가마에서 내렸다. 따라온 또 다른 몸종이 급히 쓰개치마를 내밀었지만 윤소이는 그것을 획 밀치며 머리를 한 번 더 매만지고는 허리를 꼿꼿하게 펴고 곧바로 초례청을 향해 걸어갔다.

신랑이나 신부 측의 가족이 아니면 이런 큰 잔치에 규수가 가마를 타고 나타나는 일은 드문 일이었다. 주위에 있던 사람들은 윤소이를 호기심 가득한 눈빛으로 바라보았지만 그녀는 그럴수록 더욱더 사람들을 오만하게 내려다보았다.

"서답일배!"

신부에 대한 답례로 절을 하는 강이 보였다.

늘 상상했던 것처럼 푸른 단령포를 입고 사모관대를 쓴 그의 모습은 그야말로 옥골선풍의 헌헌장부였다. 살면서 내 마음 전부를 다 주고 싶은 사람을 만나 이제껏 기다려 왔는데 그 끝이 이렇게 될 줄은 몰랐다.

분단장하고 동그란 이마에 연지를 찍고 환한 낯빛으로 수줍게 웃는 한세를 바라보는 강의 눈이 그윽하게 빛났다. 다행인지 불행인지 분단장을 한 한세의 얼굴은 맨 얼굴일 때와는 너무 달라 보여 누구도 그녀가 남장을 하고 살던 세손의 호위무사라고는 생각하지 못했다.

"너, 너는!"

그 신부가 하필이면 그녀가 다회의 일원으로 받아들이던 김영란일 줄은 몰랐던 윤소이의 눈빛이 분노와 질투로 불타올랐다. 채운당에서 처음 보았던 그날부터 유난히 싫었던 김영란, 다 이유가 있었던 것이다. 그날 벌거벗겨진 김영란을 도포를 벗어 감싸 안고 가던 강의 모습이 떠올랐다.

"한데 저것이 어찌 한씨 집안의 여식이라는 것이야?"

윤소이는 입술을 깨물며 노려보았고 마침 절을 하고 일어서던 한세와 시선이 마주쳤다.

'윤소이? 윤소이 저이가 어찌?'

사람들 속에서 자신과 강을 죽일 듯 보려보고 있는 윤소이를 발견한 한세의 가슴이 덜그럭 소리를 내며 떨어졌다. 그렇지 않아도 계속 마음에 걸리던 윤소이였는데 결국 이곳까지 달려온 것을 보면 이대로 순순히 물러설 것 같지 않아 걱정이었다.

"그래, 너는 지금 웃고 있겠지, 오늘 실컷 웃어라. 참을 수 있다, 이까짓 수모쯤은. 네 진짜 이름이 한세라 했니, 너는 알지 못할 것이다. 내 가슴속에 분노의 불길이 얼마나 강한지. 내 이 수모를 몇 배로 갚아주마."

당장에라도 악을 쓰며 달려들어 신부의 머리채를 휘어잡고 싶었지만 이제껏 강을 기다려 온 수없이 많은 시간이 윤소이를 잡았다.

"대체 뉘 댁 아가씨가 남의 혼례에?"

"그러게 좀 이상하지 않아요?"

사람들은 뭔가 이상하다 싶었는지 윤소이를 힐끗거리며 수군거렸다. 그러나 윤소이는 그런 사람들을 도도한 눈빛으로 훑어보았다. 수군대던 사람들이 그녀의 쌀쌀한 눈빛에 움찔하며 금세 입을 다물었다.

"아니 이게 뉘십니까?"

마침 가회의 다른 선비들과 함께 혼례에 참석했던 철민은 어디선가 본 듯한 규수의 등장에 알은척을 하였다.

"선비님께서도 오셨군요."

"윤 규수가 맞군요. 한데 여기는 어쩐 일이십니까?"

"가회의 장께서 혼인을 하신다기에 사실인지 확인하러 왔습니다. 한데 어찌 김영란이 이 댁 여식이 되어 있는 것입니까?"

그렇지 않아도 궁금한 것이 많았던 윤소이는 마침 철민을 만나자 한세에 대해 묻기 시작했다.

"사실 이 댁이 이번에 저하를 무사히 보필하여 대리청정을 하실 수 있게 한 공로로 겨우 복권이 된 집안이니 그동안 많은 우여곡절이 있었던 모양입니다."

"한데 저 규수가 어찌 대사간 나리의 목숨을 구했다는 말입니까?"

분명 윤소이가 들은 바로는 야밤에 괴한의 공격을 받은 강을 위해 대신 칼을 맞았다고 했는데 아무리 생각해도 미심쩍은 일이었다. 그렇지 않아도 야밤에 왜 김영란과 강이 함께 있었더란 말인가 궁금했었다.

"자세한 것은 우리도 모르겠습니다.

"해서 저 규수가 김영란의 이름을 빌려 다회에 들어왔단 말입니까?"

"그랬던 것 같습니다."

"그랬었군요. 하면 다음에 다회에서 대사간 나리의 혼례와 승차를 감축 드리는 자리를 마련하겠습니다. 그때 뵙겠습니다."

"예, 그리하시지요."

철민의 설명을 들은 윤소이는 그제야 이 일의 전말을 대충 알아차리고는 무슨 생각을 했는지 신부를 한 번 더 노려보고는 돌아섰다.

혼례는 엄숙하고 행복하게 거행되었고, 그날 온 하객들은 모두가 신랑 신부의 아름다운 모습을 축복하였다. 혼례가 끝나고는 찾아온 이들의 신분에 상관없이 모든 이들과 음식을 나누는 따뜻한 잔치가 이어졌다.

아직 이월이라 밤이 되자 바람이 차가웠다. 깜박 졸던 달이 잔치를 치르는 한씨 집안의 수선스러운 소리에 소스라쳐 깨어났다.

추운 겨울밤, 신방에는 바람 소리만이 들려올 뿐 아무런 일도 일어나지 않은 채 밤이 깊어갔다.

화관을 쓰고 곱게 단장한 한세는 긴 그림자를 드리우고 단아하게 앉아 있었다.

"아니 사람들이 참말이지 이상하구면, 때가 되었으면 신랑을 놓아줘야지."

기다리다 속이 터져 사랑채로 달려갔던 유모 분이는 화가 잔뜩 나서 우렁우렁한 목소리로 투덜대며 들어왔다.

"도련님은 어찌 되었습니까?"

새벽부터 일어나 단장하고 혼례를 치르느라 시달리고 이제는 초야를 치러야 한다는 부담감에 기다리다 지친 한세의 목소리는 가늘고 작았다.

"심술궂은 선비들이 놓아주지를 않습니다."

"머리가 무거워 목 부러지겠어요."

한세가 고개를 움직일 때마다 화관에 달린 떨잠의 장식들이 달랑거렸다.

"그래도 어쩌겠어요, 잠시만 기다리셔요."

"예, 그래야 되겠지요."

힘이 들기는 했지만 한세는 얌전한 자태로 기다렸다.

"하, 그것 참. 눈치껏 빠져나올 것이지. 초야고 뭐고 이 무거운 머리나 어떻게 해주면 좋으련만!"

강이 빨리 와 답답한 화관도 벗겨주고 녹원삼도 벗겨주면 좋겠는데 그는 도무지 나타날 기미가 보이지 않았다.

"배도 고프고 술도 고프고……."

한세는 윗목에 차려진 동뢰상을 힐끗 돌아보았다. 상 위에는 부부의 금실이 찰떡처럼 화목하게 되라는 뜻으로 혼례에는 빠지지 않는 봉치떡, 보름달처럼 밝게 비추고 둥글게 채우며 잘 살도록 기원하는 의미의 달떡, 여러 가지 색물을 들인 절편으로 한 쌍의 부부를 의미하여 만든 암수 닭 모양, 용 한 쌍의 색편이 놓여 있었다.

"떡 하나만 먹자, 딱 하나만!"

아침에도 밥을 먹는 둥 마는 둥 하고, 하루 종일 쫄쫄 굶고 있으려니 입에서 침이 뚝뚝 돈다. 한세는 도저히 참지 못하고 살금살금 상 앞으로 다가앉았다.

"목도 타고, 첫날밤이고 뭐고 모르겠다."

막 색편 하나를 입에 쏙 집어넣고 술병을 들고 술을 한 모금 마시는데 방문이 벌컥 열리며 강이 들어왔다.

"허어, 부인!"

뒷짐을 진 강은 눈은 가늘게 뜨고 한세를 내려다보았다.

"제가 살아서 돌아올 때는 이번 생에서 꼭 행복해지겠다고 생각한 겁니다. 제가 곰곰이 생각해 보니 이 생에서 행복하지 못하면 다음 생에서도 절대 행복하지 않더란 말입니다."

야릇한 강의 시선과 마주치자 한세의 입에서는 스스로도 생각지 못했던 뜬금없는 소리가 흘러나오기 시작했다.

"그것이 술을 마시는 것과 어떤 연관이 있는 것이오?"

"그러니까 그것이 행복해지기 전에 배가 고파 죽을 것 같아서 딱 한 개, 딱 한 모금 마신 겁니다. 이제까지 참다가……."

쑥스러운 듯 바라보던 한세는 급히 일어서려다 머리가 무거워 고개가 흔들렸다.

"행복해지기도 전에 이러다 사람 잡겠소, 이리 오시오. 부인."

강은 우선 화관부터 벗기고 갖가지 장식들을 차근차근 빼낸 뒤에 마지막으로 용잠을 빼내고 대충대충 큰 머리를 풀었다.

"하, 푸는 데도 한참이 걸렸네, 이렇게 단장하느라 고생했겠소."

강은 머리를 풀어주는 동안 말 잘 듣는 아이처럼 꼼짝도 않고 앉아 있는 한세가 귀여워 굳어 있던 입매가 슬며시 올라갔다.

"머리만 풀어도 시원합니다."

"자, 이젠 이 옷도 벗도록 합시다."

강이 머리를 풀고 원삼의 고름을 풀려 하는데 한세가 입을 딱 벌리며 그의 손을 잡았다.

"어찌 그러느냐?"

"그것이 여기서 이럴 일은 아닌 듯합니다."

한세가 손가락으로 가리키는 곳을 돌아보니 창호지 여기 저기 구멍이 뚫리며 손가락이 드나드는 것이 보통 일이 아니었다.

그제야 강은 서둘러 문고리를 잠그고 문마다 달린 발을 내렸다.

"병풍!"

그것으로도 성이 차지 않은 강은 방문 앞에 병풍까지 둘러치고 한세에게로 다가섰다.

"에시 뭣들 하는 센가? 그만들 하고 불러가게."

"예, 마님!"

밖에서는 허씨가 나와 사람들을 쫓아 보내는 모양이었다.

"다행이로구나."

장모의 배려에 강의 입가에는 행복한 미소가 피어났지만 한세의 얼굴에는 난감한 빛이 떠올랐다.

"가만있어 보자."

한세가 입고 있는 대례복을 가만히 들여다보며 어떤 것부터 풀어야 할지 궁리하던 강이 막 허리의 대대를 풀려고 할 때였다.

"저, 도련님?"

어딘가 초조해 보이는 한세가 덜덜 떨리는 손으로 강의 손을 꼭 잡았다.

"어찌 그러시오?"

어리둥절한 눈으로 바라보는 강을 초조하게 올려다보던 한세가 슬며시 웃었다. 한세의 맑은 눈이 불안하게 흔들렸다.

"저, 도련님!"

떨리는 목소리로 불러놓고도 한세는 차마 말을 꺼내지 못하고 다시 입을 다물었다.

"어찌 불러놓고 말이 없소?"

한세가 살포시 웃으며 얼굴을 들었다. 흔들리는 불빛 아래 그녀의 맑은 눈동자가 수정처럼 빛났다.

"저, 저희 첫날밤 말입니다."

"첫날밤이 어찌 되었다는 말이오?"

"가회당에 가서 치르면 아니 되겠습니까?"

얼결에 그렇게 말해 버린 한세는 지그시 내려다보는 강과 눈이 마주치자 급하게 고개를 숙였다. 부끄러워서인지 당황해서인지 목덜미까지 발갛게 달아올랐다.

"첫날밤을?"

"아니 합방이요."

강이 그렇게 되물어오니 첫날밤을 미룬다는 것은 뭔가 앞뒤가 맞지 않는 것 같았다.

"불가하오."

강이 파르스름하게 수염이 돋은 턱을 문지르며 미간을 찡그렸다.

"아니, 왜요?"

한세는 난감한 눈으로 강을 올려다보았다.

"내 눈에는 본래도 예쁜 부인이 분단장까지 했으니, 오늘 밤은 더욱 아름답소. 한데 또 참으라 하면 너무 잔인하지 않소?"

오글거리기는 해도 절대 입에 발린 말은 아니었다.

이제껏 보아온 그 어느 때보다 오늘 밤 그녀는 고왔다. 치장하지 않은 한세가 청초한 가회당의 연꽃 같았다면, 오늘 밤 단장한 신부의 모습은 강의 눈에는 화려한 양귀비처럼 여리면서도 고혹적이었다.

"제가 그리 예쁘다면 저를 봐서 하루쯤은 참아주실 수도 있지 않습니까?"

"그럴 마음이 전혀 없소."

강은 눈을 가늘게 뜨고 애처로운 얼굴을 한 한세를 지그시 내려다보았다.

"어째서요?"

"사실, 내가 말이오, 누구 때문에 혼기를 놓쳐도 한참 놓쳤소. 해서 그 좋은 청춘을 독수공방해 왔단 말이오. 하니 나는 그 억울함을 만회하기 위해 오늘부터라도 매일 합방을 해야겠다고 생각했소.”

“매일?”

기가 막힌 한세는 입만 딱 벌렸다.

“그렇소, 그것도 아주 열심히.”

“저는 싫습니다.”

“나는 그리 정했소.”

“그러다 죽겠습니다.”

“걱정 마시오. 내 심장은 튼튼하고 부인의 심장은 타고났으니. 모르긴 몰라도 한 달만 지나면 부인이 더 열심일 것이오.”

한세는 분명하게 자신의 뜻을 전했으나, 강은 이미 모든 것이 정해졌다는 얼굴로 고개를 끄덕였다.

“세상에!”

어떻게라도 오늘 밤만 모면해 보려던 한세는 매일 할 것이라는 강의 말에 어이가 없었다.

“자, 자! 부인이 겁먹은 것은 알겠는데, 그런다고 물러설 내가 아니니 그쯤 해두고 거추장스러운 옷이나 벗도록 합시다.”

“피이!”

한세는 속내를 고스란히 들킨 것 같아 고개를 숙여 버렸다.

대대를 풀어버린 강의 손이 녹원삼을 벗기자 고요한 방 안에는 비단 자락이 스치며 서걱거리는 소리만이 들려왔다.

“자, 부인이 벗겨줄 차례요.”

한세의 원삼이 바닥에 떨어져 내리자 이번에는 강이 자신의 의관을 벗겨 달라고 고개를 바짝 들이밀었다.

“이상합니다.”

“무엇이 말이오?”

"사실은, 두렵습니다."

강의 사모관대를 벗기는 한세의 손가락이 가볍게 떨렸다. 가슴이 떨리지는 않을 줄 알았다, 오랫동안 함께한 사이니. 한데 이 순간이 외려 더 떨리고 두렵다.

"옷 벗고 술 한잔합시다. 술은 묘한 용기를 주기도 하니."

결국 수줍게 고백하고 마는 한세가 귀여워 강은 피식 웃고 말았지만 그도 역시 가슴이 떨리기는 매한가지였다.

밤은 깊어가고 있었고 문밖에 몰아치는 마지막 겨울바람은 조금 더 더 쌀쌀해진 것 같았다.

"세야."

"예?"

"입에……."

한세의 입술에 묻어 있는 떡 부스러기를 닦아주려고 손을 가져 가다 보니 어른거리는 불빛 속에서 그녀의 눈은 촉촉이 젖어 있었다.

"우리가 참말 혼례를 올렸구나."

바닥에 어지럽게 널려 있는 화관과 대례복을 보자니 영문을 알 수 없는 울컥하는 감동이 밀물처럼 밀려와 강의 가슴에 넘실거렸다. 남들이 보기에는 한 달 만에 치른 것 같겠지만 사실 강은 이 혼례를 올리기 위해 자존심도 버리고 오랫동안 준비해 왔다.

"예, 도련님이 약조를 지켜주셨어요."

강의 심장이 쿵쾅거리는 소리가 귓가에 들리는 것 같아 가만히 그의 가슴에 머리를 기댔다.

"세야."

강은 자신의 가슴에 기대오는 한세의 머리카락을 쓰다듬었다.

"예."

"나, 너를 갖고 싶다."

"저도 당신을 원해요."

한세는 오랫동안 그리워하던 남자의 얼굴을 올려다보았다.

이제 분명히 알 것 같았다. 어린 강을 처음 본 순간 느껴졌던 떨림의 정체. 바로 이 남자가 갖고 싶었던 거다.

한세는 모든 것을 버리고 돌아오며 스스로에게 약속했다. 하루를 살아도 자신의 감정에 충실한 삶을 살아가기로. 오늘 하루, 바로 이 순간이 행복하지 않으면 내일도 미래도, 그리고 다음 생애도 결코 행복하지 않다는 것을 한세는 분명하게 알고 있었다.

"저도요."

강이 뭐라고 대답하기도 전에 한세는 발꿈치를 치켜들고 그의 입술에 살짝 입 맞췄다. 한세의 입술이 강의 입술 위에 포개졌을 때, 그의 몸이 긴장으로 떨리는 것이 역력히 느껴졌다.

밤은 깊어갔지만 방 안은 점점 무겁고 고요하게 가라앉았다.

"자, 술이나 한잔하자."

겉옷을 벗은 강은 펼쳐진 이부자리를 잠시 쳐다보다가 상이 차려진 곳으로 가서 편안한 자세로 앉았다.

"이거 마시면 잠이 잘 올 것입니다."

한세는 백자 술병을 들고 떨리는 손으로 강이 내민 잔을 채웠다. 잘 익어 달콤한 국화주 향기가 방 안 가득히 퍼져 나갔다.

"자, 부인도 한잔하시오."

강은 한세에게 존대를 하려고 노력했다. 부인으로 존중하는 마음을 표현하고 싶기도 했고, 그렇게 예전과 다른 부부 사이라는 것을 알려주고 싶기도 했다.

"더 주십시오."

한세는 단숨에 술잔을 비우고 다시 빈 잔을 내밀었다. 그러고도 더 취하고 싶어서 연거푸 두 잔을 더 마셨다.

"술이 맛있습니다."

잘 익은 술에서 나는 국화 향기는 달콤했지만 향기와는 달리 목젖을 타고 내려가는 술맛은 알싸했다.

"음!"

술을 마시는 한세의 모습은 천진난만해 보였으나 강의 머릿속에는 기별서리들이 일러준 낯 뜨거운 장면들이 펼쳐지고 있었다.

"나는 네가 더 맛있을 것 같다."

낯 뜨겁고 오글거리는 강의 말에 한세는 미간을 찌푸렸지만, 그는 개의치 않고 젓가락으로 안주를 집어주었다.

"도련님께서 그러시니 적응이 되지 않습니다."

잠시 망설이던 한세는 안주를 받아먹었다. 붉고 도톰한 한세의 입술이 자극적이라 강은 애써 외면했다.

"사실, 내가 각 지방마다 한가락씩 한다고 하는 기별서리들에게 많이 배웠다."

강이 그런 상상을 하고 있는 줄도 모르고 한세는 술과 안주를 먹는데 열중하고 있었다. 결국 술 한 병을 다 비워 버린 한세는 통통한 볼과 목덜미까지 발갛게 물들었다.

몇 잔의 술로 긴장을 풀어버린 강은 이불 위로 가 편안한 자세로 기대앉았다. 그의 움직임을 따라 불꽃이 크게 일렁였다.

"이제 좀 쉬자."

강의 커다란 손이 금방이라도 꺾일 듯 가녀린 한세의 손목을 잡아채더니 자신의 품으로 끌어당겼다.

"어머나!"

순식간에 강의 품으로 쓰러져 버린 한세는 그의 가슴으로 파고들며 숨을 깊게 들이쉬었다.

"가회당의 냄새!"

짙은 강의 향기가 한세의 이성을 마비시켰다. 그 익숙한 향기는 하루 종일 초야를 치러야 한다는 압박감으로 떨고 있던 한세의 몸을 부드럽게 완화시켜 주었다.

"연꽃 향기."

강이 고개를 숙여 한세의 정수리에 입맞춤하며 깊게 숨을 들이쉬자 두 사람은 가회당의 그윽한 향기로 묶여 더욱 가까워진 느낌이었다.

콩닥콩닥 뛰는 그녀의 심장이 느껴지자 그는 미칠 것 같았다. 옷고름을 풀고 한세의 옷을 벗기던 강은 불현듯 욕구가 치밀었다. 짙은 그녀의 향기가 사내의 본능을 어지럽혔다. 품고 싶었다. 이제는 가슴이 시키는 대로 안고 싶었다.

두 사람은 서툰 솜씨로 옷을 벗기고 서로의 몸을 힘껏 끌어안았다.

"오랫동안 너를 갖고 싶어 힘이 들었다."

뜨거운 고백과 함께 강의 몸이 한세의 몸으로 들어왔다.

한세의 온몸이 타는 불꽃을 끼얹은 것처럼 뜨거워졌다. 그 불길이 너무도 뜨거워서 가슴이 다 타버릴 것 같았다. 한세의 귓가에 불규칙한 그의 숨소리가 들렸다.

"강아, 나 행복해지고 싶어."

수없이 많은 말들이 입안을 맴돌았지만, 수만 년을 기다려 온 듯한 이 버거운 감정을 무슨 말로 표현할 수 있을까.

"행복하게 해주겠소."

입술을 포개며 속삭이는 강의 대답에 눈물이 났다.

꼭 감은 눈꺼풀 사이로 눈물이 흘러 내렸고 강은 그 눈물을 따라 입맞춤을 퍼부었다. 애틋하고 달콤한 향기가 아주 느린 속도로 한세의 몸 안을 잠식했다.

그날 밤, 강은 가회당 연못에 함초롬히 핀 연꽃을 가졌다. 가녀린 꽃은 그의 품에 안겨 몸을 흔들고, 뜨겁게 탄식했으며, 열정을 이기지 못하고 흐느껴 울었다.

새벽은 어김없이 찾아와 꼭꼭 막아놓은 문틈 사이로 벌써 푸른 햇살이 스며들었다. 어제와 다른 해가 뜬 것도 아닌데, 어쩐지 세상이 많이 달라진 것 같았다.

문득 몸에 닿는 체온이 느껴져 고개를 드니 강의 정갈한 얼굴이 보였다. 백옥처럼 흰 얼굴에 선이 또렷한 분홍빛 입술이 너무 고와 정말 사내의 입술이 맞는 것인지 손을 내밀어 만져 보고만 싶다.

"아휴."

한세는 자신을 꼭 끌어안고 있는 강의 팔을 들어 올렸다. 사실 한세에게는 가회당 별채보다 이 본가가 더 불편했다. 창피하게 이러고 있다가 누가 보기라도 하면 어찌할까 싶어 서둘러 엉덩이를 뒤로 빼고 빠져 나오려 하는데 강이 또다시 온몸을 휘감아왔다.

"새벽입니다."

"모처럼 등청하지 않고 쉬는 날이다. 조금만 더 자자."

아직 잠에서 덜 깬 강의 음성이 고즈넉했다. 주위가 너무 적요해서 마치 세상에 단둘만 남겨진 것 같았다.

잠에서 깨어나기 싫은 강의 입가에 부드러운 미소가 설렸다. 그의 어디에 그런 미소가 숨어 있었을까 싶은 싱그럽고 행복한 미소였다.

강은 팔에 조금 더 힘을 주어 그녀를 품에 가두어 버렸다. 눈을 뜨지 않아도 한세가 동그란 눈으로 자신을 올려다보고 있는 것이 느껴지자, 몸도 마음도 꽉 차오르는 느낌이었다.

"으음……."

강은 눈도 뜨지 않고 한세의 이마와 코를 따라 내려가 촉촉하게 부풀어 오른 입술에 맞닿았다.

"잘 잤소?"

강은 보드라운 한세의 입술에 대고 인사하며 아랫입술을 살며시 빨아들였다. 온몸의 말초 신경이 일제히 기지개를 켜는 것 같았다.

"좋다."

강은 한세의 몸을 꽉 껴안고 손바닥에 감겨오는 비단결처럼 매끈한 촉감을 즐겼다.

"아, 아파!"

어젯밤 밤새 물고 빨며 희롱한 목덜미를 강의 입술이 스쳐 가며 또 문지르니 쓰라렸다.

"아파? 좋지 않고?"

"그리 못살게 하는데 어찌 좋기만 하겠습니까?"

눈을 하얗게 흘기는 한세가 너무 좋았다. 현기증이 일 듯이 달콤한 살 내음이 다시 강을 잠식해 왔다.

"이대로 저를 죽이실 작정이십니까? 그만 놓아주십시오, 이곳은 가회당이 아니란 말입니다."

"아쉽지만, 처음이니 오늘만 봐주는 것이오, 부인."

강이 빙그레 웃으며 팔을 풀어주자 한세는 이불로 몸을 가리고 벌떡 일어났다.

"에그머니!"

이불로 제 몸만 돌돌 말고 일어난 한세는 덕분에 벗은 강의 몸을 보고는 비명을 질렀다.

"간밤에 저를 두들겨 패셨습니까?"

겨우 몸을 일으키고 윗목에 놓인 세수대야의 물로 몸을 닦으려던 한세는 한 걸음 내디딜 때마다 느껴지는 고통에 비명을 질렀다.

"세상에!"

한세는 이불을 들추고 고개를 숙여 울긋불긋한 자신의 몸을 살펴보았다. 강의 손길이, 그의 입술이 닿지 않은 곳이 없었다.

"아무리 봐도 너무 선수란 말이지?"

어젯밤 온몸을 관통하는 야릇한 느낌에 전신이 사정없이 떨렸던 것을 기억해 냈다. 이를 악 물고 신음을 삼켜야 할 정도였으니, 첫날밤부터 이것이 가능한 일이란 말인가.

"이상해……."

물수건으로 몸을 닦아내던 한세는 지난 밤 강이 보여주었던 갖가지 자상한 면을 생각하다가 의심스러운 눈빛으로 살짝 흘겨보았다.

한세는 면경 앞에 앉아 자신의 모습을 들여다보았다.

"오늘부터 너는 서씨 집안의 종부로 다시 태어난 것이다."

머리를 빗겨주는 허씨는 잠시도 쉬지 않고 종가의 며느리로 살아가야 할 법도를 두런두런 속삭였다. 이제는 참말 서씨 집안으로 영영 떠나보내야 한다고 생각하니 애틋하고 섭섭한 마음에 눈물이 났다.

"이제 한 남자의 부인으로 사는 새로운 길 앞에 서 있는 것이니 오늘부터 다시 태어났다 생각하고 모든 것을 조심 또 조심하고……."

이렇게 단장하고 새 옷을 입혀 가회당으로 보낼 것을 생각하면 벌써부터 가슴이 찢어지는 것처럼 아팠지만, 별반 해준 것이 없는 부모이니 섭섭함도 마음 놓고 드러낼 수 없었다.

"곱기도 하구나. 이리 고운 처녀를 부인으로 맞았으니 내 사위는 복도 많은 게지."

어차피 가회낭에 가던 나시 내례복을 입고 시집 어른들께 인사를 올려야 하겠지만 허씨는 새로 지은 한복을 꺼내 갈아입히고 흡족한 표정을 지었다.

"그런 칭찬은 하지 마세요, 제 낯이 다 화끈거립니다."

한세는 쑥스러워 죽을 것 같았지만 여식을 떠나보내는 허씨는 그렇게라도 서운한 마음을 풀고 싶은 모양이었다.

"자, 신어보아라."

마지막으로 허씨는 쪽빛 우단 바탕에 모란을 수놓은 꽃신을 신기고 가회당에서 보내온 대삼작노리개를 채웠다. 큰 진주를 끼운 삼천추, 산호가지, 밀화로 만든 불수, 삼색의 화려한 노리개는 송씨가 미리 건네준 것으로, 강의 외할머니에게 물려받은 것이라 했다.

"참으로 곱습니다, 아가씨!"

옷이 날개라더니 그리 꾸며놓으니 하늘에서 하강한 선녀가 따로 없었다.

태어나자마자 목숨을 위협받으며 가회당으로 보내졌던 갓난아기가, 이제는 그 누구와도 견줄 수 없는 아름다운 여인이 되어 있었다.

"언제 저리 컸을꼬."

곁에서 모녀를 지켜보던 유모 분이는 돌아서서 소맷자락으로 눈물을 훔쳤다.

"아이, 어찌 다시 안 볼 것처럼 이러십니까?"

"참말 어여쁘십니다."

분이가 눈물을 글썽이며 방문을 열자 문 앞에 서 있던 한상수와 강의 눈이 휘둥그레졌다.

"곱구나."

한상수의 가슴 역시 찢어질 듯 아팠지만 무뚝뚝한 그는 내색하지 못하고 그저 웃기만 했다. 하나뿐인 여식을 남의 집에 맡겨 키우고 다시 만나서는 가문을 위해 어려운 일만 시키며 고생만 시키다가 보내는 것 같아 마음이 아팠다.

"아버님도 제가 뭐 영영 떠나나요, 또 비단전에 들러 일을 의논하고 할 것인데요."

"그렇지요. 이제 아들이 하나 더 생긴 것입니다, 아버님."

강은 눈시울이 붉어진 한상수를 보니 공연히 여식을 빼앗아가는 것 같아 가슴 한구석이 아파왔다.

"나는 자네를 늘 자식이며 동지로 생각하지."

강의 위로에 한상수도 호쾌하게 답하였다.

허씨는 삼일신행(혼인하고 사흘 만에 가는 혼행(婚行))을 떠나는 여식을 위해 정성껏 장만한 송이버섯장아찌, 더덕장아찌, 명란젓무침, 쇠고기장조림, 김장아찌, 북어보푸라기, 북어구이를 비롯한 이바지 음식들을 궤짝에 담아 수레에 싣고 인절미와 절편도 동구리에 푸짐하게 담아 실었다.

"뭘 이렇게 많이 장만하셨습니까?"

수레에 바리바리 실리는 것들을 지켜보던 한세는 그것들을 장만하느라 동동거렸을 허씨가 그려져 마음이 아팠다.

"내가 너를 보내며 해줄 것이 이런 것밖에 없구나."

그럼에도 더 잘해주지 못해 허씨는 미안해했다.

"이제 가봐야지."

신행을 떠날 모든 준비가 끝나자 한상수는 가마의 문을 열고 한세를 바라보았다.

겨울 햇살이 차갑고 투명한 날이었다. 가마에 앉은 한세는 곁문으로 고개를 내밀고 구름 한 점 없이 청명한 하늘을 올려다보았다.

푸른 단령포를 입고 백마를 탄 강이 앞서고 신부가 탄 꽃가마가 그 뒤를 따랐다.

가회당에서 살아온 한세였지만 자식으로 살아온 때와 며느리로 살아갈 날들은 전혀 다를 것이 틀림없었다.

"잘 해내야 할 것인데."

앞날에 어떤 일이 일어나게 될지 두려운 마음이 가슴을 옥죄어왔지만 한세는 가슴을 쫙 펴고 앉았다.

"다 왔습니다."

가마꾼이 아뢰는 소리에 내다보니 드디어 가회당에 도착했다.

"신부가 당도했소!"

새로운 종부가 오는 것을 맞이하기 위해 문중의 어른들이 직접 나와 대문 앞에는 콩, 팥, 목화씨, 소금을 뿌리고, 대문 안에는 볏짚에 짚불을 놓아 문턱을 넘어오는 신랑 신부에게 해로운 것들이 따라오지 못하도록 잡귀를 쫓았다.

가마의 문이 올려지자 수많은 이들이 신부를 구경하겠다고 달려왔고, 그 난리통 속에서 한세는 찬모와 순녀의 부축을 받아 가마에서 내렸다.

"고생했구나, 어서 오너라."

"어머님!"

송씨도 직접 나와 신랑 신부를 맞이하였다. 모처럼 열리는 혼사에 가문의 일원들이 모두 참석을 한 것인지 가회당은 많은 사람들로 들썩이고 있었다.

인사, 또 인사. 이제부터 한세의 새로운 인생이 시작되고 있었다.

"어서 오너라."

신랑 신부가 가회당 안채로 들자 곧 현구고례(見舅姑禮: 신부가 폐백을 가지고 시집에서 처음 시부모를 뵙는 것)가 시작되었다.

"뭐를 이리 많이 장만하셨나?"

다시 한 번 머리를 손질하고 대례복을 입은 신랑신부가 폐백을 마친 뒤에 문중 대소가 시어른들에게 돌아가며 인사를 했다.

"얘, 아가. 무엇을 이리도 많이 준비하였더란 말이더냐?"

폐백이 끝나자 서동환과 서재호가 있는 자리에서 문중의 어른들이 일제히 다가와 수레에 싣고 온 것들에 대해 물었다.

"예, 저희 아버님께서 지난번 청에 가셨을 때 들여온 서책들과 유생들에게 필요한 학습 기구들입니다. 가회당에는 비단이나 재물보다는 유생들이 찾아와 학습하는 데 쓸 것들이 더 필요할 것 같아서 그리했습니다."

한세는 당돌하게 여겨지지 않도록 눈을 내리깔고 침착한 목소리로 차근차근 아뢰었다. 사치품을 혼수로 가져오는 것보다는 생활하는 데 꼭 필요한 것이 나을 것이라 생각해 장만한 것들이었다.

한세는 서동환이 보내준 꽃가마와 비단들도 부담스러웠지만 그래도 지켜보는 눈도 있고 하니 그냥 사용할 수밖에 없었다. 그러나 세손이 보위에 오르고 새로운 투자를 하고 개혁에 필요한 자금으로 사용하려면 한 푼이라도 아껴야 할 때였다.

"그랬더냐? 허허! 하면 나와 내 제자들에게 주는 것이니 내가 가서 살펴보아야 하겠구나."

뜻밖에 선물을 받고 흐뭇해진 서동환과 서재호는 문중의 어른들을 이끌고 한상수가 챙겨 보낸 물건들을 살펴보러 갔다.

"잘했다."

시아버지의 마음에 들 것을 살갑게 준비해 온 것이 흐뭇한 송씨는 한세의 손을 꼭 잡아주었다.

그날 밤 한세는 대례복을 입고 큰머리를 한 채 가회당 별채 강의 방에 앉아 있었다. 한세가 없었던 동안 그녀의 방은 젊은 부부가 살 신방으로 새롭게 꾸며졌고 강의 방은 공부를 하고 서책을 보는 방으로 꾸며두었다.

"이리 와보세요, 부인."

강이 부르는 소리가 들려왔다. 피곤에 지쳐 있다가 겨우 몸을 일으켜 문을 열고 보니 강이 다짜고짜 한세를 번쩍 안았다.

"무슨 일입니까?"

"신방에 들어갈 때는 안고 들어가는 거라고 하지 않았소?"

"어머!"

한세를 안은 강이 문을 열자 머리 위에서 바구니가 쏟아지며 색색 가지의 부드러운 꽃잎들이 향기로운 비처럼 흩어져 내렸다. 팔랑팔랑 떨어지는 꽃잎이 한세의 머리 위로 내려앉았고 어떤 것들은 뺨을 간질이며 떨어지고 또 어떤 것들은 바닥으로 떨어져 내렸다.

"서방님?"

한세는 설레는 마음으로 천천히 고개를 들고 강을 보았다. 그렇게 무뚝뚝하고 퉁명스럽기만 하던 그가 이런 것도 할 줄 아는구나. 한세는 그런 강이 좋아 웃고 말았다.

"마음에 드시오?"

한세를 내려놓고 바닥에 떨어진 꽃바구니를 주워든 강은 남아 있는 꽃잎을 뿌려 비를 만들었다. 그는 천진한 화동처럼 웃었다.

"마음에 들기는 합니다만, 이 겨울에 꽃은 어디서 구하셨습니까?"

"가회의 회원인 철민의 집에 온실이 있소."

"그 온실에는 이제 꽃이 하나도 없겠습니다."

"아마도 그럴 것이오."

"그분이 저를 싫어하겠습니다."

"매일 이렇게 하겠다는 것은 아니고 가회당에서의 첫날밤이니."

강이 몸을 숙이더니 바닥에 떨어진 꽃잎을 다시 한주먹 쥐고 한세의 머리 위로 장난스럽게 흩뿌렸다. 향기로운 꽃잎이 눈앞에서 눈발처럼 흩어져 나풀거리자 한세는 까르르 웃고 말았다.

"매일 매일 웃게 해주겠소."

"청혼할 때도 그렇고, 서방님께서 이런 것을 하실 줄은 몰랐습니다."

"그럼 꽃잎을 이불 삼아……."

강이 웃으며 천천히 다가서자 그가 무엇을 하려는지 알아차린 한세는 뒷걸음질을 치며 고개를 저었다.

"어, 어!"

강은 도망치는 한세의 턱을 들어 올리더니 천천히 몸을 숙여 그녀의 입술을 지그시 눌렀다. 향기로운 꽃향기가 강의 입술을 타고 흘러들었다. 달콤한 강의 입술이 한세의 귓불과, 콧등, 뺨을 타고 입 맞추며 그녀의 붉은 입술을 덮었다.

강이 정신을 차렸을 때는 이미 새벽이었다. 기분 좋은 나른함이 온몸을 감고 돌았다. 고개를 돌렸을 때 등을 보인 채 평화롭게 잠들어 있는 한세의 머리가 눈에 들어왔다. 몸을 일으켜 턱을 괴고 그녀를 보니 곱게 내리감긴 속눈썹과 느슨해진 입매가 보였다.

"잠꾸러기……."

강은 그녀의 머리카락을 한쪽으로 밀며 목덜미의 부드러운 살을 찾아 입술을 대고 속삭였다.

"조금만……."

확실히 한세는 가회당 체질인 모양이었다. 본가에서 돌아와 가회당에서 짐든 어젯밤은 한 번도 깨지 않고 깊은 잠을 잤다.

눈도 뜨지 못하고 중얼거리는 그녀가 귀여워 강은 피식 웃었다. 문틈을 비집고 몰려든 햇살이 그녀의 얼굴로 떨어져 내렸다.

"오늘은 궁궐에 들어가 전하를 알현해야 하는 날이오."

강은 부드럽게 뒤척이는 한세의 몸을 꼭 안으며 벽에 비스듬히 기대앉았다. 그녀는 그의 가슴에 등을 대고 안긴 상태였다.

"전하를 뵈어야 합니까?"

"전하를 뵙고 나오는 길에 저하도 뵙고……."

"예에."

강과 혼인하고 처음으로 이산을 만나는 날이라 한세는 묘한 기분에 잠이 확 달아나 버렸다.

드높아진 하늘이 체로 거른 듯이 깨끗하고 맑은 아침.

새로 들인 손부를 보고 싶다는 영조의 부름을 받은 서동환이 손자 내외를 데리고 입궐하였다.

"마음을 정갈히 하고 좋은 마음으로 다녀오자."

서동환은 이른 아침부터 세숫물과 새 의관까지 가져오며 시중을 드는 한세에게 다정하게 말했다. 그는 이제 이것이 오랜 벗이었던 영조를 마지막으로 알현하는 것이라는 생각에 떠나기 전부터 마음가짐을 차분히 했다.

"예, 할아버님."

한세는 더 늦기 전에 서동환과 가까워지려고 마음을 먹었기 때문에 틈이 날 때마다 부지런히 사랑채를 드나들자고 생각했다.

"잘 다녀오너라."

송씨가 지어준 긴 배자를 곱게 차려입은 한세가 안방 문을 열고 나왔다.

"다녀오겠습니다."

강은 관복을 입고 서동환과 함께 대문 앞에서 기다리고 있었다. 이들의 혼사를 그렇게 반대하던 서동환이 두 사람을 데리고 함께 입궐하는 모습을 보니 송씨는 감격에 겨워 연신 눈물을 훔쳤다.

"곱구나."

무뚝뚝한 서동환은 딱 한마디로 고운 옷을 지어 입힌 송씨와 그 옷을 아름답게 차려입은 한세를 동시에 칭찬해 주었다.

"늦겠습니다. 가시지요."

강의 재촉에 사인교에 오른 서동환을 선두로 강과 한세의 가마도 출발하였다.

"그렇지 않아도 세손에게 너의 말은 전해 들었다."

병환 중인 영조도 그날만은 정정한 모습으로 벗을 맞이했다. 사실 영조가 그들을 들라고 한 것은 지난번 세초 사건에서 세손의 목숨을 구하기 위해 달려온 강과 한세의 공을 치하하기 위해서였다.

"황공하옵니다."

한세는 머리를 깊이 조아리며 절을 하였다. 궁궐에서 일을 하였지만 말단잡직이었다 보니 왕의 모습을 이렇게 바로 보기는 처음이었다.

"이리 고운 손부를 얻었으니 경은 좋으시겠소."

강 내외의 모습이 흡족했던 영조는 고마운 마음을 전하기 위해 한세에게는 노리개와 떨잠을 하사했고 가회당으로는 비단과 쌀을 보내 치하했다.

영조를 알현하고 나온 한세는 존현각으로 향했다. 강은 등청하였고 서동환은 영조의 곁에 좀 더 남아 담소를 나누겠다고 하였다.

문득 멀리 보이는 고즈넉한 존현각을 보고 있자니, 앞으로 이 건물이 겪게 될 슬픈 역사가 생각나 갑자기 우울해졌다. 정조를 생각할 때마다 같은 존재감으로 떠오르던 존현각을 지켜낼 길은 없는 것일까. 한세는 그런 생각들을 하며 이산을 만나러 갔다.

"어떠냐, 혼인을 하니 좋으냐?"

"그것이야 저하께서 이미 경험자니 더 잘 아시지 않습니까?"

오랜만에 모인 기섭과 한세를 마주 보며 세손은 모처럼 환하게 웃었다. 한세에 대한 마음이 진심이었고 정이 깊었던 만큼, 이산은 그 마음을 잘라내는 것도 냉혹하게 하려 했다. 먼저 깨끗하게 잊어주는 것. 그에게 사랑은 그런 것이었다.

"이제 국문이 끝이 났으니 저들을 벌하는 것만이 남아 있다."

기섭은 이번에 국문을 하며 드러난 인물들의 명단을 보여주었다. 예상했던 대로 정후겸과 화완옹주를 비롯한 이산의 대리청정을 반대해 온 이들의 이름이 보였다.

"그날 제가 다치는 바람에 세초를 하지 못하셨다고 들었습니다."

사도세자의 과실을 세초하려던 이산의 계획은 암살자들의 습격과 한세의 중상으로 경황이 없어 진행되지 못했다. 그대로 궁으로 돌아온 이산은 무슨 생각에서인지 세초를 하려던 생각을 접었다.

"다행인지 불행인지 그렇게 되었다. 하나 나는 강의 간언을 받아들여 세초는 하지 않고, 인정할 것은 인정하고 다른 것은 고쳐 가면서 내 힘으로 맞서보기로 했다."

한세를 만난 이산은 그제야 자신의 속마음을 털어놓았다.

"잘 생각하셨습니다, 저하."

"너도 그리 생각하느냐?"

"예, 저하. 제가 생각하기에 저하께서 닮고 싶어 하시는 세종대왕께서는 모든 것이 훌륭하셨지만 그중에서도 제일 잘하신 것은 늘 모든 이들과 눈높이를 맞추고 너의 생각은 어떠하냐고 물으신 것입니다."

"그래, 그러셨지."

"예, 저하. 언제나 그 첫 마음을 잊지 마소서. 답을 정해놓고 묻는 군왕이 아니라, 마음을 열어놓고 묻는 군왕이 되소서."

"하하, 존현각에 온기가 이리 꽉 찬 것을 보니 한세가 돌아온 것이 확실하구나."

"그렇습니다. 한데 여인의 모습은 늘 봐도 적응이 되지 않습니다."

혼례를 올리고 난 뒤에 더욱 고와진 한세를 보며 이산은 곱다고 칭찬하였지만 기섭은 그녀의 분단장한 모습을 낯설어 했다.

"말해보아라."

차를 마시며 일상적인 대화를 나누던 이산이 빈 찻잔을 내려놓으며 물었다.

"예?"

"이제 가짜 연인의 역할도 끝이 났으니 약조한 대로 너의 소원을 들어주마."

"아, 예. 꼭 들어주셔야 합니다."

찻잔을 내려놓으며 한세는 진지한 눈빛으로 이산을 바라보았다.

"그래, 말해보아라."

"저하, 서양 의학과 서양의를 받아들여 조선에서도 서양 병원이 개원할 수 있도록 하여 주십시오."

"양의를 말하는 것이더냐?"

"그러하옵니다. 저의 간청을 꼭 들어주십시오."

"그것이 너의 소원이냐?"

강을 위한 것도 아니고 한세 자신을 위한 것도 아닌, 뜻밖의 소원을 들은 이산은 잠시 말을 잃었다.

"저하의 몸에 종기가 나면 정말 화가 날 것 같습니다. 저하. 제발 건강을 돌보셔야 합니다. 세상 모든 것을 다 얻어도 건강을 잃는다면 무슨 소용이 있겠습니까?"

어려서부터 한결같이 자신의 몸을 걱정하던 한세의 모습이 생각나 이산은 가슴이 먹먹해졌다.

"그리하마, 방법을 찾아보자."

"예, 저하! 방법은 저희가 찾겠습니다. 저하께서는 윤허하여 주시면 됩니다."

한세는 선선히 승낙하는 이산이 고마워 하마터면 예전처럼 손을 잡고 흔들 뻔했다.

"저하, 조금 전 세손빈 처소에서 기별이 왔사온데 세손빈께서 몸이 좋지 않다고 하십니다. 하고 강의 부인도 보고 싶다고 하신답니다."

잠시 밖으로 나갔던 기섭이 내관들이 전해주는 소식을 가지고 들어왔다.

"어디가 아프다는 것인가?"

여인들에게 관심이 없는 이산이었지만 세손빈이 아프다는 보고를 받고 모르는 척 그냥 있을 수는 없었다.

"가보시는 것이 좋을 듯합니다."

한세는 세손빈이 존현각에 아프다는 기별을 하였을 때는 이산에게 와달라는 뜻을 전한 것이라고 생각되었다.

"어의를 불러라! 가보아야겠다! 너도 오라 했다지 않더냐?"

이산이 돌아서 한세를 마주 보았다.

"예, 저도 찾아뵙겠습니다."

한세는 애써 가볍게 미소 지으며 대답했다.

"네가 보기엔 내가 좋은 지아비가 될 수 있을 것 같으냐?"

그때까지 별 표정 없던 그의 미간이 좁혀지며 주름이 잡혔다.

"그러믄요."

한세는 진심으로 고개를 끄덕였다. 왜냐하면 이제 곧 그에게도 진심으로 아끼고 은애할 여인이 나타날 것이기 때문이었다. 그는 그 여인을 사랑하게 될 것이고 그 여인의 몸에서 아들을 볼 것이다.

"가자."

"예, 저하."

소원을 들어주겠다는 이산의 말에 기분이 한껏 좋아진 한세는 볼우물이 패이도록 환하게 웃었다.

세손빈의 처소에는 윤소이가 들어 있었다. 윤소이는 이부자리에서 일어나 모처럼 찾아온 벗을 맞이하려는 세손빈을 만류하였다.

"네가 모처럼 찾아왔는데 내 꼴이 이 모양이구나."

윤소이는 구중궁궐에 갇혀 세손의 마음을 얻으려 애쓰는 세손빈을 측은하게 바라보았다.

"그나마 지난번보다는 건강해 보이시니 다행입니다."

"건강하기는."

"대체 어디가 편찮으신 것입니까?"

"그것이……."

꺼내기 힘든 말을 하려는 세손빈의 찡그린 이마에 주름이 잡혔다.

"제게 말씀을 하셔야 저도 돕지 않겠습니까?"

세손빈의 말끝이 흐려지는 것을 보고 윤소이는 필시 곡절이 있을 깃이리 생각하며 고개를 가웃거렸다.

"말씀해 보세요."

"사실 나는 이번이야말로 태기라고 생각했는데……."

세손빈은 그 한마디를 해놓고 서러워 고개를 떨어뜨렸다.

"태기가 아니라고 합니까?"

"가임신이라는구나."

상상 임신이란 실제로 임신하지 않았음에도 임신했을 때의 몸의 변화가 나타나는 것을 말하는 것이었다. 윤소이는 처녀였지만 상상 임신의 의미를 잘 알고 있었다.

"본가에서는 아무것도 모르십니까."

"알리지 않았다."

어려서 궁궐에 들어와 세손과 혼례를 올렸음에도 언제나 그의 등만을 바라봐 온 지난 세월이었다.

"제가 어찌 마마의 마음을 모르겠습니까? 저도 나가서 좋은 방법이 있는지 알아보도록 하겠습니다."

늘 세손의 등만 바라보다 지쳐 가는 세손빈의 고통이 어쩌면 자신이 강을 지켜보는 것과 같은 고통이라 윤소이는 그녀에게 동병상련의 마음을 느꼈다.

"홍국영은 저하의 후궁을 들이겠다고 들썩거리고 이번에도 가임신이라 하니 나는 그만 딱 죽고 싶구나."

"어찌 그리 말씀하십니까, 방법이 있을 것입니다."

이제 겨우 세손이 보위에 오르게 되었는데 세손빈으로서도 어찌 욕심을 버릴 수 있겠는가. 게다가 아직 세손의 곁에는 그 어떤 여인도 없는데 말이다. 후궁들을 들이기 전에 자식을 갖고 싶은 것은 당연한 것이었고 세손빈의 마음이 급할 수밖에 없었다.

"네가 나를 좀 도와다오."

커다란 눈에 눈물이 맺히며 세손빈은 떨리는 목소리로 부탁했다.

이산과 한세가 세손빈의 처소를 찾았을 때 막 밖으로 나오는 윤소이와 마주쳤다.

"저것이 어찌?"

한세는 보지 못하고 지나쳤지만 윤소이는 이산과 다정하게 걸어가는 그녀의 모습을 똑똑히 보았다.

"대체 저것의 정체는 뭐란 말인가?"

세손빈의 처소에는 막 어의가 도착한 것인지 분주하였다.

"세손빈의 상태를 좀 더 꼼꼼하게 살폈다면 몇 달 동안이나 어찌 그런 상상을 한단 말이오!"

이산은 이런 급박한 시기에 홀로 우울증에 빠진 세손빈을 보니 저도 모르게 언짢은 기색을 내보이며 어의들을 짜증스럽게 몰아댔다.

"송구하옵니다."

한세는 기섭과 함께 세손빈의 처소 앞에 서서 어의를 재촉하며 안으로 들어가는 세손을 멀찍이서 바라만 보았다. 도저히 세손빈의 만나 인사를 할 상황이 아니었다. 몇 번의 상상 임신의 난리를 겪고도 결국 아이를 갖지 못한 세손빈의 기록을 알고 있는 한세이었기에 오늘은 더욱 그녀를 만날 수가 없었다.

세손빈의 처소에 든 이산은 한참이 지나서야 밖으로 나왔다. 어의가 세손빈을 진맥하는 것을 지켜보는 내내 그의 마음도 착잡했다. 그동안 세손빈의 처소에 들어서도 따뜻하게 품지 못하는 자신을 두고 그런 생각을 하다니. 참으로 기가 막힌 일이었다.

이산은 그녀의 침상 앞에 앉아 손수 병세를 살피고 시녀들을 불러들여 세세한 것까지 챙긴 뒤에야 밖으로 나왔다.

"세손빈께서는 괜찮으십니까?"

이산이 근심이 가득한 표정으로 나오자 기다리고 있던 한세가 조용히 따르며 물었다.

"가벼운 고뿔이라고 하는구나."

이산은 그저 그렇게 대답하며 한세를 돌아보았다.

"다행입니다."

한세의 얼굴에는 자책할 이산을 걱정하는 근심이 서려 있었다.

"공연히 나를 기다리느라 고단하겠구나. 이제 그만 돌아가 보아라."

"예, 저하."

이산이 존현각 앞에서 돌아가라고 작별을 하자 한세는 다시 발걸음을 돌려 서동환에게로 갔다.

"빨리 연경에 기별을 넣어야 할 것인데."

한세는 서동환과 함께 집으로 가는 길에도 가마 안에 앉아 어찌하면 하루라도 빨리 서양의를 만날 수 있을 것인가를 곰곰이 생각해 보았다.

❀

얼마 뒤 영조의 병세가 위중해졌다.

"전교한다. 대보를 왕세손에게 전하라."

영조 재위 52년 3월 3일, 세손은 언제나처럼 지극하게 간병을 하였지만 그가 대리청정을 시작한 지 석 달 후 영조는 세상을 떠났다.

즉위식 날 아침, 왕이 하늘과 지상의 신을 영접하기 위해 입는 최고의 예복인 대례복을 입고 면류관을 쓴 모습을 바라보며 그 자리에 참석했던 강과 사부 기기마와 기섭은 감격의 눈물을 흘렸다.

왕은 즉위에 필요한 모든 준비를 마치고 기섭을 통해 가회당에 있는 한세에게 선물을 보냈다.

"전하께서 보내셨다. 풀어보아라."

기섭은 왕이 보낸 비단 보자기에 싸인 물건을 한세에게 내밀었다.

"전하, 성은이 망극하옵니다."

한세는 그 자리에서 절을 하고 비단 보자기를 풀어보았다. 그 안에서는 조선 최고의 장인들이 직접 두들겨 만든 운검과 함께 이산의 서찰이 들어 있었다. 비록 벼슬을 내릴 수는 없으나 너를 진정한 왕의 운검으로 생각한다는 내용이었다. 한세는 감동하여 눈물을 흘렸다.

'세야, 기억하느냐. 이 길의 끝이 어디인지 알 수 없으나 언제까지라도 함께하겠다는 약조, 지켜봐 다오.'

"자네가 오늘부터 내금위의 수장을 맡아다오."

왕은 기섭에게 왕의 보검인 운검을 맡기고 내금위의 수장을 맡겼다.

"성은이 망극하옵니다, 전하!"

결국 기섭과 한세의 오랜 약속은 그렇게 결실을 맺었다.

이산은 즉위 구 일째, 영조의 유훈을 따라 부친 효장세자(사도세자 사후 영조에 의해 이산은 영조의 맏아들 효장세자의 양자로 입적됨)를 진종으로, 모친 조씨를 효순왕후로 추숭하였고 사도세자에게는 장헌세자라는 존호를 올리고 혜빈(惠嬪)을 혜경궁으로 격상시켰다.

또한 국문이 끝나고 저벌을 기다리고 있던 정후겸과 홍인환을 비롯해 국문 중에 드러난 자들과 그의 즉위를 방해했던 정후겸, 홍인한, 홍상간, 윤양로 등을 귀양 보내어 사사(賜死)시켰다. 영조의 후궁이었던 숙의 문씨와 그녀의 오라비 문성국은 사사하였고 차마 영조의 계비 김씨(정순왕후)는 패륜의 죄를 지을 수 없어 김귀주 일파만을 숙청했다. 홍낙인과 홍봉한은 혜경궁이 식음을 전폐하고 단식투쟁을 한 탓에 사약만은 내리지 않았다.

화완옹주에게는 사약을 내리라는 상소문이 빗발쳤지만 도성 밖으로 내쫓는 것으로 마무리했다. 쫓겨난 화완옹주는 그 할머니인 최씨의 산소를 지키던 산지기의 밥을 얻어먹다가 거기서 비참하게 생을 마감했다. 이산은 이 모든 죄인들을 처벌하면서 단 한 번도 사도세자가 거론되지 않게 했다.

이산은 퇴색해 버린 홍문관을 대신해 규장각을 문형(文衡)의 상징적 존재로 삼고, 홍문관, 승정원, 춘추관, 종부시 등의 기능을 점진적으로 부여하면서 정권의 핵심적 기구로 키워 나가며 문치의 왕정을 펼 준비를 했다. 강과 한세는 그동안 교류해 온 많은 인재들을 천거하였고 왕의 심사를 거쳐 등용되었다.

새로운 이산의 시대가 열렸다.

❀

쿵쿵쿵, 강의 심장이 규칙적으로 뛰었다.

"세상에서 내가 제일 좋아하는 소리, 좋아하는 냄새……."

한세는 강의 가슴에 얼굴을 묻고 건강한 심장소리를 듣고 있었다. 그전날 밤도 그녀는 이렇게 실오라기 하나 걸치지 않은 채 강의 팔을 베고 누워 잠을 청했다.

"으흠……."

강은 자신의 가슴 위에 놓인 한세의 머리카락을 긴 손가락으로 천천히 쓸어내리며 숨을 깊게 들이쉬었다. 가회당의 짙은 연향이 났다.

이렇게 매순간 서로의 심장이 뛰고 있는 것을 확인하고 살아 있는 뜨거운 몸이 빈틈없이 맞닿아 있으면서도 문득 문득 그녀가 사라져 버릴까 봐 두려운 마음이 들었다.

"나가봐야 합니다."

한세는 고개를 들고 이제는 하늘같은 서방님이 된 오랜 벗의 얼굴을 보았다.

혼인하고 두 달째. 아직도 강과 자신이 혼인을 했다는 것이 실감이 나지 않았지만, 이렇게 이른 새벽부터 눈이 떠지는 것을 보면 시집살이는 현실이었다.

"조금 더 누워 있고 싶지만 할아버님께 가보아야 하니……."

일어나자마자 서동환이 기거하는 사랑채를 살피고 시중을 드는 것은 강의 일이었다. 아버지가 같이 살았다면 한번쯤 늦잠을 잘 수도 있었겠지만 서재호는 돌아오지 않을 것 같았다.

"이렇게 벗고 잠드는 것을 언제까지 할 수 있을지 모르겠지만 더할 나위 없이 좋다."

강은 벗은 한세의 가슴에 얼굴을 묻고 깊게 숨을 들이쉬었다.

"아씨, 더 주무시지 않고 어찌 벌써 일어나셨어요?"

졸린 눈을 비비며 반빗간으로 들어서던 찬모가 한세를 발견하고 화들짝 놀랐다.

"물 좀 채워두세요, 저는 할아버님께 다녀올 것이니."

물 항이리를 들여다보고 있던 한세는 끓기 시작한 물을 주전자에 부으며 말했다.

"알겠어요, 아씨. 그나저나 이젠 저희에게도 말을 낮추셔야지요."

"천천히요, 천천히 하겠습니다."

한세는 소반에 탕기를 받쳐 들고 사랑채로 향했다. 그렇게 바쁘고 부산스러운 하루가 시작되었다.

"어머니, 밥은 다 되었습니다."

사랑채에서 돌아온 한세는 반빗간에 들어가 송씨를 도와 아침을 준비하기 시작했다.

"그럼, 나물 불려놓은 것을 삶아주련?"

"예, 어머님."

한세는 매일 아침 송씨의 곁에서 상 차리는 것을 거들었다.

"이 모든 것이 다 네가 살펴야 할 살림이다. 급하게 마음먹지 말고 하나하나 배우거라."

"예, 어머니."

송씨는 자신이 키운 여식 같은 한세를 데리고 아침을 준비하는 이 한때가 뿌듯하고 행복했다. 가회당의 며느리가 되었으니 이 집안 대대로 내려오는 요리 비법들부터 시작해 모든 것들을 가르쳐야 했다.

"그렇다고 집안일만 할 필요는 없다. 아침만이라도 차근차근 배우면 된다."

송씨는 자신이 알고 있는 염색 비법도 알려주고 싶고 집안의 대소사며 많은 것을 가르치고 싶기는 했지만 그것 못지않게 한세가 하는 다른 일들도 중요하다는 것을 인정했다.

"열심히 배우겠습니다, 어머니."

한세도 처음으로 요리를 하기 위해 부엌에 들어갔을 때는 어색하기만 하던 것이 이제는 제법 채소를 다듬고 자르고 부치고 끓이는 것이 즐거웠다. 게다가 자신이 만든 음식을 맛나게 먹어주는 강을 보면 여자의 행복은 이런 것이구나 싶기도 했다.

아침 식사를 마친 후 한세는 설거지까지 모두 끝내고 그릇이 깨끗이 정리된 것을 확인하고 나서야 별채로 돌아왔다.

"나리께 가져가는 길이시오?"

막 별채 문을 들어서다 보니 금동이 새로 손질한 의복을 가지고 강의 방으로 가는 길이었다.

"예, 아씨 힘드실 것 같다고 나리께서 저더러 가져오라 하셔서."

"이리 주시오, 내가 가져다 드릴 것이니."

"예."

금동의 손에서 의복을 받아든 한세는 심호흡을 한 번 한 뒤에 강의 방으로 갔다.

"들어가겠습니다."

강이 머리를 빗으려 할 때 문이 열리는 소리가 들리더니 한세가 들어왔다.

"어, 부인?"

한세가 직접 갈아입을 옷을 들고 오자 강의 입가에는 흐뭇한 미소가 피어났다.

"저, 서방님! 제가 머리 빗겨 드릴까요?"

강이 갈아입을 옷을 서안 위에 챙겨놓은 한세는 잠시 머뭇거리다가 입을 열었다.

"진심이시오?"

강의 눈동자가 휘둥그레졌다.

"싫으십니까?"

"아, 아니! 그게 아니라, 나야 좋지만 부인께서 귀찮지 않겠소?"

"이리로 있으십시오, 머리도 밀리고 빗겨드릴 깃이니."

"그러시겠소?"

강은 좋은 표정을 감추지 않고 한세에게 머리를 맡기고 편하게 앉았다.

한세는 면경 속에 비치는 강의 모습을 들여다보며 머리기락의 물기를 닦기 위해 수건을 들었다.

"서방님께서는 오늘 당직이시지요."

젖은 머리카락을 수건으로 천천히 닦아내고, 물기가 흘러내려 젖은 어깨와 가슴을 닦았다.

"그렇소, 나도 당직은 아랫사람들에게 미루고 싶지만, 나라의 일이 많은 때이니 윗사람이 솔선수범해야 하지 않겠소?"

강은 요즘 낮에는 사간원의 일로 바쁘고 밤에는 이산의 밀지를 받고 사보와 각 집단들의 학술지를 편찬하는 일로 담헌과 연암을 비롯한 규장각의 인재들을 만나느라 바빴다. 한세의 설득에 마음을 돌린 담헌 선생은 이산의 곁에서 스승으로 머물며 여러 가지 조언을 하고 있었다.

채운이 마지막으로 올렸던 상소문이 이산의 마음을 움직였다. 왕은 사보와 학술지를 편찬하는 것을 규장각의 관할 아래 체계적으로 시행할 생각이었다.

"마땅히 그리하셔야지요."

한세는 빗을 들고 강의 머리카락을 정성껏 빗질해서 말렸다.

"부인이 머리를 만져 주니 눈이 저절로 감기는 것이……."

그 손길이 너무 부드러워 강은 스르륵 눈을 감았다.

"다 되었습니다."

머리를 잘 묶어 상투를 틀고 동곳까지 꽂고 나자 잠시 머뭇거리던 한세는 주위를 정리하고 일어섰다.

"부인!"

그러자 강은 일어서는 한세의 손을 잡고 자신의 품 안으로 끌어 당겼다.

"어찌 이러십니까?"

얼결에 강의 무릎 위에 올라앉은 한세는 얼굴을 붉히며 고개를 숙였다.

"자, 이제 말해보시오."

"무엇을 말입니까?"

자신의 마음을 빤히 들여다보는 듯 깊은 강의 눈을 보자 한세는 멋쩍게 웃고 말았다.

"하고 싶은 말이 있었던 것 아니오?"

"어찌 아셨습니까?"

"내가 어찌 모르겠소?"

강은 해맑은 얼굴로 자신을 바라보는 한세의 볼을 가볍게 쥐고 흔들었다.

"사실은 오늘 전하를 뫼시고 건우 사형에게 다녀올 것입니다."

"뭐라, 지금 뭐라 하셨소?"

강은 창백한 얼굴로 무릎 위에 앉혀놓았던 한세를 내려놓았다.

"쉿! 목소리를 낮추십시오."

"전하께서 직접 가신다는 말이오?"

"예, 전하께서 건우 사형을 직접 만나야 한다고 하십니다."

한세도 사안이 중대한 것을 알고 있기에 강에게 말을 꺼내는 것이 더욱 어려웠다.

"기섭이 있는데 굳이 당신이 가야 하는 연유가 무엇이오?"

"기섭 사형은 내금위장이 아닙니까, 대궐에 남아 전하께서 자리를 비우셨다는 것을 눈치채지 못하게 하셔야지요."

"그렇더라도 너무 위험한 일이오."

"사부님께서 무사들을 이끌고 동행하실 것입니다."

"음."

강은 잠시 깊은 생각에 잠겨 있었다. 분명 이산이 직접 움직이는 것이라면 그와 논의한 사안 때문일 것이니 막을 수도 없었다.

"언짢으십니까?"

"언짢은 것이 아니라 걱정되는 것이오. 하니 조심해서 다녀오시오."

중요한 일이니 만큼 한세의 위험도 클 것이라는 생각에 강의 얼굴은 어두워졌다.

"고맙습니다, 조심하겠습니다."

한세는 싫은 내색하지 않고 선선히 고개를 끄덕여 주는 것이 고마워 그의 목에 두 팔을 두르고 입맞춤했다. 강은 그렇게 마음을 표현하는 한세의 뜨거운 몸짓에 힘껏 껴안아주는 것으로 답했다.

"아씨!"

강이 등청하고 난 후에 사랑채로 가 시할아버지께 차를 올리고 다시 별채로 돌아와 면경 앞에 앉아 나갈 채비를 하던 참이었다.

"무슨 일이오?"

한세가 문을 열고 내다보니 금동이 난처한 얼굴로 서 있었다.

"그것이 안채로 가보셔야겠습니다."

"안채에 무슨 일이 있습니까?"

한세는 의아한 얼굴로 안채 쪽을 바라보았다. 그도 그럴 것이 조금 전 송씨에게 들러 오늘 중요한 일이 있다는 것을 고하고 외출해도 좋다는 허락을 받고 왔던 것이다.

"그것이 대제학 대감댁 마님께서 오셨습니다."

"그래요?"

대제학 댁 마님께서 왔다는 말에 한세는 급하게 옷매무새를 수습하고 별채를 나왔다. 이미 외출을 한 뒤라면 모를까 있으면서도 인사를 안 할 수는 없는 일이었다.

"대제학 댁 마님이 무슨 일로 왔을까?"

어찌되었거나 이제껏 강과 혼인을 하겠다고 기다려 온 윤소이였다. 나이가 있으니 좋은 곳으로 시집을 가는 것도 어려울 것이고, 생각하면 측은하기도 했다.

게다가 이제껏 기다려 온 그녀의 입장으로 보자면 얼마나 억울할 것인가. 마음이 무거워 잠시 숨을 고른 한세는 안채를 향해 천천히 걸음을 옮겼다.

"혼자 온 것이 아니네?"

한세는 섬돌 위에 못 보던 비단 꽃신 두 켤레가 놓여 있는 것이 이상하다고 생각하며 마루로 올라갔다.

"어머님!"

"들어오너라."

방문을 열자 부드러운 국화차 향기가 코끝을 스쳤다. 차탁을 가운데 놓고 대제학 댁 마님 홍씨와 윤소이가 앉았고 맞은편에 앉은 송씨가 차를 우려내고 있었다. 송씨는 마치 빚쟁이들이 찾아온 것처럼 불편해 보였다.

"아가, 대제학 대감께서 귀한 차와 도자기를 구했다고 마님께서 직접 가져오셨구나. 이리와 인사 드려라."

"오셨습니까?"

송씨의 소개에 한세는 자리에 앉으며 홍씨를 향해 인사를 했다.

"그렇지 않아도 이 댁 며느님이 어떤 이일까 궁금했는데, 반가워요."

한세를 찬찬히 살펴보던 홍씨는 인사치레라도 했지만 윤소이는 바로 보지도 않았고 시선조차 마주치지 않았다.

"찾아주셔서 고맙습니다."

윤소이는 굳이 왜 이곳끼지 온 것인지 궁금했지만 힌세는 내색하지 않고 잠자코 앉았다.

"소문대로 참한 규수를 며느님으로 들이셨습니다."

홍씨가 덕담을 할 때에도 윤소이는 제 앞에 놓인 찻잔을 들고 조용히 향을 음미하기만 했다.

"예, 며늘아기가 야무져 저도 조상이 내리신 복이라고 생각하고 있습니다."

송씨는 한세를 지그시 바라보다 말문을 열었다.

"다 마님의 복이시지요."

홍씨는 그리 말하며 입을 꽉 닫고 있는 여식의 눈치를 살폈다. 가회당에 가자고 몇날 며칠을 졸라대니 그 성화에 못 이겨 핑계를 만들어 데려왔건만 저리 입을 꽉 다물고 있으니 기가 막힌 노릇이었다.

"하면 저는 이만 물러가 보겠습니다."

바쁜 마음에 초조해진 한세가 조용히 고하고 자리에서 일어섰다.

"하면 저도 잠시 새아씨 방이나 구경할까요?"

그때였다. 이제껏 잠자코 있던 윤소이가 뜬금없이 한세를 따라 일어섰다.

"저를 어쩌누, 저 아이가 외출을 하려던 참이라 방은 다음에 구경하도록 해요."

한세의 외출이 늦어질까 봐 당황한 송씨가 급히 나서며 윤소이를 잡았다.

"혼인한 지 얼마나 되었다고 벌써 바깥출입을 합니까?"

"내가 필요한 것이 있어 새아기에게 운종가엘 다녀오라 시켰답니다."

놀라며 묻는 홍씨에게 송씨가 빈 찻잔을 내려놓으며 말했다.

"하면 저는 나가 보겠습니다."

그 틈을 타서 한세는 밖으로 나와 별채로 돌아갔다.

"아씨!"

별채 앞에서 초조하게 기다리고 있던 금동이 달려오며 불렀다.

"가마는?"

"대문 앞에 대기시켰습니다."

"조금만 기다리라고 하세요, 금방 나갈 것이니."

"예, 알겠습니다."

늦을까 속이 바짝바짝 타는 한세는 서둘러 방으로 들어가 장옷을 찾아 들고 나왔다. 막 밖으로 나오는데 별채 마당으로 윤소이가 들어오고 있었다. 마치 제집으로 들어오는 것처럼 당당한 모습이었다.

'대체 무슨 꿍꿍이일까?'

마루에 선 한세는 도무지 영문을 몰라 의아한 눈초리로 윤소이를 바라보았다.

"가회당 나리의 내자가 김영란일 줄이야."

윤소이는 그렇게 빈정거리며 꽃신을 신고 마당으로 내려오는 한세를 보았다.

"가회당엔 어찌 오신 것입니까?"

"어떠냐, 나를 그리 속여먹으니 재미있더냐?"

"일부러 속인 것은 아니었습니다. 하니 화풀이를 하고 싶으시면 저에게만 하십시오, 저희 어머님까지 괴롭히지 마시고."

"그따위 소리를 듣자는 것이 아니다. 묻고 있지 않느냐, 내 신세를 이리 만들어놓고 너는 재미난 것이냐고?"

한세는 날카로운 눈빛으로 윤소이를 노려보았다. 찾아온 손님을 박대할 수는 없어 정중히 대하려 하였으나 윤소이가 본색을 드러내니 어쩔 수 없었다.

"하난 서노 묻고 싶습니다. 대체 아가씨 신세가 어찌 되었습니까?"

한세는 윤소이에게 미안한 마음을 가지고 있었지만 부득부득 억지를 부리는 여식을 달래지 못하고 가회당까지 찾아온 홍씨와 윤소이를 보니 마음이 달라졌다. 이대로 만만하게 보였다가는 한세 자신은 물론이고 안채에 있는 송씨까지 낭패를 볼 것 같았다.

"뭐, 뭐라?"

갑작스러운 한세의 반격에 윤소이는 말문이 막혀 버렸다.

"혼담이 오고 갔다고는 하지만 그분은 저와 혼례를 올렸고 지금은 엄연히 제가 그분의 부인입니다. 이쯤에서 깨끗하게 인정하시고 규수께서도 자신의 인생을 찾아가는 것이 좋지 않겠습니까?"

"그래서 그 자리가 언제까지 네 것일 것 같으냐?"

하지만 이미 악이 받치고 독기가 서린 윤소이의 귀에 그 말이 들어올 리가 없었다.

"어찌 규수 같은 분이 떠난 사내에게 목을 매는지 알 수가 없군요."

"뭐, 뭐라고?"

"저는 이만 나가봐야겠습니다."

한세는 더 이상 지체할 시간이 없어 분해서 바들바들 떠는 윤소이를 내버려 두고 별채를 나왔다.

"너는 다 끝난 것 같지, 하나 내가 끝내기 전에는 끝난 것이 아닐 것이다."

윤소이는 제 성미를 못 이겨 씨근덕거리며 입술을 잘근잘근 물었다.

"참말 보통 일은 아니네."

급한 마음에 윤소이를 버려두고 가마에 올랐지만, 여인의 원한은 오뉴월에도 찬 서리가 내린다고 한세 또한 마음이 편치 않았다.

아침에 금부도사가 오늘부로 강건우의 죄를 사하고 유배를 푼다는 왕의 교지를 들고 왔다. 금부도사가 떠나고 한숨 돌리고 있는데 이번에는 귀돌이 왔다.

"네가 어쩐 일이냐?"

"이제부터 소인이 나리를 모실 것입니다."

귀돌은 한세가 보내준 두 명의 무사들과 함께 그녀가 써준 서찰을 들고 건우를 만나기 위해 유배지로 내려왔다.

"대체 무슨 말을 하는 것이냐?"

"여기 서찰을 가져왔습니다요."

그동안은 주인과의 의리를 지키고 싶어도 유배지로 따라갈 수 없다는 국법 때문에 올 수 없었지만 이제는 건우의 유배도 풀렸고 주인이 허락한 일이었다.

"이 서찰대로라면 서둘러야 되겠구나."

보위에 오른 이산이 직접 만나기를 원한다는 한세의 편지를 읽은 건우는 그 길로 유배지를 떠나 약속 장소로 향했다.

"소인도 따라갈 것입니다."

건우는 썩 내키지는 않았지만 귀돌과 무사들을 데리고 그곳으로 향했다.

어둠이 내리자 한세 일행도 잠행에 나선 왕과 합류하여 도성을 빠져나와 약속 장소로 향했다. 새벽녘에 돌아오려면 빠듯한 길이었다.

도성 밖에 있는 기기마의 고향집에서 기다리고 있던 건우는 멀리서 다가오는 행렬을 발견하고 버선발로 달려 나왔다.

"선하!"

"건우야!"

이제는 왕이 된 이산은 오랜만에 건우를 보니 반가움에 부둥켜안고 뜨거운 눈물을 흘렸다.

"전하!"

하지만 건우의 표정은 그저 담담했다. 사랑하는 사람을 그처럼 가혹하게 떠나보낸 탓인지, 그는 알맹이가 빠진 사람처럼 표정이 없었다. 예전에 얼굴 전체에 피어나던 아름답고 화려하던 건우의 미소는 사라지고 없었다.

"사형!"

두 사람의 재회를 지켜보던 한세는 반갑게 웃으며 다가왔다.

"세야!"

건우는 검은 무복에 검을 차고 있는 한세를 발견하자 그녀가 혼인을 했다는 것도 잊고 예전과 다름없이 달려와 두 손을 잡아주었지만 여전히 표정은 없었다.

그것이 무엇 때문인지를 알기에 그런 건우를 지켜보는 이산과 한세는 마음이 아팠다.

"안으로 들어들 가시지요."

주위를 살피던 기기마가 다가와 권했다. 목소리는 낮추었지만 그의 매서운 눈은 여전히 경계를 늦추지 않은 상태였다.

"어서들 오십시오."

집 안으로 들어가니 기기마의 부인이 나와 다소곳이 인사하며 왕을 맞이했다. 미리 기별을 해두어서인지 그곳엔 부인만 남아 있을 뿐 집 안은 텅 비어 있었다.

"차를 준비해 두었습니다. 누추하지만 안으로 드시지요."

"자, 들어들 가세."

부인이 안으로 들기를 거듭 청하자 이산은 일행과 함께 방으로 들어갔다.

"전하, 이 죄인 이제야 전하를 뵙습니다."

방 안으로 들어간 건우는 왕을 향해 예를 갖추며 처음으로 눈물을 흘렸다. 거친 풍파를 겪은 건우의 얼굴은 수척해 보였지만 눈은 오히려 더 강인하게 빛나는 듯했다.

"그만하고 이리로 앉게."

왕은 다시 자리에서 일어나며 건우의 손을 잡고 가까이 앉기를 권했다.

"전하, 이리 무사히 보위에 오르신 것을 뵈니 소인은······."

"다 자네 덕일세."

"전하, 성은이 망극하옵니다."

왕은 보위에 오르자 곧 바로 건우를 불러들이고 싶었지만 강이 아직은 때가 아니라고 반대하였다. 아직 유배에 오른 지 일 년도 되지 않았는데 다시 도성으로 불러들이는 것은 좋지 않은 전례를 남길 수 있으니 건우에게 다른 임무를 내리는 것이 좋을 것 같다는 의견이었다.

"내가 오늘 위험을 무릅쓰고 이리 보자 한 것은, 자네에게 새로운 임무를 주려는 것일세."

건우와 둘러 앉아 차를 나눠 마시며 그간의 회포를 푼 왕은 소맷자락에서 한 장의 종이를 꺼내놓았다.

"이것은 지도가 아닙니까?"

왕이 바닥에 펼쳐 놓은 종이를 들여다보던 건우가 물었다.

"세계 지도일세. 담헌 선생이 청에 갔을 때 가져온 것을 내게 준 것이지."

"한네 시노는 어씨?"

건우는 의아한 눈으로 왕을 바라보았다. 얼굴을 보고 해야 할 말이 있다며 이 먼 곳까지 직접 찾아온 왕이 뜬금없이 세계지도를 꺼내놓았다. 아무리 생각해도 왕의 속내를 짐작할 수가 없었다.

"차 한 잔 더 주겠나?"

"예, 전하."

왕이 명하자 한세는 새하얀 이가 드러나도록 활짝 웃어 보였다. 예상은 했지만 건우의 당황하는 모습을 보니 웃음이 나왔다.

"사형도 차 한 잔 더 하십시오."

이산에게 먼저 차를 권한 한세는 건우 앞으로도 찻잔을 내밀었다.

"차향이 좋군."

한세를 바라보던 왕의 입꼬리가 슬며시 올라갔다.

"건우야!"

찻잔을 내려놓으며 왕이 건우를 다정하게 불렀다.

"예, 전하!"

왕이 어려운 명을 내릴 것이라 짐작한 건우의 목소리는 무겁게 가라앉았다.

"네가 어사가 되어 이 나라들을 돌아보러 가주어야겠다."

"예?"

건우는 지도 위에 있는 나라를 짚어 보이는 왕의 손가락을 보며 눈이 휘둥그레졌다.

구라파? 지도까지 펼치고 이야기하는 것이 혹독한 곳으로 보내지리라 짐작은 했지만 구라파라니. 아직 청나라도 가본 적 없는 건우는 눈앞이 아득해졌다.

"자네도 알 것이다. 지금 저 섬나라는 이미 구라파의 문물을 받아들여 빠르게 변화하고 있다. 조선도 언제까지 이렇게 있을 수는 없지 않겠나, 하니 자네가 구라파와 신대륙의 나라들을 돌아보며 어찌해야 조선이 발전할 수 있을 것인지 답을 듣고 오게."

왕은 부드러운 목소리로 차근차근 말했지만 오히려 그 낮은 목소리에 거부할 수 없는 힘이 실려 있었다.

"전하, 고생할 것을 두려워하는 것이 아닙니다. 다만 소인이 미흡하여 소임을 다할 수 있을까 근심하는 것입니다."

"멀고 험한 여정이 될 것일세, 하니 가라고 강요하지는 않겠네."

부드러운 눈빛으로 그의 반응을 살피던 왕이 물었다. 사실 그 먼 곳으로 건우를 떠나보내는 것은 분명 내키지 않는 일이었다. 그러나 지금 이 시점에 누군가는 꼭 해주어야 할 일이었다. 그런 의미에서 본다면 건우만 한 적임자는 없었다.

"가고 싶지 않다면 거절해도 괜찮네."

이산은 다시 한 번 자신의 뜻을 완곡하게 전했다.

"아닙니다. 그리 알고 명 받잡겠습니다. 전하!"

고민은 아주 잠시였다. 건우는 빈 찻잔을 내려놓고 자리에서 일어나 예를 갖추고 왕의 명을 받들었다.

"고맙네, 이 나라와 나는 자네가 그리해 주리라 믿었네."

"성심을 다해 명을 받잡겠사옵니다."

용건을 마친 이산은 더 이상 지체할 수 없어 자리에서 일어섰다.

"떠나기 전에 이곳으로 가게. 자네를 도와줄 것이네."

기기마의 집을 떠나오기 전 이산은 작은 봉투를 건우의 손에 쥐여주었다.

"사형, 제가 믿는 무사들입니다. 아버님과 함께 청을 오고 갔던 자들이고 무공도 높습니다. 하니 저들을 데려가십시오."

"선하를 부탁하네."

"몸조심하십시오."

몇 달 만에야 보는 건우를 기약 없이 떠나보내야 하는 한세는 눈물이 났지만, 이산의 선택이 옳다고 믿었다.

"어찌 생각하느냐?"

돌아오는 길에 이산은 자신의 곁에서 나란히 말을 달리는 한세를 돌아보았다.

한세는 여전히 변함없이 소박한 무복을 입고 주위를 경계하며 그를 호위하고 있었다. 변한 것이 있다면 그가 보위에 오르며 보내준 별운검을 빗겨 차고 있다는 것과 혼인을 하였다는 것뿐이었다.

언제쯤이면 편안하게 바라볼 수 있을지 알 수 없었지만 그녀가 눈치챌까 봐 그 조차도 내색할 수 없었다.

"무엇을 말입니까?"

"건우를 저리 보내도 될 것 같으냐?"

"지금은 건우 사형을 믿어볼 수밖에 없습니다."

한세는 이 일이 조선의 미래를 조금이라도 바꿀 수 있다면, 그리하여 그들이 함께했던 존현각이 그 자리에 그대로 있을 수 있다면 이보다 더한 일들도 해야 한다고 믿었다.

기섭이 마중을 나오기로 한 궁궐 근처에 도착했을 때 한세와 이산은 말에서 내렸다.

"기다릴 때는 그처럼 시간이 가지 않더니."

이산은 이렇게 또 하루가 정신없이 지나갔다고 생각하며 쓸쓸한 미소를 지었다. 달빛이 부서지며 그의 얼굴에 쓸쓸한 그림자를 드리웠다.

"예?"

구름 속에 숨었던 달이 모습을 드러내자 밤바람에 차갑게 언 한세의 얼굴이 보였다.

"어찌 그리 춥게 입고 온 것이냐?"

한세를 바라보는 이산의 눈빛은 여전히 애틋했다. 그는 주저 없이 입고 있던 도포를 벗어 그녀의 어깨에 걸쳐 주었다.

"아닙니다. 춥지 않습니다."

윤소이에게 잡혀 시간이 지체되는 바람에 부랴부랴 달려가느라 겉옷을 챙길 틈이 없었다.

"진즉 벗어줄 것을, 미처 생각지 못했다."

"괜찮습니다."

"잠시라도 걸치고 있거라."

"예."

두 사람은 달빛이 쏟아지는 길을 천천히 걸었다.

"그래도 또 오랫동안 건우를 보지 못한다고 생각하니 마음이 무겁구나."

"저도 그렇습니다."

"다 잘될 것이다. 그리 믿어야지."

"한데 너무 무리하고 계신 것 아닙니까, 수척해지셨습니다."

한세는 부쩍 수척해진 이산을 근심스럽게 바라보았다. 그의 깊은 마음을 알기에 아직은 쉽게 괜찮은 것이냐고 물을 수도 없었다.

"일이 많아 쉴 틈이 없으니 그렇지 않느냐. 이 자리가 멀리서 보기에는 좋아 보이지만 평생 중노동을 해야 하는 자리다."

참고 또 참고, 인내하며 기다려 왔던 왕의 자리였다.

보위를 물려받으면 그 순간부터 더 이상은 그 무엇도 참지 않으리라 생각한 적도 있었다. 참지 않는 것에는 한세를 향한 그의 마음도 있었다. 어쩌면 왕이 되면 이 여인이 자신을 다시 봐주지 않을까, 하는 작은 기대도 했었다. 또 감정이 극으로 치달은 때에는 이 여인을 궁궐 안에 묶어두고 그녀가 자신만을 바라볼 때까지 놓아주지 않으리라 생각하기도 했었다.

하지만 왕이 된 지금, 달라진 것은 아무것도 없었다.

"그래도 제일 중요한 것은 건강입니다."

"또, 또! 되었다. 네가 시키는 대로 채소즙도 잘 먹고 있고 네가 가져다주는 차도 잘 마시고 있다."

"잘 하셨습니다."

이산을 볼 때면 한세는 언제나 나만 너무 행복한 것이 아닐까 미안하고, 여전히 그의 건강이 걱정스러웠다.

"그리 근심이 되면 찬합에 먹을 것이라도 좀 가져오든가."

"소고기 김밥 말입니까?"

"맞다, 그것."

"예, 당장 만들어 가겠습니다. 그만 들어가십시오."

궁궐의 문이 보이는 곳에 이르자 한세는 걸치고 있던 겉옷을 벗어 이산에게 주었다.

"조심해 들어가거라."

"예."

이산과 작별의 인사를 나누고 있는데 저만치 기섭이 다가오는 것이 보였다.

"건우는 잘 지내고 있더냐?"

"예. 생각보다는 괜찮아 보였습니다."

"고생하였다."

"예, 사형."

이산이 궁궐 안으로 무사히 들어가는 것을 확인하고 나서야 한세는 운종가 비단전으로 향했다.

아직은 밤바람이 차갑게 느껴졌다.

강은 달빛을 온몸으로 받으며 밤바람에 흔들리는 두 그루의 회화나무 사이에 서 있었다. 잠시 머리를 식히고 싶은 마음에 바람이라도 쐴까 하고 나온 산책이었지만 강은 밤이 깊어가도록 그곳에 그대로 서 있었다.

"내 마음이 어찌 이 모양이란 말인가."

오늘이 당직이었지만 강은 다른 이와 바꾸고 집으로 돌아왔다. 한세가 돌아올 때까지 책을 보며 기다리려고 했지만 어쩐지 일인지 글이 눈에 들어오지 않았다.

"별일 없이 돌아오겠지."

돌아오지 않는 한세를 걱정하며 강은 초조하게 마당을 서성였다.

"바람이 찬데 어찌 나와 계십니까?"

사람들을 깨울까 조심스럽게 별채로 들어서던 한세는 회화나무 아래 서 있는 강을 발견했다.

"이제 오는 것이오?"

반가운 목소리가 들려오자 강은 그대로 달려와 한세를 와락 껴안았다. 질투와 걱정으로 타들어가던 가슴이 순식간에 평정을 되찾았다.

"어찌 이러십니까?"

"보고 싶었소."

"누가 들으면 몇 년 만에 만난 줄 알겠습니다."

말은 그렇게 했지만 싸늘한 밤공기를 막아주는 강의 품이 너무나 포근해 그의 너른 가슴에 머리를 기댔다.

"당직이라 하지 않으셨습니꺼?"

"몸이 고단해 바꿨소."

"하면 쉬지 않으시고요."

"바람을 쐬러 나왔다가 부인이 보고 싶어서 부인을 꼭 닮은 달이라도 보고 있었소."

강은 그렇게 말해놓고 쑥스러웠는지 가지런한 이가 보이도록 씨익 웃고 말았다.

"제가 달을 닮았다는 말이 믿기지는 않지만, 듣기는 좋습니다."

과하게 오글거리는 말이라는 것을 알면서도 그 말에 한세는 얼굴을 붉히며 부끄러워했다.

"들어갑시다. 내가 부인 대신 달의 정기를 다 마셨으니⋯⋯."

"세상에! 서방님은 날마다 저를 놀라게 하십니다."

한세는 귓가를 파고드는 달콤한 강의 속삭임에 화들짝 놀라 올려다보았다.

"이러다 고뿔 들겠소, 들어갑시다."

강은 두 손을 따뜻한 입김으로 호호 불어 한세의 차가운 볼을 감싸고 이마에 부드럽게 입 맞췄다.

"아무리 봐도 선수라니까!"

한세는 달콤한 작업에 몸을 맡기며 강의 목을 감고 매달렸다.

"춥소, 들어갑시다."

강은 기다렸다는 듯 한세를 가볍게 안고 방으로 들어갔다.

十六
아름다운 날들

　어려서부터 건우는 몸을 쓰는 것보다 머리를 쓰는 것을 더 좋아했다. 그러나 유배지에서 글만 쓰고 있는 것보다야 풍문으로만 듣던 구라파와 신대륙의 나라들을 돌아보고 싶기도 했다.

　"이 참에 세상 구경을 다녀오는 것이다."

　어차피 채운이 없는 세상, 미련도 애착도 없었다. 건우는 차라리 잘되었다 생각하기로 했다.

　"우선은 의사 전달이 되어야 할 것이니."

　그는 더 이상 지체하지 않고 그길로 은밀하게 움직여 같이 떠날 역관을 찾아갔다. 그러나 건우가 세계 여행을 떠나기로 했다는 말을 전하자 김 역관의 반응은 그야말로 가관이었다.

　"으악! 그 먼 곳을! 게다가 구라파는 곳곳이 전쟁터라네요."

　"전쟁터야 피해 다니면 될 것이고."

　"저는 몸이 좋지 않아서."

급기야 여섯 개의 나라 말을 할 수 있는 역관 김영수는 그 자리에 벌러덩 느러누워 버렸다. 그 먼 길을 따라 나섰다가는 반도 못 가서 죽을 것이라 생각한 모양이었다.

"어명일세."

"차라리 저를 그냥 죽이고 가십시오. 저를 데리고 가신다면 그곳에 도착하기도 전에 저는 죽고 말 것이옵니다."

김 역관은 차라리 죽는 것이 낫다는 듯 일어나려 하질 않았다.

"가다가 죽더라도 자네는 꼭 가야지!"

건우는 여전히 표정 없는 덤덤한 얼굴로 말했지만, 오히려 김 역관에게는 그 낯선 모습이 더 두려웠다.

"어째서 제가 가야 하는 것입니까요?"

"몰라서 묻는 것인가? 내 주위에 여섯 나라의 말을 할 수 있는 이는 자네밖에 없지 않은가?"

급기야 건우는 아무런 표정도 없는 얼굴로 목소리의 고저조차도 없이 협박까지 했다.

계집처럼 곱상하게 생긴 데다가 저질 체력을 가진 김 역관은 거의 천재에 가까웠다. 수리에도 밝았지만 그는 언어에 탁월한 능력을 지니고 있어 청나라를 드나들며 유리창의 서역 상인들을 통해 서책을 구하고 그들을 통해서 서역 말들은 거의 다 배웠을 정도였다.

"죽은 자와 앉아 있는 듯한 나리와 어찌 그 긴 여정을 함께한단 말입니까?"

"자네가 양금을 가져다 준 탓에 나는 자칫 죽을 뻔하였다."

결국 건우는 그렇게 마지막 패를 꺼내들었다. 채운을 보낸 후 단 한 번도 그녀의 이름을 입에 올려본 적이 없는 그에게 그 이야기를 꺼내게 하는 것은 상처를 헤집는 것이었다.

"아니, 죽은 여인도 있는데 살아남은 나리께서 뭘 그런 걸로……."

생각 없이 중얼거리던 김 역관은 무표정한 건우의 얼굴에서 유일하게 빛나던 눈이 흔들리자 급하게 입을 닫아버렸다.

"예, 갑니다. 가요! 가면 될 것이 아닙니까? 아니고 나는 이제 귀여운 매향이도 설이도 못 만날 것 아니오!"

한양에서도 알아주는 한량인 김 역관은 그 와중에도 기방에서 그를 기다리는 여인들을 챙겼다.

"따뜻한 남쪽 섬나라도 있고 각국의 상인들이 모여 드는 유리창도 있거늘 어찌 그 멀고 먼 이국 땅으로 가신다는 말입니까?"

한양의 여인들을 뒤로하고 떠나야 할 김 역관은 그렇게 투덜거렸다.

"제일 먼저 어디로 갑니까?"

결국 따라갈 수밖에 없다는 것을 인정한 김 역관이 물었다.

"우선은 연경(북경)으로 가야겠네."

건우는 왕이 떠나며 주고 간 연경의 주소를 곰곰이 들여다보았다.

한세가 보낸 무사 두 명과 귀돌, 그리고 김 역관까지. 다섯 명의 건우 일행은 제일 먼저 청나라로 가기 위해 도성을 떠나 압록강을 건넜다. 책문을 지나 강을 건너자 중원의 변화무쌍한 기후와 매서운 폭우가 기다리고 있었다. 그러나 그들은 죽을 고비를 넘겨가며 우여곡절 끝에 첫 번째 목적지인 연경에 당도하였다.

북경 성의 둘레는 사십 리, 아홉 개의 문이 있고, 성 안에는 자금성이 있는데 그 둘레가 십칠 리였다. 자금성 맞은편으로는 태액지를 파서 나온 흙으로 만들었다는 만수산이 있었다. 그러나 북경은 이 긴 여정의 시작일 뿐이었다.

"드디어 첫 번째 목적지다."

건우는 이 여정을 도와줄 것이라는 사람을 만나기 위해 목적지로 향하였다.

짙은 쪽빛 하늘을 이고 바둑판처럼 잘 만들어진 도로가 끝없이 펼쳐져 있었다. 그렇게 펼쳐진 도로를 달려가니 키 큰 나무들이 줄지어 늘어섰고 그 사이사이에 아름다운 저택들이 있었다.

"저곳인가 봅니다."

연경에 자주 드나들었던 김 역관은 한 번에 그 주소의 저택을 찾았다. 날아갈 듯한 지붕을 떠받치고 선 거대한 기둥의 조각들이 아름다운 건물이었다. 그러나 주인이 바뀐 것인지 건물의 현판도 없고 수리 중이었다.

"으리으리한 저택입니다."

목적지를 찾은 건우 일행은 거대하고 화려한 건물의 규모에 눌려 대문 앞에 우두커니 서 있었다.

"계시오?"

열린 문에 대고 사람을 불렀으나 인기척이 없었다. 으리으리한 건물의 자태와는 달리 살고 있는 사람은 별로 없는 모양이었다.

"제가 먼저 들어가 이 건물이 무엇을 하는 곳인지 알아보고 오겠습니다."

"그럴 것이 뭔가. 다 같이 들어가세."

혼자 다녀오겠다는 김 역관의 말에 건우는 고작 다섯 명밖에 되지 않는 일행을 나눌 필요는 없다는 생각에 다 같이 들어가기로 했다.

"여보시오?"

열린 문 안으로 들어가보니 다른 문에서 걸어 나오는 사내의 뒷모습이 보였다.

"조선 사람인 것 같습니다요. 나리!"

귀돌이 외치는 소리를 듣고 다시 보니 입고 있는 의복이 분명 조선 사람의 행색이었다.

"일단 저자를 따라가 보세."

건우는 무엇엔가 홀린 사람처럼 그 사내를 따라갔다.

저택의 규모는 생각했던 것보다 훨씬 컸고 여기 저기 칠을 하는 사람들과 문짝을 떼어 창호지를 바르는 사람들, 청소를 하는 사람들이 보였다. 건우 일행이 따라가고 있던 사내가 몇 개의 문을 거쳐 안쪽으로 들어가는 것이 보였다.

"주인이 어떤 이이기에?"

안으로 들어갈수록 건우는 이상하게 가슴이 두근거렸다.

유배지에서 채운이 죽었다는 소식을 전해들은 이후 그 어떤 순간에도 감흥을 받지 못하던 가슴이었다. 심지어는 보위에 오른 이산을 만나기 위해 유배지를 떠나올 때도 무덤덤하던 마음이 아주 천천히 깨어나는 것이 느껴졌다. 참으로 이상한 일이었다.

사내는 건우 일행이 뒤따르고 있는 것을 모르는 것 같았다.

건우는 빠른 걸음으로 사내를 쫓아가고 있으면서도 머리는 바쁘게 생각 중이었다. 어째서 왕이 건넨 종이에는 찾아갈 주소 하나만 덜렁 적혀 있었던 것일까. 이 긴 여정에 도움을 줄 사람의 이름도, 그 사람이 머무는 저택의 당호(堂號)조차도 없는 것인가.

생각이 거기 미치니 주먹을 틀어쥔 건우의 손에서 눅눅히 땀이 배어 나왔다.

"아씨!"

사내가 누군가를 부르며 안채로 들어가 버렸다.

"안주인이 있는 곳 같으니 잠시만, 예서 기다리게."

건우는 손을 들어 따라오는 이들을 멈춰 세우고 홀로 안채의 문을 들어섰다. 그리고 건우는 지붕의 서까래를 올려다보고 서 있는 한 여인을 보았다.

남색 스란치마에 물빛 삼회장저고리를 차려입은 여인이 노을빛 석양에 물든 채 홀로 서 있었다. 여인은 지붕 판을 만들고 추녀를 만드는 가늘고 긴 각재(角材)를 유심히 보고 있었다.

지평선 너머로 넘어가는 태양의 마지막 잔열이 대지에 아지랑이를 피워 올렸다. 그 작열하는 열기로 인해 여인의 모습은 마치 노을빛 환상처럼 보였다.

"헉!"

가슴을 둔탁한 무언가로 맞는 느낌이었다. 건우는 저도 모르게 심장을 움켜쥐었다.

"그 나무는 너무 휘지 않았는가?"

"나무의 결을 그대로 살리다 보니 휜 듯이 보이지만 서까래이니 문제될 것이 없을 것입니다."

목수와 이야기를 나누는 여인의 목소리, 따뜻하고 차분한 그 목소리는 분명 그 여인이었다.

'채운! 그대요?'

건우는 터질 것 같은 가슴을 누르며 눈을 감았다 천천히 다시 떴다. 분명 그녀였다. 채운이 살아 있었다! 어찌하여 저런 모습으로 이 먼 타국에 있는 것인지 알 수 없지만, 꿈에도 잊지 못한 채운이 분명했다.

"헉! 헉!"

그러나 건우는 그대로 몸을 돌려 밖으로 나왔다. 그는 충격으로 다리가 후들거려 안채의 문 앞에 있는 나무그루터기에 걸터앉았다.

"어찌 그러십니까?"

귀돌이 백지장처럼 창백해진 건우를 발견하고 서둘러 달려왔다.

"어디가 좋지 않으시오?"

김 역관도 건우의 상태를 걱정했다.

"아닐세, 주인을 찾았으니 잠시 예서 기다리게."

건우는 다시 한 번 심호흡을 하고 천천히 일어섰지만 대체 무슨 낯으로 채운의 얼굴을 볼 것인가 생각하니 자신이 없었다.

자신이 무슨 염치로 얼굴을 들고 그녀를 만날 수 있다는 말인가. 지켜주겠노라 그리 약조해 놓고 그녀를 죽음으로 몰고간 사내가 바로 자신이 아닌가.

그렇다고 이대로 도망치는 것은 더 비겁한 짓이었다. 건우는 다시 한 번 용기를 내어 안채의 문턱을 넘어 들어갔다.

"하면 그 나무는 그대로 써도 될 것…… 같습니다."

목수와 이야기하며 나오던 채운이 건우를 발견하고 우뚝 멈춰 섰다.

"저는 그렇게 알고 나가보겠습니다."

채운의 눈치를 살피던 목수는 그렇게 말하고 먼저 안채를 나갔다.

두 사람은 잠시 서로를 바라보며 한 폭의 그림처럼 서 있었다.

"멈추게, 제발!"

한 발 다가서자 서둘러 돌아서는 채운을 애절한 건우의 목소리가 잡았다.

"나를 보지 않아도 좋소. 그저 잠시만, 그대로만 있어주시오."

건우는 가만히 그대로 서서 떨리는 채운의 등을 아픈 눈빛으로 바라보았다. 한 발이라도 다가서면 그대로 달아나 버릴까 봐.

건우에게서 여전히 따뜻한 온기가 느껴져 채운은 슬펐다. 돌아보지 않아도 느껴졌다.

마치 그가 다가와 그 너른 가슴으로 쓸쓸한 그녀의 등을 감싸 안는 것이, 익숙한 그의 심장소리가 들리는 것 같다. 언제나 나를 안을 때면 그의 심장의 박동소리가 함께했었다.

"나는 자네가 당부한 것처럼 잘 지내려고 노력했네. 잘 지내려고 애썼어. 그 말을 해주고 싶었네."

그녀의 여윈 등을 보니 건우는 목이 아프다.

공기가 뒤틀린다. 건우의 슬픔이 채운에게로 고스란히 전해졌다.

"사람을 잘못 보신 것 같습니다. 저는 나리를 알지 못합니다."

채운은 돌아보지 않고 그렇게 대답했다.

얼마나 그리워했던 사람인가. 밤마다 건우의 뜨거운 숨결이 생각나 베개에 얼굴을 묻고 운 날들이 얼마였던가.

그러나 채운은 한마디 말도 할 수 없었다. 그리웠다 말하면 이 남자가 너무 미안해할 것 같아서.

채운은 천천히 돌아서 꿈처럼 서 있는 그녀의 남자를 바라보았다.

"그리하게, 다 잊게. 잊어야 다시 시작할 수 있을 것이니."

'걱정할 것 없소, 내가 다 기억하고 있을 것이니. 내 품에 안겨 마음을 빼앗길까 두려움에 떨던 그대 눈빛도, 연모한다는 말 대신 잘 지내야 한다 당부하던 그대의 마지막 인사까지도······.'

건우의 눈에 눈물이 고였다.

서로를 바라보며 선 두 사람 사이로 그리웠던 시간들이 흘러갔다.

"아씨!"

채운은 멀리서 부르는 소리에 돌아보고는 다시 한 번 건우를 보았다. 눈물을 가득 담고 물끄러미 바라보던 건우가 고개를 끄덕이자, 채운은 쓸쓸하게 웃어주고 돌아섰다.

"아씨!"

조금 전 건우가 뒤를 쫓던 사내가 들어오며 채운을 불렀다.

"손님이 오셨네. 수리가 끝난 바깥채로 안내하고 찬방에 들러 차부터 내가라 이르게."

"어, 아씨!"

"이 아이를 따라가십시오."

채운은 그렇게 말하며 허리를 숙여 다소곳이 인사하고 돌아섰다. 천천히 안채를 걸어 나가던 채운은 노을빛으로 물든 하늘 올려다보았다.

'도겸, 그분이 오셨다. 네가 있는 그곳은 괜찮은 것이냐?'

멀리 보이는 하늘에서 도겸이 환하게 웃으며 손을 흔들고 있는 것만 같았다. 채운은 다시 한 번 힘을 내어 치맛자락을 휘감으며 씩씩하게 걸었다.

"내내 궁금했었다. 우리가 사랑하기는 한 것이었는지. 그런데 이제야 알겠구나."

멀어져 가는 채운을 바라보는 건우는 그렇게 중얼거렸다.

채운의 뒷모습은 그 어느 때보다 아름다웠다. 건우는 그대로 서서 멀어져 가는 채운의 뒷모습을 지치도록 바라보았다.

꿈이라도 좋았다. 다만 이것이 꿈이라면 이대로 깨지 않기를 빌 뿐이었다.

"오 서방이라 합니다. 모시겠습니다."

의아한 눈으로 건우를 지켜보던 사내가 안채를 나가며 말했다.

"고맙네."

"이리 들어오시지요."

오 서방은 문 앞에 모여 있던 건우의 일행을 부르며 바깥채로 안내했다.

"이 건물은 고급 객잔으로 수리하는 것 같습니다."

건우가 안채에 있을 동안 김 역관은 수리 중인 건물을 둘러보았다.

청나라에서도 객잔은 상거래 이외에도 세마와 숙박, 그리고 창고에 각국의 산물을 보관해 주며 위탁 판매도 하였기 때문에 이익이 많이 남는 상사였다.

"아직 수리가 끝나지 않았기 때문에 묵을 수 있는 방이 많지 않습니다."

"방은 두 개면 될 것이오."

김 역관은 걱정 말라는 듯 고개를 끄덕였다.

어차피 긴 여정에 경비를 아끼기 위해 이곳까지 오는 동안 방은 두 개씩만 빌려 사용했었다.

"그럼, 들어가 짐을 풀고 쉬고 계십시오. 차를 내오겠습니다."

오 서방은 건우 일행에게 방을 안내하고 다시 찬간으로 향했다.

방은 작고 깨끗했다.

건우는 멍하게 밖을 내다보았다.

"그래도 묵을 방을 잡고 나니 살 만하네."

마주 보고 있는 방에 들어간 귀돌이 무사들에게 농을 걸고 왁자하니 웃는 소리가 들려왔다.

"그래, 도와준다던 주인은 만나보셨습니까?"

아직 채운의 얼굴을 보지 못한 김 역관이 궁금해 죽겠다는 얼굴로 바짝 다가앉으며 물었다.

"만났네."

"그러셨습니까, 참으로 다행입니다. 하면 이제 걱정할 일은 다 끝난 거지요. 이곳에서 모든 채비를 끝낸 뒤에 떠나면 될 것이니."

고민거리를 해결해서 마음이 놓인 탓인지 김 역관은 바닥에 등을 붙이자마자 잠이 들었다.

열어둔 문으로 어둠이 지는 밤하늘이 보이고 후텁지근한 여름 바람이 불었다. 풀과 벌레와 습기 찬 공기가 뒤섞인 여름의 밤의 향기가 마음을 산란하게 만들었다.

시장기를 해결하려고 모두가 저녁상을 받았지만 건우는 술상을 청했다. 유배지로 떠나고 술상을 받기는 처음이었다.

그날 밤, 건우는 거의 몸을 주체할 수 없을 정도로 술을 마셨다. 술을 마실수록 몸은 무너지는데도 정신은 점점 더 또렷해지고 가슴은 예리한 비수로 후벼 파듯 쓰디쓴 고통이 치밀어 올랐다.

"귀돌아, 여기 술 좀 더 가져오너라."

"나리, 나리! 어찌 이러십니까?"

"비루한 놈! 나는 참으로 비겁하고 비루한 놈이다."

어쩔 수 없다고는 하지만 그조차 비겁한 변명 같았다. 자책감과 자신을 향한 분노로 일그러진 건우의 얼굴은 슬픔으로 젖어 있었다.

"나리!"

건우의 흐트러진 모습을 처음 보는 귀돌은 곤혹스러운 얼굴로 긴 한숨을 내쉬었다.

"아니, 도와줄 주인도 만났다며 갑자기 어찌 저러는 것이야?"

김 역관은 난데없이 술을 청하는 건우가 이상했지만 아무리 생각해 봐도 그가 저러는 이유를 알 수 없었다. 아직까지 채운을 보지 못했으니 귀돌도 김 역관도 갑자기 건우가 어찌 저러는 것인지 의아했다.

"잠시 바람 좀 쐬고 오겠다."

건우는 달빛에 이끌려 발길을 옮겼다. 구름 사이로 나온 달빛이 부서지며 건우가 걸어가는 길을 비추었다.

얼마나 걸었을까, 긴 담을 따라 걷던 건우는 밤안개와 뒤섞여 물결치듯 출렁거리는 달빛 속에 서 있는 채운을 발견했다. 건우는 그대로 서서 달빛에 잠긴 채운을 바라보았다.

"얼마나 많은 일들이 있었던 것이오."

아무리 생각해 봐도 채운이 어찌 살 수 있었는지, 어찌하여 이곳에 있는지 알 수 없었다. 다만 강이 도와주었다면 가능하지 않았을까 짐작할 뿐이었다.

잠시 술의 힘을 빌려서라도 손을 내밀고 싶었지만, 건우는 고개를 흔들었다. 단 한 번만이라도 손을 뻗어 그녀의 뺨을 만져 보고 싶었다. 그녀의 체온을 느껴보고 싶었다. 이렇게 멀리서 그녀를 비겁하게 훔쳐보고 있으니 자신이 한없이 초라하게 느껴진다.

하지만 내가 어찌 용서받을 수 있다는 말인가. 그는 더 이상 그녀를 보지 못하고 돌아섰지만, 발이 떨어지지 않았다.

바로 그때였다. 달빛 속으로 사라져 버릴 것 같은 건우가 걱정스러워 채운이 조용히 다가와 뒤에서 그를 안았다.

"용서해 달라고 할 용기도 없으면서, 그대를 두고 돌아서는 것은 더 힘이 드네."

"말하지 않으셔도 됩니다."

"미안하오."

"되었습니다. 우린 아직 살아 있으니까. 그걸로 되었습니다."

건우가 너무 보고 싶었다. 너무나 미운 사람이었지만 목숨처럼 사랑할 수밖에 없었던 그였기에.

"그래요, 우린 아직 살아 있으니."

건우의 입가가 부드러워졌다. 캄캄한 그의 가슴에 꺼져 있던 불씨 하나가 어렵게 불을 밝혔다.

❀

별들이 흐드러지게 핀 밤, 가회당의 연꽃들도 앞다퉈 피어났다. 연못의 수면은 은은히 쏟아져 내리는 달빛에 반사되어 물고기 비늘처럼 반짝거렸다.

한세는 연못가에 앉아 바람이 연잎을 흔드는 소리를 듣고 있었다.

"게서 무엇을 하는 것이오?"

마루에 나와 마당을 내려다보던 강이 물었다.

"연꽃이 피는 것을 보고 있습니다."

"애들처럼."

강은 더없이 평화로웠던 그때, 어린 한세와 어린 강이 나란히 앉아 연꽃이 피는 것을 들여다보던 모습을 떠올렸다.

"혼자 보기 아까운데 같이 보시겠습니까?"

청풍계에서 불어오는 시원한 바람이 하루 종일 일을 하느라 옥죄였던 몸을 느슨하게 풀어주었다.

"지금쯤 건우 사형은 채운을 만났겠지요."

마루를 내려와 곁으로 다가와 앉는 강을 돌아보며 한세는 환하게 웃었다.

"그랬겠지."

"채운이 사형을 용서했을까요?"

두 사람은 지금 어찌하고 있을까. 채운은 자신을 그처럼 냉정하게 버린 건우를 용서했을까. 한세는 생각에 잠겼다.

채운을 향해 날아드는 돌을 온몸으로 막아낸 것은 도겸이었다. 도겸은 제 목숨을 던져 채운을 구했고, 그런 그녀를 죽은 자로 만들어 청나라로 빼돌린 것은 채운당 식구들과 손발을 맞춘 한세와 비단전의 식구들이었다.

물론 계획을 세운 것은 강이었지만.

건우와는 다른 의미로 믿고 의지해 온 도겸을 잃은 채운은 한동안 기운을 차리지 못했지만 채운당 식구들이 그녀를 다시 일으켜 세웠다. 이제 채운낭의 자금으로 객잔을 만들고 한상수가 보관하고 있는 노론의 자금을 이용해 각국과 무역을 할 계획이었다. 조선으로 들여올 것도 많았고 그중에는 서양 의원과 병원도 있었다.

채운이 해주어야 할 일은 너무 많았다.

"채운은 용서했을 것이오."

강의 어깨에 기대 연꽃이 피는 소리에 마음을 맡기고 있을 때였다. 강이 언제나처럼 무뚝뚝한 목소리로 그렇게 말했다.

"어찌 그리 확신하십니까?"

한세는 기대고 있던 머리를 들고 강의 눈을 들여다보았다.

"그 어떤 것도 보고 싶은 마음을, 같이 있고 싶은 간절함을 막지는 못할 것이니. 지금의 우리처럼."

강의 목소리가 날아와 마음에 꽂혔다. 한세는 다시 그의 어깨에 머리를 기댔다. 너무 큰 대가를 치르기는 했지만, 이렇게 돌아와 강과 같이 있어서 다행이라고 생각했다.

어디선가 아직 어린 나무들이 청풍계 차가운 바람에 몸을 뒤채고 있었다.

✿

붉은 융단의 끝에는 삼 단 높이의 계단이 있고, 그 위에는 이산이 그토록 원했던 황금빛 옥좌가 놓여 있었다.

"전하!"

이산은 좌우로 늘어선 문무백관들 사이를 걸어가 왕의 자리에 앉았다.

"그래서 어찌하자는 것이오?"

황금빛으로 번쩍이는 자리에 편안한 자세로 앉은 이산은 중신들을 향해 물었다.

그날 아침, 왕은 대신들과 함께 청계천에 건설되고 있는 수로공사에 대한 이야기를 나누었다. 왕은 청계천의 구걸하는 이들을 새로운 마을로 옮기고 그곳을 깨끗하게 정비할 계획이었다.

그는 규장각의 인재들에게 매우 합리주의적이고 기능주의적으로 조선을 개혁할 방법을 찾으라고 명령했다. 하루라도 빨리 나라를 안정시키고 권력을 집중해 백성들을 위해 필요한 정책을 펴고 싶었다.

"우선 후궁들을 들이셔야 합니다."

"중전마마만을 믿고 더 이상 원자 생산을 미룰 수는 없습니다."

홍국영의 언질을 받은 늙은 중신 하나가 이산을 향해 한 걸음 나아갔다. 왕실이 튼튼하게 중심을 잡아주어야 안정적인 정치를 할 수 있을 것인데, 이런 중차대한 일을 미루기만 하니 답답한 노릇이었다.

"아직은 아니 된다 하지 않았소?"

왕은 불쾌한 듯 인상을 썼다.

"하나 미루시기만 하니 세간에 흉흉한 소문이 도는 것입니다!"

제일 앞자리에 있던 도승지 홍국영이 목청을 높여 고했다.

"듣기에도 낯 뜨거운 말들이 궁 안에 퍼져 나가고 있습니다."

또 다른 대신 하나도 입술을 씰룩거렸다. 어전만 아니라면 당장 큰소리로 반바을 할 태세였다.

"낯 뜨거운 소리라니?"

이산은 손가락 끝으로 옥좌의 팔걸이를 톡톡 두들겼다.

"전하의 몸에 이상이 있다는 소문이 퍼지고 있습니다."

"뭐라?"

말문이 막힌 이산은 양손을 깍지 끼며 등받이 깊숙이 등을 기댔다.

회기 치밀이 오르지만 어쩔 수 없는 일이었다. 이대로 사태를 방관해 온 자신의 책임이 더 큰 것이니, 노력조차 할 생각이 없었던 자신을 책망할 수밖에 없는 일이었다.

"전하, 이제 결단을 내리셔야 할 것입니다."

"그렇습니다, 궁녀들 중에서 들이시는 것도 좋고 새로 후궁을 뽑아 들이는 것도 괜찮으니 부디!"

대신들이 일제히 들고 일어섰으니 더 이상 물러설 곳도 없었다. 다른 때라면 이런 분위기를 내버려 두지 않겠지만, 이 문제는 전적으로 왕인 그의 잘못이었다.

"그만! 그만! 알겠소, 곧 결정을 하리다!"

이산의 이마에 식은땀이 돌았다. 그는 옥좌에서 벌떡 일어섰다.

"신들이 문제가 아니라!"

"그러하옵니다. 궁 안에 떠도는 소문이 심상치가 않습니다."

다른 지시를 내리려던 왕이 고개를 들었다. 문득 저만치 대신들 틈에 섞여 있는 강을 발견했다. 강은 언제나 상황을 봐서 표시나지 않게 왕을 지원해 주었지만, 이 문제는 내명부에 관한 일인지라 그가 언급할 문제가 아니었다.

이산과 눈이 마주친 강은 얼른 고개를 숙였다.

"음!"

문득 그를 바라보는 왕의 눈빛이 쓸쓸해졌다. 어차피 결정해야 할 문제, 시간을 끌수록 소문만 무성해질 것이었다.

왕의 자리란 사사로운 정에 연연할 수 없는 것이었다.

"후궁을 들이도록 하지. 도승지에게 과인의 뜻을 전하겠소."

중전을 생각하면 미안한 마음에 언짢아졌지만, 이산은 곁을 따르는 홍국영을 돌아보았다.

"도승지가 적절한 규수를 알아보게."

"예, 전하."

원하는 것을 얻은 홍국영은 회심의 미소를 지었다.

❀

정조 재위 1년 7월 28일의 아침이 밝아왔다.

"흠! 흠!"

존현각의 지붕 위로 해가 뜨기도 전에 자리에서 일어난 왕은 잠이 깨었노라 헛기침을 하였다. 이산은 보위에 오르고도 융복전(隆福殿)이 아닌, 여전히 존현각을 침전으로 사용하고 있었다.

"전하, 기침하셨습니까?"

동궁에서부터 모셔온 대전내관 자숙이 들어와 자리끼를 챙겼다.

"그래, 모처럼 깊은 잠을 잤더니 몸이 개운하구나."

늘 서책을 읽느라 밤이 깊도록 잠을 자지 못하던 그가 모처럼 깊은 잠을 자고 나니 몸이 한결 가벼웠다.

"어젯밤 따뜻한 차를 올리기를 잘한 것 같습니다. 곧 정신이 맑아지는 채소즙과 자릿조반 상을 올리라 이르겠습니다."

"음."

왕이 스스로 소세를 하고 상복으로 갈아입고 무명천으로 감싼 익선관으로 갈아입고 있을 때 대전내관과 자릿조반 상을 든 소내시가 들어왔다. 익선관을 쓰고 고개를 들던 이산의 예리한 눈길이 대전내관 자숙의 곁에 서 있는 소내시에게 걸렸다. 흰색 단령에 무명천으로 감싼 관을 쓴 한세가 상을 들고 다소곳이 서 있었다.

여전히 눈보다 먼저 심장이 그녀를 알아보았다.

"어찌 된 일이냐?"

"어젯밤부터 전하의 곁을 지켰는데 모르셨습니까?"

"간밤에 깊이 잠든 연유가 그 때문이었구나."

자숙의 말을 들은 이산은 가벼운 한숨을 쉬었다.

"과인이 모르는 사이에 무슨 일인가 일어나고 있었던 것이로구나, 그런 게지?"

한세가 상을 들고 가까이 갔을 때 이산이 물었다.

"예, 오늘 밤 저하의 목숨을 노리는 자들이 있을 것입니다."

"나를 죽이려는 자들이 궁으로 쳐들어오기라도 한단 말이더냐?"

이제껏 왕을 독살하려던 자들이 있었다는 말은 종종 들었지만 설마 보위에 오른 임금을 죽이려고 실제 자객을 보냈다는 말은 들어보지 못했던 것이었다.

"예, 저곳으로 들어올 것 같습니다. 하니 이곳은 저희에게 맡기시고 전하께서는 오늘 밤 다른 곳에서 침수 드시지요."

"그런 정보가 있었다면 그들을 다 잡아들이면 될 것이 아니더냐?"

이산은 충격을 받아 되물었지만 한세는 고개를 저었다.

"그것이, 아직 배후를 다 파악하지 못했습니다. 오늘 밤 그들을 현장에서 잡아들일 수 있다면, 그 편이 추국을 하여 배후를 밝히는 데 더 유리할 것이라 판단했습니다."

한세는 역사에 기록된 역모 사건의 순서가 달라지자 어떤 것도 섣불리 판단할 수 없었다. 강에게 의견을 묻기도 했지만 달라진 흐름에 맞추려면 사건이 일어나기를 기다려 다시 추국을 할 수밖에 없다는 결론을 얻었다.

"한데 어찌하여 나는 언제나 뭔가가 더 있을 것 같다는 생각이 드는 것인지 모르겠구나."

"오늘은 채소가 싱싱해 향이 더 좋습니다."

이산의 예리한 눈빛을 외면하며 한세는 채소즙에 수저를 넣어 기미를 하였다.

언제나 이런 때면 이산은 뭔가 더 말을 해주기를 기다리는 눈치였지만, 진실을 말해줄 수는 없었다. 그동안의 상황을 되돌아볼 때 그것은 좋은 쪽보다는 안 좋은 방향으로 흘러갈 가능성이 훨씬 더 컸다.

"네가 이리 바빠서야 혼인을 한들…… 너와 강에게는 과인이 죄인이구나."

이산은 노론의 강경파인 벽파를 숙청하고 온건파인 시파를 받아들여 인재는 내치지 않았으며 즉위하자마자 온 힘을 쏟은 곳은 규장각의 확대였다. 본시 규장각은 왕의 각종 기록물을 보관하는 작은 부서였지만 이산은 그곳에 인재들을 뽑아 들였다. 규장각에 배속된 젊은 인재들은 각신(閣臣)이라 하였고 정치와 학문의 핵심이 되었다.

또한 서학 서적을 금기시하던 것을 풀었으며 규장각에서 일정 기간 공부를 한 후 시험을 보게 하여 성적이 좋으면 요직에 배치하는 '초계문신' 특채 제도를 두었다. 규장각 관리들은 녹봉도 많이 받았고 사헌부의 감찰 대상에서도 제외됐으며 항시 궁궐을 출입할 수 있는 특권도 부여받았다.

이산은 관리가 될 수 있는 길을 넓게 열고 서자 출신이라도 '검서(檢書)'라는 직책을 주어 인재로 발탁했다. 이산은 몇몇 측근만으로는 국정을 원활하게 수행하기에 어렵다고 판단하고 지방관 임명 시 본인이 직접 면접을 보았고, 각 부서의 업무 보고는 승정원과 비변사를 거치지 않고 왕에게 직보하게 했다.

또한 지방에 암행어사를 파견하는 일을 직접 챙겼으며, 파견된 암행어사들의 비리가 보고되자 암행어사를 감시하는 암행어사를 따로 파견하기도 했다. 에둥들과 함께 개혁을 착실하게 준비해 온 이신은 이 많은 일들을 즉위와 동시에 실행하였다.

이산이 그 많은 일을 할 동안 그의 측근들 역시 몸이 열 개라도 모자랄 만큼 많은 일을 해야 했다. 기섭과 한세는 번갈아가며 이산의 수많은 잠행에 동행해야 했고 쉬지 않고 터지는 사건들을 처리해야 했으니 사생활을 누리기란 쉽지 않았다.

"아닙니다, 전하. 어찌 그런 말씀을 하십니까."

한세가 기미를 한 채 소즙을 이산 앞에 놓아주며 조용히 고개를 저었다.

"조금만 더 안정이 되면 너를 놓아줄 것이다. 조금만 기다리거라."

"도저히 안 되겠다 싶으면 제가 말씀 드릴 것입니다."

사실 조선 사회에서 여인이 집안일과 바깥일을 같이 하기란 쉬운 일이 아니었다. 그녀도 때때로 아기를 기다리는 시어른들을 보면 혼인을 한 것이 잘못된 선택이었나 싶기도 하고 강에게는 미안하고 송구했지만, 그 어떤 것도 포기할 수 없으니 어쩔 수 없는 일이었다.

"어찌 되었거나 네 말이 사실이라면 이는 궁궐에 내통하는 자가 있다는 것이다. 오늘 밤 내가 존현각을 두고 다른 곳에서 침수를 든다면 이상하게 생각할 것이다."

"그렇다고는 하지만, 자객들이 한둘이 아닙니다. 어찌……."

"두 번 세 번, 이런 수고를 할 것이더냐? 그냥 한 번에 가도록 하자."

"전하!"

"쉿! 이참에 어둠 속에 숨어 있는 그림자를 잡고, 과인이 원하는 것을 얻어내야겠다."

찻잔을 들고 향기를 음미하며 이산은 싸늘한 목소리로 말했다.

자릿조반 상을 물린 후, 이산은 왕대비전으로 향했다. 그는 몸가짐을 바로 하고 대비께 문안 인사를 드릴 채비를 했다.

"주상 전하 듭시오."

여전히 이산의 마음은 편치 않았다. 화완옹주가 몰락하자 남아 있는 노론의 강경파들은 정순왕후를 중심으로 모여들기 시작했다. 왕이 문후를 드리러 왔다고 고하는 소리가 들려도 정순왕후는 도도한 얼굴로 앉아 들은 척도 하지 않았다.

"할마마마, 밤새 평안하셨습니까?"

"내가 평안하지 않다는 것이야 궁궐 안에 있는 이들이라면 모르는 이가 없을 터인데, 주상께서만 모르시는 모양입니다."

기실 새로운 왕과 이렇게 아침마다 마주치는 것은 그녀에게도 고역이었다.

"그러셨습니까?"

"예에."

"하면 어의를 보내 약재라도 지어 올리라 하지요."

이산은 그렇게 말하고 자리에서 일어섰다.

이산은 즉위 즉시 숙청 작업에 착수해 정리를 했지만 여전히 가장 큰 근심은 살아 있었다. 바로 영조의 계비 정순왕후, 이산은 고민하였지만 아무리 임금이라도 조선 사회에서 손자가 할머니를 벌할 수는 없었다. 대신 김귀주를 귀양 보냈지만 그 때문에 정순왕후는 복수의 칼을 갈고 있었다. 그런 정적이 아침마다 손자와 할머니로 마주해야 한다는 것은 불편한 일이었다.

왕대비전에서 돌아와 이산은 아침 수라상을 받은 뒤에 정전인 숭정전으로 나가 상참을 하고 신료들을 접견하였다. 조회가 끝나자 이산은 잠시 숨을 돌리고 낮것을 먹은 뒤, 정오에 흥정당으로 나가 경연을 하었나. 사실 마쁠 때는 낮것을 서드는 경우노 많았시만 바로 곁에 소내시로 따르는 한세가 있는 한 어림없었다.

낮 경연을 마치고 그는 먼 나라에서 온 손님과 지방을 다스리는 신하를 만나 나라 밖 소식과 도성 밖 사정에 대한 그들의 의견을 들었다.

바로 그 시각 강은 등청하지 않고 쉬는 틈을 타 길을 나섰다. 어차피 궁에서 일어날 일이야 기섭과 한세가 준비할 것이니, 강은 그동안 전해 들었던 정약용을 만나보려고 길을 나선 것이었다.

정약용은 경기도 광주군 마현에서 진주목사의 벼슬을 지낸 정재원의 넷째 아들로 태어났고 강보다는 열 살이 어렸다. 그는 어릴 적부터 영특하여 네 살에 이미 천자문을 익혔고, 일곱 살에 한시를 지었으며, 열 살 이전에 이미 자작시를 모아 삼미집(三眉集)을 편찬했다.

마현에 터를 잡은 그가 한양 출입을 하게 된 것은 그의 나이 열다섯에 회현동 풍산 홍씨 집안으로 장가들면서부터이다.

역사에 기록된 대로라면 정약용은 정조 7년이 되어서야 문효세자의 책봉을 축하하기 위한 증광감시에 합격해 생원이 되고 성균관에 들어간다. 하지만 한세에게 정약용에 대해들은 강은 조선이 낳은 천재를 그때까지 기다릴 수 없었다.

"이리 오너라."

정약용은 부친 정재원이 호조좌랑이 되어 한양에 셋집을 얻어 그곳에 살고 있었다.

"어찌 오셨습니까?"

소박한 대문 앞에서 몇 번 부르니 마침 젊은 선비 하나가 나왔다.

"내 조부는 가회당의 서동환이시고 나는 대사간 강이라는 사람이

오. 이곳에 정약용이라는 선비가 있다기에 만나러 왔소이다."

선비의 깨끗한 얼굴을 본 강은 그가 정약용이 틀림없다고 생각했다.

"어서 오십시오, 대감. 제가 정약용입니다."

조선의 유생들 중에서 강의 이름을 모르는 이는 없었다. 조선에서 이이의 대를 이어 공부의 기록을 다시 쓰고 있는 이, 몸을 사리지 않는 대쪽 같은 간언으로 사간원의 위상을 바꿔놓은 이. 강을 따라다니는 소문은 선비라면 한번쯤 꿈꿔보는 것들이었다.

"역시 그랬구만."

강은 반가운 마음에 정약용의 손을 덥석 잡았다.

"한데 어찌 이 누추한 곳까지 저를 찾아오셨습니까?"

"일단 차 한잔 주시겠소?"

"안으로 드시지요."

정약용은 흔쾌히 강을 자신의 방으로 데려갔다.

"한데 어찌 저를 아셨습니까?"

"오늘 내가 자네를 찾은 것이 이상하겠지만, 그저 인연이라고 생각해 주었으면 하네."

"인연이라, 참으로 좋은 말이 아닙니까?"

"나는 전하를 위해 인재를 찾고 있네. 자네 또한 과거를 준비하고 있을 것이니, 우선은 가회당으로 와서 공부를 하면 어떻겠나, 미흡하지만 내가 사형이 되어줄 수 있는데?"

정약용에게 차를 대접받은 강은 돌려 말하지 않고 곧바로 그를 찾은 목적을 꺼내놓았다.

"참말이십니까?"

그때까지 정약용에게는 부친 이외에 특별한 스승이 없었다. 다만 서책을 통해 스스로 성호 이익을 사숙(私淑: 서책을 통해 스스로 스승으로 여기는 짓)했을 뿐이었다. 그런 정약용에게 강은 제안은 뜻밖의 것이었다.

"내가 이런 중대한 일에 농을 할 사람으로 보이는가?"

"하나 저의 가문은 남인입니다."

"나는 당파에 얽매이지 않는 인재가 필요하네. 앞으로는 가회당의 유생들도 당파를 가리지 않고 받을 생각이네. 이제 하늘이 바뀌었네, 조정에서도 참된 붕당정치를 해야 할 것이네."

"백성을 생각하는 참된 붕당정치가 이루어진다면 어찌 조선이 발전하지 않겠습니까?"

"자네가 개혁을 꿈꾸는 참된 인재라면 가회당으로 와주시게."

"저야 크나큰 광영이지만 노론이라면 질색을 하실 어른들을 설득해야 합니다."

"하면 우리 거기서부터 개혁을 실천해 보세. 기다리고 있겠네."

이런 저런 이야기를 나눠본 두 사람은 서로의 뜻이 통함을 기뻐하고 그 자리에서 손을 잡고 사형과 사제가 되기로 약조하였다.

정약용은 스물세 살에 이벽(李蘗)으로부터 서학(西學)에 관하여 듣고 관련 서적들을 탐독했다고 전한다. 정약용은 서학에 매혹되었지만, 이후 제사를 폐해야 한다는 주장과 부딪쳐 끝내는 서학에 손을 끊었다고 고백했지만, 천주교 관련 사건이 일어날 때마다 오해를 받았고 그것이 정조 사후에 일어난 길고 긴 유배 생활의 시작이었다.

아직은 정약용이 이벽을 만나기 이전이었다. 한세는 만약 정조의 수명을 연장할 수 없을 경우를 대비해 정약용만이라도 일단은 운명으로부터 비껴나게 하고 싶어 강에게 부탁했던 것이다.

만약 이 선택이 정약용이 유배 기간 동안 집대성한 집필물에 영향을 주면 어쩌나 걱정도 되었지만 강은 걱정하지 말라고 했다. 정약용의 근본이 성실이라면 어떤 상황에서도 집필을 멈출 리가 없다는 것이 강의 주장이었다. 한세는 강의 말을 믿었다.

정약용은 강과의 약조대로 며칠 뒤 가회당을 찾았다.

신시(申時: 15시~17시)가 되자 이산은 야간에 대궐의 호위를 맡을 군사들과 숙직관료들의 명단을 확인하고, 야간의 암호를 정해주었다. 마지막으로 이산은 저녁수라를 들고 석강(夕講)에 참석했다가 밀려 있던 야간 집무를 본 뒤에 다시 혜경궁과 왕대비에게 문안 인사를 드리고 존현각으로 돌아왔다.

물론 왕손의 출산이 중요한 때이니 여인들에게도 관심을 기울여야 하겠지만 아직은 상중이었다. 그것이 그나마 왕손 출산에 대한 압박을 줄여주었다.

한세는 오후가 되자 기섭에게 이산의 호위를 부탁하고 역사에 기록되어 있던 죄인들의 동태를 살폈다. 그들은 오늘 밤 존현각을 습격할 준비로 바쁘게 움직이고 있었다. 포도군관 강용휘, 그의 조카 별감 강계창, 궁중나인인 여식 강월혜가 중요 인물이었다. 마지막으로 한세는 사부 기기마와 함께 무장을 하고 존현각과 궁궐 안에 배치한 군사들을 은밀하게 점검하였다.

"고단해 보이십니다."

다른 때처럼 차질 없이 만기를 수행한 이산은 늦은 밤이 되어서야 존현각으로 돌아왔다.

"내가 보기에는 네가 지금 나를 걱정할 때가 아니다. 차라도 한잔 하자꾸나."

"하면 차를 내오겠습니다."

극도로 예민해진 한세는 제 마음을 고스란히 들켜 버린 것 같아 서둘러 돌아섰다.

"음!"

이산은 착 가라앉은 그녀의 눈농자에서 괴로운 마음을 고스란히 읽어내고는 고통스러웠다.

자객들이 떼로 몰려올 것이라 예고를 했는데도 불구하고 존현각을 떠나지 않겠다고 고집을 부리는 왕이 얼마나 부담스러울 것인가. 오늘 밤의 중대한 일에 대한 압박감과 실패에 대한 두려움이 그녀를 괴롭히고 있을 것이었다. 그런 한세의 고충을 알면서도 그들에게만 맡겨두고 숨을 수 없는 것이 이산의 마음이었다.

한세가 차를 가지러 간 사이에 이산은 무복으로 갈아입고, 운종가의 기술자들이 참여하여 한층 더 좋아진 면제배갑을 착용하였다. 그는 손닿을 곳에 활과 활 통을 두고 자리에 앉았다.

"햇차를 들였더니 향이 좋습니다."

한세는 올해 딴 햇차로 정성스럽게 우려낸 차를 이산에게 주었다.

"두려운 것이냐?"

"아닙니다."

분명한 어조로 대답했지만 그녀도 사람인지라 가슴 한쪽에서 불안감이 이는 것은 어쩔 수 없었다.

"거짓을 말하는구나, 네 눈이 두려워 떨고 있다."

이산은 긴 속눈썹을 살며시 드리우며 소리 없이 피식 웃었다. 차갑고 냉정한 그의 얼굴에 모처럼 다감한 웃음이 피었다.

"사실 조금이라도 전하의 옥체가 상하게 될까 두렵습니다."

신경이 날카로워지기 시작한 한세는 마음을 가라앉히기 위해 찻잔에 차를 따라 마셨다.

"괜찮을 것이다. 내가 약조하마."

"약조하셨습니다."

"그래 절대 아프지도 다치지도 않겠다. 이처럼 노심초사하는 너를 위해서라도."

"예."

"다른 이야기를 해보자. 건우는 어찌하고 있다더냐?"

"이제 두 번째 여행을 마치고 청국에 돌아왔다고 들었습니다."

"오호, 그래. 하면 이제 곧 돌아오겠구나."

이산의 왼팔이라 할 수 있는 건우는 암행어사가 되어 짧은 기간 내에 두 번의 세계 여행을 하였다.

건우는 상해에서 배를 타고 가나타(加奈陀: 캐나다), 뉴육(紐育: 뉴욕)에 잠시 머물렀고 다시 상선을 타고 대서양을 건너 런던으로 향하였고, 화란(和蘭: 네덜란드), 도이칠란드(독일), 파란(波蘭: 폴란드)을 거쳐 노서아(露西亞: 러시아), 나가사키를 보고 오문(澳門: 마카오)으로 갔다. 그리고 여기서 다시 신가파(新嘉坡: 싱가포르), 인도를 거쳐 수에즈 운하를 건넜다.

건우가 택한 경로는 1896년 특명전권공사로 임명되어 러시아 황제 니콜라이 2세의 대관식에 참석하기 위해 길을 떠났던 민영환이 택한 것과 거의 같았다.

그가 그 험난한 여정을 무사히 마치고 돌아올 수 있었던 것은 물론 채운이 여행을 준비하고 세계 각국의 인사들을 소개하며 용기를 주었기 때문일 것이다.

이산과 한세가 존현각에 앉아 차를 마시고 있던 그 시각, 보장문 동쪽 행랑채 지붕을 타고 빠르게 움직이는 그림자가 있었다. 검은 그림자들이 허공을 뚫고 솟구치며 달빛을 가른다.

하나, 둘, 셋, 넷…… 스물, 스물하나…….

얼마나 되는지 셀 수 없이 많은 그림자들이 존현각 지붕을 향해 소리 없이 날아올랐다. 벽을 타고 기어오르는 소리, 처마를 발판 삼아 기와를 스치며 높이 뛰는 소리가 들려왔다.

"저들이 왔습니다."

한세는 평소와 다른 바람 소리에 신경을 곤두세웠다.

"들었다."

이산은 지붕 위를 달리던 발걸음이 멈추고 기왓장을 뜯어내는 소리를 들었다.

"사형!"

한세가 검을 단단히 움켜쥐며 일어서자 묵묵히 시위하고 서 있던 내금위장 김기섭이 고개를 끄덕이며 밖으로 나갔다.

"쏘아라!"

기섭은 대기하고 있던 조총 부대를 향해 명령했다.

탕탕탕!

그들은 기기마의 산하에서 명사수로 길러진 조총 부대였다.

윽! 윽! 여기저기 고통의 신음이 터져 나오고 선혈이 뿌려지며 지붕 위의 그림자들이 하나둘 쓰러졌다.

"신전을 쏘아 올려라!"

이산도 무장을 하고 밖으로 나와 선전관이 각 영(營)에 비상 군령을 내릴 때 사용하는 화살을 쏘아 올리게 하였다. 무장한 이산의 강인한 존재감이 존현각의 넓은 마당을 가득 메웠다.

"한 놈도 놓치지 마라!"

이산은 기섭의 곁에서 그림자들을 지켜보았다.

"살고 싶으면 움직이지 마라!"

한세는 군사를 매복시켜 놓은 곳으로 달려가 후미를 지키다 지붕을 타고 내려오는 자들을 잡아들였다.

"실패다! 도망쳐라!"

달빛이 드러나자 그림자들을 명령하는 자의 윤곽이 잡혔다.

"조용!"

그러자 이산이 앞으로 나서 그림자를 향해 활시위를 매겼다. 왕이 명궁인 것을 알고 있으니 모두가 숨을 죽이고 지붕 위에 서 있는 자를 올려다보았다.

찰나의 순간이었다. 그림자 무리에 명을 내리던 자는 목덜미가 서늘한 기운에 돌아보았고 활을 든 이산을 발견했다. 그러나 피하기에는 너무 늦었다.

쉭!

시위를 떠난 화살은 허공을 가르며 날아갔고 다리뼈가 부서지는 거친 파열음과 함께 지붕 위에 있던 이는 바닥으로 떨어졌다.

"손을 머리 위로!"

그때를 놓치지 않고 한세가 달려가 바닥에 떨어진 자의 목에 검을 들이댔다.

심문 결과 이자는 전홍문이었고 자객단과 내통한 길잡이는 강용휘였다. 역사에 기록된 것을 보면 이날 이자를 놓쳤고 한 달 뒤에야 다시 습격하려던 것을 잡아들이게 된다. 그러나 미리 모든 준비를 하고 있던 한세 덕분에 이산의 말처럼 한 번에 일이 해결되었다.

곧바로 추국이 시작되었고 제일 처음 유배 중인 홍술해와 홍삼봉 부자가 배후로 드러났다. 그 이후부터는 꼬리에 꼬리를 물고 연루된 자들이 나왔다. 결국 이 역모 사건의 전모는 홍술해와 홍삼봉 부자, 내관 안국래, 나인 강월혜, 정순왕후의 사람이었던 고 상궁, 혜경궁 홍씨의 동생인 홍낙임, 홍봉한의 생질인 홍술해가 은전군 이찬을 추대하기 위함이었다는 것이 드러났다.

서의 모든 노론 박파가 연루된 사건이있나.

"전하, 괜찮으십니까?"

추국이 끝나고 사건의 실체가 드러나기 시작하자 제일 가엾어진 것은 이산이었다. 궁궐에 있는 두 여인, 어머니와 할머니의 집안이 바로 그를 죽이려고 한 배후 세력이라는 것이었다.

"으흠!"

할머니와 어머니의 집안이 아버지를 죽인 것도 모자라 이제는 보위에 있는 임금에게 암살단을 보낸 이 전대미문의 사건의 배후였다.

"전하!"

"세야, 내가 제일 고통스러운 것이 무엇인 줄 아느냐? 그럼에도 내 어머니라는 분은 홍낙임을 살려달라 단식까지 불사하시겠다는구나."

"전하!"

이산의 고통이 온몸으로 느껴져 한세는 그와 함께 통곡할 수밖에 없었다.

"대체 나는 무슨 죄를 지었기에 저 빈촌의 가난한 농부의 아들이 누리는 작은 행복조차 누릴 수가 없는 것이냐?"

이산은 처음으로 크나큰 배신감에 휩싸여 눈물을 흘렸다. 마지막 죽음을 맞이하는 그 순간까지 그는 이 무서운 여인들에게 둘러싸여 있었다. 앞으로 나타날 궁녀 성씨를 제외하고 이산의 여인들 대부분이 노론가의 여인이었다. 심지어는 그의 마지막을 지킨 것이 정순왕후였으니 이산이라는 남자의 인생이 얼마나 고독했는지 짐작할 수 있다.

"전하, 무슨 일이 있더라도 당신을 그처럼 가엾게 놔두지 않겠습니다. 약속합니다. 하니 힘을 내셔야 합니다, 전하!"

그날 밤 울다가 지쳐 잠이 든 이산의 곁을 지키던 한세는 그의 처량한 얼굴을 들여다보며 다짐하였다.

새벽녘, 잠에서 깨어난 이산은 대신들에게 기별을 넣었고 소식을 듣고 달려온 대신들을 존현각 근처에 있는 흥정당에 모여 소견하였다. 그곳엔 강도 있었다.

"감히 조선의 왕을 어찌 생각하기에!"

이산은 애써 분노를 감추려 하지 않았고 역린을 다친 용처럼 포효하였다. 신하들은 모두가 몸을 사리며 혹여라도 자신에게 불똥이 튈까 봐 몸을 움츠리고 있을 수밖에 없었다.

"전하, 이는 역모 중에서도 죄질이 비열한 극악무도한 사건이옵니다. 엄중히 추국하시어 배후를 끝까지 찾아내어야 할 것입니다."

대신들은 노론이 배후에 있다는 것이 사실로 드러나자 모두 겁을 먹었지만, 이 역모 사건에 이산의 아우인 은전군이 연루되었다는 사실에 가슴을 쓸어내렸다.

"전하, 은전군을 죽여야 하옵니다."

"자결을 명하시옵소서!"

중신들은 하나같이 은전군을 죽여야 한다고 고하였지만, 막상 이 일의 배후인 홍낙임은 혜경궁 홍씨의 단식 투쟁으로 선처를 보장받았다.

은전군을 살리기 위해 이산은 몰려와 농성을 하는 대신들과 대치 상태였다.

"전하, 이는 절대 묵과할 수 없는 일입니다. 이 역모 사건에 아무런 동의를 표하지 않은 은전군에게는 왕의 아우라는 이유로 죽이라 하면서 어찌 역모의 배후인 홍낙임은 살려두라 히 십니까?"

그동안 잠자코 보고만 있던 강이 나서 은전군의 사사는 부당하다고 고했다. 그러자 그를 따르는 젊은 신료들이 같이 나와 은전군에게 자결을 명하려면 홍낙임 역시 사사시켜야 마땅하다고 고하기 시작했다.

그 덕분에 결국 홍낙임과 은전군은 둘 다 유배에 처해졌다. 이산은 이 사건을 빌미로 노론을 제입하였으며 세계 긱국과의 자유로운 교류를 추진하는 제도를 확립하였고 시범적으로 한양에 서양의가 진료를 하는 병의원을 들여오도록 하였다.

한세가 이곳으로 오기 전처럼 역사가 흘러갔다면 이 역모 사건에서 이산의 혈육인 은전군은 자결을 하고 그 배후였던 혜경궁의 동생인 노론가의 홍낙임은 살아남았을 것이다. 그리하여 조선이 군약신강(君弱臣强)의 나라라는 것만 한 번 더 확인시켜 주었을 것이다.

✿

며칠 가회당을 비운 한세는 돌아오자마자 보통의 여인들처럼 밀린 집안일을 하고 어른들의 밥상을 챙기며 바삐 보냈다. 밤이 깊어가자 송씨와 시할아버지의 잠자리까지 챙기고 별채로 돌아왔다.

별채로 돌아온 한세는 강의 방으로 가 그날의 일기를 쓰고 또 자신이 없을 때를 대비해 틈틈이 앞으로 일어날 일들을 생각나는 대로 기록해 두었다. 마지막 장을 덮은 후 서안에 기대 손가락으로 눈두덩을 눌렀다. 주변에는 이 방에 들어와 들춰본 책들이 여기저기 너저분하게 흩어져 있었다.

강은 사간원과 규장각의 사보 편찬에 관한 일을 겸하느라 새벽녘이 되어서야 집으로 돌아왔다.

"부인, 무슨 책을 이리 많이 읽었소?"

자신의 방에 불이 켜져 있는 것을 보고 방문을 열어본 강은 어지럽게 널려 있는 서책들을 발견하고 걸음을 멈췄다.

"고단할 것인데……."

발밑에 어지럽게 널린 서책들을 간단히 정리한 후 강은 서안에 엎드려 잠들어 있는 한세를 보곤 빙그레 웃어버렸다.

"먼저 자지 않고."

강은 얼마나 고단했는지 입가에 침까지 흘리며 자는 한세를 안아서 방으로 데려갔다.

"으음!"

한세는 자신이 포근한 품에 안긴 채 옮겨지고 있다는 것을 의식하고 잠에서 깨어났다.

"그대로 있어요."

한세가 꼼지락거리자 착 가라앉은 강의 목소리가 들렸다.

"어?"

놀란 한세가 눈을 번쩍 뜨는 순간 강이 이불 위에 내려놓았다.

"언제 오셨습니까?"

한세는 벌떡 일어나 앉으며 쪽 찐 머리를 매만졌다.

"이제 막 왔소. 고단할 것인데 그냥 자요."

강은 일어나려는 한세의 손을 잡았다.

"저녁은 어찌하셨습니까?"

"먹었소."

"하면 씻고 오십시오, 차를 내오겠습니다."

"잠시만, 이리 와봐요."

강은 나가려는 한세의 어깨를 잡고 돌려 세웠다.

"갑자기 생각난 건데요……."

한세는 문득 자신을 지그시 내려다보는 강의 눈을 보자 앞으로 어떤 일이 생길지 모르지만, 이 멋진 남자와 함께 있는 지금 이 순간만큼은 운명은 자신의 편이라 생각했다.

"나도 이렇게 부인을 보고 있으니 생각난 것이 있소."

"무엇이 생각나셨습니까?"

"난 정말 운이 좋다는 생각."

"예에?"

"부인과 같이 있으니."

"서방님, 미안한 제 마음을 알고 이렇게 위로해 주시는 것입니까."

한세는 강의 팔에 손을 둘렀다.

"나한테 반했소?"

강은 계집아이처럼 자신의 팔뚝에 매달려 애교를 피우는 한세를 물끄러미 바라보다 피식 웃었다.

"완전 반했습니다."

한세는 강의 목에 팔을 감고 폴짝 뛰어 그의 입술에 입 맞췄다.

"뽀뽀 너무 좋아한다, 우리 부인!"

시도 때도 없이 원하는 한세가 귀여워 강은 문을 닫는 것도 잊고 입맞춤을 나누었다. 사실 말은 그렇게 했지만 한세의 입술과 몸을 원하는 것은 그도 마찬가지였다.

"관보에 한양에 새로 들어올 서양 의원을 홍보하는 문구를 싣느라고 좀 늦었소."

한세가 차를 들고 들어갔을 때 강이 미안한 듯 말했다.

"워낙에 일이 많지 않습니까?"

강의 피곤한 얼굴을 바라보며 주전자에 우러난 차를 따랐다.

"의원들도 학술지를 편찬하겠다고 가져왔고 하니 백성들도 전염병에 대비할 수 있도록 지속적으로 알려 나갈 것이오."

"참으로 다행입니다."

"다 건우와 채운이 애써준 덕이지요."

"드세요, 매화 향이 좋습니다."

투명하리만치 새하얀 백자 잔에 봄철에 따서 말린 매화 봉우리 한 송이를 띄우고 따듯한 물을 붓자 물기를 머금은 꽃 봉우리가 천천히 피어났다.

"부인을 닮았구려."

잔 속에서 피어나는 매화꽃을 들여다보던 강이 고개를 들고 한세를 향해 장난스럽게 씽긋 웃었다.

"어머!"

"뭐요, 이젠 수줍은 척 내숭도 떠는 것이오?"

한세가 귓불까지 붉게 물들이며 새침하게 보자 찻잔을 들고 향기를 음미하며 강이 장난스럽게 물었다.

"서방님과 마주 앉아 웃고 있으니 무거웠던 마음이 다 풀리는 것 같습니다."

가볍게 한숨을 쉬는 한세의 붉은 치마에 부드럽게 감싸인 가냘픈 몸매가 그의 눈앞에서 어지럽게 아른거렸다.

"이번에는 아주 많이 힘들었던 것이오?"

찻잔을 내려놓으며 강은 안타까운 눈빛으로 한세를 바라보았다.

"저보다는 지켜보는 서방님께서 힘이 드셨겠지요."

"나는 괜찮소, 말하지 않아도 되오. 하니 언제라도 힘이 들면 내게 기대요."

강은 긴 속눈썹을 드리우며 소리 없이 웃었다.

"서방님께 너무 미안합니다, 그것이 제일 힘든 일이고요."

한세는 따뜻한 강의 위로에 눈물이 날 것 같아 그의 어깨에 머리를 기댔다. 강의 어깨에 머리를 기대는 것만으로도 온몸이 충전되어 기운이 되살아나는 것 같았다.

정조 재위 2년, 드디어 건우가 돌아왔다.

"전하, 장악원 제조 들어 있사옵니다."

대전내관이 고하는 소리와 함께 관복을 차려입은 건우가 들어오자 이산은 환하게 웃으며 그를 맞았다.

"어서 오게, 고생하였네."

"전하, 신 강건우. 이제야 전하를 뵙습니다."

"이리로 앉게."

건우가 예를 올리자 이산은 자리에서 일어나 그의 손을 잡고 곁에 앉혔다.

"전하, 이제 막 돌아온 소신이 어찌 장악원 제조의 중책을 맡겠습니까, 명을 거둬주십시오."

"어허!"

"전하!"

건우는 장악원 제조 자리를 극구 사양하였다.

"즉위하자마자 아바마마의 시호를 장헌으로 올리고 수은묘를 경모궁으로 승격시켰네. 하니, 자네가 경모궁 제례 때 쓸 제례악을 만들어 주어야겠네."

이산은 목소리를 낮추고 주위를 살피며 말했다.

"아!"

"이 막중한 일을 해줄 수 있는 이는 자네뿐일세."

"성심을 다하겠습니다, 전하!"

건우는 그제야 이산의 깊은 마음을 헤아리고 고개를 끄덕였다.

"하면 이제 보고서를 내놓게."

"여기 있습니다, 전하!"

건우가 장악원 제조직을 받아들이기로 하자 이산은 세계를 둘러보고 돌아와 쓴 보고서를 내놓으라고 재촉했다.

"그래, 무엇을 느꼈나?"

"지금 각 지방으로 암행어사를 보내는 것처럼 앞으로도 지속적으로 많은 나라를 돌아볼 암행어사들을 파견하는 것이 좋겠다는 생각을 했습니다."

보고서를 받아 들고 묻는 이산에게 건우는 앞으로도 계속해서 어사들을 세계로 보내야 한다고 주장했다.

"어찌 그리 생각하는가?"

"세상은 너무 빨리 변하고 있습니다. 지금 이 순간에도 저들은 눈부시게 발전하고 있사온데, 거기에 비하면 조선은 바람조차 불지 않는 것 같습니다."

"규장각의 학자들과 함께 그 문제를 체계적으로 논의하도록 하게."

관료 조직을 장악한 이산은 세계를 돌아보고 온 건우의 개혁안을 토대로 군사 개혁을 시작했다. 당시 수도 방위와 궁궐 경호 및 군대 지휘권은 노론이 장악하고 있는 5위도총부의 권한이었다.

이산은 서두르지 않고 친위 경호 부대 '장용영'을 창설했고 채운이 보내온 신무기로 무장시켰다. 또 따로 규장각에 병기 개발 부서를 만들어 무기를 개발하고 실험은 장용영에서 하도록 하였다.

명분은 오직 왕의 경호였다. 세손 시절은 물론 왕이 된 후에도 왕에 대한 암살 시도가 빈번했음은 노론도 인정할 수밖에 없는 사실이었다. 더 이상 '경호 부대' 신설을 반대할 명분이 없는 상황인 것이다.

'장용영'의 시작은 미미했지만 천천히 세를 키워 나간 끝에 어느새 조선 최강의 부대로 성장했다. 잘 훈련된 병사의 수도 팔천여 명에 육박하며 5위도총부를 능가했고, 최신 무기로 무장하였다.

조선은 왕이 주도권을 잡았고 정국은 안정되어 갔다.

그해 여름은 예동들에게는 해야 할 일도 많고 만나야 할 사람도 너무 많은 바쁘고 고달픈 날들의 연속이었지만 같은 꿈을 향해 나가고 있었기에 하루하루가 아름답고 찬란했다.

"궐문 밖에서 웬 규수가 나리께 서찰을 전해 달라고 합니다요."

아침 일찍 궐문을 지키는 수문장이 직접 서찰을 들고 기섭을 찾아왔다. 밤새 왕의 곁을 지키다 이제 막 퇴궐하려던 길이었다.

"찾아올 이가 없는데?"

궁궐 수비와 임금의 신변 보호를 담당하는 기섭이니만큼 언제나 쉴 새 없이 바빴다. 그는 피로한 기색이 역력한 얼굴로 서찰을 폈다.

―이번에 나리와 혼담이 오가고 있는 정희수라고 합니다. 나리를 뵙기 위해 서산에서 올라왔습니다. 잠시 뵙기를 청합니다.

"이것이 대체 뭔 소리야?"

아직까지 집안에서 혼사에 관한 말은 들어보지 못했던 기섭은 그저 황당해했다. 혼인이 늦어지기는 했지만 기섭은 둘째 아들이니 그리 급할 것이 없었다. 나라 일로 바빠서 그러려니 언제나 자식을 믿고 느긋하게 기다려 주던 부모였다.

"나도 모르는 혼담이 오고 간단 말이야?"

단정하게 또박또박 적은 글씨가 눈길을 끌지 않았다면 웬 실없는 장난으로 치부하고 가차 없이 구겨서 던져 버렸을 것이다. 예동 시절부터 나무토막 같은 그에게도 여인들이 찾아와 궐문 앞에서 기다리는 일은 종종 있었다.

"어찌할까요, 그냥 돌아가라 할까요?"

"서산이면 꽤 먼 거리인데 일단 가봅시다."

문 앞에서 기다린다는 규수를 그대로 돌려보내려던 기섭은 멀리 서산에서 올라왔다는 말에 반신반의하며 나갔다.

"거짓이었다가는 혼구멍을 내줄 것인즉!"

수문장과 함께 궐문으로 가는 동안 기섭은 공연한 짓을 하는 것이라고 생각하고 있었다. 그러나 문 앞에서 초라한 차림으로 서 있는 여인의 뒷모습을 보는 순간, 그런 생각은 사라져 버리고 그 규수에 대해 호기심이 생겼다.

"장난이 아닌데?"

이제껏 그를 찾아왔던 규수들은 모두가 살 만한 집안에서 곱게 자란 아가씨들이었다. 하긴, 살 만하니 그런 생각도 할 수 있는 것이겠지만. 그러나 지금 눈앞에 보이는 규수의 차림은 초라하다 못해 남루하기까지 했다. 얼마나 빨아 입었는지 쓰개치마의 끝동이 너덜너덜해진 것이 기섭의 시선을 끌어 잡았다.

희수는 서산에서부터 쉬지 않고 걸어온 터라 몹시 지쳐 있었다. 조심해서 다녀오겠다는 서찰 한 통 남기고 몰래 왔으니 지금쯤 부모님의 걱정은 이만저만이 아닐 것이다.

"겁먹지 말자. 괜찮아. 희수야."

젊은 남자를 처음 만나보는 희수는 떨리는 가슴을 진정시키려고 잠시 가쁜 숨을 가다듬었다. 그녀의 머릿속에는 어찌 되었건 서둘러 그를 만나고 돌아가야 한다는 생각밖에 없었다.

"규수께서 나를 보자고 하셨소?"

희수는 등 뒤에서 들려오는 맑고 청아한 목소리의 임자가 필시 자신이 기다리는 이가 틀림없나는 느낌이 들자 가슴이 철렁 내려앉았다. 희수는 낡은 쓰개치마로 얼굴을 단단히 가리고 천천히 뒤돌아섰다.

"예, 제가 뵙자고 했습니다."

희수는 커다란 눈을 동그랗게 뜨고 눈앞의 남자를 뚫어져라 쳐다보았다. 구군복을 입은 당당한 풍채의 태산 같은 남자였다. 전립 아래 검게 그을린 사내다운 얼굴과 품위 있는 풍채에 희수는 단번에 그가 김기섭이라는 것을 확신했다.

김우식 대감이 보낸 사람이 희수를 기섭의 짝으로 맺어주면 어떻겠냐고 넌지시 떠보고 간 날, 집안은 한바탕 떠들썩했었다. 아버지가 이 남자를 얼마나 칭찬했는지 지금도 기뻐하던 그 모습이 눈앞에 선했다.

"서산에서 오셨다고 했소?"

쓰개치마를 잡은 손은 덜덜 떨고 있고, 다른 손에 초라한 보따리까지 들고 있는 것을 보면 가출을 한 것이 틀림없었다. 매사에 반듯한 기섭의 심기가 불편해졌다.

"예."

무뚝뚝하게 묻는 기섭의 질문에 희수는 흘러내리려는 쓰개치마를 꼭 잡고 고개를 끄덕거렸다.

"혼자서 말이오?"

"예."

이번엔 조금 더 큰소리로 나무라듯 묻는 바람에 희수의 목소리는 들리지 않을 정도로 잦아들었다.

"음!"

잠시 침묵한 채로 희수를 바라보는 김기섭의 얼굴은 무뚝뚝함을 넘어서 매섭기까지 하였다.

"나리께서 나랏일로 바쁘신 것은 알고 있었사오나, 제가 오늘 찾아뵌 것은 나리를 뵙고 꼭 아뢸 말씀이 있어서입니다."

희수는 두려운 마음을 누르고 떨리는 목소리로 기섭을 찾아온 연유에 대해 말했다.

"따르시오."

이미 몸을 돌려 돌아선 기섭은 그렇게 말하곤 앞서 걸었다.

희수는 조심스럽게 궁궐의 문턱을 넘어 기섭의 집무실로 따라갔다. 듣던 대로 궁궐은 화려했고 기섭의 집무실은 그의 성정처럼 사치스럽지 않고 진중했다.

"앉으시오."

기섭은 희수에게 자리를 권하고 의자에 앉았다.

"고맙습니다."

머뭇거리던 희수는 쓰개치마를 벗어 들고 양반가의 품위가 배어나는 조신한 태도로 기섭의 앞에 섰다.

"나리, 초면에 결례인 줄은 알고 있지만 저의 청을 꼭 들어주셔야 합니다."

수수한 분홍 저고리에 붉은 목면치마를 입은 희수는 치맛자락 아래로 새하얀 버선코가 보일 듯 말 듯 고운 걸음걸이로 걸어와 다짜고짜 큰절을 했다. 두 손을 모으고 고운 자태로 절을 올리는 모습은 제대로 배운 양반가의 규수가 틀림없었지만 기섭의 입장으로 볼 때 이런 당황스러운 일은 처음이었다.

"무슨 짓이오?"

"청을 들어주겠다 약조하시기 전까지는 일어나지 않을 것입니다."

희수는 그렇게 말하며 눈을 살짝 들어 기섭의 낯빛을 살펴보았다. 그는 잔뜩 화가 난 얼굴로 입을 꽉 다물고 있었다. 모두를 뭉뚱그려

보면 참으로 잘난 미남자였으나, 도도하고 매서운 눈빛은 그를 성미 있는 사내로 보이게 했다.

"앉으라 했소."

기섭이 굳은 얼굴로 단호하게 명령하자 희수는 그 위엄에 짓눌려 어쩔 수 없이 일어나 의자에 앉았다.

"이제 그 청이라는 것을 들어봅시다."

희수가 마주 앉자 기섭은 규수를 찬찬히 살펴보았다. 하얀 얼굴에 짙고 숱이 풍성한 눈썹, 크지도 작지도 않은 둥그런 눈은 습기를 머금고 있어 마주 앉은 사내의 가슴을 뜬금없이 아프게 했다.

게다가 선이 유려한 콧날은 차가워 보이는 그녀의 미모를 더욱 서늘하게 보이게 했지만 그 역시 사내의 가슴을 설레게 하는 무언가가 있었다. 그러나 아무리 보아도 남자를 만나겠다고 거느리는 몸종 하나 없이 그 먼 길을 올 배포는 없어 보였다.

'시골 처녀라 그런 것인가?'

여인들 앞에만 가면 굳어버리는 기섭이었지만 이 차가워 보이는 여인 앞에서는 이상하게 편안했다.

"알고 계시겠지만, 며칠 전 나리 댁에서 저희 집으로 혼담을 넣으셨습니다. 부모님께서는 기쁜 마음에 이 혼사를 받아들이려고 하시지만 저희 집안이 혼례를 치를 형편이 아닙니다."

남산 토박이였던 희수의 집안은 사도세자의 사건에 연루되기 전까지만 해도 달리 부족함이 없었다. 아버지는 욕심 없는 선비였고 어머니는 현모였으며 아들 둘에 딸 하나를 둔 단란한 집안이었다. 하지만 지금은 모든 것이 열악했다.

"혼례 비용을 걱정하는 것이오?"

"부끄럽지만, 그렇습니다. 몇 년째 어머님이 병석에 계셔서 제 삯바

느질로는 변변히 약 한 첩 지어드리지 못하고 있고요. 게다가 제가 혼인을 하고 집을 떠나게 되면 당장 먹고살 일도 막막해집니다. 무례한 청인 줄은 알고 있지만 나리께서 이 혼사를 없었던 것으로 해주셨으면 좋겠습니다."

그렇게 말하며 희수가 고개를 들자 긴 속눈썹에 가려졌던 눈동자가 총명한 빛을 발하며 창백하던 얼굴이 순식간에 환해졌다.

"허!"

기섭은 허탈하게 웃고 말았다.

여리게만 보이는 시골 처녀의 입에서 생각지 못한 말이 튀어나오자 그는 적잖이 당황했다. 뼛속까지 무관인 그는 성정이 올곧고 준수하며 여색을 가까이 하지도 않았고, 풍류를 즐기지도 않았다. 그렇게 고지식한 그에게 자신의 정혼녀라는 희수의 당돌함은 충격이었다.

"나리……."

"무례하고 당돌한 것은 알고 계시오?"

"예에?"

"게다가 무모하기까지 하구료."

기섭은 입술을 파르르 떠는 희수를 엄한 눈빛으로 바라보았다. 기섭의 집안은 몇 손가락 안에 드는 명문가였다. 아버지는 대체 무슨 생각으로 이런 집안에 혼담을 넣은 것일까. 아무리 생각해도 알 수 없는 노릇이었다.

"서산에서 이곳까지는 어찌 온 것이오?"

"남장을 하고 걸어왔습니다."

희수는 말간 눈으로 기섭의 얼굴을 빠히 쳐다보았다.

"무섭지도 않았소?"

같이 일하는 한세야 무공이 높고 제 여인이 아니니 봐줄 수 있다고 하여도, 자신과 관련된 여인이 남장을 하고 그 먼 길을 홀로 다닌다는 것은 용납할 수 없는 일이었다. 그의 반듯한 미간이 움찔 일그러졌다.

"무서워서 밤낮 없이 곧장 걸었습니다."

"음!"

기섭은 자리에서 일어나 책상에서 기다란 지함을 꺼내왔다. 평소에는 조용하고 순하지만 그는 은근히 깐깐하고 고집이 있는 사람이었다. 부하들에게도 몇 번을 용서하다가도 정색하고 한 번 노하면 도무지 용서도 없고 풀 길도 없었다.

"그토록 간절히 원하시니 아가씨의 청은 들어드리겠습니다. 하나 그 전에!"

기섭은 어리둥절한 얼굴을 한 희수의 눈앞에서 지함을 열어 보였다. 지함 속에는 잘 다듬어진 회초리 세 개가 들어 있었다. 오랜 세월, 스스로 나약해지거나 세상에 유혹에 흔들릴 때면 스스로를 다그치며 회초리를 들던 그였다.

"이리 와서 치마를 걷으시오."

회초리를 꺼내 든 기섭은 옷자락을 뿌리며 바닥에 앉았다.

"나리, 어찌 이러십니까?"

희수가 놀라 머뭇거렸지만 무서운 얼굴로 꼿꼿하게 앉은 기섭은 회초리를 거둘 생각이 없었다.

"벗이라도 잘못하면 가르쳐 바로잡으라 하였소. 하물며 정혼녀요."

"나리!"

"하면 내가 먼저 맞아야겠구료. 김기섭이라는 이 비루한 자가 여인에게 그 정도의 신뢰도 주지 못하였으니."

"아닙니다, 잘못이 있다면 제가 맞겠습니다."

기섭은 자리에서 벌떡 일어나 바지자락을 둥둥 걷기 시작했고 놀란 희수는 얼른 제 속바지를 걷고 치맛자락을 들어 올렸다.

지켜보고 있던 기섭이 정좌하고 앉아 회초리를 들었다.

"아무리 힘없고 가난한 부모님이라도 그분들을 믿어야 했소."

찰싹!

기섭의 손에 들린 회초리가 날아가 희수의 뽀얀 종아리에 붉은 줄을 그었다. 어째서 남 일에 관심도 없던 그가 여인을 향해 회초리를 들었는지 알 수 없는 일이었다. 희수의 젖은 눈빛에 이성을 잃은 것인지.

"음."

어차피 힘이 실려 있지 않으니 아프지는 않았다. 다만 창피해서 죽고 싶었을 뿐. 희수는 붉은 입술을 꼭 깨물었다.

"그대는 내 부모님을 믿어야 했소. 그분들이 아끼는 자식의 반려를 맞으려 했을 때에는 귀한 여인을 고르고 또 골랐을 것이오. 한데 그 여인의 집안을 망하게 만들 생각이었겠소?"

찰싹!

기섭은 희수를 향해 회초리를 들고야 알 것 같았다. 어찌하여 그의 아버지가 이런 한미한 집안의 여식을 며느릿감으로 정했는지.

"흑!"

희수의 둥그런 눈에서 뜨거운 눈물이 흘러내렸다.

"그대는 스스로를 믿어야 했소. 그대 자신이 얼마나 귀한 사람인지, 그러나 그대는 스스로를 소중히 하여야 한다는 것을 잠시 잊은 듯하오. 그것이 가장 큰 잘못이오."

찰싹!

기섭은 자신이 이성을 잃고 회초리를 들고 만 연유를 깨달았다. 본인이 얼마나 빛나는지를 알지 못하고 자격이 되지 않으니 이 혼인을 깨달라고 초라하게 매달리며 고개를 숙이는 이 규수로 인해 난생처음 마음이 아팠던 것이다.

"제가 잘못했습니다."

희수는 그제야 정신이 번쩍 났다. 자신을 깨우치기 위해 회초리를 들어준 이 남자의 마음이 고맙고, 이 괜찮은 사내를 마다해야 하는 자신의 신세가 서러워 눈물이 났다.

희수는 눈물이 그렁그렁한 눈으로 그를 바라보았지만 기섭은 마음이 아파 저도 모르게 눈길을 피해 버렸다.

'평생에 하지 않던 짓을…… 미쳤구나.'

찰싹!

벌떡 일어난 기섭은 이번에는 자신의 종아리를 세차게 후려쳤다.

여인 앞에만 서면 굳어버리던 자신이 이 규수 앞에서는 정신을 놓은 것인가. 어찌 평생 하지 않던 짓을 한단 말인가.

'김기섭, 네가 정신이 나간 것이야.'

찰싹!

기섭은 다시 한 번 자신의 종아리를 세차게 후려쳤다.

희수라는 이 고운 규수는 그저 궁궐에 내금위장으로 있다는 김기섭이라는 이름 하나를 믿고 그 멀고 무서운 길을 걸어왔을 것이다. 그런 여인의 여린 종아리에 붉은 자국이 그려지는 것을 바라보며 기섭의 손이 떨리고 가슴이 떨렸다.

'이제, 이 일을 어쩔 것이냐?'

찰싹!

기섭은 더욱 세차게 자신의 종아리를 후려쳤다.

그는 하나밖에 모르는 우직한 사내라 돌아가는 법도, 돌려 말하는 법도 알지 못했다. 그저 인연이란 참으로 묘해서 이미 이리된 것, 책임질 수밖에 없다고 생각했다.

"어찌 이러십니까? 나리께서 무슨 잘못이 있다고요."

"말해줄 수 없소."

희수는 놀라서 기섭의 손에 들린 회초리를 빼앗았지만, 그는 씁쓸하게 웃기만 했다.

"올해 나이가 몇이시오?"

희수의 말간 얼굴을 물끄러미 들여다보던 기섭이 불쑥 물었다.

"열아홉입니다."

제 나이를 말하며 희수는 부끄러운지 얼굴을 붉히며 고개를 숙였다. 열아홉이면 혼인하기에는 이미 늦은 나이였다. 그녀는 부모님을 모시고 아우들의 뒷바라지를 하며 홀로 살 생각이었다.

"많이, 먹었소."

"나리는요?"

처녀에게 나이가 많다는 말을 아무렇게나 툭 던지는 남자를 희수는 고개를 들고 뚱한 얼굴로 쳐다보았다.

"나는 더 많이 먹었지."

기섭은 그리 말하며 긴 한숨을 내쉬었다.

"우선, 규수 댁에 파발을 띄워야겠소."

기섭은 더 이상 지체하지 않고 책상 앞으로 가서 붓을 들고 편지를 쓰기 시작했다.

"약조하시오, 사는 동안 두 번 다시 이런 일은 하지 않겠다고."

기섭은 여시이 갑자기 사라졌으면 ㄱ 집안은 어찌 되었을까 생각하며, 당돌하고 맹랑한 규수를 바라보았다.

"노력이야 하겠지만, 사람의 일이란 어찌 알겠습니까?"

희수는 애써 태연한 척, 담담한 얼굴로 고개를 숙이며 대답하는데 눈치도 없이 배꼽시계가 울기 시작했다.

꼬르륵!

"무슨 소리요?"

편지를 접어 봉투에 넣던 기섭이 조용한 방 안에 울려 퍼지는 소리에 고개를 들었다.

"저는 못 들었는데요."

희수가 얼굴이 새빨개져 모르겠다고 고개를 저으려는 찰나, 이번에는 배 속에서 요동을 치는 소리가 들려왔다.

"대체 얼마나 굶은 것이오?"

난감한 얼굴로 희수를 바라보던 기섭은 손가락을 들어 짙은 눈썹을 쓱쓱 문지르며 내친김에 다 털어놓으라는 표정으로 물었다.

"집 나서고 산속에 흐르는 물만 먹었습니다."

"이 여자가! 아주 큰일 낼 여자구만!"

아무렇지 않게 말하는 희수의 대답에 기섭은 황당한 표정이 되어 입을 딱 벌렸다.

"게 있느냐?"

기섭의 방에서 들려오는 소리에 잔뜩 촉각을 곤두세우고 있던 박 종사관이 조용히 문을 열고 들어왔다.

"찾으셨습니까?"

"발이 빠른 자를 뽑아 서산으로 보내게."

기섭은 서찰을 건네며 웃음을 간신히 참는 듯한 박 종사관을 언짢게 보았다. 그러자 박 종사관이 이번엔 미모에 놀란 것인지 희수의 얼굴에 눈길이 붙박여 있었다.

"서두르게!"

"예."

희수는 기섭의 우렁우렁한 호통에 아 뜨거라, 놀라서 나가 버리는 박 종사관을 보며 생긋 웃었다.

"갑시다!"

"어, 어디를요?"

그녀의 보퉁이를 든 기섭은 다짜고짜 희수의 손목을 잡아끌었고 그녀는 허둥지둥 쓰개치마를 집어 들었다.

"밥 먹어야지요, 시끄러워서 살겠소?"

"하, 하지만……."

가진 돈이 얼마 없는 희수는 어떻게든 손을 빼고 싶었지만 그는 꽉 잡은 손을 놓지 않고 성큼성큼 걸어갔다.

"누가 보면 어찌합니까?"

"박 종사관이 보고 들었으니 이미 소문 다 났소. 목석 같은 김기섭 이 여인에게 홀려 회초리를 들었다고."

가녀린 희수의 손목을 잡고 대궐의 마당을 걷고 있는데도 기섭은 허 허, 웃음이 났다. 여인의 손을 잡고 궁궐의 마당을 걷는 낯 뜨거운 짓 을 하는데도 이상하게도 다른 이의 눈 따위는 신경이 쓰이지 않았다.

"제가 부끄럽지 않으십니까?"

희수는 자신의 초라한 행색이 마음에 걸려 다 기어들어 가는 목소 리로 물었다.

"부끄러워해야 하오?"

"아니, 혼인을 할 것도 아닌데 손을 잡고 다니면……."

연유를 모르겠다는 표정으로 묻는 기섭을 보니 희수는 도리어 쑥 스러워졌다.

"우리가 혼인하지 않는다는 것은 확실해진 것이오?"

"예에?"

처음과는 달리 한결 부드러워진 눈빛으로 바라보는 기섭의 말에 희수의 볼이 순식간에 발그레해졌다.

"잠시 전하를 뵙고 나와야 하오. 하니 예서 잠시 기다리시오."

기섭은 편전 근처에서 희수의 손을 놓으며 말했다.

"예."

희수는 웃으며 고개를 끄덕였지만 이 화려한 궁궐 안에서 그와 헤어져 홀로 있으려니 두려운 마음이 들었다. 어느새 그를 의지하였던 모양이다.

"잠시면 되니 꼼짝 말고 기다리시오."

"예, 다녀오십시오."

기섭이 다시 한 번 당부하자 희수는 걱정 말라는 듯 고개를 힘주어 끄덕였다. 하지만 그녀를 홀로 두고 들어가는 기섭은 마음이 놓이지 않아 머뭇거렸다.

"이렇게 크고 넓다니!"

기섭이 안으로 들어가자 희수는 화려한 궁궐의 전각을 살펴보았다. 우아한 겹처마에 용이 내려앉은 듯 조각한 용마루와 유약을 바른 청록색 기와를 얹은 선정전은 조선의 왕이 머무는 곳이었다.

"저런 곳을 나리께서는 매일 드나드시는구나."

어려서 한양을 떠나 이제껏 서산의 작은 초가집 안에서만 지내왔던 희수는 궁궐의 화려함과 거대한 규모에 놀라지 않을 수 없었다.

"세상에, 곱기도 하지!"

바쁘게 걸어가는 궁인들 사이로 고운 비단옷을 입은 아름다운 여인들이 지나쳐 갔다. 작은 초가집 안에서 동네 사람들만 만나고 있을 때는 알지 못했던 것들이 눈에 보이기 시작했다. 조금 전까지 기섭이 스스로를 귀하게 여기라고 그처럼 당부했건만 초라한 자신을 돌아보게 되는 것은 어쩔 수 없었다.

"나리께서는 저런 미인들을 매일 보시겠지? 나 같은 것은 눈에 보이지도 않으시겠구나."

희수는 곱고 아름다운 여인들을 바라보며 홀로 낙담했다.

여인들은 혼자 서 있는 희수의 곁을 스쳐 갔지만 서로를 향해 쑥덕대기만 할 뿐 다가오지는 않았다.

"이제 되었소, 갑시다."

보퉁이를 껴안은 희수가 스쳐 가는 여인들을 지켜보며 수없이 낙담하고 마음을 접었다, 구겼다 하고 나서야 기섭이 돌아왔다. 그는 희수를 집으로 데려다주기 위해서 왕을 알현하고 자초지종을 아뢴 뒤 며칠간의 휴가를 얻어온 것이었다.

"예."

"어찌 그러시오, 너무 허기가 져서 진이 다 빠진 것이오?"

희수가 기운 없는 눈빛으로 맥없이 대답하자 기섭은 지쳐서 그런가 보다 했다.

"아닙니다."

"아니긴, 내가 닭죽을 잘 끓이는 곳을 아오, 빈속에 기름진 것을 먹으면 좋지 않을 것이니 그곳으로 갑시다."

"저, 닭죽은 제가 사드리겠습니다."

"그리하시오, 하면 고맙게 먹겠소."

뒤를 따르던 희수가 작은 목소리로 말하자 폐를 끼치기 싫어하는 그녀의 마음을 짐작한 기섭이 빙긋 웃으며 고개를 끄덕였다.

그는 나이가 들어갈수록 남의 마음을 더 많이 배려할 줄 아는 속 깊은 남자였다. 그리고 보이는 대로 무관인지라 천생 남성스러운 모습과 달리 다정다감한 면이 많은 사내였다.

"요기를 하고 바로 서산으로 떠납시다. 데려다주겠소."

"아니, 그리하시지 않아도 됩니다."

높은 관직에 있는 기섭이 며칠 동안 입궐도 하지 않고 사신을 데려다줄 생각을 했다니, 당황한 희수는 손을 저으며 만류했다.

"이미 그리하겠다고 아가씨 부모님께 서찰을 보냈고 전하께 아뢰고 며칠 말미를 얻었소."

그러나 기섭은 이미 결정한 것을 바꿀 생각이 없는 듯 단호했다.

"나리."

희수는 고마운 마음에 목이 메어 잠시 그대로 서 있었다.

"갑시다."

기섭은 울먹울먹하며 자신을 바라보는 희수의 손을 잡고 궁궐의 마당을 서둘러 빠져나갔다.

두 사람은 작은 방에 마주 앉아 음식이 나오기를 기다리고 있었다.

한쪽 무릎을 세우고 앉아 방바닥만 내려다보는 희수의 모습은 단아하고 차분해 보였다. 보면 볼수록 마음을 끄는 여인이었다. 기섭은 옆으로 돌아 앉은 희수의 맑고 하얀 옆얼굴을 심각하게 보았다.

'한데, 내게서 도망치려 한단 말이지.'

그 생각을 하니 커다란 돌덩이가 가슴을 짓누르는 것 같았다.

'공연히 청을 들어주겠다고 약조를 하였나?'

희수가 이렇게 고집을 부린다면 결국 혼인은 없던 일로 해야 할 것이라고 생각하니 마음만 더 심란해졌다.

"방이 너무 더운 것인가?"

방문을 닫아놓은 탓인지 가만히 앉아 희수를 지켜보자니 밀폐된 방 안의 공기가 점점 더워지는 것 같았다.

"맛나게 드이소."

기섭이 막 문을 열려는데 인심 좋은 주인이 상을 들고 들어왔다. 상 위에는 보기만 해도 군침이 도는 닭죽이 큰 뚝배기 가득 들어 있었다.

"예, 잘 먹겠습니다."

희수는 주인에게 잘 먹겠다며 살갑게 말을 건네고 수저를 챙겨 기섭에게 주었다.

"나와 혼인하지 않으면 뭘 할 생각이오. 혹, 달리 마음에 둔 이가 있는 것이오?"

기섭은 죽은 먹는 둥 마는 둥 하고 희수가 먹는 모습을 바라보았다.

"부모님 모시면서 혼자 살려고요."

희수는 뜨거운 닭고기를 맛있게 씹어 삼키고는 대답했다. 그녀는 대수롭지 않은 듯 대답했지만 듣고 있는 기섭은 꽤나 심각했다.

"그리 혼자 살겠다면 어쩔 수 없겠지만 부모님이 좋아하시겠소?"

기섭은 숟가락으로 닭죽을 뒤적거리며 물었다.

"뜨거운 것을 잘 못 드십니까?"

희수는 자신을 묘한 눈빛으로 바라보는 기섭을 쳐다보았다.

"어, 그것이."

기섭이 얼결에 고개를 끄덕였더니 희수는 얼른 작은 그릇에 닭죽을 덜어서 식혀주었다.

"드셔보십시오."

어린아이를 챙기듯 하는 희수를 보니 뭔가 이상했다.

마음이 살랑거리는 것인지, 가슴이 간질거리는 것인지, 희수의 사소한 마음 씀씀이가 태산 같은 남자의 마음을 뒤흔들었다. 자기 자신도 잘 모르고 있었지만, 기섭은 의외로 작은 것에 감동하는 남자였다.

"어떻습니까?"

"먹을 만하오."

희수의 눈을 외면하며 기섭은 닭죽을 먹었다.

"어찌 그리 빤히 보는 것이오?"

기섭이 닭죽을 먹다 보니 희수가 숟가락을 든 채 자신을 빤히 보고 있었다.

"너무 잘생기셨습니다."

"큽!"

희수의 입에서 대놓고 잘생겼다는 말이 나오자 기섭은 놀라 사레가 걸려 기침을 시작했다

"어머나, 물 드십시오!"

빨개진 기섭의 얼굴에 희수는 얼른 물그릇을 주었다.

"나를 아주 들었다 났다 하는구료."

물그릇의 물을 반쯤 들이켜고 나서야 기섭은 무뚝뚝하게 말했다.

"그런 것이 아닙니다, 저는 다만 나리께서 너무·잘생기셔서……"

"그래도 혼인은 하지 않겠다?"

어쩔 줄 모르는 희수의 눈을 들여다보며 기섭이 나직한 목소리로 다시 물었다.

"예, 너무 잘생기신 나리는 제 몫이 아니니까요."

두 번 생각해 볼 필요도 없는 일이라는 듯 간단하게 대답하는 희수를 보며 기섭의 짙은 눈썹이 꿈틀 움직였다.

'한양에 오지 말 것을. 이 남자를 보지 않았으면 좋았을 것을.'

희수는 후회했다. 이런 것을 원한 것이 아니었는데 덫에 걸려 버렸다. 난생처음 알아버린 설레는 이 마음을 이제 어찌할 것인가. 헤어지려고 온 길이, 어찌 아무짝에도 쓸모없는 연정을 품은 길이 되어버린 것일까. 이제 나는 어쩌면 좋단 말인가.

희수는 고개를 숙이고 뜨거운 죽을 묵묵히 퍼 넣었다.

"빨리 갈 것이니 무서우면 꼭 잡으시오."

기섭은 퉁명스럽게 말하며 희수의 허리를 돌려 잡았다.

출발하기 위해 기섭이 몸을 조금 숙이자 자연스럽게 그의 넓고 단단한 가슴에 희수의 가녀린 어깨가 닿았다. 남자와의 그 접촉만으로도 그녀는 온몸의 신경이 곤두서며 가슴이 떨렸다. 피부를 타고 전해지는 뜨거운 체온과 기섭의 냄새가 희수의 몸을 긴장하게 했다.

'이 잘난 남자의 품에 안기는 여인은 어떤 기분이 들까?'

희수는 문득 그런 생각이 들었다.

이 남자의 벗은 몸은 또 얼마나 아름다울까. 이 사내의 몸을 만지는 것은 어떤 느낌일까. 그런 야릇한 생각들을 하자니 희수의 볼이 점점 달아올랐다.

생경한 감각에 무섬증이 일면서도 그것이 싫지가 않았다. 그러나 희수는 그런 감정이 무언지 몰라 그저 움츠리고 있을 뿐이었다.

"이런!

얼마를 달렸을까, 산길을 달리는데 하늘 끝에서 먹장구름이 몰려들더니 비가 쏟아지기 시작했다.

"안 되겠소."

빗줄기가 굵어지자 기섭은 비를 피하기 위해 동굴 앞에 말을 세웠다.

"이리 오시오."

말을 세운 기섭은 망설임 없이 팔을 뻗어 비에 흠뻑 젖은 희수의 몸을 감싸 안았다.

"아, 아니!

그러자 신기하게도 희수의 가녀린 몸이 새끼가 어미에게 달라붙듯 기섭의 목을 끼인고 내딜터 왔다. 그는 사기도 모르게 아주 소중한 것을 품듯 그녀를 꽉 끌어안았다.

기섭은 마른 잎과 나뭇가지들을 긁어모아 간신히 불을 붙이고 자신의 젖은 옷을 벗어서 나뭇가지에 널어두었다.

"옷을 벗어주시오, 말려야 하니."

돌아보니 희수는 몸을 말고 오도카니 앉아 생각에 잠겨 있었다.

옷은 젖어 더럽혀졌고 길게 묶어 늘어뜨린 머리가 아무렇게나 흐트러져 있었지만, 오히려 그런 모습이 그녀를 더욱 청초하게 만들었다.

"어찌 그러시오?"

너무 조용한 것이 이상해 가까이 다가가보니 희수는 오들오들 떨고 있었다.

"많이 아프시오?"

희수의 얼굴이 지나치게 붉은 것이 마음에 걸려 기섭은 급하게 그녀를 껴안았다. 몸이 불덩이 같았다. 여인의 몸으로 며칠을 쉬지 않고 걸었고 비까지 맞았으니 몸살이 나지 않는 것이 이상한 것이었다.

"젖은 옷을 벗어야 하오."

기섭은 우선 급한 대로 거추장스럽게 감겨 있는 치마와 저고리를 벗겨내고 몸을 닦았다.

"정신 좀 차려보시오!"

혹시 잘못될까 초조해진 기섭은 희수의 몸을 이리저리 흔들어보았지만 그녀는 축 늘어져서 꼼짝도 하지 못했다.

밖에는 폭우가 내리고 있었다. 산속에서는 비가 그치기 전까지는 꼼짝할 수 없다. 기섭은 축 늘어진 희수를 꼭 껴안고 불가로 다가가 앉았다. 그녀의 고운 이마에 땀이 송골송골 맺혔다.

"으으음!"

희수의 입술 사이로 신음이 흘러나오자 기섭이 놀란 눈으로 내려다 보았다.

"괜찮소?"

기섭이 묻자 겨우 정신이 든 희수는 대답 대신 고개를 끄덕였다.

"비가 그치는 대로 의원에게 가야겠소."

기섭은 자신의 뜨거운 체온으로 꼭 껴안고 있는 희수의 몸을 따듯 하게 해주었다.

밤이 깊어갔다. 동굴 밖은 세상을 삼켜 버릴 듯이 억수 같은 비가 쏟아지고 있었지만 그래도 불을 피워서인지 동굴 안은 훈훈했다. 이 대로 비가 그치기를 기다릴 수밖에 없었다.

불빛이 어른어른 반사되어 불가에 앉은 그들의 모습을 따뜻하게 비 추었다.

희수를 안고 꼼짝 않고 앉아 있으려니 팔다리가 저려왔지만 기섭은 그대로 움직이지 않았다. 기섭은 자신의 품에 안겨 잠이 든 희수의 얼 굴을 내려다보았다.

"한 잠 푹 자고 나면 괜찮을 것이오."

무방비 상태로 어린아이처럼 달콤한 잠속으로 빠져든 희수의 모습 이 너무 천진해 보고 있는 자신마저 기분이 좋아졌다. 기분 좋은 따 뜻함이 그의 몸을 나른하게 했다. 기섭도 스르륵 눈을 감았다.

"흡!"

이른 새벽 눈을 뜬 순간 희수는 말을 잊어버리고 말았다. 눈앞에는 전혀 예측할 수 없었던 일이 펼쳐져 있었다. 속저고리만 입은 자신이 웃통을 벗어버린 기섭의 단단한 가슴에 꼭 안겨 있는 것이었다.

혼사를 깨겠다고 이 남자를 만나러 와서는 그의 가슴에 갇혀 버리다니.

희수는 그대로 기섭의 품에 안겨 잘생긴 그의 얼굴을 하염없이 바라보았다. 이대로 시간이 멈춰 버리기를, 이 순간이 영원하기를, 희수는 간절히 바랐다.

기섭이 눈을 떴을 때 희수는 그의 곁에 없었다. 주위를 둘러보니 희수는 동굴 입구에 서서 비가 쏟아지는 것을 보고 있었다.

"거기서 무얼 하는 것이오?"

벌떡 일어난 기섭은 동굴 앞에 선 희수에게로 다가가 목이 잠겨 쉰 목소리로 물었다. 밤새 희수를 안고 자느라 목이 불편했던 탓이었다.

"일어나셨습니까?"

"몸은 좀 어떻소?"

"이제 괜찮습니다."

"다행이오."

아침 공기가 유난히 싱그럽다는 생각을 하며 기섭은 팔을 벌리고 기지개를 켰다.

"세상이 온통 물빛입니다."

"밤새 끙끙 앓더니 그런 말이 나오시오?"

"아, 그러니까……."

자신을 안고 잠들어 있던 기섭을 떠올리자 희수는 당황했다.

"죽다가 살아나니 세상이 아름답소?"

"어찌 그리 보십니까?"

희수는 자신을 빤히 들여다보는 기섭의 눈길이 부담스럽다는 듯 미간을 찌푸렸다. 하지만 기섭은 개의치 않고 그대로 조용히 희수를 들여다보았다.

"그만 보십시오, 민망합니다."

그의 눈빛은 이상하게 견디기 힘이 들었다. 모든 것을 꿰뚫어보는 듯 이미 네 마음을 다 알고 있다는 표정이었다.

"내가 그대의 몫이 아니라고 했소?"

나직이 물어오는 기섭의 목소리에 소름이 목덜미를 타고 발끝까지 쫙 끼쳤다.

"예."

희수는 간신히 고개를 끄덕였다. 그녀의 붉은 입술 위에 기섭의 눈길이 머물렀다.

"하면 잘생긴 내가 그대를 가지겠소, 그러면 되지 않겠소?"

희수는 그렇게 속삭이던 기섭의 입술이 천천히 내려오는 것을 남의 일처럼 멍하니 보고 있었다.

기섭은 가는 허리를 휘감고 그대로 희수의 입술을 빨아들였다. 그녀 입술은 너무나 따뜻하고 부드러웠다. 기섭은 멈출 수 없는 충동에 굳게 다문 희수의 아랫입술을 부드럽게 깨물었다.

"음."

깜짝 놀란 희수의 입술 사이로 달콤한 신음이 흘러나왔다. 온몸에 가벼운 열이 흐르는 듯 달뜬 열기가 그녀를 감쌌다.

"이러는 내가 싫소?"

입술을 떼며 기섭이 곧장 물었다.

"아니요. 하지만 선비신 줄 알았습니다."

희수도 더 이상 빼지 않고 솔직하게 대답했다.

"나는 그저 사내요. 지금은 어젯밤부터 그대를 갖고 싶은 것을 간신히 참고 있는 사내라오."

기섭은 희수를 가지고 싶었다. 이대로 그녀를 보내고 싶지 않았다.

어떻게 해서든 완전하게 자신의 것으로 만들고 싶었다. 다시는 헤어지지 않을 거라는 그런 의미의 확신. 영원히 내 사람이라는 것을 알게 해주고 싶었다.

"나리가 좋아졌습니다. 하지만 이래도 되는 것인지, 제가 욕심내도 되는 사람인지 잘 모르겠습니다."

희수는 까치발을 들고 기섭에게 입 맞췄다.

"그러면 되었소."

기섭은 얇은 속옷만 입은 희수의 가는 허리를 잡아 당겼다.

서로의 입술을 탐하며, 희수의 허리에 머물러 있던 기섭의 손이 매끄러운 굴곡을 따라 흘러갔다. 열정에 들뜬 서투른 손길이 희수의 속저고리를 벗겼다.

장마철이었다. 비는 그치지 않고 쏟아졌다. 그들은 그날 하루도 그 동굴에서 밤을 지낼 수밖에 없었고, 그 누구보다 낭만적이고 뜨거운 첫날밤을 보냈다.

기섭과 희수의 혼례는 그로부터 석 달 뒤에 치러졌다. 급하게 서두른 혼례였지만, 희수가 그 밤에 아기를 가졌으니 어쩔 수 없었다. 물론 집안에서는 둘 다 나이가 있으니 반가워했지만, 그 바람에 기섭은 부처 같은 사내라느니, 나무토막이라느니, 하는 근거 없는 별호에서 벗어날 수 있었다.

용기 있는 남자가 미인을 얻는다. 곰 같은 기섭은 여우 같은 희수를 색시로 얻어 토끼 같은 아들을 낳고 깨 볶으며 행복하게 살았다.

밖에서는 태산같이 듬직하고 세상을 떨게 하는 용맹한 무관이었지만, 안방에서는 손가락이 다쳤다고 엄살을 부리며 희수가 떠먹여 주는 밥을 받아먹는 애교 많고 살가운 지아비였다.

기섭은 처갓집에도 아들처럼 잘하는 사위였다. 그는 남산골에 희수가 살던 집을 다시 사들이고 처갓집 식구들을 이사하게 해주었다. 기섭이 살갑게 보살펴 준 덕분에 희수의 남동생들도 과거에 급제하고 집안의 형편도 점점 좋아졌다.

기섭은 평생 동안 좋은 사람 하나가 많은 사람들을 변하게 한다는 것을 보여주며 희수와 행복하게 살아갔다.

❀

세손 시절부터 한세가 걱정 어린 충언을 해서인지, 아니면 이산의 곁에 왼팔인 건우와 오른팔인 강이 있었기 때문이었는지, 홍국영에게는 도승지의 직책만 맡겨졌을 뿐 그리 많은 권한이 집중되지 않았다.

한세가 이곳으로 오기 전처럼 역사가 흘러갔다면 지금 홍국영은 금위대장과 도승지를 겸직하며 그 누구도 대적할 수 없는 무소불위의 권력을 지니고 있어야 했다. 그러나 지금의 금위대장은 김기섭이 맡고 있고 예동들이 중요 요직을 맡고 있었다.

홍국영은 그것이 불안하였고 자신의 권력 기반을 튼튼히 해줄 수 있는 이가 필요하다고 생각해 자신의 누이를 후궁으로 들이려는 계획을 세운 것이었다. 그러나 그것은 홍국영의 무리수였다.

후사를 보아야 하는 이산에게 고작 열세 살짜리 어린 누이를 후궁으로 밀어 올린 것이다. 홍국영은 중전에게 후사가 없으니 자신의 누이의 몸에서 태어난 조카에게 왕위를 잇게 하겠다는 야심찬 계획을 세웠다. 그것은 누가 보아도 이산이 가장 싫어하는 척리가 되어 권력을 가지려는 것이었다.

그러나 이산은 세손 시절부터 자신을 지지해 온 홍국영과의 의리를 위해 그의 누이를 후궁으로 들였다. 홍국영의 누이는 처음부터 정1품 원빈으로 봉해졌고 가례는 마치 국혼처럼 치러졌으며 그의 부친은 종 2품 가선내부로 승신했다.

한세는 평소 홍국영의 인척인 연희와 이번에 원빈이 되어 입궐한 서희도 알고 있었으므로 인사를 올리기 위해 선물을 준비해 원빈의 처소로 갔다.

"미리 기별을 넣었는데, 가회당에서 원빈마마를 뵈려고 왔다고 전해주십시오."

초여름이라 바람이 살랑살랑 부는 날이었다. 송씨의 가르침을 받아 곱게 수를 놓아 만든 베개 두 개를 싸 들고 온 한세가 원빈의 처소 앞에 섰다.

"잠시 기다리십시오."

상궁이 안에 고하러 가자 한세는 기다리는 동안 주위를 둘러보았다. 그런데 저만치에서 눈에 익은 여인의 모습이 보였다.

"이게 뉘신가?"

"이곳엔 어쩐 일이십니까?"

중전과 가까운 윤소이가 어찌 원빈의 처소를 찾은 것인지 한세는 깜짝 놀라 물었다.

"어쩐 일이겠나, 서희가 원빈마마가 되셨다니 문후라도 올려야 하지 않겠나?"

"예."

윤소이는 한번 살펴보고 오라는 중전의 부탁을 받고 원빈의 처소를 찾았다가 한세를 만나니 월척을 낚은 것처럼 흐뭇하기 그지없었다.

"그것은 원빈마마께 드릴 뇌물인가?"

"뇌물이라니요, 원빈마마께서 가례를 올리시고 처음 뵙는데 그저 축복한다는 마음의 정을 전하기 위해 가져온 것입니다."

"그런가?"

윤소이는 속으로야 그 보자기 속에 든 것이 무엇인지 호기심이 무럭무럭 솟았지만 일단 기다리기로 하였다.

"드시라고 합니다."

윤소이와 신경전을 펴고 있는 한세 앞으로 상궁이 다가왔다.

"고맙습니다."

한세가 상궁에게 인사를 차리고 안으로 들어가자 윤소이는 이를 갈며 그녀가 사라진 쪽을 밉살스레 노려보았다.

"어찌 오셨습니까?"

"대제학 댁에서 온 윤소이라 하네, 나도 하례인사 드리러 왔네."

"잠시 기다리시지요."

상궁은 기별도 없이 불쑥 찾아와 건방이 하늘을 찌르는 윤소이를 탐탁지 않게 쳐다보았다.

"기다리기는 무슨!"

윤소이는 오랫동안 궁궐을 드나드는 자신을 알아보지 못하자 버럭 성을 냈지만, 상궁은 들은 체도 하지 않고 안으로 사라져 버렸다.

"어서 오세요, 언니!"

한세가 안으로 들어가니 아직도 어린 소녀인 원빈은 반가운 마음에 버선발로 뛰어 내려와 맞았다.

"마마, 어찌 버선발로!"

"답답하고 무료하던 차에 언니가 왔다고 하니 너무 반가워서!"

"예."

원빈이 너무 격하게 반기는 바람에 처음에는 멈칫했던 한세는 곧 입가에 잔잔한 미소를 머금었다.

"저도 왔습니다."

뒤에서 한세와 원빈이 나누는 이야기를 듣고 있던 윤소이도 다가와 인사했다.

"예, 언니! 어서 오세요."

원빈은 아직 어린 소녀라 그런 것인지 홍국영과는 달리 순하고 착한 성품이었다.

"그것이 무엇입니까?"

한세의 손을 잡고 방으로 들어간 원빈은 자리에 앉자마자 선물을 풀어보았다.

"전하와 행복한 꿈꾸시라고 원앙을 수놓아보았습니다."

"어머나, 참으로 예쁩니다!"

한세의 선물을 받고 구중궁궐에 갇혀 무료했던 원빈은 뛸 듯이 기뻐했다.

"언니는 빈손으로 오셨습니까?"

원앙 자수를 쓰다듬으며 좋아하던 원빈은 한쪽에 우두커니 앉은 윤소이에게 불쑥 물었다.

"어, 그것이 그러니까. 오늘 뵙고 무엇을 좋아하는지 여쭤보려고 그리하였지요."

중전의 부탁으로 동태를 살피러 왔던 것이니 선물 같은 것을 준비했을 리 없었다. 공연히 뜨끔해진 윤소이는 얼굴이 새빨개져 말까지 더듬었다.

한세는 아무리 보아도 영악하거나 모진 구석은 없어 보이는 윤소이가 어찌 저러는 것일까 싶어 갑자기 피식 웃음이 났다.

"농이었습니다, 농이요!"

윤소이가 잔뜩 성난 얼굴로 한세를 노려보자 깜짝 놀란 원빈이 그런 것이 아니라며 손을 저었다.

"대사간의 부인이라는 이가 어찌 이럴 수가 있습니까, 마마!"

잔뜩 약이 오른 윤소이는 원빈의 처소를 나가자 곧바로 중궁전으로 달려갔다.

"그것이 도대체 무슨 소리인가?"

가뜩이나 후사를 보지 못해 의기소침해 있던 중전은 요즘 최고의 실세로 등극한 홍국영의 누이가 후궁으로 간택되어 이산과 가례까지 올리자 몸져누웠다.

중전과 홍국영은 사이가 좋지 않았다. 홍국영이 공공연하게 중전은 병 때문에 후사를 얻을 수 없으니 하루 빨리 비빈을 들여야 한다고 주장하며 자신의 누이동생을 들이밀었기 때문이었다.

"원빈이 어쩌고 있나 동태를 살펴보기 위해서 가보았더니……."

"한데?"

"그곳에 대사간의 부인이 와 있지 뭡니까?"

"대사간 강의 부인 말인가?"

"그렇다니까요, 원빈이 버선발로 달려 나와 맞는 것을 보니 보통 가까운 사이가 아니더라구요."

"그랬던가?"

대사간의 부인이 원빈의 처소를 찾았다는 말에 중전은 내심 섭섭했다. 한세는 강과 혼례를 올린 지 얼마 되지 않았을 때 선물을 들고 중궁전에 찾아와 인사하고 돌아간 뒤로 다시 찾지 않았다. 그런 이가 원빈의 처소를 찾았다니 섭섭한 마음이 드는 것이었다.

"게다가 원빈에게 세손을 낳으라고 원앙이 수놓인 금침을 뇌물로 올렸다니까요."

윤소이는 때는 지금이라고 작심한 사람처럼 중전의 속을 북북 긁는 소리를 고해바쳤다.

"그 부인이 현명한 줄 알았더니 경솔한 사람이었던 게지."

그 때문에 한세는 중전의 눈 밖에 나고 말았고, 윤소이는 그 이후로도 원빈의 처소를 드나들며 보고 들은 것을 중전에게 고했다.

이듬해 오월 원빈 홍씨가 갑자기 죽었다.

원빈 홍씨의 몸에서 난 아들을 세자로 삼아 왕을 만들어보겠다던 홍국영의 꿈은 그녀의 갑작스러운 죽음으로 물거품이 되고 말았다. 가뜩이나 왕의 예동들에 비해 자신의 대우가 부족하다고 생각해 온 홍국영은 원빈의 죽음에 중전이 관련되어 있다고 의심하기 시작했다.

홍국영은 김기섭을 찾아가 원빈의 죽음을 조사해 달라고 도움을 요청하다가 거절당하자 뒤에서 암암리에 중궁전 궁녀들을 조사하기 시작했다. 그 바람에 원빈의 처소를 드나들던 윤소이에게까지 불똥이 튀었다.

윤소이는 그 일로 한동안 홍국영의 눈을 피해 다니느라 곤욕을 치렀고 궁궐 근처에도 오지 못했다.

중전은 비록 아이는 낳지 못하였지만 신망을 받고 있었다. 결국 그 일은 왕의 귀에 들어가게 되었고 홍국영은 왕의 노여움을 사게 되었다.

홍국영은 이산이 새로운 후궁을 들이는 것을 반대하고 사도세자의 서자 은언군 인의 아들을 죽은 원빈의 양자로 삼아 세자로 만들려는 계획을 세웠다. 왕은 이러한 홍국영의 야심에 분노했고 그를 불러 잠시 벼슬을 내놓고 한성을 떠나라 명령했다. 홍국영은 하루아침에 실각했고 시골에서 하루하루를 보내다가 자신의 분에 못 이겨 죽고 말았다.

원빈 홍씨가 죽고 후사가 없는 왕을 압박하는 중신들의 상소문이 올라오자 왕대비는 후궁을 간택하라는 의례적인 교지를 내렸다. 결국 이산은 다시 후궁을 들이기로 결정하였고 정조 4년 판관 윤창윤의 딸 화빈 윤씨를 후궁으로 들었다.

✻

그날은 강이 숙직을 하는 날이었다. 이제는 높은 직위에 있으니 굳이 숙직은 하지 않아도 좋으련만, 강은 여전히 한 달에 한 번씩은 어김없이 숙직을 했고, 일이 많다 싶을 때에도 직숙실에서 기거하며 일을 처리하였다.

일찌감치 송씨의 저녁상을 내간 한세는 다시 반빗간으로 돌아왔다.

"아씨도 같이 드시는 것 아니었어요?"

반빗아치들과 둘러 앉아 저녁을 먹으려던 찬모는 다시 돌아온 한세를 보고 놀라서 물었다.

"어서들 먹게, 나는 할 일이 남아서……."

한세는 마루에 둘러 앉아 밥을 먹고 있는 찬모와 하녀들을 향해 웃어 보이고는 손을 씻고 부뚜막으로 향했다.

"저는 다 먹었는데 좀 도와드릴까요?"

미리 밥그릇을 비운 순녀가 팔을 걷어붙이며 싹싹하게 물었다.

"다 먹었는가?"

"예."

"하면 대 소쿠리를 가져다 닦아주게."

"나리께 가시게요?"

순녀는 소쿠리를 찾아서 잰걸음으로 움직이며 빙긋이 웃었다.

"부부는 닮는다더니 눈치 한번 빠르구먼."

금동이와 같이 살아서 그런지 순녀 역시 강이나 한세의 생각을 빨리 알아차렸고 그 덕분에 집안일을 처리하기가 한결 수월했다.

한세는 오랜만에 강을 위해 이것저것 맛난 것들을 정성껏 장만했다.

"맛 좀 보겠나?"

한세는 소고기를 얇게 저며 산적을 만든 것을 순녀에게 맛보라고 주었다.

"이제 우리 아씨가 못하시는 것이 없네요, 맛있어요."

"그런가?"

자신이 만든 소고기 산적을 맛나게 먹으며 떠들어대는 순녀의 칭찬에 한세의 입가에 흐뭇한 웃음이 피었다.

"다 어머님께 배운 것이지."

한세는 접시에 담겨 있는 산적을 하나 집어 입에 넣으며 행복한 미소를 지었다.

"다녀오겠습니다, 어머니."

"조심해서 다녀오너라."

한세는 가마를 타고 사간원의 직숙실을 향해 가는 동안 자신이 만든 음식을 맛있게 먹으며 감동할 강을 떠올리며 웃었다. 그러나 사간원에 도착하여 몸종을 거느리고 안으로 들어가는 윤소이를 본 순간 상황은 완전히 달라지고 말았다.

한껏 치장을 하고 멋을 낸 윤소이는 무엇이 그리 좋은지 제 몸종과 하하호호 시시덕거리며 직숙실을 향해 가고 있었다. 사간원의 문을 아무런 제재도 없이 통과해서 머뭇거리지도 않고 거침없이 들어가는 것을 보면 자주 드나드는 것이었다.

"저기 가는 분이 대제학 댁 윤 규수가 맞습니까?"

거느리는 몸종의 양쪽 손에 먹을 것이 분명해 보이는 소쿠리를 바

리바리 싸들고 안으로 들어가는 윤소이를 노려본 한세가 문지기에게
물었다.

"예, 맞습니다. 참으로 고운 분이시지요."

문지기는 윤소이의 하녀가 싸다준 술과 음식을 받아 들고 싱글벙글
웃고 있었다.

"자주 오시나요?"

"예, 대사간과 정언께서 숙직이신 날은 꼭 오시지요."

"그렇군요."

한세는 억지웃음을 웃으며 잔뜩 치밀어 오르는 울화를 감추었다.

윤소이와 대제학의 집안은 아직도 가회당에 무슨 일이 있을 때마
다 쌀과 비단을 보내 성의를 표했고, 조정에서는 여전히 든든한 강의
지지자들이었다. 윤소이가 딱히 해로운 일을 하는 것은 아니었지만
여전히 강을 향한 마음을 거두지 않고 지극정성을 다하는 것이 한세
의 입장에서는 더 불안했다.

"한데, 어찌 오셨습니까?"

"대사간 댁에서 왔습니다. 많이 준비하지는 못하였으나 정성껏 장
만한 것이니 가져가 드세요."

한세는 일하는 사람들에게 주려고 장만한 음식 중 한 소쿠리를 문
지기에게 주었다.

"아이고 잘 먹겠습니다."

윤소이의 뒤를 따라 직숙실까지 간 한세는 안으로 들어가지 않고
문 앞에 그대로 서서 안에서 들려오는 소리에 귀를 기울였다. 혼인하
기 전 같으면 그런 짓은 하지 않았겠지만, 막상 유부녀가 되고 보니
지아비가 밖에서는 어찌 처신하는지 궁금해진 것이었다.

혼례를 올린 지 몇 해가 지났는데 아직도 윤소이가 저렇게까지 강

의 근처를 맴돌며 살랑거리니 여간 신경이 쓰이는 것이 아니었다. 저 너나가는 늙어 숙을 때까지 강을 잊지 못하는 것이 아닐까 두렵기까지 했다.

"아씨의 소고기 산적은 언제 먹어도 맛있습니다."

문 밖으로 들려오는 철민의 목소리는 들떠 있었다. 윤소이가 맛있는 음식을 싸들고 오자 무척 흥분한 모양이었다.

"나리도 좀 드셔보시지요."

"예, 예."

마지못해 대답하는 강의 목소리가 들려왔지만 한세는 윤소이가 있는 자리에 그가 그대로 앉아 있는 것도 마음이 상했다. 한세는 그런 사소한 일에 화가 나는 자신의 얄팍한 마음에 스스로 놀랐지만 어쩔 수 없었다.

"이 많은 음식들을 다 아가씨께서 손수 장만하셨다는 것입니까?"

"그러믄유, 뉘가 드실 것인데요."

"뉘인지 아가씨와 혼인을 하실 분은 참으로 좋겠습니다."

맛있는 음식을 먹은 철민은 기분이 좋아져 북 치고 장구치고 윤소이를 칭찬하느라 여념이 없었다.

"제 나이가 많으니 누가 저와 혼인하려고나 하겠습니까?"

"올해 연치가 어찌 되셨습니까?"

철민 역시 혼인을 하려고 약조했던 정혼녀가 병으로 갑자기 세상을 떠나는 바람에 어쩔 수 없이 혼사가 늦어졌다. 그런 연유로 철민 역시 나이가 많다는 것을 제외하고는 어디 하나 빠질 것 없는 윤소이에게 호감을 갖고 있는 것이었다.

"스물하나입니다."

"스물이 넘었다고는 믿어지지가 않습니다."

"설마요."

철민의 말에 윤소이도 싫지 않은지 얼굴을 붉혔다.

"내가 보기에도 그리 보이지는 않습니다, 하니 규수께서도 멀리서 찾지 마시고 가까운 곳에서……."

책상 앞에 앉아 일을 하며 두 사람의 대화를 잠자코 듣고 있던 강이 한마디 거들었다. 멀리서 찾지 말고 곁에 있는 철민이 어떻겠냐는 뜻이 었지만 문밖에서 그들의 이야기를 듣고 있던 한세는 몹시 불편했다.

"부, 부인!"

강은 문이 스르륵 열리며 갑자기 나타난 한세의 모습에도 놀랐지 만, 그보다는 당장에라도 무슨 일을 낼 듯이 자신을 노려보는 그 눈 빛에 더 당황했다.

"서방님."

"어찌 온 것이오, 부인도 고단할 것인데."

강은 하고 있던 일을 중단하고 일어서 한세에게로 다가갔다.

"시장하실 것 같아 요깃거리를 싸 들고 왔더니 아가씨께서 먼저 와 계셨군요."

"그, 그것이……."

윤소이는 당장에라도 달려들어 자신을 발기발기 찢어버릴 듯한 한 세의 서슬 퍼런 눈빛에 당황해 말을 더듬었다.

"오셨습니까, 가회당의 음식 맛을 본 지가 오래 되었는데 잘 먹겠습 니다."

방 안의 공기가 미묘하게 흘러가자 철민이 얼른 나서서 한세가 든 소쿠리를 빼앗듯이 받아 들었다.

"대사간도 이리로 오시게. 부인도 앉으세요. 같이 저녁이나 드시고 가시지요."

"하면 음식 맛 좀 볼까, 부인 이리로 앉아요."

상은 웃으며 한세의 손을 잡고 옆에 앉혔다.

"윤 규수께서 음식을 정성껏 싸오셨는데 좀 드시지 않구요?"

한세는 새침하게 눈을 흘겼고 그 낯선 모습에 강은 피식 웃었다.

"오해하지 마십시오. 아가씨는 제가 숙직한다고 일부러 찾아오신 것입니다. 아니 그렇습니까?"

철민이 나서 윤소이를 두둔했지만 정작 당사자는 입을 꼭 다물고 말이 없었다.

"직숙실이 좀 어수선하지요?"

강이 먼저 수저를 들자 음식을 먹고 있던 철민이 한세의 눈치를 살피며 말을 걸었다.

"다른 분들은 어딜 가셨습니까?"

"요기를 한다고 밖에 나갔으니 곧 올 것입니다."

"예, 많이 드십시오."

철민이 자신이 싸온 대함의 뚜껑을 열자 한세가 웃으며 말했다.

"잘 먹겠습니다."

철민은 양념이 잘 된 산적을 입에 넣으면서 티 나지 않게 윤소이의 안색을 살폈다. 그녀는 더욱 차가워진 얼굴로 입을 꼭 다물고 있었다.

"예."

"서방님도 많이 드세요."

"부인도 들어요."

간간히 가벼운 이야기를 하며 웃음꽃을 피우고 있을 때였다.

"가회당의 음식 맛은 언제 먹어도 좋습니다."

철민이 젓가락을 든 손을 멈추고 씩 웃어 보였다.

"이것도 좀 들어보세요, 부인."

강은 습관처럼 한세의 밥 위에 그녀가 좋아하는 고기 한 점을 집어 올려주었다.

"허어!"

철민은 강의 모습에 놀라 입이 딱 벌어졌다.

입가에 흐뭇한 미소를 띠우고 예뻐 죽겠다는 듯 한세의 얼굴에서 눈을 떼지 못하는 강의 모습이 철민은 낯설기만 했다. 어린 시절부터 벗으로 봐온 사이였지만 차갑고 냉정하기만 하던 강이 그렇게 행복해 보이는 것은 처음이었다.

강은 철민과 윤소이의 시선이 일제히 자신에게 쏠리는 것을 알면서도 한세가 맛있게 먹자 그것으로 흐뭇해했다.

한세는 딱딱하게 굳은 얼굴로 윤소이를 노려보았다. 그러나 한세의 싸늘한 눈빛에도 아랑곳하지 않고 윤소이는 묵묵히 밥을 먹었다.

"허흠! 이거야, 원 자네들은 아직도 그리 좋은가?"

두 여자 사이에 오가는 불꽃을 지켜보며 조마조마해하던 철민이 다시 한 번 실없는 소리로 너스레를 떨었다.

"우리 내외는 귀밑머리가 허옇게 되어도 그럴 것일세."

"그럼요. 은애하는 마음이야 어찌 세월이 흐른다고 변하겠습니까? 서방님도 드셔보셔요."

한세는 보란 듯이 전을 하나 집어 강의 숟가락 위에 놓아주었다.

"그럽시다."

강은 평소의 그녀답지 않고 애교 섞인 목소리로 정겹게 구는 한세의 질투가 귀여워 고개를 끄덕였다.

"서방님, 궁금한 것이 있습니다?"

"무엇이 말이오?"

강은 조금 넘친다 싶게 애교를 떠는 한세 때문에 자신이 다 민망할

지경인데 정작 당사자는 아무렇지 않은 것 같았다.

"혹시 제가 서방님보다 먼저 죽으면 재혼하실 건가요?"

"푸흡!"

한세의 뜬금없는 질문에 강은 놀라서 눈이 휘둥그레졌고 철민은 기가 막혀 입에 든 음식을 뿜었다. 그러나 정곡을 찔린 듯 속이 뜨끔해진 윤소이는 강의 입에서 어떤 대답이 나올 것인가 신경을 곤두세웠다.

"그럴 리는 없겠지만 혹 부인이 나를 버리고 세상을 떠난다고 해도, 나는 부인을 보내지 않을 거시오. 언제까지나 내 곁에 두고 함께 살 것이오."

"죽은 사람과 어찌 같이 살 수 있습니까?"

강의 대답에 윤소이가 더 이상 참지 못하고 다급하게 물었다.

"비록 육신은 헤어진다고 해도 마음은 영원히 함께할 것을 믿으니까요."

한세를 바라보며 빙그레 웃는 강의 대답에 윤소이는 처음으로 절망을 느꼈다. 사실 그녀는 집 안에 드나드는 어른들을 통해 점바치 고복수의 입에서 나온 한세의 이야기를 알게 되었다.

한세가 특별한 사람이며 이곳에 오래 머물지는 못할 것이라는 이야기를 듣고 윤소이는 끈기 있게 기다려 보기로 결심했던 것이다. 지성이면 감천이라고 강 하나만을 바라보며 기다린다면 언젠가는 자신을 가엾게 여겨줄 것이라 생각했다. 하지만 한세가 죽어도 영원히 함께하겠다는 강의 말에 윤소이는 처음으로 자신의 생각이 허황된 꿈이라는 것을 느꼈다.

"어머님께서 기다리실 것입니다. 저는 이만 일어나야겠습니다."

윤소이의 표정이 허탈하게 변해가는 것을 지켜보던 한세는 젓가락을 내려놓고 자리에서 일어났다. 한세는 스스로 생각하기에도 잠시 제

정신이 아니었구나 싶어 창피했다.

"데려다주리다."

한세가 고개를 숙이고 서둘러 밖으로 나가자 강이 따라 나왔다.

"부인!"

강은 허둥지둥 밖으로 나가려는 한세의 손을 잡았다.

"한 마디도 하지 마십시오. 창피해 죽을 것 같습니다."

한세는 입술을 깨물며 강의 손을 뿌리쳤다.

"서로 좋아하는 남녀 사이에 질투란 당연한 감정이오."

강은 부끄러워 도망치려는 한세의 어깨를 잡고 돌려세웠다.

"참말 그리 생각하십니까?"

다정하게 내려다보는 강을 올려다보며 한세는 쑥스러운 표정으로 물었다.

"이건 비밀인데 말이오, 사실 나는 당신이 전하의 부름을 받고 갈 때마다 질투하였소."

강은 나직한 목소리로 비밀을 고백하며 일부러 화가 난 듯 잘생긴 눈썹을 치켜 올렸다.

"저는 그것도 모르고 서방님께서 나이가 드시니 득도하셨나 보다 했습니다. 히힛!"

강의 말을 들은 한세는 언제 부끄러워했냐는 얼굴로 쿡쿡거리며 아이처럼 환하게 웃었다.

"그럴 리가요, 그 정도로 득도를 했으면 내가 신선이지 사람이겠소? 하하!"

한세가 그처럼 눈이 부시도록 환하게 웃는 것을 본 지가 언제인지 기억조차 나지 않았다. 아주 어린 시절 이후 처음인 것 같았다.

늘 해야 할 일들과 누군가를 지켜야 한다는 중압감에 눌려서 저처럼 환하게 웃는 법조차 잊고 있었던 것일까. 강은 그녀의 환한 웃음을 보며 명치끝이 시큰거렸다.

"하면 데려다주십시오."

한세가 배시시 웃으며 강의 팔짱을 꼈다.

"오늘은 저 두 사람을 위해 이만하고 집으로 가는 것이 좋겠소."

"혹, 정언께서 윤 규수를 마음에 두고 계십니까?"

강의 말에 한세는 호기심 어린 눈빛으로 조금 전 나온 직숙실을 돌아보았다.

"어허, 부인은 나만 보세요."

강은 호기심에 자꾸만 돌아보는 한세의 손목을 꼭 잡고, 잘 가시라고 인사하는 문지기에게 가벼운 목례를 하며 밖으로 나갔다.

한세와 강이 방을 나가자 방 안은 잠시 불편한 적막감이 감돌았다.

윤소이는 멍하니 생각에 잠겨 넋을 놓고 있었다. 그녀는 그릇들을 챙겨 돌아가야 한다는 것도 잊고 한세와 강의 생각에 빠져 있었다.

"비록 육신은 헤어진다고 해도 마음은 영원히 함께할 것을 믿으니까요."

귓가에는 강이 한 말이 맴돌고, 자신만만하게 웃던 한세의 모습이 머릿속을 떠돌았다.

윤소이는 언제 어디서나 당당한 한세를 볼 때마다 궁금했었다. 그 당당함은 어디서 오는 것일까, 무엇이 한세를 저처럼 자신만만하게 만드는 것일까, 늘 부러워하고 궁금해하던 질문에 답을 깨닫는 순간 윤소이는 다시 한 번 허탈해지고 말았다.

강의 사랑, 그의 마음을 온전히 가지고 있으니 한세는 언제나 자신만만할 수밖에 없었고 그의 마음을 얻지 못한 자신은 늘 질 수밖에 없었던 것이다.

오늘 한세를 대하는 강의 모습을 보지 않았다면 아마 영원히 몰랐을지도 모른다. 그런 생각에 윤소이는 절망했고 가슴은 분노로 들끓었다.

"이젠 그만하세요, 아가씨."

철민이 무거운 목소리로 입을 열었다.

그동안 강을 짝사랑하며 언제나 상처받는 윤소이 때문에 마음을 졸이며 남몰래 가슴 아파 했었다.

"도련님께는 송구하지만 멈추기에는 너무 늦었습니다."

윤소이는 그렇게 잘라 말하고 입술을 깨물었다. 그대로 있다가는 자칫 울음소리가 흘러나올 것 같았다.

"나를 이용하는 것은 개의치 않습니다, 다만 아가씨께서 더 이상 다치는 것을 더 이상 보고 싶지 않습니다."

강에게 다가가기 위해 윤소이가 자신에게 접근하는 것을 눈치 빠른 철민이 모를 리 없었다. 마음에 다른 사내를 품고 있으면서 그에게 접근하고 집안끼리 혼담이 오고 가는 것은 그저 자신을 희롱하는 것으로 생각할 수밖에 없었다.

"그만 가보겠습니다."

자리에서 일어나 싸가지고 온 그릇들을 소쿠리에 정리해 담았다. 사랑받지 못하는 것이 내 죄는 아니지 않는가. 약해질 필요도, 초라해질 것도 없다고 스스로를 다독이며 소쿠리를 들었다.

"음!"

그러나 막상 소쿠리를 들고 밖으로 나가려던 윤소이는 그대로 털썩 주저앉아 몸을 웅크리고 말았다.

"음!"

그대로 울음이 터져 나올 것 같아 움직일 수가 없었다.

"으으읍!"

윤소이는 꼭 쥔 주먹으로 가슴을 탁탁 내리치며, 피가 맺히도록 입술을 깨물었다. 그녀는 노론가 규수들을 이끄는 다회의 장이었다. 절대로 약한 티는 내고 싶지 않았다. 한세에게 졌다는 것을 이렇게 인정하고 싶지 않았다.

"쉿! 이제 그만하세요, 그만해도 돼요."

철민은 웅크린 윤소이의 어깨를 감싸 안았다. 그는 무엇 하나 부족한 것 없이 귀하게 자란 도령이었다. 특출하게 뛰어나지도 않았지만 그렇다고 특별히 빠지는 곳도 없는 그는 장난기 많고 밝은 사람이었다. 그런 그가 그저 호기심으로, 재미 삼아 강과 윤소이를 지켜보다가 이런 바보 같은 사랑에 빠지고 말았다.

"나, 나는 그러니까……."

"아가씨 눈에 내가 많이 부족하다는 거 알고 있습니다. 하지만 이런 나라도 괜찮다면 나를 이용하세요. 그래도 되니까……."

철민의 입에서는 스스로도 이해할 수 없는 말이 흘러나왔다. 그러나 그에게 사랑은 그런 것이었다. 비록 자신이 바보가 될지라도 윤소이가 더 이상 초라해지지 않을 수 있다면 괜찮은 것이었다.

"흑!"

윤소이는 생각지도 못한 위로에 더 이상 참지 못하고 통곡 같은 울음을 토하고 말았다.

十七
다음 생에 너를 만나면……

   젊고 순수한 꿈을 꾸었던 예동들은 이제 삶의 한가운데 서 있었지만, 그래도 세파에 휩쓸리지 않으려고 노력했다. 그들은 서로가 지켜보며 격려하는 것을 게을리 하지 않았고, 왕의 예동이라는 동지애로 걸어가는 길에서 이탈하지 않도록 서로의 손을 굳게 잡았다.

   이산의 힘들고 어려웠던 청춘의 한때를 뒤흔들어 놓았던 사랑 또한 한세가 믿었던 것처럼 그렇게 빛깔을 달리하며 흘러갔다.

   '이 또한 지나가리라.'

   이제 그들은 서로를 오랜 벗이며 동지로, 그리고 왕과 신하로 편안하게 마주할 수 있게 되었다.

   세월이 그렇게 흘러가는 동안 한세는 아기를 가지려 했지만 태기가 없었다. 하지만 희망을 잃지는 않았다.

   채운의 도움을 받아 한양에 문을 연 병의원에는 프랑스 의사 찰스와 그의 밑에서 삼 년을 공부한 조선인 의사가 둘 있었다. 그러나 여의사가 없어 여자를 진료하기 어려웠다.

대신 현내에서 배워 불어를 할 수 있던 한세가 프랑스에서 온 의사와 소통이 가능하다는 이유로 간호사의 역할을 해줄 의녀나 여의사를 뽑을 때까지 도와주기로 했다.

"보여주고 싶은 이가 있다."

병의원에서 바쁘게 일을 하다 모처럼 궁궐에 들른 한세에게 이산은 보여주고 싶은 이가 있다고 쑥스럽게 말했다.

"누굴 말입니까?"

"저기 저쪽에 있는 궁녀 말이다."

이산은 수줍은 소년처럼 해맑게 웃으며 손가락으로 어딘가를 가리켰다. 그의 시선은 궁궐의 꽃담 아래 쪼그리고 앉아서는 작은 꽃을 들여다보며 웃고 있는 궁녀에게 꽂혀 있었다. 얼핏 보기에도 환하게 웃는 얼굴이 참으로 고운 궁녀였다.

"가까이 가보자."

한세를 돌아보며 씽긋 웃던 이산은 그 궁녀가 있는 쪽으로 성큼성큼 다가갔다.

"무엇을 하고 있느냐?"

"전, 전하!"

갑자기 나타난 왕을 보고 놀란 것인지 눈을 동그랗게 뜨는 궁녀의 모습이 귀여워 보였다.

"무엇을 하고 있는지 묻지 않더냐?"

"전하, 이것 좀 보시어요!"

"꽃이로구나."

웃으며 대답하는 궁녀와 무뚝뚝하게 묻는 이산을 보니 이미 꽤 가까워진 모양이었다.

"참으로 어여쁘지 않습니까, 한데 이름을 모르겠습니다."

궁녀가 내민 보랏빛 꽃을 이리저리 살펴보던 이산은 모르겠다는 듯 한세를 돌아보았다.

"제비꽃입니다."

"제비꽃?"

잠자코 보고만 있던 한세가 대답하자, 이산은 환하게 웃는 얼굴로 고개를 끄덕였다.

"흰색과 보라색이 있는데 꽃말은 겸양을 뜻하지요. 어린 순은 나물로 먹고 풀 전체에는 해독, 소염, 소종, 지사, 이뇨의 효능이 있습니다."

"어머나, 어찌 꽃에 대해 그리 잘 아십니까?"

꽃에 대해 자세히 이야기하는 한세의 대답에 놀란 것인지 궁녀는 신기하다는 듯 바라보았다.

"꽃과 풀에 대해 잘 아시는 시어머님을 모시고 사는 덕이지요."

"아, 그러시구나."

궁녀는 순진하리만큼 감탄을 잘 하는 해맑은 사람이었다.

"친해두면 참말 좋을 사람이다."

한세와 궁녀가 주고받는 얘기를 듣고 있던 이산이 웃으며 대화에 끼어들었다.

"제가 어찌 감히!"

이제껏 눈을 동그랗게 뜨고 감탄을 거듭하던 궁녀는 이산의 말을 듣고 갑자기 제 처지를 깨달은 것인지 얼른 허리를 굽히며 고개를 숙였다.

"하면 또 보자꾸나."

이산은 그런 궁녀가 귀여운지 다감한 인사를 남기고 돌아섰다.

궁녀는 멀어져 가는 이산의 등을 황홀한 얼굴로 하염없이 바라보고 서 있었다. 영락없이 사랑에 빠진 여인의 모습이었다.

"어쩌나?"

잠시 터벅터벅 걷던 이산이 물었다. 그 또한 영락없이 사랑에 빠진 남자의 모습이었다. 그렇게 궁녀 성씨가 나타났다.

"참으로 고운 분이십니다."

"네가 지켜봐 줄 수 있겠느냐?"

"그럼요, 그리하겠습니다."

이날을 기다린 한세는 왕의 뜻을 받들어 흔쾌히 고개를 끄덕였다.

한세는 기다리고 있었다. 운명이 빗겨가지 않는다면 이산의 사랑을 받을 그 여인이 결국은 나타나리라 믿었다.

왕의 승은(承恩)을 입은 상의 성씨는 그날로 깨끗한 전각을 하사받고 거처를 옮겼다.

"하례드리옵니다."

한세는 오랫동안 기다려 왔던 성씨에게 하례를 올리러 갔다.

"전하께서 말씀하셨습니다. 고맙습니다."

성씨는 맑고 다정한 여인이었다. 그녀가 이산의 곁에 있어준다면 그의 인생도 고독하지만은 않을 것이었다.

"언제나 건강하시어 전하의 곁을 지켜주세요."

"저는 아는 것이 없습니다. 도와주세요."

"예, 제가 힘닿는 대로 도울 것입니다. 하니 언제나 의논해 주세요."

다정한 한세의 말에 성씨의 얼굴은 환하게 밝아졌다.

이산은 세 명의 후궁을 두었으나, 의빈 성씨만이 유일하게 나인 출신의 승은후궁이었고, 원빈, 화빈은 정치적 이해관계를 바탕에 두고 뽑아 들인 간택후궁들이었다.

"사실 저는 두려웠습니다."

성씨는 궁녀의 몸으로 승은을 입었으니 당장 후궁 화빈의 눈초리가 매서웠고 중전의 얼굴 보기도 무서웠다.

"전하께서 아껴주시니 두려워하지 마세요. 마음이 밝아야 몸도 건강한 것입니다."

"자주 찾아주세요."

성씨에게는 한세가 유일하게 의지할 수 있는 사람이었다.

성씨의 몸에 태기가 있자 한세는 태어날 왕자아기씨를 위해 송씨와 허씨의 도움을 받아 보모를 알아보기 시작했다. 역사에 기록된 문효세자의 보모는 술을 좋아했고, 건강상태도 별로 좋지 않아 젖이 별로 많이 나오지 않았다고 했다.

한세의 생각으로는 그런 여인의 젖을 먹고 자란다면 아기의 면역성에 문제가 있으리라 생각했다. 그래서 한세는 여러 곳을 수소문하고 정성을 드려 건강하고 행실이 반듯한 여인을 보모로 추천했다.

중전이 회임하기 어려운 상황에서 총애하는 상의 성씨가 회임을 하자 이산은 기대가 컸다. 그는 창덕궁의 본래 동궁이었던 저승전, 시민당, 낙선당이 모두 화재로 소실되어 변변한 세자궁이 없는 것을 안타까워하며 중희당을 지었다.

"보아라, 내 아들이 기거할 동궁이다."

이산은 중희당의 터를 잡을 때도, 공사가 진행되어 갈 때도 한세를 불러 이 터가 왜 좋은지, 쓰고 있는 자재는 어째서 좋은지 자랑스럽게 설명해 주었다.

"그리 좋으십니까, 전하?"

한세는 어째서 자신을 불러 그런 것들을 설명하는지 조금은 의아했지만 묻지 않았다.

"솔직히 말해도 되겠느냐?"

"선하와 세가 솔직하시 않은 적이 있었습니까?"

"몰랐더냐, 나는 너에게 단 한 번도 솔직할 수가 없었는데……."

이산은 그렇게 대답하며 환하게 웃어 보였다. 한세는 평소 장난을 좋아하는 그이기에 또 언제나처럼 장난을 한 것이러니 생각하며 따라 웃었다.

"나는 내 아들이 태어나면 아주 잘 해주고 싶다. 내가 아바마마께 받아보지 못한 것까지 다 해볼 생각이다."

"전하께서 행복해 보여서 저 또한 행복합니다."

한세는 진심으로 그와 그의 아들이 행복하기를 기도했다.

이산은 복중의 아기가 아들이기를 기원하고, 원자가 태어나면 세종 대왕처럼 과학에 관심을 갖고 공부하기를 바라며 중희당 마당에 해시계와 측우기 그리고 바람을 관측하는 풍기죽을 설치했다.

정조 재위 육년 구월 초이레. 드디어 이산이 산실 밖 대청의 추녀 끝에 걸어둔 구리종을 울렸다. 상의 성씨의 몸에서 왕자가 탄생하였다.

왕은 이를 기념하는 별시를 실시하였는데, 이때 무과에 이천육백 명이나 합격시켰다. 기다리고 기다리던 왕자가 태어나자 성씨에게는 소용의 내명부 직첩을 내려주고 얼마 후 의빈으로 승격시켰다. 또한 이 아기씨는 갓 태어났으나 손이 귀한 터라 원자로 책봉하였다.

이산은 원자를 안고 조선의 찬란한 미래를 꿈꿨다.

왕은 원자에게 부지런히 제왕수업을 시켰다. 원자는 왕이 직접 써준 글씨본을 가지고 놀았고 돌이 지나 말문이 트이며 천자문을 외기 시작했다. 총명한 원자는 중전과 혜경궁 홍씨의 사랑을 듬뿍 받으며 무럭무럭 자라나 두 살이 되자 왕세자 책봉을 받았다.

세자가 다섯 살이 되던 해, 한세는 곧 다가올 홍역을 예방하기 위해 각종 학술지와 사보를 통해 홍역 경계령을 내렸다.

"이제 곧 홍역이 돌 것입니다."

"홍역이라면 큰일이 아닙니까, 한데 어찌 아십니까?"

병의원에서 일하는 의사들까지 한세의 능력은 어디까지일까 궁금해했다.

"일단 청결하게 하라고 알려야지요."

아직 홍역 백신이 개발되지 않았기 때문에 전염병의 예방은 지극히 단순한 정도로 그쳤다. 사람들의 이동을 막고 주위를 청결히 하며 손을 수시로 씻고 물과 음식은 끓여 먹게 했다. 그로부터 며칠 뒤 이산의 서찰을 받은 한세는 궁궐에 들어갔다.

"세자, 가끔은 하늘도 보며 이렇게 걷는 것이 좋단다."

"어째서요, 아바마마?"

이산은 세자와 나란히 앉아 먼 하늘을 올려다보았다. 하늘에는 뭉게구름이 걸려 있고 바람은 따스했다.

"전하!"

"오, 왔느냐?"

한세를 발견한 이산은 환하게 웃으며 세자의 손을 잡고 걸어왔다.

"곧 홍역이 돌 것이니 조심하라는 사보를 보았다. 사실이더냐?"

"예, 그렇습니다."

이산이 근심 어린 목소리로 물었지만 그 홍역으로 세자를 잃을 것이라는 말을 해줄 수 없어서 한세는 입술만 깨물었다.

"해서 말이다. 세야, 네가 세자를 맡아주었으면 좋겠는데."

"예에?"

"일단 홍역이 퍼지면 나는 백성들을 챙기기도 바쁠 것이다. 내 자식까지 챙길 여력이 없을지도 모르지 않느냐."

"예."

"해서 홍역이 지나갈 때까지 세자를 가회당으로 피접을 보낼까 하는데, 네 생각은 어떠하냐?"

"예, 어쩌면 그리하는 것이 나을 것 같기도 합니다."

순서가 조금 달라지기는 했지만 드디어 한세가 죽기 전 이산에게 받은 마지막 어명이 떨어졌다.

나는 과연 문효세자를 지킬 수 있을까. 이번에는 지켜낼 수 있을까. 한세는 떨리는 가슴을 쓸어내리며 주먹을 불끈 쥐었다. 홍역이 올 것을 대비해 한세는 얼마 전부터 가회당에 사람들의 출입을 막아왔었다.

세자가 궁을 떠나 가회당으로 나간 것은 그로부터 열흘 뒤였다.

음력 사월이 되자 한세는 만약의 경우를 대비해 동궁과 임신 중인 의빈 성씨의 처소를 따로 관리했다. 왕이 홍역이 돌기 얼마 전, 한세를 불러 세자를 가회당으로 피접을 보내겠다고 하였던 것도 오래전부터 그녀가 성씨와 세자를 지극정성으로 돌봐왔기 때문이었다.

"세자, 가회당에 가면 어른들 말씀 잘 듣고 재미있게 지내거라."

상참을 끝낸 이산은 잠시 틈을 내어 가회당으로 피접을 나가는 세자를 보러 동궁으로 나왔다.

"예, 아바마마."

아직 어린 세자는 어머니와 할머니 혜경궁과 헤어지는 것은 섭섭했지만, 난생처음 궁궐을 나가 가회당으로 간다는 것에 들떠 있었다.

"세자는 어미와 떨어지는 것이 섭섭하지도 않은가 봅니다. 어째 신이 난 것 같습니다."

"궁을 나가니 신기한 것이지요."

성씨가 섭섭한 듯 말하자 세자의 손을 잡고 있던 혜경궁이 웃으며 위로하였다. 성씨는 혜경궁 집안의 연줄로 궁에 들어온 데다가 궁녀 시절 청연군주, 청선군주와 함께 소설을 필사하기도 하며 가까이 지내온 터라 고부간의 사이가 좋았다.

"종이를 많이 접어 와서 어마마마와 할마마마께 드릴 것입니다."

세자는 언제나 궁궐에 올 때면 고운 빛깔 종이를 들고 와 종이접기를 하며 재미있게 놀아주던 한세를 만날 생각에 기분이 좋아졌다.

"동궁보다 안전한 곳이 어디라고 대체 세자를 어디로 보낸답니까?"

화기애애하게 웃으며 작별 인사를 마친 세자가 막 가마에 오르려고 할 때였다. 무슨 바람이 분 것인지 대비가 직접 달려왔다.

"일전에 들렀을 때 말씀드리지 않았습니까?"

상궁과 궁녀들을 이끌고 치맛자락을 휘날리며 급하게 들어서는 대비를 본 혜경궁이 웃는 낯으로 말했다.

"가회당으로 간다는 말은 하지 않았지요."

본시 왕자의 유모를 선발하는 것은 대비가 하는 일이었다. 그러나 세자의 유모를 뽑을 때에는 한세가 추천하고 왕이 직접 허락을 하여 결정해 버렸다. 비록 왕이 양해를 구했다고는 하지만 강의 부인이 내명부에서 해야 할 일에 관여했다는 것이 정순왕후의 심기를 건드린 것이었다.

"전하께서 결정하신 일입니다."

시어머니인 혜경궁이 책망을 당하자, 옆에서 보기 민망했던 성씨가 조심스레 거들고 나섰다.

"주상이 직접 하신 일입니까?"

"예, 왕명으로 결정한 일입니다."

공연히 일을 크게 만들고 싶지 않아 이산은 부드럽게 말했다.

"주상은 동궁전의 궁인들을 믿지 못하는 것입니까?"

사람을 보내 대비전으로 들라 하지 않고 이렇게 대비가 직접 나섰을 때는 세자가 궁을 나서는 것을 막아서기로 작정을 하고 온 것이었다.

"궁은 많은 사람이 드나드는 곳입니다. 자칫 전염병이 돌기 시작하면 걷잡을 수 없이 퍼지게 됩니다. 세자를 조용한 가회당으로 보내는 것이 좋겠다 생각되어 그리한 것입니다."

"자칫 세자가 잘못되기라도 하면 가회당에서 책임을 지는 것입니까?"

그동안 젊은 왕의 서슬에 눌려 잠시 고개를 숙였던 대비는 이참에 이 일을 물고 늘어져 사라진 대비전의 위상을 세워볼 심사였다.

"세자가 잘못되기라도 하다니요. 마마! 말씀이 지나치십니다."

그러나 젊은 대비가 세자를 두고 말실수를 하자 시끄러워지는 것을 피하려고 잠자코 참고 있던 혜경궁이 나섰다. 열 살이나 아래인 시어머니를 맞아 평생을 서럽게 당해온 혜경궁 역시 오늘은 그대로 물러설 수 없었다.

"되었습니다, 이미 결정된 일. 이리 지체할 때가 아닙니다. 세자를 모셔라."

두 여인의 팽팽한 힘겨루기는 결국 이산이 나서서 세자를 가마에 태워 출발시키고야 끝이 났다.

"주상은 궁궐에 있는 대비나 중전도 믿지 못하면서 어찌 가회당의 부인들은 신뢰를 한단 말입니까?"

"홍역을 대비해 잠시 세자를 대피시킨 것이라 하지 않습니까?"

"그러니 가회당의 한씨는 아직 시작도 하지 않은 홍역이 올 것을 어찌 안답니까?"

"급한 정무가 밀려 있어서 이만 가봐야겠습니다."

대비는 끝까지 한세를 물고 늘어졌지만 이산은 더 이상 맞서지 않고 돌아서 가버렸다. 그 또한 한세가 홍역이 돌 것을 어찌 알았는지 궁금했지만 깊이 알려고 들지 않았다. 언제나 그랬듯이 그녀가 말을 하지 않는 것은 다 그럴 만한 연유가 있으리라 믿었다.

"내 오늘의 수모를 꼭 되갚아주고 말 것이다."

아무런 소득 없이 돌아서는 대비는 다시 한 번 이를 갈았다.

홍역은 홍역 바이러스에 의한 감염으로 발생하며 전염성이 강하여 감염자와 접촉하면 열에 아홉은 발병한다. 그러나 이미 홍역을 앓았던 이들은 평생 면역력이 생긴다고 알려져 있다. 조선에 홍역이 돌 것이며 많은 이들이 죽을 것이라는 것을 알고 있었던 한세는 일 년 전부터 이 일을 대비했다. 아니 그 훨씬 이전부터 한세는 이날을 대비하며 살았다고 해도 과언이 아니었다. 그녀는 매 순간 우주에 존재하는 모든 신을 향해 기도했었다.

'제가 과거에 지닌 그 모든 것, 지금 가진 모든 것, 앞으로 가질 수 있는 그 어떤 모든 것까지, 다 내어놓을 것입니다. 제 영혼이 이대로 산산이 부서져 흩어진다 하여도 후회하지 않을 것입니다. 하니, 이번엔 반드시 세자를 지켜낼 수 있도록, 제발 지켜낼 수 있도록 도와주십시오.'

한세는 홍역이 발생했을 때 무료로 나눠줄 한약재와 해열제, 비단전에서 목면으로 직접 제작한 입 가리개를 각 관청의 창고로 보냈다. 이산은 왕명으로 모든 백성들에게 입 가리개를 무료로 나눠주게 하였으며, 각 관청에 마을 의원들이 진료할 수 있는 시설을 만들고 홍역이 발생하였을 때를 대비하게 하였다.

그 무렵 강은 사행단을 이끌고 청나라에 가 있었기 때문에 가회당 유생들은 모여서 자습만 하고 있었다. 한세는 당분간 바깥출입을 자제하라고 이르며 가회당의 유생들을 모두 집으로 돌려보냈다. 최소한의 사람들만 남겨두고 가회당을 비우자 그녀는 식솔들과 함께 집안 구석구석을 소독하여 청정구역으로 만들어두었다.

가회당 식솔들과도 접촉을 피하기 위해 세자가 탄 가마는 열어둔 뒷문을 통해 바깥마당으로 들어왔다.

"어서 오십시오."

세자는 유모와 동궁전의 상궁 하나만을 데리고 별채로 곧바로 들어왔다. 별채에는 송씨와 한세만이 남아 그들을 반겼다.

"이모님!"

한세를 발견하자 세자는 팔을 활짝 벌리고 달려왔다. 평소에 성씨와 언니 동생 하는 사이고 보니 아직 어린 세자 또한 한세를 이모라 부르는 것이었다.

"저하, 넘어지십니다!"

한세가 걱정을 하며 말렸지만 세자는 그대로 훌쩍 뛰어 그녀의 가슴으로 파고들었다.

'이렇게 귀여운 아이가……'

갑자기 코끝이 찡해지며 가슴이 뭉클해졌다.

"그러다 다치시면 어쩌시려고요."

"이모님이 받아주실 거니까."

눈과 코, 그리고 웃는 입매까지. 왕을 꼭 빼어 닮은 세자가 방긋 웃으며 볼을 비볐다. 세자가 보들보들한 뺨을 비비며 재롱을 피우는 것이 사랑스러워 한세는 꼭 껴안아주었다.

"어서 오세요, 세자 저하!"

모자지간처럼 다정한 두 사람을 지켜보던 송씨가 웃으며 인사했다.

"시어머님이십니다, 저하."

한세가 송씨를 소개하며 세자를 내려놓았다.

"가회당에 계시는 동안 편안하고 즐겁게 지내시길 바랍니다, 저하."

"예. 고맙습니다."

세자는 얼른 들어가 놀고 싶은 마음에 한세의 손을 잡아끌며 대답했다.

"저하께서 고단하시겠구나, 어서 들어가거라."

"그럼 저하께서 쓰실 방을 보여드릴게요."

성화에 못 이긴 한세가 세자의 손을 잡고 마루 위로 올라가자 송씨는 두 사람을 물끄러미 바라보다 별채를 나왔다.

"마님, 별채에서 저하를 돌보는 것은 저희들이 할 것입니다."

"그래도 되겠습니까?"

"예, 부인께서 미리 저희가 어려서 홍역을 앓았다는 것을 확인하고 데려오셨습니다."

"그랬군요, 참으로 다행입니다. 며느리에게 듣자 하니 홍역은 한 번 앓고 나면 다시 앓지 않는다지요."

"예, 그렇다고 합니다."

세자의 유모는 송씨의 집안사람이라 믿을 만했고 상궁 또한 심성이 고운 이로 혜경궁이 직접 알아보고 추천한 사람이었다.

"예, 하면 가회당 식구들은 별채의 문 앞까지만 드나들도록 이르겠습니다."

상궁과 유모가 세자를 돌보겠다고 하자 송씨는 안채로 돌아가 금동이만 출입하게 하고 다른 이들의 출입을 막았다.

"대를 이을 아들 하나만 낳았으면 좋으련만."

별채를 나와서야 송씨는 긴 한숨을 쉬었다. 세자를 안고 행복해 보이는 한세를 보니 마음이 아팠다. 송씨도 손자를 보고 싶은 마음이야 간절했지만 한세에게 부담을 주게 될까 봐 내색조차 해보지 못했다.

서동환이 살아 있을 때 손자를 안겨주려고 한세는 많은 노력을 했었다. 송씨 역시 아기를 갖는 데 좋다는 것들을 다 구해다 주었지만, 한세에게는 아기가 생기지 않았다. 결국 서동환은 그처럼 소망했던 증손자를 보지 못하고 사 년 전에 세상을 떠나고 말았다.

"그나저나 한세는 아직 홍역을 앓지 않았는데……."

어려서부터 한세를 키워온 송씨는 시어머니보다는 어머니의 마음에 가까웠다. 세자도 중요했지만 그보다는 한세가 더 걱정이 되는 것이 솔직한 심정이었다.

깃발과 곤, 봉을 앞세운 정사의 사행단이 행군하고 있었다. 건륭제의 생일 전에 연경에 도착하려면 서둘러야 했지만 연경으로 가는 길은 상상하던 그 이상이었다. 험준한 지세에 음력 오월의 폭우로 인해 강물은 끊임없이 흘러넘치는데, 갑자기 출몰하는 변수들이 그들이 가는 길을 막았다.

게다가 정사인 강은 압록강을 건너면서부터 속이 좋지 않아 통 먹지를 못했다. 책문이 가까워져서야 서쪽 하늘 끝으로 자욱하던 안개가 걷히며 파란 하늘 조각이 빠끔히 얼굴을 내밀었다.

그날 밤 강이 이끄는 사행단은 책문에서 조금 떨어진 곳에 막사를 설치하고 봉물이 도착하기를 기다리고 있었다.

"정사 나리, 속은 좀 어떠십니까?"

강이 이것저것 정리하고 일지를 적느라 정신이 없을 때, 같이 떠난 김 역관이 와서 공손하게 물었다. 건우의 세계여행에 동행했던 김 역관은 그 경험을 바탕으로 이제는 조선 최고의 역관으로 칭송을 받고 있었다.

"이제 좀 가라앉는 것 같네."

"하면 출출하니 나가서 요기라도 하고 오시지요."

"그리하세. 나도 배가 고프네."

강이 생각하기에도 이대로는 안 될 것 같았다. 며칠 동안 제대로 먹지를 못했으니 이대로 있다가는 그 험한 여정을 끝내기도 전에 몸에 탈이 나고 말 것 같았다.

"아, 그렇지 않아도 아까부터 배가 고파 죽을 것 같습니다요."

강이 나가서 요기를 하겠다는 말에 김 역관의 마음은 날아갈 듯 가벼워졌다. 사행단이 떠나기 전 건우가 일부러 찾아와 강을 잘 챙겨주라고 신신당부를 했는데 이렇게 먹지 못해서 아프기라도 한다면 큰일이었다.

책문 안에 인가는 삼십 호 정도 있었지만 모두가 웅장하고 툭 트여 있게 지어져 있었다.

"저 요릿집이 맛있게 잘하는 곳입니다."

책문이야 손바닥 보듯 훤한 김 역관이 앞장서 가다가 강이 좋아할 만한 요릿집을 안내했다.

〈어서 오십시오. 나리!〉

주인이 나와 단골손님인 김 역관을 반갑게 맞이했다.

〈여기 맛있는 요리 좀 내오게.〉

김 역관은 통 먹지 못하는 강을 먹일 생각으로 이것저것 욕심껏 한상 내오게 했다.

"맛있겠네."

먹음직스러운 요리들이 나오기 시작하자 강도 모처럼 식욕이 돌았는지 수저를 들었다.

"욱!"

그러나 계란볶음을 먹어보려던 강은 입에 넣기도 전에 헛구역질을 했다. 비위가 상할 만한 고기 요리도 아니고 계란과 채소만 넣고 담백하게 볶아낸 계란 요리였다.

"어찌 그러십니까, 입에 맞지 않으십니까?"

"그러게 말입니다."

강은 난처한 얼굴로 수저를 내려놓았다.

"그렇게 못 드시니 어쩐답니까?

몇 술 뜨지도 못하고 그대로 수저를 내려놓는 강을 보니 김 역관도 먹을 흥이 나지 않았다.

"내가 입맛이 까다로운 편이 아닌데……."

자신이 이러는 연유를 알 수 없으니 강 역시 답답했다.

"큰일입니다."

"그러게 말이오, 맡은 일이 중요한데."

고개를 갸웃거리던 강은 화병에 꽂혀 있는 석류꽃을 들여다보다가 무심결에 접시에 놓인 석류 하나를 집어 들었다.

"시큼하지 않으십니까?"

김 역관이 석류 알갱이를 먹는 데 열중한 강에게 물었다.

"시지 않고 맛이 있는데?"

"어째 꼭 애 가진 여인이 입덧을 하는 것 같습니다?"

"예끼, 이 사람?"

"아닙니다, 잘 생각해 보십시오."

강은 농치지 말라고 펄쩍 뛰었지만 김 역관은 빙글빙글 웃었다.

"이상하기는 이상해."

돌아오며 곰곰이 생각하니 그도 뭔가 이상했다. 불편한 잠자리에 거칠고 기름진 음식들 때문이라고 생각했지만 사실 강은 늘 운종가 주막에서 살던 사람이었다. 이렇게 유난을 떨 만큼 별난 체질이 아니었다.

"어떻게, 감이 오십니까?"

김 역관이 묻자 강은 이마를 문지르며 빙긋 웃기만 하였다.

"좋단다!"

그런 강을 보며 김 역관도 무엇이 좋은지 쿡쿡 웃으며 따라갔다.

숙소로 돌아온 강은 잠들기 전 한세에게 보내는 긴 편지를 썼다.

사행길에 올라 오랫동안 부인과 떨어져 있는 것을 아쉬워하였는데, 오늘 보니 부인과 나는 언제 어디서고 하나임을 알겠소. 네가 지금 입덧을 하는 모양이오. 혹 태기가 있는 것이 아니오. 만약 그렇다면 힘든 입덧은 내가 하고 당신은 편안하게 먹고 잘 수 있으면 좋겠소.

　　　　　　　—언제나 당신을 연모하는 강이 책문에서 보내오.

"이모님, 이것 보세요."

한세가 아침 일찍 죽을 들고 방으로 들어가니 유모와 앉아 놀던 세자가 발딱 일어나 달려왔다.

"어머나 저하, 학을 접으셨네요. 아직은 어려울 텐데요!"

"제가 접었습니다."

"그러게요, 천재십니다."

한세는 싱을 유모에게 주고 환하게 웃는 세자를 안아주었다.

"이모님이 좋습니다."

그러자 세자는 언제나 그랬던 것처럼 한세의 뺨에 보들보들한 볼을 대고 비볐다.

"잠시만요, 저하! 열이 있지 않습니까?"

한세는 뺨에 닿은 아이의 볼이 따끈한 것을 느끼자 가슴이 철렁 내려앉았다.

"나, 더워요."

뽀얗던 세자의 뺨이 붉어진 것이 몸에 열이 있는 것이 틀림없었다.

"어젯밤까지도 멀쩡하셨는데."

"쉿, 조용히 하게."

"예."

당황한 유모가 새파랗게 질려 부들부들 떨자 한세는 침착하게 고개를 저었다. 어른들이 당황하면 아이는 겁을 먹을 것이고 충격을 받게 될 것이 틀림없었다.

"저하, 잠시 살펴보겠습니다.

한세는 침착하게 세자의 저고리를 벗기고 상태를 살펴보았다. 다행히 아직 발진이나 구진은 나타나지 않았고 그저 감기처럼 발열만 있을 뿐이었다. 홍역의 잠복기는 열흘에서 보름 정도. 이미 동궁의 누군가에게 전염되어 가회당으로 온 것이었다.

"제가 어디가 아픕니까, 이모님?"

"아닙니다, 저하. 고뿔이 드셨나 봅니다."

"고뿔요?"

"네, 어디 불편하신 곳은 없으십니까?"

"코가 답답합니다."

한세가 다정하게 물으니 세자는 코를 비비며 웃었다.

"그리고 보니 코가 맹맹하시네요."

"맹맹? 하하하!"

세자는 여느 때와 다름없는 한세를 보자 마음이 놓이는 것인지 맹맹이라는 말에 배를 잡고 까르르 넘어갔다.

'이제부터 시작이로구나.'

그렇게 해맑은 세자를 바라보며 한세는 이제부터 시작이라고 나직이 중얼거렸다.

"열이 조금 있고 코가 막힌다."

한세는 홍역을 대비해 미리 처방을 받아온 양약을 먼저 먹였다. 이미 이런 경우를 대비해 양의와 한의의 처방을 받아두었고 약재 또한 구비해 두었던 터였다. 게다가 왕으로부터 세자의 몸에 이상이 생겼을 경우 급한 처방을 해도 좋다는 윤허를 미리 받아두었었다.

"자, 이제 다시 즐겁게 노세요, 저하! 밖에 나가서 뛰는 것만 하지 마시고요."

"예, 이모님!"

한세는 방 안의 공기를 환기시키고 물수건을 걸어 습도를 맞췄다.

"혹 열이 더 나면 곧바로 알려주세요."

"예."

유모가 세자에게 죽을 먹이는 것을 보고 밖으로 나오니 금동이가 문 앞에서 상궁에게 서찰을 전해주고 있다. 금동이도 이려서 홍역에 걸린 적이 있어 그 또한 면역력이 있었다.

"대궐에서 서찰이 왔습니다."

"저하께 열이 있습니다. 하니 마마님도 마음을 단단히 잡수세요."

상궁에게서 편지를 받은 한세는 그렇게 당부하고 방으로 들어갔다.

깅이 쓰는 빙으로 들어와 서찰을 펼쳐 보니, 이비 궁궐에는 홍역이 돌기 시작했으며 의빈 성씨의 처소는 출입을 막고 있다고 하였다. 또 왕은 혹 세자도 홍역을 앓고 있다면 어의를 보내줄까 묻기도 했다.

"큰일이구나."

서찰을 다 읽은 한세는 긴 한숨을 내쉬며 답신을 쓰기 시작했다.

'세자 또한 운명을 피할 수 없는 것일까? 안 돼. 이렇게 포기할 수는 없어.'

편지를 쓰면서도 한세의 머릿속은 여러 가지 생각들로 복잡했지만, 언제나 마지막 결론은 하나였다. 어떠한 일이 닥쳐 오더라도 결코 포기하지 않을 것이라는 것.

예전의 삶에서 그녀는 이산의 어명을 받고 세자의 호위를 맡고 있었다. 세자는 홍역을 앓았고, 그 때문에 동궁을 격리하고 어의들이 치료를 하였다. 치료 결과가 좋아서 어의는 세자가 깨끗하게 나았다고 했고 그 때문에 동궁에 사람들의 출입을 금했던 것도 풀었다.

세자가 홍역을 앓고 있던 동안, 쭉 동궁에서 기거하던 한세도 안심을 하고 집으로 돌아가 하루를 쉬었다. 그러나 바로 그날, 세자는 경복궁 자선당(資善堂)에서 갑자기 홍서하였다. 그날 밤 한세가 없던 그 시각 자선당에서는 무슨 일이 있었던 것일까. 그 연유가 무엇이었는지는 지금까지도 확실히 알 수 없다.

왕실의 침통함은 감당하기 어려웠고 한세는 세자를 지키지 못했다는 자책감으로 자결하고 말았던 것이다. 그렇게 죽어버리지 말아야 했다.

한세는 두고두고 후회했다. 괴롭고 힘들어도 살아남아 그의 곁을 지켰어야 했다. 그랬더라면, 어떤 방법을 찾았을지도 모르고 그랬으면

역사는 그렇게 흘러가지 않았을 것이다. 한세는 두 번 다시 그런 실수를 반복하고 싶지 않았다.

정조가 승하하였을 때 세자 이순이 살아 있었다면 그의 나이는 열아홉으로 충분히 보위를 물려받고 친정을 할 수 있었다. 그러나 세자는 죽었고 그 때문에 열한 살의 이공이 보위를 이을 수밖에 없었다. 그리고 기다렸다는 듯이 정순왕후가 수렴청정을 하게 되었던 것이다. 바로 그 순간 조선의 국운은 기울기 시작했다.

"마마님! 이 서찰을 전해주세요."

서찰을 써서 상궁에게 건넨 한세는 다시 손을 씻고 세자가 있는 방으로 들어갔다.

"저하, 이번에는 개구리를 접는 법을 알려드리겠습니다."

"개굴개굴, 개구리!"

한세의 손에 들린 연둣빛 종이를 본 세자가 벌떡 일어나 달려오더니 그녀의 품으로 와락 안겼다.

'저하 이번에는 반드시, 어떤 일이 있어도 저하를 지키겠습니다.'

세자를 꼭 껴안은 한세는 지그시 주먹을 쥐었다. 문틈으로 새어 든 햇살이 세자를 꼭 껴안고 있는 한세의 머리 위로 내려앉았다.

홍역은 영조 5년(1729년)에 이미 조선을 크게 휩쓸었고 이듬해에도 일만의 사망자를 내었다고 기록되어 있었다.

홍역이 발생하자 정조는 매일같이 백성들을 보살피느라 가회당에 있는 세자나 궁궐에 있는 의빈 성씨에게 신성 뜰 겨를이 없었다. 그나마 관보와 사보를 통해 미리 홍역이 유행할 것이라는 것을 알리고 주의사항과 예방법을 교육하며 사람들의 접촉을 막았기에 다행이었다.

"저하, 강하게 이겨내셔야 합니다."

세자의 열을 식히려고 몇 번이고 물수건을 갈아대며 한세는 끊임없이 임을 내라고 속삭였다. 한세는 양의가 처방해 준 감기약과 해열제를 쓰며 밤낮 없이 간호했다.

다행히 세자의 홍역은 가벼운 편이었다.

"간지러우셔도 긁으면 흉이 집니다, 저하. 이 예쁜 얼굴에 흉이 생기면 저는 마음이 아플 것 같습니다."

한세는 어린 세자가 발진이 난 부분을 긁으려고 하자 송씨가 만들어준 벙어리 면장갑을 끼워주며 막았다. 자칫 긁어서 딱지가 떨어지면 그 자리가 패이고 흉이 지니 한세는 몸과 마음을 다해 정성껏 세자를 돌봤고 모든 것에 세심한 주의를 기울였다.

"아씨, 괜찮으십니까?"

그러다 보니 심하지는 않았지만 한세도 같이 홍역을 앓았다.

"이모님, 이것 보세요. 이 개구리 크지요?"

한세의 정성 덕분이었는지 오월 말경이 되자 세자는 열도 없고 평상시보다 오히려 더 건강하고 활기차게 보였다.

"어머나, 개구리가 이렇게 크니 무거워서 뛸 수나 있겠습니까?"

"그래도 잘 뛰는데요."

한세가 부러 화들짝 놀라는 시늉을 하자 세자는 뛰는 것을 보여주겠다며 커다란 개구리의 엉덩이를 세차게 눌렀다.

"아하하하! 이모님 저 개구리 좀 보세요!"

그러나 너무 크게 접은 탓에 개구리는 몸만 움찔 떨 뿐 앞으로 나가지를 못하였다.

"이 개구리는 평소에 뛰어 놀지도 않고 방에만 있어서 이렇게 된 것입니다. 그러니까 이 날렵한 개구리처럼 멀리 뛰려면 열심히 뛰어 놀아야 되는 것입니다."

한세는 조금 전 접은 작은 개구리의 엉덩이를 손가락으로 눌렀다.

"야!"

개구리는 폴짝 뛰어 저만치 날아갔고 세자는 좋다고 손뼉을 쳤다.

"아씨, 궁에서 서찰이 왔습니다."

어느 날 아침, 상궁이 가져다준 서찰을 펼쳐 보니 의빈 성씨가 보낸 것이었다. 편지의 내용은 세자가 완전히 회복했는지를 묻고 언제쯤 궁으로 돌아올 수 있는지 알고 싶다는 것이었다. 대비가 상궁을 보내 세자를 돌아오게 하라고 재촉을 한다고 걱정하였다.

대비는 상궁을 보내기도 하고 직접 왕을 찾아가기도 하며 세자를 돌아오게 하라고 성화를 부렸다. 궁궐에는 홍역이 물러갔고 듣기로는 세자도 홍역이 끝나고 건강해졌다는데 어찌 동궁으로 돌아오지 않느냐고 하였단다.

"대비가 어째서 세자를 그리 찾는 것일까?"

그러나 한세는 뭔가 석연치가 않았다.

"전쟁에서는 이겼다고, 다 괜찮다고 안심할 때가 제일 위험한 법이지."

어차피 전염병과의 싸움도 전쟁이나 마찬가지였다.

대비의 압박에 굴하지 않기로 결심한 한세는 마음을 정갈히 하고 서안 앞에 앉아, 이산에게 보내는 긴 편지를 썼다.

전하, 저는 아마도 몇 백 년 전, 아니면 천년 쯤 전, 제가 기억하지 못하는 어느 생에선가 전하를 만나 큰 빚을 진 것이 아닌가 생각합니다. 해서 저는 언제나 전하께 그 빚을 갚는 마음으로 살아왔습니다. 난데없이 이것이 무슨 소리인가 하시겠지만, 그래서 전하를 보는 제 마음은 언제나 무거웠던 것 같습니다. 하니, 이제 이 생에서 그 빚을 다 갚고 떠날 수 있도록 하여주십시오. 천하, 이제껏 저를 믿어주신 것처럼 세자 저하를 조금만 더 제게 맡겨주십시오.

　　　　　－전하의 충성스러운 신하가 가회당에서 올립니다.

　한세는 간절한 마음으로 편지를 써서 궁궐로 보내고 이산의 답신을 기다렸다.

　"어째서 너의 편지를 읽는데 눈물이 나는 것인지."

　하루 종일 밀린 정무를 보느라 늦은 밤 존현각으로 돌아와 한세의 편지를 읽은 이산은 어떤 순간에도 물러서지 않는 그녀의 절절한 마음에 눈물을 흘렸다. 대체 무엇이 그녀를 이토록 충성스럽게 하는 것인지 왕인 그조차도 알 수 없었다. 이산은 다시 답장을 보내 한세의 뜻대로 하라 이르고 항시 몸을 챙기라고 당부했다.

　한세는 건우에게도 서찰을 보내 아직 홍역 경계를 늦추지 말고 소독을 철저하게 하고 환자와의 접촉을 피해야 한다고 알렸다. 한세의 서찰을 받은 건우는 관보와 사보에 그 소식을 싣고 백성들에게 알렸다.

　한세는 그대로 세자를 돌려보내는 것이 안심이 되지 않아 그로부터 두 달을 더 버텼다. 송씨가 해주는 건강식을 먹은 넉분에 세자는 올 때보다 더 건강하고 한결 밝아진 모습으로 환궁하였다.

　그러나 과로가 겹쳐서인지 홍역의 후유증 때문이었는지 세자가 환궁하던 날 한세는 별채를 나오다가 쓰러져 버렸다.

　한세가 쓰러졌다는 소식을 들은 이산은 그제야 무심했던 자신을 자책하며 어의와 의녀를 가회당으로 보냈다. 강이 가회당을 비운 터라 한세에게 무슨 일이 생긴다면 큰일이었다.

"어떻습니까?"

마실 것을 들고 오던 송씨는 진맥을 하고 나오는 의녀에게로 다가가 물었다.

"다행히 홍역은 지나갔으나 아기가……."

침통한 얼굴을 한 의녀는 더 이상 말을 잇지 못했다.

"부인, 참으로 송구합니다."

그동안 아기가 생기지 않아 고생한 것을 어의 또한 잘 알고 있었다. 그렇게 어렵게 얻은 아기를 잃었으니 송씨나 한세의 마음이 어떨지 짐작이 가는 것이었다.

"내가 진즉에 알아차렸어야 했는데, 어미라는 것이!"

송씨는 그대로 털썩 주저앉아 아이처럼 엉엉 울고 싶었지만, 지금 가장 힘들 한세의 마음을 생각하니 그럴 수도 없었다.

"전하께서 기다리시니 저희는 궁으로 돌아가 사실대로 아뢰고 약을 지어 보내겠습니다."

"예. 고맙습니다."

어의가 돌아가자 송씨는 마음을 다잡고 방으로 들어갔다.

"어머니……."

창백한 얼굴로 누워 있던 한세가 억지로 몸을 일으키며 송씨를 불렀다. 조금 전까지 세자를 무사히 지켜냈다고 기뻐하던 한세의 얼굴은 절망으로 가득 차 있었다.

"그냥 누워 있거라."

"정말 죄송해요, 어머니."

"난, 괜찮아. 괜찮다, 아가."

송씨는 고개를 끄덕였다. 지금은 이미 잃은 아이보다도 한세가 더 중요했다.

"몸은 어떠냐?"

"자식을 잃은 세가 넘치없게도…… 전 괜찮아요, 어머니."

"그래, 그래 다행이다."

송씨는 부러 더 밝은 얼굴을 했다.

"고맙습니다, 어머니."

"고맙긴 뭐가 고마워."

"언제나 제 편이 되어주셔서 고맙습니다. 그래서 저는 더 염치가 없어요."

"이런!"

송씨의 손을 꼭 잡고 한세는 눈물을 뚝뚝 흘렸다.

"아가!"

강에게 미안해할 한세의 마음이 짐작되어 송씨도 따라 울었다.

"그만 울어라, 네 정성을 갸륵히 여기신다면 자식은 또 주실 것이다."

언제나 따뜻한 어머니였던 송씨는 한세의 눈물을 닦아주며 위로해주었다.

그날 밤 가회당에는 먼 산을 돌아온 바람이 쓸쓸히 불고, 하늘도 슬펐던 것인지 밤새 가랑비가 뿌렸다. 그날 밤, 연경 근처에 있던 강은 하늘을 바라보다 반짝이던 별 하나가 떨어져 조선 쪽으로 지는 것을 보았다.

"부인! 대체 무슨 일이오?"

별이 지는 것을 보고 있던 강은 가슴이 찢어지듯 아파오자 한세가 아기를 잃은 것을 느끼고 눈물을 흘렸다.

한세가 몸을 추스르기 무섭게 대비전 나인 하나가 가회당으로 찾아왔다.

"지금 당장 대비전으로 들라십니다."

나인을 따라 대비전에 도착하니 마침 한낮이 되었다.

"오셨습니까!"

대비전 상궁이 나와 맞이했지만 짐작했던 것처럼 찬바람이 쌩쌩 일었다.

"대비마마께 고하여주시게."

"지금 낮것 상을 받고 계십니다."

한세는 온화한 얼굴로 부드럽게 말했지만 대비전 상궁은 냉랭하게 대답했다.

"하면 돌아갔다 다시 오겠네."

굳이 쨍한 햇볕 아래 서서 미리 벌을 받을 필요는 없겠다는 생각에 해본 말이었다.

"예에, 기다리지 않고요?"

그러나 한세를 골탕 먹이려고 미리 준비했던 작전이 틀어져 버리자, 당황한 것은 대비전 상궁이었다.

"나도 기다리고 싶지만, 알다시피 세자 저하를 돌보느라 고생을 한 탓인지 몸이 좋지 않아서 말일세."

"드, 들어가 고하고 오겠습니다. 잠시만 기다려 주시지요."

입은 부드럽게 미소 짓고 있지만 서늘한 한세의 눈빛에 흠칫 놀란 대비전 상궁은, 얼른 눈을 내리깔고 종종걸음 쳐 안으로 들어갔다.

"보통내기가 아니라더니! 웃는 얼굴로 사람 여럿 잡겠네."

파르르 떨며 분노할 대비를 생각하니 상궁은 몸서리가 쳐졌지만 그렇다고 그냥 돌려보낼 수도 없는 일이었다.

"드시지요."

잠시 뒤 풀이 죽은 대비전 상궁이 나와서 한세를 안으로 들였다.

"대비마마, 가회당 한씨 들었사옵니다."

"들라 해라."

한세가 안으로 들어가 절을 하고 예의를 차릴 동안 그녀를 노려보는 대비의 눈은 적으로 가득 차 있었다.

"강녕하셨습니까?"

예를 갖춘 한세는 천천히 허리를 펴고 대비를 바라보았다.

"자네 얼굴 한번 보기 힘들구만."

대비의 눈빛이 무엇을 의미하는 것인지 알고 있는 한세는 개의치 않았다.

"그럴 리가 있겠습니까, 마마께서 불러주시지 않았으니 오지 못했던 것이지요."

한세는 얼굴을 일그러뜨리고 자신을 노려보는 대비를 향하여 다시 한 번 공손하게 예를 갖추었다.

"듣던 대로 보통은 아니구먼. 하나, 내게는 통하지 않을 것인즉!"

"한데 어찌 저를 찾으신 것입니까?"

한세는 최대한 공손하게 묻고 그대로 고개를 숙였다. 그녀는 담담하려고 무던히도 애쓰고 있었다.

"세자를 환궁시키라 하였거늘 언제까지 나와 맞설 생각이었더냐?"

대비는 잔뜩 성난 얼굴이었다.

"병환 중인 세자 저하의 환궁이 그리도 급한 일이었습니까?"

머리를 숙이고 참고 있던 한세가 결국 고개를 들었다.

"어디서 고개를 뻣뻣이 쳐들고!"

"고개를 들어야 마마의 눈을 볼 수 있지 않겠습니까?"

한세는 대비를 어찌할 것인지 수없이 생각했다. 정조 사후 그녀가 한 행동을 본다면 가만히 앉아서 지켜볼 수만은 없었다. 그러나 이렇게 얼굴을 마주하고 앉아 있으니 대비에게도 마지막 기회를 줘야 한다는 생각이 들었다.

"내 네가 특별하다는 것은 익히 들어서 알고 있다만! 노론의 자금을 빼돌린 것도 네년이지?"

"이미 들어서 알고 계신다니, 비밀을 하나 알려드리겠습니다."

한세는 분을 이기지 못하고 막말을 내뱉는 대비를 오만하게 바라보았다.

"뭐라?"

"지금 마마께서 이러시는 것은 아마도 영원히 죽지 않고 천년을 살 것이라고 생각하시기 때문이겠지요. 하나 그렇지 않습니다."

"네가 정녕 미친 게로구나?"

"마마께서는 덕을 쌓으신다면 예순까지는 사실 것입니다. 하나 지금처럼 사신다면 그 전에 죽게 될 것입니다."

"뭐?"

놀라서 입이 딱 벌어진 대비의 얼굴이 점점 창백해지더니 눈동자가 흔들리기 시작했다. 그 엄청난 말을 하고도 담담한 한세의 눈을 보니 거짓이 아니라는 생각이 들었던 것이다.

"사람들은 자신의 감정에 치우쳐 무심코 한 신덕이 역사에 크나큰 누를 끼치게 된다는 것을 모르지요. 하나 그 죗값은 반드시 치르게 됩니다."

"네가 어찌 감히 그런 말을 내게 하는 것이냐?"

"충고라 생각하시지요."

"충고?"

"예, 마마께 천기를 누설해 가며 비밀을 알려드렸으니, 이 정도 충고야 할 수 있지 않겠습니까? 하면 저는 이만 물러가 보겠습니다."

한세는 더 이상 할 말이 없다는 얼굴로 자리에서 일어섰다.

"건방진 것!"

대비는 마지막 남아 있는 힘을 쥐어짜 거만하게 말했지만, 입가 근육은 두려움으로 떨렸고, 얼굴은 창백하게 변해갔다. 그런 대비를 남겨두고 한세는 대비전의 마당을 천천히 걸어 나왔다.

"괜찮으냐?"

한세가 대비전으로 불려갔다는 소식을 들은 것인지 기섭이 문 앞에서 기다리고 있었다.

"예."

"괜찮으냐고 묻는데 어찌 대답이 그래?"

"예에?"

걱정을 많이 한 것인지 초조하게 물어보는 기섭을 보자니 한세는 웃음이 났다.

"대비쯤이야, 이제 괜찮습니다."

"뭐야?"

대답과는 달리 기운 없어 보이는 한세의 얼굴에 기섭은 아이를 잃은 그녀가 한없이 측은해졌다.

"사형, 부탁이 있습니다."

그런 마음을 어찌 전해야 할지 몰라 기섭이 우물쭈물하고 있을 때 한세가 정색을 하며 돌아보았다.

"부탁?"

"예, 꼭 들어주겠다고 약조해 주십시오."

"들어주마."

어쩐지 가벼운 부탁이 아닐 것 같다는 생각에 기섭은 발걸음을 멈추고 한세를 바라보았다.

"만일, 전하께서 돌아가신 뒤에도 대비가 살아 있다면…… 지체 없이 대비를 죽이셔야 합니다."

"읍!"

감히 입에 담을 수 없는 말이었다. 왕의 죽음도, 대비의 죽음도. 하물며 대비를 죽여야 한다는 말을 저리 태연하게 하다니. 기섭은 경악했다.

"전하께서 돌아가신 뒤에는 더 이상 불효는 되지 않을 것이니, 반드시! 반드시 죽이셔야 합니다. 약조하셨습니다."

기섭의 눈을 똑바로 바라보며 한세는 다시 한 번 단호하게 말했다.

"세, 세야!"

한세는 놀라서 허둥대는 기섭을 남겨두고 담담한 얼굴로 걸어갔다. 한세는 대비에게 마지막 기회를 주었고, 이제 대비의 운명은 대비 자신에게 달려 있었다.

홍역은 물러갔지만 사행사로 떠난 강은 아직 돌아오지 않았다. 그는 표면적인 정사직 수행 외에도 건우가 세계 각국을 돌며 집필한 세계견문록을 청나라 조정에 소개하고, 또 재야의 학자들을 만나 조선에서 발간되는 각종 사보와 학술지를 알리는 막중한 일도 해야 했기 때문에 시일이 필요했다.

이미 선조 때에 발간되었던 사보가 명나라로 건너가 알려진 터라 생각보다 그 일들은 쉬웠다. 정조와 예동들은 그런 노력이 조선과 청나라를 단번에 바꿀 수는 없겠지만, 적어도 세계는 빠르게 변하고 있고 스스로 변화하지 않는 나라는 힘의 논리로 몰려오는 강국들에게 먹힐 수밖에 없다는 것을 알리고자 했다.

아이를 잃은 탓인지, 아니면 이제 그녀에게 맡겨졌던 마지막 소임까지 끝낸 탓인지, 한세는 한동안 불규칙하게 뛰는 심장 박동을 느꼈다.

우울해진 그녀는 갑자기 세상일에 모든 흥미를 잃고 운종가에도 나가지 않고 줄곧 가회당 별채에만 있었다. 이럴 때 강이라도 있으면 좋겠다고 생각하며 문득문득 문 쪽을 쳐다보았지만, 그가 돌아온다고 해도 죄책감에 얼굴을 볼 수가 없을 것 같았다.

"정신 차려! 어머님을 생각해야지!"

한세는 우울한 생각에 빠지지 않으려고 집안 살림에만 매달렸다. 빨래를 하고 바느질도 하고 수를 놓고 다림질을 하고 그래도 마음이 가라앉지 않으면 청소를 했다. 하지만 우울함은 나아지지 않았다.

"흑!"

깊은 밤, 홀로 앉아 지치도록 바느질을 하다가도 문득 주위를 돌아보면 슬퍼졌다. 어떤 때는 아무런 이유도 없이 갑자기 가슴이 서늘해지면서 온몸이 떨릴 정도로 차가운 바람이 부는 것 같았다.

죽음이 점점 가까워지는 것이 느껴졌다. 여기가 어디일까? 나는 지금 어디에 있는 것일까? 문득 두려운 생각이 들었다. 이대로 죽으면 정말 내 영혼은 산산이 흩어져 구천을 떠도는 것이 아닐까 두려워졌다.

한세는 지금이 두려움에 맞서서 진심으로 용기를 내야 할 때라는 것을 깨달았다. 하지만 마지막까지 희망을 잃지 않는 것은 지금 그녀가 하는 일은 결코 역사를 뒤흔들어놓는 것이 아니라, 그녀가 했던 잘못된 선택으로 인해 일그러진 역사를 바로잡는 것이라는 믿음이 있기 때문이었다.

초겨울 찬바람이 불기 시작하던 어느 날이었다.

"그러지 말고 오늘은 나가서 바람이라도 쐬고 오너라."

점심을 먹고 우두커니 앉아 있던 한세는 송씨의 성화에 못 이겨 외출 준비를 했다.

"가마로 뫼실까요?"

"좀 걷고 싶네."

금동이 달려와 물었지만 한세는 고개를 저었다. 언제나 혼자였지만, 오늘은 더욱 홀로이고 싶었다. 마음을 텅 비우고 홀로 걷고 싶었다.

한세가 막 가회당을 나설 때 연행에서 돌아와 대궐에 당도한 강이 보낸 사람이 왔다. 송씨는 반가운 마음에 한세가 막 가회당을 나갔다는 것을 그에게 알려주었다.

강은 도성으로 돌아오는 동안에도 송씨가 보낸 서신을 통해 한세의 우울증에 대해 듣고 있었다. 안타까운 마음에 당장에라도 돌아오고 싶었지만 사행단을 이끌고 있는 몸이기에 그럴 수 없었다.

❀

강은 한 손으로 고삐를 잡은 채 말이 걷는 대로 몸을 맡겨두었다.

도성을 돌아온 초겨울 바람은 딱 알맞게 쾌적했다. 그는 오늘은 어쩐지 운명이 자신의 편에 설 것 같은 예감이 들었다.

새파란 하늘에는 뭉쳐 놓은 솜처럼 부드럽고 커다란 구름들이 보였다. 한세는 쓰개치마를 벗어들고 콧노래를 흥얼거리며 그늘이 짙은 숲길을 느릿느릿 걸어갔다. 나뭇가지 사이로 스며든 한없이 창백하고 투명한 빛에 눈이 시렸다. 바람이 불어오니 소나무 향기가 짙어졌다.

그와 마주친 건 긴 소나무 숲길을 지나 마을 쪽으로 가는 길에서였다.

한세의 앞으로 말 두 필이 다가오더니 그녀를 지나쳐 서만치에 섰다. 그는 임금을 알현하고 대궐을 나서며 급하게 갈아입은 가벼운 도포 차림이었다.

강은 혼인 후 처음 해보는 일탈에 마음이 설레고 흥분되었다. 이제껏 언제나 완벽하기만을 강요해 온 자신에게 그리고 한세에게도 휴식을 주기로 한 것이었다.

"조금 지나 조용히 서야 하는데, 옳지, 성공이다!"

강은 어린 소년처럼 즐거운 쾌재를 불렀다. 무심히 걷고 있었던 탓인지 한세는 전혀 눈치채지 못한 것 같았다.

"엉?"

드디어 한세도 눈에 익은 말을 발견했다.

"어디까지 가는 길이오? 같은 방향이면 태워줄 수도 있을 것 같은데."

한세가 다가오자 강이 기다렸다는 듯이 돌아보며 물었다.

예상치 않았던 곳에서 강을 만나자, 마치 세상 끝에서 싱그러운 신록의 향기를 내뿜는 거대한 나무를 만난 기분이었다.

"어?"

능청스러운 강의 장난에 한세의 얼굴에는 환한 웃음이 떠올랐다.

"웃기는?"

맑고 환한 웃음, 많이 망가진 것은 아니었구나. 강은 그녀의 웃는 모습에 가슴을 쓸어내렸다.

"고맙기는 하지만 저는 걸어가려고 나온 겁니다."

한세는 입가에 떠오르는 웃음을 지우며 새침한 얼굴로 외면해 버렸다.

"그래도 타지?"

"싫은데요."

"내가 내려서 태워 드려야 하나?"

결국 강은 말에서 내려 그녀를 안다시피 해 말에 태웠다.

"어찌 이러십니까, 이건 납치입니다!"

"맞아, 나 너 납치하는 것이야."

강은 혼인 전의 그때처럼 짧게 대답했지만 목소리는 들떠 있었다.

"바보처럼, 이럴 때는 말을 한 필만 타고 왔어야지요."

그런 강의 마음을 알고 한세 역시 그 시절로 돌아가 장난스럽게 웃었다.

"그러면 말이 힘들다고 싫어하지 않았느냐?"

"그렇긴 하지만."

한세는 새침한 얼굴로 올려다보았다가, 그의 긴 속눈썹에 아래 따뜻한 눈동자를 보니 엉엉 울고 싶어졌다.

"어디로 데려다줄까?"

말에 오른 강이 은근한 목소리로 물었다.

"납치한 사람 마음이지요."

"그렇지."

한세를 데리고 도성을 빠져나간 그는 끝없이 펼쳐진 들판을 달려 강가로 갔다. 노을이 내려앉은 강의 수면은 금빛으로 출렁거리고 어디선가 불어오는 시원한 바람이 볼을 스쳐 갔다. 인적이 드문 그곳은 유난히 적요해서 바람 소리조차 들리지 않았다.

한세는 먼 연행길에 고단하였을 것인데 쉬지도 못하고 달려와 준 강을 생각하니 코끝이 시큰거리며 가슴이 뭉클해졌다. 한세에게 강은 언제나 자신의 모든 것을 아낌없이 내어주는 나무 같은 존재였다.

"강이네."

한세는 이곳으로 데려와 준 강의 마음이 고마워 목이 따끔거렸다.

"내가 그리웠을 것 같아서."

한세의 야윈 얼굴에서 눈을 떼지 못하는 강이 속삭이듯 대답했다.

"예. 그리웠어요. 당신이…… 하지만 나 다음 생에 당신을 다시 만
난다면 알은체를 못할 것 같아요, 너무 염치가 없어서……."

"걱정하지 마라. 그래도 내가 알아보마. 나는 네가 어디서 어떤 모
습으로 있어도 꼭 알아볼 수 있을 것이다."

"행복합니다. 지금 당신 곁에서 이렇게 살아 있어서……."

한세가 눈물을 글썽이자 강은 크고 단단한 손을 내밀어 그녀의 작
은 손을 꼭 잡았다.

"애쓰지 말자. 우리 그냥 마음이 시키는 대로 하자."

한세의 마음을 다 읽기라도 한 듯이 강이 먼저 입을 열었다.

"예."

한세가 겨우 고개를 끄덕이며 강의 얼굴을 다시 보았다.

"보고 싶었다."

강의 입술이 한세의 이마 위로 살짝 닿았다 떨어져갔다.

그날 밤, 한세와 강은 강나루 작은 주막에 방을 빌렸다. 방 안은 어
두컴컴했지만 작은 창으로 별빛이 스며들었다.

한세는 손을 뻗어 그의 몸을 더듬어보았다. 손을 뻗으면 만질 수
있는 그의 감촉, 나른한 행복이 그 밤을 충만하게 했다. 한세는 잠든
강의 옆얼굴을 쳐다보다가 그의 잘생긴 이마에 입 맞추었다.

눈꽃이 하나둘 떨어지는 아침, 한세와 송씨는 중전이 하사한 당의
를 입고 밖으로 나왔다.

"두 분 다 참으로 곱습니다."

강은 관복을 입고 문 앞에서 송씨와 한세가 나오기를 기다리고 있었다.

"얼른 가마에 오르세요, 어머니."

세자를 잘 돌봐주어 고맙다는 말도 제대로 하지 못했다고 늘 아쉬워하던 중전이 가회당의 두 부인을 초대한 것이었다.

"그래, 어서 가자꾸나."

강의 사인교를 앞세우고 송씨와 한세는 가마를 타고 궁궐로 향했다. 여기저기 흩어져 뒹구는 낙엽을 밟으며 가마꾼들은 긴 돌담길을 달려 대궐로 갔다.

한세는 이상하게 기분이 좋아져 길가에 늘어진 나뭇가지 끝에 매달려 달랑거리는 빠알간 단풍잎을 보았다.

"지는 잎새가 어찌 저리 고운가?"

곁창을 열고 바라본 바깥 풍경이 너무 고와 가슴이 살랑살랑 설레었다.

"어서들 오세요."

중전은 가회당 부인들에게 감사하는 마음으로 조촐한 연회를 마련하였다. 왕을 닮아 검소한 중전은 모처럼 잔칫상을 내오라 이르고 세자와 의빈 성씨를 불렀다. 중전은 세자를 돌봐준 가회당 식솔들에게 고마운 마음을 표하고 싶었지만, 번번이 사양하는 탓에 하사품을 내리지 못한 것을 이렇게 대신하려 했다.

"그동안 내가 자네를 오해하였네."

이제는 철민에게 시집가 잘 살고 있는 윤소이가 이간질을 하는 바람에 그동안 중전과 한세의 사이는 껄끄러웠다. 중전은 그간에 맺힌 일도 풀고 싶었다.

"아닙니다, 마마."

"세자를 잘 돌봐주어 고맙네. 부인도 고맙습니다."

중전은 한세를 곁에 앉히고 손을 잡아주며 따뜻한 말로 위로하였고 송씨에게도 고맙다는 감사를 전했다.

"할 일을 한 것인데 그리 말씀하시니 어찌해야 좋을지 모르겠습니다, 마마!"

이런 자리가 익숙하지 않은 송씨는 행여 실수하지 않을까 긴장하고 있었다.

"차린 것은 없지만 맛있게들 드세요."

"예, 마마."

중전이 권하자 한세도 맑은 장국을 한 숟가락 입에 떠 넣었다.

"욱!"

국물 맛을 보던 한세는 갑자기 비위가 상해 헛구역질을 하고 말았다. 한세가 헛구역질을 하자 중전과 송씨는 동시에 그녀의 배를 바라보았다.

"송구합니다. 제가 결례를……."

"아니, 아닐세. 잠시만. 이것을 먹어보게."

중전은 조기 한 토막을 한세에게 권했다.

"예, 욱!"

당황한 한세는 중전이 권하는 조기를 받으려다가 다시 한 번 속이 뒤틀리며 헛구역질을 하였다.

"틀림없습니다!"

"그렇지요."

"그래도 확인을 해봐야 하니 일단 차린 음식을 먹고 어의와 의녀를 불러보지요."

중전은 송씨에게 틀림없다고 고개를 끄덕였지만 본인이 상상임신에 시달린 터라 어의를 불러 진맥을 하게 할 생각이었다.

상을 물리고 한세와 송씨는 중궁전으로 자리를 옮겨 의녀에게 진맥을 받았다. 발을 내리고 어의가 직접 한세의 손목에 실을 묶어 진맥을 하는 동안 기별을 받은 강이 중궁전으로 달려왔다.

중궁전 안은 물을 끼얹었듯이 조용하여 바늘이 떨어지는 소리도 들릴 것 같았다.

'천지신명이시여, 서씨 집안에 대를 이을 자식 하나만!'

내색은 하지 않았지만 얼마나 기다려왔던 손자였던가. 송씨는 떨리는 마음을 누르며 강의 손을 꼭 잡고 어의가 진맥을 하는 것을 지켜보았다.

'나야, 언제나 너만 있으면 되지만, 그래도 너를 꼭 닮은 아이가 있다면 얼마나 좋겠느냐.'

강 역시 한세가 얼마 전부터 밥을 통 먹지 못하자 내심 기대를 하였던 터라 숨을 죽였다.

"어떻소?"

어의가 진맥을 마치자 중전이 다급히 물었다.

"마마, 태기가 틀림없습니다."

"오, 그렇지요?"

"대감, 감축드립니다."

어의는 환하게 웃는 얼굴로 강의 손을 잡았다.

"고맙습니다, 고맙습니다."

강은 믿어지지 않는다는 얼굴을 한 한세를 바라보았다. 그녀는 아무런 근심 없던 그 시절 보았던 것처럼 해맑고, 슬픔 한 점 없이 포실포실해 보였다.

"수고하셨습니다, 부인."

한세를 바라보는 강이 눈자위가 붉어졌다. 연경에서 돌아온 강과 강가의 작은 주막에서 보낸 달콤하고 짜릿한 하룻밤의 기억이 한세의 볼을 붉게 물들였다.

❀

마루를 뛰어 오는 작은 발소리가 콩콩콩 들렸다.

모처럼 찾아온 벗들과 둘러 앉아 차를 마시던 강은 찻잔을 내려놓고 일어나 문 앞으로 가서 섰다. 까치발을 하고 살금살금 걸어오는 소리가 들리는가 하더니 문이 벌컥 열렸다.

"어흥!"

그와 동시에 강이 두 손을 들고 아들을 향해 맹수처럼 무섭게 덤벼들었다.

"아, 깜짝이야, 아하하하!"

뒤로 벌렁 넘어지는 바람에 쓰고 있던 호피모자가 벗겨져 저만치 굴러갔지만 아이는 우스워 죽겠다고 까르르 넘어간다.

"이놈! 어른들 계시는데 장난을 하면 쓰겠느냐?"

"아버님!"

강은 엄한 얼굴로 혼을 내는 시늉이라도 하려고 했지만 아이는 말릴 겨를도 없이 그의 품으로 뛰어들었다.

"놀라지 않았더냐?"

"아니요!"

송씨가 지어준 앙증맞은 색동저고리를 입은 아이는 이제 세 살이 된 한세와 강의 아들 서준이었다.

"세의 아들이니 심장이야, 좀 튼튼할까! 그것 참!"

아들을 안고 좋아라 웃는 강을 향해 건우는 기가 찬다고 피식 웃었다. 그 역시 얼마 전 아들을 얻은 터라 그 마음이 이해가 가지 않는 것도 아니었지만, 차갑기만 하던 강이 아들을 안고 저리 헤벌쭉 한 것을 보니 믿기지가 않는 것이었다.

"천하의 강이 아들 바보가 되었다더니, 참말이었구면."

기섭 역시 강의 새로운 모습이 보면서도 믿기지 않는 모양이었다. 기섭은 뒤늦게 혼인을 하였지만 첫날밤에 아이가 생기는 바람에 아들이 벌써 다섯 살이었다.

"날도 추운데 또 밖에서 놀았더냐, 볼이 꽁꽁 얼었구나."

강은 두 손을 호호 불어 발갛게 얼은 아들의 뺨을 감싸주며 걱정을 늘어놓았다. 영락없는 아들 바보 아빠였다.

"어머니께서는 밖에서 뛰어 노는 것이 좋다고 하셨는데요."

"조금씩 놀아야지, 그러다 고뿔 들까 봐 그러지 않니, 한데 어머니는 어디 계시니?"

"소자가 배가 고파서 떡을 먹으려고 찬간에 가보니까, 다과상을 내오신다고 먼저 가라고 하셨습니다."

아이는 강을 닮아 총명하고 똑 부러지게 말도 잘했다. 게다가 이제 겨우 세 살인데 소학을 읽기 시작했고, 제 마음대로 시를 지어 읊다가 송씨의 눈에 띄어 시집까지 발간하였다.

"이리 와 어른들께 인사드려라."

강은 아들을 건우와 기섭이 앉아 있는 아랫목으로 데려갔다.

"오셨습니까, 준이라고 합니다."

서준은 고사리 같은 두 손을 모으고 넙죽 엎드려 절을 올렸다.

"하하하! 피는 못 속인다더니, 그놈 참!"

기섭은 그 옛날 강의 모습이 생각나 허허 웃었다.

"우리 준이가 누굴 닮았나 했더니 어떤 고얀 놈을 그대로 빼닮았구나."

기섭의 말에 건우 또한 고개를 끄덕이며 동의했다.

"나만 닮은 것은 아니라네, 어떤 때보면 엉뚱세를 꼭 닮았다네."

"허허, 그러면 이놈은 또 얼마나 이상할꼬?"

강의 말에 건우는 손뼉을 치며 웃었다.

"제 귀가 어찌 이리 간지러운가 했습니다."

건우가 죽겠다고 웃고 있을 때 문이 열리며 한세가 다과상을 들여왔다. 푸른 구슬빛 치마에 미색 삼회장저고리를 입은 한세는 나이가 들수록 고아한 아름다움을 뽐냈다.

"상을 차리는 중이니 그때까지 요기나 하시지요."

한세는 약과와 곶감쌈, 잣강정, 밤초, 수정과를 정갈하게 차린 다과상을 내려놓으며 기섭과 건우를 심각하게 바라보았다.

나랏일로 바쁜 두 사람이 날씨도 추운데 가회당으로 나란히 찾아온 것이 이상했던 것이다. 기섭과 건우는 맛이 있기로 소문난 가회당의 겨울 다과상을 받아놓고도 선뜻 수저를 들지 못했다.

"점심상을 받을 틈은 없고, 간단하게 요기만 하고 가마."

건우의 눈치를 살피던 기섭이 서둘러 젓가락을 들었다.

"무슨 일이십니까?"

매화를 띄워 우려낸 차를 건우에게 권하며 한세는 차분하게 물었다. 우물쭈물 서로의 눈치를 살피며 뜸을 들이는 것이 예감이 심상치 않았다.

"음!"

건우는 젓가락을 내려놓으며 근심 어린 눈빛으로 한세의 얼굴을 바라보았다. 입술 사이로 짧게 새어 나온 신음 소리가 그가 들고 온 사안이 심각하다는 것을 말해주었다.

"전하의 옥체에 문제가 생겼다."

"에에?"

건우의 말에 한세는 온몸에서 한꺼번에 힘이 빠져 나가는 것 같았다. 한세는 찻잔을 놓치고 말았고 아들을 안고 있던 강의 얼굴도 창백해졌다.

"전하의 옥체에 문제가 생겼다니요?"

어린 시절부터 관리를 해서 그런지 이산은 보통 사람들보다 훨씬 건강한 편이었다. 얼마 전까지 어의의 기록을 살폈고 찰스와 들어가 진료를 했을 때에도 별다른 이상이 없기에 안심하고 있었던 것이었다.

"종기가 생기셨다."

기섭은 예동 시절부터 한세가 얼마나 이산의 몸에 종기가 생길까 신경을 곤두세웠는지 알고 있었다.

"어느 곳에 생기셨습니까?"

드디어 올 것이 왔다는 생각이 들었다. 결국 피할 수 없는 것이라면 맞서 싸울 수밖에. 한세는 마음을 다잡고 차분하게 물었다.

"엉덩이 쪽이다."

"얼마나 되셨습니까?"

"얼마 되지 않았다, 하나 전하께서도 종기가 난 것이 신경이 쓰이신 것 같다. 급하게 어의를 찾으신 것을 보면……."

왕의 몸에 종기가 생기자 걱정이 되어 한달음에 달려온 기섭은 묻는 말에 차근차근 대답해 주었다.

어려서부터 종기, 종기, 입에 달고 살던 한세였다. 그뿐인가, 이산의 몸에 종기가 생기면 미워할 것이라고 협박도 서슴지 않던 그녀였다.

유월이 되어 날씨가 더워지기 시작하면 부끄러운 것도 모르고 이산의 몸을 샅샅이 뒤져 보던 한세였으니 항상 옆에 있던 기섭이 모를 리 없었다. 평소 한세의 특별한 능력으로 미루어 볼 때 왕의 몸에 종기가 생기는 것은 큰 위험이 닥친 것이라 생각한 것이었다.

"전하께 가봐야겠습니다. 채비하고 나오겠습니다."

한세는 더 이상 지체할 수 없다는 듯 자리에서 일어났다.

'어쩌면 저는 또다시 전부를 걸어야 할지도 모르겠습니다, 서방님!'

한세는 눈에 넣어도 아프지 않을 것 같은 아들 준과 강을 물끄러미 바라보았다. 또다시 이 가회당과 지아비와 자식까지 위험에 빠뜨리게 될까 봐 두려웠지만 멈출 수 없는 일이었다.

"뒷일은 내가 감당할 것이니, 부인은 걱정 말고 전하의 옥체만을 생각하오."

강은 말하지 않아도 한세가 무엇을 염려하고 있는지 다 알고 있다는 눈빛으로 고개를 끄덕였다. 쓸쓸하게 고개를 숙이는 한세를 보니 강의 마음도 편치 않았다.

"고맙습니다, 서방님. 준아, 할머님 말씀 잘 듣고 얌전하게 놀아야 한다."

"예, 어머니."

한세는 아무것도 모른 채 해맑은 얼굴을 한 아들을 꼭 껴안아주고 자신의 방으로 갔다.

언젠가는 이런 날이 오리라 예상은 하고 있었지만, 막상 왕의 몸에 종기가 생겼다고 하니 방심했다는 생각이 들었다. 그나마 위안이 되는 것은 이산의 몸에 종기가 생긴 것이 이번이 처음이라는 것이었다.

역사의 기록에 따르면 정조는 즉위 초부터 수시로 종기가 나기 시작했고 즉위 내내 크고 작은 종기로 고통받다 결국 종기 치료 중에 세상을 떠났다. 그러나 지금은 이미 이산이 보위에 오른 지 십사 년째었다.

'전하, 운명은 바꿀 수 있는 것입니다. 바꿀 수 없는 것은 숙명이지요. 저는 전하께서 그리 허무하게 세상을 떠나시는 것이 숙명이라 생각하지 않습니다.'

깨끗한 옷으로 갈아입은 한세는 다시 한 번 주먹을 꽉 움켜쥐었다.

"부인!"

요즘 들어 몸이 좋지 않았던 한세가 걱정이 된 강은 건우에게 아들을 잠시 맡겨두고 따라 나왔다.

"전하께 전하실 말씀이라도 있으십니까?"

"아니오, 전하의 옥체를 보살피는 것도 중요하지만 부인의 몸도 생각하면서……."

강은 더 이상 말을 잇지 못하고 한세의 야윈 몸을 꼭 안아주었다. 올 겨울 들어 부쩍 안색이 창백하고 기력이 떨어지는 것이 눈에 보이는 한세였다. 그녀 자신도 그런 것을 느꼈는지 아들과 더 많이 놀아주고 강을 위해 날마다 즐거운 이야기를 준비하고 매일 맛있는 밥상을 차려주었다.

"그럼요. 제가 누굽니까, 저는 언제나 행복한 세가 아니겠습니까?"

"맞아요, 부인은 언제나 엉뚱한 세니까. 이번에도 보란 듯이 전하를 지켜내실 것이오."

할 수 있는 한 좋은 며느리, 재미있는 어머니, 행복한 아내로 살고 싶어 하는 모습이 눈에 보여 강은 마음이 아프면서도 행복했다. 하지만 이제 이렇게 쇠약해진 한세를 또 그녀의 주군에게로 보낼 수밖에 없었다.

〈날씨가 이리 찬데 엉덩이 부위에 종기가 생겼다고 합니다.〉

한세는 입궐하기 전에 찰스를 찾아가 왕의 증세를 설명하고 왕진 가방을 챙겼다. 찰스는 파리외과대학을 졸업한 후 의사로 활동하다가 선교에 뜻을 두고 프랑스 선교사와 함께 중국으로 왔다가 채운을 만나 조선으로 오게 되었다. 그 무렵 파리는 의학과 화학이 급격하게 발전하고 있었다.

〈일단은 가서 상태를 봐야 알 것 같습니다.〉

음력 이월이니 아직 한겨울이었는데 종기가 생겼다는 말에 찰스도 긴장했다.

한의학에서 말하는 것처럼 화기가 밖으로 나와 겉으로 터지는, 그래서 눈에 보이는 종기는 외옹이라 한다. 이 종기는 쉽게 곪아 치료가 쉽지만, 반대로 화기가 안으로 들어가 오장육부에 생겨서 보이지 않는 종기를 내옹이라고 하는데 이것이 위험한 것이다.

〈선생님, 비누 좀 있는 대로 주세요. 궁에도 있기는 하지만 혹시 모자랄까 봐요.〉

〈예, 그러세요.〉

한세는 필요한 비품들을 챙기다가 진료가방을 챙기는 찰스에게 비축해 둔 비누를 달라고 했다. 찰스는 프랑스에서 생산되는 여러 가지 물건들을 조선으로 가져왔는데 그중 하나가 비누였다.

청에서 들여오는 물건 중에 비누가 있기는 했지만 워낙에 귀하고 값도 많이 나갔다. 한세는 만약을 대비해 비누를 많이 비축해 두었다. 비누로 몸을 깨끗하게 씻는 것만으로도 종기를 일으키는 주된 원인균인 황색포도상구균을 많이 없앨 수 있기 때문이었다. 비단전에서도 비누를 만들어보려고 애쓰는 중이었지만 아직까지는 걸음마 단계였다.

"어서 가시지요."

필요한 비품들을 챙긴 한세는 비누를 챙겨 나오는 찰스와 함께 말을 타고 궁으로 향했다.

"전하, 제가 너무 무심했사옵니다."

왕을 알현한 한세가 용서를 비는 동안 찰스는 바닥에 머리를 조아리고 있었다.

"그리 큰 일이 아니라는데 이렇게 시끄럽게 구는구료."

이산은 헐레벌떡 달려온 한세를 멋쩍은 얼굴로 바라보았다. 군신의 관계라고는 하지만 이제는 한세도 자식을 두었고 좌의정의 부인이니 정경부인, 예를 갖추고 대접을 달리할 수밖에 없었다. 분명 잔소리를 끝없이 늘어놓을 것이라는 생각에 한세에게는 알리지 말라고 신신당부했지만 기섭과 건우의 입을 막을 수는 없었다.

"전하!"

별일이 아니라고 했지만 어의는 이미 유명한 치종의까지 불러들였다. 조선에서 종기는 흔한 질병이기 때문에 여러 가지 치료 방법들이 있었다. 또한 종기 치료에 특출한 의원들도 많았는데 이들을 치종의라 불렀다.

이산이 세손 시절부터 모시던 한세가 수시로 내의원을 드나들며 종기의 발병을 염려해 온 터라 어의 역시 긴장을 한 것이었다.

"놀라서 달려온 것인가."

"당연히 걱정을 해야 할 일입니다. 하나 종기 치료에 유명한 모든 분들이 모였으니 그나마 안심이 됩니다."

한세는 종기에 대한 경각심을 일깨워 주기 위해 이산을 안심시키기보다는 처음부터 치료의 모든 과정을 정확하게 알려주기로 결심했다.

"여기 있는 어의와 치종의는 이미 환부를 살펴보았으니, 이번엔 찰스 그대가 진찰을 해보게."

이산의 명이 떨어지자 한세는 잔뜩 주눅 들어 있는 찰스에게 통역을 해주었다. 찰스가 조선으로 들어와 왕을 알현한 것도 여러 번이었고 한 달에 한 번씩 한세와 함께 검진을 하며 이야기를 나눈 것도 수차례 있었지만 그는 여전히 이런 자리가 불편했다.

〈어떻습니까?〉

찰스가 검진을 끝내고 나오자 문 밖에서 기다리고 있던 한세가 조심스럽게 물었다.

〈당뇨나 비만 같은 성인병의 증세는 없으니 그에 따른 합병증은 아닙니다. 게다가 종기가 붉어지고 열이 나는 것을 보니 곧 곪을 것입니다.〉

〈하면 종기가 생긴 원인이 무엇일까요?〉

찰스의 검진 결과를 따르면 이번 종기는 외옹이었다. 한세는 그나마 한시름 덜었다고 가슴을 쓸어내렸다.

〈피곤이 누적되어 면역력도 많이 떨어져 있고, 과로로 호르몬의 균형이 깨진 탓일 겁니다.〉

〈예, 알겠습니다.〉

찰스의 진료 소견은 어의와 치종의의 의견과도 거의 같았다. 네 사람은 치료 방법에 대해 논의를 시작했다.

종기는 감염으로 인해 염증이 생기고 곪는다. 다 곪았다고 생각이 들면 종기를 째서 고름을 짜내고 환부가 덧나지 않도록 소독하고 치료하는 것이었다.

그것은 서양의학의 외과, 피부과에서도 그렇고 한의학에서도 마찬가지였다. 그러나 문제는 왕의 몸에는 칼을 대지 못한다는 것이었다.

"우선은 전하의 환부에 이번에 새롭게 개발한 고약을 붙여보도록 하지요."

한세는 요즘 찰스와 함께 동의보감에서 소개한 고약을 좀 더 편하게 쓸 수 있도록 개발하고 있었다. 동의보감과 각종 한방서를 바탕으로 1906년도에 개발한 이명래 고약은 현대에도 사용 중일 만큼 우수한 종기치료 약이다.

"그렇게 하지요."

"예."

어의가 찬성하자 한세는 들어가 이산에게 검진 결과를 상세히 설명하고 어떤 처방을 쓸 것인지도 설명했다.

"이 고약은 동의보감에서 소개하는 한방 생약인 황, 왕단, 유비, 유향, 창출, 청피, 금은화, 도인, 목향 등의 약재를 주성분으로 해서 마치현(쇠비름)을 더해 만든 것입니다, 전하."

한세는 고약 안에 있는 콩알 모양의 발근고에 불을 붙여 녹인 뒤에 어의에게 주었다. 어의는 그 고약을 받아 왕의 환부에 붙였다.

"전하, 앞으로는 상소문이나 서책을 보실 때 앉아서 보지 마시고, 서서 보십시오. 제가 특별한 책상을 만들라고 하겠습니다."

"서서 정무를 보라는 것이오?"

이산의 치료가 끝나자 한세는 앞으로 종기의 예방과 치료에 대해 해야 할 일들을 설명하기 시작했다.

"예, 어차피 지금은 앉으실 수 없을 것이니 일어서서 움직이시면서 정무를 보시고 앞으로 완쾌하신 뒤에도 상소문과 서책은 서서 보거나 걸으면서 보십시오."

"일어서서 어찌 집중해서 상소문을 읽고 정무를 보겠소?"

이산은 부드러운 목소리로 되물었으나 한세는 그가 쉬이 받아들이지 않을 거란 걸 짐작했기에 그를 설득하고자 했다.

"지금 전하께서 이리되신 것은 평소 숙면을 취하지 못하시고, 과로

하셨기 때문입니다. 제가 누누이 말씀 드리지 않았습니까, 무리해서 많은 일을 하다가 병이 생긴다면 오히려 그것이 손해라고 말입니다."

"나는 그대의 말대로 했소. 무리하지 않았소."

한세가 굳은 얼굴로 정색을 하자 이산은 뜨끔해서 절대로 과로하지 않았다고 딱 잡아뗐다. 예나 지금이나 그에게 한세는 호환마마보다 더 무서운 존재였다.

"무리해서 도저히 견딜 수 없게 했다고 전하의 옥체가 말해주고 있사옵니다."

한세는 민망해하는 이산의 얼굴을 물끄러미 바라보다가 천천히 눈을 내리깔았다. 무리하지 않았는데 옥체가 어찌 어리 된단 말인가, 한세는 그동안 이산의 건강을 위해 공들여 온 세월을 생각하니 울화가 치밀어 울고 싶은 심정이었다.

"나는 언제나 그대 잔소리를 생각해 정무를 다 끝내지 못하고……."

한세의 얼굴이 붉어지는 것을 본 이산은 공연히 큰 죄를 지은 것처럼 미안해져 목소리가 잦아들었다.

"전하께서는 꿈속에서도 백성들을 만나고 계시지 않습니까?"

"어, 그것을 어찌 알았소?"

이산은 신기하다는 듯 눈이 휘둥그레졌지만, 실록을 통해 그에 대해 모르는 것이 거의 없는 한세는 마음이 아팠다.

경들은 의술에 밝은 자를 두루 찾아 반드시 오늘 안으로 당장 내 병에 차도가 있게 하라. 나의 병세가 이러하여 백성과 나라의 일을 전혀 처리하지 못하고 있으나, 일마다 관심이 있는 것은 아무리 하찮은 일이라도 그냥 넘어가지 않아 이따금 꿈을 꾸기도 한다.

정조 실록 24년 6월 23일

정조는 종기로 투병하다 병이 깊어져 죽음을 얼마 앞둔 그 순간까지 자신이 정무를 제대로 보지 못해 백성들이 꿈에 나타난다고 걱정하였다. 그를 또 다시 그렇게 만들 수는 없었다.

"지금 전하께서는 너무 많은 정무를 살피시느라 운동도 하지 못하시고 늘 앉아만 계십니다. 대체 훌륭한 신하들은 어디 쓰시려고 전하께서 일을 다 하십니까?"

한세는 자신의 뜻을 관철시키기 위해 마음을 독하게 먹었다.

이산은 어려서부터 한세와 예동들을 곁에 두고 개혁에 대한 계획을 세우고 세손 시절에는 구체적인 실천 방법을 모색해 왔었다. 준비된 왕이 보위에 오르자 조선은 눈부시게 발전했다. 즉위와 동시에 사보와 학술지를 편찬하며 백성들의 소통을 허락하였고, 병권을 강화하였으며 상언과 격쟁을 실시하여 백성들의 소리를 들었으며, 암행어사를 활용해 지방 수령들을 효율적으로 관리하고 지방을 개혁하였고, 서얼허통, 노비제도 혁파, 금난전권을 철폐하여 경제 민주주의를 도입하였고, 사법제도를 정비해 억울한 이가 없게 하였다.

게다가 왕의 개혁에 견인 세력이 되어주었던 채제공과 김종수가 없다고 해도 이제는 우의정 강건우와 좌의정 강이 나란히 왕의 두 팔이 되어 일을 하고 있다. 기섭이 병권을 지키고 있고 규장각의 인재들이 머리가 되어 매일 새로운 정책을 수립하고 정약용이 그것들을 실용화시키고 있다. 군신간의 호흡이 이렇게 환상적이니 조선은 그야말로 르네상스, 눈부시게 발전하고 있었다.

한데도 이산은 늘 백성들의 걱정과 조선의 앞날에 대한 걱정이 끊이지 않았다. 만약 한세가 그가 죽은 뒤 조선의 참혹한 미래에 대해 이야기해 주었다면 이산은 그 성격상 그대로 있지 못했을 것이고 그랬다면 건강은 더 나빠지고 말았을 것이다.

"물론 나의 예동들도 있고 정약용과 같은 인재들과 훌륭한 규장각의 학자들도 있지만 그들을 살피고 이끄는 것은 내가 해야 할 일이 아니오?"

"하면 전하께서 지금처럼 병을 얻으셔서 자리보전하고 누우시면 누가 그 훌륭한 신하들을 이끌 것입니까?"

"어허, 그것참!"

"전하, 이제는 이대로 건강하시기만 하면 되는 것입니다. 해서 이 모든 것을 이어 받을 세자마마께서 무사히 보위에 오르고 전하께서 꿈꾸시는 화성의 꿈도 이루셔야 하지 않겠습니까?"

이산에게 말려들지 않으려고 한세는 더욱 냉정해졌다.

"알겠소, 과인이 잘못했소. 하니, 그만 화를 푸시오."

"하면 윤허하신 것으로 알고 당장 나가서 책상부터 만들겠습니다. 사용해 보십시오, 익숙해지면 오히려 더 집중력이 좋아지실 것입니다."

한세는 그 길로 나가 솜씨 좋은 목수를 불러 왕의 침전과 집무실에 일어서서 일을 할 수 있는 책상을 짜서 넣도록 지시했다.

"또한 방에는 꼭 숯을 가져다 두도록 하세요. 습기를 빨아들여 공기를 맑게 해줍니다."

목수에게 책상을 짜라고 시킨 한세는 지밀나인과 대전내관들을 불러 왕이 기거하는 방은 항상 환기를 시키고 온도를 일정하게 유지해야 하며 건조한 상태를 유지하도록 지시했다.

"예, 그리하겠습니다."

"침방과 세답방의 나인들을 불러주십시오."

이번에는 제조상궁과 왕의 옷을 지어 올리는 상의원, 침방상궁, 왕의 옷을 세탁하는 세답방의 상궁들을 불렀다.

"찾으셨습니까?"

"이렇게들 와주셔서 고맙습니다."

"전하의 옥체와 관련된 일이니 당연히 저희가 해야 할 일이 아니겠습니까, 말씀하시지요."

쉬쉬하고는 있지만 이미 왕의 옥체에 문제가 생겼다는 것을 상궁들은 알고 있었다. 왕에 대한 충심이 깊은 데다가 평소 가회당 한씨 부인의 소문을 들은 제조상궁은 한세를 돕기 위해 발 벗고 나섰다.

"우선 침방과 상의원에서는 앞으로 전하의 속옷은 모두 무명으로 지으세요. 여름에는 겉옷도 모두 통풍이 잘 되는 삼베나 모시를 사용하셔야 합니다."

"예, 그리하겠습니다."

"하고 세답방에서는 전하의 속옷은 모두 삶아서 햇볕에 바짝 말려 소독을 해야 합니다. 뿐만 아니라 항시 다리미로 깨끗하게 다려서 올려주세요. 이 모든 것은 두 분 마마님이 확인하시기 바랍니다."

"예, 잘 알겠습니다."

한세는 침방상궁과 세답방 상궁에게 주의할 점과 당부할 것들을 적은 작은 서책을 하나씩 나눠주며 꼭 지켜줄 것을 당부하였다.

"하고 전하께서 정무를 끝내고 쉬실 때에는 간단하게 무명붕디 하나만 입고 편히 쉬시도록 권하십시오. 언제나 통풍이 잘 되는 의복을 입으시도록 신경을 쓰시고요."

한세는 지밀상궁과 대전상궁에서 왕이 입을 의관은 물론 피를 맑게 하는 음식과 채소즙을 매일 살펴서 올리도록 부탁했다.

상궁들을 만나고 바쁘게 일을 마친 한세는 기섭이 내준 직숙실로 돌아가 간편한 무복으로 갈아입었다. 밖으로 나오니 그녀의 콧등 위로 눈꽃이 떨어졌다.

"후후!"

콧등에 녹아드는 시리도록 차가운 느낌이 좋아 간지러운 웃음이 터지려는 찰나.

"앗!"

한세는 바늘로 찌르는 듯한 통증에 심장을 움켜쥐고 비틀거렸다.

"아, 아직은 안 돼!"

한세는 주먹을 움켜쥐고 불규칙하게 뛰는 심장을 탁탁 때리며 꽃담에 기대섰다. 멀리 창덕궁의 편전(便殿)이며 왕이 평상시에 거처하며 신하들과 국사를 의논하는 선정전(宣政殿)이 보였다.

임진왜란이 일어나 화재로 전소되었다가 인조 때 중건된 사연 많은 건물, 행각으로 둘러싸여 있고 동쪽은 담장이며 정면으로는 어로(御路)가 설치되어 있는 아름답고 우아한 건물이었다.

"봄이 코앞인데……."

한세는 꽃담에 기대어 선정전 팔작지붕 청기와 위로 두터운 이불처럼 소복소복 쌓여가는 새하얀 눈을 하염없이 바라보았다.

"조금만 더 힘을 내보자."

한세는 눈이 쌓인 전각 사이를 천천히 걸어갔다.

"가난한 내가 아름다운 나타샤를 사랑해서 오늘 밤은 푹푹 눈이 내린다."

발이 푹푹 빠지는 눈길을 걷고 있자니 문득 대학교 일학년 때 좋아했던 백석의 시가 생각났다.

"가난한 내가 아름다운 강을 사랑해서 오늘 밤은 푹푹 눈이 내린다."

문득 판박이처럼 닮은 아들을 안고 환하게 웃는 강의 모습이 생각나 한세는 저절로 웃음이 났다.

"일이 끝나면 돌아가서 우리 강이에게 더 잘해줘야지, 우리 준이 더 많이 사랑해 줘야지."

급작스럽게 폭설이 쏟아져서 왕의 침전에 도착하였을 때는 궁궐의 지붕마다 하얀 눈이 두껍게 덮였다.

"오셨습니까?"

"예, 전하께서는 아직 오지 않으셨습니까?"

침전으로 들어가니 지밀상궁이 나오며 반갑게 맞았다.

"예, 아직 편전에 계십니다."

"바닥이 너무 뜨거운 것은 좋지 않습니다. 날이 더워지기 전까지는 침상을 가져다 놓는 것이 좋겠습니다."

침전으로 들어서니 갑자기 추워진 날씨에 아궁이에 불을 많이 넣었는지 방바닥이 뜨끈뜨끈했다.

"침상을 가져오너라."

지밀상궁은 급하게 침상을 준비했고 땀을 잘 흡수할 수 있는 두터운 요를 깔았다.

"바닥을 너무 뜨겁게 하는 것보다는 화로를 같이 쓰더라도 방 안 전체가 일정하게 훈훈한 것이 좋습니다."

"예, 그리하겠습니다."

"전하께서는 물과 차를 많이 드셔야 하니, 자주 권하십시오."

"예."

한세가 침전에 필요한 것들을 하나하나 살피고 있을 때 이산이 들어왔다.

"퇴궐하지 않았소?"

미처 다 살펴보지 못한 상소문을 싸들고 침전으로 들어오던 이산은 서안이 사라진 것을 보기 닉심한 듯 긴 한숨을 쉬었다. 편전에도 서안을 아예 치워 버리고 서서 글을 읽을 수 있는 큰 책상을 설치했으니 상소문이나 보고서들을 살피기 위해서는 서서 볼 수밖에 없었다.

"전하께서 쾌차하실 때까지는 궁 안에서 기거할 것입니다. 사형이 직숙실을 내주기로 하였습니다."

"그랬구나."

이산은 간편한 무복 차림으로 서서 자신을 지켜보는 한세를 어린아이처럼 우울한 얼굴로 바라보았다. 그러다 보니 애써 갖추고 있던 격식조차 어느 결엔가 사라져 버렸다.

"전하!"

"어찌 그러느냐?"

긴 한숨을 푹푹 내쉬며 보료 위에 슬쩍 앉으려던 이산은 한세를 돌아보았다

"침수 드실 것이 아니시라면 앉지 마시고 걸으시지요."

"참, 걸으라 하였지."

무서운 조교의 얼굴로 강권하는 한세를 바라보는 왕의 용안에는 낭패의 빛이 역력했다.

"세야……."

책상에 기대 상소문을 읽던 이산은 저만치에 선 한세를 불렀다.

"예, 전하!"

"네가 이렇게까지 하는 것을 보면 혹 내가 종기로 죽을 운명인 것이냐?"

그녀는 몇 시간째 같은 자세로 꼼짝도 않고 그가 불편한 곳은 없는지 지켜보고 있었다. 문득 한세의 근심 어린 눈빛이 마음에 걸렸다.

"전하, 운명은 노력하기에 따라 달라지는 것입니다."

"좋은 말이다."

"바꿀 수 없는 것은 숙명이라 하지요. 설마 전하께서 종기 따위에 쓰러지는 것이 숙명이라 생각하시는 것입니까?"

한세는 설마 그런 것이냐는 듯 눈을 둥그렇게 뜨고 놀란 표정을 지어 보였다.

"아니다, 내가 실언을 하였다."

한세의 표정이 얼마나 우스웠던지 이산은 그제야 마음을 놓고 빙그레 웃었다.

"자, 이제 좀 걸으십시오."

"알았다. 알았어."

결국 이산은 정무를 계속 보고 싶은 욕심에 서서 상소문과 장계를 읽을 수밖에 없었고, 한자리에 계속 서 있는 것보다 천천히 걸으며 읽고 생각하는 것도 괜찮은 방법이라는 것을 알았다.

동의보감에 따르면 엉덩이 쪽은 혈은 많으나 기가 잘 돌지 못해 결국 혈의 순환도 지체되므로 옹이 생길 가능성이 많다고 했다. 따라서 중년 이후에는 특히 주의해야 한다고 했다.

자칫 성인병이 생겨 그 합병증으로 종기가 생기기 시작하면 위험해진다. 한세는 그것을 미연에 방지하고자 어쩔 수 없이 현대에서처럼 서서 일하는 방법을 생각해 낸 것이다.

그리고 며칠 뒤 종기가 완전히 곪자 찰스가 종기를 째고 고름을 짜내는 수술을 하기로 한 날이 되었다.

"전하, 좀 어떠십니까?"

이산은 이제 똑바로 누울 수도 없는 상태라 옆으로 돌아누워 있다가 한세가 들어가자 가까이 오라고 손짓했다.

"중신들은 어찌하고 있느냐?"

왕의 옥체에 칼을 대는 것에 대해 일부 중신들의 반대가 있었다.

"어의께서 참석하신 가운데 편전에 모여 논의하고 있습니다."

"네가 가서 왕의 윤허가 있었다고 전하고 오거라. 빨리 수술을 해야 내가 좀 편해지지 않겠느냐."

"많이 불편하십니까?"

"네가 보기엔 이 자세가 편해 보이느냐?"

많이 불편하냐고 묻는 한세의 성의 없는 질문에 그냥 보기에도 불편한 자세로 누워 있던 이산은 버럭 성을 내고 말았다.

"편전에 다녀오겠습니다."

한세는 처음과 달리 괄괄하게 역정을 내는 이산을 보니 안심이 되어 환하게 웃어 보였다.

"한바탕 해도 좋으니 속히 끝내고 오너라!"

"예, 전하!"

한세는 다시 한 번 심기일전하여 편전으로 향했다.

"옥체에 종기가 생겼을 때부터 전하께서 어의와 양의를 불러 논의하셨고 처방과 치료 방법도 직접 결정하신 것입니다."

법도에 없는 일이기는 하였지만 한세는 어의의 곁에 서서 왕의 병환에 대해 중신들에게 차근차근 설명했다.

"치료를 위해서라고는 하지만 옥체에 칼을 대는 것은 이제껏 없던 일입니다. 다른 방법을 찾아보는 것이 좋겠습니다."

이미 왕이 허락한 일이니 강력하게 반대하지는 못하였지만, 그래도 중신들은 다른 방법을 찾아보기를 권했다.

"옥체에 칼을 대다니요, 이런 해괴한 일이 어디 있소!"

그러나 뒤늦게 소식을 들은 대비가 쫓아와 목소리를 높이자 중신들의 태도도 결사반대 쪽으로 돌변하였다.

"이미 최고의 의원들이 모여 논의를 하였고 치료 방법을 미리 정해두고 치료가 진행 중이었으므로 이제와 다른 방법을 찾는다는 것은 말이 되지 않습니다."

"어찌 정경부인은 불가하다고만 하시오?"

"전하께서는 조속히 수술받기를 원하고 계십니다."

"이는 전하의 옥체와 관련된 것이니 대비마마의 뜻을 따르지요."

한시가 급한 마당에 이렇게 지체하고 있을 수 없었다. 결국 한세가 나서서 수술을 해야 한다고 중신들을 설득하기 시작했지만 그들은 대비의 뜻을 따르겠다고 했다.

"대비마마, 지금은 이것이 제일 안전하고 빠른 치료법입니다."

"하면 그대가 모든 책임을 질 수 있겠는가, 상감의 옥체가 잘못되기라도 한다면 이는 목숨을 내어놓아야 할 일!"

찰스를 비롯한 왕의 의료진들이 어떻게 해서라도 수술을 강행하려 들자 대비는 기어이 마지막 수를 던지며 한세를 압박해 왔다.

"음……."

한세는 잠시 중신들 사이에 자리한 강을 바라보았다. 자신의 목숨만 걸 수 있다면 언제나 주저 없이 대답할 수 있겠지만, 지금 대비의 속셈은 한세뿐만 아니라 가회당 전체를 노리는 것이었다.

"꼭 누군가 책임을 져야 한다면 신이 책임을 질 것입니다."

그러자 이제까지 잠자코 앉아 중신들과 대비의 의견을 경청하고만 있던 강이 나섰다.

"신 역시 책임을 함께할 것입니다. 하니 대비마마, 그만하시고 대비전으로 돌아가 경과를 지켜보시지요."

이번엔 건우까지 나서서 한세와 의원들에게 힘을 실어주었다.

"음, 두 정승께서 그리 말씀하시니 믿고 돌아가겠습니다."

현재 조정의 실세인 두 정승이 책임을 지겠다고 나서자 대비를 앞세운 중신들도 더는 반대할 수 없었다.

찰스가 종기를 찢고 고름을 짜낸 상처 부위에서는 소독을 잘 해준 덕분인지 금세 깨끗한 새살이 돋았다. 상처 부위가 아물기 시작하자 어의는 왕의 기력을 북돋을 약을 지어 올렸다.

한세는 밤마다 왕이 반신욕을 할 수 있도록 준비하였다. 커다란 나무통에는 뜨거운 물에 피로를 풀어주는 약재를 띄우고 마음을 가라앉혀 편안히 잠들 수 있는 향로를 피워두었다.

이산은 처음에는 목욕통 안에 몸을 담그고 하루의 일과를 되짚어보기도 하고 새로운 정책을 구상하기도 하였지만 곧 마음을 비우고 무념무상의 상태를 즐기게 되었다.

왕이 반신욕을 마치고 나무통에서 나오면 마지막으로 비누칠을 해 몸을 깨끗이 씻고 미리 준비해 두었던 미안수에 동백기름을 한 방울 띄워 전신에 꼼꼼히 바르도록 하였다.

별것 아닌 것 같지만 반신욕과 비누 사용, 그리고 몸에 바르는 동백기름은 왕에게는 아주 잘 맞는 종기 치료법이 되었다. 반신욕은 그의 혈액 순환을 도와주었고 피로를 풀어주었으며 숙면을 도와주었다. 또한 동백기름을 발라주는 것으로 피부가 건조해지는 것을 막아주었으니 외종과 내종을 확실히 줄일 수 있었다.

❀

창덕궁(昌德宮)은 조선 왕조의 도성인 한양 북쪽에 위치한 이궁이

다. 응봉(膺峯)에서 뻗어나온 산자락에 자리잡았는데, 궁의 동쪽으로
는 창경궁이, 동남쪽으로는 종묘가, 서쪽으로는 정궁인 경복궁이 위
치해 있었다.

봄바람이 불어오자 창덕궁에는 봄빛 푸른 기운이 허공에 자욱했
다. 겨우내 차가운 바람에 웅크리고 있던 나무들도 혼곤한 잠에서 깨
어나 봄빛으로 물들었다.

봄이 되자 몸이 완전히 회복되어 기력을 되찾은 왕은 예동들과 낚
시나 하며 술 한잔하자고 부용정으로 불렀다.

"그간 평안하셨습니까?"

한세는 부용정으로 가기 전에 의빈 성씨의 처소에 잠시 들렀다.

"고생하셨습니다, 부인."

성씨는 왕의 총애를 듬뿍 받으며 나날이 성장하는 세자 순을 볼 때
면 늘 한세에게 고마운 마음이 들었다.

"제가 할 일인 것을요."

"앉으세요, 차나 한잔하시지요."

"아닙니다, 차는 부용정에 가서 마시겠습니다, 오늘은 마마께 부탁
드릴 것이 있어서 왔습니다."

봄이 되자 한세는 이제 이곳에서의 그녀의 삶이 거의 끝나고 있다
는 것을 알았다. 죽기 전에 성씨를 만나 이산을 지켜 달라고 부탁하고
싶어 찾아온 것이었다.

"제게 말입니까?"

"예, 이것은 제가 전하의 건강을 위해 기록한 자료입니다. 하니 이
제는 마마께서 전하를 지켜주세요."

한세는 그동안 이산의 습관과 좋아하는 것, 주의해야 할 점, 피해
야 하는 것들과 그 외에 많은 것들을 기록한 서책을 성씨의 손에 쥐

여 주었다.

"어찌 제게 이런 것을 주십니까, 어디 멀리 떠나실 분처럼……"

"마마, 전하를 지켜주세요. 그분이 힘들고 외로울 때 언제나 곁에 있어주겠다고 약조해 주세요."

"부인?"

"약조해 주세요, 마마!"

한세는 떨리는 두 손을 내밀어 성씨의 손을 꼭 잡았다.

"예, 약조하겠습니다."

한세의 눈빛이 얼마나 절실했는지 성씨는 고개를 끄덕이며 약조하고 말았다.

"아, 안심입니다. 이제 되었습니다."

그러자 한세는 그늘 하나 없이 밝은 얼굴로 환하게 웃어 보였다.

"모두들 기다리실 것이니 저는 이만 가보겠습니다."

의빈 성씨의 처소에서 나간 한세는 봄바람이 꽃들을 희롱하는 그 길을 걸어 부용정으로 갔다.

치맛자락을 끌며 봄물이 오른 풀길을 걷노라니, 새로 지은 보랏빛 당의와 구슬빛 갑사치마에 푸른 물이 뚝뚝 떨어지는 것만 같았다.

'부용(芙蓉)'은 창덕궁 후원에 있는 네모반듯한 연못으로, 연못 중앙에 소나무를 심은 작은 섬이 하나 떠 있다. 네모난 연못과 둥근 섬은 '하늘은 둥글고 땅은 네모나다'는 천원지방(天圓地方) 사상을 반영한 것이었다. 연못은 장대석으로 쌓아 올렸고, 남쪽 모서리에는 물고기 조각이 하나 있어 잉어 한 마리가 물 위로 튀어 오르는 모습을 새겼는데, 이것은 왕과 신하의 관계를 물과 물고기에 빗댄 것이었다.

부용정은 주로 왕이 과거에 급제한 이들에게 주연을 베풀어 축하해 주던 장소로 쓰였는데, 이산은 신하들과 이곳에서 낚시를 즐겼다.

연잎이 가득한 초록빛 연못 위로 포물선을 그으며 흰 새가 날아간다. 바람이 불어와 새순이 파릇파릇하게 돋아나는 버드나무 가지를 흔들어놓았다.

"봄빛은 이리 푸른데……."

휘날리는 버들개지에 한세의 입가에 간지러운 웃음이 피어났다.

나뭇가지를 희롱하던 봄바람이 몰려와 이번에는 한세가 입고 있는 당의와 치맛자락을 흩어놓았다.

"무슨 생각을 그리하느냐?"

부용정의 아름다운 광경에 넋을 놓고 있던 한세는 가까이에서 들려오는 이산의 목소리에 퍼뜩 정신이 들었다.

"전하!"

돌아보니 손 닿을 거리에 다정하게 웃고 있는 이산이 서 있었다.

"저기 물오른 버들가지를 보자니 전하께서 지어주신 시가 생각나서 말입니다."

"그 시를 기억하느냐?"

"그러문요, 어찌 잊겠습니까?"

화려한 삼월인데 햇빛은 더디고
궁궐 둑의 버들은 실보다 푸르구나
꾀꼬리는 버들을 피해 잎 속에 숨었는데
산책하는 여인들은 봄 구경하면서 작은 가지를 잡아 매네

이산은 봄바람에 휘날리는 버드나무 가지를 바라보며 시를 읊는 한세를 취한 듯 바라보았다. 도무지 이해가 되지 않았지만, 그 모습이 너무나 고아해 가슴이 저려왔다.

"전하, 다음 생이 있다면 우리는 다시 만나게 될까요?"

연못을 물끄러미 바라보던 한세가 슬픈 목소리로 물었다.

"다음 생에 너를 만나면, 나는 그냥 모른 척 지나갈 것이다."

이산이 나직한 목소리로 대답했다.

"어째서요?"

한세는 고개를 들고 심각한 얼굴을 했다.

이산은 어쩐지 꼭 대답을 해야 할 것 같은 생각이 들었다.

"늘 너를 힘들게만 했던 내가 어찌 또 알은척하겠느냐, 다음 생에도 너를 힘들게 하면 어찌하려고……."

이산은 그렇게 대답하면서도 연유를 알 수 없는 슬픔을 느꼈다.

"그래도 전 전하의 예동이라 행복했습니다."

이산의 대답을 들은 한세는 조금 주저하다 얼굴을 붉혔다.

"정자에 올라가 내 술 한잔 받지 않겠느냐?"

"그러겠습니다."

한세는 이산과 함께 강이 기다리고 있는 정자를 향해 갔다.

"세야, 이제 오느냐?"

가는 길에 보니 왕에게 또 무슨 벌을 받은 것인지 기섭과 건우는 연못 중앙에 소나무를 심어놓은 작은 섬에 갇혀 있었다. 그들은 무엇이 좋은지 낚시질을 하다가 한세를 향해 손을 흔들었다.

"건우 사형, 기섭 사형! 많이 잡아 오십시오."

한세는 천진한 어린아이처럼 손나팔을 만들어 그들을 향해 소리쳤다.

"부인!"

정자에서 기다리던 강이 계자난간에 기대서 한세를 불렀다. 그녀는 왕의 뒤를 따라 정자로 올라가는 돌계단을 천천히 올라갔다.

"자, 한잔하거라."

자리에 앉은 이산은 술병을 들고 강과 한세에게 술을 한 잔씩 따라 주었다.

"한 번에 마시기입니다."

술잔에 빛깔 고운 술이 채워지는 것을 들여다보던 한세는 술잔을 들고 단숨에 마셔 버렸다. 달콤 쌉쌀한 술이 목을 타고 부드럽게 내려갔다.

"예 있거라. 건우와 기섭에게도 술 한 잔씩 주고 와야겠다."

모처럼 좋아하는 이들과 소풍을 나오자 기분이 좋아진 이산은 술병을 들고 건우와 기섭이 있는 섬으로 가기 위해 배가 있는 쪽으로 내려갔다.

"괜찮은 것이오?"

아무것도 눈치채지 못한 이산이 정자를 내려가자 강은 한세를 두 팔로 안았다.

창백한 이마, 빛을 잃은 눈, 바람에 잔잔히 흩날리는 머리카락, 강은 금방이라도 사라져 버릴 것 같은 그녀를 꼭 껴안았다.

"저는 괜찮습니다."

그는 수건에 물을 적셔 땀에 젖은 한세의 이마를 닦아주고 물을 먹였다. 어제부터 급격히 기운을 잃은 한세였지만 모처럼 예동들과 함께할 수 있는 부용정의 초대에 오고 싶어 했다.

"아무것도 줄 것이 없는 제가 당신을 사랑해서 미안했습니다."

"사랑하오."

이것이 한세와의 이별임을 직감한 강이 그녀의 손을 꼭 잡으며 슬픈 목소리로 말했다.

"그리고 고마웠습니다."

"내 곁에 있어줘서 고마웠소."

한세를 다시 꼭 껴안자 가회당의 연꽃 향기가 강의 코끝을 스쳐 갔다.

"잠시만 이렇게 있고 싶습니다."

한세는 강의 어깨에 기대어 따사로운 햇살에 반짝이는 연못을 내려다보았다. 소나무가 서 있는 작은 섬에는 건우와 기섭이 평화롭게 낚시를 드리우고 이산이 탄 작은 배가 그 섬을 향해 천천히 다가갔다.

따사로운 봄볕이 부용정 전체에 나른한 수면 가루를 뿌려놓은 모양이었다. 몸이 솜처럼 나른해진 한세는 이제 아무런 생각도 할 수 없었다. 그저 이 아름다운 광경을 바라보며 눈에 담고 있기도 버거웠다.

"참으로 좋은 날입니다."

무거운 눈꺼풀이 자꾸만 감기려 했지만, 한세는 그처럼 좋아했던 그들에게서 눈을 떼지 못했다.

다른 여느 날과 다름없는 봄날이었다. 바람이 유난히 따사롭던 그 봄날, 이산과 그의 예동들이 사랑했던 그녀가 그들의 곁을 떠났다.

終
우아한 환생을 위하여!

안개가 자욱한 숲길을 걷고 있다.

끊임없이 걷느라 몸은 나른한데 정신만은 유리알처럼 맑다.

고요한 숲에 바람이 불어와 자욱하게 깔려 있던 안개가 출렁이며 물러나자 저만치 서 있던 큰 나무가 시야에 들어왔다.

그 나무 아래 도포를 입은 남자가 서 있는 것이 보였다.

지금 나는 또 꿈을 꾸고 있는 것일까?

어쩐지 익숙한 상황에 문득 꿈을 꾸고 있는 것은 아닐까 하는 생각이 들었다.

"세야……"

가까이 다가가자 드디어 그 남자가 천천히 돌아섰다.

"전하!"

그 남자는 미복잠행에 나선 이산이었다. 그는 천천히 다가와 손을 내밀었다.

"전하, 어찌 호위무사도 없이?"

그녀는 웃으며 왕이 내민 손을 잡았다.

"너를 만나러 오는데 호위무사가 없으면 어떠하냐?"

"하지만……."

"세야, 뒤틀린 모든 것들을 바로잡아 주어 고맙구나."

왕의 용안은 아무런 근심 없이 환하고 밝아 보였다.

"전하, 기회를 주셔서 고맙습니다."

"세야, 나는 언제나 너를 믿었다."

"전하, 행복하십시오."

"이제는 너도 행복하거라."

그렇게 말한 이산은 꼭 잡고 있던 그녀의 손을 놓고 돌아서 안개가 자욱한 길을 향해 천천히 걸어갔다.

"전하, 전하!"

세아는 가지 말라고 손을 휘저으며 소리치다가 엎드려 자고 있던 책상에서 몸을 벌떡 일으켰다.

"뭐야, 침까지 흘리고……."

세아는 볼에 붙은 종이를 떼어내고 잠시 멍하니 있었다.

"또 꿈을 꾼 거야? 설마, 이 모든 것이 꿈이었던 거야?"

세아는 조선에서의 일들이 모두 꿈이었던 것인가 생각하며 어리둥절했다.

"아, 머리 아파!"

지끈거리는 두통을 멈추려고 손가락으로 양쪽 관자놀이를 지그시 누르며 고개를 숙인 세아는 자신이 입고 있는 옷이 하얀 의사 가운임을 깨달았다.

"어, 뭐야?"

세아는 책상 위에 있는 작은 거울에 제 얼굴을 비쳐 보았다. 그러다 책상에 엎드려 졸기 전까지의 모든 것들이 생각났다.

그녀의 간절한 바람처럼 뒤틀린 역사는 바로잡혔다. 정조는 세아가 조선으로 가기 전의 역사에 기록된 것보다 꼭 이십 년을 더 살았고, 세자 이순이 25세 되던 해에 양위하고 상왕으로 물러나 그의 소망처럼 화성으로 내려가 편안한 여생을 보냈다. 정조가 정순왕후보다 더 오래 살았으므로 그녀는 본래의 수명대로 60세에 죽었다.

조선은 안정적으로 발전하였고 학술적 교류를 통해 청에도 제국주의의 침략에 대해 끊임없이 경고했다. 그 결과 힘을 앞세운 세계 각국이 몰려오고 일본의 무력 도발이 있는 와중에도 조선은 정조 때부터 비축한 힘으로 스스로를 지켜냈고, 청 역시 힘겨운 전쟁을 치르기는 했지만 무기력하게 당하지는 않았다.

2016년 11월 3일.

대한제국은 입헌군주제하의 의회정치를 하고 있다.

1897년 조선은 개혁파들의 사상을 받아들여 전제군주제를 포기하고 입헌군주제를 받아들였다. 국왕을 황제로 격상하고 군주(君主)를 대군주(大君主)로, 전하를 폐하(陛下)로 높여 불렀으며, 명령을 칙(勅), 황제 자신의 호칭을 짐(朕)으로 부르도록 하였다.

황제는 상징적, 의전적 기능을 갖는 데 그치고, 복수 정당이 총선거에 참가하여 의회 내에서 다수 의석을 차지하는 정당이 집권당이 되며, 수상이 수반이 되어 대권을 행사하는 나라인 것이다.

역사가 바뀌면서 오세아를 둘러싼 모든 상황도 바뀌었다. 세아는 서원 대학병원의 정신건강의학과 펠로우(Fellow: 전임의) 1년차였다. 40분 전까지 레지던트, 인턴들과 함께 회진을 돌고 돌아와 잠깐 쉬고 있었던 것이다.

세아의 머릿속에는 잠들기 전의 기억은 물론, 조선으로 가기 전의 기억과 조선에서 다시 정조의 예동들을 만나고 그의 호위무사로 살았던 기억 역시 고스란히 살아 있었다.

"잠깐 존 것 같은데 이 꼴이 뭐야?"

얼굴에 난 붉은 자국을 대충 지우려고 백 속에서 화장품을 꺼내려는데 핸드폰이 울렸다.

"어, 엄마!"

세아는 인턴과 레지던트 과정을 끝내고 펠로우로 바쁘게 일하다 보니 아직 결혼하지 못했고 부모님과 함께 살고 있었다. 그녀가 조선으로 가기 전에는 아빠는 일찍 돌아가시고 엄마는 재혼을 했고 혼자 고시텔에서 살고 있었다. 하지만 지금은 부유한 집안은 아니었지만 부모님 두 분 다 건강하시고 작년에는 작은 평수이기는 하지만 병원 근처 아파트로 이사도 했다.

[오늘 일찍 들어올 거지?]

"왜?"

[왜라니? 너 설마?]

"아, 미안 미안! 내가 잠깐 딴 생각을 좀 했어. 아빠 선물로 뭐가 좋을까? 또 넥타이 하기도 그렇고, 그렇다고 상품권은 너무한 것 같고."

오늘은 아빠의 생일이라 저녁을 같이 먹기로 약속했었다.

[아빠 구두가 낡았는데, 그래도 백화점 상품권이 좋지 않을까?]

"알았어요, 그럼."

[뭐, 먹고 싶은 것 없어?]

"응, 갈비?"

[갈비는 재워놓았지. 다른 건 없어?]

엄마는 세아가 좋아하는 갈비구이를 제일 먼저 준비했을 것이다. 싱크대 앞에서 노래를 흥얼거리며 요리를 하는 엄마의 즐거운 모습이 떠올랐다. 벌써부터 치이익, 소리를 내며 맛있게 익어가는 고기 냄새가 나는 것 같았다.

"그럼, 고추잡채?"

[그래, 고추잡채 해놓을게, 일찍 와.]

"엄마!"

[응?]

"일찍 가서 도와줄게."

[아이구, 웬일이래?]

"엄마!"

[아, 왜?]

"사랑해!"

세아는 쑥스러운 그 말을 단숨에 해버리고는 멋쩍게 피식 웃었다.

[뭔 일이래? 우리 딸이 뒤늦게 철드나 봐.]

"엄마, 이따 봐."

[세아야! 세아야!]

통화를 끝내려는데 다급하게 부르는 엄마의 목소리가 들려왔다.

"엉?"

[엄마도 우리 딸 사랑해!]

"흐흐흐!"

[좋아 죽겠구만, 하하하!]

세아는 행복한 엄마의 웃음소리를 들으며 통화를 끝냈다.

"엄마!"

문득, 병원 중환자실에서 울던 엄마가 생각나 저도 모르게 눈물이 주르륵 흘렀다. 그때 조선으로 다시 돌아가기로 한 것은 걸괴적으로 좋은 선택이었다.

"선생님!"

퇴근을 하려고 책상을 정리하는 중이었는데 문이 열리며 인턴 명훈이 난처한 얼굴로 들어왔다.

"무슨 일이야?"

"선생님, 306호 이미연 환자 퇴원하겠답니다."

볼펜을 만지작거리며 머뭇거리던 명훈은 어쩔 수 없다는 듯 기어가는 목소리로 말했다.

"퇴원?"

"보호자분이 오셨는데요, 안 된다고 했는데도 막무가내로 퇴원시켜 달라고 하십니다."

보호자가 퇴원시키겠다고 고집한다면 인턴들만으로는 설득하기 곤란한 상황이었다. 세아는 더 이상 지체하지 않고 자리에서 일어났다.

"이미연 환자 상태는 어때?"

"치료를 시작하고부터는 조용해졌습니다. 사실 너무 조용해서 탈이지요."

"그게 걸려. 이번엔 디프레션(Depression: 우울장애)일 가능성이 높아. 조금 더 지켜보자."

27세의 이미연은 환청에 시달리다가 갑자기 집 안의 집기를 부수고, 어머니를 흉기로 공격하다가 정신을 잃고 쓰러져 병원으로 실려왔다. 환청과 환각증세가 보이는 것이 조현병(정신분열병)이 꽤 진행된 상태였다. 치료가 순조롭게 진행 중이었는데 이번엔 우울장애가 왔다.

"선생님! 우리 딸, 이제 좋아졌다던데 집으로 데려가서 치료하면 안

되겠습니까?"

병실 앞 휴게실에 앉아 있던 환자의 어머니는 엘리베이터에서 내리는 세아를 보자마자 달려와 다급하게 물었다.

"어머님, 아직 치료가 끝나지 않았어요."

"애가 정말 집에 가고 싶어 합니다."

"어머님 마음은 잘 알지만 이미연 씨에게는 이 첫 번째 치료가 아주 중요합니다."

대부분의 보호자들은 병동에 가족을 남겨두고 돌아가는 것을 힘들어 한다. 세아도 그 마음을 잘 알고 있기에 보호자들이 이해할 수 있게 설득하려고 노력했다.

"이제 약도 잘 먹고 얌전해졌다던데요?"

"얌전해진 것이 아니라 모든 것을 포기한 것 같아요. 우울증이 온 겁니다."

"예에? 다 나은 줄 알았는데⋯⋯."

보호자의 얼굴은 삽시간에 다시 어두워졌지만 이럴 때는 환자도 보호자도 차근차근 설득할 수밖에 없었다. 환자 자신이 스스로 아프다는 것을 인정하는 것, 거기서부터 치료는 시작되는 것이다.

"상태를 봐서 치료 기간을 더 늘려야 할 수도 있으니까 어머니께서 치료를 잘 받을 수 있게 다독여 주세요."

"예에, 그래야지요."

보호자는 한숨을 쉬듯 중얼거리며 고개를 끄덕였다. 보호자를 설득한 세아는 병실로 들어가 환자의 상태를 살펴보고 다시 자신의 방으로 돌아갔다.

또각, 또각.

한껏 고조된 세이의 기분처럼 하이힐 소리가 경쾌하게 울려 퍼졌다. 퇴근을 하려고 서둘러 복도를 걸어 나오는 길이었다.

"오 선생!"

뒤에서 정신건강의학과 과장 우종철의 굵직한 목소리가 들려왔다.

"아, 젠장!"

또 뭔가 피곤한 일을 시킬 것이라는 예감에 세아는 등골이 서늘해지며 저도 모르게 욕이 목울대까지 치밀어 올랐다.

"어디 가, 오 선생?"

못 들은 척 종종걸음으로 도망치는 세아를 잡으려고 종철은 긴 다리로 성큼성큼 걸어왔다. 190에 가까운 키에 100킬로를 육박하는 거구가 몸이 얼마나 날랜지, 종철은 몇 걸음 걷지 않아 세아를 따라잡았다.

"오늘은 안 돼요, 선생님! 저희 아버지 생신이라구요! Happy Birthday!"

부글부글 끓어오르는 울화를 지그시 누르며 세아는 방그레 웃어 보였다. 사는 게 뭔지. 역사는 달라졌다고 하지만, 갑질 하는 과장 우종철 앞에 펠로우 오세아는 여전히 을이었다.

"걱정 마, 오 선생. 오늘은 아니야."

종철이 살에 묻혀 잘 보이지도 않는 뱀눈을 가늘게 뜨며 세아를 아래위로 보았다.

"아, 예."

어련하시겠어요, 어차피 시킬 일. 재빨리 사태를 파악한 세아는 고개를 끄덕였다.

"내일이야, 내일."

종철이 심술궂게 중얼거리며 명함 한 장을 내밀었다.

"이게 뭐예요?"

명함을 받아 든 세아는 새하얀 여백에 새겨진 검은 글씨를 들여다보았다. 정신과 전문의 김민우. 만난 적은 없지만 이 분야에서는 꽤 알려진 사람이었다.

"누군진 알지?"

"어쩌라구요?"

"내일 저녁 일곱 시. 인사동 티하우스. 한 번 보자네, 내 후배가?"

"저를요?"

"응."

"왜요?"

일면식도 없는 사람을 다짜고짜 만나라니, 다소 엉뚱한 면이 있는 종철이었지만 이번엔 정말 이해할 수가 없었다.

"글쎄, 오 선생한테 한눈에 반했나?"

종철은 싱긋 웃었지만 세아에게 그리 큰 위로가 되는 말은 아니었다. 조선에서의 한세와는 달리 현대의 오세아는 그리 아름다운 외모의 소유자는 아니었다.

"나 선 봐요, 과장님?"

"그럴 리가?"

"거봐요. 그럴 리가 없지."

조선으로 가기 전 차분한 성품이던 오세아와는 달리 지금의 그녀는 웬만해서는 어떤 일에도 아무렇지 않아 하는 초긍정적 마인드를 지닌 쾌활한 의사였다.

"나간다면 내일 저녁 당직은 바꿔주고!"

"바꿔주는 것 말고 그냥 한 번 빼주세요. 일하러 가는 거니까."

"좋아."

조금 전 쏜살같이 닐아와 세아를 잡아채던 종철은 이번엔 슬리퍼를 질질 끌며 느긋한 걸음걸이로 돌아섰다.

　"샘! 앞으론 일만 시키지 말고 상도 좀 주세요!"

　세아는 종철의 등 뒤에 대고 쾌활하게 소리쳤지만, 어쩐지 머리를 정통으로 한 대 얻어맞은 기분이었다.

　"뭐가 이렇게 관대해? 뭐야, 이 언짢은 기분은?"

　종철이 하라는 일이 결과적으로 나빴던 적은 없었지만, 쉬웠던 것은 단 하나도 없었다. 게다가 당직까지 면해주며 사람을 만나보라니 뭔가 수상한 냄새가 났다. 어쩐지 내일의 만남이 쉽지 않을 것 같다는 불길한 예감이 뇌리를 스쳐 갔다.

　"내가 전생에 저 인간과 무슨 악연으로 얽혔기에! 으이그! 말을 말자, 말을!"

　얼핏 보기엔 호인처럼 보이는 종철에게 잘못 걸려 대학 때부터 지금까지 세아의 수난사는 계속 되고 있었다. 이제는 미운 정이 들 때도 되었건만 어째 날이 갈수록 더 엉뚱한 일만 시켰다.

　"모르겠다, 내일 일은 내일 걱정하자. 오늘은 아빠 생일이니까!"

　세아는 명함을 숄더백 속에 던져 넣고는 경쾌하게 걸어갔다.

　"엄마!"

　문을 열고 들어가니 행복에도 냄새가 있다면 이런 것이 아닐까 싶을 만큼 달콤하고 고소한 냄새가 온 집 안을 가득 채우고 있었다.

　언제나 그랬던 것은 아니었지만 기념해야 하는 날이거나, 축하할 만한 좋은 일이 생기면 윤숙은 곧장 식재료를 사러 마트로 달려갔다. 그런 날이면 세아의 작은 집은 입안에 침이 가득 고이게 하는 맛있는 냄새로 가득 찼다.

"와아, 엄마 이 많은 걸 언제 다 했어?"

"대충대충 하라고 해도 하루 종일 했지 뭐?"

손을 씻고 나온 세아가 식탁 가득 차려진 푸짐한 음식들을 들여다보며 감탄하자 싱크대 앞에서 요리하는 윤숙의 보조를 자처하고 있던 정우가 돌아보았다.

"고생하셨어요, 황윤숙 여사! 설거지는 제가 다 하겠습니다."

세아는 싱크대 앞에 서 있는 윤숙에게로 다가가 어깨를 주물러 주며 애교 섞인 목소리로 속삭였다.

"제발 좀 그러세요."

다 큰 딸의 애교가 싫지 않은지 윤숙은 장난스럽게 속삭였다.

"맛있겠다."

"많이 먹어."

세아가 입맛을 다시며 자리에 앉자 앞치마를 두른 윤숙이 미역국을 들고 오며 환하게 웃었다.

"이거 다 먹고 뚱뚱해지면 다 엄마 책임이야."

"너는 살 쪄도 괜찮으니까 먹어, 먹어! 나는 우리 딸이 세상에서 제일 예쁘더라."

정우의 눈에는 나이 서른의 세아가 여전히 다섯 살 꼬맹이로 보이는 모양이었다. 그는 수저통에서 수저를 챙겨 딸에게 건네며 싱글거렸다.

"아빠 눈에만 그렇지."

세아는 아직도 제가 예뻐서 어쩔 줄 모르겠다는 아빠의 말이 싫지 않아 슬며시 웃으며 수저를 들었다.

"먹지 마."

두 부녀가 하는 말을 듣던 윤숙이 삐친 척, 정우의 숟가락을 뺏으려고 손을 뻗었다.

"아! 미안, 말이 헛 나왔나. 제일 예쁜 건 니 엄마고 너는 그다음……."

"치사해서, 내가 진짜!"

세아는 서둘러 말을 바꾸는 정우를 향해 투덜거리며 먹음직스러운 갈비구이를 집었다.

"음! 엄마, 갈비에 뭔 짓을 한 거야?"

갈비구이를 한 입 먹은 세아는 의외의 맛에 놀라 눈을 크게 뜨며 윤숙을 쳐다봤다.

"죽이게 맛있지?"

갈비 맛을 보는 두 사람의 표정을 살피던 윤숙은 호들갑스러운 세아의 반응에 만족스러운 듯 씩 웃어 보였다.

"응, 엄마 갈비집 해도 되겠어!"

"싫어, 나는 니 아빠가 벌어다 주는 돈으로 너한테 맛있는 갈비구이나 만들어 먹이면서 살 거야."

"나도 의사 집어치우고 엄마처럼 살고 싶다."

세아는 젓가락을 내려놓으며 윤숙을 진지하게 바라보았다.

"싫어, 이렇게 사는 건 나만 할 거야. 너는 돈을 벌어야지."

윤숙은 살짝 인상을 쓰며 세아의 손에 젓가락을 다시 들려주었다.

"오늘 내 생일이거든. 그만 떠들고 얼른들 드시지요."

"아참! 나 케이크 사왔는데, 깜빡했다."

세아는 그제야 차에 두고 온 케이크 상자가 생각나 후다닥 밖으로 뛰어 나갔다.

"저, 젊은 애가 정신머리 좀 봐!"

윤숙은 밥 먹다가 말고 밖으로 달려 나가는 세아를 보고 어이없어 했지만 정우는 그래도 좋다고 싱글벙글 웃었다.

2016년 11월 4일 7시의 인사동 길은 적당히 활기차고 기분 좋을 정도로 반짝거렸다. 금요일 밤이라 일찍 퇴근하고 쏟아져 나온 직장인들과 관광객들로 붐볐지만, 그곳에 모여든 사람들 모두 살짝 들뜬 그 분위기를 즐기러 온 것이었다.

6시 30분이 지나서야 겨우 퇴근을 한 세아는 약속 장소로 가기 위해 택시를 탔다. 아침에 출근하는데 윤숙이 모임이 있다고 해서 차를 두고 나온 것이었다.

"여기 세워주세요, 아저씨!"

3호선 안국역 근처. 택시에서 내리는 순간 다리가 휘청거렸다.

"굽이 약한가?"

너무 가늘고 높은 힐을 신은 것 때문이라고 생각하며 세아는 북촌과 종로를 잇는 인사동 길을 향해 걸어들어 갔다.

풍성하게 곱실거리는 긴 머리카락이 세아의 계란형 얼굴에 여성스러운 매력을 더해주었다. 그녀는 새하얀 피부에 잘 어울리는 푸른빛이 도는 따뜻한 투피스를 입었다.

어디선가 가야금 연주 소리가 흘러 나왔다. 전통 차를 파는 옛날 찻집에서 흘러나오는 소리였다. 걸음을 멈추고 안을 들여다보니 넓은 가게 안에 나무 탁자가 정갈하게 놓여 있었고 노란 불빛 아래 사람들이 둘러 앉아 차를 마시고 있었다.

꽤 유명한 곳인지 벽에는 유명 인사들의 사인이 빼곡히 붙어 있었다. 막 연주를 끝낸 여자가 가야금을 내려놓고 일어섰다.

"이런 곳도 있었네."

신기한 듯 찻집을 들여다보던 세아는 아차 하며 다시 돌이 깔린 길을 천천히 걸어갔다.

다양한 공예품과 작가들의 상품들이 전시된 쌈지길을 걸어갈 때였다. 여름의 태양빛과 건강한 땅의 기운을 모두 빨아들인 신록의 싱그러운 향기가 그녀의 온몸을 휘감아 돌았다.

흡, 가슴을 열고 숨을 깊게 들이켰다. 와락 달려드는 매혹적인 달개비풀과 연꽃 향기. 여름의 끝자락, 연꽃이 가득 피던 가회당의 별채를 휘감던 매혹적인 향기였다.

"강아, 너 여기 있는 거야."

세아는 설렘으로 일렁이는 가슴을 누르며 길을 오가는 사람들을 둘러보았다.

어쩌면 나, 또 길을 잃고 헤매다 당신을 스쳐 지나갈지도 몰라.

그래도 나, 당신 찾아갈게.

당신은 이런 내가 싫다고 도망칠지도 모르겠지만 그래도 내가 찾을게, 당신……

"걱정하지 마라, 내가 알아보마. 나는 네가 어디서 어떤 모습으로 있어도 꼭 알아볼 수 있을 것이다."

어디선가 강이 속삭이는 것만 같았다. 강이 자신의 곁에서 살아 숨쉬는 것만 같았다.

먼 하늘을 올려다보던 세아는 약속 장소를 향해 다시 힘차게 걷기 시작했다.

그리고 나, 또 매일매일 열심히 살아갈 거야.

그래야 다음 생에도 우아한 환생을 꿈꿀 수 있을 거니까……

티 하우스는 세계 각국의 차와 디저트를 맛볼 수 있는 곳이었다. 실내에 퍼져 있는 잉글리시 블랙퍼스트의 상큼한 레몬 향과 카페 내부에 빼곡하게 진열된 40여 종의 티틴도 인상적이었다.

카페 안을 살피며 천천히 걸어가는데 창가에 앉아 있던 남자가 손을 들어 보였다.

"아!"

희미하게 웃는 그의 얼굴을 보는 순간, 세아의 입에서 낮은 신음이 흘러나왔다. 그는 세아가 조선으로 가기 전 국립 박물관에서 만났던 학예사 김민우와 이름도 얼굴도 같았다.

"대체, 이게 어떻게 된 거지?"

모델처럼 멋스러우면서도 과하지 않게 우아한 그 남자가 앉아 있는 유리창 너머로 보이는 세상은 온통 빛이었다. 반짝거리는 불빛들과 수많은 사람들이 뿜어내는 빛나는 윤기.

잠시 주춤거리던 세아는 그런 생각을 하며 남자 앞으로 가 앉았다.

"안녕하세요, 난 오 선생을 알고 있는데……."

흘러내린 갈색 머리를 부드럽게 쓸어 올리며 남자는 섹시하게 웃었다. 유난히 반짝이는 그의 둥근 눈동자에서 세아는 마법 같은 힘을 느꼈다. 그가 입고 있는 밝은 베이지색 슈트가 첫인상을 따뜻하게 만들어주어서인지 이상하게 안심이 되었다.

"전, 처음 뵙는 것 같은데요. 김민우 선생님."

"그럴 리가?"

"우리가 만난 적이 있나요?"

의외라는 그의 눈빛에 세아는 고개를 갸웃거렸다.

당신은 누군가요, 대체 어떤 인연으로 당신과 나는 오늘 또 이렇게 만나게 된 건가요.

"나는 돌고 돌아 오세아 선생에게 왔는데, 당신은 나를 본 적이 없다고 하는군요."

"돌고 돌아……."

세아는 어쩐지 너무 애틋하게 느껴지는 그 말을 되뇌어보았다.

"사실 그런 것이 중요한 것은 아니죠."

뭔가를 숨기고 있는 아이처럼 장난스러운 표정으로 한세를 바라보던 민우는 빙그레 웃었다.

"그럼요?"

"어떤 일이 일어나는 데는 그럴 만한 이유가 있다고 하죠. 여기서 중요한 것은 오세아 선생이 초대를 받았다는 것입니다."

여자들이 좋아하는 특별한 목소리는 아니었다. 중저음의 남성다운 목소리도 아니고 달콤한 목소리도 아니었지만 그의 목소리는 이상하게 나른하면서도 사람을 빨아들이는 매력이 있었다.

"초대요?"

"네, 아주 우아한 초대죠."

"우아한 초대?"

만나서 숨도 돌리기 전에 그의 입에서 나온 '우아한 초대'라는 말이 묘하게 짜릿하게 들렸다.

어떤 일이 일어나는 데는 분명히 그럴 만한 이유가 있다.

세아는 지금부터 새로운 세계가 펼쳐질 것 같은 예감이 들어 가슴이 설레었다. 전혀 예상치 못했던 그와의 만남이 부디 〈우아한 초대〉가 되기를…….

〈우아한 환생 完〉

참고문헌

정조 치세 어록-안대희(푸르메)

일득록, 정조대왕어록-남현희 편역(문자향)

열하일기- 박지원

지금 조선의 시를 쓰다-박지원(돌베개)

조선을 구한 경제학자들-한정주(다산초당)

조선의 오케스트라-송지원(추수밭)

정조와 홍대용, 생각을 겨루다-김도환(책세상)

우주의 눈으로 세상을 보다, 홍대용 선집-김아리 편역(돌베개)

하늘의 법칙에 도전한 북학 사상가 홍대용-고진숙/김창희(아이세움)

조선의 과학자 홍대용의 의산문답 홍대용-김성화/권수진(한국고전번역원)

정조 나무를 심다-김은경(북촌)

정조와 철인정치의 시대-이덕일(고즈윈)

정조어찰첩-성균관대학교출판부

영조와 정조의 나라—박광용 교수의 시대사 읽기(푸른역사)

사도세자의 고백—이덕일(휴머니스트)

정조대왕의 꿈—유봉학(신구문화사)

한중록—혜경궁 홍씨(소담)

소설 정감록 1, 2, 3—정다운(밀알)

유림-최인호(열림원)

객주-김주영(문학동네)

현산어보를 찾아서-이태원(청어람 미디어)

한국민족문화대백과사전-한국정신문화연구원

풀잎을 따서 가락을 빚다-이진원(채륜)

정약용과 그의 형제들-이덕일(다산초당)

환관과 궁녀-박영규(김영사)

경연, 왕의 공부-김태완(역사비평사)

조선직업실록-정명섭(북로드)

선조들의 사생활-이선학(휘닉스)

조선의 정승-이준구/강호성(스타북스)

조선의 왕세자 교육-김문식/김정호(김영사)

조선의 세자로 살아가기-한국중앙연구원(돌베개)

조선의 왕으로 살아가기-한국중앙연구원(돌베개)

조선의 왕비로 살아가기-한국중앙연구원(돌베개)

조선국왕의 일생-규장각한국학연구원(글항아리)

왕비열전—임중웅(선영사)

조선의 9급 관원들-김인호(너머북스)

조선왕비 독살사건-윤정란(다산초당)

조선을 통하다-이한우(21세기북스)

조선의 프로페셔널-안대희(휴머니스트)

조선, 종기와 사투를 벌이다-방성혜(시대의 창)

논어-공자-김형찬 옮김(홍익출판사)

맹자-맹자-박경환 옮김(홍익출판사)

대학, 중용-주희-김미영 옮김(홍익출판사)

소학—주희,유청지 엮음—유호창 옮김(홍익출판사)

명심보감—추적엮음—백전혜 옮김(홍익출판사)

나의 문화유산 답사기 1, 2, 3—유홍준(창작과 비평사)

조선왕조실록—영조, 정조, 순조편

정조의 화성행차 그 8일—한영우(효영)

조선왕실의 의례와 생활—신명호(돌베개)

우리가 정말 알아야할 우리 규방문화—허동화(현암사)

조선의 뒷골목 풍경—강명관(푸른역사)

궁중유물 1, 2—이명희, 한석홍, 임원순(대원사)

전통 남자 장신구—장숙환(대원사)

심마니 한국사—전국역사교사모임(역사넷)

한국생활사 박물관 〈조선생활관 1, 2, 3〉—한국생활사박물관 편찬위원회(사
계절)

종묘와 사직—김동욱, 김종섭(대원사)

한국의 궁궐—이강근(대원사)

복식—조효순(대원사)

한국의 황제—이민원(대원사)

조선의 왕세자교육—김정호/김문식(김영사)

환관과 궁녀—박영규(김영사)

조선의 무기와 갑옷—민승기(가람기획)

한국고전 시가선—임형택, 고미숙(창작과 비평사)

봄날 친구를 그리며—채심연 엮음(한길사)

당시—이원섭(정한)

귀신먹는 까치호랑이—김영재(들녘)

유운홍의 풍속화 기녀도, 신윤복의 기녀도

작가 후기

후기는 제 노트에만 남기는 것을 원칙으로 해왔는데, 이 작품은 제게도 몹시 특별해서 몇 자 적어봅니다.

이 글은 14년 전 소설의 초고를 만들어 저작권 등록을 하고, 시나리오 작업을 했던 작품을 2016년 네이버 연재와 동시에 책으로 마무리를 지었습니다. 생각해 보면 너무 많은 미련이 남았던 글이었고 그래서 언젠가는 꼭 책으로 내리라 생각했었습니다. 하고 싶은 이야기를 다 해보려고 오랜 시간을 준비하고 다듬어왔는데, 그래도 제대로 하지 못했다면 그건 제가 부족한 탓일 겁니다.

이제 다 하지 못했던 그들의 이야기는 현대편 〈우아한 초대〉로 계속될 예정입니다. 〈우아한 초대〉는 더 밝고 사랑스러운 이야기가 될 거니까 다시 한 번 힘내서 열심히 하겠습니다.

제일 먼저 감사드리고 싶은 분들은 역시 제 글을 읽어주시는 모든 독자님들, 감사합니다. 네이버 오늘의 웹소설 〈우아한 환생〉을 읽으며 고3 어려운 시기를 무사히 보낼 수 있었다고 댓글과 쪽지 주신 독자님들께 감사드립니다. 덕분에 저도 행복했습니다.

〈우아한 환생〉이라는 제목을 지어주신 박 피디님, 제가 슬럼프를 극복하고 다시 연필을 들게 해주신 또 다른 박 피디님, 언제나 변함없이 응원해 주시는 신 피디님, 그리고 모든 지인분들께도 이 지면을 빌려 감사드립니다.

마지막으로 함께 작업해 주신 삽화 작가 미루님, 청어람 편집팀께도 감사드립니다.

저는 언제나 처음 연필을 잡았던 그 마음 그대로, 쓰고 또 쓰겠습니다.

이세